DANIELA KNOR

JUSTIFIERS ®

OUTCAST

Roman

Mit einer Kurzgeschichte von
Markus Heitz

WILHELM HEYNE VERLAG
MÜNCHEN

JUSTIFIERS®

ist ein Rollenspiel-Universum
von Markus Heitz

MIX
Papier aus verantwor-
tungsvollen Quellen
FSC® C014496
FSC
www.fsc.org

Verlagsgruppe Random House FSC-DEU-0100
Das für dieses Buch verwendete FSC®-zertifizierte Papier
Holmen Book Cream liefert Holmen Paper, Hallstavik, Schweden.

Originalausgabe 03/2012
Redaktion: Catherine Beck
Copyright © 2012 für den vorliegenden Roman
by Markus Heitz und Daniela Knor
Copyright © 2012 dieser Ausgabe by
Wilhelm Heyne Verlag, München,
in der Verlagsgruppe Random House GmbH
Printed in Germany 2012
Umschlagillustration: Oliver Scholl
Umschlaggestaltung: Nele Schütz Design, München
Satz: Christine Roithner Verlagsservice, Breitenaich
Druck und Bindung: GGP Media GmbH, Pößneck

ISBN: 978-3-453-52818-5

www.justifiers.de
www.heyne-magische-bestseller.de

JUSTIFIERS®

MISSION REPORT
5168423-FC5199R

Sicherheitsfreigabe: streng vertraulich
(Konzernleitung *FullControl Corporation*)
Beteiligte Organisationen: *FullControl Corporation,
SternenReich, Collectors*
Aufgabe: Industriespionage
System: diverse
Planet: diverse
Zeit: 11/01–16/06/3042
Autorin: Daniela Knor

OUTCAST   Seite 7

ADDENDUM 5168423-FC5199R-ADD_1
Autor: Markus Heitz

SUBOPTIMAL VI   Seite 495

ATTACHMENT 5168423-FC5199R-GLS

GLOSSAR   Seite 533

DANIELA KNOR

OUTCAST

Dramatis personae

Auf der *FCC Starhawk*

Josh Miller – Erste Offizierin
Sir Arthur Wellesley, Earl of Mornington – Captain
Itatay »Ita« Navero – Leitende Ingenieurin
Patrick »Paddy« Boyle – Pilot
Ramiro Velásquez – Navigator
Wayne »Boss« Johnson – Sicherheitschef
Andreas Kramer – Erster Technischer Offizier
Fernando Rodriguez – Johnsons Assistent
Calamity Jane, Rasca, Baillou – Frachtraumarbeiter

Die Neuen

TechSgt. Fratt, Hobbs – *Knowledge Alliance* Justifiers
Cherokee »Schamane«, Dunbar – *KA*-Justifiers
Loop, Kurt – *KA*-Justifiers
Mwaka – Frachtraumarbeiter
Ayubu – Frachtraumarbeiter

Auf der *Waterford*

Sir Henry Talbot, Earl of Waterford – Captain
Taurus – Sicherheitschef
Sandor Hatvani – Leitender Ingenieur
Margita – Soldatin auf Abwegen

FullControl Corporation-Security

Smith – Diverse Agenten der *FCC-Sec*
Leutnant Chavez – Offizier der *FCC-Sec*
Higgins – *FCC*-Justifiers
Amur – *FCC*-Gardeur

Passagiere auf der *FCC Starhawk*

Ludmila Lukjanenka – Genetikerin
»Ace« – Ex-FEC-Sternenflotten-Pilot
»Farmer« – Sträfling
»Prediger« – Sträfling
Oladele Bitangaro – politischer Gefangener alias
  Terrorist
Sonny Vice/Clark Kent – Ex-TV-Star
Tipo Strano – Chemical/TechPsioniker
Eliza Pacek – Xenobiologin
Larry Kamimura – Programmierer bei *STPD*
Mark Stefansson – Ex-Frachterpilot

Prolog

11. Januar 3042 a. D. (Erdzeit)
System: Druschba
Planet: Putin (im Besitz der FEC, Russland)
Stadt: Putingrad

Was zur Hölle ... Josh trat näher an die riesige Glasscheibe und spähte zum militärisch genutzten Teil des Raumhafens hinüber, wo etliche Warnleuchten in hektischem Rhythmus aufblitzten. Für einen Sekundenbruchteil sah sie nur das eigene Spiegelbild scharf, dann passten ihre Augen den Fokus an. Hinter Lagerhallen und Landeplätzen mit abgestellten Frachtern schloss sich der dunkelgrün gestrichene Militärkomplex an, der von einem eigenen Tower überragt wurde. Gegen das helle Tageslicht wirkten die Warnlampen wenig beeindruckend, doch das ferne Heulen einer Sirene ließ keinen Zweifel, dass irgendetwas nicht stimmte.

Mit einem Tippen des Fingernagels aktivierte Josh das Kom an ihrem Ohr, während ihr Blick suchend über den fast wolkenlosen Himmel schweifte. »Miller an Brücke. Boyle, was ist da draußen los?«

»Keine Ahnung«, nuschelte es aus dem winzigen Laut-

11

sprecher. Sie konnte den Piloten der *Starhawk* förmlich vor sich sehen, wie er in seinem Sitz lümmelte und auf einem Bissen *ChocFrog* kaute. Egal, wo sie landeten, Boyle leerte stets den nächstgelegenen Schokoriegel-Automaten. »Vielleicht eine Übung?«

»Vielleicht? Finde das gefälligst raus und alarmier den Captain!« Kopfschüttelnd wandte sie sich vom täuschend sommerlichen Blau des Himmels ab und eilte den Gang entlang, der auf einer Seite vom Panoramablick über das Flugfeld, auf der anderen jedoch von den Türen zahlloser Büros gesäumt wurde. Auf einem hochtechnisierten Planeten wie Automaton Prime, der Hauptwelt des Order of Technology, konnte man alle Formalitäten auf elektronischem Weg regeln, doch hier liebte man es offenbar, Offiziere mit virtuellen Frachtpapieren von einem nicht zuständigen Sachbearbeiter zum nächsten zu schicken. Erst ein zorniger Hinweis auf die Freundschaft ihres Captains mit dem Kommandanten des Raumhafens hatte ihr wie von Zauberhand die nötigen Freigaben verschafft.

»Josh, ich glaube, ich hab da was«, ließ sich Boyle wieder vernehmen, dieses Mal ohne störende Kaugeräusche. »Da ist ...«

Ein lautes Rückkopplungskreischen schrillte durch die Flure und übertönte jedes andere Geräusch. Instinktiv riss Josh die Hände vor die Ohren, während sie gerade eine Rolltreppe hinabhastete. Fast stürzte sie hinunter, weil sie mit dem Ellbogen gegen einen Mann im fahlen Braun des Raumhafenpersonals stieß. Alle hielten inne und sahen sich nach den Lautsprechern um, aus denen es nun kurz knisterte.

»Josh?«, rief Boyle besorgt. »Oh, da kommt eine Meldung rein.«

»Sehr geehrte Gäste, geschätzte Kollegen, die Raumhafenleitung bittet um Ihre Aufmerksamkeit für eine Anordnung unseres Gouverneurs Maxim Medotschow. Bis auf Weiteres sind alle zivilen Starts und Landungen auf Putin untersagt. Bereits erteilte Abfluggenehmigungen werden mit sofortiger Wirkung aufgehoben. Das Militär wird die Einhaltung dieses Verbots überwachen. Wenn Sie sich an das Verbot halten, besteht keine akute Gefahr für Sie. Bewahren Sie deshalb bitte Ruhe. Wir werden Sie unverzüglich informieren, sobald es neue Anweisungen gibt.«

Wie bitte? Die sperren mal eben ihren Planeten? Joshs Gedanken wirbelten ebenso hektisch durcheinander wie die Menschen um sie herum. Erstaunte und empörte Stimmen hallten von den Wänden wider und erschwerten es erneut, Boyles Worte aus dem Kom zu verstehen. Eine Bewegung im Augenwinkel lenkte Joshs Aufmerksamkeit wieder nach draußen. Über dem Militärraumhafen stiegen zwei Jagdmaschinen wie Pfeile in den Himmel auf und legten sich perfekt aufeinander abgestimmt in eine enge Kurve. Joshs Blick folgte ihnen, bis sie über dem Dach des Abfertigungsgebäudes außer Sicht gerieten. In dieser Richtung lag das Regierungsviertel Putingrads. Wurde die Stadt etwa angegriffen?

Was auch immer hier los war, sie musste schnellstens zur *Starhawk* zurück. In der Unruhe, die im gesamten Raumhafen ausgebrochen war, ging selbst das Poltern der Stahlkappenstiefel unter, die zu ihrer *FullControl Corporation* Uniform gehörten. Nicht gerade die besten

Laufschuhe, doch als Erste Offizierin musste sie auch die korrekte Beladung des Schiffs überprüfen, und im Frachtbereich war das Tragen von Sicherheitsschuhen Pflicht.

Draußen auf dem Flugfeld schlug ihr kalter Wind entgegen. Als wollte der Planet seinem Besitzer gerecht werden, herrschten trotz des Sonnenscheins Temperaturen, die das Klischee vom frostigen Russland wachriefen. Aber vielleicht kam es ihr nach der Hitze hinter den Glaswänden nur so kühl vor, denn die Arbeiter, die auf Antigrav-Staplern und Lastgleitern umherfuhren, trugen nichts als mattbraune Overalls. Übertönt vom Lärm der Sirenen sprachen einige mit verwirrtem Blick in ihre Koms, andere sausten mit blinkenden Warnlampen noch rücksichtsloser als sonst zu Hangars und Lagerhallen zurück. Gerade noch rechtzeitig hielt Josh an, um nicht von einem kleinen Antigrav-Truck über den Haufen gefahren zu werden. Sein Sog zerrte an ihren zu einem Zopf gebändigten, dunklen Locken. Anstelle einer Entschuldigung ertönte nur ein dreistes Hupen.

»Blöder Arsch!«

»Ich hoffe, das galt nicht mir«, ließ sich Boyle belustigt vernehmen.

»Nee«, schnaubte Josh grinsend, »aber wenn du dich noch länger nicht gemeldet hättest, wärst du Nummer Zwei auf meiner Liste geworden. Wissen wir endlich, was los ist?«

»Na jaah. Wo steckst du gerade?«

Sollte das eine Antwort sein? »Bin gleich bei euch und werde dir in den Hintern treten, wenn du nicht sofort Klartext redest.«

»Yes, Ma'am. Aber vielleicht wirfst du einfach mal einen Blick über die Schulter.«

Josh fuhr herum und eilte noch einige Schritte rückwärts, weil ihr ein großer Frachter die Sicht versperrte. »Ach du Scheiße ...«

Kilometerhoch über der Stadt schwebte ein gigantisches Raumschiff. Es hing dort wie der riesige Kopf einer Axt, bereit, jeden Augenblick niederzusausen und Putingrad zu spalten.

»Kannst du laut sagen. Draußen im All hängt nämlich ein noch größeres Biest.«

Noch größer? Josh kniff die Augen zusammen, um Flughöhe und Abmessungen besser schätzen zu können. Ein Collector-Schiff, kein Zweifel. *Bigger*-Klasse. In den Nachrichten auf *Starlook* hatte sie den Umriss oft genug gesehen, um ihn wiederzuerkennen. Der zwei Kilometer lange Rumpf glänzte metallisch im Sonnenschein. Es hätte ein majestätischer Anblick sein können, wenn er nicht so bedrohlich gewesen wäre.

Sie schluckte. »Gibt's noch Verbindung nach draußen?«

»Negativ. Entweder haben die Collies das SVR lahmgelegt oder die Russen. Jedenfalls gehen keine Nachrichten mehr raus.«

Die Obhut. Sie wollen den Planeten in ihre Obhut nehmen. Niemand war je von einer dieser besetzten Welten entkommen. *Wir müssen hier weg!*

Als hätten die Ahumanen sie schon jetzt mit einem Bann belegt, konnte sie sich nur widerstrebend vom Anblick der *Bigger* abwenden und rannte weiter. Sämtliche Shuttles, die sonst auf dem weitläufigen Gelände ihre Bahnen zogen, um Gäste und Raumhafenpersonal schneller ans Ziel zu bringen, waren verschwunden, sodass sie nicht als Einzige zu Fuß über das Flugfeld hastete. Der Weg zwischen sprungfähigen interstellaren Raumern und kleinen Transportern, denen der nötige Antrieb für Überlichtreisen fehlte, zog sich zu einer halben Ewigkeit. Atemlos folgte sie den im Boden eingelassenen, leuchtenden Leitsignalen und umrundete einen der grauschwarzen Schaufler. Diese schnörkellose Schiffsklasse diente nur dazu, möglichst große Mengen an Ladung auf im Orbit wartende Mega-Frachter zu schaffen. Entsprechend klobig gebaut, verdeckte der Schaufler die *Starhawk*, die neben ihm geradezu elegant wirkte, obwohl ihr bauchiger Rumpf eher dem einer Eule als dem eines Falken glich.

Vor dem offenen Backbordschott hockte Jane auf der abgesenkten Laderampe und starrte mit großen dunklen Kuhaugen zum Schiff der Collectors empor. Ihre dicken, mit braunem Fell bedeckten Finger spielten ungewohnt nervös an dem *Repeater*-Sturmgewehr auf ihren Knien herum. Als Josh um den Schaufler bog, wandte sich Janes massiger Schädel ihr zu. Der Blick der länglichen, waagrechten Pupillen war unergründlich wie eh und je, doch die Bison-Beta erhob sich und nahm Haltung an. Im Laderaum hinter ihr herrschte noch immer gähnende Leere.

»Sieht aus, als würde ich meinem Namen mal wieder alle Ehre machen«, brummelte Jane mit ihrer stets etwas heiseren Stimme und nickte zum Collectors-Schiff empor.

Josh setzte ein grimmiges Grinsen auf. Irgendein Witzbold in den *FullControl*-Labors hatte die Beta auf den Namen Calamity Jane getauft, was sich auf eine raubeinige, vom Schicksal gebeutelte Frau bezog, die vor über 1000 Jahren just in jener Gegend auf der Erde gelebt hatte, wo auch Janes tierische Ahnen beinahe ausgerottet worden waren. Warum hatten sie die Beta nicht gleich Pechmarie genannt? Alter Hass flackerte in Josh auf. *Sie erschaffen Wesen für gefährliche Einsätze und machen sich über deren Nöte auch noch lustig …*

Unwillkürlich krümmte sie die Finger, als wollte sie die Leute würgen, deren Gesichter aus ihrem Gedächtnis auftauchten. Rasch drängte sie die Bilder zurück und atmete tief ein, um sich wieder unter Kontrolle zu bringen. »Du hast es geschafft, dich freizukaufen. Du trittst deinen Taufpaten auch dieses Mal wieder in den Arsch. Wo sind die anderen?«

»Rasca und die Jungs sind mit Boss Johnson unterwegs, um die Ladung zu holen. Alle anderen müssten hier sein.« Jane deutete mit dem Daumen über die Schulter ins Innere des Raumschiffs.

Der Sicherheitschef hatte Rasca mitgenommen? »Na, zum Glück haben wir schon genug Ärger, sonst würde ich mir jetzt Sorgen machen«, versetzte Josh und joggte die Rampe hinauf. Waschbären-Betas neigten dazu, Dinge »auszuleihen«, ohne die Besitzer vorher zu fragen – doch wer würde das überhaupt bemerken, während eine Invasion der Collectors drohte?

»Miller an Brücke. Boyle, warum haben die Sirenen aufgehört?« Aus Gewohnheit eilte Josh die Treppen an der Wand des Laderaums hinauf, statt den Aufzug zu nehmen.

»Vielleicht, weil's die Russen selbst schon genervt hat?

Funkstille bitte! Der Captain führt hier 'n wichtiges Gespräch.«

Hoffentlich erwirkt er 'ne Sonderstartgenehmigung bei seinem Saufkumpan für uns. Josh polterte auf klobigen Sohlen durch die Gänge und Gemeinschaftsräume der *Starhawk* ins Cockpit, wo es gedrängt wie selten zuging. Zur Linken hinter dem Eingang saß Velásquez und trommelte mit den Fingern einer Hand auf dem Navigationspult. Dessen Systeme waren heruntergefahren, nichts deutete auf einen baldigen Aufbruch hin. Die zierliche kleine Itatay Navero, Herrin über die Technik an Bord, hing etwas verloren im Copiloten-Sessel neben Boyle und kaute auf einem *Probacco*-Pfriem. Immer wenn es brenzlig wurde, stopfte sich Ita einen der mit Zahnpflegezusatz aufgepeppten Streifen in den Mund. Dass Kramers schlanke Hand auf ihrer Schulter lag, schien sie gar nicht wahrzunehmen, doch auch der Blick ihres Freundes war auf Captain Wellesley gerichtet, der in tadellos sitzender Uniform kerzengerade im Cockpit stand und einen Fremden auf dem Hauptmonitor fixierte.

Die fahlbraune Jacke mit dem Sternenlogo wies den Mann als Mitarbeiter des Raumhafens aus. Unter Wellesleys strengem Blick zuckte es nervös in seinem Gesicht, aber in seinen Augen stand Trotz zu lesen. »Ich hab meine Anweisungen.«

Wenn der Captain zornig war, erinnerte seine schmale, gebogene Nase noch mehr an einen Raubvogel als sonst. Die hinter dem Rücken verschränkten Hände krümmten sich zu Klauen, während in seiner Haltung die Arroganz aus geschätzten 2000 Jahren Aristokratie lag. »Sie werden meiner Crew auf der Stelle die Fracht aushändigen, sonst ist Ihre Karriere auf diesem Planeten beendet!« Er wandte sich an Boyle. »Schaffen Sie mir diesen Clown aus den Augen, und stellen Sie eine Verbindung zu Fjodorow her!«

In den Zügen des Lagerverwalters mischten sich Wut und Unglauben, bevor er vom Bildschirm verschwand.

»Das habe ich vorhin doch schon vergeblich versucht, Sir«, protestierte der Pilot halbherzig.

»Hören Sie auf zu jammern, Boyle! Sie haben so viel Biss wie diese halbgeschmolzenen *ChocFrogs*.«

Boyle zog eine säuerliche Miene und drehte sich mit einem knurrigen »Aye, Sir« wieder zur Kom-Station um.

Josh fing einen vielsagenden Blick von Ita auf. Selbst tausend Jahre im All hatten dem Zwist zwischen Iren und Engländern offenbar nichts anhaben können, obwohl beide Staaten nur noch dem Namen nach existierten.

»Wie erfolgreich waren Sie, Miller?«, wandte sich der Captain an sie.

Josh war fast ebenso groß wie er und hielt sich nicht weniger aufrecht. Wie schaffte er es, trotzdem so auf sie herabzusehen? Wenn sie wenigstens ein paar übersehene Bartstoppeln oder eine falsch liegende Strähne seines grau melierten Haars entdeckt hätte – aber nein, Wellesley war perfekt. Er gab sich niemals eine Blöße und entdeckte dafür bei anderen jede kleinste Schwäche.

»Ausfuhrgenehmigung ist erteilt, Zollformalitäten sind erledigt, Sir.« Den Rest sparte sie sich. Von ihren Schwierigkeiten wollte er sicher ohnehin nichts hören. »Aber was ist mit den Collectors, Sir? Sollten wir nicht ...«

Ihre Worte gingen im Röhren eines Triebwerks unter. Als ein anderer Raumer viel zu niedrig über sie hinwegflog, wurde es dunkler im Cockpit, doch schon im nächsten Augenblick tauchte sie der Schein seines Antriebs in umso helleres Licht. Josh blinzelte durch die Panoramafenster nach oben.

»Na, der hat Nerven«, murrte Velásquez.

»Scheint, als ob er erst mal in der Atmosphäre Abstand gewinnen will, bevor er sich ins All absetzt«, schätzte Boyle mit einem Blick auf das Holodisplay, das ihnen den Luftraum über dem ganzen Distrikt anzeigte.

»Kommt er durch?« Fragend sah Ita zwischen dem Piloten, Josh und dem Holo hin und her.

»Für den Moment sehe ich keine Verfolger«, ließ sich ihr Freund Kramer vernehmen. »Vielleicht war das mit dem Militär nur eine leere Drohung …«

Ita legte ihre Hand über seine und schloss sie darum, als suchte sie Halt.

»Dann wird er nicht der Einzige bleiben, der abhaut.« Vergeblich suchte Josh Wellesleys Blick, denn in diesem Moment ertönte »Boss« Johnsons Stimme über Kom.

»Johnson an Brücke. Boyle, ich muss den Captain sprechen.«

»Reden Sie, Johnson«, forderte Wellesley ihn auf und signalisierte Boyle mit einer herrischen Geste, sich weiter um die Verbindung mit dem Raumhafenkommandanten zu kümmern.

»Sir, der Kerl hier sitzt auf der Ladung wie 'ne Glucke auf ihren verdammten Eiern. Wir wollten sie ihm unterm Arsch wegziehen, aber jetzt hat er uns die Sicherheitsleute auf den Hals gehetzt. Die werden jeden Moment hier sein.«

Wellesley nickte kurz, obwohl Johnson es nicht sehen konnte. »Rühren Sie sich mit Ihren Leuten nicht von der Stelle, aber provozieren Sie die Security nicht. Bleiben Sie ruhig und zeigen Sie denen die Frachtpapiere. Ich kümmere mich darum. Wellesley, Ende.«

Entferntes Dröhnen deutete darauf hin, dass ein weiteres Raumschiff das Startverbot ignorierte. Ita drückte erneut Kramers Hand, doch ihre sorgenvollen Augen richteten sich auf Josh. Kramer schien noch blasser als sonst und öffnete den Mund, um etwas zu sagen, obwohl er als Technischer Offizier noch hinter Ita rangierte.

»Sir«, platzte Josh heraus, bevor sich Kramer in die Nesseln setzen konnte. »Wir alle wissen, dass die Collectors nur aus einem einzigen Grund über einem Planeten auftauchen. Wir sollten verschwinden, solange wir noch können.«

»Nicht ohne die Ladung«, beschied Wellesley ihr knapp. »Boyle, versuchen Sie es mit meiner privaten Kennung und legen Sie mir das Gespräch in meine Kabine! Kramer, machen Sie sich nützlich und holen Sie mir einen Kaffee!«

»Aber, Sir …« Dem ranghöheren Offizier den Weg freizugeben, als er das Cockpit verließ, war ein Reflex, doch wie konnte er sie einfach so stehen lassen, wenn ihrer aller Freiheit, vielleicht sogar ihr Leben auf dem Spiel stand? Empört folgte sie ihm. »Sir, wir wissen nicht, wie viel Zeit uns noch bleibt.«

Erst in der Tür seiner Unterkunft drehte sich Wellesley wieder zu ihr um. Endlich gelang es ihr, ihm in die Augen zu sehen und seinen Blick festzuhalten. Sie war versucht, ihn dieses eine Mal Arthur zu nennen, wie er es ihr einst angeboten hatte. Doch sie wollte keine falsche Vertraulichkeit schaffen, wo keine Zuneigung war. Der Moment verging.

»Nehmen Sie zur Kenntnis, dass *FullControl* bereits viel Geld für diese Fracht bezahlt hat«, riet der Captain. »Ausgesprochen viel Geld sogar, das wohl nie erstattet werden wird, wenn wir das Centarium jetzt nicht mitnehmen. Das würde an *mir* hängen bleiben, Miller. Nicht an Ihnen, nicht an der Crew – an *mir*.«

»Captain, Fjodorow für Sie«, meldete Boyle über Kom.

»Stellen Sie durch!« Wellesleys Tür schloss sich automatisch, als er vom Sensor zurücktrat, und ließ Josh allein mit ihrer Wut zurück. Ja, Centarium war teuer. Schließlich wurde es nur auf vier oder fünf Planeten des bekannten Universums in größerem Maßstab abgebaut. Aber selbst wenn der Rest der Ladung aus Juwelen und unbezahlbaren Ancients-Artefakten bestanden hätte ... Josh lehnte sich an die gegenüberliegende Wand des Gangs und atmete tief durch. Sie durfte jetzt nicht in Panik geraten. Im Gegensatz zu ihr hatte Wellesley nie erfahren, was es hieß, eine Gefangene zu sein – eingesperrt und der Willkür anderer ausgeliefert. Er wusste nicht, was er riskierte, und würde es erst begreifen, wenn es zu spät war. Aber noch saßen sie nicht fest. Vielleicht lenkte Fjodorow ein, vielleicht bekamen sie ...

Schritte hallten im Gang und lenkten Joshs Aufmerksamkeit auf Kramer, der eine dampfende Tasse vor sich herbalancierte. Echter Kaffee von *Mana*, nicht das billige

Synthetikzeug von *Tau Ceti Prime*, getrunken aus echtem Porzellan statt Kunststoffbechern. Das war Wellesley, selbst im Angesicht der Katastrophe. Angewidert wandte sich Josh ab und ging ins Cockpit zurück, wo Ita, Velásquez und Boyle auf den Hauptmonitor starrten.

»Was sagen sie?« Josh spähte über Ita hinweg, die fast einen Kopf kleiner war als sie. Auf dem Bildschirm zeigten verwackelte Aufnahmen Gedränge an einem Raumhafenterminal.

»Bei den Fernsehsendern zeigen sie das Collector-Schiff in Endlosschleife«, murrte die Ingenieurin an ihrem *Probacco*-Pfriem vorbei. »Und wie alle möglichen hohen Tiere zu einer Krisensitzung beim Gouverneur vorfahren.«

»Das hier ist *PutiNow* – die hiesige Version von *Space-Tube*.« Boyle deutete zum Monitor, als könne etwas anderes gemeint sein. »Wie's aussieht, randalieren bald die Passagiere, weil alle Flüge gestrichen wurden und das *TransMatt*-Portal nicht mehr funktioniert. Die müssen verdammt fette Störsender haben, um das zu blockieren.«

Keine interstellare Kommunikation mehr, und jetzt das ...
»Sie haben den Planeten also schon isoliert. Sind die Ausreißer durchgekommen?«, fragte Josh mit einem Blick auf das Holodisplay, das gerade keine größeren bewegten Objekte anzeigte als die Satelliten im Orbit.

Boyle zuckte die Achseln. »Schwer zu sagen. Sie sind nicht wieder aufgetaucht.«

Wieder sah Ita mit großen, dunklen Augen zwischen ihnen hin und her und vergaß darüber sogar zu kauen. »Wir kommen hier weg, oder?«

»Dem Captain wird schon ...« Velásquez brach ab, als Wellesleys Stimme aus der Bord-Kom drang.

»Die Fracht ist freigegeben. Johnson, fangen Sie an zu verladen! Jeder auf seinen Posten und bereithalten zum Abflug!«

Die Triebwerke zweier Abfangjäger, die über sie hinwegdonnerten, ließen die *Starhawk* zittern. Joshs Herz schlug schneller. »Haben wir Starterlaubnis, Sir?«

»Die erteile hiermit ich.«

Schüsse fielen, bevor unweit der *Starhawk* eine Sirene ansprang und alles andere übertönte.

»Sterne und Streifen!«, fluchte Johnson, der sich gerade wieder auf den Pilotensitz ihres kleinen Lastgleiters schwang. »Kam das von meinen Jungs?«

Rasca und Jane hielten inne und starrten zum offenen Schott. Die schwere Frachtkiste, die sie gerade von der Ladefläche des Gleiters gehoben hatten, hing für einen Moment zwischen ihnen, als hätte sie kein Gewicht.

»Weitermachen!«, herrschte Josh die Betas an, während Wayne »Boss« Johnson Gas gab und die Rampe hinabfegte. Rasch wechselte sie den Scanner, mit dem sie die Codes der Frachtstücke erfasste, von der rechten in die linke Hand, um nach einer Waffe zu greifen, die sie nicht trug – im wahren Leben nur ein einziges Mal getragen hatte. *Scheiß antrainierte Reflexe!* Im Vorübereilen sah sie, dass Rasca unwillig mit dem buschigen, gestreiften Waschbärschwanz schlug, doch sie und Jane nahmen die Arbeit wieder auf. Nicht zum ersten Mal fragte sie sich, warum die Beta-Designer Rasca diesen nutzlosen Fellfortsatz nicht erspart hatten, der sie in vielen Augen zu einer Witzfigur machte.

»Miller, was geht da draußen vor sich?«, erkundigte sich Wellesley über Kom. »Boyle will Schüsse gehört haben.«

Josh polterte die Rampe hinab und sah sich um, musste sich ducken, um unter dem Schaufler hindurchzuspähen, hinter dem das ferne Flackern einer Warnleuchte zu erahnen war. »Definitiv Schüsse, Sir!«, rief sie gegen das betäubend laute Heulen der Sirene an. Der Ton sägte an ihren Nerven. Über den Lärm entgingen ihr beinahe die beiden Security-Leute, die auf *Speed-Ridern* vorbeirasten.

»Hat nichts mit uns zu tun, Sir.« Johnson klang beinahe schadenfroh. »Ist'n anderer Haufen armer Schweine, die an ihre Ladung wollen. Liefern sich zwei Tore weiter 'nen Kampf mit der Sec.«

»Sehen Sie trotzdem zu, dass Sie fertig werden. Wellesley, Ende.«

Was glaubt er, was wir hier tun? Josh konnte sich vorstellen, wie Johnson die breiten Schultern zuckte. Als ob sie die Container und Fässer freiwillig fast schon einzeln auf dem kleinen Lastgleiter transportieren würden. Normalerweise wurde die Fracht auf einem Antigrav-Truck von der Lagerhalle zum Raumschiff geliefert, doch die waren alle wie vom Betonboden verschluckt.

Josh spürte ein Zittern des Betons durch die Stiefelsohlen und sah sich instinktiv nach der Ursache um. Ein paar Landeplätze entfernt hob ein weiterer Raumer ab – der fünfte oder sechste in den vergangenen zwei Stunden. Jede Wette, dass in jedem verdammten Cockpit dieselbe Diskussion geführt wurde: abhauen oder stillhalten.

Sie hob den Scanner und überflog die angezeigte Frachtliste. Nur wenige Positionen blinkten noch als vakant. Noch zwei Fuhren, vielleicht drei, dann hatten sie ...

Das Heulen der Sirene brach so plötzlich ab, dass sich Josh überrascht umsah. Doch die Stille währte nur eine Sekunde, dann knisterte es so hässlich aus dem Kom, als ob eine Drahtbürste über ein Mikro kratzte. »Boyle?«

Wie zur Antwort ertönte eine blecherne Stimme, die entweder künstlich erzeugt oder schlecht übertragen wurde. »Schützenswerte, bedrohte Rasse Mensch – eure Rettung ist nahe!«

Josh wurde mit einem Schlag so kalt, als stünde sie in einer Cryogenkammer. »Scheiße, es geht los!« Sie wirbelte herum, rannte die Rampe hinauf, suchte nach den beiden Betas, in deren aufgerissenen Augen sich ihre eigenen spiegelten. Hektisch versuchte sie, ihr Kom auf einen freien Kanal umzustellen.

»Schützenswerte, bedrohte Rasse Mensch! Ihr Planet wurde für das Obhut-Programm ausgesucht. Fühlen Sie sich geehrt! Wir sind ein Volk von höheren Wesen, die sich um die Schwachen kümmern und für ihr Wohl sorgen ...«

»Die überlagern sämtliche Frequenzen. Rasca, mach hier weiter! Jane, lauf los und hol die Jungs zurück! Sag ihnen, was noch nicht an Bord ist, bleibt hier! Ich nehm's auf meine Kappe.«

Die Bison-Beta nickte knapp und stürmte hinaus. Im Vorübereilen schnappte sie sich das Sturmgewehr, das sie neben dem Eingang an die Bordwand gelehnt hatte. Josh schlug die entgegengesetzte Richtung ein, rannte durch den schmalen Gang zwischen der aufgetürmten Fracht und die Gitterrost-Treppe hinauf. Oben stieß sie beinahe mit Kramer zusammen, der vom Maschinenraum hergelaufen kam.

»Neue Order?«, fragte er aufgeregt.

»Kein Kontakt.« Vage deutete Josh auf das Kom, aus dem noch immer die Ansprache der Collectors drang: »Wir haben Sie als schützenswert auserkoren und werden alles für Ihren Fortbestand ...«

Kramer nickte und ließ ihr den Vortritt. *Wie abhängig wir doch von der scheinbar beiläufigsten Technik sind,* dachte Josh, während sie Richtung Cockpit eilte. Kaum fiel ein kleines Gerät aus, mussten sie von einem Ende des Schiffs zum anderen hetzen wie Boten im Mittelalter.

»Als Sofortmaßnahme unserer Obhut untersagen wir jegliche Raumfahrtaktivitäten ...«

Ihr könnt mich mal!

»Ah, Miller, da sind Sie ja«, begrüßte Wellesley sie, als käme sie zu spät zu einer Cocktailparty. »Kramer, Navero soll den Sprungantrieb hochfahren. Bis zum Sprung so viel Energie wie entbehrlich auf die Triebwerke. Unser Pilot wird Arbeit haben.« Er wies mit dem Kinn zum Holodisplay. Ein ganzes Geschwader Jäger fächerte sich gerade über der Stadt auf. An der schlanken Form erkannte Josh die *Smaller*-Klasse der Collectors.

»Sollten Sie nicht verstehen, dass wir zu Ihrem Besten handeln, müssen wir Sie mit anderen Mitteln überzeugen ...«

»Kramer, halten Sie nicht Maulaffen feil!« Die Schärfe in der Stimme des Captains genügte, um den jungen Offizier erröten und aus dem Cockpit stürzen zu lassen.

»Jedes tote Exemplar wird von uns bedauert und als unnötig betrachtet.«

Josh merkte, dass sie mit den Zähnen knirschte.

»Schützenswerte, bedrohte Rasse Mensch! Wir erwarten Ihre Antwort in einer Standardminute.«

»Werden die Russen kämpfen?« Velásquez klang so zweifelnd, dass die Frage rhetorisch schien.

»Spielt für uns keine Rolle«, meinte Wellesley. »Miller, sehen Sie zu, dass die Mannschaft vollzählig ...«

»Johnson an Brücke, hab alle eingesammelt. Wir kommen gerade an Bord.«

Eine hochgezogene Augenbraue war Wellesleys einzige sichtbare Reaktion darauf, dass das Kom wieder funktionierte. »Gut. Außenschott schließen! Boyle, heben Sie ab!«

»Aye, Sir«, bestätigte der Pilot. Ein Vibrieren und leichtes Schwanken des Bodens unter ihren Füßen bewies, dass er die Antigrav-Pulsatoren aktivierte. Josh warf einen Blick aus dem Fenster. Ein russischer Jagdgleiter schoss über die Militärbasis, einen *Smaller* dicht im Nacken. Überall auf dem Flugfeld rührten sich Schiffe. In wenigen Minuten würde es im Orbit von Flüchtigen wimmeln – egal, was der Gouverneur den Collectors antwortete.

Wir schaffen das. Konzentrier dich auf deine Aufgaben, Josh! Sie riss sich vom Anblick des Raumhafens los und eilte zum Laderaum zurück, vom Start ein leichtes Ziehen im Magen und über Kom die Anweisungen des Captains an Boyle im Ohr. Das Schiff neigte sich, drohte, sie aus dem Gleichgewicht zu bringen, doch sie balancierte sich aus, stieß sich immer wieder von der Gangwand ab, ohne deshalb langsamer zu werden. Wenn *sie* schon so schwankte ... Sie konnte die Fracht förmlich durch den Laderaum rutschen sehen wie eine in Fahrt kommende Lawine.

»Da sind zwei Jäger!« Velásquez klang so panisch, dass sie seine Stimme beinahe nicht erkannt hätte.

»Wo?«, schrie Boyle.

»Auf fünf Uhr«, verkündete Wellesleys Stimme mit offenbar unerschütterlicher Ruhe. »Bringen Sie den *SE*-Transporter da zwischen uns!«

Neue Beschleunigung fuhr Josh wie eine Faust in den Magen, Fliehkräfte warfen sie gegen den Durchgang zum Laderaum. Durch das Geländer des Treppenabsatzes sah sie Calamity Jane und ihren Kollegen Rodriguez ein fixierendes Netz über wankende Fässer zerren. Rasca kletterte vorneweg und half mit flinken Fingern nach, wo immer das Netz hängen blieb. Gerade als Josh wieder aufrecht stand, hörte sie einen dumpfen Knall. Die *Starhawk* bockte unter ihren Füßen. Jemand schrie. Josh musste sich ans Geländer klammern, um nicht zu stürzen. »Sind wir getroffen?«

»Negativ«, erklang Itas Stimme gepresst aus dem Kom. »Keine Schadensmeldung.«

»Könnte sich gleich ändern«, knurrte Johnson. »Das klang knapp.«

Josh entdeckte ihn am anderen Ende des Frachtraums beim Festzurren eines Spanngurts, während Baillou, ein weiterer Schiffsmechaniker, mit ratloser Miene vor dem Bedienfeld des Außenschotts stand. Rasch betrat Josh den Lastenaufzug. »Baillou, was ist los?«

»Die Anzeige spinnt. Es ist alles verriegelt, aber die ...«

Eine weitere Erschütterung schüttelte das Schiff, ließ Josh gegen die Rückwand des Fahrstuhls taumeln.

»... die Leckwarnung flackert immer wieder auf.«

Sie sprang wieder zur Tür, um die Taste zu drücken, die den Aufzug in Bewegung setzte.

»Kramer, checken Sie das Außenschott!«, mischte sich der Captain ein.

»Laut Bordcomputer gibt es kein Leck«, antwortete Kramer beinahe sofort.

Die Tür schloss sich, der Fahrstuhl fuhr nach unten. »Ich seh's mir mal an, Captain«, schlug Josh vor.

»Nein, sichern Sie die Ladung! Die Elektronik ist Kramers Job.«

»Bin schon unterwegs«, versicherte jener.

Plötzlich sprang der ganze Aufzug in die Höhe, krachte gegen die Metallgitter, die den Fahrstuhlschacht bildeten. Josh riss sich die haltsuchenden Finger daran blutig. Als die Plattform im nächsten Augenblick zurück nach unten stürzte, leuchteten jäh die Pulsatoren an der Unterseite auf. Rasca stieß ein nie zuvor gehörtes Trillern aus, doch Josh sah nur Rodriguez, der fluchend zusammengezurrte Fässer umarmte, um nicht zu fallen. Noch während sie sich aufrappelte, ertönte Wellesleys Stimme erneut aus dem Kom.

»Johnson, bewaffnen Sie sich und sichern Sie mit Rodriguez die Schleuse, falls wir geentert werden sollen!«

»Haben die uns lahmgeschossen?«, erwiderte Johnson, eilte aber schon zum Waffenschrank.

»Noch nicht«, gab der Captain zurück.

Josh trat aus dem Fahrstuhl, ließ halbherzig den Blick

über die Sicherungsmaßnahmen an der Ladung schweifen. Innerlich sah sie gepanzerte Ahumane das Schiff stürmen. Die *Starhawk* schlingerte. Rodriguez schaffte es dennoch, die Maschinenpistole aufzufangen, die Johnson ihm zuwarf. Die *Repeater* behielt der »Boss« für sich.

Josh zwang sich, ihnen nicht nachzublicken, als sie die Treppe hinauf davoneilten. »Wir brauchen auch Netze über den ganzen Containern!« Hoffentlich gab es überhaupt so viele. Auf einem Frachter musste man schließlich nicht mit solchen Manövern rechnen.

Eine weitere Erschütterung schüttelte die *Starhawk*, riss Calamity Jane beinahe von den kräftigen Beinen und zwang Josh, die Finger in das Netz über den Fässern zu krallen.

»Die Collectors haben den *SE*-Transporter zerlegt.« Velásquez klang tonlos wie ein Roboter.

»Schwätzen Sie nicht!«, blaffte Wellesley. »Sprungkoordinaten! Wir springen, sobald wir aus der Atmosphäre sind.«

»Da sind zu viele andere Schiffe im Weg!«, protestierte der Astrogator.

»Miller, zurück auf die Brücke! Übernehmen Sie für dieses Nervenbündel hier!«

Für einen Moment erstarrte Josh, dann brachte sie ein »Aye, Sir« über die Lippen und rannte zur Treppe, wo ihr Kramer entgegenkam. »Jane, dein Laderaum! Baillou, hilf endlich den Mädels! Kramer ist …«

»Rakete!«, schrie Boyle.

»Ausweichen!«, brüllte Wellesley.

Das Schiff kippte. Josh fiel, prallte gegen das Treppengeländer, klammerte sich fest, doch der Schwung schleuderte ihren Körper dennoch über das Hindernis. Ihr Aufschrei mischte sich mit anderen, die ebenso im Poltern und Rumpeln verrutschender Ladung untergingen. Das eigene Gewicht riss ihr beinahe die Finger aus den Gelenken. Einen Sekundenbruchteil lang hing sie parallel zum fast senkrecht stehenden Boden des Laderaums, dann richtete sich die *Starhawk* mit einem Ruck wieder auf, der Josh gegen das Geländer warf. Warme Flüssigkeit rann ihr übers Kinn, sie schmeckte Blut, achtete aber nicht darauf, sondern ließ sich stattdessen auf den drei Meter tiefer gelegenen Boden fallen. Als eine neue Erschütterung sie von den Füßen riss, rollte sie sich ab und stieß gegen umgestürzte Fässer, die nur noch von dem Netz auf einem Haufen gehalten wurden.

»Scheiße! Baillou!«

Die Dringlichkeit in Janes Stimme brachte Josh noch schneller wieder auf die Beine. Um Baillou zu finden, musste ihr Blick nur Rasca folgen, die – schon wieder mit seltsam schrillem Schnattern – behände über die Kisten und Fässer kletterte. Von Baillou ragte nur der Oberkörper über einem verrutschten Container hervor. Die weit aufgerissenen Augen im fahlen Gesicht verrieten seine Qual. Beine und Unterleib klemmten zwischen Ladung und Außenschott fest. Der Gedanke an die Wucht, mit der ihn die schwere Kiste getroffen haben musste, ließ Josh übel werden. »Baillou ist verletzt«, krächzte sie in das Durcheinander der Stimmen aus dem Cockpit.

»Bring uns hier raus, Josh! Die anderen können sich um ihn kümmern«, flehte Ita aus dem Maschinenraum.

Sie hat recht. Josh leckte sich Blut von der tauben Unterlippe und nickte Kramer zu, der sich leichenblass anschickte, Rasca zu folgen, während Jane ein weiteres Netz aus einem Wandfach zog. Wenn sie nicht bald sprangen, würde das alles vergebens sein. Eng am Geländer, um nicht wieder zu stürzen, hastete Josh die Treppe hinauf.

»Noch zehn Sekunden bis zum Austritt aus der Atmosphäre«, verkündete Wellesley. »Leiten Sie den Sprung ein, Velásquez!«

»Wohin denn? Boyle schlägt einen Haken nach dem anderen!«

»Weil wir sonst schon tot wären!«, herrschte der Pilot ihn an.

Josh rannte schneller, obwohl die *Starhawk* schlimmer schlingerte als zuvor.

»Konzentrieren Sie sich aufs Fliegen, Boyle«, mahnte der Captain. »Velásquez, leiten Sie die Sprungsequenz ein!«

»Dann rauschen wir direkt in den Mond da!«

»Der ist doch nicht neu!«, brüllte Wellesley.

Keuchend stolperte Josh ins Cockpit und packte die Lehne von Velásquez' Sessel, um sich aufrecht zu halten. Ein einziger Blick auf den Monitor des Astrogators zeigte ihr, wie schwierig die Konstellation war. Zwei der drei Monde Putins und der Nachbarplanet schränkten die möglichen Sprungvektoren erheblich ein. Hinzu kam ein Gewirr von Schiffen, die von den *Smaller*-Jägern auf die riesige *Hough* zugetrieben und abgeschossen wurden. Boyle spielte im Getümmel offenbar Katz und Maus mit ihren Verfolgern, doch ihnen ging allmählich die Deckung aus ...

»Lassen Sie Miller ran, Velásquez!«, knurrte Wellesley.

Der Zweite Offizier glitt von seinem Platz. Josh sah seine Finger zittern. Noch einmal erfasste sie die Konstellation, dann wählte sie intuitiv einen Sprungkorridor, ließ die Berechnungen durchspielen. »Ita, Energie auf Sprungantrieb umleiten in 10. Boyle, auf übermittelten Kurs schwenken in 5, 4, 3, 2, 1.«

Das abrupte Manöver presste sie in den Sitz.

»Bahn frei?«, hakte der Captain nach.

»Bestätigt«, erwiderte Josh mechanisch.

Wellesley gab ein befriedigtes Brummen von sich. »Sprung bei 5, 4 ...«

Schmerz brannte sich vom Nacken aus durch Joshs Körper. Die Sterne vor den Fenstern verschwammen.

»3, 2 ...«

Ein Krachen dröhnte in ihren Ohren. Jäh bockte das Schiff so heftig, dass Josh für einen winzigen Augenblick über dem Sessel schwebte. Sämtliche Anzeigen erloschen und leuchteten wieder auf.

»Raketeneinschlag!«, schrie jemand, doch die Stimme war ebenso verzerrt wie die Bilder vor Joshs Augen.

Dann wurde alles grau.

1

28. Mai 3042 a. D. (Erdzeit)
System: Epsilon Eridani
Planet: Curie (im Besitz der *FullControl Corporation*)

In Joshs Ohren rauschte es. Das Geräusch erinnerte sie an
Wind. Es schwoll an und ab wie das leise Fauchen eines
Beatmungsgeräts. Sie stutzte. Der Nebel in ihrem Kopf
lichtete sich, wich der Erkenntnis, dass sie ihren eigenen
Atem hörte, der im Helm des Raumanzugs widerhallte.

Verwirrt sah sie sich um. Sie stand auf dem schmalen
Gang, der vom Cockpit in den Bauch der *Starhawk* führte,
und hielt eine schwere Pistole in der Hand. Das Gewicht
der Waffe war seltsam vertraut, obwohl sie sie noch nie
aus dem Versteck in ihrer Kabine geholt hatte. Seit zwei
Jahren lag die *Highfire* dort, eine Vorsichtsmaßnahme für
den Tag X, von dem sie hoffte, dass er niemals kommen
würde. Aber warum hatte sie sie jetzt in der Hand?

Außerhalb des Helms herrschte Stille. Testhalber erhöhte sie die Leistung des Außenmikrofons, doch nur das sta-
tische Rauschen im Kom wurde lauter. Eine Ahnung von
Gefahr zog sie zum Frachtraum. Wo waren die anderen?

Vorsichtig, die Waffe schussbereit, rückte sie vor. Dasselbe Gefühl der Bedrohung, das sie antrieb, warnte sie davor, über Kom nach den anderen zu rufen. Nicht einmal ihre Schritte erzeugten einen Laut. Auch wenn sie langsam ging, hätte sie dank der Stiefel nicht so leise sein dürfen. Ein Verdacht stieg in ihr auf. Mit Wucht schlug sie eine Faust gegen eine der grauen Wandplatten. Nichts.

Sie hörte ihren eigenen überraschten Atem zischen. *Vakuum!* Doch der Schwerkraftgenerator arbeitete noch? Was war passiert?

Sie beschleunigte ihre Schritte, ließ die geschlossenen Türen der Offizierskabinen hinter sich. Hätte sie nicht wenigstens die Vibrationen des Antriebs spüren müssen?

Schnell und effizient sicherte sie mit der *Highfire* erst nach links, dann nach rechts, als sie die Mannschaftsmesse betrat. Ihr Körper bewegte sich wie von selbst, wusste, was zu tun war. Weit und breit war niemand zu sehen. Der große Tisch in der Mitte des Raums war ebenso leer wie die festgeschraubten Stühle. Angst mischte sich in ihre Sorge. Trieb sie allein auf einem havarierten Schiff im All?

Sie durchquerte den Raum, ignorierte die Eingänge der Mannschaftsquartiere, weil sie ahnte, dass sich niemand dahinter verbarg. Ihr Ziel war der Frachtraum. Dort würde sie die Antwort auf alle Fragen finden. Der Gang vor ihr lag im Dunkeln. Selbst die Notlichtpunkte, die bei einem Energieabfall weiterleuchten sollten, verglommen nach wenigen Schritten in die Finsternis. Josh aktivierte die Lampe über dem Visier ihres Helms und ging weiter. Unruhig huschte der Lichtkegel über die Wände, folgte ihrem Blick von einer Seite zur anderen. Im hartweißen Schein glänzten Stellen auf, an denen nichts hätte sein dürfen. Ohne die Waffe zu senken, beugte sich Josh vor, um die Flecken genauer zu betrachten. Spritzer einer grauen, gelartigen Substanz. Kühlmittel? Ein Schmierstoff? Sofort blickte sie zur Decke, ob das Zeug von dort herabtropfte. Keine Spur eines Schadens, nur noch mehr Spritzer.

Wachsam näherte sie sich der Abzweigung zum Maschinenraum. *Ita.* Sie widerstand dem Impuls, abzubiegen, um nach ihrer Freundin zu suchen. Im Gang zum Frachtraum blitzten Farben auf. Irgendetwas stimmte mit den Wänden nicht. Rasch trat sie näher. Noch mehr Schleim überzog die Kunststoffplatten, verdichtete sich zu einem flächendeckenden Belag. Josh sah zu Boden. Sie stand in der Substanz, die Fäden zog, als sie einen Fuß hob. *Scheiße, was ist das?*

Sie blickte auf und entdeckte das erste Loch. Zwischen zerfressenen Rändern waren Metallrohre und bunte Kabel sichtbar geworden. Mit jedem Schritt, den sie weiterging, klafften mehr Löcher in den Wänden. Das Zeug zersetzte die Kunststoffverkleidung. *Interimschleim!*

Josh lief schneller. Unter ihren Füßen löste sich der Bodenbelag auf. Metallgitter kamen darunter zum Vorschein. Sie betete, dass die Stiefel des Raumanzugs für den Kontakt mit Interimschleim ausgelegt waren. Wurden die Sohlen dünner, oder hatten sich Gitterstäbe schon immer so durchgedrückt?

Die zerfressenen Wände gaben den Blick auf die Innereien der *Starhawk* frei. Stahlstreben, Röhren, Leitungen.

Wenn der Schleim die Antriebe und den Bordcomputer erreichte, war es vorbei ...

Josh rannte durch den Eingang des Laderaums und schlitterte auf einer schlüpfrigen Stahlplatte gegen das Geländer des Treppenabsatzes. Ihr heftiges Atmen ließ für einen Sekundenbruchteil den Helm beschlagen, bis sich die Filter darauf eingestellt hatten. Unter ihr breitete sich der Frachtraum aus. Leer. Keine Ladung, keine Crew, nur Schleim – und ein Leck. Ein Leck, so groß wie ein Tor. Von unzähligen Sternen gespickte Schwärze dehnte sich dahinter aus. Joshs Herz verkrampfte sich zu einem schmerzenden Klumpen. »Nein!«

Plötzlich wurde sie so heftig geschüttelt, dass sie nicht mehr wusste, ob sie lag oder stand. Panik erfasste sie, doch im gleichen Moment drang Itas Stimme durch das Chaos in ihrem Kopf: »Josh! Josh, wach auf!«

Sie schnappte nach Luft, als habe ihr jemand im Vakuum den Helm vom Kopf gerissen. Adrenalin peitschte Angst und Verwirrung zu einem wilden Tanz, doch ihr Verstand begriff die Botschaft und sendete beruhigende Signale aus.

»Hattest du wieder einen Albtraum?«

Josh konnte nur nicken, während sie ihre Gefühle ordnete und in den engen Verschlag zurückfand, den sie seit ein paar Tagen mit Ita teilte. Wie gerädert setzte sie sich auf.

Die Ingenieurin kaute heftiger auf ihrem *Probacco*-Pfriem. Seit dem Unglück hatte Josh sie nicht mehr ohne gesehen – und nicht mehr mit der Zahnpflege-Variante, sondern dem Zeug mit den Beruhigungsmitteln drin.

»Schrott! Du solltest einen von denen probieren.« Sie hielt ihr einen *Probacco*-Streifen vor die Nase.

Josh schüttelte den Kopf und musste dabei aufpassen, nicht an die Koje über ihr zu stoßen. Mochte sein, dass die Drogen Ita halfen, ruhig zu schlafen, aber Josh fürchtete Tag X zu sehr, um ihre Sinne zu vernebeln. Wann immer ihr Verfolger auftauchen würde, musste sie gewappnet sein. »Ist es schon Morgen?«

»Bald. Lohnt nicht mehr einzuschlafen.« Itas Finger verknoteten sich trotz der Beruhigungsmittel. Sie stand in dem schmalen Spalt zwischen den Betten und der Tür und schien sich in Gedanken zu verlieren.

»Okay.« Darum bemüht, die nackten Füße nicht auf dem klebrigen, verdreckten Boden, sondern auf ihren Stiefeln landen zu lassen, schwang Josh die langen Beine aus der Koje. Selbst im schäbigsten Hotel eines Raumhafens gab es Synthkaffee-Automaten auf den Zimmern, doch nicht einmal dafür hatte ihr Geld noch gereicht. In diesem Loch hier musste man froh sein, dass es eine Toilette auf jeder Etage gab. Nun, wenigstens das fand heute ein Ende. Josh wünschte, es würde auch für ihre Albträume gelten. Wenn sie wenigstens nicht so realistisch gewesen wären ... Doch sie hielten sich stets beklemmend eng an den wahren Gang zum Frachtraum, den sie nach der knappen Flucht von Putin absolviert hatte. Die Collectors hatten die *Starhawk* getroffen. Im letzten Augenblick vor dem Sprung hatte die Rakete eingeschlagen und ein Leck in die Außenhülle gesprengt. Den aktivierten Sprungantrieb hatte das nicht aufgehalten, und die inneren Schotts waren von den Notfallsystemen sofort geschlossen worden, um den

Druckabfall auf den beschädigten Bereich zu begrenzen. Aber ihren Freunden im Frachtraum hatte es nichts genutzt. Niemand wusste genau, ob sie sofort, in der letzten Sekunde vor dem Sprung, mitsamt der Ladung aus dem Schiff gerissen worden waren oder erst im Interim. Sicher war nur ihr Tod.

»Mit diesen Träumen ... glaubst du ... kannst du einfach wieder aufs Schiff gehen, als wär nichts passiert?«

Josh zuckte die Achseln. Die *Starhawk* hatte so viel Zeit im Reparaturdock verbracht, dass sie sicher gründlich überholt und instand gesetzt worden war – selbst wenn man die üblichen Verzögerungen abzog, die in den Werften entstanden, weil zahlungswilligere Kunden vorgezogen wurden oder Ersatzteile erst von einem anderen Planeten angeliefert werden mussten. Zugegeben, die Schäden durch den eingedrungenen Schleim waren massiv gewesen. Jedes sprungfähige Schiff verfügte über Vorrichtungen, um die Außenhaut sofort nach dem Austritt aus dem Interim von der Substanz zu befreien, die sonst alle Glas- und Kunststoffteile zersetzte. Doch ein Sprung mit Leck war in keinem Notfallplan vorgesehen. Wären sie nicht in ihren Raumanzügen sogleich ins All hinausspaziert, um den Frachtraum und die angrenzenden Bereiche zu reinigen, hätten sie den nächsten Planeten vielleicht nur noch in Rettungskapseln erreicht. »Von ein paar dummen Träumen lass ich mich nicht unterkriegen. Die hatten lang genug Zeit, um unser Baby wieder flottzumachen.« *So viel Zeit, dass mein Konto so leer ist wie das Vakuum.* Und Ita konnte es nicht besser gehen, sonst hätte sie kaum mit ihr in diesem Wandschrank gehaust.

»Das meine ich nicht.« In Itas Gesicht zuckte es verdächtig. Sie vergaß sogar, auf dem *Probacco*-Mist zu kauen.

Oh. Josh schloss für einen Moment die Augen und atmete tief ein, um die bedrückenden Gefühle abzuwehren, die sie ergreifen wollten. Entschlossen drängte sie die Gedanken an Calamity Jane, Rasca und Kramer zurück, die sie allein mit dem verletzten Baillou im Frachtraum zurückgelassen hatte, obwohl sie für die Sicherheit dort verantwortlich war. *Ich musste es tun. Die anderen wären sonst auch noch draufgegangen.*

»Ich ... ich kann's nicht.«

Überrascht sah Josh auf.

Wut blitzte durch die Tränen in Itas dunklen Augen. »Es war Wellesleys Befehl, verstehst du?« Nun schrie sie fast. »Seine gottverdammte Scheißentscheidung hat Andi umgebracht! Wenn wir früher abgehauen wären, würde er noch leben! Ich kann's nicht, Josh. Ich hab gedacht, ich krieg das hin. Und ich will dich und Boyle nicht auch noch verlieren. Aber wie soll ich in sein arrogantes Gesicht sehen und sagen »Aye, Sir«, wenn ich am liebsten hineinschlagen würde? Der Arsch hat mein Leben kaputtgemacht!« Sie schlug mit der Faust gegen die obere Koje, schluchzte aber dabei.

Josh sah die Schultern ihrer Freundin zucken und die Tränen auf den schmuddeligen Kunststoffboden tropfen. Ja, Wellesley hatte das alles über sie gebracht, obwohl sie versucht hatte, ihn umzustimmen. Geld und sein Ansehen im Konzern waren alles gewesen, was ihn interessiert hatte. Unwillkürlich ballte sie die Fäuste, doch das würde Ita nicht helfen. Sie war nicht gut darin, Trost zu spenden.

Immer fühlte sie sich seltsam und unzulänglich dabei, aber aus Filmen hatte sie gelernt, was sie tun musste. Als sie aufstand, überragte sie Itatay fast, als sei ihre Freundin ein Kind. Linkisch legte sie die Arme um sie und streichelte kurz die verkrampften Schultern, bevor sie sich wieder zurückzog. »Ich weiß, dass es hart wird für dich. Aber mit wem sollte ich über Boyles Verfressenheit lästern, wenn du nicht mehr da wärst? Und wer würde mir Velásquez' spitze spanische Bemerkungen über schwarze Frauen übersetzen?«

Ita rang sich ein Lächeln ab. »Vielleicht wär das besser für dich.«

»Unsinn! Ich brauch dich einfach als Verstärkung, klar? Jetzt hol ich uns diesen Pseudo-Synthkaffee aus der Lobby, und dann ...« Sie hatte sagen wollen, dass die Welt dann wieder freundlicher aussehen würde, doch sie schluckte die Worte gerade noch hinunter. Für Ita war die Welt mit Kramers Tod zusammengebrochen. Mit einem Mal fragte sich Josh, ob sie selbst Wellesley noch mit dem nötigen Respekt gegenübertreten konnte.

»Warten Sie hier, bis man Sie abholt!«, befahl der uniformierte Security-Mann, der Loop, Fratt und Cherokee in den Raumschiffhangar geführt hatte. Die höfliche Anrede für drei Chims, wie die Betas abfällig genannt wurden, kam ihm sichtlich schwer über die Lippen. Rasch wandte er sich ab und ging davon, um zu vermutlich erfreulicheren Aufgaben zurückzukehren.

»Wie hat sie das gemacht?«, flüsterte Fratt. Seine Iltisnase zuckte, während sein Blick hin- und herschoss. »Der ganze verdammte Planet gehört *FullControl*. Die haben jede Menge eigene Betas, und ausgerechnet wir kriegen den Job?«

Loop zuckte die Achseln. »Das sind zivile Posten auf 'nem Frachter. Dafür setzt man keine teuren Justifiers ein.« *Okay, wir* sind *Justifiers*. Aber das wussten die Leute von *FullControl* nicht, und wenn es sich verhindern ließ, würden sie es auch nie erfahren.

»Der Asiate, chrrr«, warf Cherokee ein.

Seit dem Abschied von Nikolaj Poljakow fand Loop den Adler-Beta ungewohnt wortkarg. Lag es an einer Art Überdosis Interimsprünge in zu kurzer Zeit? Noch immer stellten sich ihm die Nackenhaare auf, wenn er daran zurückdachte.[*]

»Der Asiate?«, wiederholte Fratt verständnislos. Dann machte es offenbar Klick. »Ach, der Typ im Personalbüro! Du meinst ...« Verschwörerisch senkte er wieder die Stimme, obwohl sich keiner der Wartungstechniker, die letzte Hand an den kleinen Raumfrachter legten, in Hörweite befand. »... er gehört zum Weng-Ho-Clan?«

»Oder wird für die kleine Gefälligkeit gut von ihm bezahlt.« Das Gefieder über einem von Cherokees grimmigen Raubvogelaugen zuckte. Wäre er ein Mensch gewesen, hätte er wohl bedeutungsvoll die Augenbraue angehoben. Loop hoffte nur, dass sich dabei nicht die neuen zusätzlichen Federn lösten, die sich ihr Doc professionell wie ein Maskenbildner an die Schläfen geklebt hatte, um sein Aussehen zu verändern.

---

[*] Justifiers 3: *Mind Control*

Hinzu kamen die frisch in den Schnabel gefrästen indianischen Motive, zu denen sie Cherokee nicht lange hatten überreden müssen. Hätte sich Loop nicht auf seine feine Wolfsnase verlassen können, wäre er selbst manchmal nicht sicher gewesen, ob er noch denselben Adler-Beta vor sich hatte. Der Doc *hatte* sich irgendwie verändert, und er würde noch herausfinden, was dahintersteckte.

Fratts Barthaare standen vor Aufregung wie lange Stacheln von seiner Schnauze ab. »Wenn das auffliegt, kann der Typ sein Begräbnis buchen.«

»Und wir gleich mit«, erinnerte Loop ihn für den Fall, dass der Iltis-Beta ihre eigene Sterblichkeit mal wieder vergessen hatte. Der zunehmende Frettchengestank stach ihn in die Nase, bis er niesen musste. »Komm wieder runter, Mann! Du wirst noch irgendeinen Chemikalienalarm auslösen.«

»Das sind die verdammten Farben und Bleichmittel in meinem Fell.«

»Ach? Und wieso stinke ich dann nicht?« Immerhin hatte er sein dunkelgraues Wolfsfell so lange bleichen lassen, bis es hell und fleckig aussah – was er nicht gerade für eine Verbesserung hielt.

»Vielleicht bist du einfach nicht so irre männlich wie ich, Loopi.«

»Und vielleicht solltest du mich nicht mehr Loop nennen, sondern Kurt, wenn unsere Tarnung nicht auffliegen soll, Mister Universe.«

»Hört auf zu streiten!«, mahnte Cherokee. »Wir wollen keine unnötige Aufmerksamkeit auf uns ziehen.«

Fratt schnaubte. »Ich sag's dir nur ungern, Schamane, aber wenn hier einer auffällt ...«

»Sag mir lieber, warum du mich nicht nach der Verletzung sehen lässt, wenn sie immer noch schmerzt.«

»Ich hab überhaupt keine Schmerzen mehr«, behauptete Fratt, doch seine rechte Hand legte sich offenbar von selbst dort auf die Rippen, wo ihn das beinahe tödliche Projektil getroffen hatte.

Cherokee bedachte ihn nur mit einem strengen Adlerblick.

»Mir geht's gut. Ehrlich! Dieser gelbstichige Pelz ist schlimm genug. Kratz du jetzt nicht auch noch an meiner Würde!«

»Hätten wir ihn in einem Krankenhaus lassen sollen?«, erkundigte sich Loop.

»Unsinn«, schnappte Fratt. »Außerdem bin ich offiziell doch nur Technischer Offizier auf einem zivilen Frachter. Wenn mit unserem speziellen Passagier alles glattgeht, schieb ich 'ne ruhige Kugel.«

»Wenn!« *Mit diesem Kerl ist bis jetzt nichts so gelaufen, wie es sollte ...*

Josh schulterte ihren Retro-Seesack und lächelte Ita zu. »Alles klar?«

»Geht schon.«

Sie sah, wie die Leitende Ingenieurin der *Starhawk* tief durchatmete und die schmalen Schultern in ihrer Offiziersuniform straffte. Mehr konnte sie wohl nicht erwarten. »Na dann los.«

Gemeinsam fädelten sie sich in das Gedränge am Eingang des Frachtraumhafens Newport XII ein. Um Unbefugten das Eindringen zu erschweren, hatte man automatische Retina-Scanner eingeführt, die die an ihnen vorüberlaufenden Menschen erfassen und mit den als berechtigt registrierten Personen abgleichen sollten. Doch die Systeme waren mit der Menge hoffnungslos überlastet. Mal schloss jemand schon wieder genau im falschen Moment die Augen, mal wurde die gerade anvisierte Person angerempelt, sodass der Scan verwackelte. Ständig heulte das Alarmsystem auf und leuchtete die Verdächtigen mit blendenden Scheinwerfern an. Gereizte Security-Mitarbeiter fischten die Abgewiesenen aus der Menge, um sie manuell abzufertigen. Dass die Gardeure ihren Frust an den unschuldigen Leuten abließen, verstand sich von selbst.

Josh zwang sich, nicht zu blinzeln, bis sie durch den Eingang hindurch war. Ihre gefälschte ID hatte bislang zwar jeder Überprüfung standgehalten, aber sie forderte ihr Glück dennoch nicht heraus, wenn es sich irgendwie vermeiden ließ. Schweiß trat ihr auf die Stirn, als die Sirene erneut ansprang, während sie durch den Scanner-Bereich liefen. Doch der grelle Suchscheinwerfer richtete sich auf den Mann neben ihr. Genervt verzog jener das Gesicht und schlug von sich aus den Weg zum Schalter der Security ein.

Josh blickte nicht zurück. Sicher wieder nur ein Systemfehler. Wer wirklich unbemerkt in einen Raumhafen eindringen wollte, wählte andere Wege. Für einen Augenblick spürte sie wieder die flatternde Plane des Antigrav-Trucks unter ihrem Körper und den Fahrtwind auf ihrem Gesicht. Auf dem Laster liegend hatte sie in der Dämmerung vor sich die Lichter des Raumhafens entdeckt, die so rasch und doch quälend langsam näher gerückt waren ...

»Passen Sie doch auf!«

Die barsche Stimme schreckte Josh aus ihrer Erinnerung. »Sorry!«, rief sie der Fremden nach, mit der sie beinahe zusammengestoßen wäre.

Ita warf ihr einen fragenden Blick zu. Vielleicht wunderte sie sich, ob auch Josh in Gedanken bei dem bevorstehenden Wiedersehen mit Wellesley war.

»Mir geht's gut«, versicherte Josh mit aufgesetztem Lächeln. »War nur kurz abgelenkt.«

Gemeinsam durchquerten sie die Eingangshalle, in der es von Konzernmitarbeitern in Anzügen, Offizieren in Uniform, Bodenpersonal und bunt zusammengewürfelten Raumfahrern aus dem ganzen Universum wimmelte. Die meisten waren zielstrebig irgendwohin unterwegs, andere umlagerten die Info-Schalter, und ihre Schritte und Stimmen erzeugten einen Lärm, in dem Josh kaum ihr eigenes Wort verstand. Schwarz auf leuchtendem Gelb prangte über allen das Logo der *FullControl Corporation*, eine eigenwillige Kreuzung aus den Warnsymbolen für Radioaktivität und biologische Gefahrenstoffe. Curie war mittlerweile zur Hauptwelt des Konzerns aufgestiegen, und Newport XII zu einem der wichtigsten Umschlagplätze für Bio-Hightech und Gefahrengüter. Ein Grund mehr für strengere Sicherheitsvorkehrungen, obwohl nach wie vor auch alle anderen auf Curie erzeugten oder gebrauchten Waren hier ankamen oder verladen wurden.

Josh ging zur Haltestelle der EVs voran, der kleinen, sich selbst steuernden Elektromobile, von denen man sich zum gewünschten Hangar fahren ließ. Obwohl sie wusste, dass die verlockenden, retuschierten Hologramme auf den Snack-Automaten wenig mit deren Inhalt zu tun hatten, knurrte ihr Magen. Abgesehen von einer Tasse Synthkaffee hatte ihr Frühstück nur aus einem faden Proteinriegel bestanden. Doch ihr Kreditchip war bereits überzogen, und sie würde sich nicht die Blöße geben, vor aller Welt von einer dämlichen Maschine abgewiesen zu werden.

Schon wollte sie den Blick abwenden, als sie den Mann erkannte, der gerade einen *Chocfrog* aus dem am nächsten stehenden Automaten zog. »Hey, Boyle, heute nur einen?«

Der Pilot der *Starhawk* zuckte grinsend die Schultern. »Man nimmt, was man kriegen kann. Die Zeiten sind hart.«

Josh nickte. Bildete sie es sich nur ein, oder saß seine Uniform lockerer? Auf jeden Fall hätte sein rotblondes Haar längst wieder einen Schnitt nötig gehabt, und die dunklen Ringe unter den Augen deuteten auf zu wenig Schlaf hin.

»Madre de Dios! *FullControl* sollte sich schämen«, zischte Ita. »Offiziere, die pleite sind … Es kam mir in den letzten Wochen vor, als würde ich immer noch in den Slums von Santiago hocken.«

»Ach, ihr auch?« Paddy Boyle hob überrascht die Brauen. »Und ich dachte schon, ich könne einfach nicht mit Geld umgehen.«

»Wahrscheinlich war niemand von uns auf vier Monate unbezahlten Urlaub eingestellt«, schätzte Josh.

Während der Konzern sie Woche für Woche vertröstet hatte, waren ihr die Ersparnisse durch die Finger geronnen wie Wasser. Vielleicht hatte man in der Personalabteilung geglaubt, dass sie nach dem Unglück alle eine Pause brauchten. Vielleicht war es auch eine kollektive Strafe für Wellesleys Entscheidung gewesen, die *FullControl* zu der verlorenen Ladung fast auch noch das Schiff gekostet hätte. Mit welchem Grund es die Konzerner auch vor sich rechtfertigen mochten, sie hatten damit eine Menge Geld gespart. Verglichen mit den Reparaturkosten für die *Starhawk* vermutlich peanuts, aber immerhin stand man in der Bilanz nicht mehr ganz so katastrophal da.

»Wir leben noch«, meinte Boyle. »Das ist mehr, als andere von sich sagen können. Oh ...« Er sah zerknirscht aus, als er Itas waidwunden Blick bemerkte. »Tut mir leid! Das hätte ich besser nicht erwähnen sollen.«

»Gehen wir!«, schlug Josh rasch vor. »Wir werden sicher schon erwartet.«

Schweigend folgten Ita und Paddy ihr zu den EVs und stiegen ein. Mit ihrem Gepäck hatten sie gerade genug Platz, um sich eines der flachen, verdecklosen Vehikel zu teilen. Josh wählte auf dem Touchscreen ihr Ziel aus und tippte dann das Feld »Start« an. Mit einem Ruck setzte sich das EV in Bewegung, um eine scheinbare Ewigkeit durch eine wirre Abfolge von Gängen zu sausen. Lediglich ein paar Werbetafeln lockerten die tristen Wände auf, aber Josh war nicht in der Stimmung, sich von Bruce Wayne, dem Star aus der Erfolgsserie *Damn' Collie die!* ein neues Paar *SprintMax Ultra*-Schuhe schmackhaft machen zu lassen. Daran änderte auch sein übermenschlich muskulöser Oberkörper nichts.

Verstohlen musterte sie Ita, die ins Leere starrte. Ob sie in letzter Sekunde vor dem Aufbruch einen Rückzieher machen würde? Sie mussten damit rechnen, dass an Bord ständig jemand oder etwas an Kramer erinnerte. Wenn Ita damit nicht zurechtkam, bat sie vielleicht doch besser um eine Versetzung. *Bullshit! Freunde halten zusammen.* Irgendwie würden sie das schon durchstehen.

Das Schweigen lastete bleiern auf ihr, aber ihr fiel kein unverfängliches Thema ein. Small Talk gehörte ohnehin nicht zu ihren Stärken. Stumm saß sie neben Boyle, bis das EV endlich vor einer der zahllosen Türen anhielt. Erlöst sprang Josh ab, warf sich den Seesack wieder über die Schulter und verglich die Nummer auf dem Eingang mit der Kennung, die sie in der Multibox, einem kleinen Smartphone an ihrem Handgelenk, abgespeichert hatte. »Wir sind richtig«, verkündete sie, obwohl Ita und Paddy bereits ausstiegen.

Itatay entließ das EV, indem sie das entsprechende Feld auf dem Touchscreen berührte. Mit einem Tempo, das wohl nur Leerfahrten vorbehalten war, raste es davon, während Josh per Codenummer den Zugang zum Hangar öffnete. Die Tür verschwand mit einem Zischen nach oben und gab den Weg auf eine stählerne Plattform frei, die sich haushoch über dem Boden befand. Sofort schlug ihnen der vertraute Geruch nach Öl, Kühlmitteln und erhitztem Metall entgegen. Eine Konstruktion aus Stahl und hellen, feuerfesten Kunststoffplanen überspannte in weitem Bogen die Halle und damit das Raumschiff in ihrer Mitte. Die Kräne, Brücken und Maschinen an den Seitenwänden, die den Hangar als Reparaturdock auswiesen, waren eingefahren und das gegenüberliegende Tor für den Abflug geöffnet worden.

»Wie neu«, urteilte Boyle mit versonnenem Lächeln.

Josh trat neben ihn ans Geländer und sah auf die *Starhawk* hinab, die an ihrem höchsten Punkt immerhin fast bis zu ihnen heraufreichte. So weit sie es aus dieser Perspektive erkennen konnte, war von dem Leck nichts mehr zu sehen. Sie wandte sich Ita zu, die das Schiff mit versteinerter Miene betrachtete, bis sich plötzlich eine steile Falte zwischen ihren Brauen bildete. Verwundert folgte Josh ihrem Blick und ertappte sich dabei, ebenfalls die Stirn zu runzeln. Eine der Aufbauten auf der Oberseite des Frachters hatte es vor dem Unglück nicht gegeben. Darauf fixiert, die beschädigten Stellen an der Seite wiederzufinden, hatte sie die flache, neue Kuppel glatt übersehen.

»Heilige Scheiße!«, entfuhr es Paddy, was ihm einen strafenden Blick von Ita einbrachte. »Das ist ...«

Josh nickte. »Ein ausfahrbarer Geschützturm.«

Als sie aus dem Fahrstuhl traten, ging es im Hangar noch immer geschäftig zu. Josh hätte die Treppe bevorzugt, aber die anderen hatten sich geweigert, das Gepäck die vielen Stufen hinabzuschleppen. Schließlich waren sie nicht in der schlingernden *Starhawk* in einem Aufzug herumgeworfen worden. Sie kam sich albern vor, überhaupt noch daran zu denken. Trotzdem konnte sie ein wenig

Erleichterung nicht leugnen, als sie wieder festen Boden unter den Füßen hatte.

Über die ausgefahrene Laderampe stapften gerade zwei Techniker mit Messgeräten aus dem Schiff, Wartungsdrohnen schwebten surrend um den Rumpf, und ein leerer Antigrav-Truck verließ die Halle durch ein großes Tor unterhalb der Plattform. Weiteres Bodenpersonal beaufsichtigte die Wartungsbots oder legte selbst letzte Hand an das Schiff. Neben der Rampe entdeckte Josh die unübersehbare, breitschultrige Gestalt »Boss« Johnsons, des Sicherheitschefs und Vormanns der Laderaumcrew. Offenbar widmete er sich gerade seiner Lieblingsbeschäftigung, der Inspektion einer Kiste mit Waffen. Doch selbst das konnte seine Aufmerksamkeit nicht so sehr vereinnahmen, dass ihm die Neuankömmlinge entgangen wären. Mit einem breiten Grinsen winkte er ihnen.

»Schön, dass wenigstens *seine* Laune ungebrochen gut ist«, murmelte Ita, aber es klang wie ein Vorwurf.

»Ist doch kein Wunder. Bei dem Spielzeug, das sie ihm auf unser Dach gebastelt haben, ist für ihn heute wohl Weihnachten und Geburtstag in einem«, feixte Boyle, während sie zu Johnson hinübergingen.

Josh konnte sich ein Schmunzeln nicht verkneifen. »Da ist sicher was dran.« Nur am Rande nahm sie die drei Betas wahr, die zu Füßen eines Krans an einer der Seitenwände herumlungerten und sie beobachteten.

»Ma'ams. Sir.« Johnson nahm das Sturmgewehr in die linke und deutete mit der rechten Hand einen militärischen Gruß an, den Josh mit einem Nicken erwiderte. Er war wohl zu lange bei der Sternenflotte der *GUSA* gewesen, um alte Gewohnheiten gänzlich abzulegen. »Willkommen zurück auf unserem gebeutelten Mädchen.« Ein Schatten schien über seine Miene zu gleiten und ließ erahnen, dass der Verlust so vieler Kollegen auch an ihm nicht spurlos vorübergegangen war.

»Gebeutelt, aber hübsch wieder rausgeputzt«, befand Paddy. »Und mit einem extra Präsent für dich. Mindestens *Aries Lightbringer*, wenn nicht größer.«

Boss Johnson fand zu seinem Grinsen zurück. »Yeah! Wenn nicht bald jemand auftaucht, der mir mehr darüber erzählt, probier ich selbst aus, was dieses Baby alles kann.« Er zwinkerte, als könnten sie sonst auf die Idee kommen, seine Worte ernst zu nehmen.

»Irgendeine Ahnung, warum wir bewaffnet wurden?«, erkundigte sich Josh. Da immer wieder Raumschiffe wegen ihrer kostspieligen Sprungantriebe gekapert wurden, war es nicht ungewöhnlich, auch Frachter mit Geschützen auszurüsten. Bei *FullControl* hatte man sich jedoch bislang auf die abschreckende Wirkung des Firmenlogos verlassen. Noch kein Krimineller hatte genug Schneid besessen, um auszuprobieren, ob die Schiffe des Nuklearkonzerns tatsächlich zur Verteidigung mit Atomraketen bestückt waren.

Boss Johnson schüttelte den Kopf. »Irgend so'n Anzugträger hat mir die Frachtliste in die Hand gedrückt und musste dann dringend wieder weg. Hatte wahrscheinlich Schiss, dass er sich das weiße Hemd ruiniert. Aber ich war ja beschäftigt. Die hier sind gerade geliefert worden.« Er deutete auf diverse Frachtkisten, die neben der Rampe aufgestapelt worden waren. »Laut Liste alles Ausrüstung,

Proviant und Ersatzteile für den neuen Lastgleiter. Der Rest ist schon an Bord.«

Josh ließ sich den Scanner reichen, dessen Display die erstaunlich kurze Frachtliste zeigte. Weder vom Volumen noch vom Gewicht her war die *Starhawk* auch nur annähernd ausgelastet. »Scheint nur ein Überführungsflug zu sein.«

»Im Ernst?«, wunderte sich Boyle und schielte auf den Scanner, obwohl er aus diesem Winkel unmöglich etwas lesen konnte. »Wir sind noch nie leer geflogen.«

Weil es absolut unwirtschaftlich ist, ein leeres Schiff auf einen teuren Raumflug zu schicken. Noch einmal studierte Josh die Frachtliste, suchte nach einem Hinweis, einem Fehler, denn so weit sie gesehen hatte, stand bereits irgendetwas Größeres im Laderaum. »Ungewöhnlich viel Verpflegung«, stellte sie fest, aber das erklärte nichts.

»Ist außer uns schon jemand da?«, wollte Ita wissen. Josh glaubte, ein leichtes Zittern in der Stimme ihrer Freundin zu hören. Eigentlich hatte sie wohl fragen wollen, ob Wellesley schon aufgetaucht war.

»Rodriguez quatscht da hinten mit einem seiner Cousins.« Johnson wies mit einem Nicken zu ein paar Wartungsmechanikern hinüber, die lachend und plaudernd unter den Heckdüsen der *Starhawk* herumstanden. »Gibt wohl keinen Raumhafen in der Galaxis, auf dem er keine Verwandtschaft hat. Hey, Fernando! Schluss mit dem Kaffeeklatsch! Schaff die Kisten an Bord!«

»Okay, dann bringen wir unsere Sachen auch mal unter«, schlug Josh vor und setzte bereits den ersten Fuß auf die Rampe.

»Dann verpassen Sie den Auftritt des Dukes, Ma'am«, warnte Johnson. »Da kommt er nämlich gerade. Mit seinem spanischen Schoßhund im Schlepptau.«

Josh streifte den Boss mit einem abschätzenden Blick. Noch nie hatte er sich so offen abfällig über ihren Captain ausgelassen. Natürlich hatten sie ihn alle schon scherzhaft den Duke genannt, weil er irgendwann den Titel des Herzogs von Wellington erben würde, wenn er nicht vor dem jetzigen Träger starb. Aber sie waren Offiziere, und sie hatten es nur unter sich getan. Von einem niedrigeren Dienstgrad wie Johnson hätte sie es nicht dulden dürfen. Doch Josh schwieg und drehte sich wie Ita und Boyle zu Wellesley um, in dessen Windschatten sich tatsächlich auch Velásquez näherte. Sie suchte den Blick des Navigators, wollte wissen, ob er ihr nachtrug, dass sie ihn über Putin als Versager entlarvt hatte, indem ihr ein sauberer Sprung gelang. Vorerst blieb es sein Geheimnis. Er hielt die Augen auf den ölfleckigen Boden des Hangars gerichtet und murmelte zur Begrüßung etwas Unverständliches in seinen neuen Schnurbart, der Josh an den einzigen spanischen Edelmann erinnerte, den sie kannte – Zorro.

»Captain.« Sie nickte Wellesley zu, während Johnson etwas zackiger salutierte als ihr gegenüber. Aus dem Augenwinkel beobachtete sie Ita, die plötzlich steif aussah und das Kinn reckte. Kein Wort kam über ihre Lippen, doch der Captain schien es nicht zu bemerken.

»Guten Morgen, die Herrschaften.« Wellesley schlug wieder einmal den Salon-Ton an, den seine faltenfreie Uniform ebenso unterstrich wie seine aufrechte und auf wundersame Art dennoch lässige Haltung. »Meine Damen. Die gute alte Erde erwartet uns zwei Sprünge von hier. Beziehen Sie Ihre Kabinen! Flugbesprechung in 15 Standardminuten in der Messe.«

Die Erde? Die alte Heimat der Menschheit? Neugier erwachte in Josh. Sie war noch nie auf Terra gewesen. Wenn man Ita glauben durfte, hatte sie dort nicht viel verpasst, denn außerhalb der riesigen Städte gab es nur noch Ödnis und riesige Lagerhallenkomplexe, was dem Planeten den Beinamen »Hort« eingebracht hatte. Wie von selbst sah sie zu Itatay, die mit den Augen rollte.

»Ich weiß, was du denkst«, behauptete Ita. »Was um Himmels willen ist an Verkehrschaos und Elendsvierteln romantisch?« Aufgewachsen im Moloch von Santiago de Chile würde Ita wohl nie verstehen, was die Menschen aus den Kolonien an der Erde faszinierte.

»Vielleicht geht's ja auf einen Cocktail nach At-Lantis«, warf Boyle ein, während sie gemeinsam die Rampe hinaufgingen. »Irgendein Konzernbonze zieht um und lässt uns die Einrichtung seiner Luxusvilla ausfliegen.«

»Träum weiter, Paddy!« Ita schüttelte zwar den Kopf, aber ein feines Schmunzeln spielte doch um ihre Mundwinkel.

»Viel wahrscheinlicher ist ...« Josh stutzte, als sie den Laderaum betraten. Was sie von Weitem aufgrund der Frachtliste für leere Container gehalten hatte, entpuppte sich aus der Nähe als mobile Wandmodule, die man im Bauch der *Starhawk* aufgebaut hatte. Von außen blieb auf diese Art unsichtbar, was sich dahinter verbarg.

Wellesley und Velásquez marschierten wie selbstverständlich um die Ecke der neuen, drei Meter hohen Absperrung. Demnach wusste der Captain Bescheid und hatte den Navigator bereits eingeweiht. Boyle und Ita wechselten ratlose Blicke mit ihr. Ihnen blieb wohl nichts anderes übrig, als das Crewmeeting abzuwarten, denn die glatten, grauen Module verrieten nichts.

Sie folgten Wellesley zum Aufzug. Die neue Wand zog sich auch die gesamte Schmalseite des Frachtraums entlang. In der Nähe des Fahrstuhls zeichneten sich die Umrisse einer Tür im einförmigen Grau ab, doch da sie geschlossen war, gewährte sie keinen Blick ins Innere des abgesperrten Bereichs.

Velásquez und der Captain fuhren bereits nach oben, aber dieses Mal hatte Josh keine Lust, auf den Aufzug zu warten. Der Anblick der provisorischen Wände – oder war es der Geruch des nahezu unzerstörbaren Verbundstoffs, aus dem sie gefertigt waren? – machte sie nervös, ohne dass sie einen Grund dafür erkennen konnte. Von innerer Unruhe getrieben joggte sie die Treppe hinauf und sah auf die neuen Einbauten hinab. Ihr war klar, dass sie es nicht hatte ahnen können, und doch kam es ihr vor, als sei ihre schlimmste Befürchtung wahr geworden. *Käfige.* Die Tür, die sie entdeckt hatte, führte auf einen u-förmigen Gang, der zu beiden Seiten von überdachten Käfigen gesäumt wurde. Noch war alles leer. Nur ein Reinigungsbot fuhr an den Gittern entlang. Ein geschlossenes Straflager innerhalb eines Raumschiffs? Oder doch Zwinger für Tiere? Erinnerungen an ein Leben hinter Gittertüren drängten hervor, doch Josh stopfte sie hastig zurück in die dunklen Ecken, aus denen sie gekrochen waren. Wer auch immer hier eingesperrt werden sollte, diese Maßnahme galt nicht ihr.

Die *Highfire* war noch immer in ihrem Versteck. Josh hatte nur wenige Minuten Zeit gehabt, um nachzusehen, während Ita in der Toilette verschwunden war. Dass sie sich eine Kabine teilen mussten, war noch so eine Merkwürdigkeit dieses an Überraschungen nicht gerade armen Tages. Irritiert hatten sie die Schilder an den Kabinentüren entdeckt und festgestellt, dass sich etliche fremde Namen darauf fanden. Wer waren diese Leute? Nur für den Captain und einen unbekannten Security-Leutnant Chavez war jeweils eine Einzelunterkunft vorgesehen.

»Zeit fürs Meeting.« Ita deutete auf die Multibox an ihrem Handgelenk, die auffälliger und modischer im Design war als Joshs.

»Wie geht's dir, wenn du Wellesley ansiehst?«

»Ich hasse ihn.«

»Na bestens.« Es war wohl klüger, das Thema nicht weiter zu vertiefen und einfach in die Messe zu gehen. Auf dem Gang stießen sie auf Paddy, der ebenfalls missmutig aussah.

Dieser Flug fängt wirklich toll an, dachte Josh und setzte eine möglichst muntere Miene auf. »Was gibt's? Hat dir jemand den *Chocfrog* geklaut?«

Boyle lächelte halbherzig. »Schlimmer. Ich muss mir meine Abstellkammer mit Velásquez teilen. Der Kerl ist so locker wie'n Antennenmast.«

»Was für ein Schicksalsschlag … Dann muss ich wohl dafür sorgen, dass ihr immer abwechselnd Brückenwache habt.«

»Ich nehm dich beim Wort!«, drohte Paddy.

»Vorsicht, die hören euch doch!«, zischte Ita.

Zum Glück begrüßte Wellesley gerade einen Fremden, sodass ihre Worte wohl untergegangen waren. Der Mann trug den typischen dunklen Anzug der Bürohengste, doch sein kurzer Bürstenschnitt und die Waffe im Schulterholster, die sich unter dem engen Jackett abzeichnete, deuteten an, dass er nicht gekommen war, um über Marketingstrategien zu sprechen. In seiner Begleitung befand sich eine Frau im ebenso dunklen Kostüm, die Josh bekannt vorkam. Im Gegensatz zu ihm wirkte sie zu unsportlich und zu dick geschminkt, um derselben Abteilung anzugehören. Nervös sah sie immer wieder zu den drei Betas hinüber, die gleich hinter dem Eingang stehen geblieben waren und schweigend abwarteten. Auch Johnson und Rodriguez hielten sich etwas im Hintergrund, während Velásquez an Wellesleys Seite festgenagelt schien.

»Dürfte ich Ihnen rasch Ihre neuen Crewmitglieder vorstellen, Captain Wellesley?«, ließ sich die Frau vernehmen. »Ich habe noch einen dringenden Termin mit …«

»Natürlich, ich bitte darum«, fiel er ihr so höflich ins Wort, dass sie nur lächeln konnte.

»Danke. Sämtliche Unterlagen zu den …« Wieder streifte ihr Blick die drei Chimären. »… Herrschaften habe ich Ihnen bereits ins Postfach geschickt. Herr Hobbs …« Sie bedeutete dem Iltis-Beta, näher zu kommen. »… ist Ihr neuer Technischer Offizier. Es war … etwas schwierig, auf die Schnelle anderes Personal zu bekommen.«

Autsch! Josh musterte das Gesicht des Betas, doch er ließ sich nichts anmerken. Deutlicher hätte ihm die Dame aus der Personalabteilung kaum sagen können, was sie von

Chims in verantwortungsvollen Positionen hielt. Ihn einzustellen war sicher nicht ihre Entscheidung gewesen.

»TechSergeant Hobbs meldet sich zum Dienst, Sir.« Er salutierte so zackig, dass er noch nicht lange ein freier Beta sein konnte. Andererseits wurden die Justifiers so gedrillt, dass sie die militärischen Umgangsformen oft auch Jahre nach ihrem Abschied von den Konzerntruppen nicht ablegten.

Wellesley nickte ihm zu. Was er wohl in dem Beta sehen mochte? Einen Marder mit gelblichem Fell, der in einer Offiziersuniform Mensch spielte? Einen hochqualifizierten Techniker? Selbst nach zwei Jahren auf seinem Schiff war sie nicht sicher, was er von Betas hielt.

»Dann haben wir Ihren neuen Schiffsarzt Dunbar«, fuhr die Fremde fort.

Josh sah, dass nicht nur sie selbst verblüfft war.

»Ein Arzt?«, wiederholte sogar der Captain, während der hochgewachsene Adler-Beta vortrat. Bislang war der Erste-Hilfe-Kurs, den jeder Offizier im Zuge seiner Ausbildung absolvieren musste, ihr einziger Hauch von medizinischem Fachwissen an Bord gewesen.

»Vorschrift. Sobald Sie mehr als fünfzig Leute an Bord haben, müssen eine Krankenstation und ein Mediziner vorhanden sein«, antwortete die Personalerin.

Vage erinnerte sich Josh, etwas davon in der Handbuch-Datei gelesen zu haben, deren Lektüre für alle neuen *FullControl*-Offiziere Pflicht war. *Fünfzig!* Damit war klar, dass keine Tiere in die Käfige gepfercht werden sollten.

»Sir.« Der Adler-Beta nickte nur. Die fremdartigen Muster auf seinem Schnabel gaben ihm einen verwegenen

Anstrich, der nicht recht zu einem Arzt passte, doch sein Blick war ernst und würdevoll. Josh wusste ohnehin nicht, was für einen Beta wirklich angemessen war. Schon der Arztkittel über dem Gefieder, das den menschenähnlichen Körper bedeckte, wirkte deplatziert.

»Und dann wäre da noch Kurt. Gleichermaßen als Sicherheitskraft wie als Schiffsmechaniker einsetzbar.« Die Frau ließ dem Wolf-Beta kaum Zeit, zu den anderen aufzuschließen und einen militärischen Gruß auszuführen, bevor sie weitersprach. »Die fehlenden Crewmitglieder werden auf der Erde zu Ihnen stoßen. Wie gesagt, ist es zur Zeit schwierig. Alle verfügbaren Kräfte wurden vordringlich ...«

»Ich glaube, das ist dann wohl eher mein Part«, mischte sich der Mann ein, den Josh für einen Mitarbeiter der Sicherheitsabteilung von *FullControl* hielt. Vielleicht sogar der Spezialkräfte, die insgeheim jeder Konzern für heikle Missionen aufstellte.

»Sicher. Wenn Sie mich dann entschuldigen würden ...« Die Personalerin wandte sich zum Gehen und wäre beinahe mit dem Wolf-Beta zusammengestoßen. Sie schnappte nach Luft und wich so hastig aus, dass Josh ihre Miene nicht sehen musste, um den angewiderten Ausdruck darauf zu erahnen. Auf hohen Absätzen klapperte sie aus der Messe, ohne sich noch einmal umzudrehen. Endlich fiel Josh wieder ein, woher sie die Frau kannte. Nach ihrer Ankunft auf Curie war sie es gewesen, die ihnen mitgeteilt hatte, dass sie alle bis auf Weiteres unbezahlt beurlaubt waren. *Wenn schon unsympathisch, dann richtig.*

»Dann also willkommen an Bord!«, richtete Wellesley

das Wort an die Betas und stellte ihnen reihum die Mannschaft vor. »Mr. Johnson wird Ihnen nach der Besprechung das Schiff und Ihre Unterkünfte zeigen. Wollen Sie fortfahren, Mr. ... Smith?« Das Lächeln des Captains blieb nonchalant wie immer, obwohl die Spitze unüberhörbar war.

Verwirrt sah Josh Ita an, die als Einzige nicht gegen ein Grinsen anzukämpfen schien.

»Alle Geheimdienstleute nennen sich Smith«, wisperte ihre Freundin.

»Ja, bringen wir's hinter uns«, erwiderte der Anzugträger mit einem ebenso falschen Lächeln. »Die ganze Angelegenheit muss Ihnen ziemlich ungewöhnlich erscheinen.«

Das war milde ausgedrückt. Noch nie hatte es ein Konzerner für nötig gehalten, persönlich zu erscheinen, um ihnen einen Auftrag zu erläutern. Solange es darum ging, Frachtgut von A nach B zu befördern, wäre dieser Aufwand auch lächerlich gewesen.

»In einem Punkt will ich ganz offen zu Ihnen sein.«

Aha. In anderen also nicht.

»Unter normalen Umständen hätte man ein Schiff der Sicherheitskräfte mit dieser Mission betraut. Aber die Umstände sind alles andere als gewöhnlich. Nun, Sie sind natürlich die Letzten, denen ich etwas über die wachsende Gefahr durch die Collectors erzählen muss. Und nun auch noch diese Katastrophe im Greensnow-System!«

Ita und Josh hatten die Berichte auf *Starlook* gesehen, in denen über verheerende Verluste spekuliert worden war, obwohl die Militärs abwiegelten. Die Vereinten Humanen

Raumfahrtnationen hatten eine riesige Flotte zusammengestellt, um zu einem gemeinsamen Schlag gegen die Collectors auszuholen, doch bereits am Sammelpunkt war eine Streitmacht unbekannter Herkunft aufgetaucht und hatte der Flotte eine bittere Niederlage bereitet. Niemand wusste, wo diese Schiffe hergekommen waren oder welche ahumane Spezies dahintersteckte. Sogar der gesamte Sicherheitsrat der VHR, der sich bei der Flotte befunden hatte, war ausgelöscht worden. Nicht beruhigend, wenn man gerade zu einem neuen Flug ins All aufbrach. Aber letztlich ließ sich jeder Raumfahrer auf so viele Gefahren ein, dass es auf eine mehr oder weniger nicht mehr ankam. Solange man sie nicht nach Greensnow oder zu den Collies schickte, sah Josh keinen Grund, viele Gedanken daran zu verschwenden.

»Die VHR haben noch einmal alle Konzerne dringend um Streitkräfte für die gemeinsame Flotte gebeten«, fuhr Smith fort. »Die *FullControl Corporation* wird ihrer Verantwortung für das Wohl der gesamten Menschheit selbstverständlich gerecht.«

Plötzlich war Josh nicht mehr so sicher, dass sie keinen Mitarbeiter der PR-Abteilung vor sich hatte.

»Das Problem ist, dass deshalb sämtliche unserer verbliebenen Kriegsschiffe gebraucht werden, um die planetare Verteidigung unserer Welten aufrechtzuerhalten. Für sicherheitsrelevante logistische Aufgaben wie einen Sträflingstransport haben wir keine speziell ausgerüsteten Kapazitäten mehr. Und da kommen Sie ins Spiel.« Er machte eine Pause, die Raum für überraschtes Schweigen ließ.

»Eine Frage, Sir«, bat Boss Johnson in die kurze Stille.

»Mister Johnson ist für die Sicherheit an Bord verantwortlich«, erklärte Wellesley.

»Das ist mir bekannt. Bitte, fragen Sie!« Smith machte eine auffordernde Geste, aber Josh traute seinem offenen Getue nicht. Sie würden nur erfahren, was man sie wissen lassen wollte, und kein Bit mehr.

»Wenn wir hier an Bord Gefangene bewachen sollen, wozu dann die Kanone auf dem Dach?«

»Nun, es kommt gelegentlich vor, dass »alte Freunde« versuchen, einen Sträfling zu befreien. Wir wollen, dass Sie gegen einen solchen Angriff gewappnet sind. Ihr Schiff hat für diesen Zweck auch einen Schutzschild der Marke CoS *Halo* bekommen. Damit sollten Sie dem Beschuss eines ähnlich starken Gegners standhalten können.«

Na, dann wissen wir ja endlich, in was unsere nicht ausbezahlte Gefahrenzulage investiert wurde ...

»Ausgezeichnet, Sir.« Johnson sah aus, als hätte er hinter dem Weihnachtsbaum noch ein übersehenes Geschenk entdeckt.

Santa Claus alias Smith ging jedoch nicht darauf ein. »Der Ablauf dürfte so weit klar sein: Auf Terra nehmen Sie die Sträflinge und ein speziell geschultes Team Gardeure an Bord, die sich um die neuen *FullControl*-Mitarbeiter kümmern werden. Den Anweisungen ihres Anführers SecLeutnant Chavez ist unbedingt Folge zu leisten, um eine reibungslose Überführung dieser Leute zu garantieren. Vergessen Sie nicht, dass es sich dabei um Schwerverbrecher handelt, von denen nicht alle ihren neuen Status zu schätzen wissen.«

Nicht jeder hält es für eine Verbesserung, als Justifier für einen Konzern sein Leben riskieren zu müssen. Falls Smith die Ironie aus ihrem Lächeln las, war es Josh egal. Es mochte vor dem Gesetz rechtens sein, lebenslänglich Verurteilte als entbehrliche Arbeitskräfte an Konzerne auszuleihen, aber fairer machte es die Sache nicht. Wie immer, wenn jemand gezwungen wurde, ein Leben zu führen, das er niemals selbst gewählt hätte, sträubte sich alles in ihr dagegen. Zu lange hatten andere über sie bestimmt, als wäre sie nur ein Versuchstier.

»Die Koordinaten Ihres Ziels liegen Ihnen vor, Captain Wellesley. Liefern Sie die Sträflinge einfach dort ab wie jede andere Fracht. Wenn Sie sich alle an Leutnant Chavez' Sicherheitsregeln halten, sollte es keine Schwierigkeiten geben. Noch Fragen?«

»Wie viele ... *neue Mitarbeiter* ...« Paddy Boyle ließ den Ausdruck auf der Zunge zergehen. »... werden wir denn transportieren?«

»Vorgesehen sind 30. Leutnant Chavez ist allerdings befugt, die Anzahl dem Verhalten und der Verfügbarkeit der Kandidaten anzupassen.«

Nun lächelte auch Paddy ironisch.

Smith sah in die Runde. »In Ordnung. Dann viel Erfolg bei Ihrer Mission! Captain Wellesley, wenn ich Sie draußen noch einmal unter vier Augen sprechen dürfte ...«

»Gewiss«, erwiderte Wellesley wieder einmal, als wäre er einem adligen Salon früherer Zeiten entsprungen, und verließ mit dem Konzerner die Messe.

Sobald ihre Schritte nicht mehr zu hören waren, äffte Johnson Smith nach. »Lecken Sie Leutnant Chavez ja die

Stiefel! Wischen Sie ihm den Arsch am besten mit Gold-papier ab.« Von seinem Weihnachtsgrinsen war nichts mehr übrig. »Heiliger Lincoln! Glauben die, ich hätte keine Ahnung von meinem Job?«

»Es dient nur unserer Sicherheit«, betonte Velásquez – offenbar ohne zu verstehen, dass genau das Johnsons Problem war. Der öffnete bereits den Mund zu einer wütenden Erwiderung.

»Warten wir's mal ab«, riet Josh und warf dem Boss einen warnenden Blick zu. »Am Ende wird es sicher halb so wild.«

»Es sind ja schon andere vorübergehend ihrer Position enthoben worden und haben es überlebt.« Ita schenkte Velásquez ihr giftigstes Lächeln.

Mit steinerner Miene marschierte er an ihr vorbei zu den Unterkünften. Schweigend beobachteten die drei Betas die Szene. Nun wussten sie wenigstens, wie die Sympathien unter den Offizieren verteilt waren.

»Damit hast du es nicht besser gemacht«, warf Josh ihrer Freundin vor.

»Willst du den arroganten Macho in Schutz nehmen? Sieh lieber zu, dass du unseren erlauchten Captain davon abhältst, wieder falsche Entscheidungen zu treffen! Ihr findet mich im Maschinenraum.« Im Vorübergehen sah sie den Iltis-Beta an. »Folgen Sie mir dorthin, wenn Sie ihre Sachen losgeworden sind, Sergeant Hobbs!«

2

»Warum hat jemals jemand freiwillig hier gelebt, wenn Australien schon immer so eine Gluthölle war?« Josh wischte sich den Schweiß von der Stirn und konnte sich außer nackter Verzweiflung keinen Grund vorstellen. Die Sonne stach so erbarmungslos vom Himmel herab, dass zwei Teilnehmer der Besichtigungstour bereits mit einem Hitzschlag im klimatisierten Air-Shuttle lagen. Mit einem leeren Pappteller fächelte sich Ita Luft zu, während Mwaka, einem der beiden neuen Schiffsmechaniker, dicke Schweißperlen übers Gesicht rannen.

»Wir zeigen Ihnen das wahre Leben im größten Gefängnis des Universums.« Trotz des Mottos der Tour hatte sich Josh etwas weniger Authentizität vorgestellt – aber vielleicht waren sie durch den ständigen Aufenthalt in angenehm temperierten Fahrzeugen, Räumen und Raumschiffen auch einfach verweichlicht.

Der Fremdenführer in der Uniform eines CrimeTroopers, wie die Wärter hier genannt wurden, lächelte nachsichtig. »Nun ja, Sie müssen bedenken, dass dieses Stück Wüste hier früher einmal ein Strand war. Dort hinten ...« Er deutete in die flirrende Hitze über der gigantischen glitzernden Salzpfanne, die sich bis zum Horizont ausbreitete. »... war der Ozean. Die Leute kamen aus der Stadt zum Schwimmen her.«

Es fiel Josh schwer, sich diese ferne Vergangenheit vorzustellen. Beim Rundflug mit dem Shuttle hatten sie eine ausgedörrte Landschaft gesehen, in der zwischen kahlen Granitbergen und Steppe nur wenige grüne Flecken verblieben waren: die künstlich bewässerten Anbauflächen der *Jailhouse Company*, deren Waren als Luxusgüter gehandelt wurden. Nirgendwo sonst auf der Erde wurden noch Obst und Feldfrüchte produziert.

»Könnten wir vielleicht zum Shuttle zurückgehen?«, fragte eine dickliche Frau mit krebsrotem Gesicht. Vermutlich die Nächste, die zusammenbrechen würde. Ob sie nach Albany gekommen war, um einen Sträfling zu besuchen? Es gab allerdings auch einen florierenden Tourismus mit Neugierigen, die nur sehen wollten, wie es auf dem Gefängniskontinent zuging.

»Selbstverständlich. Wenn Sie genügend *eMemories* gemacht haben ...«

Ein anderer Teilnehmer der Tour senkte rasch den *eMemory*-Stick, mit dem er gerade den trostlosen Anblick aufgenommen hatte. Nur keine weitere Verzögerung riskieren. Der Mann wirkte ohnehin hektisch, bis er eine zerknautschte Zigarette aus seiner Umhängetasche gekramt und angezündet hatte. Im Grunde war alles an ihm anachronistisch. Kaum jemand trug noch eine Brille, rauchte echte Zigaretten und schleppte Papier mit sich herum. Hastig nahm er ein paar Züge, während der Mann neben ihm genervt gegen den Qualm anwedelte.

Als sie wieder in das Shuttle stiegen, kam es Josh vor, als betrete sie einen Kühlschrank. Sie konnte förmlich hören, wie ihr überhitzter Körper erleichtert seufzte.

»Bitte vergessen Sie nicht, reichlich zu trinken!«, mahnte ihr Führer und meinte damit vermutlich keine weitere Runde des trockenen Semillon aus *Jailhouse-Company*-Produktion, den sie unterwegs verkostet hatten. Schon eine Flasche hätte Joshs letzte Reserven aufgezehrt.

»Als ob man das hier vergessen könnte«, zweifelte Mwaka. »Ma'am.« Er reichte Josh eine Flasche Wasser, das es in rauen Mengen umsonst gab. »Ist fast wie zu Hause im Kingdom.« Sein fragender Blick ließ keinen Zweifel daran, dass er wissen wollte, ob sie ebenfalls aus Afrika stammte.

Josh fand ihn ein wenig naiv. Als ob dunkelhäutige Menschen nicht mittlerweile in der ganzen Galaxis siedelten. Und aus dem Kingdom of Zulu schafften es sicher nur wenige in die Offiziersränge eines interstellaren Konzerns. Aus Berichten auf *Starlook* wusste sie, dass Schwarzafrika nach Jahrhunderten der Ausbeutung, Unterdrückung und als Kriegsspielwiese für Waffentests ein einziges verarmtes Krisengebiet war. Von atomar bis gentechnisch auf jede denkbare Art verseucht, wurde die Bevölkerung von Epidemien und Erbkrankheiten heimgesucht, während Wirtschaft und Bildungssystem nicht der Rede wert waren. Mwaka hatte Glück, dieser Hölle entkommen zu sein und einen halbwegs sicheren Job wie bei *FullControl* bekommen zu haben.

»Keine Ahnung. Ich wurde auf Oregon III geboren«, log Josh wie immer, wenn sie nach ihrer Herkunft gefragt wurde. »Das ist einer der *GUSA*-Planeten.«

»Oh«, machte Mwaka. »Gibt es dort viele Brüder und Schwestern?«

»Brüder und Schwestern?«, wiederholte Josh verwirrt.

»Also den Geschichtsunterricht musst du echt verschlafen haben«, stellte Ita fest.

Wenn ich welchen gehabt hätte, ja, dachte Josh, aber nicht einmal Itatay würde sie so viel Anlass geben, in ihrer Vergangenheit zu bohren.

»Brüder und Schwestern.« Ita schüttelte den Kopf. »Durch welches Wurmloch bist du gefallen, Mann? So haben sich die unterdrückten Schwarzen vor 1000 Jahren genannt.«

Der junge Mann erwiderte nichts, aber er sah so verletzt aus, dass Josh das Bedürfnis hatte, rasch etwas Nettes zu sagen. »Es gibt viele auf Oregon III, und es geht ihnen gut.«

»Dann müssen sie uns vergessen haben«, murmelte Mwaka.

Der Reiseführer ersparte Josh, eine Antwort geben zu müssen. »Meine Damen und Herren, wenn ich Sie auf die grandiosen Granitklippen aufmerksam machen dürfte, die wir gleich zu unserer Linken sehen werden. Einst brandete der tosende Ozean gegen sie, und Touristen kamen aus aller Welt, um das Wasser in Fontänen durch bestimmte Löcher spritzen zu sehen.«

Eher aus Höflichkeit als aus Interesse warf Josh einen Blick auf die Gesteinsformationen, die am Rand der Salzwüste aufragten. Ihr Führer plauderte weiter über Schönheiten, die längst vergangen waren, und das Shuttle flog bald wieder über die unzähligen Gewächshäuser der *Jailhouse Company* hinweg, bis Albany mit seinen Hochhäusern und festungsartigen Gefängnisbauten in Sicht kam. Bewaffnete Roboter patrouillierten vor den mit Stacheldraht bewehrten Mauern. Von Wachtürmen starrten Kameras und Geschütze auf die Anlagen hinab.

»Zum Abschluss unserer Tour werden wir Sie am Flughafen noch durch ein paar Zellenblöcke führen, in denen Verbrecher darauf warten, verlegt zu werden oder ihren Dienst als Justifiers anzutreten. So erhalten Sie einen realistischen Eindruck der Haftbedingungen und unserer Sicherheitsmaßnahmen.«

»Und können echte Mörder angaffen«, flüsterte Ita und verdrehte die Augen.

Allmählich bereute Josh, die Tour gebucht zu haben. Dass die Häftlinge wie Zootiere vorgeführt wurden, hatte sie nicht erwartet. Doch die *FullControl*-Niederlassung in Albany bot Mitarbeitern den Ausflug kostenlos an – wahrscheinlich, um frisch nach Australien Versetzten mögliche Ängste zu nehmen –, und in der Langeweile an Bord, während sie auf Leutnant Chavez und sein Team warteten, hatte die Tour etwas Abwechslung versprochen.

Beim Anblick der vergitterten Zellen wurde Josh erneut von Unruhe erfasst. Nervös behielt sie die CrimeTrooper und die Ausgänge im Blick und hoffte, dass es niemandem auffiel. Es roch nach Metall, Putzmitteln und Schweiß. Der alte grünliche Bodenbelag war brüchig, und in den Rissen sammelte sich schwarzer Schmutz. Durch kleine, sehr hoch in den Wänden eingelassene Fenster drang Sonnenlicht ein, doch ohne zusätzliche Beleuchtung hätte in dem lang gezogenen Gebäude nur Dämmerung geherrscht. Josh vermied es, die Männer anzusehen, die einzeln oder zu zweit in den Zellen saßen. Sie konnte ihre Blicke spüren. Einer pfiff ihr nach, ein anderer rief Ita etwas auf Spanisch zu, das sie nicht verstehen musste, um zu wissen, dass es unflätig war. Was hätte sie gedacht, wenn damals Touristen ...

»Hey, Sir!«

Sie schreckte auf, obwohl sie nicht gemeint sein konnte.

»Keine Aufnahmen im Sicherheitsbereich!«, herrschte ein Aufseher den bebrillten Zigarettenraucher an, der wieder seinen *eMemory*-Stick in der Hand hielt.

»Sorry!«, erwiderte er mit einem aufgesetzten Lächeln. »Ich recherchiere für ...«

»Interessiert mich nicht«, unterbrach ihn der Uniformierte. »Die Vorschriften gelten für alle.«

»Schon gut.« Der Raucher ließ den Stick in der Tasche verschwinden, zückte stattdessen einen kleinen Block und einen Stift und begann, sich mit der ihm eigenen Hast Notizen zu machen.

»Aus welchem Museum haben sie den denn entlassen?«, wisperte Ita, die aus Prinzip nur neueste High-Tech-Geräte benutzte, wenn ihr Budget es erlaubte.

Josh fiel auf, dass Mwaka sie verwundert ansah. Im Kingdom of Zulu war Papier wohl noch kein so seltener Anblick.

»Dürfte ich Sie bitten, ein wenig näher zu kommen, damit ich Ihnen noch ein paar Details erläutern kann?« Ihr Führer bedeutete ihnen, sich um ihn zu versammeln. »Wie Sie sehen können, sind die Insassen nicht nur absolut sicher, sondern auch sehr human untergebracht. Natürlich handelt es sich nicht um Langzeitunterkünfte, sodass wir auf einige ...«

Eine Bewegung im Augenwinkel ließ Josh herumfahren. Wieder zuckte ihre Hand vergebens nach einer Waffe.

»Finn, du Arsch!« Ein großer, muskulöser Häftling packte den Raucher am Arm und riss ihn zum Gitter der Zelle. Finns Schädel prallte mit einem dumpfen Laut gegen die Stäbe, der Block entglitt ihm. Schon griff der Sträfling mit der anderen Hand nach Finns Kehle. Sein Gesicht war vor Wut verzerrt. »Das ist alles deine Schuld!«, brüllte er und drückte fester zu.

Der Raucher gurgelte etwas Unverständliches, während er mit der freien Hand an der Pranke des Sträflings zerrte. Überrascht, dass sich die beiden kannten, zögerte Josh, doch schon rannte ein CrimeTrooper herbei, einen Elektroschocker in der Hand. Ein hohes Fiepen ertönte, dann stieß der Häftling einen Schmerzensschrei aus und wich zurück. Schnell brachte Finn zwei Schritte zwischen sich und das Gitter. Mit rotem Kopf massierte er den geschundenen Hals. Sein Angreifer fixierte ihn hasserfüllt und zog vielsagend den Daumen über die eigene Kehle.

»Das reicht jetzt, Sonny!«, blaffte der Aufseher.

»Ähm, ich glaube ....«, setzte ihr Führer an.

»Die Tour ist beendet«, ordnete ein weiterer herbeigestürmter Wärter an.

»Genau. Gehen wir. Wenn Sie mir bitte folgen würden ...«

Nur zu gern setzte sich Josh in Bewegung.

»Hast du gesehen? Der Verbrecher sah aus wie Clark Kent«, flüsterte Ita aufgeregt.

»Wie wer?«

»Na, Zeno, der Söldner aus *Damn' Collie die!*«

»Typisch, dass Sie nur das weiße Arschloch wahrnehmen, obwohl hier viel mehr Schwarze sitzen«, beschwerte sich Mwaka.

Josh schoss ihm einen verblüfften Blick zu. Offensichtlich war er ein Fanatiker. War er deshalb auch gefährlich?

»Na, wie war der Ausflug in den Grill da draußen?«, erkundigte sich Boyle, der mit den Betas Kurt und Hobbs bei einer Runde Holo-Mühle in der Messe saß.

TechSergeant Hobbs, korrigierte sich Josh. Versonnen betrachtete der Iltis-Beta die dreidimensionale Anordnung von Steinen und Stäben über dem Tisch und kratzte sich am haarigen Kinn. Um Paddy zu schlagen, würde er sich Mühe geben müssen, denn ihr Pilot war in der Crew der unangefochtene Meister dieses Spiels.

»Dreimal darfst du raten«, antwortete Josh. »Die Sonne strahlt hier stärker als unsere Bord-Reaktoren.«

»Hey, das wär' mein Spruch gewesen!« Ita setzte eine gespielt beleidigte Miene auf.

»So? Wolltest du nicht unbedingt von diesem Clark Kent erzählen?«, zog Josh sie auf.

»Ihr habt Clark Kent getroffen?« Paddy hob überrascht die Brauen.

»*Naranjas* – Quatsch! Bloß einen Häftling, der jeden lookalike-Wettbewerb gewonnen hätte. Glaubst du, das war nur eine Show?«, wandte sich Ita an Josh.

»Hm. Du meinst, um die Tour spannender zu machen?« Josh ließ sich die Szene noch einmal durch den Kopf gehen. »Nein, glaub ich nicht. Das sah alles …«

»Miss Miller?«, ertönte Boss Johnsons Stimme aus dem Bord-Kom. »Ich könnte Sie hier brauchen, Ma'am. Da kommt was auf uns zu, und der Captain ist noch unterwegs.«

Da sie im Frachtraum an ihm vorbeigekommen war, ahnte Josh, dass er am offenen Außenschott stand. »Geht es etwas präziser?«, hakte sie nach, während sie zur Treppe eilte. Sie befanden sich immerhin in einem Abschnitt des Raumhafens, der *FullControl* gehörte. Was konnte hier schon passieren, das die Anwesenheit eines hohen Offiziers erforderte?

»Da kommt gerade ein Antigrav-Truck mit zwei Bewaffneten auf der Ladefläche.«

»Bin sofort bei Ihnen.«

»Kurt, wo ist mein zweiter Sicherheitsmann?«

»Unterwegs, Boss«, meldete sich der Wolf-Beta.

Schon auf der Treppe erhaschte Josh über das provisorische Gefängnis im Laderaum einen Blick nach draußen. Der Truck war nicht sonderlich groß, verfügte aber über einen integrierten Ladekran. Gerade als sie die Gestalten mit den Gewehren entdeckte, begann die neue Wand jedoch die Sicht zu versperren. Vor ihr lief Rodriguez mit zwei *Repeatern*. Am Außenschott angekommen, warf er Johnson eines der Sturmgewehre zu und zog sich dann wieder ein paar Schritte zurück, um sich in Deckung bereitzuhalten. Hinter sich hörte Josh den Wolf-Beta die Treppe herabsprinten.

»Hol dir eine Waffe aus dem Schrank und leiste Rodriguez Gesellschaft!«, wies Boss Johnson ihn an.

Josh verlangsamte ihr Tempo und trat um die Ecke des Gefängnisbereichs, als habe sie es nie eilig gehabt. Als Offizier musste man auch nach außen den Anschein großer Souveränität wahren, dann hatten die Leute mehr Respekt. Bewusst versuchte sie, Neugier und Misstrauen hinter einem völlig neutralen Gesichtsausdruck zu verbergen, obwohl die Situation wirklich ungewöhnlich war. Die Fahrerin in der Kabine hatte den Truck nur wenige Meter vor der Rampe der *Starhawk* angehalten, und ihr Beifahrer bedeutete ihr gerade mit einer eindeutigen Geste zu warten. Trotzdem liefen die Pulsatoren weiter, als könnte jeden Moment ein rascher Aufbruch gefragt sein. Auf der Ladefläche stand nur ein Container, der von zwei drahtigen Dobermann-Betas bewacht wurde. Ihre schweren *Veloc*-Gewehre, deren Munition den Gegner schon bei harmlosen Treffern kampfunfähig machte, bewiesen, dass sie es verdammt ernst meinten.

»Noch so'n Smith, wetten?«, brummte Johnson, als der Beifahrer ausstieg und eine Sonnenbrille aufsetzte, obwohl es im Hangar zwar von der Hitze stickig, aber nicht gerade hell war. Josh hoffte, dass er in seinem schwarzen Anzug mindestens so schwitzte wie sie in ihrer Uniform.

»Ist das die *FCC Starhawk*?« Der zweifelnde Unterton des Fremden war unüberhörbar. Vermutlich hatte er sich unter dem Namen eine schnittige *Tethys*-Korvette vorgestellt.

»Jaaa.« Josh dehnte ihre Antwort absichtlich, bis sie wie eine Frage klang. Wenn er sich nicht mit höflichen Begrüßungsfloskeln aufhalten wollte, würde sie es auch nicht tun.

»Ich hätte da ein Päckchen für Leutnant Chavez.«

Ach, ein Spaßvogel. Sie quittierte seinen lahmen Witz mit einem spöttischen Lächeln. »Ich bedaure. Wir erwarten Leutnant Chavez erst morgen.« Vielleicht hatte man vergessen, ihn auf den neuesten Stand zu bringen. Schließlich waren auch sie erst nach ihrer Ankunft in Australien darüber informiert worden, dass sich der Zeitplan um einen Tag verschob. Und niemand hatte es für nötig gehalten, ihnen genauere Gründe als »neue politische Entwicklungen« zu nennen.

Der Mund des Fremden verzog sich zu einem Strich. Offenbar stellte ihn dieser Umstand vor ein Problem, denn er antwortete nicht sofort.

»Lassen Sie die Ware eben hier, wenn Sie morgen nicht wiederkommen wollen«, schlug Josh vor.

»Will ich nicht«, bestätigte er. »Aber ... Ich muss mit Ihrem Captain sprechen.«

»Captain Wellesley befindet sich leider nicht an Bord. Sie werden mit mir vorliebnehmen müssen.«

Er lächelte säuerlich – so weit es hinter den verspiegelten Gläsern zu erkennen war. »Dann sind Sie persönlich dafür verantwortlich, dass dieser Container morgen ungeöffnet und unversehrt an Leutnant Chavez übergeben wird. Der Inhalt unterliegt der *FullControl*-Sicherheitsstufe 1.«

»Scheiße, Mann, was ist da drin?«, entfuhr es Johnson. »Kobaltbomben?«

»Ich hoffe, Sie können nachweisen, dass es mit dieser Lieferung seine Richtigkeit hat.« Josh würde sich kein Trojanisches Pferd unterjubeln lassen, aus dem nach dem Start ein Terror-Kommando von *Anti-Kon* sprang – oder der Befreiungstrupp für irgendeinen Verbrecherboss. »Schicken Sie uns die Berechtigungscodes, dann überprüfen wir sie. Boyle?« Der Pilot hatte über Kom vermutlich jedes Wort mitgehört.

»Geht klar«, meldete er sich. »Ich checke das bei der Zentrale.«

»Sagen Sie Ihrem Kommunikationsoffizier, dass er eine verschlüsselte Verbindung benutzen soll!«, murrte Smith oder wie immer er heißen mochte.

»Ich bin doch kein Anfänger, Mann!«, regte sich Boyle auf.

Josh war versucht, Smith auszurichten, er könne Paddy mal, aber sie beließ es bei einem Schmunzeln, das er deuten konnte, wie er wollte. Obwohl er sich kaum bewegte, strahlte er eine arrogante Ungeduld aus, die an ihren Nerven zerrte. Nach Small Talk war ihr nicht zumute, und Johnson und seine Jungs begnügten sich damit, schweigend die potenziellen Gegner im Auge zu behalten.

»Alles sauber«, verkündete Boyle schließlich.

»Irgendwelche Erkenntnisse, worum es sich bei der Ladung handelt?«

»Sorry, scheint alles top secret zu sein.«

»Sie müssen nicht wissen, was da drin ist, um es zu transportieren«, meinte Smith.

»Bei Gefahrgut kann das gelegentlich hilfreich sein«, erwiderte Josh gereizt. »Uns wurde gesagt, dass es sich bei dieser Mission nur um die Überführung von Sträflingen handelt.«

Smith grinste. »Betrachten Sie den Inhalt dieses Containers einfach als den gefährlichsten Sträfling der Galaxis.«

»Wir sind also tatsächlich verpflichtet, diesen … Container, sagten Sie, zu transportieren«, stellte der Captain fest. »Ein höchst ungewöhnlicher Vorgang. Ein Jammer, dass ich nicht hier war, um mir den Lieferanten zur Brust zu nehmen. Ich …«

Boyle prustete Synthkaffee, doch schon bevor Wellesleys scharfer Blick ihn traf, tarnte er das Lachen als Hustenanfall. Zumindest war Josh sicher, dass er in Wahrheit gelacht hatte, obwohl er nun entschuldigend »Zu heiß« japste.

»Glauben Sie mir, wir waren nicht freundlich zu ihm«, versicherte Josh.

Wie aus dem Nichts tauchte der Reinigungsbot neben ihr auf, der scheinbar ebenso zur neuen Ausstattung des Raumschiffs gehörte wie die Krankenstation und die Lasergeschütze. Mit leisem Surren fuhr er eine Art Wischmopp aus und machte sich an den Kaffeespritzern auf Boyles Uniform zu schaffen.

»Danke, darum kümmere ich mich noch selbst«, wehrte der Pilot ab.

»Am besten kümmern Sie sich auch gleich um das Chaos, das Sie im Cockpit veranstaltet haben, anstatt hier Maulaffen feilzuhalten! Velásquez, stehen Sie immer noch mit der Weinkiste hier herum? Bringen Sie sie in meine Kabine! Und Sie, Miller, zeigen mir jetzt, welches Ei uns dieser *Smith* ins Nest gelegt hat!«

»Aye, Sir.« Josh ging voran um den provisorischen Gefängniskomplex herum. Wellesley, Johnson und seine Jungs folgten ihr.

»Sir, dass diese fremden Betas mit Waffen an Bord herumfuchteln, ohne Ihrem Kommando zu unterstehen, ist untragbar«, beschwerte sich der Boss.

Vor allem nicht unter Johnsons Kommando, dachte Josh amüsiert, obwohl sie seine Bedenken teilte.

»Da stimme ich vollkommen mit Ihnen überein, mein Bester. Aber wir können uns über die Autorisation dieses Smith nicht einfach hinwegsetzen«, erklärte Wellesley. »Offenbar erhält er seine Anweisungen direkt aus der Konzernspitze.«

»Sir, diese Kerle haben Befehl, auf uns zu schießen, wenn wir die Kiste auch nur schief anschauen!«

»Ich bin sicher, dass die Formulierung ein wenig anders gewählt wurde.« Damit war das Thema für den Captain offenbar erledigt.

Den Container an den einzigen verbliebenen Platz im Frachtraum zu bugsieren, der dafür groß genug war, hatte Präzisionsarbeit erfordert. Mithilfe des Lastgleiters und des Brückenkrans unter der Hallendecke war es Johnson, Mwaka und dem zweiten Neuzugang gelungen, obwohl die wachsamen Blicke Joshs und Smiths und die vier Gewehrläufe sicher nicht hilfreich gewesen waren. Nun stand der Container vor der Heckwand des Laderaums – maximal weit weg vom Rest der Crew und verborgen vor neugierigen Blicken. Er hatte die Abmessungen einer Offizierskabine, einen mechanisch und elektronisch verriegelten Eingang und eine Belüftungsanlage, wie die kleinen Schlitze in einer der oberen Ecken verrieten. Die Dobermann-Betas sahen ihnen mit gespitzten Ohren entgegen. Sie trugen Uniformen der *FullControl*-Justifiers und hielten ihre Gewehre deutlich sichtbar vor dem Körper. Dass sie nicht auf sie anlegten, hielt Josh für einen Fortschritt, aber einer der beiden zog sich sofort zum Ende des Containers zurück und überprüfte, ob sich jemand von der anderen Seite anschlich. Ihr einziges Gepäck lag auf dem Boden: Schlafsäcke, Matten und Rationspackungen für den Feldeinsatz. Als der vordere Beta die Waffe hob und seine Lefzen im Ansatz eines Zähnefletschens zuckten, blieb Josh sofort stehen.

»Das ist nah genug«, knurrte er. Die weißen Reißzähne, die im Kontrast zu seinem glänzend schwarzen Fell hervorblitzten, verfehlten ihre bedrohliche Wirkung nicht.

»Entspannen Sie sich, Sergeant.« Wellesley trat neben Josh. »Wie Sie sehen, haben sich meine Männer ihre Waffen nur über die Schulter gehängt. Eine reine Formsache, um mich im Bedarfsfall zu verteidigen. Ich bin Captain Arthur Wellesley, und Sie befinden sich auf meinem Schiff. Wie lauten die Anweisungen, die Sie hier ausführen?«

»Wir sind gehalten, jeden – ohne Rücksicht auf Dienstgrad oder Funktion – von diesem Container fernzuhalten. Auch unter Einsatz von Gewalt.« Die für die menschliche Sprache ein wenig zu lange Zunge verlieh ihm trotz des modifizierten Kehlkopfs eine schmatzende Aussprache, aber an seiner Entschlossenheit, den Befehl bis zum letzten Blutstropfen zu erfüllen, zweifelte Josh keine Sekunde.

»Wem unterstehen Sie?«, wollte Wellesley wissen.

»Bis zum Erreichen des Zielplaneten: Leutnant Chavez.«

»Schön, schön.« Falls es dem Captain nicht schmeckte, verstand er es gut, seinen Unmut zu verbergen. »Ich muss diese Anordnungen respektieren.« Dennoch legte er nun eine Strenge in seine Worte, die den Beta mehr Haltung annehmen ließ. »Aber darüber hinaus werden Sie sich bis auf Weiteres an *meine* Regeln halten. Ich erwarte, dass Sie den 10-Meter-Radius um dieses Frachtstück ausschließlich unbewaffnet verlassen. Wenn Sie mit Ihren *Velocs* in einem anderen Teil meines Schiffs angetroffen werden, lasse ich das Feuer auf Sie eröffnen. Haben Sie das verstanden?«

»Wir haben nicht vor, diesen Radius zu verlassen, Sir«, erwiderte der Beta. Seine Schnauze kräuselte sich, und erneut gaben die Lefzen kurz den Blick auf spitze Zähne frei.

Josh folgte dem Captain eine Weile, nachdem er sich in seine Kabine zurückgezogen hatte. Sie ahnte, dass der Zeitpunkt ungünstig war, aber wenn erst dieser Leutnant Chavez an Bord kam, fand sie womöglich keine Gelegenheit mehr, in Ruhe mit Wellesley zu sprechen. Und die Lage war angesichts der neuen Entwicklungen zu heikel, um den Dingen einfach ihren Lauf zu lassen. Angeblich heilte die Zeit alle Wunden, doch auf der *Starhawk* verschlechterte sich die Stimmung täglich. Ita wurde immer zynischer, um Wellesleys täglichen Anblick zu ertragen. Paddys Respekt vor dem Captain schrumpfte zusehends, und Johnson gab ihm die Schuld für alles, was in letzter Zeit schieflief, selbst wenn es außerhalb von Wellesleys Macht lag, es zu ändern. Die Mehrheit der Offiziere stand nicht mehr hinter ihm. Welche Auswirkungen das auf die niedrigeren Ränge haben musste, war ihr bewusst, obwohl sie ihm das alles nicht in dieser Deutlichkeit sagen konnte, denn sie wollte niemanden anschwärzen. Es kostete sie schon genug Überwindung, ihn überhaupt darauf aufmerksam zu machen. Wie geeignet war er als Captain, wenn er nicht selbst merkte, dass sich seine Mannschaft von ihm verraten und verkauft fühlte?

Josh deaktivierte das Kom an ihrem Ohr, damit niemand zufällig mithören konnte, und klopfte an Wellesleys Tür. Ein gedämpftes »Ja?« drang aus dem Innern und ermutigte sie zu öffnen. Der Captain saß auf einem gepolsterten Sessel, dem einzigen Luxus, den seine Kabine von den Unterkünften der anderen Offiziere unterschied. Auf einem kleinen ausklappbaren Tisch neben ihm stand eine geöffnete Weinflasche mit dem Etikett der *Jailhouse Company*, und in der Hand hielt er ein halb gefülltes Glas. Aus seinem für gewöhnlich perfekt frisierten Haar hatten sich ein paar Strähnen gelöst, die ihm in die Stirn hingen. Für einen Moment kam Josh nicht umhin zu bemerken, dass der Captain ein attraktiver Mann war. Doch sein Tonfall rief ihr sofort ins Gedächtnis, warum sie ihn von Anfang an auf Distanz gehalten hatte.

»Was gibt's, Miller?«

»Dürfte ich Sie um ein Gespräch unter vier Augen bitten, Sir?«

Wellesley seufzte und stellte das Glas ab. »Ich habe einen beleidigten Sicherheitschef, zwei wandelnde Zeitbomben mit Veloc-Gewehren, ein Überraschungspaket von der Größe eines Kleinlasters und einen Sonnenbrand.

Was immer Sie hinzufügen wollen, fassen Sie sich bitte kurz.«

Darauf ging sie lieber nicht ein. Stattdessen schloss sie die Tür hinter sich und suchte nach den Worten, die sie sich bereits zurechtgelegt und nun doch wieder vergessen hatte. »Sir, es ... ist Ihnen vielleicht aufgefallen. Die Stimmung in der Mannschaft ist ... seit Putin ... nicht die beste. Es wäre vielleicht gut, wenn Sie ein paar Worte an die Crew richten würden. Eine Gedenkminute für ...« Sie zögerte, entschied dann jedoch, nicht die Namen aufzuzählen. »... die Kollegen und Freunde, die wir verloren haben. Eine Würdigung ihrer Leistungen.«

»Raten Sie mir das als Freundin oder als Offizierin?«

Überrascht erwiderte sie seinen herausfordernden Blick. Hatte er immer noch Interesse an ihr? Selbst wenn es der einzige Weg sein mochte, ihn auf ihre Seite zu ziehen, wollte sie nichts heucheln. Er suchte nicht ihre Freundschaft, er wollte mehr. Das hatte er ihr damals deutlich zu verstehen gegeben. Und obwohl sie ihm seit ihrer ersten Begegnung viel zu verdanken hatte – nicht zuletzt ihr Leben –, empfand sie keine Zuneigung für ihn.

»Als besorgte Offizierin, Sir.«

Wellesley nickte knapp. In seine Augen trat Härte. »Ich weiß Ihre Sorge zu schätzen, aber ich halte es für besser, diese Ereignisse auf sich beruhen zu lassen. Daran zu erinnern, rührt nur sinnlose Gefühle auf.«

»Die Gefühle sind da, Sir. *FullControl* hat die gesamte Mannschaft für *Ihre* Entscheidung bezahlen lassen. Einige von uns sind in finanziellen Schwierigkeiten. Sie sollten zeigen, dass Ihnen auch das nicht gleichgültig ist, anstatt sich mit Semillon zu verwöhnen!«

Halb erwartete sie, dass er aufspringen und sie anschreien würde. Seine Muskeln spannten sich sichtbar, doch er blieb sitzen, hielt sich nur aufrechter und funkelte sie wütend an. »Der Konzern hat auch mich nah an den Ruin getrieben. Glauben Sie, man hätte mir für meine Entscheidung Anerkennung gezollt? Im Gegenteil! Hören Sie auf, mir die Schuld dafür zu geben, dass ich nur besser für mich zu sorgen weiß als Sie!«

Ja, einer wie du landet immer auf den Füßen, was? Fliegt unehrenhaft aus dem Militär und wird dann eben ziviler Raumfahrtoffizier. Es lag Josh auf der Zunge, doch sie hatte zu gut gelernt, sich zu beherrschen, als dass es ihr über die Lippen gekommen wäre. Zu sehr hing ihr Leben davon ab, was sie zu wem sagte. »Sie werden der Mannschaft also kein Signal geben, dass Sie die Folgen Ihrer Entscheidung bedauern?«

»Nein, verdammt! Ich bin der Captain, und es ist meine Aufgabe, auch unpopuläre Entscheidungen zu treffen. Wer damit nicht leben kann, hat auf einem Schiff nichts zu suchen!«

Zwischenspiel

Henry Talbot – nach dem Freitod seines Vaters bereits Earl of Waterford, aber leider nicht mehr Erbe eines nennenswerten Vermögens – musterte seine Crew. Die Männer und Frauen hatten seine Anweisungen ernst genommen und sich von Vibromessern über Maschinenpistolen bis hin zu Granaten mit allem eingedeckt, was die Waffenschränke der *Waterford* zu bieten hatten.

»Okay, es geht los«, verkündete er. »Alle auf Position!« Während sie die Brücke verließen, wandte er sich dem Navigationsmonitor zu. Weit und breit war kein anderes Raumschiff zu sehen. Sie befanden sich mitten im Nirgendwo. Doch er wusste, dass sie nicht allein im Sirius A-System waren. Die Korvette der *Kronos*-Klasse, die *SternenReich* geschickt hatte, musste irgendwo hinter der schwächeren der beiden Sonnen sein.

»Sandor, alle Systeme abschalten!«, befahl er über Kom. Das Notfallprogramm würde Sauerstoffversorgung und

Schwerkraft aufrechterhalten, solange die gespeicherte Energie reichte. Geschätzte 22 Stunden. Aber so lange würde die Korvette hoffentlich nicht brauchen.

Als die ersten Lichter um ihn herum erloschen, ging Talbot zur Kommunikationskonsole hinüber. »Aktivierung der Notfallsysteme in 5 ... 4 ...« *Ich habe nichts vergessen, oder?* Der Plan war perfekt. »3 ... 2 ...« Wenn die Codes hielten, was Cagliostro versprochen hatte. »1.«

Das Summen des Antriebs verstummte. Die Korrekturdüsen stellten die Arbeit ein. Wie ein Stück Weltraumschrott trieb die *Waterford* im All. Im Cockpit wurde es so dunkel, dass sich die sichtbaren Sterne vor den Fenstern vermehrten, bis Talbot auf ein glitzerndes nächtliches Meer zu blicken schien. Ein täuschend friedliches Bild. Fressen und gefressen werden. Wo immer die Menschheit hinkam, brachte sie ihr ältestes Gesetz mit. Heute würden sie einen Brocken verschlingen, der größer war als sie selbst. Vorausgesetzt, sein Plan ging auf ...

Im geisterhaften Licht der Notbeleuchtung setzte er den gefälschten Hilferuf ab. *Cry, baby, cry. Bevor die Mama auftaucht, sollte ich allerdings verschwunden sein.*

Zügig, aber ohne Eile machte er sich auf den Weg zum Laderaum. Die *Waterford* war kein Frachter, doch hinter dem Außenschott gab es genug Platz für Hehlerware, Schmuggelgut oder die Beute des letzten Überfalls. Im Vorübergehen löste Talbot das Abkoppeln der beiden Rettungskapseln aus. Der Rückstoß sandte einen spürbaren Ruck durch das Schiff. Ohne stabilisierende Steuerdüsen trieb es nun vermutlich in die der Route der Kapseln entgegengesetzte Richtung. War da nicht sogar ein leichtes

Trudeln zu spüren? Zum Glück gab es im Umkreis von Tausenden Kilometern nichts, das sie rammen konnten. Ob es wirklich eine so gute Idee gewesen war, die Rettungskapseln auszusetzen? Falls es einen echten Notfall gab ... Talbot schnaubte. *Scheiß drauf!* Es würde keinen echten Notfall geben. So einfach war das.

Von einem ATV für schnelle Einsätze auf Planetenoberflächen abgesehen, herrschte im Frachtraum weitgehende Leere. So weit es möglich war, hatten sie alle losen Gegenstände in geschlossenen Spinden und festgeschraubten Kisten verstaut. Auf diese Art sah das Schiff gleich viel verlassener aus. Nur eine herausgehebelte, präparierte Bodenplatte lag noch herum. Daneben klaffte ein Loch, groß genug, dass sich zwei Männer gleichzeitig hindurchzwängen konnten. Als sich Talbot der Stelle näherte, hob sich der beeindruckend breite Schädel eines Stierbetas daraus hervor. Dabei mit den ausladenden, spitz zugefeilten Hörnern nicht hängen zu bleiben, verriet mehr Geschick, als er früher einem so grobschlächtigen Wesen zugetraut hätte. Doch Taurus war immer für eine Überraschung gut.

»Alles klar, Boss?«, erkundigte sich der Beta heiser. Die Kehlköpfe der Stier-Betas boten definitiv noch Verbesserungspotenzial.

»Alles klar. Jetzt heißt es abtauchen und warten.«

Taurus verschwand nach unten, um ihm den Weg freizugeben. Die niedrigen Verschläge unter dem Fußboden dienten ihnen für gewöhnlich als Versteck für besonders heiße Ware und hatten deshalb eine Abschirmung bekommen, die den Sensoren fremder Schiffe *alles* vorenthielt. Eine Art schwarzes Loch, das vorgaukelte, Teil des Antriebs zu sein. *Dass ich mich einmal selbst darin schmuggeln würde … Es ist fast zum Lachen.*

Schmunzelnd sprang er hinab und federte den harten Aufprall ab, indem er tief in die Hocke ging. Eine Haltung, die Taurus neben ihm einnehmen *musste*, weil er sonst mit den Hörnern an die Decke gestoßen wäre. Die anderen Mitglieder seiner Mannschaft verloren sich in der Dunkelheit, da kaum etwas vom Dämmerlicht der Notbeleuchtung herabreichte. Hier und da glänzten Augen und Waffen auf, aber das genügte ihm.

Talbot stand wieder auf, zog die Verschlussplatte näher und warf einen letzten Blick auf den Wartungsbot, den Sandor umprogrammiert und mit einer *Repeater* ausgestattet hatte. Der Roboter stand gleichsam in Deckung am Durchgang ins Innere der *Waterford.* Nur eine kleine rote Anzeige verriet, dass er sich im Stand-by-Modus befand und jederzeit aktiviert werden konnte. Talbot erwies ihm einen nachlässigen militärischen Gruß, bevor er die Bodenplatte über seinem Kopf einpasste und verriegelte. Die Tarnung stand. Nun waren die Spezialtruppen von *SternenReich* am Zug.

Schnaufte Taurus immer so oder lag es an der stickigen Luft in ihrem Versteck? Die Wärme der vielen Körper auf engem Raum gaukelte Sauerstoffmangel vor, obwohl sie die Notversorgung umgeleitet hatten. Talbot spürte, wie ihm unter der schusssicheren Rüstung der Schweiß lief und das Hemd an seiner Haut klebte. Wie lange saßen sie schon im fahlen Licht der LED-Laterne? Er warf einen Blick auf die teure Chrono-Multibox an seinem Handgelenk. Ein High-Tech-Spielzeug, um das er einen reichen Konzerner beim Pokern erleichtert hatte. Vermutlich glaubte der Kerl immer noch, er könne bluffen.

Vier Stunden. Allmählich ...

»Werden sie wirklich kommen, Captain?«, fragte Sandor in das drückende Schweigen. Sicher zweifelten auch die anderen schon daran, aber nur der Ungar stand ihm nah genug, um es auszusprechen.

»Sie werden kommen. Auf Cagliostro* war bis jetzt immer Verlass.« Auch wenn er ein Ganove sein mochte, folgte der Mann einem gewissen Ehrenkodex – genau wie sie. Nur so funktionierten die Geschäfte auf Dauer. Und Cagliostro hatte ihm versichert, dass die *Waterford* mit ihrem SOS-Signal nun auch eine *SternenReich*-Kennung funkte.

»Ich meine ja nur ... Das sind harte Jungs auf einer militärischen Mission. Die haben vielleicht Besseres zu tun, als havarierten Schiffen beizustehen.«

»Bis zur geplanten feindlichen Übernahme haben sie noch ein paar Standardtage Zeit. Glaub mir, die langweilen sich. Und es ist immerhin ein ...«

Eine Erschütterung ging durch das Schiff, sodass sich Talbot rasch an einem Pfeiler abstützen musste. Alarmierte Blicke flogen hin und her, richteten sich fragend auf ihn. Ein Asteroid? Feindlicher Beschuss?

Talbot schnitt das aufkommende Getuschel mit einer herrischen Geste ab und bedeutete seinen Leuten zu lauschen. Es gab ein metallisches Klacken, hydraulische Geräusche, und darunter lag das tiefe Brummen eines ge-

---

* Justifiers 2: *Undercover*

drosselten Antriebs, das die *Waterford* merklich vibrieren ließ. Taurus grinste.

Yeah. Die Helden im Andocken sind sie nicht, feixte Talbot. Mit einem solchen Rumms anzulegen, sprach eher für ungesunde Eile. *Umso besser für uns.* Er zog seine Laserpistole aus dem Holster und horchte erneut. Wie würden die *SternenReich*-Justifiers vorgehen? Sicherheitshalber die Schleuse aktivieren und Raumanzüge tragen oder sich auf die Werte verlassen, die ihnen die Sensoren über das Innere der *Waterford* lieferten? Im Grunde war es gleich. Wenn sie sehr misstrauisch waren, würde es nur ein bisschen länger dauern, bis sie an Bord kamen.

Sie haben es wirklich eilig, freute sich Talbot, als ein wohlbekanntes Zischen verriet, dass sich das Außenschott öffnete – und damit den improvisierten Kampfroboter aktivierte. Er konnte vor sich sehen, wie die künstlichen Augen in der Dunkelheit aufglühten.

Über ihm näherten sich Schritte. Hektisch, abgehackt. Profis, die fremdes Terrain sicherten. Gedämpft drang eine Stimme durch die Abschirmung, rief nach Überlebenden, obwohl ihre Instrumente keine Lebenszeichen aufgefangen haben konnten. Wie viele mochten an Bord gekommen sein? Vier? Fünf?

Eine Gewehrsalve ratterte. *Braver Bot.* Fast gleichzeitig ertönte ein Schrei, bevor weitere Waffen sprachen. *Nun dürften es ein paar Leute mehr werden.* Um ihn herum hielt seine Crew die Gewehre bereit. Niemand lehnte mehr lässig an der Wand. Ihre angespannten Mienen waren auf ihn gerichtet.

Abwarten! Da! Wieder Schritte.

Die Justifiers über ihnen rückten rasch vor, folgten dem Gegner, dem Bot, den Sandor darauf programmiert hatte, sich nach dem ersten Angriff sofort zurückzuziehen.

Talbots Ungeduld wuchs. *Kommt schon, kommt schon, kommt schon! Ah, endlich! Die Kavallerie.* Dem Trampeln nach zu urteilen, hätte es tatsächlich ein Trupp Berittener sein können, der über sie hinwegstürmte. Mit dem Vorauskommando vor sich konnte die Verstärkung auf Vorsichtsmaßnahmen verzichten. *Glaubt ihr.*

Er entriegelte den Ausgang, trat zurück. »Los!«

Taurus schnellte vor, richtete sich auf. Mit seinen Hörnern stieß er die Bodenplatte in die Höhe und schleuderte sie zur Seite. Ein dunkles Grunzen entrang sich seiner Kehle, als er seinen massigen Körper über den Rand nach oben stemmte. Sofort sicherte er mit der schweren *Death-mace* nach vorn, dann nach hinten, während ihm Talbot folgte.

Im Frachtraum war kein Feind zu sehen. Talbot bedeutete seinen Leuten, ihm zu folgen. »Nachhut!«, befahl er dem Stier-Beta, während der Rest der Crew aus dem Loch im Boden quoll. »Sorg dafür, dass sie uns höchstens mit einem Schweißbrenner folgen können!«

Taurus nickte. Sie waren den Plan oft genug durchgegangen. Mit der schussbereiten *Arclight* vor sich eilte Talbot zum offenen Außenschott. Dahinter konnte er bereits den übermannshohen Schlauch erkennen, durch den die *SternenReich*-Justifiers an Bord gekommen waren. Das Ende der elastischen Röhre hatte sich an der Hülle der *Waterford* festgesaugt, um das Innere der beiden Raumschiffe zu verbinden und zugleich vor dem Vakuum zu schützen. Ein ausfahrbarer Steg diente als stabiler Übergang. An dieser sensiblen Stelle durfte es auf keinen Fall zu einem Schusswechsel kommen.

So schnell es ging, rannte Talbot hinüber. Obwohl die provisorische Brücke hart war, hatte er für einen Moment den Eindruck, über Watte zu laufen – der Übergang zwischen den künstlichen Schwerkraftfeldern der beiden Schiffe –, dann setzte er den ersten Fuß in die gegnerische Korvette. *Nur nicht stehen bleiben!* Er musste seiner Crew Raum geben, um nachzurücken.

Rasch durchquerte er die fremde Schleuse. An den Wänden hingen Raumanzüge. Offenbar nur eine Personenschleuse. Für Fracht war es hier zu eng. Hinter sich hörte er die Schritte seiner Leute über den Steg poltern, dann bellte Taurus' *Deathmace*, und im nächsten Augenblick explodierte ihr Raketenprojektil. *SR*-Truppen mussten zurück in den Laderaum gekommen sein. Zischend schloss sich das Außenschott der *Waterford*. Jetzt würde Taurus per Funk den Sperrcode eingeben.

Gerade als Talbot über die Schwelle in den nächsten Raum sprang, kamen drei Bewaffnete eine Treppe heraufgerannt. Sein Schuss auf den Vordersten, einen Fuchs-Beta mit gefletschten Zähnen, war purer Reflex. Der Laser sengte durch Fell und Fleisch. Während die Gestalt aufjaulend zusammenbrach, feuerte er bereits auf den uniformierten Mann dahinter. Beim Versuch auszuweichen strauchelte der Offizier über den gestürzten Fuchs-Beta und schlug der Länge nach hin. Der Schuss streifte ihn nur am Kopf.

Talbot überlegte einen Sekundenbruchteil zu lang, ob

er auf ihn oder den dritten Gegner feuern sollte. Er sah die Mündung der *Prawda* zucken. Die Kugel prallte an der Rüstung ab, doch die Wucht ließ ihn rückwärts stolpern. Dennoch riss er die Pistole bereits wieder nach oben, aber es war Sandor, der die fremde Frau mit einer Salve aus seiner Maschinenpistole die Treppe hinabschickte. Eine Bewegung lenkte Talbots Blick wieder auf den Offizier, der sich aufstützte, um mit der *Prawda* auf ihn zu zielen. Rasch richtete Talbot die *Arclight* auf ihn und drückte ab. Das verbrannte Einschussloch im Schädel ließ keinen Zweifel, dass der Mann tot war.

Knapp nickte Talbot Sandor zu. Für mehr Dank war keine Zeit. Viele konnten von der Besatzung der Korvette nicht mehr übrig sein, aber jeder Justifier war gefährlich. »Zurück zur Schleuse mit dir und abkoppeln! Schick mir unsern Büffel nach vorn.« Seine Mannschaft sammelte sich um ihn. »Alles wie abgesprochen«, entschied er. »Team Eins, Maschinenraum. Team Zwei, Waffenbestände unter Kontrolle bringen. Der Rest mit mir!«

Auf seinen Wink stürmte Taurus voran die Treppe hinab, die *Deathmace* im Anschlag. Die Gitterstufen schepperten und bogen sich unter dem Gewicht des Stier-Betas. Feindlicher Beschuss prallte von seiner Hoplit Alpha Rüstung ab. Grunzend steckte Taurus die Treffer ein, die nur Dellen hinterließen, und erwiderte das Feuer. Talbot hielt sich direkt hinter ihm, während die Teams ausschwärmten. Als das Raketenprojektil aus der *Deathmace* explodierte, leuchtete grelles Licht auf. Obwohl er mit dem Knall gerechnet hatte, zuckte Talbot zusammen, doch er rannte weiter, folgte Taurus in die Stille nach der Detonation, die in Wahrheit aus polternden Schritten, dem Zischen eines automatischen Feuerlöschers und aufgeregten Rufen aus verschiedenen Richtungen bestand.

»Auf Gas wechseln!«, brüllte Talbot. *Nur keine Raketeneinschläge im Cockpit!* Mit nur einer Hand – die andere hielt noch immer die *Arclight* – zerrte er sich die Respiratormaske vors Gesicht.

Vor ihnen weitete sich der Gang zu einer Messe, die der ihren zum Verwechseln ähnlich sah. Talbot erfasste den großen Tisch, die Stühle, die Nahrungskonsole, ohne sie wirklich wahrzunehmen. Misstrauisch schweifte sein Blick über die Abzweige zu den Mannschaftsunterkünften. Im Vorübereilen zielte er mit der Laserpistole mal in diese, mal in jene Richtung. *Nur weiter!* Wenn die Gegenseite über einen fähigen Hacker verfügte, blieb ihnen nicht viel Zeit, bis der Gegner die *Waterford* übernahm.

Falsche Seite!, durchzuckte es ihn, als er aus dem Augenwinkel den Blitz sah. Er fuhr herum, versuchte dabei auszuweichen, doch schon spürte er die Hitze der versengten Rüstung an seiner Schulter. Seine Rechte feuerte wie von selbst mit der *Arclight.* Neben ihm knatterte Margitas Maschinenpistole und zerfetzte die Wand, hinter der sich der Angreifer verbarg. Talbot hob den linken Arm, bedeutete der Ex-Soldatin, sich um das Problem zu kümmern. »Schnapp ihn dir!« Für einen Sekundenbruchteil ließ sein Atem die Maske beschlagen. Wie Krallen grub sich die deformierte Rüstung in sein verbranntes Fleisch, doch er ignorierte es, lief weiter, holte Taurus ein, als ihnen vom Cockpit auch schon Schüsse entgegenschlugen.

Blut spritzte ihm ins Gesicht. Es konnte nur von Taurus stammen, doch der Stier-Beta raste weiter wie ein Rammbock. Obwohl er kaum etwas sehen konnte, feuerte Talbot an ihm vorbei. Taurus' *Deathmace* spuckte ein weiteres Geschoss. Warnungen wurden gebrüllt. Das gegnerische Feuer endete abrupt. Talbot spähte an dem Beta vorbei, der langsamer, aber vom eigenen Schwung weitergetragen wurde. Zischend entwich Gas aus der Granate, vernebelte für einen Moment die Sicht. Eine Sirene ertönte, untermalt von rötlichem Blinken. Schon schlitterte Taurus mitten ins Cockpit und krümmte sich mangels passendem Respirator aufstöhnend zusammen. Sein massiger Leib wurde von Schnauben und Husten geschüttelt, doch das hatten sie in Kauf genommen.

Talbot feuerte auf den einzigen Gegner, der noch in der Lage war, die Waffe auf den Beta zu richten. Der Kommandant brach lautlos zusammen. Hustend und schniefend rieben sich die restlichen drei die tränenden Augen, blinzelten vergeblich gegen das Reizgas an.

»Waffen fallen lassen!«, rief Talbot. Die Maske mochte seine Stimme dämpfen, doch die Worte waren sicher deutlich genug zu hören. Als eine Offizierin nicht sofort reagierte, streckte er auch sie mit einem schnellen Schuss nieder. »Hände hinter den Kopf!«

Er hielt die verbliebenen beiden *SternenReich*-Soldaten in Schach, bis seine Leute sie gefesselt hatten. Der Sog an seinem Haar verriet ihm, dass der Alarm den Luftaustauscher aktiviert hatte. Im Vorübergehen klopfte er Taurus auf die gepanzerte Schulter, und seine Handfläche landete in Blut. Talbot hoffte, dass es nur von dem zerfetzten

Ohr darüber stammte. Der Stier-Beta hockte noch auf dem Boden und hielt die Augen geschlossen.

Wo war das Kom? Talbots Blick schweifte über die Stationen des Cockpits und fand die unverkennbaren Symbole. »Drake an Attila, wie sieht's aus, Schleusenwärter?«

»Nenn mich noch mal Hunne, und ich mach sie auf«, drohte Sandor. »Abgekoppelt.«

Ein Schmunzeln huschte über Talbots Gesicht. Solange dem Ungar nach Streit war, hatte er die Lage unter Kontrolle. »Team Eins, Team Zwei, Statusbericht!«

»Scheiße, Drake – oder wie auch immer Sie heißen!«, mischte sich eine fremde Stimme ein. »Hier spricht Flying Officer Hartmann von den *SternenReich*-Sondertruppen, und Sie werden auf der Stelle ...«

»Ist mir ziemlich egal«, fiel ihm Talbot ins Wort. »Statusbericht, Leute!«

»Wir haben Ihr verdammtes System hier gleich geknackt, und dann ...«, ereiferte sich Hartmann.

»Hier Team Zwei, Laderaum gesichert!«

»Maschinenraum ebenfalls unter Kontrolle, Boss«, meldete Talbots Technische Offizierin.

»Okay, Leute, dann hisst mal die Flagge der Royal Raiders, damit unser Oberleutnant Hartmann weiß, mit wem er's zu tun hat.«

»Royal Raiders?«, wiederholte der *SternenReich*-Offizier. »Ich werde Sie mit Ihren eigenen Geschützen abschießen, verdammter Pirat!«

»Zeit zum Kielholen«, meinte Talbot und stellte Verbindung zum Bordcomputer der *Waterford* her. Als das Schiff seine persönliche Kennung akzeptierte, fuhren sämtliche Systeme hoch, doch er tippte nur zwei Worte: *Code Extinction.*

»Was zum ...« Hartmanns Worte gingen in einem Aufschrei unter. Dann herrschte Stille. Die Stille des Vakuums.

Talbot sah nicht ins All hinaus, ob Leichen vor dem Fenster vorüberschwebten. Für *ein* Leben hatte er mehr als genug Tote gesehen. Aber einer fehlte ihm noch, und dieser Mann war auf direktem Weg in dieses System. »Dann wollen wir doch mal sehen, wer dieses Mal zuletzt lacht, Sir Arthur Valerian Charles Darcy Wellesley.«

3

31. Mai 3042 a. D. (Erdzeit)
System: Sol
Planet: Erde/Terra (Freizone)
Globale Speichereinheit: X

Obwohl die Belüftung auf Hochtouren arbeitete, war die Luft im Hangar stickig. Um die Mittagszeit brannte die australische Sonne so erbarmungslos auf das milchige Plastikdach, dass es Josh nicht gewundert hätte, wenn schmelzender Kunststoff herabgetropft wäre. Sie saß auf der Laderampe der *Starhawk* und beobachtete Itatay und TechSergeant Hobbs, die mit dem Chefmechaniker des Bodenpersonals diskutierten. Von Itas früherer Gelassenheit war kaum noch etwas übrig. Früher hätte sie dem Mann mit stoischer Miene gelauscht und überlegt geantwortet. Nun wirkte ihre Körpersprache fast so hektisch wie die des Iltis-Betas, der seine Tonlage wahlweise auch noch durch gesträubtes Fell, Schnurbarthaare und zuckende Ohren unterstreichen konnte. Itas Stimme klang ungewohnt schrill, wenn sie mehr spanische Flüche ausstieß denn je.

Verdammter Wellesley! Er hatte Itas Zukunft mit Kramer zerstört und bereute es anscheinend nicht einmal. Josh fragte sich, ob ihre Unterredung mit dem Captain einen anderen Verlauf genommen hätte, wenn sie anders vorgegangen wäre. Doch die Überlegung war müßig. Wellesley hatte seine eigene Sicht der Dinge und würde sich niemals für seine Entscheidung entschuldigen.

»Gibt's ein Problem?«, erkundigte sie sich, als Ita und Hobbs auf sie zukamen.

Ihre Freundin schüttelte den Kopf. »Nein, war wohl nur eine Funktionsstörung irgendeines Wartungsbots. Die Bordsysteme haben die Fehlermeldung nicht bestätigt.«

»Etwas, das uns um die Ohren fliegen kann, wenn er doch recht hatte?«

Der Beta fletschte die spitzen Zähne zu einem Grinsen. »Wir haben alles dreifach gecheckt. Der Blecheimer kann die Meldung nicht mal reproduzieren.«

»Das hat nicht unbedingt etwas zu heißen.« Josh wollte kein Spielverderber sein, aber da sie von der umfassenden Elektronik an Bord nicht annähernd so viel verstand wie die Technischen Offiziere, hatte sie sich ein gewisses Misstrauen bewahrt.

»Deine Skepsis in Ehren, aber ...« Ita setzte ihr »Ich erklär's jetzt mal für Dummies«-Gesicht auf. »Wie's aussieht, hat es bei der Abfrage des Sicherheitsprotokolls gehakt. Der Wartungsbot hat nach dem Einloggen fremden Code gemeldet, aber wir haben alles mit Abwehrprogrammen durchgekämmt und nichts gefunden. So was kann passieren. Vermutlich musste der Bot nur mal neu gebootet werden oder ...«

»Okay, okay«, wehrte Josh ab und war froh, dass in diesem Moment ein Militärjeep in den Hangar bog. Auf den

Bänken zu beiden Seiten der offenen Ladefläche saßen vier Männer und Frauen und – so weit sie es bereits erkennen konnte – zwei Tiger-Betas. Zwischen ihren Beinen lugten Waffen und Gepäck hervor. Die schwarzen Uniformen mit dem gelben *FullControl*-Logo wiesen sie als Angehörige der Konzernsecurity aus, doch es wäre gefährlich gewesen, sie deshalb für angelernte Hilfssheriffs zu halten. Die Sicherheitstruppen der *FullControl Corporation* umfassten Sondereinheiten für militärische und verdeckte Operationen, ganze Kriegsschiffe und sogar Raumstationen, um die planetaren Besitzungen und Fertigungsstätten zu verteidigen.

Die Beifahrertür des Jeeps öffnete sich, sodass auch auf ihr das *FCC*-Logo sichtbar wurde. Aus der Fahrerkabine sprang ein sportlicher, ebenfalls in Schwarz uniformierter Mann, dessen kurzer Bürstenhaarschnitt Josh an die Smiths dieser Welt erinnerte. Seine auffallend athletische Figur deutete an, dass er zu den kybernetisch verbesserten Exemplaren der Konzerngardeure gehörte. »Absitzen!«, befahl er seinen Leuten und warf die Tür wieder zu, bevor er sich der *Starhawk* zuwandte.

»Wenn das mal nicht Leutnant Chavez ist«, sprach Ita Joshs Gedanken aus.

Als der Fremde auf sie zukam, stand Josh instinktiv auf. Ihr Déja-vu verstärkte sich, während er mit abschätziger Miene das Schiff musterte. Aus der Nähe bestätigten die Abzeichen an den Schultern seinen Rang. Lässig kaute er auf einem Kaugummi oder *Probacco*-Pfriem, doch es wollte nicht zu der Härte in seinen hellen Augen passen. »*Starhawk,* hm? Sollte wohl eher *Starduck* heißen.«

So recht er auch haben mochte, er musste wissen, dass

man eine Crew besser nicht mit einer Beleidigung ihres Raumschiffs begrüßte. Entweder wollte er sie provozieren, oder es war ihm egal, was sie von ihm dachten. Den penetranten Raubtiergeruch, der ihr plötzlich in die Nase stieg, hätte Josh nur zu gern Chavez zugeschrieben, doch er ging wohl von dem Iltis-Beta hinter ihr aus. Sie beschloss, dass ihr mindestens so gleichgültig war, was Chavez von ihr dachte, wie umgekehrt. »Sie sind Geflügelexperte? Seltsam. Wir erwarten hier einen SecLeutnant.«

Chavez richtete seinen stechenden Blick auf sie. »Wenn Sie den nicht erkennen, sollten Sie vielleicht in Ihrem Konzern-Guide nachlesen. Und jetzt holen Sie mir gefälligst Ihren Chef.«

Ita öffnete den Mund zu einer empörten Erwiderung, doch Josh bedeutete ihr zu schweigen. Auch sie hatte genug von diesen arroganten Security-Kerlen, doch sie setzte ein falsches Lächeln auf. »Für so etwas haben wir hier in der Zivilisation eine Erfindung namens Kom«, erklärte sie und aktivierte es mit dem Fingernagel. »Captain? Der Besitzer Ihres Überraschungspakets ist da.«

»Mr. Hobbs war so freundlich, mich bereits mithören zu lassen«, erwiderte Wellesley. »Würden Sie versuchen, den Mann nicht zur Weißglut zu reizen, bevor ich bei Ihnen bin?«

Obwohl er es nicht sehen konnte, lächelte Josh zuckersüß weiter. »Aye, Sir.« Sie sah wieder Chavez an, der sie finster anstarrte. »Der Captain wird jeden Augenblick hier sein.«

»Gibt es Ärger?«, erkundigte sich Boss Johnson drohend und trat neben sie. Er war kaum größer als Josh, doch wenn er sich mit breiter Brust neben ihr aufbaute wie jetzt, musste sie zugeben, dass er deutlich beeindruckender wirkte als eine schlanke Frau. Rodriguez und Wolf Kurt, die sie seit der Ankunft der beiden Dobermann-Betas nicht mehr ohne *Repeater* über der Schulter gesehen hatte, trugen durch ihre Anwesenheit ihren Teil dazu bei, seinem Auftritt mehr Gewicht zu verleihen. Sofort straffte sich Chavez, und seine Leute kamen näher, spielten nervös an ihren Waffen herum oder sahen angespannt herüber.

Ich rede von Zivilisation, und wir benehmen uns ständig wie Wolfsrudel beim Revierabstecken.

»Endlich ein Mann nach meinem Geschmack«, behauptete Chavez. »Sie sind Wayne Johnson, der Sicherheitschef, nicht wahr?«

Josh konnte förmlich hören, was Johnson dachte: *Und du bist Leck-mir-die-Stiefel-Chavez.*

»Ganz recht, Sir«, erwiderte er stattdessen.

Der SecLeutnant fasste den Boss schärfer ins Auge. »Stehen Sie gefälligst stramm! Ab sofort unterstehen Sie meinem Kommando, Sergeant. Sie und Ihre Leute. Befehl der Konzernleitung.«

Johnson versteifte sich. »Ich bekleide keinen militärischen Rang mehr, Sir.«

»Er mag in Sicherheitsbelangen Ihnen unterstehen, Leutnant«, mischte sich Wellesley ein. »Aber in erster Linie ist er Mitglied meiner Crew und damit Zivilist. Captain Arthur Wellesley, Earl of Mornington.« Er stellte sich vor Johnson und streckte Chavez die Hand entgegen.

Josh wechselte einen Blick mit Ita. Der Captain spielte

die Adelskarte nur, wenn er glaubte, Kleingeister beeindrucken zu müssen.

»Ein Earl, hm?« Grinsend schlug der Leutnant ein. »So richtig mit Schloss auf 'ner Kolonie und so?«

Wellesley neigte lächelnd den Kopf, was ebenso gut Zustimmung wie gar nichts bedeuten konnte. »Willkommen an Bord, Leutnant Chavez. Warum nehmen wir nicht einen Drink in meiner Kabine, während Mr. Johnson Ihren Leuten die Quartiere zeigt?«

»Ha! Darauf komm ich später gern zurück, Sir, aber noch bin ich im Dienst. Wie ich höre, haben Sie Fracht für mich erhalten. Wird der Container angemessen bewacht?«

»Ihre Wachhunde haben ihn seit fast 24 Stunden nicht aus den Augen gelassen«, bestätigte Wellesley. »Wollen wir hoffen, dass sie deshalb nicht das Bein daran gehoben haben.«

Chavez' Gesicht verzog sich, als wisse er nicht, ob er lachen oder wütend werden sollte. Joshs Züge schmerzten von der Anstrengung, die aufstrebenden Mundwinkel wieder nach unten zu zwingen.

»Na, wenigstens nehmen Sie's mit Humor, wenn Hunde Ihr Schiff anpinkeln«, meinte der Leutnant schließlich grimmig. »Ich werde mich trotzdem davon überzeugen, dass alles in Ordnung ist – auch mit den Unterkünften für die Gefangenen. Sobald meine Leute Quartier bezogen haben, holen wir die verfluchte Bande an Bord. Mal sehen, ob Ihnen dann immer noch nach Scherzen ist.«

Dead man walking. Auch wenn die Todesstrafe offiziell bis auf wenige Ausnahmefälle abgeschafft war, traf auf einige der Sträflinge, die sich im Gänsemarsch auf die *Starhawk* zubewegten, ganz sicher zu, dass sie ihrem Tod entgegengingen. Josh kannte keine Statistiken, obwohl die Konzerne sicher penibel darüber Buch führten, aber jeder wusste, dass die Sterblichkeit auf gewissen Minenplaneten und unter den Justifiers erschreckend hoch war. Um den Nachschub zu sichern, wurden nicht nur teure Betas gezüchtet. Viel billiger war es, Schwerverbrecher aufzukaufen, die ihre lebenslänglichen Haftstrafen ohnehin abarbeiten mussten. Ob sie es in den Plantagen und Gewächshäusern der *Jailhouse Company* taten oder bei gefährlichen Aufträgen für andere Konzerne, spielte nur für die Betroffenen eine Rolle. Für Frauen und Männer in orangefarbenen Overalls wie jene, die gerade von Leutnant Chavez' Gardeuren auf die Laderampe zudirigiert wurden.

Ihre Schritte waren schleppend, da man sie an den Knöcheln gefesselt hatte, und eine lange Kette verband die Handschellen aller, sodass niemand aus der Reihe tanzen konnte.

Josh stand mit Velásquez und Paddy Boyle wie ein Trupp Leibwächter hinter Wellesley, der sich verpflichtet fühlte, das fragwürdige Schauspiel aus der Nähe zu beobachten. Als Captain musste er genau wissen, wie viele »Passagiere« sie an Bord nahmen und was dabei vor sich ging, und offensichtlich traute er Chavez nicht genug, um sich auf dessen Aussagen zu verlassen. Nach den Erlebnissen auf ihrer Tour durch das Gefängnis hatte es Ita dagegen vorgezogen, in der Messe zu bleiben, während ihr gefiederter Doc und TechSergeant Hobbs vom oberen Treppenabsatz aus zusahen.

»Abstand halten!«, forderte Leutnant Chavez und bedeutete Wellesley zurückzuweichen. Das Manöver zwang auch Josh rückwärts, weshalb sie nun mit dem Rücken fast die Wand des Laderaums berührte. Überhaupt hatte Sicherheit oberste Priorität. Boss Johnson und Rodriguez hatten mit ihren Gewehren auf der Treppe Position bezogen, und der Wolf-Beta behielt das Treiben vom Dach der Zellen aus im Blick, wo auch eine von Chavez' Gardeurinnen Wache stand.

Da die Hülle der *Starhawk* ihr jetzt die Sicht nach draußen versperrte, konnte Josh nur noch das Klirren der Ketten und das Schaben der Schuhsohlen hören.

»Macht schon! Nicht einschlafen da hinten!«, trieb jemand die Häftlinge an.

»Beweg deinen Hintern, Farmer, sonst jag ich dir 'ne Mistgabel rein!«

»Ja, ich bin Farmer, verflucht!«, schimpfte ein älter klingender Mann. »Und ihr Bastarde werdet noch bereuen, dass ihr mich von Gottes heiliger Erde verschleppen wollt. Mich hat er berufen, seine Äcker zu bestellen! Sag's ihnen, Prediger!«

»Die *Jailhouse Company* hat dich dazu verdonnert, auf ihren Feldern zu schuften, und sonst niemand, du Idiot«, gab der vorderste der Gardeure zurück, der gleichzeitig mit dem ersten Sträfling den Laderaum betrat.

»Der Prediger sagt, auch die *Company* ist nur ein Werkzeug Gottes«, hielt der zweite in der Schlange dagegen. Er sah tatsächlich aus, als habe er die fünfzig überschritten, doch sein breites, muskulöses Kreuz und das wettergegerbte Gesicht zeugten von ungebrochener Kraft.

»Dann bin ich wohl auch eins, und ich befehle dir, endlich die Klappe zu halten! Da entlang!« Der Gardeur fuchtelte mit seiner *Highfire*, um die Richtung zur Tür des Zellenblocks zu zeigen.

Josh musterte die Gefangenen, die an ihnen vorüberschritten wie eine seltsame lustlose Parade. Einigen hatte man kürzlich erst den Kopf kahl geschoren, bei anderen waren die Haare schon wieder etliche Zentimeter nachgewachsen. Es handelte sich um Frauen und Männer aller Hautfarben, und sie sah unwillkürlich zum Treppenabsatz hinauf, ob auch Mwaka dort oben stand und zufrieden feststellte, dass es mehr Weiße als Schwarze waren. Sie konnte seinen ebenso dunkelhäutigen Kollegen und ihn tatsächlich hinter den Betas ausmachen. Mit verschränkten Armen sah er herab, die Stirn gerunzelt. *Dem kann man es wohl nicht recht machen.*

Überrascht wandte sie sich wieder den Sträflingen zu, als ein Rollstuhl in der Schlange auftauchte. Der Mann, der darin saß, trug den gleichen Overall wie die anderen und war ebenso angekettet, doch er lenkte mithilfe eines kleinen Touchpads selbst.

Josh merkte, dass sie ihn anstarrte. Sie war noch nie einem Menschen im Rollstuhl begegnet. Moderne Chirurgie und Kybernetik hatten diese Vehikel weitgehend überflüssig gemacht.

Düster erwiderte der schlecht rasierte Mann ihren Blick. »Was glotzt du so? Glaubst du, 'n Behinderter kann kein Arschloch sein?«

Schwankend zwischen Scham und Empörung fiel Josh keine Antwort ein, während Paddy breit grinste.

107

»Fahr weiter, Arschloch!«, knurrte der riesige Tiger-Beta, der neben ihm aufgetaucht war.

»Fang mit dem bloß keinen Streit an!«, riet Leutnant Chavez, als der Rollstuhlfahrer den Mund zu einer Erwiderung öffnete. »Amur ist es völlig egal, ob du 'n Krüppel bist oder nicht.«

Josh hatte genug und sah rasch zum nächsten Gefangenen, einer schmalen, blassen Frau, die besser in ein Büro oder Labor gepasst hätte als in einen Knast. Ihre Blicke trafen sich, und sogleich trat ein flehender Ausdruck in das eingefallene Gesicht.

»Bitte«, stieß die Fremde hervor, »helfen Sie mir! Ich bin ...«

»Schnauze halten!«, grollte Amur und hob drohend eine Pranke.

Die Frau duckte sich unter dem erwarteten Schlag, der jedoch ausblieb.

»Weitergehen!«, fuhr Chavez sie an.

»Könnte es nicht sein, dass diese ... *Passagierin* krank ist?«, warf Wellesley ein.

»Nein, ich bin ...«

Als der Hieb des Tiger-Betas die Fremde so hart traf, dass sie gegen ihren Hintermann kippte, zuckte selbst Josh zusammen. Mit einem überraschten Ausruf fing der Sträfling sie auf, und Josh erkannte den Kerl, der während ihrer Besichtigungstour den Zigarettenraucher angegriffen hatte. Mit seinem Gesicht hätte er tatsächlich Schauspieler oder Model werden können. »Kommen Sie, diskutieren hat doch keinen Zweck«, mahnte er leise und schob die Frau weiter.

»Körperlich ist mit der alles in Ordnung«, behauptete Chavez, ohne sie weiter zu beachten. »Die sind alle noch mal vom Gefängnisarzt durchgecheckt worden. Aber hier oben ...« Er malte mit dem Zeigefinger kleine Kreise in die Luft neben seiner Schläfe. »Knastkoller. Beachten Sie sie einfach nicht.«

Wellesley nickte verstehend, aber Josh konnte nicht genug von seiner Miene sehen, um zu erkennen, ob er mit dieser Antwort zufrieden war. Vielleicht drehten sie im Gefängnis wirklich alle durch. Der Clark Kent-Doppelgänger schien auf einmal auch ganz umgänglich, obwohl er am Vortag noch versucht hatte, diesen Finn zu erwürgen. Doch die Frau hatte nicht wie eine Schwerverbrecherin ausgesehen.

Täuschte dieser Eindruck? Man musste weder stark noch sportlich sein, um jemanden zu vergiften oder zu erschießen. Und wenn sämtliche Mörder des Universums mit einem niederträchtigen Blick herumlaufen würden, hätte die Justiz leichtes Spiel.

Josh richtete ihre Aufmerksamkeit wieder auf die Menschen vor sich. »Clark Kent« folgten eine Asiatin und ein Mann, der deren Bruder hätte sein können, dann betrat der zweite Tiger-Beta mit dem letzten Häftling das Schiff. Er hielt ihn am Arm gepackt und führte ihn, denn der Fremde, der aufgrund seiner Statur ein Mann sein musste, konnte nichts sehen.

»Und was hat es mit ihm auf sich?«, verlangte Wellesley zu wissen. Vage deutete er auf den schwarzen Stoffsack, den man dem Unbekannten übergestülpt hatte.

Leutnant Chavez zuckte die Achseln. »Das ist der Grund

für meine Verspätung. Ein politischer Gefangener, dessen Identität geheim bleiben muss.«

Wie von selbst schoss Joshs Blick wieder zu dem Fremden, aber außer seinen auffallend großen Händen, die seine dunkle Hautfarbe verrieten, entdeckte sie nichts von Belang.

»*FullControl* hat sich zu dem Transport bereit erklärt, weil die VHR ihn möglichst schnell wieder von Terra runterhaben will.« Chavez bedeutete dem Tiger-Beta, weiterzugehen, während sich hinter ihm der Reinigungsbot näherte und bereits eine Moppwalze ausfuhr, um den australischen Staub aufzuwischen, den die Sträflingsparade hinterlassen hatte. Gab es im Boden etwa Schmutzsensoren, die das Gerät automatisch herbeiriefen?

»Man befürchtet, dass seine Leute sonst versuchen könnten, ihn zu befreien«, fuhr Chavez gelassen fort und zog einen Datenstick aus der Brusttasche seiner Uniform. »Kleine Änderung im Flugplan. Das sind die Koordinaten, wo wir ihn absetzen sollen.«

»So kurzfristig?«, entfuhr es Wellesley.

Josh warf ihm einen verblüfften Seitenblick zu. Es mochte ungewöhnlich sein, aber es spielte eigentlich keine große Rolle. Doch auf der Stirn des Captains entdeckte sie feine Schweißperlen.

»Hast du den Freak gesehen?« Paddy verzog das Gesicht zu etwas, das an Frankensteins Monster erinnerte. »Wie dem die Zunge raushing, den müssen sie bis zum Hals mit Drogen vollgepumpt haben. Bestimmt ein Chemical. Vielleicht würde er mit Psi-Kräften unser Schiff zerlegen, wenn er nicht zugedröhnt ist.«

Josh ging neben ihm hinter Wellesley her und schüttelte den Kopf über den Piloten, auch wenn er es gern für eine Antwort halten durfte. »Der ist mir wohl entgangen.« Wahrscheinlich hatten die Gardeure ihn vorbeigeführt, als sie nach Mwaka Ausschau gehalten hatte. »Ich kann mir kaum vorstellen, dass *FullControl* ausgerechnet einen psionisch begabten Chemical gegen seinen Willen …« Sie unterbrach sich. »Andererseits …« *Wer sein Geld mit Hochrisiko-Technologien verdient, scheut vermutlich auch nicht vor einem unberechenbaren Mutanten zurück.*

Wellesley hielt in der Messe so abrupt inne, dass Paddy und sie ihn beinahe angerempelt hätten. »Boyle, beschaffen Sie eine Starterlaubnis für 17 Uhr! Chavez will bis dahin unsere Passagiere untergebracht haben. Navero, sehen Sie zu, dass Sie rechtzeitig die Antriebe hochfahren!« Er wartete nicht, bis die Angesprochenen seine Befehle bestätigt hatten, sondern stürmte weiter.

»Sir, soll ich schon mal die Zielkoordi…« Velásquez wollte ihm nacheilen, doch ein vehementes »Später!« des Captains bremste ihn, als sei er gegen eine Wand gelaufen.

Josh sah Wellesley nach, bis er in seiner Kabine verschwunden war. Was mochte nur in ihm vorgehen?

»Mann, ist der angefressen«, stellte Paddy fest. »Muss hart sein, wenn man plötzlich nicht mehr Gott auf seinem Raumschiff ist.«

Ita stieß ein abfälliges »Pff« aus. »Mein Mitleid hält sich in Grenzen. Vielleicht trifft dieser Chavez bessere Entscheidungen als er.«

»Es steht dir nicht zu, den Captain zu kritisieren«, befand Velásquez scharf. »Im Gegensatz zu dir stammt er aus einer traditionsreichen Offiziersfamilie.«

»Und du hältst dich wohl für einen spanischen Granden, weil du ihm die Füße küssen darfst.«

»Whoa!«, rief Josh und versuchte, sich zwischen die beiden zu schieben, indem sie die widerspenstige Itatay mit dem Arm zurückdrängte. »Schluss damit, klar?«

»Die Schlampe hat mich beleidigt!«, schimpfte Velásquez.

»Wie hast du mich genannt?«, fuhr Ita auf.

»Schluss jetzt! Das ist ein Befehl!« Josh war froh, dass der Rest der Crew noch immer beim Einzug der Sträflinge in ihre Zellen zusah. Doch bei diesem Geschrei war es kein Wunder, wenn Johnson jeden Moment auftauchte, um nach dem Rechten zu sehen. Velásquez warf ihr einen finsteren Blick zu und stapfte davon.

»Ich kümmere mich besser mal um die Starterlaubnis, sonst verspeist der Duke meine Innereien in Semillon-Soße«, ließ sich Boyle vernehmen. Angesichts von Itas erboster Miene konnte Josh es ihm nicht übel nehmen, dass er rasch ins Cockpit verschwand. Allein als Blitzableiter für ihren Zorn zurückzubleiben, war zwar auch keine schöne Aussicht, aber dazu waren Freunde wohl da.

»Ita, das kannst du nicht machen. Wenn du Wellesley und Velásquez beleidigst, wird *FCC* dich womöglich feuern, und du bekommst nie wieder einen Job!«

»Ist mir egal!« Ita liefen Tränen über die Wangen, doch sie wischte sie ungehalten weg.

»Wir müssen zusammenhalten. Mit Chavez ist alles noch schlimmer geworden.«

»Jésus, ja, der übertrifft die beiden noch.« Itatay holte tief Luft. »Also schön, ich versuche, mich zu beherrschen. Aber du musst mir versprechen, dass du Wellesley nicht wieder durchgehen lässt, wenn er uns alle umbringen will.«

Joshs schlechtes Gewissen regte sich. Hatte sie dem Captain auf Putin nicht energisch genug aufgezeigt, was seine Entscheidung bedeutete? Traf sie deshalb Schuld an Kramers Tod? Glaubte Ita das und hielt trotzdem immer noch zu ihr? »Ich ... Okay. Ich verspreche es.«

»*FCC Starhawk*, hier ist Albany Tower. Sie haben Starterlaubnis für transorbitalen Korridor 3, um 17 Uhr Australian Standard Time«, verkündete eine nuschelnde Frauenstimme aus der Kom-Station.

»Verstanden, Albany Tower.« Paddy lehnte sich in seinem Pilotensessel zurück und bedeutete Josh mit einer fragenden Geste, dass er keine Ahnung hatte, weshalb Wellesley so lange auf sich warten ließ. Auch Velásquez saß bereits am Navigationspult, brütete düster vor sich hin und trommelte mit den Fingern auf dem Hartplastik der Konsole. Josh gab es auf, wie ein Tiger im Käfig auf und ab zu streichen. Gerade als sie sich auf den Copilotensitz fallen ließ, ertönte Wellesleys Stimme aus dem Lautsprechersystem, das seine Durchsage im ganzen Raumschiff hörbar machte.

»Meine Damen, meine Herren, hier spricht Ihr Captain. Da einige von Ihnen möglicherweise noch nie auf einem sprungfähigen Raumer geflogen sind, halte ich eine eindringliche Warnung für angebracht. Ein Interimsprung ist kein Vergnügen und kann erhebliche Verletzungen verursachen. Nehmen Sie daher auf den dafür vorgesehenen Sitzen Platz! Dies gilt auch für Gardeure und anderes Sicherheitspersonal, sonst finden Sie sich in unserer Krankenstation wieder. Sie haben zehn Minuten bis zum Start. Nutzen Sie sie!« Bei den letzten Worten tauchte Wellesley bereits im Cockpit auf, dicht gefolgt von Chavez, der sich offenbar beeilt hatte, aus dem Frachtraum zu kommen, bevor es losging. Josh musterte den Captain, während er Velásquez Chavez' Datenstick reichte, doch er wirkte wieder gewohnt gelassen. Nur eine kleine, unbotmäßig in die Stirn gefallene Strähne deutete an, dass er sich nicht ganz im Griff hatte.

»Navero, Atmosphärenantrieb. Wir springen, sobald wir durch den Trubel im Erdorbit sind«, bestimmte er und ließ sich im Kommandosessel nieder.

»Aye, Sir«, kam Itas nüchterne Antwort über Kom.

»Und wo sitze ich?«, wollte Chavez ungehalten wissen.

Josh wandte sich kurz ab, damit er nicht sah, wie sie die Augen verdrehte. Als ob es im Cockpit nicht schon eng genug war.

»Wenn es unbedingt auf der Brücke sein muss ...« Wellesley deutete auf den ausklappbaren Notsitz. »Hier.«

»Ob es Ihnen gefällt oder nicht, ich gehöre dort hin, wo die Entscheidungen getroffen werden«, betonte der Leutnant.

»Wie dem auch sei, ich sehe keine andere Sitzgelegenheit für Sie«, gab der Captain unbeeindruckt zurück. »Boyle, Hangar verlassen!«

»Aye, Sir.« Paddy gab Energie auf die Pulsatoren, woraufhin der Boden unter Joshs Füßen stärker vibrierte. Schon setzte der Schub der Steuerdüsen ein, und der Pilot lenkte die *Starhawk* durch das Hangartor. Mit einem Knurrlaut ließ sich Chavez auf den Notsitz fallen.

»Ähm, Captain«, meldete sich Velásquez zu Wort, »sind wir sicher, dass die Koordinaten korrekt sind?«

»Natürlich sind sie das!«, fuhr Chavez auf. »Die kommen direkt aus dem Hauptquartier.«

Verwundert sah sich Josh nach Wellesley um.

»Mäßigen Sie sich, Leutnant!«, riet er Chavez. »Meine Offiziere anzuschreien, übersteigt Ihre Befugnisse. Müssen wir befürchten, in einen Stern oder ein Schwarzes Loch zu springen, Mr. Velásquez?«

»Nein, Sir, keine ungewöhnlichen Risiken. Ich dachte nur ...«

»Wir werden uns hüten, die Entscheidung des Konzerns infrage zu stellen, die zweifellos mit den VHR abgestimmt ist.« Wellesley hob die Stimme, sodass es wie eine Frage klang.

»Davon dürfen wir ausgehen«, bestätigte Chavez.

»Also, programmieren Sie den Kurs, Mr. Velásquez.«

»Aye, Sir.«

»Albany Tower hat Startfreigabe erteilt, Captain«, meldete Paddy.

»Dann bringen Sie uns aus der Atmosphäre, Mr. Boyle.«

4

Eben noch hatte sie die orangefarbene Sonne ihrer Zwischenstation Alpha Centauri B in der Ferne gesehen, dann hatten gleißendes Licht und Schmerzen ihren Verstand ausgelöscht, und nun schälten sich erneut Sterne aus der Dunkelheit. Während die Fenster noch automatisch vom Interimschleim gereinigt wurden, breitete sich auf dem Hauptschirm der *Starhawk* bereits die glitzernde Weite des Alls aus. Der Druck in Joshs Schädel nahm ab. Hinter sich hörte sie, wie sich jemand erbrach, was das Rebellieren ihres eigenen Magens neu anfachte. Sie schloss die Augen und atmete tief durch, bis die Übelkeit nachließ. 57. Sprung würde sie später in ihr eLog eintragen. Für den Verstand war es Routine geworden, doch der Körper gewöhnte sich nie daran.

Der Gestank von Magensäure stach ihr in die Nase. Rasch ließ sie den Blick über die Kontrollen und Monitore vor ihrem Sitz schweifen. Keine Schadensmeldung, kein

116

Alarm. Neben ihr rieb sich Paddy ächzend das Genick, doch auch seine Augen waren bereits wieder auf die Anzeigen des Schiffs gerichtet.

»Navero, Statusbericht!«, verlangte Wellesley.

»Alle Systeme intakt und einsatzbereit, Sir«, antwortete TechSergeant Hobbs' kratzige Iltis-Stimme.

»Und wo ist Miss Navero?«, hakte der Captain nach.

»Kotz... äh, unpässlich, Sir.«

Arme Ita. Die Ingenieurin hatte bereits doppelt so viele Sprünge absolviert wie Josh, aber auch bei ihr stellte sich kein Gewöhnungseffekt ein. Stattdessen reagierte sie immer noch heftiger darauf als Josh. Vielleicht hatte sie auch deshalb daran gedacht, die Fliegerei an den Nagel zu hängen und mit Kramer eine Familie zu gründen, bevor das Interimsyndrom ihr Erbgut in Gensalat verwandelte.

Ein unerwartetes mechanisches Geräusch brachte Josh dazu, sich umzusehen. Vor Chavez stand der Reinigungsbot und fuhr ein Saugrohr aus, um die Kotze vom Boden vor dem Leutnant zu entfernen. Wenigstens einmal war das Ding wirklich nützlich. *Wetten, dass es im Frachtraum noch jede Menge für dich zu tun gibt?*

Chavez wischte sich mit einem Taschentuch übers Gesicht und sah noch immer grau um die Nase aus. Mehr denn je glich sein Mund einem Strich. Josh wünschte ihm, dass er eine ordentliche Portion Galle auf die Zunge bekommen hatte.

»Velásquez, wie ist unsere Position?«, erkundigte sich Wellesley streng nach Protokoll, obwohl der Navigator längst gemeldet hätte, wenn sie nicht am Zielort gelandet wären.

»240 032, System Sirius A, Sir. Abweichung vom berechneten Punkt innerhalb Standardtoleranz.«

»Sirius A?«, merkte Chavez auf. »Das kann nicht stimmen. *FullControl* hat hier doch gar keine Kolonie.«

»Ich habe nur die Daten eingelesen, die Sie uns gegeben haben«, verteidigte sich Velásquez. »Das ist doch Ihrer?« Er gab dem Leutnant den Stick zurück.

»Und sicher verschlüsselt«, nahm Wellesley an. Seine Miene war ernst, aber nicht im Geringsten besorgt. »Codes, die nur *FCC*-Schiffe lesen können.«

»Erzählen Sie mir nicht, was ich selbst weiß!« Wäre Chavez' Faust aus Stahl gewesen, hätte man den Stick darin knirschen gehört. »Trotzdem muss das ein Fehler sein!« Josh folgte seinem Blick zum Hauptmonitor, auf dem in der Ferne der große, geradezu grell leuchtende Sirius A zu sehen war. »Wir sollten diesen schwarzen Teufel auf einem *FC*-Planeten abgeben, aber hier ist *nichts*!«

»Doch, Sirs«, widersprach Paddy. »Ich hab hier ein unbekanntes Objekt, das sich schnell nähert.«

»Scheiße!«, entfuhr es Chavez.

Rasch sah Josh auf das Holodisplay, doch das UO war noch zu weit entfernt, um darauf dargestellt zu werden.

»Mr. Johnson, auf die Brücke!«, befahl Wellesley. »Boyle, können Sie ausschließen, dass es sich um einen Asteroiden handelt?«

»Noch nicht mit den Sensoren. Die melden aber einen hohen Metallanteil.«

»Dann per Ausweichkurs«, ordnete der Captain an. »Miller, suchen Sie auf sämtlichen bekannten Frequenzen nach Kontaktsignalen.«

»Aye, Sir«, bestätigte Josh und öffnete das Kommunikationsprogramm der *Starhawk* auf ihrem Monitor. Gab es in dieser Gegend noch unbekannte Ahumane?

»Objekt korrigiert Kurs und hält weiter auf uns zu«, meldete Paddy.

»So viel zum Asteroid«, sagte Chavez. »Leute, es gibt Ärger«, wandte er sich offenbar über ein eigenes Kom an sein Team. »Higgins, irgendwelche Auffälligkeiten im Container?«

»Im Container?«, wiederholte Boss Johnson, der gerade hereingestürmt war. »Droht uns das Schiff unterm Arsch hochzugehen?«

»Droht uns das Schiff unterm Arsch hochzugehen, *Sir*!«, knurrte Chavez. »Und die Antwort ist: Nein! Hooker, Adriani, Geschützturm besetzen! Miss Navero, ich hoffe, Sie können etwas Energie für die Laser auftreiben.«

»Den Teufel werden Sie tun, solange ich nicht den Verteidigungsfall ausgerufen habe!«, rief Wellesley.

Wegen des Tumults hinter ihr hätte Josh beinahe die neue Meldung übersehen. »Captain, da kommt eine Kennung rein. Das Schiff identifiziert sich als *SR Ludendorff*.«

»Eine Korvette der *Tethys*-Klasse, Sir«, fügte Paddy hinzu.

Das fremde Schiff war mittlerweile auch auf dem Holodisplay zu sehen und hielt immer noch Kurs auf sie, hatte die Geschwindigkeit jedoch reduziert.

»Ein Schiff von *SternenReich*?«, stellte Chavez alarmiert fest. »Woher wissen die, dass wir hier sind?«

»Haben wir ein Problem mit *SternenReich*?«, erkundigte sich Josh.

Der Leutnant ignorierte sie. »Captain, wie auch immer die das eingefädelt haben, das ist ein feindlicher Übernahmeversuch!«

»Das könnte stimmen, Captain«, pflichtete Boss Johnson bei. »Bei den letzten Sicherheitsbriefings wurde *Sternen-Reich* als neuer Hauptkonkurrent gehandelt.«

»Wow«, ließ sich Paddy vernehmen, »die sind jedenfalls verdammt gut bewaffnet.«

Josh überflog die Meldungen der Sensoren. Automatikkanonen, schwenkbare Laserbatterien, Abschussrohre für Raketen ... Die Korvette schien nur aus Waffensystemen zu bestehen. Kein Wunder bei einem Schiff des größten Waffenkonzerns der Galaxis.

»Navero, volle Energie auf den Magnetschild!«, ordnete Wellesley an. »Damit sollten wir vor Überraschungen si...«

Auf dem Kommunikationsmonitor vor Josh leuchtete eine Anzeige auf. »Captain, die *Ludendorff* auf Standard-Kontaktfrequenz.«

»Die wollen reden. Ein gutes Zeichen«, merkte Johnson an.

»Könnte auch nur Ablenkung sein, bis sie in optimaler Schussweite sind«, hielt Chavez dagegen.

»Wir hören uns das an«, entschied Wellesley. »Auf den Hauptschirm mit ihnen.«

Josh berührte das entsprechende Feld, und die Sterne verschwanden vom Monitor. Stattdessen öffnete sich der Blick auf die Kommandobrücke der *Ludendorff*. So weit es der Ausschnitt erkennen ließ, war sie nur wenig großzügiger angelegt als jene der *Starhawk*, doch der taktische Leitstand für die Waffensysteme war im Hintergrund unübersehbar – und mit einem Stier-Beta in *Hoplit Alpha* Rüstung besetzt. Der Mann, dessen obere Hälfte den Hauptteil des Bilds ausfüllte, trug dagegen nur legere Kleidung. Lässig lehnte er im Kommandeurssessel und sah spöttisch in die Kamera. »Sieh an, der Earl of Mornington. Hast dich kaum verändert, Wellesley.«

Wer ist das? Josh warf einen Blick auf den Captain, dessen Gelassenheit für eine Sekunde einer unangenehm überraschten Miene wich, bevor er sich wieder im Griff hatte und nur noch die Stirn runzelte.

»Formell perfekt wie immer«, fuhr der Fremde bereits fort. »Du hättest dich sicher blendend mit Hauptmann Westhoff verstanden. Leider ist der gute Mann verhindert, aber ich habe dir ein ganz ähnliches Angebot zu machen: Ergib dich und überlass mir Schiff und Ladung, dann bleiben deine Leute am Leben.«

»Sie sind doch nie und nimmer ein Offizier von *Sternen-Reich*«, polterte Chavez. »Wer zur ...«

»Klappe halten, Leutnant!«, schnappte der Unbekannte. »Wellesley, ich geb dir drei Minuten. Dann zerlegen wir euch, und ich pick mir den Sprungantrieb aus den Trümmern.«

Auf dem Bildschirm erschien Schwärze, bevor automatisch wieder die Sicht auf die Sterne eingeblendet wurde, nur dass dieses Mal die *SR Ludendorff* davorhing wie ein Damoklesschwert. Die ausgefahrenen Geschütze waren auf die *Starhawk* gerichtet, und das schwache Schimmern eines Energieschirms umgab die Korvette wie eine geheimnisvolle Aura.

»Verdammt, Captain, was haben Sie mit diesem Kerl zu

schaffen?«, ereiferte sich Chavez. »Woher wusste er, dass wir ausgerechnet hier auftauchen würden?«

»Das entzieht sich meiner Kenntnis«, erwiderte Wellesley kühl. »Aber wir haben weiß Gott dringendere Probleme. Navero, Sprungtriebwerke hochfahren! Velásquez, berechnen Sie einen Kurs auf den Zielort der Sträflinge!«

»Aber ...«, hob Josh an, doch Boss Johnson war schneller.

»Captain, das ist zu gefährlich«, protestierte er. »Während der Sprungeinleitung muss immer mehr Energie vom Schild auf den Antrieb umgelenkt werden. Dann stehen wir mit runtergelassenen Hosen da.«

»Wollen Sie sich etwa ergeben?«, fuhr Chavez ihn an. »Wir haben genug Feuerkraft, um ...«

»Velásquez, sagen Sie Bescheid, sobald Sie einen sicheren Kurs haben«, wies Wellesley den Navigator unbeeindruckt an. »Mr. Johnson, ich verstehe Ihre Bedenken, aber wir haben jetzt keine Zeit für Diskussionen. Leutnant, können Ihre Leute auch Raketen abwehren?«

»Wäre es nicht Aufgabe Ihres Piloten, Raketenbeschuss auszuweichen?«

»Von Raumkampf haben Sie wohl keine Ahnung«, knurrte Johnson. »Das hier ist ein Frachter, keine Jagdmaschine.«

Josh wechselte einen nervösen Blick mit Paddy. Johnson hatte recht. Die *Starhawk* war zu schwerfällig, um auf diese kurze Distanz frontal abgefeuerten Raketen auszuweichen.

»Josh, das ist verrückt«, flüsterte Ita über einen isolierten Kom-Kanal. »Die Schildleistung fällt mit jeder Sekunde. Die knallen uns ab, bevor wir weg sind.«

»Leutnant, die Raketenabwehr ist Ihre Aufgabe«, erklärte Wellesley. »Wir haben noch eine Minute dreizehn. Sprungsequenz einleiten, Velásquez!«

Die sind doch nicht blöd, die Sensoren zeigen denen doch, dass wir springen wollen.

»Das sind verflucht kleine Ziele, aber ich bin sicher, dass ...«, begann Chavez.

»Captain, das ist Wahnsinn!«, fiel Josh ihm ins Wort. »Wir sollten uns ergeben.«

»Niemand kann uns in dieser Lage einen Vorwurf machen«, meinte Johnson.

»Trauen Sie etwa dem Wort dieses ...«

»Energieanstieg in zwei Abschussrohren!«, rief Paddy.

»Hochziehen!«, brüllte Wellesley.

»Geschütztürme, Feuer eröffnen!«, befahl Chavez. »Haltet uns die Raketen vom Leib, Leute!«

»Josh!«, kreischte Itatay.

»Es ist zu spät, Ita. Bring uns hier raus!«

»Raketen gestartet!«, verkündete Paddy.

Gebannt starrte Josh auf das Holodisplay, das die unterschiedlichen Flugbahnen der beiden Geschosse wiedergab. Als die Lasergeschütze plötzlich auch noch Energie an sich zogen, flackerten die Lichter im Cockpit. Ihre Schüsse blitzten im Holodisplay ebenso auf wie vor den Fenstern.

»Navero, volle Energie auf Sprungantrieb in 10«, befahl der Captain. »Sprungbahn frei, Velásquez?«

»Aye, Sir«, bestätigte der Navigator gepresst, während eine neue Lasersalve die Anzeigen verdunkelte. Eine aufglühende Explosionswolke zeugte vom Ende einer Rakete.

»Sprung bei 5, 4 ...«, begann Wellesley.

»Verpiss dich!«, schnappte Chavez, sodass sich Josh unwillkürlich umsah, obwohl die Beschleunigung sie bereits am Haaransatz nach hinten und ihren Magen zusammenzuziehen schien. Der Reinigungsbot hielt dem Leutnant einen Beutel hin. Vor den Fenstern verwischten die Umrisse der *Ludendorff*, die aus allen Lasern feuerte.

»2 ...«

»Captain, da sti...«, setzte Velásquez an.

Ob das jähe grelle Licht von einer Rakete oder vom Sprung kam, verging mit Joshs bewusstem Selbst.

Als der Nebel vor ihren Augen dem diodengesprenkelten Grau des Cockpits wich, kam es Josh vor, als sei sie unter ein ATV geraten. Ihr Kopf brummte, sämtliche Knochen schmerzten, und sie hätte schwören können, dass ihr Magen ein Nadelkissen war. Hastig nahm sie einen Schluck aus der unscheinbaren Flasche neben dem Sitz. Der zähflüssige Säureneutralisator schmeckte so widerwärtig, dass es sie schüttelte, doch das Stechen in ihrem Bauch ließ nach. Wortlos streckte Paddy die Hand nach der Flasche aus. Auf seinem Gesicht perlte Schweiß. Drei Sprünge so knapp hintereinander hielt der stärkste Magen nicht aus.

Hinter ihnen würgte jemand, aber der Richtung nach zu urteilen konnte es dieses Mal nicht Chavez sein. Josh sah sich um. Wellesley war blass, doch er hielt sich aufrecht wie immer und starrte mit zusammengezogenen Brauen auf den Hauptbildschirm. Vor dem Navigationspult hatte Velásquez das Gesicht in den Händen vergraben, wäh-

rend Chavez mit angewiderter Miene Boss Johnson beobachtete, der am Boden kauerte und sich in die Tüte am
Greifarm des Roboters übergab. Blut rann aus einer Platzwunde an Johnsons Hinterkopf.

»Scheiße!«, entfuhr es Josh. Für ihn war kein Platz mehr
übrig gewesen, und ihm hatte die Zeit gefehlt, in die Messe zu laufen, wo es einige Sprungsitze an den Wänden
gab. Sofort peitschte sie ihren geräderten Körper auf die
Beine.

Wie aus einer Trance erwacht, erfasste der Captain die
Situation mit einem Blick. »Miller, Boyle, packen Sie Johnson auf eine Trage und bringen Sie ihn in die Krankenstation! Navero, Statusbericht!«

Josh öffnete die Klappe in der Wandverkleidung, hinter
der sich das medizinische Notfallset verbarg. Hoffentlich
hatten die enormen Kräfte, die beim Übergang in den
Interim auf den Körper einwirkten, nicht Johnsons Wir-
belsäule verletzt. Ihre Sorge verband sich mit Wut. Wieder
hatte Wellesley das Leben der gesamten Crew riskiert –
und wofür?

»Äh, Captain«, ertönte TechSergeant Hobbs Stimme im
Kom. »Ich fürchte ...«

»Díos mio!«, unterbrach Navero ihn krächzend. »Das sag
ich ihm selbst. Hier geht nichts mehr, *capitán. Niente!*
Wahrscheinlich ein Treffer, aber wir werden nicht mal
aus den chaotischen Schadensmeldungen schlau.«

Chavez fluchte leise, und Josh schoss Wellesley über die
zusammenklappbare Trage hinweg einen zornigen Blick
zu, doch er schien es nicht wahrzunehmen. Zum Glück
würden sie bald auf ihrem Zielplaneten landen, die Sträf-

linge abliefern und wenigstens den verdammten Leutnant wieder los sein.

Der Captain schwieg. Sein Blick war wieder auf den Hauptmonitor gerichtet.

Hoffentlich bereut er zur Abwechslung, was er angerichtet hat. Doch sein Schweigen dauerte zu lang. Während Paddy den Erste-Hilfe-Koffer öffnete und den Reinigungsbot zur Seite schubste, um das erstbeste Wundpatch auf Johnsons blutenden Hinterkopf zu kleben, wurde Josh nervös. Selbst Chavez schien zu verblüfft, um seine unerwünschte Meinung zu sagen.

»Wie ist unsere Position?«, fragte Wellesley schließlich.

Velásquez stieß die Luft aus, die er zuvor angehalten haben musste. »108 320, System Cor Caroli. Ich wollte es noch vor dem Sprung sagen. In letzter Sekunde erschienen plötzlich diese neuen Koordinaten. Alles durchgerechnet. Ich hatte nichts damit zu tun.«

Fassungslos starrte Josh den Navigator an. Jemand manipulierte das Schiff?

»Was soll das heißen, Sie hatten nichts damit zu tun?«, regte sich Chavez auf.

Ein Stöhnen Johnsons erinnerte Josh an ihre dringlichste Aufgabe. Rasch bückte sie sich, um Paddy zu helfen, Johnson vorsichtig auf die Trage zu betten. »Irgendwo besonders große Schmerzen?«, erkundigte sie sich.

»Ich glaub, es hat nur den Kopf richtig übel erwischt«, ächzte der Boss.

»Versuchen Sie, die Quelle für den Fehler zu finden, Velásquez«, befahl Wellesley. Die Strenge in seiner Stimme deutete an, wie ernst er das Problem nahm. »Ich gehe mir die Lage im Maschinenraum ansehen. Miller, wenn Sie Mr. Johnson abgeliefert haben, werfen Sie einen Blick auf unsere ›Passagiere‹.«

Josh hob gerade mit Boyle die Trage an und nickte nur.

Wellesley marschierte an ihr vorüber, zügig, aber nicht hastig. Ein Earl of Mornington bewahrte stets Haltung. Neben ihm wirkte Chavez wie eine lästige Fliege, die an seiner Seite schwirrte und ihn mit Vorwürfen bombardierte, doch Josh hörte nicht mehr zu. *Ich hab mein Versprechen gebrochen. Ich hatte Ita versprochen, ihn aufzuhalten, bevor er uns wieder in die Scheiße reitet. Wie tief stecken wir dieses Mal drin?*

Obwohl Johnson kein Riese war, wog sein massiger Körper mehr als gedacht. Joshs Arme wurden mit jedem Schritt länger, aber der Weg durch die Messe war zum Glück nicht mehr weit.

»Boss?«, ertönte Rodriguez' Stimme über Kom. »Alles in Ordnung da oben? Wir kriegen hier unten verdammt wenig mit.«

Was vermutlich an dem Tumult im Hintergrund lag. Sie hörte Gebrüll und laute metallische Geräusche, die sich im Frachtraum widerhallend zu einem höllischen Lärm vermengten. »Johnson hat eine Kopfverletzung«, informierte sie ihn. »Was ist los bei euch?«

»Reden Sie nicht von mir, als wär' ich bewusstlos, Ma'am«, brachte Johnson heraus. »Ich bin gleich wieder auf den Beinen.«

Paddy grinste ihm aufmunternd zu und drückte mit dem Ellbogen den Türöffner.

»Gut zu hören, Boss«, befand Rodriguez. »Hier sieht's ziemlich übel aus. Der letzte Sprung hat ein paar von den Knackis eiskalt erwischt. Die anderen randalieren deshalb – und weil's hier elend nach Kotze stinkt.«

»Solange die Kerle in ihren Zellen sind, haben Chavez' Leute sicher alles im Griff«, versetzte Josh, um Johnson zu beruhigen, während sie ihn in die Krankenstation trugen.

»Hey, wo ist der Doc?«, wunderte sich Boyle. »Dunbar?«

»Der Chim hat hier unten alle Hände voll zu tun. Wird gleich voll bei euch da oben.«

Chim. Bei dem Wort zuckte Josh zusammen, doch sie verkniff es sich, Rodriguez dafür zu rügen. Ändern konnte sie seine Verachtung für Beta-Humanoide ohnehin nicht, und sie hatten jetzt andere Probleme.

»Lassen Sie mich einfach runter. Ich warte hier, bis er kommt.« Johnson wollte sich aufsetzen, doch seine Miene verzog sich vor Schmerz.

»Sie bleiben hübsch liegen, bis der Doc etwas anderes erlaubt!«, befahl Josh und wuchtete ihn gemeinsam mit Paddy auf den Behandlungstisch. »Schon mal von Cor Caroli gehört?«, fragte sie den Piloten.

Boyle schüttelte den Kopf. »Da klingelt rein gar nichts bei mir. Wie kann das passieren? Hat dieser alte Kumpel von Wellesley seine Finger da drin? Jedenfalls hoffe ich, dass der nicht auch gleich hier auftaucht, sonst sind wir geliefert.«

»Ich glaube, dann wäre er schon da. Aber sicherheitshalber solltest du ohnehin wieder ins Cockpit gehen. Jemand muss Brückenwache halten, während ich im Laderaum nach dem Rechten sehe.«

»Das wäre eigentlich mein Job«, murrte Johnson.

»Sie sitzen jetzt erst mal auf der Ersatzbank, Boss!«, rief Josh ihm zu, während sie und Paddy die Krankenstation verließen.

Auf dem Gang kam ihr der Adler-Beta bereits entgegen. Endlich wirkte sein strenger Blick einmal der Situation angemessen. Er eilte vor Mwaka her, der gemeinsam mit dem zweiten neuen Frachtraumarbeiter einen Verletzten auf einer Trage heranschleppte. Dahinter kamen weitere Leute in Sicht, doch Dunbars Adlerblick hielt Joshs fest.

»Öffnen Sie bitte die Tür, Ma'am! Der Mann muss sofort operiert werden.«

Josh machte auf dem Absatz kehrt, um zu helfen. Wenn der Verletzte auf den OP-Tisch musste, war Johnson im Weg.

»Was ...«, begann der Sicherheitschef, als sie wieder in den Raum stürmte.

»Ein Notfall«, erwiderte Josh und packte erneut die Griffe der Trage.

»Mr. Johnson auch?«, wollte Dunbar wissen.

»Nur eine Platzwunde, Doc«, wehrte der Boss ab.

»So sicher ist das nicht«, widersprach Josh. Trotzdem trug sie ihn mit dem Adler-Beta zur Seite.

»Dorthin!«

Sie stellten die Trage vor der Wand der Krankenstation ab, während die beiden Afrikaner den anderen Verwundeten auf den Tisch wuchteten. Der bewusstlose Mann war geradezu riesig, seine Muskulatur unnatürlich stark ausgeprägt.

»Ein SupraSoldier«, murmelte Josh. Durch mittlerweile

illegale Substanzen hatten die Konzerne etliche Menschen für den letzten Krieg in Übersoldaten verwandelt, die ihren Gegnern physisch weit überlegen waren.

»Chrr, aber einer, dessen Haltbarkeitsdatum abgelaufen ist«, befand Dunbar, während der Wolf-Beta und ein Sträfling einen weiteren Verletzten hereintrugen. Dahinter folgten die blasse Frau, die bei ihrer Ankunft um Hilfe gefleht hatte, und einer von Chavez' Tiger-Betas. Er hielt seine Maschinenpistole zwar mit dem Lauf zur Decke gerichtet, doch er war offensichtlich mitgekommen, um die drei Sträflinge zu bewachen. Für so viele Menschen war die Krankenstation allerdings nicht ausgelegt.

»Vielen Dank, Leute!«, rief Dunbar, was seine Stimmbänder kratzen ließ. »Aber jetzt raus mit euch! Nein, Sie nicht, Ma'am!«, wandte er sich wieder an Josh. »Lu... Kurt, bring den Prediger zurück in seine Zelle.« Er deutete auf den einzigen unverletzten Sträfling, auf dessen Stirn ein eintätowiertes Kreuz prangte.

»Möge der Herr Ihre Hände führen, Doc«, sagte der Mann feierlich.

»Ich bleibe hier, ob du willst oder nicht«, grollte der Tiger-Beta. »Wenn der Kerl aufwacht ...« Er deutete auf den SupraSoldier. »... rupft er dich wie 'ne Weihnachtsgans.«

»Wenn«, gab Dunbar nur zurück. »Med-Bot, Patient für OP einstellen, chrrr! Blutanalyse. Plasmatransfer.«

Ein Roboterarm an der Decke senkte sich auf den Bewusstlosen herab und fuhr Schläuche, Kanülen und andere Instrumente aus, die Josh nicht einordnen konnte.

»Schaffen Sie das allein?«, erkundigte sich die Frau mit den eingefallenen Wangen, die ebenfalls im Raum geblieben war. »Sie sagten etwas von schweren inneren Blutungen.«

»Der Med-Bot genügt als Assistent, aber wenn Sie sich um Mr. Johnson kümmern könnten ...« Dunbar deutete auf den Sicherheitschef.

Die Fremde nickte. Sie war also Ärztin? Josh war dennoch nicht ganz wohl dabei, Johnson einer Schwerverbrecherin zu überlassen, auch wenn sie noch so harmlos aussah.

»Würden Sie dem anderen Patienten ein Painkillerpatch auflegen, bis wir uns um ihn kümmern können?«, lenkte der Adler-Beta sie ab. »Sein linker Arm ist gebrochen.«

»Woher wissen Sie das? Sie haben ihn doch gar nicht durchleuchtet«, wunderte sich die Ärztin.

Dunbar klappte stumm seinen Schnabel auf und wieder zu und sah einen Moment unschlüssig aus, bevor er antwortete: »Erfahrung.«

Ein Reißverschluss, wie altmodisch. Doch immerhin war der Overall überhaupt so durchdacht, dass man die Ärmel bei Bedarf abnehmen konnte. Es ersparte ihr, ihn abzuschneiden. »Können Sie den Arm ausstrecken?«, erkundigte sie sich bei dem Mann, der unverkennbar asiatische Vorfahren haben musste. Das schwarze Haar konnte ihm erst vor wenigen Tagen abrasiert worden sein. Spärlicher Bartwuchs und ein faltenfreies Gesicht ließen Asiatischstämmige oft jünger erscheinen, aber Josh schätzte ihn trotzdem auf höchstens 25.

Er nickte, ohne sie anzusehen, und winkelte den Arm vom Körper ab, sodass sie den Reißverschluss auch unter der Achsel öffnen konnte. Fast sofort begannen die Muskeln zu zittern. Josh beeilte sich. Sie sah, dass er die Zähne zusammenbiss. Seine Miene war kreidebleich geworden, doch er gab keinen Laut von sich und hielt den Blick weiter gesenkt.

Rasch streifte sie den Ärmel ab, bemüht, sich dabei nicht an seiner Hand zu verheddern. *Bloß her mit dem PKP!* Sie riss die Schutzhülle ab und drückte das mit Schmerzmitteln getränkte Tuch so vorsichtig wie möglich auf seine Haut, damit es kleben blieb. »Ist gleich vorbei.«

Er schloss die Augen und reagierte nicht. Für einen Moment fragte sich Josh, ob sie etwas übersehen hatte, doch sein Gesicht gewann bereits etwas Farbe zurück. *Dann stirbt er wohl nicht gerade.* Achselzuckend erhob sie sich aus der Hocke neben seiner Trage.

Im Raum herrschte konzentrierte Ruhe, und doch war es nicht völlig still. Wenn sich der Med-Bot-Arm bewegte, drang vom OP-Tisch leises Surren herüber. Kurze Anweisungen Dunbars setzten Akzente im gleichförmigen Rhythmus des Beatmungsgeräts und dem Piepen des EKGs, das den Herzschlag des Patienten wiedergab. Auch die fremde Ärztin sprach leise mit Johnson, freundliche, aber knappe Sätze, damit er wusste, was sie mit den Diagnosegeräten tat. Erneut fragte sich Josh, welches Verbrechen die Frau wohl begangen hatte. Oder der Asiat, der sich immerhin seltsam benahm. Vielleicht war es aber auch besser, es nicht zu wissen. Zumindest schien die Fremde gründlich vorzugehen. Ob Johnson schlimmer verletzt war, als er glaubte?

Josh ging zu ihm hinüber. »Sie sind Ärztin?«, vergewisserte sie sich.

Die Frau sah von dem rechteckigen, handgroßen Kasten auf, den sie mehrmals über Johnsons Kopf hin- und hergeführt hatte. Ihr blondes Haar war ebenfalls erst kürzlich geschoren worden, doch der asketische Look stand ihr nicht schlecht. Weniger ansehnlich war die blutunterlaufene Schwellung in ihrem Gesicht, die wohl vom Schlag der Tigerpranke herrührte. »Nicht ganz«, gab sie zu. »Ich habe Medizin studiert, mich aber schon im Studium auf Genetik spezialisiert.«

»Hey!«, fauchte der Tiger-Beta. »Es wird nicht gequatscht! Mach deine Arbeit und Schluss!«

Josh warf ihm einen gereizten Blick zu. Sie erinnerte sich, dass Chavez behauptet hatte, die Frau sei verrückt, aber zurzeit wirkte sie völlig normal. »Hat Mr. Johnson wirklich nur eine Platzwunde?«

Die Genetikerin schüttelte den Kopf und schielte zu ihrem Bewacher, der zwar Abstand von den Verwundeten hielt, sie aber nicht aus den Augen ließ. »Nein, er hat auch eine mindestens leichte Gehirnerschütterung. Nichts Dramatisches, würden Sie wohl sagen. Das Skelett hat den Sprung aber erstaunlich gut überstanden. Er hat nur ein paar Prellungen. Können Sie Blut sehen?«

»Äh.« Einen Augenblick lang begriff Josh nicht, was sie meinte. »Ach so, ja, sicher. Ich werde nicht ohnmächtig.« *Sehe ich etwa so zart besaitet aus?*

»Gut, würden Sie dann das Blut abtupfen, während ich nähe? Ich bin nicht gerade in Übung, und je mehr ich sehe, desto ...«

»Du sollst nicht so viel schwätzen!«, fuhr der Tiger-Beta auf.

Das Gesicht der Frau verhärtete sich. Fahrig füllte sie Wasser in eine Blechschale ab und verschüttete dabei fast die Hälfte wieder.

»Kannst du mal aufhören, dich hier wie im Dschungel aufzuführen?«, forderte Josh den Gardeur heraus.

»Hindern Sie mich nicht daran, meine Befehle auszuführen, Ma'am!«

»Ruhe im OP!«, fuhr Dunbar auf. Das Gefieder in seinem Nacken sträubte sich.

»Sorry, Doc.« Josh wandte sich wieder dem Boss zu, dem die Genetikerin vorsichtig die Wundauflage vom Hinterkopf zog, um das bereits verkrustete Blut abzuwaschen, so gut es ging. Dann mussten die Haare an den Wundrändern rasiert und ebenfalls entfernt werden.

»Mr. Johnson, ich werde jetzt die Kopfhaut betäuben«, kündigte die Gefangene an.

»Alles, was nötig ist, um meinen Skalp wieder zusammenzunähen, Doc.«

»Okay.« Sie holte eine Spraydose aus dem aufgeklappten MedPack neben der Trage und sprühte die aufklaffende Haut großzügig ein. Josh kannte die meisten Bestandteile des MedPacks und wusste, dass dieses Mittel nicht nur schmerzlindernd, sondern auch desinfizierend wirkte. Da für gewöhnlich kein Arzt an Bord war, hätte der Med-Bot das Nähen übernommen, der präziser arbeitete als medizinische Laien. Zu sehen, wie die Fremde mit der Nadel durch Johnsons Haut stach, kam Josh härter an als das Blut, das zunächst wieder stärker aus der Wunde rann.

Dafür, dass ihre Hände zuvor noch gezittert hatten, führte die Frau die Stiche nun erstaunlich sicher aus. Zum Schluss griff sie noch einmal ins MedPack und zückte die Dose mit dem Sprühpflaster. Die fleischfarbene Substanz schäumte kurz auf, dann bildete sie einen gleichmäßigen Film.

»Geschafft. Jetzt werde ich Ihnen noch ein paar Tabletten zusammenstellen, die Entzündungen verhindern. Sie wollen sich sicher davon überzeugen, dass ich ihm keinen Giftcocktail verabreiche«, fügte sie an Josh gerichtet hinzu und deutete zur Medikamentenkonsole.

Sollte das ein schlechter Scherz sein? Doch ihr Blick bekam wieder einen dringlichen Ausdruck. Den Rücken zu ihrem Bewacher gewandt, formten ihre Lippen tonlos: »Bitte!«

Joshs Neugier siegte über die Zweifel, ob sie darauf eingehen sollte. Sie nickte und folgte der Fremden zum Eingabefeld. Diese Konsolen funktionierten nach demselben Prinzip wie die tragbaren Geräte in den MedPacks, doch sie boten eine ungleich größere Zahl an pharmazeutischen Substanzen, aus denen Medikamente nach individuellem Bedarf zusammengemischt wurden. Eigentlich war der kleine Monitor dazu gedacht, die gewünschten Zutaten einzugeben, was angesichts Tausender möglicher Stoffe schneller ging, als sie aus Listen und Untergruppen auszuwählen. Doch Josh ahnte, dass sie anderes erwartete.

Als die ersten Buchstaben auf der Anzeige erschienen, musste sie sich Mühe geben, eine neutrale Miene zu bewahren.

»*Ich bin kein Sträfling.*«

Unauffällig löschte die Gefangene ihre Eingabe und schrieb erneut.

»FC *hat mich entführt.*«

War sie eine paranoide Irre oder ...

»*Ludmila Lukjanenka*, KrEArtificial Laboratories.«

KrEArtificial war eine *SternenReich*-Tochter. Niemand an Bord wusste das besser als Josh.

»*Überprüfen Sie es.*«

»Ist nur ein Antibiotikum«, erklärte Ludmila und gab dieses Mal tatsächlich einen Wirkstoff ein.

Josh schätzte, dass ihr Herz fast so schnell schlug wie das der Gefangenen. *Was geht eigentlich auf diesem Schiff vor?*

5

Der SupraSoldier war tot. Josh hatte mit angesehen, wie der Adler-Beta mithilfe des Med-Bots alles versucht hatte, um den Patienten wiederzubeleben, doch es war vergebens. Der Tiger-Beta zuckte nur die Schultern, verständigte Chavez und brachte Ludmila zurück in den Frachtraum.

Boss Johnson, der wieder auf den Beinen war, betrachtete nachdenklich die abgedeckte Leiche auf dem OP-Tisch. »Sollten diese Kerle nicht unverwüstlich sein?«

»Sind sie auch«, erwiderte Dunbar müde. Auf seinem starren Gesicht war es schwer zu erkennen, doch in seiner Haltung und dem glanzlosen Blick zeigte sich die Erschöpfung. »Jedenfalls solange, bis der Verfall einsetzt. Dann altern sie innerhalb von 400 Tagen unglaublich schnell und sterben. Der Prozess hatte bei ihm bereits begonnen. Anders kann ich mir den maroden Zustand seiner Blutgefäße nicht erklären.«

»Heiliger Onkel Sam! Er war schon über 100 Jahre alt?«,

hakte Johnson nach. »So lange dauert es doch, bis ihre Uhr abgelaufen ist.«

Der Doc nickte. »Ich muss mich jetzt um den nächsten Patienten kümmern.«

»Mhm«, brummte der Sicherheitchef. »Hat sich für sein Alter verdammt gut gehalten, was?«, wandte er sich an Josh.

»Ja, aber ich kann mir nicht vorstellen, dass sich *FullControl* von einem Foto täuschen lässt. Die müssen doch in seiner Akte gesehen haben, dass er ... keine lohnende Investition mehr war.« Sie dachte nicht gern in solchen Kategorien über Menschen, doch sie wusste, dass die Konzerner es taten, und für gewöhnlich machten sie dabei keine Fehler.

»Kanonenfutter?«, mutmaßte Johnson. »Material für ein Himmelfahrtskommando?«

»Vielleicht.« Aber wenn *FC* tatsächlich Leute verschleppt hatte, die gar keine Häftlinge waren ... Vielleicht hatten es dann auch ein paar billige Ausschussverbrecher zur Tarnung getan? Wie konnte sie den Sicherheitchef aushorchen, ohne sich zu verraten? »Wenn ich mir allerdings diese Sträflinge so anschaue ... Finden Sie nicht, dass man insgesamt eine bessere Auswahl hätte treffen können, um schwere Arbeit in einer Mine zu verrichten oder als *Justifier* fremde Planeten zu erkunden? Schon der Typ im Rollstuhl ...«

»Sie sind 'n verdammt heller Kopf, Ma'am«, befand Johnson und grinste angesichts ihrer dunklen Haut über den eigenen Witz. »Den Gedanken hatte ich auch schon. Nur ... wofür braucht man sie dann? Ich fress meine *Repeater*, wenn's was Gutes ist. Aber wir haben andere

Probleme.« Er senkte die Stimme. »Dieser Mistkerl auf der *Ludendorff* kannte unseren Captain. Das war kein Zufall, dass wir den getroffen haben.«

Josh lächelte. »Sie sind auch 'n verdammt heller Kopf, Boss. Vielleicht sollten wir dieses Gespräch woanders fortsetzen.«

An ihrem Ohr erwachte das Kom zum Leben. »Alle Offiziere zur Lagebesprechung auf die Brücke!«, verlangte Wellesley.

Auf dem Weg zum Cockpit fragte sich Josh, weshalb der Captain das Treffen ausgerechnet dort abhielt, obwohl es eng werden würde. Nicht umsonst fanden die Besprechungen normalerweise in der geräumigeren Messe statt. Als der Boss und sie die Brücke betraten, fand sie den einzigen Grund bestätigt, der ihr eingefallen war.

»Schalten Sie sämtliche Kom-Kanäle ab, Boyle!«, wies Wellesley Paddy an, der auf seinem Pilotensessel saß.

Eine leere *Chocfrog*-Packung segelte zu Boden, die der Reinigungsbot sofort aufklaubte. Von Johnsons Blut und Erbrochenem war nichts mehr zu sehen, aber Josh konnte sich nicht vorstellen, dass das Gerät auch schon die Schweinerei im Laderaum beseitigt hatte. Was hatte es immer noch im Cockpit zu suchen? Sie vergewisserte sich, dass seine Sensoren sie wahrnahmen, und befahl: »Frachtraum reinigen!«

Der Roboter rollte hinaus.

»Danke, Miller.« Wellesley klang ein wenig ironisch. »Wenn Sie jetzt noch die Tür schließen würden, wäre es perfekt.«

Noch eine ungewöhnliche Maßnahme, dachte sie, während sie der Anweisung nachkam. Was wollte er ihnen eröffnen, dass die einfachen Mannschaftsgrade nicht davon erfahren durften?

Da Ita bereits auf dem Co-Pilotensitz Platz genommen hatte und Velásquez vor dem Navigationspult saß, blieb Josh bei der Tür stehen. Chavez, TechSergeant Hobbs und Johnson drängten sich auf dem knappen Raum dazwischen.

»Haben Sie alle Ihre Koms deaktiviert?«, vergewisserte sich Wellesley. »Was ich Ihnen zu sagen habe, muss vorerst unter uns bleiben.«

Josh sah Ita an, doch die Ingenieurin mied ihren Blick. Sicher kannte Ita die schlechten Neuigkeiten bereits, sonst hätte sie nicht so ausdruckslos vor sich hingestarrt. Auch der Iltis-Beta wirkte verstört. Doch während Ita versteinert war, schaffte es Hobbs durch kleine Bewegungen Unruhe auszustrahlen, obwohl er nur herumstand. Boss Johnson verschränkte die muskulösen Arme vor der Brust.

»Meine Damen, meine Herren, wir befinden uns in einer heiklen Lage. Die Indizien sprechen dafür, dass unser Bordcomputer manipuliert wurde, sodass wir nicht – wie vorgesehen – Prokyon erreicht haben, wo wir unsere »Passagiere« absetzen sollen. Darüber hinaus sind wir in einem System angekommen, das weit außerhalb der Reichweite unseres Antriebs liegt. 111 Lichtjahre, um genau zu sein, was technisch überhaupt nicht möglich sein sollte. Wie es dazu gekommen ist, haben unsere Experten TechLeutnant Navero und TechSergeant Hobbs noch nicht herausfinden können, weil wir dringlichere Probleme haben. Der

Sprungantrieb ist defekt. Wie lange die Reparaturen dauern werden – und ob wir überhaupt imstande sind, sie selbst durchzuführen –, wissen wir noch nicht.«

»Wurden wir von einer Rakete getroffen?«, erkundigte sich Josh, obwohl es nur die Schäden erklären würde, nicht die unglaubliche Distanz, die sie zurückgelegt hatten.

»Auch das entzieht sich meiner Kenntnis«, gab der Captain zu. »Wir werden eine Wartungsdrohne aussetzen müssen, um zu überprüfen, ob es äußere Schäden gibt.«

»Das System zeigt nichts an?«, hakte sie nach und suchte Hobbs' Blick, da Ita noch immer abwesend wirkte.

»Der Bordcomputer spielt verrückt«, gestand der Iltis-Beta. »Die Meldungen sind widersprüchlich und ergeben zum Teil überhaupt keinen Sinn. Möglicherweise ein Virus, der uns lahmlegen soll.«

»In einem solchen Fall wäre es Standardprozedur, den nächsten bewohnten Planeten anzusteuern«, stellte Johnson fest. »Der Sublichtantrieb funktioniert doch noch, oder?«

»Ha!«, ließ sich Chavez vernehmen. »Das ist das Beste an dieser ausgemachten Scheiße! Sagen Sie's ihnen, Astrogatoren-Ass!«

»Mr. Velásquez trifft keine Schuld«, erklärte Wellesley scharf.

Dennoch konnte Josh den Reflex nicht unterdrücken, den Navigationsoffizier vorwurfsvoll anzusehen. Velásquez versuchte, sich aufrecht zu halten und unnahbar zu blicken, doch es gelang ihm nicht überzeugend.

»Dann möchte ich zu gern wissen, wer stattdessen dafür

gesorgt hat, dass wir mitten im Nichts festsitzen«, eiferte sich Chavez. »Denn das tun wir«, wandte er sich theatralisch an sie alle. »In diesem System gibt es *nichts*!«

»Was sagt die Datenbank dazu?«, wollte Josh von Velásquez wissen.

»Wenig. Cor Caroli ist viel zu weit von den Hauptrouten entfernt und hat anscheinend kaum interessante Rohstoffe zu bieten. Jedenfalls hat noch kein Konzern Rechte geltend gemacht. Nur ein Planet wurde als »potenziell bewohnbar« eingestuft, aber die Daten sind dürftig.«

Josh schluckte. Mit dem Sublichtantrieb ein anderes System zu erreichen, würde Jahre dauern – wenn ihre Ressourcen überhaupt so lange reichten.

»Unsere Priorität muss der Reparatur des Sprungantriebs gelten«, legte Wellesley fest. »Bis dahin gilt es, Panik an Bord zu vermeiden, deshalb ordne ich Stillschweigen über unsere Lage an. Sollten Sie gefragt werden, warum wir nicht einfach eine Werft anfliegen, begründen Sie es mit der Geheimhaltung unserer Mission, den politischen Gefangenen zu überführen.«

»Ja, aber ...«, meldete sich Paddy zu Wort. »Heißt das, dass wir vielleicht nie mehr hier wegkommen?«

Der Captain verzog halb spöttisch, halb säuerlich den Mund. »Es ist zu früh für melancholische Astrofolk-Weisen, Boyle. Lenken Sie Ihre irische Seele damit ab, einen Notruf abzusetzen. Vielleicht hört uns jemand.«

»Na, galaktisch«, murrte der Pilot. »Ohne SVR braucht der Funk länger als wir.« Dass er sich trotzdem zur Kom-Konsole umdrehte, schien Josh eher ein Versuch, der Konfrontation mit Wellesley auszuweichen.

»Das ist alles, was Sie dazu zu sagen haben?«, beschwerte sich Chavez. »Erst schaffen Sie es irgendwie, uns diesen *SR*-Renegaten auf den Hals zu hetzen, und jetzt stranden Sie im Nirgendwo? Ich rate Ihnen, bringen Sie diese lahme Ente wieder zum Fliegen, sonst sorge ich dafür, dass Sie nie wieder ein Kommando bekommen!«

In den Augen des Captains blitzte Wut auf. »Sie sind verdammt schnell mit Ihren Schuldzuweisungen, Leutnant. Wer sagt mir denn, dass es nicht Ihr verfluchter Container ist, der uns das alles eingebrockt hat? Vielleicht hat das Ding ein Strahlungsleck und stört die ganze Zeit unsere Elektronik!«

»Das ist Schwachsinn. Kümmern Sie sich um Dinge, von denen Sie mehr verstehen! Falls es so was gibt.«

»Es ist zu früh für Astrofolk-Weisen«, äffte Paddy leise den Captain nach, als alle außer Josh, Boss Johnson und ihm das Cockpit verlassen hatten. »Trösten Sie sich mit einem Synthguinness, Boyle.« Plötzlich schlug er mit der Faust auf die Kom-Station. »Mann! Wir werden alle sterben, und der verarscht mich! Ich bin verfluchter Frachterpilot geworden, weil ich genau auf solchen Scheiß keine Lust mehr hatte.«

»Jetzt mach mal halblang, Paddy. Wir sind gerade erst angekommen«, versuchte Josh, ihn zu beruhigen. »Ich bin sicher, Ita und Hobbs bekommen das hin.«

»Und selbst wenn«, murrte Boyle. »Was kommt als Nächstes? Der Duke hält sich doch für'n strategisches Genie, nur weil sein Urahn diesen Neapel Bonapart besiegt hat. Seitdem sind 1200 Jahre Inzucht vergangen!«

»Bonaparte. Der Typ war Franzose«, korrigierte Josh.

»Wen interessiert's?« Noch nie hatte sie Paddy so außer sich gesehen. »Der bringt uns alle um. Kramer und Phil hat er schon erledigt.«

Und die beschissenen Chims, die für Menschen natürlich nicht zählen.

»Yeah, war jetzt zweimal verdammt knapp, Sir«, pflichtete Johnson ihm bei. »Auf mich hört er nicht, so viel ist sicher.«

»Er hört auf niemanden.« Es ärgerte Josh immer noch, wie er ihren Rat abgeschmettert hatte. Jetzt hatte er den Rückhalt in der Mannschaft endgültig verspielt. Was Ita bei all dem dachte, konnte sie sich lebhaft ausmalen.

»Vielleicht sollte man ihn dann durch jemanden ersetzen, der uns lebend hier rausbringt«, sagte Johnson so beiläufig, dass es einen Moment dauerte, bis Joshs abgelenkter Verstand die Tragweite seiner Worte erfasste.

»Meuterei?« Paddy sah den Sicherheitschef ungläubig an.

Instinktiv blickte sich Josh zur Tür um und stand auf, um sie zu schließen. Wenn Velásquez oder Wellesley sie hörten, würde der Captain sie von Chavez' Gardeuren erschießen lassen.

»Könnte sein, dass es sogar im Interesse von *FC* ist«, verteidigte sich Johnson. »Was dieses *SternenReich*-Schiff angeht, hat der Duke irgendeinen Dreck am Stecken.«

»Könnte sein«, gab Josh zu. Wusste Wellesley mehr über die Sträflinge, als sie ahnten? Hatte *SternenReich* Wind davon bekommen, *wer* Ludmila Lukjanenka verschleppt hatte, und dem Captain einen Deal vorgeschlagen, um die

Wissenschaftlerin zu befreien? *Wenn ihre Geschichte überhaupt stimmt.*

Josh bemühte sich, die Abneigung zu ignorieren, die sie empfand, seit die Frau erwähnt hatte, dass sie Genetikerin bei *KrEArtificial* war. Doch ohne SVR waren sie auch vom StellarWeb abgeschnitten, sodass sie nicht nach Berichten über eine Entführung suchen konnte. Nur sehr große Schiffe und Raumstationen verfügten über genügend Platz für eine solche Sender- und Empfangsanlage – von den enormen Kosten einer SVR-Station ganz abgesehen.

»Moment mal, ihr meint, der Duke wusste, dass uns dieser Kerl auflauert?«, hakte Paddy nach.

»Nicht ganz«, erwiderte Josh. »Ich habe sein Gesicht gesehen, als der Typ auf dem Schirm auftauchte. Er war definitiv überrascht – und nicht gerade erfreut. Wenn unsere Theorie stimmt, dann hat er das *SR*-Schiff erwartet, aber nicht den Mann, der es befehligt hat.«

Johnson nickte. »Der Kerl trug nicht mal Uniform. Keine Ahnung, wer das war, aber wenn Sie mich fragen, hat er die *Ludendorff* gekapert. Kein *SR*-Captain des Universums könnte verhindert genug sein, um ihm den Kommandeurssitz zu überlassen. Wo soll dieser Hauptmann Westhoff denn gewesen sein? Beim Pinkeln?«

»Und selbst dann gäbe es einen Ersten Offizier, der für ihn übernimmt«, merkte Josh an.

»Aber der Typ kannte den Duke«, befand Boyle. »Es klang, als wären sie echt alte Kumpel.«

Der Boss schnaubte. »Na, wohl eher, als hätten sie noch 'ne alte Rechnung offen.«

»Das spielt eigentlich keine Rolle.« Sollte sie den beiden

von Ludmila erzählen? Josh entschied sich dagegen. Noch hatte sie nichts als die Behauptung einer angeblichen Schwerverbrecherin in der Hand. »Wenn wir glauben, dass Wellesley *FC* hintergehen wollte, hätten wir gegenüber dem Konzern einen guten Grund, ihn abzusetzen, aber ...« Wenn der Captain tatsächlich nur deshalb auf einen Deal mit *SternenReich* eingegangen war, weil er wusste, dass einige der Sträflinge von *FullControl* entführt worden waren, machte ihn das geradezu zu einem Helden. Es passte zu dem Mann, den sie an ihrem ersten Tag auf der *Starhawk* kennengelernt hatte. Der ihr Retter gewesen war und sie vor ihren Verfolgern versteckt hatte.

»Aber was?«, fragte Johnson.

»Welchen Grund hätten wir, gegenüber dem Konzern loyal zu sein, wenn hier in Wahrheit etwas ganz anderes gespielt wird? Sie haben selbst bemerkt, dass mit diesen Sträflingen etwas nicht stimmt.«

»Worauf willst du hinaus?« Verwirrt sah Paddy zwischen dem Boss und ihr hin und her. »Ist der Duke jetzt doch der Gute?«

»Das muss ich erst herausfinden, bevor wir irgendetwas unternehmen können.«

»Wie Sie meinen, Ma'am.« Johnson zuckte die Achseln. »Für mich sind Sie jetzt der Captain.«

Auf dem Weg zum Maschinenraum versuchte Josh, ihre Gedanken und Gefühle zu ordnen. Boss Johnson meinte es ernst, daran gab es keinen Zweifel. Wie Paddy zu einer möglichen Meuterei stand, war nicht ganz so einfach zu sagen. Er war kein Draufgänger und steckte lieber zurück, als die Konfrontation zu suchen. Aber andererseits würde er gerade deshalb auch ihr folgen, ohne ihre Position infrage zu stellen. Und er hatte Angst – was ihn verdammt wütend auf Wellesley machte.

Der Rest der Crew ...

Ihr fiel auf, dass sie den anderen bislang zu wenig Beachtung geschenkt hatte. Wenn schon der Captain vermutlich irgendeinen Deal mit *SternenReich* hatte, wie konnte sie dann ausschließen, dass sich der Saboteur, dem sie den falschen Zielort verdankten, an Bord befand? In einem unbeobachteten Moment hätte praktisch jeder den Computer hacken und mit fremden Daten füttern können. Für die meisten alten Mitglieder der Mannschaft hätte sie die Hand ins Feuer gelegt, aber was war mit den neuen? Und wie würden sie sich bei einer Meuterei verhalten?

Zu viele Fragen, sagte sie sich, als sie den Maschinenraum betrat. Die Antworten würden warten müssen, bis sie den Fall Wellesley geklärt hatte. Der Captain und Chavez standen hinter Ita und TechSergeant Hobbs und blickten mit ihnen auf einen kleinen Monitor.

»Irgendetwas Neues?«, erkundigte sich Josh.

Wellesley schüttelte den Kopf. »Alles, was den Sprungantrieb betrifft, spielt nach wie vor verrückt.«

»Wir setzen gerade die Reparaturdrohne aus, um nach Schäden zu suchen«, erklärte der Iltis-Beta.

Ita sah nicht einmal auf. *Was bezweckt sie damit?* Wollte ihre Freundin sie bestrafen, indem sie schmollte? Josh beschloss, es zu ignorieren. Wenn Ita in einer solchen Stimmung war, half ohnehin nichts. Stattdessen betrachtete sie wie die anderen den Bildschirm, auf dem sie verfolgen konnten, was die Kamera der Drohne einfing. Noch gab es nicht viel mehr als Sterne zu sehen, da sich das Gerät erst ausrichten musste. Für einen Moment kam ein Planet in Sicht, der nicht weit entfernt sein konnte. Grün, Weiß und bräunliche Töne vermengten sich zu einem Bild, das an Kontinente auf Terra erinnerte, doch das täuschte wahrscheinlich. Einen sehr erdähnlichen Planeten hätte sich längst jemand unter den Nagel gerissen, sobald er entdeckt worden war.

Die Drohne drehte sich weiter. Als graue Masse tauchte die Außenhaut der *Starhawk* auf, bis sie den kompletten Monitor füllte. Die Kamera passte den Fokus neu an, Details wurden sichtbar. Gesteuert von Itas Hand auf einer schematischen Computerdarstellung des Schiffs, schwebte die Drohne langsam am Rumpf entlang, zeigte Antennen und Sensoren, glatten Sternenstahl, Laserschweißnähte und Steuerdüsen. Jeden Augenblick erwartete Josh, die Zerstörungen zu sehen, die ein Raketeneinschlag anrichtete. Ein rußgeschwärztes Loch, verbogenes und angeschmolzenes Metall an den Rändern, freiliegende Kabel, tropfende Leitungen und womöglich ein Leck im Reaktor, aus dem das Strontium 90 hervorwölbte wie ein Sternennebel.

»Angenommen, es gelingt uns nicht, den Sprungantrieb zu reparieren«, begann Josh. »Das nächste System zu erreichen, würde Jahre dauern. Jeder Offizier an Bord weiß, dass unsere Ressourcen nicht ausreichen werden, um so viele Menschen so lange am Leben zu erhalten, und die anderen können es sich denken. Wie wollen wir verhindern, dass es zu Amokläufen kommt?«

Chavez lächelte säuerlich. »Machen Sie sich mal keine Sorgen. Meine Leute werden jeden erschießen, der unser Überleben oder das Schiff gefährdet.«

»Schließt das auch die Sträflinge ein, wenn die Energie für die Lebenserhaltungssysteme knapp wird?«, gab Josh zurück und fasste Wellesley ins Auge, um seine Reaktion nicht zu verpassen.

»Auf meinem Schiff wird niemand erschossen, solange es nicht unvermeidlich ist«, mischte er sich sofort ein. »Natürlich werden wir über harte Maßnahmen nachdenken müssen, wenn es die Situation erfordert, Miller, aber dafür ist es nun wirklich zu früh.«

»Es macht einigen Crewmitgliedern Angst, Sir«, verteidigte sie sich, obwohl sie in Wahrheit absolut seiner Meinung war. »Vielleicht wäre es hilfreich, Ihnen einen Teil der Sorgen zu nehmen.«

»Ihre Skrupel in Ehren, Captain«, mischte sich Chavez wieder ein. »Aber wenn es hart auf hart kommt, werde ich meine Leute nicht dadurch gefährden, dass ich einen Haufen Freaks über unser Überleben stelle.«

»Herrgott, Leutnant, glauben Sie ernsthaft, ich würde mein eigenes Leben gefährden, um diese Subjekte zu retten? Ich bestehe lediglich darauf, diese Diskussion zu vertagen, bis sie tatsächlich aktuell wird.« Wellesley wandte sich Josh zu. »Wenn Sie auf Boyle anspielen, Miller, der wird sich zusammenreißen müssen wie alle hier.«

»Natürlich, Sir.« Sie sah keinen Sinn darin, den Streit weiterzutreiben. Auf diese Art würde sie die Wahrheit nicht erfahren. Dass sich der Captain im Zweifelsfall für die Crew und letztlich sich selbst entscheiden würde, hätte sie gleich wissen können. Es sagte nicht genug darüber aus, was Wellesley von den Gefangenen hielt, und schon gar nicht, ob er mehr über sie wusste. *Aber wie packe ich ihn dann?*

Eins war ihr dagegen nun völlig klar: Chavez würde *jeden* töten, um selbst zu überleben. Solange jemand übrig blieb, der das Schiff fliegen konnte, durfte sie von ihm das Schlimmste erwarten.

Auch seine Formulierung gab ihr zu denken. Es war nicht ungewöhnlich, Verbrecher abfällig als *Freaks* zu bezeichnen, weil sie am Leben gescheitert waren, aber es konnten auch einfach ungewöhnliche Menschen damit gemeint sein. Leute, die – vor allem von Chavez' persönlicher – Norm abwichen. Ein Hinweis darauf, dass er Bescheid wusste?

Fang nicht an, jedes Wort auf die Goldwaage zu legen!, ermahnte sie sich und richtete ihre Aufmerksamkeit wieder auf den Monitor. Die Drohne hatte mittlerweile den Bereich des Sprungantriebs erreicht. Auch hier keine Spur eines Schadens. Die *Starhawk* sah so frisch überholt aus, wie sie war.

»Gut«, befand Wellesley. »Dann wissen wir immerhin, woran es nicht liegt.«

»Bringt Sie das denn irgendwie weiter?«, fragte Chavez zweifelnd die technischen Offiziere.

»Ist es nicht immer gut, wenn man etwas ausschließen kann?«, antwortete Ita gereizt.

»Warte mal!«, rief der Iltis-Beta aufgeregt. Sofort stieg Josh wieder eine herbe Brise Raubtiergeruch in die Nase. »Da war was!«

»Wo?« Itatay steuerte die Drohne noch langsamer zurück.

»Weiter unten. Da war eine Beweg… Da!«

Etwas Graues kam für einen Sekundenbruchteil in Sicht. Im nächsten Augenblick nahm es bereits den ganzen Monitor ein, verdunkelte ihn zu Schwärze, dann wackelte das Bild kurz, aber so heftig, dass Josh zusammenzuckte.

»Was zur Hölle ist das?«, rief Chavez, doch die Verbindung war abgerissen. Nur noch grobkörnige Pixel schneiten über den Bildschirm.

Ita betätigte mit fliegenden Fingern das Bedienfeld vor sich, las hektisch die rasch einlaufenden Meldungen des Bordsystems ab. »Wir haben den Kontakt verloren! Ich weiß nicht mal, ob die Steuerung der Drohne noch reagiert.«

»Ziehen Sie sie sicherheitshalber trotzdem weiter zurück!«, befahl Wellesley. »TechSergeant, welche Daten liefern unsere Sensoren?«

Hobbs Iltis-Nase zuckte. »Nichts. Keine Annäherung, seit wir aus dem Interim gekommen sind.«

»Soll das heißen, Sie können das Ding nicht sehen, das die Drohne zerlegt hat?«, fragte Chavez aufgebracht.

»Die Sensoren erfassen nicht die eigene Außenhülle«, erklärte Josh ungeduldig. »Entweder hat sich der Angreifer mit einer Tarnvorrichtung angeschlichen, oder er kam mit uns aus dem Interim.« *Etwa ein kleines Shuttle der* Ludendorff? Doch von einer so guten Tarnvorrichtung hatte sie noch nie gehört.

»Mr. Johnson, ein Notfall!«, meldete Wellesley über Kom.

Rasch schaltete sich Josh hinzu.

»Unbekannter Angreifer befindet sich draußen im unteren Heckbereich«, informierte der Captain den Sicherheitschef.

»Bemühen Sie sich nicht«, mischte sich Chavez ein. Er sah aus, als hätte er den Finger bereits am Abzug einer Waffe. »Den löschen wir mit einem sauberen Laserschuss aus.«

»Das bezweifle ich, Sir«, wandte Hobbs ein. »Sehen Sie sich die Lage des Zwischenfalls hier am 3-D-Aufriss der *Starhawk* an. Dort reicht der Radius der Laser nicht hin.« Er fletschte die spitzen Zähne zu einem Grinsen. »Ich hab aber auch schon gesehen, wie jemand ins eigene Raumschiff geschossen hat, um einen zu nahen Gegner mit der Laserbatterie zu erwischen.«

»TechSergeant Hobbs hat recht«, verkündete Johnson über Kom, bevor der Leutnant etwas erwidern konnte. Seine Stimme klang, als hetze er durch das Schiff. »Wie ist der Stand?«

»Wir wissen nichts«, antwortete Wellesley. »Irgendwelche weiteren Schadensmeldungen?«, wandte er sich an Ita. »Boyle, scannen Sie sämtliche Kanäle nach Signalen ab!«

»Weiterhin kein Kontakt zur Drohne, Sir.« Itatay hatte seit Minuten den Blick nicht mehr von den Anzeigen gelöst. »Alle anderen Meldungen ergeben immer noch keinen erkennbaren Sinn und widersprechen sich minütlich.«

Wellesley nickte knapp. »Dann müssen wir ein Einsatzteam rausschicken.«

»Tja, Captain«, meinte Chavez süffisant, »scheint ein Fall für Ihre Sicherheitsleute zu sein. Meine sind nicht für Weltraumspaziergänge ausgebildet.«

Josh hielt das für eine dreiste Lüge, obwohl sie die Lehrpläne für Gardeure nicht kannte. Wollte der Kerl schon einmal anfangen, Leute loszuwerden, die er entbehrlich fand?

»Wie bedauerlich«, erwiderte Wellesley glatt. »Und ich dachte schon, Sie wollen kneifen.«

»*FCC* Gardeure kneifen nicht! Sparen Sie sich Ihren Sarkasmus für Ihre Crew auf!«

»Bei mir ist kein Sarkasmus nötig«, warf Hobbs ein. »Ich geh sofort raus, wenn Sie wollen, Captain.«

»Kommt nicht infrage«, lehnte Wellesley ab. »Sie werden dringend gebraucht, um den Antrieb wieder in Gang zu bringen. Wir haben Sicherheitspersonal für solche Aufgaben.«

»Ich gehe mit Rodriguez raus, Captain«, beschloss Josh.

»Sie? Warum?«

Auch Ita sah alarmiert auf.

»Weil Mr. Johnson eine Gehirnerschütterung hat und nicht voll einsatzfähig ist, und weil wir keinen Helm haben, der einem Wolf-Beta passt.«

»Überschätzen Sie sich nicht, Miss«, riet Chavez gönnerhaft. »Sie haben doch keine Ahnung vom Kämpfen.«

Mehr, als mir lieb ist. Sie ignorierte ihn und sah ausschließlich Wellesley an. Nach allem, was er über sie wusste, hegte er sicher weniger Bedenken als der Leutnant.

»In Ordnung. Sie gehen raus und nehmen Rodriguez mit. Aber lassen Sie sich Instruktionen von Mr. Johnson geben. Keine unnötigen Risiken, verstanden?«

»Aye, Sir.«

»Alles bereit?«, fragte Boss Johnson.

Josh wartete, bis Rodriguez ihren Blick erwiderte und mit dem Daumen nach oben zeigte. Erst dann sah sie wieder zu dem kleinen Fenster in der Tür der Druckschleuse, durch das Johnson sie beobachtete. Chavez und zwei seiner Gardeure waren bei ihm und hielten sich bereit für den Fall, dass sie geentert wurden. *Ein magerer Versuch, seine Ehre zu retten.* Auch Josh hob den Daumen, obwohl das Helmmikrofon ohnehin ihr »Alles bereit« übertrug. Über Kom würden sie mit den anderen in Verbindung bleiben. Trotzdem fühlte sich Josh in Helm und Raumanzug schon jetzt isoliert. *FullControl* hatte sich sogar die teuren Jetpacks gespart, da man wohl davon ausging, dass die Drohne alle nötigen Außenreparaturen übernahm, bis die nächste Werft erreicht war.

»Okay. Druckausgleich eingeleitet.«

Mit jeder Sekunde spürte sie die Schwerkraft schwinden. Als das Blut aus den Beinen nach oben stieg, wurde die Uniform, die sie unter dem Raumanzug trug, an Schultern und Kragen enger. Selbst ihre Gesichtshaut begann zu spannen. Während ihr die engen Stiefel plötzlich zu weit vorkamen, fühlten sich ihre Augen geschwollen an und schmerzten wie bei einer Grippe. Die *Repeater* strebte ihr aus der Hand, als die Waffe zu schweben begann. Rasch griff sie auch mit der zweiten Hand zu. Ein leichtes Schwindelgefühl begleitete den Moment, als ihre Füße Bodenkontakt verloren. Sofort trieb sie zur Decke hinauf, doch sie musste sich bewusst daran erinnern, dass dort »oben« war. Ihr Gleichgewichtssinn rührte sich nicht mehr. Nur der Verstand sagte ihr, dass sie sich aufrecht hielt.

»Achtung, Schleuse wird geöffnet«, warnte Johnson.

Rasch brachte Josh die *Repeater* schussbereit vor sich, legte den Finger an den Abzug. Neben ihr zielte auch Rodriguez auf das Schott, das langsam zur Seite glitt. Ein dunkler Spalt öffnete sich, Sterne glommen darin auf. Vor ihnen breitete sich das All aus, still und friedlich.

Wo steckst du? Was immer du bist.

»Vor der Luke irgendwas zu sehen?«, wollte Johnson wissen.

»Alles ruhig«, erwiderte Josh und merkte, dass sie langsam mit dem Kopf nach vorne kippte, wenn sie den Rücken nicht spannte.

»Die Sensoren melden weiterhin nichts«, ertönte Wellesleys Stimme. »Gehen Sie raus.«

Josh behielt die *Repeater* in einer Hand, ohne den Finger vom Abzug zu nehmen. Mit der anderen stieß sie sich behutsam von der Schleusenwand ab. Schon ein wenig zu viel Schub würde sie unkontrolliert durch die Gegend trudeln lassen. Sie streckte sich, beugte sich nun bewusst vor, um wie ein Fisch durch die Schwerelosigkeit aus der Schleuse zu gleiten. Oben und Unten existierten nicht mehr, nur noch vor ihr und hinter ihr. Sie bedeutete Rodriguez, zum Dach der *Starhawk* zu sichern, während sie zur Unterseite spähte. Der Latino nickte. Sein sonst eher hageres Gesicht war so aufgequollen, dass das kleine Totenschädel-Cyberoo auf seiner Wange rundlich grinste wie ein Halloweenkürbis.

Während er ihr den Rücken zudrehte, um den Bereich über dem Schott ins Visier zu nehmen, tauchte Josh nach unten ab. Oder nach vorne? Lag sie oder stand sie kopf?

Für einen Moment versagte ihr Orientierungssinn. Das Schwindelgefühl wurde stärker. *Wenn du jetzt raumkrank wirst, bist du tot!*, schoss ihr durch den benebelten Kopf. Adrenalin fegte die Schlieren vor ihren Augen davon. Überdeutlich hörte sie ihren Atem im Helm widerhallen.

»Irgendwas Verdächtiges?«

»Nada«, antwortete Rodriguez hörbar angespannt.

»Drohne geortet, auf sieben 300«, meldete Paddy. »Sieht ziemlich lädiert aus und treibt weiter von uns weg.«

»Velásquez, machen Sie das Shuttle startklar!«, ordnete Wellesley an. »Sie und Mwaka fangen die Drohne ein, sobald wir den Feind ausgeschaltet haben. Miller, wie sieht's aus?«, fragte er, obwohl ihm die Helmkamera zumindest einen Ausschnitt dessen zeigte, was Josh sah.

Josh schwebte an der Außenhaut entlang, die Unterseite der *Starhawk* das Ziel, auf das sie mit vorsichtigen Bewegungen zuhielt. Immer wieder merkte sie, wie sie davondriftete. Gleichzeitig bekam sie Stück für Stück einen neuen Teil des Rumpfs in den Blick. Ihre Finger umklammerten das Gewehr. Jeden Moment musste *Etwas* auftauchen, hinter einem Triebwerk hervorschießen oder aus der Grube einer Steuerdüse. Nicht zu wissen, was hinter ihrem Rücken vorging, zerrte an ihren Nerven. Der Impuls, sich umzudrehen, gewann mit jeder Sekunde an Stärke.

»Noch nichts in Sicht.« Ihre Stimme klang ungewohnt brüchig in ihren Ohren. »Rodriguez?«

»Bin direkt hinter Ihnen.«

»Pass auf, dass euch keiner folgt!«, mahnte Johnson. »Was auch immer die Drohne erwischt hat, könnte das Schiff umrundet haben.«

»Hab beide Augen offen, Boss.«

»Vorsicht, Josh!«, ließ sich Ita vernehmen. »Ihr nähert euch dem Punkt, an dem der Kontakt abgerissen ist.«

»Scheiße«, entfuhr es Rodriguez.

Vor ihnen lag der Bereich der Hecksensoren, ein unübersichtlicher Wald aus verschiedensten Masten, Antennenschüsseln und Trichtern. Sie standen so eng, dass meist nur eine Person auf einmal hindurchkam. Das perfekte Versteck. Und der perfekte Hinterhalt.

»Okay, wir gehen rein.« Mit der freien Hand bedeutete Josh Rodriguez, parallel zu ihr vorzudringen. Wenn sie Glück hatten, konnten sie den Gegner ins Kreuzfeuer nehmen. »Los!«

Sie wünschte, sie hätte einen dieser sündteuren *Hoplit Beta* Raumkampfanzüge, deren Sensoren auf die Innenseite des Helmvisiers lieferten, was außerhalb des Sichtfelds geschah. Wieder glaubte sie, feindliche Blicke im Rücken zu spüren. *Das sind nur die Nerven.*

Das schwebende Gewehr mit einer Hand vor der Brust herschiebend, trieb sie zwischen zwei mannshohen Parabolspiegeln hindurch. Jede Berührung brachte sie vom Kurs ab, doch es war zu eng, um nirgends anzuecken. Sie korrigierte, indem sie sich an anderer Stelle wieder abstieß oder sich rasch festhielt, wenn sie zu hoch über die Oberfläche des Raumschiffs geriet. Gleichzeitig ruckte ihr Blick hierhin und dorthin, suchte nach dem verräterisch vorragenden Lauf einer Waffe, einer hastigen Bewegung in dieser erstarrten Welt.

Da! Sie riss die *Repeater* herum, doch es war nur Rodriguez, dessen Gestalt zwischen den Antennen auftauchte und wieder verschwand. Schweiß trat ihr auf die Stirn. *Scheiße! Fast hätte ich auf ihn geschossen!* Sie atmete so tief, dass sich ein kleines Nebelfeld auf dem Visier niederschlug, bevor der Filter die Feuchtigkeit automatisch wieder anpasste.

Cool bleiben!, ermahnte sie sich und rief die Erinnerungen wach, die sie sonst so vehement verdrängte. Was hatte man ihr eingebläut? Auf das Wesentliche konzentrieren. Sichern, vorrücken, sichern. Visualisieren, wie sie exakt dort hinschwebte, wo sie ankommen wollte. Zweifel war tödlich. Hier draußen hatte man nur einen Versuch.

»Ich glaub, ich hab hier was, das nicht ...« Rodriguez' Worte mündeten in einen Aufschrei. Fast gleichzeitig dröhnte ein schmerzhafter Knall aus dem Kom.

»Fernando!«, rief Johnson alarmiert.

Josh fuhr herum, spähte zwischen den Antennen hindurch. Wo war Rodriguez, wo der Angreifer?

»Rodriguez, melden Sie sich!«, forderte Wellesley.

Nur ein leises statisches Rauschen knisterte im Kom. Josh schlug das Herz bis zum Hals. Sie warf sich nach vorn, stieß sich mit dem Fuß an einer Antennenschüssel ab, um durch die Reihe in den Nachbargang zu hechten.

Sie flog zu weit, stieß mit der Schulter gegen einen engen Stahltrichter. *Verfluchte Schwerelosigkeit!*

»Josh, was ist los bei euch?« Ita klang schrill.

Rodriguez schwebte wenige Meter vor Josh. Die Waffe war seinen Händen entglitten und trieb davon, aber er machte keine Anstalten, danach zu greifen. Sein Körper rollte sich zusammen wie ein Embryo.

»Ohnmächtig«, murmelte Josh, während ihr Blick längst nach dem Gegner suchte. »Rodriguez ist bewusstlos.«

»Was ist passiert?«, verlangte Wellesley zu wissen.

»Keine Zeit«, zischte sie. Mit den Augen versuchte sie, die Schatten unter den Parabolspiegeln zu durchdringen. Kein bunter Fleck im eintönigen Grau der Szenerie, der den Feind verraten hätte. Nichts als klare geometrische Formen, bis auf ... Ihr Blick blieb an einer grauen Säule hängen. Hatte sie sich nicht gerade bewegt? Josh richtete das Gewehr darauf. Im Gewirr hatte sie sie für eine weitere Antennenvariante gehalten, doch jetzt ... Eine Welle lief durch das längliche Gebilde. Wie hatte sie es für Metall halten können?

»Josh, red mit uns!«, flehte Ita.

Josh schob sich näher an Rodriguez, der bereits anderthalb Meter über dem Rumpf der *Starhawk* schwebte. »Hab's gefunden«, flüsterte sie und zielte mit der *Repeater* unter Rodriguez hindurch. »Sieht aus wie ein Shipsucker.«

»Was zur Hölle ist ein ...«, ertönte Chavez' Stimme, doch Johnson fiel ihm ins Wort.

»Halten Sie die Klappe und lassen Sie Miller ihren Job machen!«

Ein leises Klicken deutete an, dass die Streithähne aus der Verbindung geworfen worden waren. Josh krümmte den Finger am Abzug. Die *Repeater* tanzte in ihrer Hand, drohte sich loszureißen. Es gab keinen Laut. Umso gespenstischer kam es ihr vor, als die vermeintliche, an die drei Meter hohe Säule wild zu zucken begann. Mit einem wulstigen Ende an der Hülle festgesaugt wie ein Blutegel schlug das fremdartige Wesen mit dem anderen Ende seines Körpers um sich und prallte gegen einen Mast, der lautlos knickte.

Josh zielte tiefer, feuerte ein zweites Mal. Dann packte sie hastig Rodriguez' Stiefel, bevor er aus ihrer Reichweite driften konnte. Irgendwie musste sie ihn sichern, sonst trieb er ins All hinaus. Der Shipsucker krachte gegen eine Parabolantenne. Das Vakuum schluckte jedes Geräusch, doch Josh sah die Delle in der Schüssel. Wenn Rodriguez einen solchen Hieb abbekommen hatte, konnte er ebenso gut tot sein. Schon zog er sie mit sich, da sie keine Hand mehr frei hatte, um sich festzuhalten.

Verdammt. Wie bringt man diese Viecher um?

Sie schoss ein drittes Mal, wissend, dass es keinen Weg gab, es gezielter zu töten. Shipsucker hatten kein Gehirn, kein Rückenmark. Ihre Physiologie war so rätselhaft wie die Frage, wie sie im All und sogar im Interim überlebten. Vielleicht fraßen sie tatsächlich Interimschleim, wie manche vermuteten. Josh jagte das halbe Magazin in den riesigen Wurm. Er bebte und wankte, als peitsche ihn ein Sturm.

Plötzlich kickte Rodriguez über ihr mit dem Fuß. Sie hörte ihn im Kom Luft schnappen, und im gleichen Moment begann er, heftig zu strampeln. Sicher der Schock, im Raumanzug zu sich zu kommen.

»Aufhören!«, rief sie. »Sie waren ohnmächtig. Das Biest hat Sie wohl erwischt.« Sie starrte zu ihm hinauf, doch durch zwei Helme mit eingeschränktem Visier konnte sie nicht viel von seinem Gesicht erkennen.

»*Mierda*!«, fluchte er. »Wo ist mein Gewehr?«

»Abgetrieben. Und das tun wir gleich beide, wenn Sie

nicht runterkommen.« Sie hangelte mit dem Fuß nach irgendeinem Halt, verhakte sich an einem Parabolspiegel, doch sie merkte, dass der Stiefel wie in Zeitlupe wieder abglitt. Über ihr beugte sich Rodriguez vor, griff nach ihrer Hand, die sie rasch von seinem Fuß löste. Sie spürte ihn an ihrem Arm ziehen und hielt dagegen. Er stieß sich an diesem schwachen Halt nach unten ab, doch es genügte, um ihr im Gegenzug Schwung nach oben zu geben, sodass ihr Stiefel endgültig abrutschte. Viel zu schnell trieb sie von der Hülle weg. Rasch bog sie sich, katapultierte sich wie ein Delfin mit einer Wellenbewegung ihres Körpers vorwärts und tauchte kopfüber wieder hinab, die freie Hand nach dem erstbesten Halt ausgestreckt. Instinktiv schlossen sich ihre Finger um den Rand der Antennenschüssel. Ihr Atem ging schneller, als der Filter die Feuchtigkeit regulieren konnte. Blind hing sie im luftleeren Raum und wartete darauf, dass das Visier wieder trocknete.

»Alles okay?«, erkundigte sich Rodriguez.

»Ja. Was ist mit dem Wurm?«

»Steht wieder kerzengerade, aber ich glaub, er schwankt 'n bisschen. Vielleicht klebt er nur noch mit seinen Saugnäpfen fest.«

»Die haben keine Saugnäpfe«, mischte sich TechSergeant Hobbs ein. »Die beißen sich selbst in Sternenstahl fest. Muss am Speichel liegen. Der soll höchst ätzend sein.«

»Ist das Vieh für die Ausfälle an Bord verantwortlich?«, wollte Chavez wissen.

»Unwahrscheinlich«, befand Wellesley. »So schnell kann

er nicht so viel Schaden angerichtet haben. Aber entfernen müssen wir ihn, sonst *wird* er die halbe Sensorenbatterie lahmlegen.«

»Wird erledigt, Sir«, versprach Josh. Endlich hatte sie wieder freie Sicht.

Rodriguez zog sein Vibromesser. »Ich schneid das Biest jetzt ab.«

»Warten Sie! Ich schieße erst noch mal. Wir müssen sicher sein, dass es tot ist.« Josh jagte fünf weitere Kugeln in den zähen Leib, doch es floss kein Blut aus den Wunden. Die Wucht der neuen Einschläge ließ das »Fleisch« zittern. Oder war es eine Reaktion des Wurms? Die graue Säule wankte leicht, dann stand sie wieder still.

Mist! War er nun tot oder nicht? Sie konnten dieses Spiel nicht ewig treiben.

»Der ist hin.« Rodriguez stieß sich ab, um wie ein Pfeil auf das untere Ende des Wurms zuzufliegen. Josh folgte ihm langsamer, hielt die *Repeater* weiter im Anschlag. Er warf das Vibromesser an und trieb es in den wulstigen Fuß – oder besser Kopf?

Der Schlag des Wurms erfolgte so schnell, dass Joshs Augen nicht mitkamen. Schon prallte ihr Rücken der Länge nach gegen einen Mast. Für einen Moment blieb ihr die Luft weg, dann setzte die Atmung mit einem keuchenden Laut wieder ein. Wie eine gegen die Bande gespielte Billardkugel schwebte sie erneut auf den Wurm zu. Sie riss die Waffe höher, griff mit beiden Händen zu, um über Rodriguez hinwegzuschießen, der mit einem Arm den Shipsucker umklammert hielt und mit dem anderen das Messer tiefer in die zähe Masse führte. Nur am Rande nahm sie Itas ins Kom gehauchtes Stoßgebet wahr. Sie drückte ab, zog eine Spur aufgeplatzten Gewebes, bis das Magazin leer war.

Rasch tastete sie in einer Tasche an ihrem Oberschenkel nach Ersatz, doch schon drohte sie mit dem Wurm zusammenzustoßen, der zitterte und wankte. Sie drehte sich gerade noch, berührte ihn nur mit dem Ellbogen. Der erwartete Schlag blieb aus. Hoffentlich war das Biest nun wirklich tot. Aus der Nähe betrachtet, sah seine Haut aus wie Fels – von ein paar schimmernden Flecken abgesehen. War das Schleim? »Oh, Scheiße!«

»Was ist?«

Sie wusste nicht einmal mehr einzuordnen, wer fragte. »Interimschleim! Das Zeug zersetzt uns die Raumanzüge!« Und mit dem Visier konnte sie nicht an sich herabschauen, wie viel sie davon abbekommen hatte.

»Kommen Sie sofort zur Schleuse zurück!«, befahl Wellesley.

»Ich hab das Biest gleich ab!«, protestierte Rodriguez.

Cool bleiben!, mahnte sich Josh erneut. Bei ihm wirkte der Schleim vermutlich schon länger ein als bei ihr, und noch schien sein Anzug dicht. Sie ließ das nutzlose Gewehr fahren, hangelte sich rasch zu Rodriguez hinunter.

»Ich wiederhole: Kommen Sie sofort zurück!«, drängte Wellesley.

»Wir können das schaffen«, widersprach Josh, die Hand bereits am Messergriff.

»Durch!«, jubelte Rodriguez. Er ließ den Wurm los und gab ihm einen Tritt. »Hasta la vista, Drecksvieh!«

Der schlauchförmige Körper driftete träge davon. Aus

dem abgeschnittenen Ende ringelten sich weißliche Schlieren hervor wie Milch in Wasser. Josh beschloss zu ignorieren, dass der Kopf noch am Rumpf der *Starhawk* klebte. Als sie sich Rodriguez zuwandte, fiel ihr sofort der blinde Fleck auf seinem Visier auf. Hektisch rieb er mit der Hand darüber.

Schleim! »Kommen Sie! Schnell!« Sie wollte sich in Bewegung setzen, doch plötzlich riss er die Augen so weit auf, dass sie unwillkürlich innehielt. Auf seinem Visier zeigte sich ein Sprung. Wieder schossen seine Hände nach oben, ein sinnloser Reflex.

Josh fuhr der Schreck in die Glieder. Sie hörte die Stimmen der anderen über Kom durcheinanderrufen. *Was tun? Was tun? Reparaturflüssigkeit!* Hastig tastete sie nach der Spraydose in einer Tasche ihres Anzugs und riss sie heraus. »Hände weg!«

Er gehorchte, sah sie verzweifelt an, bis sein Gesicht hinter einer bräunlichen Schicht verschwand. Wie viel sollte sie aufsprühen? Würde es noch aushärten? Sie überwand sich, steckte die Dose wieder ein.

»Kommen Sie!« Sie griff nach Rodriguez' Hand und zog ihn mit sich, denn er konnte nichts mehr sehen. Eine blinkende Diode am Rand ihres Visiers signalisierte ein Mikroleck im Anzug. Gehetzt stieß sie sich mit dem Fuß an einem Mast ab, dann mit der Faust, um noch schneller zu werden. Bei Schäden schüttete der HighTech-Fasermix automatisch kleine Dosen Reparaturflüssigkeit aus, doch wie lange würde das reichen? Wie ein lebendes Projektil sauste sie zwischen den Antennen hindurch, korrigierte mit der Faust die Flugbahn, wenn Rodriguez sie ins Trudeln brachte, und schoss aus dem Bereich der Sensoren hinaus. Förmlich im Gleitflug sauste sie an der Außenhülle des Schiffs entlang, doch der Rumpf krümmte sich zunehmend von ihr weg, da er gewölbt war, während sie geradeaus flog.

»Bremsen!«, schrie sie und spannte die Bauchmuskeln, um ihre Beine nach unten zu bringen, bis die Spitzen ihrer Stiefel über die Hülle der *Starhawk* schabten.

»Jésus!«, brüllte Rodriguez. »Ist das Scheiße, wenn man nichts sieht!«

»Achtung, Josh!«, rief Paddy. »Ich komm euch etwas entgegen.«

Steuerdüsen erwachten zum Leben. Das Schiff neigte sich. Noch einmal stieß sich Josh mit einem Fuß ab. Rodriguez' Hand umklammerte die ihre wie ein Schraubstock. Vor ihnen kam die geöffnete Schleuse in Sicht, näherte sich ihnen, da die *Starhawk* weiter kippte. Fast kam es ihr vor, als sauge das Schiff sie ein. Dann flackerte ihr Bewusstsein. Sie erhaschte Schnappschüsse des sich schließenden Schotts, von Rodriguez, der zu Boden stürzte, als die Schwerkraft einsetzte. Von der gegenüberliegenden Wand, die nach oben rutschte. Nein, sie selbst war es, die nach unten sackte. Wieder pochte ihr Herz bis zum Hals. Jemand öffnete ihren Helm, nahm ihn ab. Endlich hörte sie nicht mehr das seltsam bedrohliche Geräusch ihres eigenen Atems.

»Miss Miller, alles in Ordnung?« Es war Johnsons Gesicht, das vor ihr auftauchte. Hinter ihm wurde Rodriguez auf einer Trage weggebracht.

Josh schüttelte den Kopf, um den Dunst aus ihrem Verstand zu vertreiben, und merkte, dass sie damit die falsche

Antwort gab. Die dunklen Vorhänge, die sich vor ihren Augen geöffnet und geschlossen hatten, verschwanden. »Mir geht's gut«, behauptete sie, nahm aber dennoch die Hand an, die er ausstreckte, um ihr auf die Füße zu helfen. Es dauerte einen Moment, bis sie ihre Balance auf den plötzlich schweren Beinen wiederfand. »Nur der Kreislauf.«

Johnson nickte. Jeder von ihnen kannte die Auswirkungen eines Trips in die Schwerelosigkeit. »Ich muss nach Rodriguez sehen«, entschuldigte er sich, doch Ita nahm sofort seinen Platz ein.

»Mann ... Frau, du machst Sachen! Als dieses Blinken in deinem Helm anfing, dachte ich, jetzt ist alles aus.«

Josh sah Wellesley hinter ihr herankommen und straffte sich. »Ich mache noch ganz andere Sachen.« Von Chavez war weit und breit nichts zu sehen. Sie hatte nichts zu verlieren. »Captain, woher wissen Sie, dass einige unserer sogenannten Passagiere keine Sträflinge sind?«

6

»Was war denn das für ein Auftritt?«, fragte Ita entgeistert. Wellesley hatte sie angewiesen, die anscheinend von Sauerstoffmangel verwirrte Josh zur Krankenstation zu bringen und danach sofort wieder in den Maschinenraum zu kommen. »Das meinst du doch nicht ernst, oder?«

Josh zuckte die Achseln. Müde und ausgelaugt folgte sie Ita, obwohl sie keinen Besuch beim Arzt nötig hatte. Wellesley sollte glauben, was er wollte. Dass er ihr seltsames Verhalten auf Halluzinationen eines unterversorgten Gehirns zurückführte, kam ihr sogar gelegen. Sie hatte ihn genau beobachtet, nachgehakt, Sympathie für seinen Versuch signalisiert, die Gerechtigkeit wiederherzustellen. Doch seiner Überraschung hatte nichts Ertapptes angehaftet, die Sorge um ihre Gesundheit hatte ehrlich gewirkt. Nichts deutete darauf hin, dass er wusste, wovon sie gesprochen hatte. Und daraus konnte sie nur einen Schluss ziehen. *Er hat uns alle hintergangen.*

»Wellesley hatte einen Deal mit *SternenReich*«, eröffnete sie Ita.

»Was?« Ihre Freundin blieb abrupt stehen und sah sie an, als könnte sie tatsächlich einen Gehirnschaden davongetragen haben.

»Du hast ihn nicht gesehen, als Chavez ihm sagte, dass wir einen ungeplanten Zwischenstopp machen müssen, um diesen politischen Gefangenen abzuliefern. Es hat ihn nervös gemacht. Ich weiß, bei ihm ist es schwer zu erkennen, aber er war erst wieder gelassen, nachdem er eine Stunde mit dem Datenstick in seiner Kabine verschwunden war. Er hat das Ding manipuliert, Ita. Jede Wette, dass man es nicht mehr nachweisen kann, aber ich würde meine Hand dafür in unseren Bordreaktor halten.« Sie konnte förmlich sehen, wie es hinter Itas Stirn arbeitete. »Es war kein Zufall, dass wir in Sirius A angekommen sind. Wellesley hat versucht, es zu verbergen, aber da ich schon misstrauisch war, konnte er mich nicht täuschen. Dass uns ein *SR*-Schiff erwartete, wusste er. Er sah erst überrascht aus, als dieser Pirat auf dem Bildschirm auftauchte. Mit *dem* hatte er nicht gerechnet, was auch immer er mit ihm zu schaffen haben mag.«

»Das würde ja heißen ...«

»Dass *SternenReich* ihm verdammt viel Geld geboten haben muss, um an dieses Schiff zu kommen. Oder vielmehr irgendetwas, das wir an Bord haben.«

»Der Container, den Chavez wie seinen Augapfel hüten lässt!«

Josh nickte halbherzig. »Vielleicht auch das.« Dass der Konkurrenzkonzern auch vom Inhalt dieser geheimen

Lieferung wusste, konnte sie zumindest nicht ausschließen. »Gut möglich, dass alles miteinander zusammenhängt. Aber ich dachte eher an die Sträflinge.«

»Warum? Woher willst du wissen, dass ...«

»Weil eine von ihnen mir verraten hat, dass sie eine Wissenschaftlerin von *KrEArtificial* ist und entführt wurde. *FullControl* tarnt es, indem sie sie als Häftling ausgeben.«

Aus Itas Blick sprach Skepsis. »Das kann sie sich auch ausgedacht haben.«

»Wozu? Ich allein könnte sie nicht befreien, selbst wenn ich es wollte, und wenn ich *SternenReich* oder die VHR einschalten würde, käme die Wahrheit schneller raus, als Paddy einen *Chocfrog* verdrücken kann. Nein, ich glaube ihr. Ist es nicht ein verdammt großer Zufall, dass uns ausgerechnet ein Schiff des Mutterkonzerns von *KrEArtificial* aufgelauert hat?«

»Und Wellesley weiß über alles Bescheid? Dann ...«

»... wäre er ein Held.« Josh verzog den Mund zu einem bitteren Lächeln. »Ist er aber nicht. Deshalb mein Auftritt. Ich wollte wissen, woran wir mit ihm sind. Ihm ging es nur ums Geld.«

Ita holte tief Luft. »Dieses Arschloch! Und jetzt wären Rodriguez und du beinahe auch noch draufgegangen!«

Traf Wellesley auch daran die Schuld? Im Grunde schon. Seinetwegen waren sie weit abseits der Hauptwelten, wo es noch mehr Shipsucker gab als auf stark frequentierten Routen. Die kalte Wut, die sie nach ihrem Gespräch über ein paar Worte an die Mannschaft empfunden hatte, kehrte zurück. »Du hast gesagt, du kannst ihm nicht mehr folgen. Du hattest recht. Ich auch nicht. Johnson und Paddy sind auch dieser Ansicht. Wir sollten uns treffen, sobald sich Wellesley schlafen legt.«

Ita starrte sie mit großen dunklen Augen an. »Du meinst ...«

Das Wort Meuterei lag so deutlich in der Luft, dass Josh es beinahe hören konnte. Doch niemand sprach es aus.

Paddy rutschte nervös im Pilotensessel herum. Zwischen seinen Brauen zeigten sich zwei tiefe Falten. Streng genommen war er der Einzige von ihnen, der gerade im Cockpit sein sollte, denn Wellesley hatte ihm die Brückenwache übertragen, während sich der Rest erholen durfte – von TechSergeant Hobbs abgesehen, der die »Nachtschicht« im Maschinenraum übernommen hatte. Dennoch war Paddy der Einzige, der aussah, als wäre er lieber an jedem anderen Ort des Universums gewesen. »Ich fass es nicht. Wenn *FC* diese Leute gekidnappt hat ... Aber was sollen wir denn jetzt machen? Wir können uns doch nicht mit Chavez und der halben *FCC*-Security anlegen.«

»Meine Jungs und ich überlassen die Entscheidung Miller«, behauptete Boss Johnson, der auf dem Notsitz saß und älter aussah als sonst. Er hätte wohl dringend Schlaf gebraucht, doch die Entschlossenheit in seinem Blick wankte keine Sekunde. »Chavez ist dem Konzern treu ergeben. Er wird ohnehin nicht Däumchen drehen, während wir den Duke absägen.«

Josh nickte. »Nicht, solange die Chance besteht, dass

wir bald wieder flott sind und er seinen Auftrag erledigen kann.«

»Warum lassen wir das Ganze dann nicht einfach bleiben?«, wollte Paddy wissen. »Wir reparieren das Schiff, fliegen nach Hause, Chavez verschwindet, und wir sind aus allem raus.«

»Madre de Díos!«, entfuhr es Ita, die neben ihm saß. »Du willst diese Leute einfach ihrem Schicksal überlassen? Stell dir vor, *du* wärst entführt worden!«

»Wir wissen doch nicht mal sicher, ob das stimmt!«

»Korrekt«, bestätigte Josh. »Was wir bezüglich der Gefangenen unternehmen wollen, müssen wir jetzt noch nicht entscheiden. Wir können warten, bis wir mehr Informationen haben, und Chavez ist der Letzte, der sie uns geben wird. Heute geht es um uns. Um uns und den Captain. Du warst es, der vor ein paar Stunden gesagt hat, dass Wellesley uns noch alle umbringen wird. Willst du dich jetzt doch lieber wieder seinen Befehlen fügen? Egal, wie riskant sie sind?«

Boyle sah gequälter aus denn je und machte nur eine hilflose Geste.

»Mann, hast du keinen Arsch in der Hose?«, brauste Ita erneut auf. »Wellesley macht sich ständig über dich lustig. Willst du ihm die Treue dafür halten, dass du für ihn nur irischer Abschaum bist?«

»Ich hab genauso ein Offizierspatent wie er.«

»Sag das nicht mir, sag's ihm! Und hau ihm endlich eine rein für seine dämlichen Witze!«

»Dafür bin ich eben einfach nicht der Typ.«

»Niemand erwartet von dir, dass du dich mit Wellesley

prügelst«, betonte Josh. »Es geht hier nur um die Frage, ob du seine Befehle noch ausführen wirst oder nicht, wenn wir anderen es nicht mehr tun.«

»Natürlich nicht. Aber wir reden hier über Meuterei! Das kann üble Folgen haben.«

»Lieber gehe ich dabei drauf, mein Leben zu retten, als es weiter von Wellesley nach seinem Gusto riskieren zu lassen«, erwiderte Ita. »Bist du jetzt dabei oder nicht?«

Unschlüssig sah Paddy von einem zum anderen. »Die Mehrheit ist dafür, oder?«

»Rodriguez macht, was ich mache«, behauptete Johnson. »Wusste ich schon, bevor ich ihn gefragt hab. Mwaka und Ayubu waren sofort dabei, nachdem ich erwähnt hatte, dass Miss Miller der neue Captain werden soll.«

Wollen wir hoffen, dass sie es ehrlich meinen. Sollten die beiden den Boss für dumm verkauft haben, war es mehr als gewagt, ausgerechnet Mwaka Schmiere stehen zu lassen, um sie zu warnen, falls Chavez' Leute bewaffnet in der Messe auftauchten. Es mochte paranoid sein, doch nach Ludmilas Botschaft auf der Medikamentenkonsole traute Josh Chavez alles zu. Sogar, dass er das Cockpit verwanzt hatte.

»Nur Kurt will sich raushalten und abwarten«, fuhr Johnson fort. »Kann ich ihm nicht verübeln. Er ist neu an Bord und weiß nichts darüber, was auf Putin abging – und danach.«

»Bleiben der Doc und der TechSergeant, die es wahrscheinlich ähnlich sehen«, vermutete Josh. Auch sie hätte an deren Stelle wohl abgewartet, anstatt vorschnell Partei zu ergreifen, denn ihnen fehlte der Einblick, um den Ausgang des Konflikts abzuschätzen.

»Das macht sieben gegen elf.« Stöhnend fuhr sich Paddy mit der Hand übers Gesicht. »Das ist doch Wahnsinn! Von uns haben nur drei so etwas wie eine Kampfausbildung, und die anderen sind bis an die Zähne bewaffnete Gardeure.«

»Nicht ganz«, wandte Johnson ein. »Mwaka und Ayubu scheinen mehr auf der Pfanne zu haben, als Lastgleiter zu steuern. Ich hab sie gefragt, ob sie mit Waffen umgehen können, und ...« Er brach ab und bedeutete ihnen zu warten, während sich sein Blick nach innen richtete.

Josh merkte auf. Eine Warnung über Kom?

»Velásquez ist auf dem Weg hierher«, zischte Johnson.

»Scheiße«, entfuhr es Paddy. »Und jetzt?«

Gut, dass wir Rodriguez im Gang postiert haben. »Wie abgesprochen. Wo ist der Synthhopfen?«

Rasch holte Johnson die Dose unter seinem Sitz hervor, die er aus seinem privaten Vorrat mitgebracht hatte, da die Nahrungsmittelkonsolen an Bord keinen Alkohol generierten. Kaum hatte er sie geöffnet, breitete sich der typische Geruch im Cockpit aus. Alle hielten ihm ihre recycelten Becher hin, um sich einschenken zu lassen.

»Was machen Sie denn noch alle hier?«, wunderte sich Velásquez und blieb am Eingang stehen, als sei er gegen eine unsichtbare Schranke gelaufen.

»Ein Schlummertrunk gegen den Starlag.« Josh hätte sich dafür schlagen können, dass sie so steif klang. Hoffentlich sahen die anderen nicht zu ertappt aus, denn Synthhopfen war an Bord nicht grundsätzlich verboten.

»Auch 'n Schluck?« Einladend hob der Boss die Dose.

»Nein. Danke. Ich ... bin mehr der Weintrinker.« Velásquez wich zurück. »Ich wollte nur noch mal ein paar Daten prüfen.« Vage deutete er auf das Navigationspult. »Aber ich sollte wohl eh besser schlafen.«

Josh brachte nicht mehr als ein schiefes Lächeln zustande. Um unauffällig zu sein, hätte sie ihn auffordern müssen zu bleiben, doch da sie ihn in Wahrheit nicht hier haben wollten, kamen ihr die Worte nicht schnell genug über die Lippen. »Äh, gute Nacht!«, rief sie noch lahm, dann war er bereits außer Sicht.

»Boss, was tut er?«, fragte Ita alarmiert.

Wieder lauschte Johnson angespannt, und Joshs Becher knisterte, als sich ihre Finger darum verkrampften.

Mit dem Mistkerl läuft es wirklich nie wie geplant, dachte Loop, stützte die Ellbogen auf den Tisch in der Messe und legte seine Schnauze nachdenklich auf den verschränkten Händen ab. *Sogar wenn er selbst gar nicht am Ärger beteiligt ist.* Oder war die dunkelhäutige Anführerin der Meuterer etwa eine Agentin Zulus? Bis jetzt deutete nichts darauf hin. Es war sicher übertrieben, in jedem Schwarzen einen Anhänger des afrikanischen Herrschers zu vermuten, aber dieser Mwaka ... Loop schielte zu dem Gang hinüber, der zu den Kabinen der Offiziere und zum Cockpit führte. Er konnte Mwaka nicht sehen, doch er witterte, dass sich der junge Mann dort im Schatten verbarg. Der Geruch verriet Nervosität, aber welcher Meuterer wäre nicht aufgeregt oder besorgt gewesen?

Da die Systeme auf Nachtmodus umgeschaltet hatten,

war das Licht in der Messe gedämpft. Loop ertappte sich dabei, dass ihm die Augen zufielen. Kein Wunder nach über dreißig Stunden auf den Beinen. Vielleicht sollte er sich eine kleine Dosis *Xtreme* gönnen, um wach zu bleiben. Irgendjemand von ihnen musste schließlich einen Blick darauf haben, wie sich die Dinge in den nächsten Stunden entwickeln würden. Fratt kam dafür nicht infrage. Der Iltis-Beta war in virtuelle Schlachten mit dem durchgedrehten Bordcomputer vertieft. Noch so ein unvorhergesehenes Problem. Doch wie gravierend es wirklich war, konnte Loop nicht einschätzen. Fratt behauptete wie immer, alles unter Kontrolle zu haben. *Das größenwahnsinnige Stinktier behält hoffentlich recht. Ich hab keine Lust, die nächsten Jahre …*

Schritte im Gang zum Cockpit ließen ihn aufmerken. Mwaka schob sich hastig um die Ecke in die Messe und lehnte sich an die Wand, als würde er seit Stunden entspannt dort stehen. *Gut für ihn, dass Menschen nicht riechen können, wie es in ihm aussieht.* Ging das Spiel um die Macht an Bord jetzt los?

Schrittrhythmus, Intensität des Auftretens, Reibung von Stoff an Stoff: Loop erkannte Chavez, bevor der Leutnant aus dem Gang trat. Unwillkürlich nahm er auf seinem Stuhl Haltung an. *Blöde Reflexe.* Chavez war schließlich nicht Leutnant Owens, der Vorgesetzte ihres Justifiers-Teams.[*] Zum x-ten Mal ging Loop die Frage durch den Kopf, ob Owens, Bull und die anderen die Explosion der *Farspace Horizon* überlebt hatten. Falls nicht, setzte ihnen

---

[*] Justifiers 1: *Missing in Action*

Stellar Explorations bei ihrer Rückkehr womöglich einen Arsch wie Chavez vor.

Der Leutnant warf ihm im Vorübergehen einen feindseligen Blick zu. Ahnte er, was vorging, und hielt ihn für einen der Verschwörer? Loop versuchte, Chavez' Geruch und Haltung zu lesen. Der Offizier verstand es besser als Mwaka, seine Gefühle zu verbergen, doch Loop war sicher, eine gewisse Anspannung und eine aggressivere Duftnote als sonst zu bemerken. Irgendetwas hatte der Mann vor.

Chavez beachtete ihn nicht weiter, durchquerte die Messe und marschierte in den Gang, der zum Maschinenraum und in den Frachtbereich führte. Als sich Loop nach Mwaka umsah, flüsterte jener aufgeregt in die Multibox an seinem Handgelenk. *Gar nicht dumm.* Die Walkie-Talkie-Funktion erlaubte im All, auch abseits aller Funknetze zu telefonieren, solange der Gesprächspartner nicht weit entfernt war. Mwaka lauschte einen Moment auf die Antwort, dann eilte er zum Eingang der Kabine, die er sich mit Loop, Rodriguez und Ayubu teilte. Hinter der Tür erwartete ihn Ayubu bereits mit den Waffen, die Johnson und Rodriguez dort vor wenigen Stunden so unauffällig wie möglich zusammengetragen hatten. Die beiden Afrikaner teilten die Last unter sich auf und hasteten damit Richtung Cockpit. Die flüchtigen Blicke, mit denen sie Loop streiften, sprachen von Misstrauen und Verachtung.

Es geht also los. Loop erwog, Cherokee doch zu wecken, aber der Adler-Beta hatte nach der OP und der Versorgung der anderen Patienten so erschöpft ausgesehen, dass er die Idee wieder verwarf. Ausnahmsweise waren er und

Fratt einer Meinung. Diese Angelegenheit ging sie erst etwas an, wenn der Ausgang feststand, und sobald es erste Verletzte gab, war es früh genug, um den Schamanen aus der Koje zu werfen.

Erneut ließ ihn ein Geräusch aufmerken. Mwaka und Ayubu konnten es nicht sein. Ihr Getrampel war längst verklungen. Er spitzte die Ohren, lauschte. Eindeutig Schritte in schweren Stiefeln, die in einem Gang widerhallten. Mehrere Leute, vom Frachtraum her.

Leise erhob er sich. Vielleicht war es besser, sich aus der Schusslinie zu trollen, bevor ein schießwütiger Chavez hier mit seinem Team auftauchte. Allmählich wünschte er, er hätte sich auch ein Gewehr geben lassen. Langsam und auf die näher kommenden Schritte horchend, bewegte er sich zur Tür ihrer Kabine hinüber. Gerade als er sie öffnen wollte, stutzte er. Die Schritte wurden plötzlich wieder leiser, entfernten sich. Warum in aller Ahnen Namen sollte Chavez umkehren?

Der Maschinenraum! Sie mussten zum Maschinenraum abgebogen sein. Loop spürte, wie sich seine Nackenhaare aufstellten. *Verdammter Mistkerl! Was willst du von Fratt?*

»Er ist wieder in seine Kabine gegangen«, verkündete Johnson. »Rodriguez wird die Tür im Auge behalten.«

»Wir haben ausgesehen, als hätte er uns beim Plündern von Wellesleys Weinkiste erwischt. Der muss was gemerkt haben«, unkte Paddy.

Josh wollte es nicht zugeben, aber sie befürchtete das Gleiche. Dass Velásquez nicht direkt zu Wellesley gelaufen war, konnte auch ein Schachzug sein, um Rodriguez' wachsamen Augen zu entgehen. Fernando mochte eine schlimmere Gehirnerschütterung haben als der Boss, aber er hatte sich mit *Restless*-Pillen aufgeputscht, um dem bevorstehenden Kampf gewachsen zu sein, und auf den vorüberkommenden Velásquez sicher kein bisschen schläfrig gewirkt.

»Was machen wir jetzt?« Itas Augen richteten sich voller Zuversicht auf Josh.

»Wir müssen handeln. Mr. Johnson hat einen Plan, wie wir unsere Gegner nach und nach überwältigen können und uns so auf den Frachtraum zuarbeiten. Paddy, hol uns einen Aufriss des Schiffs auf den Schirm! Dann gehen wir die einzelnen Schritte durch und …«

»Einen Moment!«, bat Johnson. »Mwaka, wohin geht er?«

Wo geht wer hin? Josh ahnte nichts Gutes. Gereizt warf sie den Becher mit dem Schluck Synthhopfen in den Entsorgungsschacht.

»Der hat irgendwas vor«, sagte der Boss wohl zu Mwaka. »Komm mit Ayubu auf die Brücke und bringt die Waffen mit! Rodriguez, lass dir von ihnen deine Ausrüstung geben und sorg dafür, dass weder der Duke noch sein Schoßhund aus ihren Kabinen kommen – mit allen Mitteln.« Endlich wandte er sich wieder an Josh. »Chavez ist in den Frachtraum gegangen. Ich verwette meinen Arsch darauf, dass Velásquez Wellesley alarmiert hat, und der hat sofort den Leutnant in Marsch gesetzt. Warum sollte er sonst schon nach einer Stunde wieder aus der Koje fallen?«

Josh nickte, obwohl Chavez auch wegen eines Problems

mit den Sträflingen gerufen worden sein konnte. Aber die Wahrscheinlichkeit war gering. »So viel zum Überraschungseffekt. Hat Ihr Plan dann noch Sinn?«

»Nur in Teilen«, gab Johnson zu.

»Na toll«, stöhnte Paddy. »Die Secs werden uns einfach über den Haufen schießen.«

»Das ist ...«, begann Ita wütend, doch Josh fiel ihr ins Wort.

»Klappe halten und zuhören! Wir müssen uns beeilen, um nicht noch mehr Vorteile zu verspielen. Ita, Paddy, ihr beide werdet Wellesley und Velásquez bewachen, damit sie uns nicht in den Rücken fallen können. Nutzt die elektronische Verriegelung! Du kennst die Codes, Ita.«

»Okay.« Ihre Freundin sprang im gleichen Moment auf, als Mwaka und Ayubu hereingestürmt kamen.

Johnson verteilte rasch die Waffen und Ersatzmagazine. »Drei Teams. Team 4 fällt aus bzw. bleibt als Wächter zurück. Ayubu, du kommst mit mir! Captain Miller, Sie und Mwaka bilden Team 2 und nehmen den direkten Weg – wie besprochen. Rodriguez wird allein die Rolle von Team 3 übernehmen.«

»Schafft er das denn?«, zweifelte Josh.

»Er ist 'n großer Junge, Ma'am«, erwiderte Johnson grinsend.

»Also schön.« Sie schob die *Highfire* unter der Uniformjacke in ihren Gürtel und nahm eine *Allrounder*, ein leichtes Gewehr aus den Beständen der *Starhawk* zur Hand. »Dann ...«

Ein lautes Knacken ertönte. Im nächsten Moment drang Chavez' arrogante Stimme aus dem Lautsprechersystem des Schiffs. »Die *tea party* im Cockpit – oder wo immer Sie jetzt sind – ist beendet. Kommen Sie zum Frachtraum und liefern Sie sämtliche Waffen aus, oder ich werde an Sergeant Hobbs ein Exempel statuieren, was Meuterer auf einem *FCC*-Schiff erwartet!«

»Was hat er vor?«, hauchte Ita entgeistert. »Hobbs ist doch ...«

Josh bedeutete ihr zu schweigen und weitete die Geste auf alle aus, als auch Johnson den Mund öffnete. Sie musste nachdenken, und zwar schnell. Am liebsten hätte sie ihm gesagt, dass er den unbeteiligten Hobbs in Ruhe lassen solle und sie am Arsch lecken könne. Aber würde er ihr glauben, dass der Beta unschuldig war? Wenn sie erst einmal zugab, dass eine Meuterei im Gang war, wohl kaum. Hobbs wäre damit nicht geholfen.

Nicht zu antworten war allerdings auch eine Antwort und damit keine Option. Chavez hatte bislang nur Indizien dafür, was vorging. Sollte sie ihn irgendwie in seinen Schlüssen verunsichern können, musste sie es tun. Sie waren ohnehin schon in der Unterzahl und brauchten jeden Vorteil. Die Lüge steckte ihr im Hals wie ein harter Bissen. *Ich bin jetzt der Captain. Ich muss tun, was für alle das Beste ist.*

Sie trat an die Komstation, schaltete die Leitung frei und würgte eine Antwort hervor, die empört und müde zugleich klang. »Leutnant, ich weiß nicht, wovon Sie da reden, aber wenn Sie unserem TechSergeant auch nur ein Haar krümmen, bringe ich Sie vor das oberste Konzerngericht! Was sollen diese lächerlichen Anschuldigungen?« Rasch wandte sie sich den anderen zu. *Geht!*, sagte sie lautlos und wies zum Ausgang. *Los! Los! Los!* Nur auf Mwaka zeigte sie, und dann auf den Notsitz, um ihm zu signalisieren, dass er auf sie warten sollte.

Johnson begriff sofort und scheuchte die anderen hinaus. Chavez schien für einen Moment tatsächlich zu zweifeln, sonst hätte er nicht sekundenlang geschwiegen.

»Haben Sie getrunken, dass Sie einen unserer Offiziere bedrohen?«, legte Josh nach. »Sie halten ihn davon ab, unseren Antrieb zu reparieren, damit wir hier wieder wegkommen!«

»Glauben Sie, Sie können mich verarschen? Den leeren Waffenschrank bilde ich mir nicht ein«, brüllte Chavez.

Josh war umso überzeugter, dass sie ihn verunsichert hatte. »Regen Sie sich ab! Mr. Johnson hat bestimmt eine harmlose Erklärung dafür. Ich komme jetzt runter und sehe mir die Sache an.« Entschieden schloss sie den Kom-Kanal. *Genug der falschen Worte. Zeit für ein paar ehrliche Kugeln.*

Als Josh in die leere Messe rannte, fragte sie sich, wo der Doc und der Wolf-Beta steckten und was sie von Chavez' Drohung hielten. Doch ihr blieb keine Zeit, darüber nachzudenken, denn vor ihr hallten plötzlich Schüsse durch den Gang zum Frachtraum. Blitzschnell warf sie sich zur Seite. Im gleichen Augenblick schlugen verirrte Kugeln in Stühle und Wände.

»Team 1 an Team 2«, meldete sich Johnson über ihren abgeschotteten Kom-Kanal. »Feindbeschuss aus dem Laderaum. Haben Abzweigung zum Ziel erreicht. Keine Verluste.«

»Hier Team 2«, antwortete Josh. »Mission fortsetzen! Wir halten Ihnen den Rücken frei.« Entlang der Wand huschte sie weiter, an den Türen der Mannschaftsquartiere vorüber, Mwaka dicht hinter ihr. Mit dem Fingernagel aktivierte sie die allgemeine Frequenz auf ihrem Kom. Sosehr sie es auch hasste, sie musste Chavez weiter ablenken, bevor er dem Iltis-Beta etwas antat. »Haben Sie Raumkoller, dass Sie Ihre Leute hier rumballern lassen? Wenn es gerade Verletzte gegeben hat, mache ich *Sie* dafür verantwortlich!«

Hörten Wellesley und Velásquez mit? Wie lange würde es dauern, bis sich der Captain zu Wort meldete?

»Leugnen ist sinnlos, Miller«, plärrte Chavez' Stimme wieder aus den Lautsprechern. »Wir haben Ihre bewaffneten Komplizen gesehen.«

Josh schob sich zum Gang in den Frachtraum vor und unterdrückte den Impuls, um die Ecke zu spähen. Wenn die Gardeure dieselben Zielfernrohre benutzten wie sie, würden sie sie sofort entdecken und nur darauf lauern, dass sie ein zweites Mal auftauchte. »Aber niemand hat auf Sie geschossen. Nach Ihrer Logik sind Ihre Dobermänner schon seit drei Tagen auf Meuterei aus.«

Sie sah sich nach Mwaka um und bedeutete ihm rasch, auf dieser Seite des Ausgangs zu bleiben. Dann atmete sie tief durch, konzentrierte sich auf alte, in tausend Routinen antrainierte Reflexe. *3, 2, 1.* Die einhändige Hechtrolle beförderte sie so schnell auf die andere Seite, dass erst Kugeln flogen, als sie im Schutz der Wand wieder auf die Füße gekommen war.

Mwaka grinste. Im Dämmerlicht der nächtlichen Messe

leuchteten seine weißen Zähne doppelt so hell. »Und ich dachte schon, Sie wären keine von uns.«

Was meint er damit?

»Miller, Johnson«, ertönte Wellesleys Stimme über Kom. »Beenden Sie diese Farce auf der Stelle, und ich …«

Josh hörte nicht zu, wechselte auf den abgeschlossenen Kanal. »Ita, dreh ihm den Saft ab! Er hetzt uns Chavez nur noch mehr auf.«

Itatays Stimme klang nicht so locker, wie ihre Worte nahelegten. »Wird erledigt, Captain.«

»… die sie aufgestachelt haben«, fuhr Wellesley fort. »Diese Episode muss nur für …«

Dieses Mal war es Chavez' Stimme, die ihn übertönte. »Letzte Warnung, Miller! Legen Sie Ihre Waffen weg und kommen Sie mit erhobenen Händen zum Frachtraum, sonst holen wir Sie – lebend oder tot!«

Er lässt seine Leute vorrücken. Josh war so sicher, als hätte sie den Befehl gehört. Die Gardeure durften die Abzweigung zum Maschinenraum nicht erreichen, sonst konnten sie Johnson in den Rücken fallen. Ihr Blick suchte Mwaka. Dass sie das Gewehr hob und sich mit dem Rücken zur Wand bis zur äußersten Ecke vorschob, genügte als Signal. Er nickte.

»Jetzt!« Rasch drehte sie sich, richtete die *Allrounder* dabei nach vorn. Auf gut Glück jagte sie eine Salve den Gang hinab, bevor sie sich ebenso schnell wieder abwandte. Sofort wurde das Feuer erwidert. Mwaka war Sekundenbruchteile langsamer als sie, doch er wurde nicht getroffen. Josh ging in die Hocke und wiederholte das Spiel. Sie sah Chavez' Leute am anderen Ende des Gangs.

Anonyme Gestalten in Rüstungen mit heruntergelassenem Visier. Ein paar Glückstreffer würden nicht reichen, um sie auszuschalten.

Hastig wechselte sie auf die offene Frequenz. »Lassen Sie Hobbs frei! Der TechSergeant hat nichts mit dieser Sache zu tun.«

»Erzählen Sie das Ihrer Großmutter!«, ätzte Chavez.

Ein einzelner Schuss knallte.

Loop stürmte in die Krankenstation und schloss hastig die Tür hinter sich. Falls die Gardeure als Nächstes in die Messe kamen, mussten sie nicht sofort wissen, wohin er verschwunden war. »Schamane! Cherokee!«

Mit einem leisen Schrei, der an seine Adlerahnen erinnerte, schreckte Cherokee von der Behandlungsliege hoch, auf der er aus Platzmangel schlafen musste. »Chrrwas? Was ist los?« Verwirrt sah er sich um, blinzelte gegen das grelle Licht an, das Loop im Vorüberlaufen eingeschaltet hatte.

»Lange Geschichte«, knurrte der Wolf-Beta, während er sämtliche Schubladen aufriss und den Inhalt durchwühlte. In diesem intensiven Desinfektionsmittelgestank konnte er kaum etwas am Geruch unterscheiden. »Wir brauchen Waffen. Schnell.«

»Sind wir aufgeflogen?« Cherokee sprang von der Liege. »Was suchst du denn da?«

Kapierte der Schamane heute gar nichts? Loop drehte sich zu ihm um. »Waffen! Sagte ich doch.«

»Dort hinten. Da ist ein *Stopper* drin.«

»Na also.« Dem Blick des Adler-Betas folgend lief Loop

184

zu dem Schrank. Für welche renitenten Patienten auch immer ein Arzt einen Schalllähmer brauchte, der *Stopper* war jetzt besser als nichts. Mit dem Daumen regelte er die Wirkung sofort auf volle Leistung hoch. Gegen Tiger-Betas würde er kein Risiko eingehen.

»Würdest du mir endlich erklären, was du vorhast, damit ich weiß, ob ich dich aufhalten oder mitmachen soll?« Cherokee hatte sich vor der Tür aufgebaut und die Arme verschränkt.

Typisch! »Du solltest dir besser *erst* eine Waffe suchen, bevor wir vielleicht keine Zeit mehr für Erklärungen haben«, riet Loop und prüfte mit der freien Hand den Sitz seines *Diamond Knife*. Die Klinge glitt auf leichten Zug aus der Scheide. »Während du von diesem Gestank hier betäubt warst, hat sich draußen eine Menge getan.«

Der Adler-Beta zögerte noch einen Moment, dann eilte er zu seinem privaten Gepäck hinüber.

»Johnson hat mich allen Ernstes gefragt, ob ...« Ein Knacken ließ Loop verstummen. Sofort hatte er einen Lautsprecher als dessen Quelle geortet, als auch schon Chavez' Stimme ertönte.

»Die *tea party* im Cockpit – oder wo immer Sie jetzt sind – ist beendet. Kommen Sie zum Frachtraum und liefern Sie sämtliche Waffen aus, oder ich werde an Sergeant Hobbs ein Exempel statuieren, was Meuterer auf einem *FCC*-Schiff erwartet!«

»Meuterei?«, fuhr Cherokee mit gespreiztem Gefieder auf. »Seid ihr von allen Ahngeistern verlassen?« In der Hand hielt er ein Gerät, das entfernt an einen Knochen erinnerte.

»Wir doch nicht! Die anderen. Aber aus irgendeinem Grund hat sich Chavez Fratt gekrallt. Deshalb bin ich hier.«

Wortlos spannte Cherokee die Sehnen der länglichen Apparatur, die er aus seinem Koffer geholt hatte.

»Eine Biokolubrine«, staunte Loop. »Warum hab ich keine bekommen?« Diese Waffe aus menschlichem Gewebe verschoss Knochenbolzen und ließ sich an praktisch jedem Scanner vorbeischmuggeln.

»Vielleicht, weil du Chu Jiang nicht ...«

»Glauben Sie, Sie können mich verarschen? Den leeren Waffenschrank bilde ich mir nicht ein«, donnerte Chavez. Offenbar hatte ihm jemand geantwortet und ihn so richtig wütend gemacht.

Der aggressive Klang sträubte Loops Nackenfell. »Scheiße, der bringt Fratt um, wenn wir nicht bald da sind! Komm schon!« Er schlug gegen den Türöffner, den man eigentlich nur antippen musste, und sprang aus der Krankenstation, sobald der Spalt breit genug war. Cherokee würde schon nachkommen.

Gerade rannten Johnson, Rodriguez und Ayubu – schwer bewaffnet – in den Gang zum Frachtraum. Loop zögerte. War es klug, sich ihnen anzuschließen? Das Leben als Justifier konnte so einfach sein, wenn man nur den Befehlen eines Vorgesetzten folgen musste. Zumindest war die Richtung der kürzeste Weg zu Fratt. Er lief langsamer weiter und hielt abrupt wieder an, als er jenseits der Meuterer die Gardeure ausmachte, die zu beiden Seiten des Ausgangs zum Laderaum in Stellung gingen. Manchmal war der kürzeste Weg eben nicht der schnellste. Hastig sah er sich nach einer Alternative um. »Dort hinauf!«, rief er Cherokee zu, der endlich aus der Krankenstation kam. Mit zwei Sätzen war er am Fuß der Trittleiter aus Eisenkrampen und kletterte zu einer Luke in der Decke. *Glück gehabt.* Sie ließ sich leicht aufstemmen.

»Bist du auch sicher, dass das keine Sackgasse ist?«, wollte Cherokee wissen, folgte ihm jedoch bereits nach oben.

»Ja«, knurrte Loop und zog sich in den Gang über der Luke hinauf. Zur Schulung des Sicherheitspersonals gehörte auch, sich mit dem komplizierten Innenleben des Raumschiffs vertraut zu machen. Unter der gesamten Außenhülle zogen sich in gewissen Abständen Tunnel und Wartungsschächte entlang. Die Frage war eher, ob er sich in diesem Labyrinth zurechtfinden würde, aber das musste er dem Schamanen nicht auf den Schnabel binden.

Er hetzte weiter, auch damit Cherokee nachrücken konnte. Der Gang war so niedrig, dass er gezwungen war, auf allen vieren zu laufen. Obwohl sein Körper in erster Linie für aufrechten Gang ausgelegt war, fiel es ihm leichter als den meisten Menschen. Um noch schneller voranzukommen, nahm er den *Stopper* zwischen die Zähne. Von unten drangen Schüsse an seine Ohren. Der verfluchte Chavez machte ernst.

Loop versuchte, sich den Aufbau der *Starhawk* und das Netz ihrer Wartungstunnel ins Gedächtnis zu rufen. Warum hatte er die verdammten Pläne nicht auf seinem *JUST* gespeichert? Sie mussten etwa auf der Höhe des Shuttles sein. Die riesigen Klammermechanismen zu seiner Rechten hielten wohl den Gleiter fest. *Irgendwo sollte es nach …*

ah, dort. Doch aus der Nähe entpuppte sich die abzweigende Röhre als zu eng. »Weiter!«

»Hast du einen Plan?«, erkundigte sich Cherokee krächzend. So klang er immer, wenn er außer Atem geriet.

»Keine Zeit für komplizierte Schachzüge. Wir springen rein und retten Fratt.«

»Gegen eine solche Übermacht?«

Ja, der Plan ist beschissen. Aber die Ereignisse hatten ihn eben überrascht. »Hast du Alternativen? Dann wäre jetzt der richtige Moment dafür.«

Endlich bot sich eine neue Gelegenheit. Loop bog nach links ab. Sie mussten sich jetzt direkt vor oder bereits über dem Frachtraum befinden. Sein Blick überflog die Symbole und Hinweisschilder, an denen er vorübereilte. Ein Abzweig nach rechts. *Perfekt.*

»Vielleicht wäre es klüger, mit dem Leutnant zu verhandeln«, gab Cherokee zu bedenken, während erneut Chavez' Stimme durch das Schiff tönte.

Loop robbte nun vorwärts, um nicht mehr zu trampeln. Auf Kugeln von unten durch die Decke konnte er gut verzichten. »Worüber?«, zischte er. »Der glaubt uns doch kein Wort, solange wir uns nicht als *KA* Justifiers zu erkennen geben.« Und damit wäre ihre Mission so gut wie gescheitert.

Unter ihnen wurden aus etlichen Gewehren ganze Salven abgefeuert. Sofort sprang Loop auf und rannte geduckt bis zur nächsten Luke vor. Die Schüsse überdeckten hoffentlich jedes andere Geräusch. Vorsichtig öffnete er die Klappe im Boden. Darunter kam die Galerie zum Vorschein, auf der man direkt unter der Decke die ganze Länge des Frachtraums abgehen konnte, um den Kran zu warten. *Nichts für Höhenängstliche.* Metallgitter bildeten den Boden der Galerie, sodass man in die Tiefe sehen konnte. Loop beugte sich weiter hinunter. Wie vermutet hatten sich vier Gardeure auf dem Treppenabsatz verschanzt und zielten in den Gang. Die Tiger-Betas strichen auf den Dächern des Gefängniskomplexes entlang, behielten gleichermaßen die Zellen wie auch eine kleine Tür in der Seitenwand des Frachtraums im Blick. Auch Chavez befand sich auf dem Treppenabsatz, doch er stand vor der Tür des Lifts, sodass er für Kugeln aus dem Gang unerreichbar war. Neben ihm stand Fratt, mit Ferroplastriemen gefesselt. Und der Leutnant hielt eine Pistole in der Hand, die er nun auf den Iltis-Beta richtete.

Loop hielt sich nicht mit der Stahlleiter auf. Er sprang auf die Galerie hinab und rannte, musste näher ran, da der verdammte *Stopper* eine so miese Reichweite hatte.

»Erzählen Sie das Ihrer Großmutter!«, ertönte Chavez' Stimme. Es war verwirrend, die Bewegung seiner Lippen zu sehen und die Worte aus einer völlig anderen Richtung zu hören. Loop sah, wie der Leutnant den Arm spannte, und riss den *Stopper* hoch.

Ein Schuss peitschte durch die Halle. Blut und Hirnmasse spritzten. Chavez brach zusammen. Noch bevor er aufschlug, fuhr Loop bereits herum, doch Cherokee sah ebenso überrascht aus wie er.

Unter ihnen brach die Hölle los. Sturmgewehre knatterten. Eine Salve prallte unter metallischem Läuten vom Gitter unter Loops Füßen ab, fetzte ein paar scharfkantige Löcher hinein. Er warf sich hinter dem Kran in Deckung, doch ein Querschläger stach ein brennendes Loch durch seine Hand. Unwillkürlich fletschte er die Zähne. Neben ihm legte Cherokee mit der Biokolubrine an. Loop folgte dem Blick des Adler-Betas und knurrte. Die Seitentür des Frachtraums stand offen. Boss Johnson lag blutend auf der Schwelle. Hinter ihm kauerte Ayubu, lieferte sich ein Feuergefecht mit einem Tiger-Beta, der nun flach auf dem Dach der Zellen lag und über den Rand hinweg ein schwieriges Ziel bot. Für Ayubu. Nicht für den Schamanen. Cherokee drückte ab. Der Knochenbolzen traf exakt in den Schlitz zwischen Helm und Rückenpanzer. Warum hatten sie den verdammten Adler nicht zu einem Scharfschützen gemacht? Der Tiger-Beta zuckte nur kurz, dann erschlaffte er.

Aus dem Augenwinkel sah Loop, wie jemand zu ihnen hinaufdeutete. Zwei der Gardeure auf dem Treppenabsatz hatten sich umgedreht und legten ihre *Repeater* auf sie an. *Und wir haben keine vernünftige Waffe mehr ...*

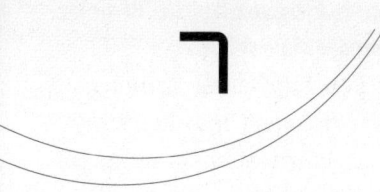

01. Juni 3042 (Erdzeit)
System: Cor Caroli

*Das kann er nicht machen! Er kann Hobbs nicht einfach ab-
knallen.* Josh war so wütend und entsetzt, dass sie erst
beim zweiten Mal wahrnahm, was Mwaka ihr zurief.

»Der Boss geht jetzt rein!«

Rasch nickte sie und wechselte auf den geschlossenen
Kanal. »Team 1, hier Team 2. Wir ...« Ein Knall, als habe
jemand auf Johnsons Mikro geschlagen, fuhr wie ein
Hieb in ihr Trommelfell. »Johnson? Johnson, antworten
Sie!«

Hörte sie schweres Atmen? Über den Lärm neuer Schüsse war es nur zu erahnen.

»Der Boss ist getroffen«, schrie jemand. Es musste Ayubu
sein.

»Stellung halten!«, rief sie. »Rodriguez, sind Sie auf Position?«

»Bin da, Captain.«

»Auf mein Kommando vorrück...«

»Achtung! Granate!«, brüllte Rodriguez, als das Projektil auch schon zischend in die Messe schoss.

Josh ließ sich fallen, barg den Kopf unter Armen und Händen. *Auf einem Schiff? Sind die komplett wahnsinnig?*

Doch das Zischen dauerte an. Rauch stieg ihr in die Nase. Heulend sprang der Feuermelder an. Löschpulver regnete von der Decke, und Respiratoren fielen aus Klappen an der Wand. Josh rappelte sich auf, griff sich eine der Atemmasken und zog sie über. Der Qualm biss in den Augen, doch sie blinzelte dagegen an. Die *Allrounder* wieder in den Händen, nahm sie rasch erneut an der Ecke zum Gang Aufstellung. Jeden Augenblick würden Chavez' Leute anrücken und sich den Weg durch ungezielte Salven in den Rauch freischießen.

Sie wartete drei Sekunden, vier, fünf. Aus dem Frachtraum hallten Gewehrfeuer und Geschrei. Was war dort los? »Rodriguez, können Sie etwas sehen?« Er hockte an der Abzweigung zum Maschinenraum, war also näher am Feind als sie.

»Werde mal den bewährten Spiegeltrick anwenden«, kündigte er an.

Josh sah förmlich vor sich, wie er einen kleinen Spiegel in den Gang hielt, um mit nicht mehr als einer Hand aus der Deckung gehen zu müssen.

»Die Arschlöcher haben sich umgedreht!«, flüsterte er verblüfft. »Nur noch einer zielt in unsere Richtung.«

»Vorrücken!«, befahl Josh, ohne nachzudenken, ging in die Hocke, drehte sich in den Gang und ließ sich sofort fallen. Kugeln flogen über sie hinweg, während sie kurz zielte und in schneller Folge auf den feuernden Gardeur schoss. Auch eine Rüstung hielt nur begrenzt viele Einschüsse auf dieselbe Stelle aus. Sie sah noch, wie der Gegner sein Gewehr fallen ließ, dann versperrte Rodriguez ihr die Sicht, der eine Salve über die ganze Breite des Ausgangs streute. Mwaka war ebenfalls losgesprintet. Josh sprang auf und folgte ihm. Erneut hallte der Gang von einer Salve aus Rodriguez' *Allrounder* wider. Jemand erwiderte das Feuer. Josh drückte sich flach an die Wand. Mwaka schrie auf.

Gerade wollte Josh zielen, als Rodriguez den Schützen mit einer dritten Salve niedermähte. Sie stieß sich von der Wand ab, überholte Mwaka, der sein Gewehr von der rechten in die linke Hand nahm. Nur noch zwei Gardeure hielten sich auf den Beinen, doch sie zielten mit ihren *Repeatern* die Treppe hinab. Rodriguez trat einem von ihnen so fest in den Rücken, dass die Frau über das Geländer kippte und außer Sicht fiel. Manchmal machten sich künstlich verstärkte Muskeln tatsächlich bezahlt.

Dem anderen schob Josh die Mündung ihrer *Allrounder* unter den Rand des Helms. »Waffe fallen lassen!«

Seine *Repeater* klickte. Das Magazin war leer. Worauf hatten sie geschossen? Josh sah an ihm vorbei. Auf den Dächern des Gefängnistrakts kämpfte ein Tiger-Beta gegen drei Mann, denen das Blut aus den Spuren seiner Krallen lief. Weitere Gegner kletterten zu ihm hinauf. Die Türen der Zellen standen offen. Die Gefangenen waren frei.

Ich hasse Waffen. Paddy starrte auf den *Stopper*, als hätte ihm jemand ein totes Insekt in die Hand gedrückt. Wenigstens konnte er damit niemanden töten. Der Gedanke beruhigte und beunruhigte ihn zugleich. Funktionierte so ein Schalllähmer überhaupt? Er hatte noch nie einen in Aktion gesehen. Die anderen schienen es zu glauben, also musste es stimmen. Wie selbstverständlich sie alle mit den Gewehren hantierten! Er war nach vier Wochen aus dem Militärdienst wieder ausgeschieden, weil er es nicht ertragen hatte. Daran, dass er ein talentierter Pilot war, hatte niemand gezweifelt, doch seine Illusionen von der Karriere am Steuer eines Jagdgleiters waren geplatzt wie Seifenblasen. Der Kasernenhofton, der Drill, die Stress-tests, das Schießen auf Attrappen, die so verdammt echt aussahen ... Er hatte Albträume und Angstattacken bekommen. Beinahe wäre er deshalb auch von der zivilen Raumfahrtakademie abgelehnt worden, aber ein Psychologe hatte ihm bescheinigt, dass seine Probleme nur durch die Vorstellung von Krieg und Gewalt bedingt waren. Warum nur war er jetzt wieder unter schießwütigen Irren gelandet?

»Alles okay, Mr. Boyle?«, erkundigte sich »Boss« Johnson.

Paddy riss sich zusammen. »Ja, ich ... schaff das schon. Gehen Sie Chavez in den Arsch treten.« Er bemühte sich, locker und überzeugt auszusehen.

»Darauf können Sie sich verlassen«, meinte der Boss. »Los, Jungs! Zeigen wir dem Kerl, wer auf diesem Schiff das Sagen hat!«

Die drei Männer rannten davon und ließen ihn mit Navero vor den Offizierskabinen zurück. Ita hatte sofort begonnen, Codes in die Türöffner einzugeben. Eine rote Anzeige signalisierte, dass die Notverriegelung aktiviert worden war. Auf einem Raumer ließ sich jedes Schott und jede Tür hermetisch verschließen, um Brände und möglichen Druckabfall einzudämmen. Was mochte in den Eingesperrten vorgehen? Vielleicht waren Velásquez und er sich doch nicht so unähnlich. Hätte er sich nicht auch versteckt und die Gardeure für sich kämpfen lassen, wenn er gekonnt hätte? Aber Wellesley ... Zu ihm passte es nicht, sich aus dieser Sache rauszuhalten.

Schnelle Schritte näherten sich. Paddy zuckte zusammen, bevor er begriff, dass es aus dieser Richtung nur Josh und Mwaka sein konnten. *Captain Miller*, korrigierte er sich. Oder war es dafür noch zu früh? Mit der Waffe in der Hand und dem entschlossenen Gesicht sah sie jedenfalls aus wie die gefährlich attraktive Heldin irgendeines Actionfilms.

»Nicht vor der Tür stehen!«, fuhr sie ihn im Vorübereilen an. »Durch die kann er schießen!«

Shit! Hastig sprang Paddy zur Seite. Wie konnte er so blöd sein? Seufzend lehnte er sich an die Wand und sah zur Decke hinauf. *Weil ich für die Scheiße eben nicht gemacht bin.*

»Wellesley?«, rief Ita. »Ich weiß, dass Sie da drin sind, und ich weiß, dass Sie uns hören. Gut für Sie, dass Sie so ein Feigling sind, denn wenn Sie versuchen rauszukommen, knall ich Sie ab. Das schwör ich!«

Statt einer Antwort hallten Schüsse durch das Schiff. Paddy spürte, wie sein Schweiß den Griff des *Stoppers* glitschig machte. *Die kommen nicht her. Josh und der Boss werden sie in die Zange nehmen.* Das Schweigen in den Kabinen zerrte an seinen Nerven. »Was ist, wenn sie gar nicht mehr hier sind?«, zischte er Ita zu und deutete dabei mit der Waffe auf die Türen.

»Nonsens! Rodriguez hat sie nicht rauskommen sehen.«

»Lüftungsschächte oder so?« Es war lange her, dass er sich mit den Teilen des Innenlebens von Raumschiffen beschäftigt hatte, die nicht zum Fliegen beitrugen, aber er erinnerte sich, dass es etwas Derartiges gab.

»Hier? Zu eng.«

Paddy zuckte zusammen, als Chavez erneut durch die Lautsprecher rief.

»Leugnen ist sinnlos, Miller. Wir haben Ihre bewaffneten Komplizen gesehen.«

Nervös fingerte Ita am Intensitätsregler ihres *Stoppers* herum. »Nicht auch noch Hobbs«, flüsterte sie. »Nicht auch noch Hobbs.«

Boyle fürchtete, dass Chavez keine Skrupel hatte abzudrücken. *Wir hätten diesen Wahnsinn überhaupt nicht anfangen sollen.*

Erschrocken sah er sich nach der Tür um, als Wellesleys Stimme ertönte, doch sie war immer noch geschlossen. Erleichterung durchströmte ihn für einen kurzen Moment. Er hörte ihn nur über Kom. »Miller, Johnson, beenden Sie diese Farce auf der Stelle, und ich verspreche Ihnen eine faire Gerichtsverhandlung.«

»Ita, dreh ihm den Saft ab!«, befahl Josh. »Er hetzt uns Chavez nur noch mehr auf.«

»Wird erledigt, Captain.« Navero sah sich gehetzt um. »Außerdem garantiere ich Straffreiheit für alle, die Sie aufgestachelt haben«, fuhr Wellesley fort.

»Das geht nicht von hier aus«, raunte Ita ihm zu. »Kannst du hier die Stellung halten?«

Paddy nickte, bevor er selbst wusste, was er tat.

Chavez fiel Wellesley ins Wort, während Ita Richtung Cockpit rannte. »Letzte Warnung, Miller! Legen Sie Ihre Waffen weg und kommen Sie mit erhobenen Händen zum Frachtraum, sonst holen wir Sie – lebend oder tot!«

Sollten sie sich ergeben? Der Captain hatte gerade etwas von Straffreiheit gesagt. *Mann, Boyle, du bist genau das Würstchen, als das dich der Duke immer hinstellt!* Die anderen hatten sich entschieden und standen dazu. Warum konnte er diese verfluchte Stimme in seinem Kopf nicht abschalten, die ihm einflüsterte, ein braves, harmloses Würstchen zu bleiben?

Neue Gewehrsalven knatterten. Hoffentlich trafen diese Idioten nicht irgendwelche wichtigen Leitungen. Als ob sie nicht schon genug Ärger mit dem defekten Antrieb hätten. War es jetzt zu spät, um die Seite zu wechseln? Wenn Josh erst …

Chavez' Stimme schreckte ihn aus den Gedanken. »Erzählen Sie das Ihrer Großmutter!« Ein einzelner Schuss knallte.

»Ich geh jetzt rein«, verkündete Johnson im gleichen Augenblick.

Bestimmt ist es jetzt zu spät. Paddy glaubte, Wellesleys aufgebrachte Stimme gedämpft durch die Tür zu hören. Rief er nach Chavez?

»Team 1, hier Team 2. Wir …« Josh wurde von einem Knall unterbrochen. War sie getroffen worden? Nein, da war sie wieder: »Johnson? Johnson, antworten Sie!«

Paddy hörte nur immer mehr Gewehrfeuer.

»Der Boss ist getroffen«, schrie Ayubu.

»Oh, mein Gott!«, entfuhr es Paddy. *Ich muss mich retten, bevor alles zu spät ist.* »Captain?«, rief er so nah an der Tür, wie er sich traute.

»Boyle!«, drang es durch die Kunststoffplatten. »Sind Sie das?«

»Ja, Sir.«

»Achtung! Granate!«, brüllte Rodriguez über Kom.

Paddy machte sich auf eine Explosion gefasst, doch sie blieb aus.

»Boyle, lassen Sie mich raus hier, und ich wasche Ihre Akte bei *FullControl* blütenrein!«

Konnte er Wellesley wirklich trauen? Noch hatte Josh nicht verloren. Vielleicht sollte er die Entscheidung ... *Ist das Rauch?* Schon sprangen Feuermelder in der Messe an. *Scheiße!*

»Boyle! Wollen Sie mich hier drin verbrennen lassen? Wir müssen evakuieren. Machen Sie auf!«

Die anderen schien es nicht zu interessieren. Die Ballerei ging einfach weiter.

Panisch wandte sich Paddy dem Türöffner zu und versuchte, die Verriegelung zu deaktivieren. »Ich versuch's ja, aber ich kenne die Codes nicht!«

»Paddy!«

Ertappt fuhr er herum.

Ita stand im Gang und starrte ihn mit großen Augen an. »Was machst du da?«

»Ich ... ich ... Das Schiff brennt.« Neben ihm öffnete sich zischend die Tür. Überrascht wandte er sich um und sah in Wellesleys kalte Augen. Direkt darunter zielte die Mündung einer Pistole auf ihn.

»Zum Glück kenne ich die Codes«, sagte der Captain und drückte ab.

Josh entdeckte einen Dobermann-Beta, der vom Dach des Containers aus auf die befreiten Gefangenen schoss. Im gleichen Augenblick sah er auch sie. »Runter!«, schrie sie und ging hinter dem entwaffneten Gardeur in die Hocke. Sofort warf sich auch jener zur Seite. Aus dem Augenwinkel sah sie, wie sich TechSergeant Hobbs auf ihn stürzte. Der Iltis-Beta musste neben dem Lift gekauert haben.

In die Knie zu gehen, hatte jedoch nicht viel gebracht. Das Geländer bestand nur aus einem Handlauf, bot praktisch keinen Schutz. Josh riss die *Allrounder* hoch, wollte das Feuer erwidern, doch im selben Moment platzte der Kopf des Hunde-Betas auf. Verblüfft blickte sie zu Rodriguez. Sie hatte ihn nicht schießen gehört. Kein Wunder. Er trat gerade einem verletzt am Boden liegenden Gardeur die Maschinenpistole aus der Hand. *Aber wer …* Außer dem Rattern einer *Veloc* hatte sie keine Waffe vernommen, und nun hallten nur noch die Schritte, Schreie und Schläge der Gefangenen von den Wänden wider – vermischt mit dem Fauchen des Tiger-Betas, auf den zu schießen nicht infrage kam. In diesem Getümmel war die Wahrscheinlichkeit größer, einen der Häftlinge zu treffen, als ihnen zu helfen. »Ayubu!« *Er ist am nächsten dran.* »Hast du …«

»Nein«, rief er überraschend schrill. »Das war das andere Biest, aber jetzt kommt es auf mich zu.« Die letzten Worte gingen bereits im Knattern einer *Repeater* unter.

Der eine Beta hatte den anderen getötet? Sollte das heißen ... »Nicht schießen!«, brüllte sie, doch schon antwortete eine *Veloc*. Ayubu schrie auf, wimmerte.

»Scheiße!«, entfuhr es Josh. Sie sprang auf, hastete die Treppe hinab und riss sich den lästigen Respirator vom Gesicht. »Ayubu!«

Es knisterte in der Kom-Verbindung. »Zu spät, Ma'am«, meldete der Dobermann-Beta. Sie erkannte die schmatzende Aussprache wieder. »Ich wollte dem Mann nichts tun, aber er hat auf mich gezielt, und als er dann auch noch abdrückte ...«

»Scheiße«, wiederholte sie und sank auf die Stufen.

»Tut mir leid.«

Sie atmete tief ein und straffte die Schultern. Ayubu hatte eine falsche Entscheidung getroffen. Es war nicht mehr zu ändern. Sie war der neue Captain. Die anderen warteten auf sie. »Ich hätte einen Job in meiner Crew zu vergeben, Justifier. Sind Sie dabei?«

»Für welchen Konzern?«

Erst als sie es sagte, wusste Josh, dass sie es längst entschieden hatte. »Für keinen.«

»Bin dabei.«

Die Sträflinge, die neben der Treppe auf die herabgestürzte Gardeurin einprügelten, bemerkten Josh erst jetzt. Für einen Augenblick starrten sie sie an, unsicher, weil sie unübersehbar die *FCC*-Uniform trug, aber nicht auf sie schoss.

»Aufhören!«, rief sie. »Das reicht! Die Frau ist ...«

»Sagt wer?«, höhnte ein muskulöser Kerl, auf dessen Armen sich Cyberoo-Schlangen wanden. Seine Augen schienen zu klein für den kantigen Schädel, aus dem implantierte Nieten ragten.

»Der neue Captain, Igelhirn!«, ließ sich Rodriguez von oben vernehmen. Er stand mit seinem Gewehr über das Geländer gebeugt und hatte auf den Mann angelegt.

»Treten Sie von der Frau zurück!« Die halb bewusstlose Gardeurin mochte ebenso ein Miststück sein wie Chavez, doch Josh würde nicht zulassen, dass ein Lynchmob auf ihrem Schiff eine Wehrlose umbrachte.

»Ihr habt den Captain gehört«, mischte sich der Dobermann-Beta ein. Josh entdeckte ihn jenseits der finster blickenden Bande, wo er gerade erst um die Ecke gekommen sein musste. Er hielt die *Veloc* bereits im Anschlag. »Wer bei drei nicht wieder durch diese Tür verschwunden ist, darf mit Chavez zur Hölle fahren. Eins …«

»Ich lass mich nicht mehr einsperren!«, brüllte der Nietenschädel und stürmte auf den Beta zu.

Josh riss die *Allrounder* hoch, doch ein Schuss des Justifiers streckte den Mann bereits nieder. Die blutige Brust ließ wenig Zweifel daran, dass er nie wieder aufstehen würde. Ein Aufblitzen von Metall lenkte Joshs Blick auf einen Sträfling, der sich im Hintergrund gehalten hatte, doch jetzt sah sie die *Repeater* der Gardeurin in seiner Hand. Er zielte auf den Beta. Noch in derselben Sekunde drückte sie ab. Es war ganz einfach. Sie musste nur den Finger krümmen, wie sie es in den Lernprogrammen Tausende Male getan hatte. Doch dieses Mal waren die Kugeln echt. Das Stöhnen des Mannes, der aufgerissene Stoff, der sich mit Blut vollsaugte, das Geräusch, als Körper und Gewehr auf dem Boden aufschlugen … Dieses Mal waren sie echt. Es überraschte Josh, dass es sie berührte, ihr einen Schauder über den Rücken jagte. *So ist es also, wenn man tötet.*

»Zwei!«, bellte der Beta.

Murrend zogen sich die restlichen Kerle in den Gefängniskomplex zurück. Keiner wagte, nach der Waffe zu greifen, die nun herrenlos neben der Leiche lag. Josh wurde bewusst, dass sie noch immer auf den Toten und die Blutpfütze starrte, die langsam größer wurde. *Viel Arbeit für den Reinigungsbot.* Sie schüttelte den Kopf über sich selbst. *Was für ein absurder Gedanke. Reiß dich am Riemen, Josh.*

Der letzte Sträfling verschwand durch die Tür, doch sie ließen sie offen. Demonstrativ?

Das ist die Büchse der Pandora. Zum ersten Mal in ihrem kurzen Leben verstand Josh, was mit diesem Ausdruck gemeint war. Sie konnten diese Leute nicht einfach wieder einsperren. Nicht, wenn Unschuldige darunter waren. *Später!*, ermahnte sie sich und näherte sich der reglosen Gardeurin. Die Sträflinge hatten ihr Helm und Rüstung vom Leib gerissen. In ihrem Gesicht zeichneten sich Blutergüsse und Prellungen ab.

»Nehmen Sie die Waffe an sich!«, befahl Josh dem Dobermann-Beta, über dessen Schulter bereits zwei weitere Gewehre hingen. Sicher Johnsons und Ayubus. So konnten sie nicht in falsche Hände geraten. Der Justifier dachte mit. »Wie war doch gleich Ihr Name, Sergeant?«

»Higgins.« Er klaubte die *Repeater* auf, ohne die Tür zu den Zellen aus dem Auge zu lassen.

»Josuanna Miller«, stellte sich Josh vor. »Willkommen im Team, Sergeant Higgins. Rodriguez, geben Sie uns Deckung! Wir bringen die Frau jetzt rauf. Rodriguez?« Eben hatte er doch noch über das Geländer auf die Sträflinge gezielt.

»Es gibt *un problema, capitán*«, murmelte er ins Kom.

»Das können Sie laut sagen«, ertönte Wellesleys Stimme gleichzeitig von oben und aus dem Kom. »Legen Sie die Waffen weg, Miller, und kommen Sie rauf, sonst muss ich Miss Naveros hübschen Kopf mit einem hässlichen Loch verunzieren.«

»Hierherzukommen war eine bescheuerte Idee«, murrte der Schamane. Vergeblich versuchte er, die Biokolubrine nachzuladen, ohne dabei aus der spärlichen Deckung zu geraten. Federn segelten über das Geländer der Galerie, als ihn eine Kugel am Arm streifte. »Chrrr.«

Loop musste ihm insgeheim recht geben. Die Winde des Krans bot nur mageren Schutz, und ohne Gewehre waren sie hier so nutzlos wie eine *Arclight* ohne Batterieclip. »Du hattest keine bessere Idee!« Wenigstens schien Fratt im Moment aus der Schusslinie zu sein, da sich aus irgendeinem Grund die Zellentüren geöffnet hatten und die Gardeure nun abwechselnd zur Galerie empor und auf die hervorstürmenden Häftlinge feuerten.

»Jetzt habe ich immerhin Besseres zu tun.« Der Adler-Beta wies mit dem Schnabel zu der Seitentür, wo Ayubu über Johnsons reglose Gestalt hinwegschoss.

Rasch wägte Loop die Chancen ab. Sich von der Galerie auf die Zellen und von dort auf den Boden fallen zu lassen, wäre der schnellste Weg gewesen. Doch der erste Sprung ging fünf Meter in die Tiefe, und sie würden den

Secs direkt vor den Flinten landen. Ohne Rüstung keine Option.

»Okay. Rückzug!«, rief er und rannte los.

Eine weitere Salve prallte klirrend am Gitter unter seinen Stiefeln ab, stanzte Löcher, wo zuvor keine waren. Dieses Mal kamen die Schüsse von vorne. Ein Dobermann-Beta auf dem Dach des mysteriösen Containers hatte den Doc und ihn entdeckt. *Drecksköter!* Aus Reflex schoss Loop mit dem *Stopper* auf ihn, doch der Justifier war zu weit entfernt. Frustriert schob er sich die Waffe wieder zwischen die Zähne, um mit beiden Händen nach der Leiter zu greifen. Schüsse aus Ayubus *Allrounder* zwangen den Hunde-Beta, zurückzuweichen.

Loop hangelte sich die Sprossen nach oben und packte Cherokees Arm, um den weniger geschickten Adler-Beta schneller heraufzuziehen. Seine Finger griffen in warme Flüssigkeit. »Shit, du blutest.«

Der Doc krabbelte von der Luke weg, die Loop hastig schloss, bevor weitere Kugeln dagegentrommelten. »Nur ein Kratzer«, behauptete Cherokee und kroch weiter.

Loop wischte sich die Hand an der Uniform ab und folgte ihm. Der Schamane mochte eine Aufgabe haben, aber was war mit ihm? Auch wenn jemand so freundlich gewesen war, sie von Chavez zu erlösen, saß Fratt immer noch gefesselt zwischen den Gardeuren, die ihn für einen Meuterer hielten. Doch wie konnte er ihn ohne anständige Ausrüstung gegen diese Übermacht raushauen? Und nun waren auch noch die Gefangenen frei! Selbst wenn sie diesen Mist lebend überstanden, würde es ihre Mission nicht einfacher machen.

Erst jetzt fiel ihm auf, dass das Kom-Symbol auf dem Touchscreen seines *JUST,* der in sein Handgelenk implantierten Mini-Multibox, blinkte. *Fratt?* Er aktivierte die Funkverbindung, die Justifiern auf unerforschten Planeten erlaubte, miteinander in Kontakt zu bleiben. »Fratt?«

»Kurt?«, antwortete der Iltis-Beta beinahe sofort. »Wo steckt ihr? Ihr verpasst den ganzen Spaß.«

»Sag ihm, ich bring ihn aus Spaß um, wenn ich die ganzen Verletzten versorgt habe«, grollte Cherokee, der sofort angehalten hatte.

»Wie sieht's dort unten aus?«, erkundigte sich Loop stattdessen.

»Chavez' Hirn ist Grütze. Nicht nur bildlich. Aber seine Leute sind diszipliniert, das muss man ihnen lassen. Sie versuchen gerade, mit 'ner Rauchgranate Verwirrung zu stiften. Dumm nur, dass jetzt die ganzen Sträflinge frei sind und ihnen in den Rücken fallen könnten.«

Mann, warum hab ich mir jemals Sorgen um das Stinktier gemacht? Der klingt, als würde er gerade 'ne Folge Damn' Collie, die! *anschauen.* »Und du hast alles im Griff, ja?«

»Die haben gerade andere Sorgen als mich.« Das war angesichts der Ballerei im Hintergrund, die durch das ganze Schiff hallte, nicht zu überhören. »Ich werd sie bestimmt nicht auf mich aufmerksam machen, aber es wär trotzdem nett, wenn ihr mal vorbeischaut, bevor sie von selbst wieder auf mich kommen.«

»Dann quatsch nicht so viel!« War das zu fassen? »Wir sind unterwegs. Over und aus.«

Sofort setzte sich Cherokee wieder in Bewegung. »Ich geh trotzdem zu Johnson«, verkündete er. »Falls ich nichts mehr für ihn tun kann, schnappe ich mir sein Gewehr und komme euch zu Hilfe, aber ich spüre, dass noch Leben in ihm ist.«

Vor Verwunderung stieß sich Loop den Kopf an der niedrigen Decke. »Du *spürst* das? Seit wann kannst du hellsehen?«

»Chrrr. Ich kann nicht hellsehen. Es ist eher ... Es fing an, nachdem wir diese vielen Sprünge hintereinander gemacht haben, um Poljakow zu retten*. Stell's dir so vor, als ob dein Instinkt plötzlich immer recht behält, wenn es um Kranke und Verwundete geht.«

»Ähm.« Schön und gut, dass der Schamane in die Fußstapfen seiner Namenspatrone trat, aber sie hatten einen Freund zu befreien. »Mag ja sein, aber ...«

»Kein Aber. Der Mann steht auf der Schwelle des Todes, und ich kann ihn vielleicht zurückholen. Ich muss das tun.«

»Wir sind nur hier, um unseren Auftrag auszuführen. Das sind nicht unsere Leute.«

Der Adler-Beta warf einen strengen Blick über die Schulter. »Sie glauben aber, dass ich ihr Arzt bin. Und deshalb bin ich es.«

»Das gilt auch für Sie, Mr. Higgins«, fügte Wellesley hinzu.

Josh versuchte, in den dunklen, fast schwarzen Augen des Justifiers zu lesen. Er kannte Ita nicht. Sie bedeutete ihm nichts. Was auch immer ihn angetrieben hatte, sich der Meuterei anzuschließen, musste ihn nicht davon ab-

---

* Justifiers 3: *Mind Control*

halten, Wellesley um den Preis von Itas Leben auszuschalten. Seine Lefzen zuckten kurz. Spöttisches Lächeln oder Drohung?

Und die *Allrounder* in Reichweite der Gefangenen abzulegen, war ohnehin eine schlechte Idee. Higgins' Blick folgte ihrem, als sie zur Tür des Zellentrakts sah.

»Wie Sie wollen, Sir«, rief der Beta. »Aber wenn Sie nichts dagegen haben, schicken wir zuerst die Waffen mit dem Aufzug rauf. Sonst haben Sie gleich die nächste Meuterei am Hals.«

»Sehr fürsorglich, Mr. Higgins«, höhnte Wellesley. »Aber beeilen Sie sich. Mein Finger verkrampft allmählich.«

Dieses verfluchte Arschloch! Wie hatte Ita ihm in die Hände fallen können? Wo steckten Paddy und Velásquez?

Zornig ging Josh mit Higgins zum Lift und legte die Gewehre hinein. Der Beta nahm auch Laserpistole und Messer aus ihren Holstern, dann schickte Josh den Aufzug nach oben. Sie spürte die kantige *Highfire* an ihrem Rücken, von deren Existenz Wellesley nichts wusste. Hatte auch der Justifier weitere Waffen unter seiner Rüstung verborgen? Es zeichnete sich nichts Verdächtiges ab. Josh achtete darauf, dem Treppenabsatz nicht den Rücken zuzudrehen, denn ihre schwere Pistole beulte garantiert die enge Uniformjacke aus.

»Nach Ihnen, Ma'am.« Higgins ließ ihr mit einer höflichen Geste den Vortritt. »So komm ich besser an das Baby in Ihrem Gürtel«, fügte er leise hinzu, als sie an ihm vorbeiging.

Sie konnte nur hoffen, dass Wellesley keinen so geübten Blick für Waffen besaß.

»Ein bisschen schneller, die Herrschaften!«, rief jener. »Dies ist kaum der rechte Zeitpunkt, um vom Justifier zum Gentleman zu mutieren.«

Josh beschleunigte ihre Schritte, um Higgins' Zurück-bleiben zu rechtfertigen. Ein kurzer Blick nach oben zeigte ihr, dass einer der Gardeure wieder auf den Bei-nen war und TechSergeant Hobbs mit einer Pistole in Schach hielt, obwohl dem Beta noch immer die Hände gefesselt waren. Wie viele Leute konnte Wellesley hof-fen, um sich zu scharen? Zwei? Drei? Viel mehr konnten nicht übrig sein, überlegte sie, während sie die Treppe hinaufstieg.

»Wo sind Ihre anderen Freunde? Der Wolf und der Dok-tor«, verlangte Wellesley zu wissen.

»Ich habe nicht die …«, begann Josh, doch der Iltis-Beta fiel ihr ins Wort.

»Kurt und Dunbar haben genauso wenig mit der Meute-rei zu tun wie ich, Sir. Ich protestiere gegen …«

»Halten Sie den Mund!«, fuhr Wellesley ihn an, ohne Josh aus den Augen zu lassen. »Sie wussten von diesem Komplott, und es wäre Ihre verdammte Pflicht gewesen, Ihren Captain davon in Kenntnis zu setzen!«

»Aber …«

»Schnauze hat der Captain gesagt!«, herrschte der Gar-deur Hobbs an und hob die Waffe ein Stück höher.

Josh betrat den Treppenabsatz. Erst jetzt konnte sie Ve-lásquez sehen, der Rodriguez gerade mit Ferroplastrie-men die Hände fesselte. Wellesley stand mit dem Rücken zum Eingang, sodass er den ganzen Bereich überblicken konnte. Seine Erscheinung war unpassend makellos wie immer. Umso miserabler sah Ita aus, die in seinem Griff noch kleiner und zierlicher wirkte als sonst. Ihre Augen dagegen kamen Josh in dem blassen, entsetzten Gesicht noch größer vor.

»Geben Sie auf, Sir«, forderte Josh. »Gegen die Übermacht der Sträflinge haben Sie allein ohnehin keine Chance.«

Wellesley verzog spöttisch das Gesicht. »Zerbrechen Sie sich mal nicht meinen Kopf, Miller. Ich beabsichtige nicht, mich lange mit diesem Pack zu belasten. Sie wissen ja, wie leer der Frachtraum werden kann, wenn man kurz durchlüftet.«

Wie konnte ich ihn auch nur eine Sekunde lang für einen selbstlosen Menschen halten?

»Auf einmal so zart besaitet? Sie haben doch gerade noch auf Menschen geschossen. Es ist wohl besser, wenn ich Ihnen die Captainsbürde wieder abnehme. Mr. Velásquez ...«

Hinter Josh knatterte auf einmal eine *Repeater*.

»Runter!«, schrie Hobbs und tauchte hinter dem Mann ab, der ihn bewachte.

Auch Josh warf sich sofort auf den Boden, landete auf der Leiche einer Gardeurin und rollte sich ab, um den toten Körper zwischen sich und die Gefahr zu bringen. Vorsichtig spähte sie über die Deckung hinweg. Davor kauerte Rodriguez, der ebenfalls nach dem Schützen Ausschau hielt. Doch die Salve hatte nicht ihnen gegolten. Einer der Sträflinge, eine Asiatin mit kurz geschorenem schwarzen Haar war auf das Dach der linken Zellenreihe geklettert und feuerte nun mit dem Gewehr des dort liegenden Tiger-

Betas auf den anderen, der sich auf dem mittleren Zellenblock noch immer gegen seine Angreifer behauptete.

Wenn sie ihn erledigt hat, schießt sie auf uns. Was ... Für einen Sekundenbruchteil hielt sie die Luft an, als sich eine Hand unter ihre Jacke schob. *Higgins!* Unwillkürlich sah sie sich nach Wellesley um, doch der hatte sich nicht fallen lassen, sondern war – mit Ita als Schutzschild – nur in den Gang zurückgewichen.

»Velásquez, Rückzug!«, befahl Wellesley dem Navigator, der flach auf dem Boden lag. »Sie auch, Mann!« Das galt dem Gardeur. »Los!«

»Er will das Schott schließen!«, schrie Ita im selben Moment, da Josh es ahnte.

Velásquez sprang auf, doch Rodriguez rammte ihn trotz seiner Fesseln von hinten, sodass beide stürzten. Josh spürte Higgins die *Highfire* aus ihrem Gürtel zerren und blieb liegen, um ihm nicht direkt vor die Mündung zu geraten. Der Justifier setzte über sie hinweg, krümmte sich jedoch plötzlich und griff sich aufjaulend an den Kopf. Ein schmerzhaft misstönender Laut drang an Joshs Ohr. Leise, eigentlich kaum hörbar, und doch so unangenehm, dass sie die Augen zusammenkniff, als könne sie den Ton damit aussperren. Im nächsten Augenblick war er wieder fort. Ita schrie. Josh sprang im gleichen Moment auf, da sich auch Higgins wieder aufrichtete. Erst sah Josh nur Ita am Boden liegen. *Nein!* Dann nahm sie auch Wellesley wahr, der ihre Freundin offenbar im Sturz mitgerissen hatte. Er rührte sich nicht, aber auch Ita zuckte nur seltsam mit den Beinen und sah angsterfüllt zu Josh auf.

»Mein Fehler.« Kurt, der Wolf-Beta, stand weiter hinten

im Gang und hob entschuldigend die Schultern. »Die Wirkung dieser *Stopper* lässt sich schwer auf eine Person begrenzen.«

»Das ist nur eine Art Betäubung«, versicherte Josh Ita hastig und wirbelte wieder herum. Noch waren sie nicht in Sicherheit. TechSergeant Hobbs hielt den Arm seines Bewachers mit den Zähnen gepackt und damit dessen Waffe von sich weg. Higgins kam ihm zu Hilfe, indem er dem Mann den Griff der *Highfire* über den Schädel zog. Der Gardeur brach zusammen, als hätte ihn ein Blitz getroffen.

Rodriguez rang mit Velásquez, der ohne Fesseln eindeutig im Vorteil war, aber nicht über Rodriguez' künstlich verstärkte Kraft verfügte. Josh trat ihm gegen das Kinn, um den Kampf zu beenden, bevor sie alle zur neuen Zielscheibe wurden.

»Kurt, fesseln Sie Velásquez und befreien Sie Hobbs und Rodriguez!«, befahl sie. »Sie drei schaffen alle Überlebenden in die Messe! Alle!«, fügte sie hinzu, bevor Fragen aufkamen. Neben ihr hob Higgins die *Highfire*, um auf die Asiatin zu zielen. »Nein. Hier ist genug Blut geflossen. Kommen Sie und helfen Sie mir, die ...« Auf dem Weg zur Treppe richtete sie den Blick bereits nach unten und sah gerade noch, wie ein paar Sträflinge die Gardeurin durch die Tür des Gefängnisbereichs schleppten. »Scheiße!«

»Wir müssen einen anderen Weg finden«, mahnte Higgins.

Der Tiger-Beta sackte zusammen, und seine Gegner stürzten sich mit neuem Gebrüll auf ihn. Zähneknirschend drehte Josh um. »Raus hier!«

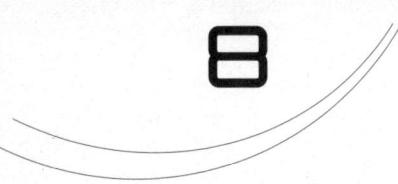

8

01. Juni 3042 (Erdzeit)
System: Cor Caroli

Er hat Paddy erschossen. Josh sah auf die Leiche des Piloten hinab und kam sich wie betäubt vor. »Das kann nicht einmal Notwehr gewesen sein«, sagte sie zu sich selbst. »Er hatte nur einen dämlichen *Stopper*!«

Allmählich füllte sich das Vakuum in ihr mit Wut. Sie war bereit gewesen, Wellesley mit einer gewissen Rücksicht zu behandeln. Immerhin hatte er sie aufgenommen, als sie ihren Häschern ohne Hilfe niemals entkommen wäre. Doch nun verlor sie endgültig den Glauben daran, dass es ihm dabei je um mehr als seine eigenen Interessen gegangen war.

Zuerst hatte er sich Sex erhofft, dann war er zu tief in die Sache verstrickt gewesen. Hätte er sie dann noch verraten, wäre aufgeflogen, dass er sie zunächst versteckt und im Konzern protegiert hatte.

»Dieses Schwein!« Josh schlug mit der Faust gegen die Wand des Gangs.

Rodriguez musterte sie schweigend. Mitleidig? Betroffen?

Ich bin der Captain. Ich muss Stärke zeigen. War es kein Zeichen von Stärke, dass sie Wellesley am liebsten k. o. geschlagen hätte, wenn er nicht schon bewusstlos gewesen wäre? Eher nicht. Der Kommandant eines Raumschiffs brauchte vor allem Selbstbeherrschung. So wie der verfluchte Wellesley ...

»Tragen Sie ihn auf die Krankenstation«, wies sie Rodriguez an. »Er wollte nicht im Weltall sterben, also werden wir ihn ins Kühlfach packen und begraben, wenn wir irgendeinen Planeten erreichen. Den SupraSoldier werfen wir raus. *FC* wird seine Todesursache jetzt ohnehin nie erfahren.«

»Ich kümmere mich darum, Captain, aber ...« In der Miene des Latinos mischten sich Stolz und Verlegenheit. »Wo wir gerade dabei sind. Ich ... gehör auch nicht zu denen, die auf ewig als Eisklotz durchs All treiben wollen. Wär' heute fast so weit gewesen, als mich der beschissene Wurm getroffen hat. Ich schulde Ihnen was, Capitán. Zählen Sie auf mich!«

Josh nickte. »Das werde ich. Aber ich bin sicher, Sie hätten dasselbe für mich getan.« Sie wandte sich ab und ging in die Messe zurück, wo sich der Rest der Crew versammelt hatte. Es roch dort noch immer nach Rauch, aber mehr noch nach dem Löschpulver, das der Reinigungsbot mit einer Art Schneeschieber in dafür vorgesehene Bodenklappen schob. Jeder Schritt wirbelte wieder eine Ladung in die Luft, sodass Josh nichts anderes übrig blieb, als das Kribbeln in der Nase zu ignorieren.

Ita hing mehr auf einem Stuhl, als dass sie saß. Josh und Rodriguez hatten sie durch den Gang tragen und wie eine Puppe absetzen müssen, da ihr Körper kaum und nur eigenwillig auf ihre Versuche reagierte, sich zu bewegen. Selbst ihre Lippen zitterten nur, wenn sie sprechen wollte. Zunächst hatte Josh vorgehabt, sie direkt in ihre Kabine zu bringen, doch beim Anblick von Paddys Leiche waren sie wieder umgekehrt.

Vielleicht war es das gewesen, was Ita ihr hatte sagen wollen.

Neben Itatay saß TechSergeant Hobbs und quasselte leise auf sie ein. Sicher wollte er sie ablenken oder trösten, obwohl offensichtlich war, dass sie nicht zuhörte.

»Sergeant Hobbs, wenn Sie noch so fit sind, gehen Sie doch in den Maschinenraum und machen Sie eine Bestandsaufnahme«, schlug Josh vor, um ihre Freundin zu erlösen. »Ich muss wissen, welche Schäden der Shipsucker hinterlassen hat und ob die Schießereien wenigstens für das Schiff glimpflich ausgegangen sind.«

Der Iltis-Beta sprang sichtlich erleichtert auf. »Wird erledigt, Captain.«

Josh ertappte Higgins bei etwas, das sie als Schmunzeln interpretierte. Der Justifier hatte es übernommen, Wellesley, Velásquez und einen der Gardeure zu bewachen, die sie in eines der Mannschaftsquartiere gesperrt hatten – nicht ohne sie vorher zu fesseln und gründlich nach Waffen zu durchsuchen. Er hatte seine *Veloc* wieder an sich genommen, und Josh fiel auf, dass er nicht vor oder direkt neben der Tür stand, sondern in einem Winkel, der ihm erlaubte, die Anzeige des Türöffners im

Blick zu behalten. Auf diese Art würde er rechtzeitig merken, falls sich innen jemand an der Verriegelung zu schaffen machte. Ihr Respekt vor ihm wuchs.

Den zweiten überlebenden Gardeur hatten sie in die Krankenstation geschleppt, weil er zu schwer verletzt war, um ohne Behandlung durchzukommen. Josh hatte erwartet, Mwaka dort vorzufinden, denn sie erinnerte sich, dass er angeschossen worden war. Doch sie hatten den Raum leer vorgefunden. Sofort hatte sich Kurt, der Wolf-Beta, auf den Weg gemacht, um den Doc zu holen, den er bei Boss Johnson wusste. Er kam gerade zurück, den Adler-Beta dicht auf seinen Fersen.

»Was ist mit Johnson?«, rief sie ihnen entgegen, denn auch wenn es angesichts seines langen Schweigens unwahrscheinlich war, hatte sie gehofft, die beiden würden ihn auf einer Trage mitbringen – schwer verwundet, aber am Leben und bald wieder auf den Beinen.

Der Blick des Arztes machte alle Illusionen zunichte. »Ich konnte nichts mehr für ihn tun.«

»Und Ayubu?«

»War fast sofort tot. Wie viele Patienten haben wir?«

»Nur einen Notfall. Der Med-Bot hat bereits die ersten Maßnahmen ergriffen, um ihn zu stabilisieren.«

»Ist Ihnen bewusst, dass es unter den Gefangenen noch etliche Verwundete gibt, Captain?« Stand ein Vorwurf oder eine Herausforderung in den strengen Raubvogelaugen?

Als ob ich jemanden bräuchte, der für mich Gewissen spielt. Sie hatte Schott und Seitentür abriegeln *müssen*, um sich und den anderen etwas Luft zu verschaffen. Durch das

Schiff marodierende Schwerverbrecher würden auch vor der Krankenstation nicht haltmachen – und die Begegnung mit dem Nietenschädel hatte ihr gezeigt, dass einige Gefangene sehr wohl gefährliche Schlägertypen waren. Außerdem war ihre Crew bereits bedenklich dezimiert. Rodriguez hätte Paddys Leichnam nicht ausgerechnet in diesem Augenblick vorbeitragen müssen, um sie daran zu erinnern. Grimmig erwiderte sie Dunbars Blick. »Wir müssen ein Problem nach dem anderen lösen, Doktor. Übernehmen Sie Ihren Teil, und ich kümmere mich um meinen.«

»Verstanden, Ma'am«, gab Dunbar mit undeutbarer Miene zurück.

»Eine Frage noch«, bat sie rasch, bevor er in der Krankenstation verschwinden konnte. »Hat jemand von Ihnen Mwaka gesehen?«

Kurt nickte. »Der kam im Gang zum Maschinenraum an mir vorbei.«

»An mir auch«, fügte Dunbar hinzu. »Als ich Ayubu aus der Tür zog und sie schließen wollte.«

Was hatte das nun wieder zu bedeuten? »Wollte er Ayubu helfen?«

»Sah nicht danach aus«, meinte der Adler-Beta. »Er hat nur einen kurzen Blick auf ihn geworfen, dann ist er in den Frachtraum, ohne ein Wort zu sagen.«

Er ist jetzt da drin? »Danke, Doktor. Ich will Sie nicht länger aufhalten.«

Er ließ sich das nicht zweimal sagen und eilte nach nebenan.

Higgins sah sie fragend an, doch es war Kurt, der aussprach, was ihnen durch den Kopf ging. »Wollen Sie den Mann da rausholen?«

Entschieden schüttelte Josh den Kopf. »Er hatte keine Erlaubnis, sich von seinem Team zu entfernen, und hat es nicht für nötig gehalten, mich über seine Pläne zu informieren. Nach allem, was wir wissen, könnte man sein Verhalten als Überlaufen oder Desertieren deuten.« Die beiden waren Justifiers, militärisch ausgebildet wie Soldaten. Josh wusste, dass sie verstanden, worauf sie hinauswollte. Sie würde keine Leben riskieren, um einen Mann zu retten, der seine Truppe im Stich gelassen hatte.

Was nichts daran änderte, dass sie die befreiten Gefangenen nicht einfach sich selbst überlassen konnte. Es gab Verwundete, die versorgt, und Entführungsopfer wie Ludmila, die vor Übergriffen geschützt werden mussten. Aber wie? Josh sah zu Ita, die dringend in ein Bett gehörte, bis die Lähmungserscheinungen abgeklungen waren. Im Grunde hätten sie alle dringend ein paar Stunden Schlaf gebraucht. Doch in dieser Zeit konnten weitere Menschen sterben. Überfordert rieb sich Josh die Stelle zwischen den Augenbrauen, wo einige Religionen das spirituelle dritte Auge vermuteten. Noch nie hatte sie bei dieser Geste an etwas Übersinnliches gedacht. *Ich muss wirklich übermüdet sein.* Aber die Erkenntnis half ihr nicht weiter. Entscheidungen mussten her.

Hätte es sich Wellesley wirklich so einfach gemacht, die Gefangenen durch das Außenschott ins Vakuum zu entsorgen? Schon die Vorstellung war unmenschlich, aber vielleicht sollte sie damit drohen, um die Lage wieder in den Griff zu bekommen. Wenn allerdings Zweifel daran aufkamen, dass sie es tatsächlich durchziehen würde, und ein paar Sträflinge die anderen zwangen, das Ultimatum auszusitzen, sah sie alt aus. Die Gegenseite würde wissen, dass sie es nicht ernst meinte, und sie würde keine Möglichkeit mehr haben, die Drohung zu steigern. So kam sie nicht weiter. Diese Option musste sie sich aufsparen, falls nichts anderes half.

Entschlossen trat Josh vor die Kom-Station der Messe und schaltete die Lautsprecheranlage für eine Durchsage frei. »Hier spricht Captain Miller, und ich werde Ihnen dies nur einmal sagen: Ich erwarte, dass Sie sich ab sofort friedlich verhalten und sämtliche Waffen abgeben. Im Frachtraum gibt es weder ausreichend Wasser noch Nahrungsmittel, und es befinden sich Verletzte unter Ihnen, die Hilfe brauchen. Außerdem müssen die Leichen bestattet werden. Sie haben also die Wahl, sich kooperativ zu verhalten oder neben verwesenden Toten zu verdursten. Denken Sie in Ruhe darüber nach. Es ist Ihr Leben.«

Josh saß im Cockpit und hörte über Kom TechSergeant Hobbs Erläuterungen der beeindruckenden Schadensliste an, die sie vor sich auf dem Hauptschirm sah. Nebenbei behielt sie einen anderen Monitor im Blick, der ihr die Bilder aus dem Frachtraum zeigte. Es gab dort keine lückenlose Überwachung. Die Kameras waren lediglich installiert worden, um nach gewagten Flugmanövern nachsehen zu können, ob sich die Ladung noch an ihrem Platz befand. Aber sie ermöglichten Josh zu beobachten, ob sich jemand den Türen näherte oder neue Kämpfe ausbrachen. Nach ihrer Durchsage schienen sich die Gefangenen jedoch von Handgreiflichkeiten auf Diskussionen verlegt zu haben, was hoffentlich ein Fortschritt war.

»Fragen Sie Leutnant Navero, wenn sie wieder wach ist, Captain, aber ich halte das für die beste Lösung«, bekräftigte Hobbs.

»Hm. Sie sind Justifier gewesen. Ich muss Ihnen nicht sagen, dass die Landung auf einem unerforschten Planeten immer ein Risiko darstellt.«

»Ja, Ma'am, da kann man allerhand Überraschungen erleben«, gab er zu und klang verdächtig begeistert. »Aber wir werden dort ja nicht festsitzen wie ein Erkundungsteam, das sein *TransMatt*-Portal noch nicht aufgebaut hat. Wir können jederzeit abhauen, wenn es Ärger gibt.«

»Ich denke da weniger an Ahumane oder reißende Bestien als an toxische Pollen oder tödliche Viren, Mr. Hobbs.« Sie würde den Doc fragen müssen, wie hoch die Wahrscheinlichkeit für ernsthafte Zwischenfälle dieser Art war. Soweit sie sich entsinnen konnte, bewegte es sich im vertretbaren Rahmen, doch ihre unvollständig gebliebene Ausbildung war kein Vergleich zur Expertise eines spezialisierten Arztes.

»Ihre Entscheidung, Captain. Wenn wir landen, können Navero und ich den Sprungantrieb ausbauen und die Systeme komplett neu booten. Außerdem lassen sich die Schäden an den Sensoren dann schneller und zuverlässiger reparieren als unter NullG-Bedingungen.«

»Ich verstehe.« Nachdenklich lehnte sich Josh im Copilotensitz zurück. Sie hätte ebenso gut auf dem Pilotensessel sitzen können, doch sie hatte Paddys Leiche noch zu plastisch vor Augen. Falls es so etwas wie ein Leben nach dem Tod gab und er sie beobachtete, sollte er nicht glauben, dass sie einfach so seinen Platz einnahm, als hätte es ihn nie gegeben.

Sobald sie an Paddy dachte, kehrte die Wut auf Wellesley zurück. Ausgerechnet den umgänglichsten, fröhlichsten Mann an Bord so kaltblütig abzuknallen! *Tut mir leid, Paddy. So war das alles nicht geplant.* Sie würde dafür sorgen, dass Wellesley es bald bitter bereute. Über sein Schicksal musste sie entscheiden, bevor …

Neue Bewegung im Frachtraum lenkte ihre Aufmerksamkeit auf den Monitor. Zwei Kerle schleppten eine Leiche oder einen Bewusstlosen zum Aufzug. Ein dritter hatte sich die Gardeurin über die Schulter geworfen und trug sie die Treppe hinauf. Eine Art Geiselaustausch? Oder ein Friedensangebot?

Sie sprang auf und nahm die *Allrounder* wieder zur Hand, falls es nur ein Trick war. »Hobbs, holen Sie sich die Bilder aus dem Laderaum auf den Schirm und behalten Sie für mich im Auge, was da vor sich geht!«

»Aye, Sir, äh, Ma'am, sorry.«

Josh öffnete den für alle offenen Kanal, den nun auch Higgins und der Doc hören konnten, da sie beide Koms erhalten hatten. »Doc, es könnte Arbeit für Sie geben«, warnte sie, während sie zur Messe lief. »Die Gefangenen bringen zwei Tote oder Verletzte. Kurt, melden Sie sofort, falls sich an der Seitentür etwas tut. Das Ganze könnte auch ein Ablenkungsmanöver sein.«

»Verstanden.«

In der Messe fiel Josh sofort das blinkende Rufsymbol

an der Kom-Station ins Auge. Offenbar hatten die Gefangenen die entsprechende Konsole neben der Tür entdeckt und versuchten, Kontakt aufzunehmen. Was sie allerdings nicht davon abhielt, es auch mit brachialeren Mitteln zu versuchen. Die Schläge, die sich kaum als Anklopfen bezeichnen ließen, hallten durch den Gang bis in die Messe.

»Rodriguez, öffnen Sie die Tür erst, wenn ich es sage!«, ordnete Josh sicherheitshalber an, obwohl sie nichts anderes von ihm erwartete. »Higgins, Sie checken vor, ob die es ehrlich meinen.« Hoffentlich verstand er, dass sie ihn nur deshalb vorschickte, weil er als Einziger eine Rüstung hatte.

Erst jetzt öffnete sie die Sprechverbindung zur anderen Kom-Station. »Ja?«

»Captain Miller?« Die Stimme war auffallend hart und klar, fast schon künstlich.

»Ja. Haben Sie sich meine Worte durch den Kopf gehen lassen?«

»Haben wir. Sie haben recht. Und Sie sitzen am längeren Hebel.«

Klingt nicht, als ob ihm das schmeckt. Josh hätte gern das Gesicht dazu gesehen, doch diese Funktion war abgeschaltet worden. Absicht? Zufall beim Ausprobieren der Tasten? Sie sorgte dafür, dass er sie nicht hören konnte, ließ seine Leitung jedoch offen.

»Hobbs, immer noch dieselben drei Kerle?«

»Ja, von den anderen ist nicht viel zu sehen.«

»Okay, danke.«

»Als ... äh ... Zeichen unseres guten Willens«, war der Mann an der Tür fortgefahren, »bringen wir Ihnen Ihr

Crewmitglied ...« Meinte er Mwaka? »... und einen Verletzten, der dringend den Doc braucht. Der *Chim* hat ihm den halben Bauch aufgeschlitzt.«

Zweifellos meinte er den Tiger-Beta.

»Was ist mit den Gewehren? Ich weiß, dass Sie mindestens zwei da drin haben.«

»Ja, Ma'am, aber die haben nicht *wir*. Die asiatische Schlampe und der Nigger geben sie nicht her.«

Und du hast keine Ahnung, welche Hautfarbe ich habe.

»Warten Sie einen Moment!« Erneut unterbrach sie ihre Leitung. »Hobbs, haben Sie das gehört? Legt da irgendwo jemand auf die Tür an?«

Es schmatzte im Kom, als ob sich der Iltis-Beta mit der Zunge über Zähne oder Schnauze fuhr. »Wenn ja, sind sie verdammt gut versteckt. Der Kamerawinkel ist nicht gerade optimal, aber ich möchte wetten, der Schusswinkel für jeden, der von da unten auf die Tür zielt, auch nicht. Da sind der Treppenabsatz und die eigenen Leute im Weg.«

Was die Asiatin auch nicht gestört hatte, als sie auf den Tiger-Beta gefeuert hatte. »Wir riskieren's. Wenn ich da bin, machen Sie die Tür auf, Rodriguez!« Rasch aktivierte sie den anderen Kanal wieder. »Wir öffnen die Tür. Bewegen Sie sich langsam und tun Sie, was meine Leute Ihnen sagen!«

Zwei gegen drei war ein zu verlockendes Kräfteverhältnis für diese Leute, deshalb eilte sie in den Gang. Dunbar war mit einer Antigrav-Trage in der Tür der Krankenstation erschienen und folgte ihr.

Higgins stand am Türöffner, was zugegebenermaßen geschickter war, wenn er das Bollwerk zwischen ihnen und den Gefangenen sein sollte. In seiner Hand hielt er die Laserpistole, während er die *Veloc* auf seinen Rücken verbannt hatte. Auf kurze Distanz definitiv die bessere Wahl.

Josh nahm neben Rodriguez Aufstellung, der sein Gewehr bereits im Anschlag hielt, falls sie eine böse Überraschung erwartete. Sie nickte Higgins zu. »Öffnen.«

Die Tür glitt zur Seite. Die drei Männer dahinter – wo waren die Frauen abgeblieben? – musterten sie ebenso misstrauisch wie umgekehrt. Dass sein muskulöser Hals beinahe dicker war als sein Kopf, wies den Hünen, der die Gardeurin wie einen Sack über der Schulter trug, als weiteren SupraSoldier aus. Neben ihm wirkte selbst Rodriguez wie ein Marathonläufer neben einem 100-m-Sprinter. Einer der anderen beiden sah so unauffällig aus, dass Josh sein Gesicht bereits wieder vergessen hatte, als sie den dritten ansah.

»Wo sollen wir ihn hinbringen?«, fragte jener, ein großer, untersetzter Mann, und hob andeutungsweise den Oberkörper des Verletzten an, den er unter den Achseln festhielt. Der Kopf des offenbar bewusstlosen Sträflings schwankte unkontrolliert, seine Augen waren geschlossen. Blutverkrustete Schlitze klafften in seinem Overall.

Doc Dunbar schob sich im selben Moment mit der Trage an Josh vorbei, wie sich Hobbs im Kom meldete: »Unten zwischen den Zellen tut sich irgendwas.«

»Legen Sie ihn …«, begann der Adler-Beta, nur um sich selbst zu unterbrechen. »Der Mann ist …«

Josh hörte nur mit einem Ohr, dass er »tot« sagte, denn aus dem Frachtraum gellte eine Frauenstimme. Ludmila?

»Es ist eine Falle!«

Mit einem tierhaften Knurren bewegte sich der Supra-Soldier unfassbar schnell. Rodriguez drückte ab, doch seine Kugeln trommelten auf den Körper der Gardeurin ein, den der Kerl ihnen entgegenschleuderte. Josh wich rückwärts aus, riss das Gewehr hoch, sah den Doc dem Allerweltsgesicht die Trage in die Kehle rammen und Blitze aus Higgins Laserpistole hervorschießen. Wie von selbst krümmte sich ihr Finger um den Abzug. Ihre Kugeln flogen über die zu Boden fallende Gardeurin. Der SupraSoldier dahinter richtete gerade eine Pistole auf sie, die er unter der toten Frau versteckt haben musste. Josh warf sich zur Seite. Es gelang ihm abzudrücken, bevor er zusammenbrach, durchgeschüttelt von einer neuen Salve aus Rodriguez' *Repeater*, die zuvor dem Boss gehört hatte.

»Tür schließen!«, brüllte Josh, als sie auf den Boden prallte. Ihre Stimme ging im Knattern einer Automatikpistole beinahe unter. Dann war es plötzlich still. Ein Mann stöhnte. Die Tür schloss sich mit leisem Zischen. Der Geruch von versengtem Fleisch breitete sich aus.

»Alles klar bei euch, Schamane?«, fragte der Wolf-Beta besorgt über Kom.

Josh rappelte sich auf, während sich Rodriguez über den SupraSoldier beugte und ihm die schwere *Prawda* aus der erschlafften Hand nahm. Woran er sicher gut tat, denn bei diesen Kerlen wusste man nie, ob sie nicht doch wieder aufstanden.

Doc Dunbar warf einen Blick auf den Verband an seinem Arm, durch den sich Blut gedrückt hatte. »Geht so«, antwortete er.

»Jemand verletzt?«, erkundigte sich Josh.

Higgins kniete neben den beiden falschen Sanitätern und sammelte eine weitere *Prawda* und eine *Sveeper* ein, eine kleine Automatikwaffe, die sich in einem weiten Overall leicht verstecken ließ. Er hatte offensichtlich nur ein paar Dellen in seiner Rüstung abbekommen, die sich selbst wieder ausbeulen würde.

»Nur die Dreckskerle, die's verdient haben«, meinte Rodriguez und versetzte der Leiche des SupraSoldiers noch einen Tritt. Als er Josh wieder ansah, errötete er, was ihr an ihm noch nie aufgefallen war. »Oh, perdón, Capitán! Ich wusste nicht ...« Er deutete auf ihren Arm.

Josh sah an sich herab und entdeckte einen Riss in ihrer Uniform. Mit einem Mal nahm sie wahr, dass die Haut darunter schmerzte und brannte. »Oh, das ...« Verwundert sah sie Doc Dunbar an. Das Adrenalin musste verhindert haben, dass sie etwas spürte.

Der Adler-Beta schien durch sie hindurchzublicken. »Nur ein Streifschuss«, behauptete er. »Da es hier für mich nichts zu tun gibt, kann ich es gleich verbinden.«

»Alle tot?«, vergewisserte sich Josh. Er hatte doch nicht einmal ihren Puls geprüft.

»Die Frau und er ...« Dunbar zeigte auf den angeblichen Verletzten. »... waren schon tot, bevor sie heraufgetragen wurden. Den ...« Nun deutete er auf das Allerweltsgesicht. »... könnte ich vielleicht wiederbeleben, aber wegen des ... Sagen wir einfach, er würde trotzdem bald sterben.«

»Okay.« *Der pragmatische Feldarzt, der die Grenzen seiner Ausrüstung kennt.* Sie hatte genug andere Sorgen, um nicht weiter nachzubohren. Aber woher wusste er all das, ohne die Leichen untersucht zu haben? »TechSergeant, was passiert im Frachtraum? Können Sie die Frau sehen, die uns gewarnt hat?«

»Nicht mehr. Scheint aber, als hätten sie sich jetzt wieder aufs Diskutieren verlegt.«

Hoffentlich ging es Ludmila gut. Sollte sie sie zur Tür rufen? Doch dann würde sich womöglich erst recht jemand auf die »Verräterin« stürzen. Und solange die Gefangenen noch die Gewehre hatten, konnte sie ihre Leute nicht in den Laderaum schicken. Erneut hätte sie am liebsten mit der Faust gegen die Kunststoffverschalung des Gangs gehämmert, doch schon das Anspannen der Hand erhöhte den Schmerz in ihrer Wunde.

»Halten Sie mich auf dem Laufenden, was da vorgeht!«, wies sie Hobbs an. »Rodriguez, Higgins, schaffen Sie die Leichen in die Schleuse! Sie können sie dort in Leichensäcke packen und aufstapeln. Es werden ja wohl bald noch einige hinzukommen. Sollten Hobbs oder Kurt Alarm geben, kommen Sie sofort zurück!«

»Aye, Captain«, bestätigte Rodriguez.

Der Justifier nickte nur. Für einen Moment fragte sich Josh, weshalb sie ihm eigentlich vertraute. Immerhin hatte er vor ein paar Stunden noch für Chavez gearbeitet und war ihm dann in den Rücken gefallen. Weshalb? Und warum sollte er nun ihr gegenüber loyal sein?

»Sergeant Higgins, Sie haben nicht zufällig gesehen, wer Leutnant Chavez erschossen hat?«

Er erwiderte ihren Blick, ohne dass sie ein Gefühl daraus hätte lesen können. »Das war ich, Captain.«

Sie hatte es geahnt, doch es überraschte sie, dass er es so unumwunden zugab. »Und warum haben Sie das getan?«

»Besser er als Ihr Beta, oder nicht?«

»Aus meiner Sicht schon, aber aus Ihrer? Chavez war Ihr Vorgesetzter. Offiziell gehören Sie *FCC*. Man wird Sie für Ihr Verhalten liquidieren.«

»Wenn man mich bekommt.«

Josh lächelte. *Dann haben wir etwas gemeinsam.*

»Wie geht es dem Mann?«, erkundigte sich Josh, als sie mit dem Adler-Beta die Krankenstation betrat und den Gardeur auf dem OP-Tisch sah.

»Sein Zustand ist stabil, aber wenn er aufwacht, wird er starke Schmerzmittel brauchen. Er wird weiterhin so sediert sein, dass er keine Gefahr darstellt. Die Frage ist, was danach mit ihm passieren soll.«

»Ich fürchte, da haben wir keine Wahl. Falls er gläubig ist, kann er dafür beten, dass ihn jemand aus dem All fischen wird.«

Das Gefieder über Dunbars rechtem Auge zuckte. »Sie wollen ihn und die anderen in einer Rettungskapsel aussetzen?«

Josh ließ sich auf einem ausklappbaren Sitz nieder. »Alle bis auf Wellesley. Gute alte Meuterertradition. In der Kapsel haben sie in stärker frequentierten Gegenden keine schlechten Chancen. Das Notsignal wird früher oder später aufgefangen.« Nur, dass sie sich hier nicht in einem solchen System befanden. Josh verhärtete ihr Herz. Bekamen diese Männer die Gelegenheit, würden sie sie wegen Meuterei erschießen.

»Wollen Sie sie nicht fragen, ob sie sich Ihnen anschließen?«

»Machen Sie es mir nicht schwerer, als es ohnehin schon ist, Doktor. Wir könnten ihnen niemals trauen. Am wenigsten Velásquez. Sobald wir wieder Kontakt zur Außenwelt hätten, würde er den Konzern informieren. *Falls* sie uns bis dahin nicht bei einer Gegenmeuterei ausgeschaltet hätten.«

Dunbar nickte. »Sie haben recht. Sie würden Ihnen früher oder später in den Rücken fallen und eine dicke Belohnung einstreichen.«

»Danke.« *Zumindest werden sie nicht merken, wenn sie niemals geborgen werden.* Sie würde die Rettungskapsel auf Winterschlaf programmieren lassen, um den drei Männern möglichst viel Zeit zu verschaffen.

»Nein«, wehrte der Adler-Beta ab. »Ich hätte mich gar nicht erst als Ihr Gewissen aufspielen dürfen. Sie sind der Captain. Würden Sie sich jetzt so weit freimachen, dass ich Ihren Arm versorgen kann?«

Josh zog Uniformjacke und Hemd aus. In dem Tank-Top, das sie anstelle eines Unterhemds trug, fröstelte sie, obwohl es ihr in der Krankenstation noch nie kalt vorgekommen war. Vielleicht eine Folge der Verletzung?

Dunbar holte eine Schale Wasser, einen Schwamm und Verbandsspray. »Die sollten Sie auch abnehmen, wenn sie nicht wasserdicht ist.« Er deutete auf die Multibox an ihrem Handgelenk.

Josh zögerte. Sie trug das Gerät nicht nur, weil es so viele praktische Funktionen bot. Aber sich zu weigern oder die teure Multibox zu ruinieren, wäre noch auffälliger gewesen als die Narbe, die darunter zum Vorschein kam.

Dunbar ergriff ihren Arm mit der nüchternen Selbstverständlichkeit der Ärzte und begann, um die Wunde herum das Blut abzuwaschen. Kühl lief das Wasser an ihrer Haut hinab. »Waren Sie einmal Justifierin?« Sein Blick auf das helle Narbengewebe auf ihrem Handgelenk war so beiläufig, als plaudere er über das Wetter.

»Ich?«, fragte Josh so unschuldig wie möglich. »Nein, wie kommen Sie darauf?«

»Deshalb.« Er deutete auf die Narbe und hielt sein eigenes Handgelenk daneben, in das ein Konzern ein *JUST*, die Justifier-Version einer Multibox implantiert hatte.

Ein Konzern. Denn auch wenn er es ihr nicht lange gezeigt hatte, war ihr doch aufgefallen, dass das kleine Logo in einer Ecke nicht das von *FullControl* war. Aber er war ja auch kein Justifier mehr, sondern freier Beta und konnte früher für einen anderen Konzern gearbeitet haben.

»Das wurde Ihnen implantiert?« Hoffentlich klang sie nicht so verlogen, wie es sich in ihren eigenen Ohren anhörte. »Wird es denn nicht entfernt, wenn Sie den buyback erreicht haben?« *Lass dir ein besseres Thema einfallen!*

Dunbar wich ihrem Blick aus und konzentrierte sich wieder auf die Wundversorgung. »Das kann man sich aussuchen.«

Wohl kaum. Kein Konzern würde ausgeschiedene Justifiers mit seinen neuesten HighTech-Geräten herumlaufen lassen, auf denen geheime Anwendungen und sensible Daten über oft heikle Missionen abgespeichert waren. Sie war sicher, dass Rasca und Calamity Jane keine *JUSTs* mehr besessen hatten. *Verdammt. Warum ist mir das nicht früher aufgefallen?* Higgins hatte es sofort registriert, darauf hätte sie jede Wette abgeschlossen. Zwei ereignislose Jahre auf der Flucht hatten sie gefährlich nachlässig gemacht. »Bei welchem Konzern waren Sie?«

Musste sie ausgerechnet das fragen? Am liebsten hätte sie sich auf die Zunge gebissen. *Themenwechsel, Josh!*

»*Knowledge Alliance,* chrr. Bei *StellarExplorations,* um genau zu sein.«

»Ah, klar, die brauchen natürlich jede Menge Justifiers.« Sie ging davon aus, dass die Information stimmte, schließlich musste Dunbar annehmen, dass sie das Logo auf seinem *JUST* erkannt hatte. Hingen *Knowledge Alliance* und *StellarExplorations* irgendwie mit *SternenReich* zusammen? Davon war ihr nichts bekannt. Aber welche Interessen trieben *SE* dann dazu, ausgerechnet auf diesen Flug einen Maulwurf zu schmuggeln? Und hätte es dafür nicht unauffälligere Kandidaten gegeben?

Das Schweigen zwischen ihnen zog sich in die Länge. Nur das Zischen des Desinfektionssprays und das Piepen des Herzmonitors neben dem OP-Tisch durchbrachen die Stille.

»Ähm, als erprobter Feldarzt sind Sie jedenfalls genau der Richtige, um mir zu sagen, wie gefährlich es aus medizinischer Sicht wäre, wenn wir auf einem unerforschten Planeten landen.«

»Kommt darauf an«, meinte Dunbar. »Haben Sie einen bestimmten im Sinn?«

»J62012, hier im System. Er wurde als »potenziell bewohnbar« eingestuft, aber Genaueres gibt die Datenbank nicht her. TechSergeant Hobbs schlägt vor, dort zu landen, weil er dann größere Chancen sieht, den Sprungantrieb zu reparieren.«

Offenbar hatte bereits jemand dem Doc erzählt, dass sie festsaßen, denn er reagierte nicht überrascht. Josh tippte auf Hobbs. Bei nächster Gelegenheit würde sie einen Blick auf das linke Handgelenk des TechSergeants werfen.

»Wenn er »potenziell bewohnbar« ist, wurde er mit ziemlicher Sicherheit von den Ancients terraformt«, erklärte Dunbar. »Ich würde das Risiko gering einstufen. Mit meinem Wissen und dieser Krankenstation sind wir besser gerüstet als viele Justifier-Teams, die gerade mal mit einem Sanitäter und einem MedPack auskommen müssen. Wenn Sie es in Zahlen wollen: Die Wahrscheinlichkeit, dass wir bei vernünftigem Verhalten auf etwas Toxisches oder Pathogenes stoßen, auf das diese Station keine Antwort hat, liegt bei zwei bis drei Prozent.«

Während sich das Desinfektionsmittel kühl auf die Wunde gelegt hatte, fühlte sich das Verbandsspray warm an. Es kribbelte, bis es aufhörte zu schäumen, und bildete dann eine elastische, kaum noch spürbare Schicht.

»Bei nicht speziell für solche Einsätze geschulten Menschen muss man allerdings mit unvernünftigem Verhalten rechnen«, fügte er hinzu, was Josh zum Schmunzeln brachte.

»Ich werde strenge Direktiven erlassen, wenn wir uns darauf einigen können, was vernünftig ist und was nicht. Aber wir werden die Leute nicht davon ...«

»Captain«, ertönte Hobbs Stimme über Kom. »Da ist gerade ein Rollstuhlfahrer im Aufzug verschwunden. Schätze, er wird gleich an die Tür klopfen.«

»Das ist anzunehmen. Danke.« Josh sprang auf. »Higgins, Rodriguez, wo sind Sie?«

»Gerade auf dem Weg zurück von der Schleuse«, meldete Rodriguez. »Wir haben erst zwei Leichen wegschaffen können.«

»Egal, die laufen schon nicht weg. Gehen Sie zur Tür, aber halten Sie Sicherheitsabstand!«, befahl sie, während sie zur Kom-Station in der Messe eilte. »Unter einem Rollstuhl kann man alles Mögliche verstecken.« Vom Gewehr bis zu Sprengstoff. *Shit, wie soll das weitergehen?* Jetzt fing sie schon an, in jedem der Sträflinge einen möglichen Selbstmordattentäter zu sehen. *Das ergibt überhaupt keinen Sinn.* Warum sollte sich ausgerechnet ein Krimineller für andere Verbrecher aufopfern wollen? Sie musste zu einer realistischen Perspektive zurückfinden. Schon blinkte das Ruf-Symbol auf der Kom-Konsole.

»Hallo«, meldete sich Josh. »Haben Sie auch einen genialen Plan, wie Sie uns umbringen wollen?«

Dieses Mal war auch der visuelle Kanal geöffnet worden. Der Mann, der säuerlich in die Kamera lächelte, sah so schlecht rasiert aus, wie Josh ihn in Erinnerung hatte. Auch das dunkle, für einen Häftling ungewöhnlich lange Haar hätte einen Schnitt oder zumindest einen Kamm nötig gehabt. »Wenn ich Ihnen das verraten würde, wäre ich wohl ziemlich dämlich. Obwohl ... Ein wahres Genie könnte vermutlich alles erzählen und der Plan würde trotzdem aufgehen, weil er einfach unfehlbar ist. Was meinen Sie?«

Josh beschloss, sich nicht ablenken zu lassen, doch sie gab ihrerseits ihr Bild frei. Falls er tatsächlich friedliche

Absichten hatte, musste sie ein wenig Vertrauen schaffen. »Wird man automatisch Philosoph, wenn man ...« *Hmpf.* Ihn ausgerechnet auf den Rollstuhl anzusprechen, wäre ja mal wieder eine Meisterleistung des Small Talks von ihr. »... im Gefängnis sitzt?«

»Keine Ahnung, ich bin noch neu im Geschäft. Aber Sie sind ja auch noch nicht lange Captain.«

Dieses Gespräch führen wir nicht wirklich, oder? Sie wusste nicht, ob sie lachen oder den Kerl zurechtstutzen sollte. »Was wollen Sie, Mister ...?« Dem Akzent nach musste er von einem FEC-Planeten stammen, auf dem sich viele Australier und Neuseeländer angesiedelt hatten.

»Nennen Sie mich Ace. Das tun alle, die nicht Arschloch vorziehen.«

Josh glaubte, unterdrücktes Prusten aus dem Kom zu hören, und tippte auf Hobbs oder Kurt. »Okay, Ace. Also? Wie wollen Sie mich davon überzeugen, dass Sie nicht um sich ballern, wenn wir die Tür öffnen?«

Er zuckte die Achseln. »Ich hab mal angenommen, dass Sie mich filzen oder so. Wär mal was Neues, wenn mich jemand als Bedrohung ernst nimmt.«

»Keine Sorge, das tun wir. Die Frage ist, warum Sie überhaupt an die Tür gekommen sind.«

»Na ja, die anderen sind sich noch nicht einig, ob man Ihnen trauen kann und ob sie sich gegenseitig trauen können. Also hab ich mich einstimmig zum Klassensprecher gewählt und gedacht, ich red mal mit Ihnen. Irgendwie läuft dieser Flug ja nicht so wie vorgesehen.«

Die Untertreibung des Jahres. »Einverstanden«, verkündete sie und schloss den akustischen Kanal. Anders als erwartet, stahl sich kein Triumph in Aces Miene. Stattdessen starrte er so düster vor sich hin wie bei ihrer ersten Begegnung. »Rodriguez, Higgins, lassen Sie den Witzbold rein, aber seien Sie vorsichtig und durchsuchen Sie ihn gründlich!«

»Ich werd ihn wie 'n Arschloch behandeln, Captain«, versicherte Rodriguez. »Offenbar steht er drauf.«

Josh schnaubte belustigt. Es tat gut zu hören, dass er trotz allem noch zu Scherzen aufgelegt war. »Tun Sie das. Und bringen Sie ihn zu mir in die Messe. Higgins, Sie bleiben an der Tür.« Es wurde Zeit, dass sie zu einem Waffenstillstand mit den Gefangenen kamen. Die Männer konnten nicht ewig ohne Schlaf und in Alarmbereitschaft bleiben. Doch ob sie dafür ausgerechnet auf diesen Ace setzen sollte?

Zwischenspiel

Zeit: *Zeitgefühl verloren*
System und Planet: *geheim*

Kybernetische Arme verspürten keinen Schmerz. Doch sie waren an einem lebendigen Rumpf befestigt, dessen Sehnen und Muskeln unter dem Gewicht des eigenen Körpers förmlich aufschrien. Oder war sie es selbst, die schrie? Soniya strampelte mit den künstlichen Beinen. Noch heftigere Schmerzen schossen durch ihre knirschenden Schultern. Knorpel und Knochen knackten. Im Rücken spürte sie durch ihr V-Shirt die kalte, harte Oberfläche des Wachroboters, der sie an den Armen hochhielt. Warum war es so dunkel? Sie sah überhaupt nichts. War es schon Nacht? Hatten sie hier kein künstliches Licht? Und doch wusste sie, dass sie Menschen gesehen hatte. *Ihr seid Menschen. Auch wenn ihr tausendmal keine sein wollt.*

Gleißend helles Licht blendete sie. Sie schloss die Augen, doch es brannte selbst durch die Lider. Hatte sie Schritte gehört oder ahnte sie die Nähe des anderen bloß?

Sie blinzelte, erhaschte den Eindruck eines teigigen, rundlichen Gesichts, in dem stechende, kleine Augen saßen.

»Wir wissen, was Sie getan haben«, zischte eine zornige Stimme. Warme Spritzer landeten auf ihrer Wange.

Sie verdrehte den Kopf, um sie an einem der Arme abzuwischen, an denen der Bot sie hielt. *Meine Arme? Ihre Arme.*

»Haben Sie geglaubt, wir merken das nicht? Sie müssen ausgesprochen dumm sein. Was wollten Sie mit den Daten? Sie für viel Geld an herumschnüffelndes Journalistenpack verhökern?«

Das ist vielleicht das, was du getan hättest, Fettsack! Mit Schwung trat sie nach ihm. Kybernetischen Beinen war es egal, ob sie stand oder hing. Die Sensoren in ihrem Fuß meldeten einen harten Aufprall, aber keinen Schmerz. Sie wünschte, es hätte ihr wehgetan, denn dann hätte sich auch sein künstlicher Torso nun zusammengekrümmt. Stattdessen fuhr der Schmerz des Schaukelns nur erneut wie ein Blitz aus ihrem Körper in ihren Kopf. Sie hörte, wie irgendetwas unterhalb ihres Ohrs riss. Es musste aus ihrem eigenen Rumpf gekommen sein, doch der Schmerz war zu umfassend, um die Stelle genauer zu bestimmen.

»Das nützt Ihnen gar nichts, Hephaiston Beta 5/451.«

Ja, weil du deine Wampe schon lange durch Technik ersetzt hast. Das macht dich nicht schöner, nur funktionaler. Funktionieren ... Hatte nicht gerade jemand zu ihr gesagt, sie solle funktionieren? Wieder war es schwarz um sie. *Hallo? Hört mich jemand?*

Das grelle Licht kehrte zurück und mit ihm die zischende Stimme. »Zu den VHR rennen und in einem Schutzprogramm Unterschlupf suchen? Als ob wir Sie dort nicht gefunden hätten. Alle Implantate sind für uns ortbar. Wussten Sie das etwa nicht?«

Dieses Gespräch kam ihr so bekannt vor. Hatte sie es schon einmal geführt? Vielleicht sollte sie dieses Mal eine andere Variante versuchen und gestehen. »Die Leute von den VHR haben mir neue Implantate von *Hirosami* versprochen.«

In ihrem Kopf verschwammen Helligkeit und Schwärze, Stimmen und Gedanken zu einem schwindelerregenden Grau.

»Normalerweise«, flüsterte die Stimme plötzlich an ihrem Ohr, »würden wir dir die Implantate ausreißen und dich wie ein abgestochenes Schwein verbluten lassen. Aber zurzeit gibt es Verwendung für Verräter wie dich. Zumindest für dein dummes, kleines Hirn.«

Das Schwindelgefühl wurde stärker, löschte die Stimme aus. Leuchtende Impulse flackerten durch das Grau. Sie öffnete die Augen. Leuchtende Impulse flackerten über den Monitor neben ihr. Der Körper saß auf dem leicht nach hinten gekippten Behandlungsstuhl. *Ihr Körper. Mir gehört nichts mehr.* Rasch schloss sie die Lider, bevor der Mann im weißen Kittel wieder zu ihr sah. *Der Cyborg im weißen Kittel.* Wie viel Mann noch an ihm war, verbarg die Labortracht.

»Scheint eine ziemlich wichtige Erinnerung für sie zu sein«, sagte er. »Bis jetzt hat sie sich an keine so fest geklammert. Ich versuche es mal mit einer stärkeren Dosis.«

Sie kannte seine Stimme, hörte sie nun täglich – wenn es denn Tag für Tag war. Ob zwischen ihren Sitzungen ein

Tag oder mehrere oder nur ein paar Stunden vergingen ... Woran hätte sie es messen sollen? Hier gab es nur Grau. Betonwände, kunststoffverkleidete Wände, Gitterwände, Metall. Und künstliches Licht. Nacht war, wenn es ausging.

»Vielleicht sollten wir es machen wie bei V14«, erwiderte sein Kollege mit modisch verzerrter Botstimme, obwohl er kein Bot war. Bots brauchte man nur für die langweilige Routine – oder die Drecksarbeit. »Erst alles löschen, was nicht so tief sitzt.«

»Ach, ein paar Einheiten mehr gehen noch. Daran ist noch keiner gestorben«, meinte der Weißkittel gut gelaunt. Ein Finger tappte auf ein Touchpad.

Die computergenerierte Stimme antwortete etwas, doch die Worte verloren ihren Sinn, während bunte Flecken vor Soniyas geistigem Auge tanzten. Die Geräusche erstarben. Gerüche und Geschmack waren längst nur noch ferne Ahnungen einer anderen Zeit. Das Wirbeln verdichtete sich zu Grau. Übelkeit ergriff sie, doch sie spürte keinen Mund, keine Kehle, keinen Magen. Wann hört das endlich alles auf? War sie überhaupt noch hier, wenn sie nichts mehr fühlte?

Im nächsten Augenblick fühlte sie *alles*. Schmerz in ihrem Oberkörper, feuchten Atem auf ihrem Gesicht, Luft, die nur widerwillig in ihre eingeklemmte Lunge drang, das Baumeln ihrer Beine über dem Boden, schmerzhaft grelles Licht auf ihrer Netzhaut.

»Aus Ihnen hätte alles werden können«, sagte eine unnatürlich weiche, weibliche Stimme. »Wir haben so große Hoffnungen in Sie gesetzt. Warum mussten Sie uns so enttäuschen?«

»Der 2OT hat *mich* enttäuscht«, keuchte sie. »Wie können Sie mit den Collectors nur gemeinsame Sache machen?«

»Es dient nur unserem Überleben und unserem Vorteil in der galaktischen Evolution. Uns wird es immer noch geben, wenn die Menschen nur noch stumpfsinnige Nutztiere sind.«

»Wir sind auch Menschen. Immer noch!«

»Ein hoffnungsloser Fall«, entschied die samtige Stimme. »Schaffen Sie die Verräterin nach Victory!«

Victory? Hatte sie den Namen nicht schon einmal gehört? Sie sah graue Wände, Beton, Lampen an den Decken, eine verriegelte metallene Tür. War das Vergangenheit, oder lag es in der Zukunft?

Sie spürte Speichel auf ihre Haut spritzen, hörte eine zischende Stimme an ihrem Ohr, und doch war sie fort, weit fort, saß auf einem medizinischen Behandlungsstuhl. *Nein.* Sie sah doch noch immer das grelle Licht. Es erlosch. Flackerte wieder auf. Erlosch. Warum musste sie nicht mehr atmen? Vergeblich versuchte sie, Luft einzusaugen. Wo war ihre Nase geblieben, wo ihr Brustkorb?

Da war sie wieder! Luft! Stickig und mit dem Geruch von Schmiermittel geschwängert.

»Wir wissen, was sie getan haben. Haben Sie geglaubt, wir merken das nicht?« Die Stimme brach so plötzlich ab, wie sie eingesetzt hatte. Unwillkürlich öffnete Soniya die Augen.

»Hol's die CoS!«, fluchte der Weißkittel. »Sie hat sie immer noch! Dabei ist sie noch nicht mal sehr alt. Kann gerade mal ein paar Wochen her sein.«

»Irgendein Trauma vermutlich. Die poppen immer wieder auf, wenn man denkt, man hätte sie längst extrahiert«, erwiderte die geschlechtslose Computerstimme.

Der Weißkittel antwortete nicht, sondern beugte sich zu Soniya und schnippte vor ihrem Gesicht mit dem Finger. »Bist du wach?«

Was glaubt er denn? Meine Augen sind doch offen. Aber sie würde nicht mit ihm reden. Sie hatte es einmal versucht, und er hatte Dinge gesagt, die sie nicht hören wollte, und sie hatte Dinge gesagt, die er nicht ... Draußen auf dem Gang heulten wieder die Sirenen auf. Eine Signallampe blinkte irgendwo hinter ihr und tauchte den Raum in rotes Licht.

»Schon wieder?« Mit gerunzelter Stirn sah der Weißkittel über sie hinweg zur Lampe auf. Sein ungeschützter Hals war nun so nah. Sie hätte nur zugreifen und drücken müssen. Der neue Arm hätte den Mann anheben und durch den Raum werfen können – wenn sie nicht festgeschnallt gewesen wäre.

»Daidalos Alpha hat mir erzählt, dass sie gestern bei der Systemüberwachung zwei feindliche Schiffe gesehen haben wollen. Raus aus dem Interim und sofort hinter J52011 verschwunden. Der Kommandant hat deshalb Verstärkung angefordert. Aber du weißt ja, bis die hier sind, können noch Tage vergehen. Macht mich schon ein bisschen nervös.«

Der Weißkittel erbleichte. »Wir sind entdeckt?«

»Noch weiß man nichts. Aber vielleicht sind die Schiffe gerade wieder aufgetaucht.«

»Warum sagen die so was nicht durch?«

»Weil sonst alle in Panik geraten, so wie du gerade?«, gab die Computerstimme spöttisch zurück.

Wer auch immer das ist, ich hoffe, sie finden euch und bomben hier alles zu Asche!

Die Warnlampe erlosch, die Sirene verstummte.

»Siehst du, kann nicht so wild gewesen sein. Vielleicht ein Fehlalarm.«

»Oder wieder ein Prototyp, der durchgeknallt ist«, brummte Weißkittel. »Also gut, machen wir weiter. Nehmen wir uns die weniger emotionalen Bereiche vor. Da zeigt sie weniger Widerstand …«

9

01. Juni 3042 (Erdzeit)
System: Cor Caroli

»Können Sie etwas damit anfangen?«, erkundigte sich
Josh über Kom bei TechSergeant Hobbs. Sie hatte Higgins
kurz in den Frachtraum geschickt, um Chavez' Leiche
nach einem Datenstick, einer Multibox oder irgendeinem
anderen Medium zu durchsuchen, auf dem er hoffentlich
seine Informationen zu diesem Flug und den Häftlingen
gespeichert hatte. Der Justifier war schon zwei Minuten
später mit Chavez' Note-Pad zurückgekehrt, doch ohne
Passwort hatte es ihr nicht viel genützt.

»Na sicher«, behauptete Hobbs gut gelaunt. »Es geht
nichts über den guten alten *Triple A*. Die Inhalte sind allerdings stufenweise verschlüsselt. Will sagen, von laien-
haft mies bis zur echt harten Nuss. Wie's aussieht, sind die
streng geheimen *FCC*-Sec-Dokumente ziemlich schwierig
zu knacken, aber bei dem anderen Zeug hab' ich schon
mal eine offizielle Liste unserer *Passagiere* gefunden. Ich
schick Ihnen alles auf Ihre Multibox, was zugänglich ist.«

»Sehr gut. Danke, TechSergeant.«

»Ich fürchte, das ist einfacher, als unser Schiff wieder flottzukriegen«, seufzte er.

»Versuchen Sie es weiter! Miss Navero wird Sie ablösen, sobald Sie wieder auf den Beinen ist.« Wann auch immer Erschöpfung, Schock und die Wirkung des *Stoppers* nachlassen würden. Josh schob den sinnlosen Gedanken beiseite und rief Chavez' Dateien auf ihrer Multibox auf. Die »Passagierliste« war genau genommen ein Übergabeprotokoll, mit dem *FullControl* der *Jailhouse Company* quittierte, die Verantwortung für 14 am Abflugtag überlassene Sträflinge zu übernehmen. *Nur 14?*

»Okay, Ace.« Sie öffnete das Dokument im Holodisplay des großen Tischs in der Messe. »Wie gesagt, wir müssen irgendwie einen Anfang machen, und ich halte es für einen guten Anfang, sich gegenseitig vorzustellen. Steht Ihr Name auf dieser Liste?« Da er in Wahrheit garantiert anders hieß, machte sie sich gar nicht erst die Mühe, nach einem Ace zu suchen.

Mit gerunzelter Stirn überflog er die Namen. »Nein.«

»Kennen Sie irgendeinen davon?« Sie stellte fest, dass auch keine Ludmila Lukjanenka darunter war. Es gab nur einen einzigen eindeutig weiblichen Namen auf dieser Liste. Hatte sie die Aufstellung echter Häftlinge vor sich, die *FC* erworben hatte, um die Entführung der anderen Personen zu tarnen? *Das kann nicht sein.* Der Konzern konnte doch unmöglich so viele Menschen verschleppt haben.

»Sonny Vice«, sagte Ace finster. »Das ist der Kerl, der aussieht wie dieser Filmschönling, nur nicht so gut.«

»Wie Clark Kent, ja, ja, darauf hat mich schon jemand aufmerksam gemacht. Sonst niemand?« Immerhin schien es sich tatsächlich um die richtige Liste zu handeln, und nach Vices Auftritt bei ihrer Besichtigungstour konnte sie ihn sich als echten Verbrecher vorstellen.

»Na ja, man wird den anderen Sträflingen nicht offiziell vorgestellt, Ma'am. Die nennen sich *Prediger* und *Farmer* oder Zwei-Finger-Joe, obwohl sie Hubert heißen. Und ich hab die meisten vor drei Tagen zum ersten Mal gesehen.« Er nahm einen Schluck aus dem Becher *Galaxy light*, den Rodriguez ihm auf Joshs Befehl hin gebracht hatte, um ihre freundlichen Absichten zu unterstreichen.

»Sie waren vorher nicht in Australien inhaftiert?«

»Nope.«

War er demnach auch kein Krimineller, obwohl er sich alle Mühe gab, nicht für einen harmlosen Mann im Rollstuhl gehalten zu werden? Dennoch musste es irgendwelche Unterlagen über ihn geben. »Mr. ... Ace, ich versuche gerade die Wahrheit darüber herauszufinden, wer sich in meinem Laderaum befindet und warum. Wie auch immer die *FullControl Corporation* Sie auf dieses Schiff gebracht hat, meine Crew und ich hatten nichts damit zu tun. Ich habe ein paar Anhaltspunkte, aber kaum Fakten. Wenn Sie mir also Ihre Geschichte erzählen ...« Sie würde ihm das Wort Entführung nicht in den Mund legen, sonst konnte sie niemals sicher sein, ob er die Wahrheit sagte.

»Die würden Sie eh nicht glauben.«

»Das ist eine dämliche Antwort, und Sie sind zu intelligent für diese Masche. Außerdem haben Sie nichts zu verlieren. Wenn Sie nichts sagen, kann ich das ebenso zum

Anlass nehmen, Sie wieder einzusperren, wie eine Story, die ich vielleicht nicht hören will.«

Ein spöttisches Lächeln huschte über sein Gesicht, doch als er zu ihr aufsah, stand nur Trotz in seinen grünen Augen. »*FullControl* hat mir ein Angebot gemacht, aber ich hab es ausgeschlagen.«

»Was für ein Angebot?«

»Neue Hüfte, neue Lendenwirbel, alles, was bei mir hinüber ist. 2OT-Implantate. Nur vom Feinsten. Na, halten Sie mich immer noch für schlau?«

Rodriguez verdrehte hinter ihm die Augen und schüttelte dabei den Kopf.

»Kommt darauf an, warum ein Konzern einem Mitarbeiter ein solches Angebot macht«, erwiderte Josh. »War es ein Arbeitsunfall?«

Ace schnaubte. »Kann man so nennen. Ich hab aber nie für *FullControl* gearbeitet. Ich war bei der FEC-Flotte. Hatte nie was mit *FC* zu tun. Vor ein, zwei Monaten standen sie plötzlich vor meiner Tür. Gestriegelte Konzerner, wie aus irgendeinem Magazin. Wann genau, kann ich nicht sagen. Waren ein paar Sprünge dazwischen, und ich weiß nicht mal, ob kurz oder lang.«

Wenn er tatsächlich bei einer Flotte gewesen war, konnte Josh verstehen, dass ihn diese Ungewissheit besonders wütend machte. Ab 400 Kurzstreckensprüngen – oder hundert langen – begann man, reif für die geschlossene Abteilung zu werden. Jeder Raumfahrer führte deshalb penibel darüber Buch. »Vielleicht lässt sich das anhand der Dokumente rekonstruieren, die wir bei Chavez gefunden haben. Aber zurück zu diesen Konzernern. Dass *FCC* kein Wohlfahrtsverband ist, weiß jeder. Die müssen also eine Gegenleistung von Ihnen verlangt haben. Welche?«

»Stand angeblich alles in einem Vertrag, den ich unterschreiben sollte. Gefühlte tausend Seiten Kleingedrucktes. Ich hab's nicht gelesen. Die Anzugträger wollten mir weismachen, dass alles harmlos sei. Nur ein paar Tests, Genproben, so 'n Zeug, aber ich sollte dafür umziehen und weiß der Geier, was noch. Hab sie rausgeschmissen, bevor sie mit ihrem Vortrag fertig waren.«

»Ein paar Genproben und Tests im Austausch gegen Implantate im Wert von Millionen C?«, vergewisserte sich Josh. »Jeder andere hätte zugesagt.«

Aces Miene verkündete: *Ich hab's ja gleich gesagt. Sie glauben mir nicht.*

»Hatten Sie Angst, *FCC* zu viel schuldig zu sein?« Es war nicht auszuschließen, dass Konzerne zunächst das Blaue vom Himmel versprachen, und dann fand man sich plötzlich vor einem Gericht wieder, das befand, man habe aufgrund der Leistungen, die die Firma so großzügig erbracht hatte, für den Rest seines Lebens für sie zu arbeiten.

»Meine Gründe gehen Sie nichts an«, schnappte Ace.

Beschwichtigend hob Josh eine Hand. »Okay, gut. Und wie ging es weiter?«

»Sie kamen wieder. Mehr als einmal. Als sie wohl kapiert hatten, dass ich mich nicht bequatschen lasse, bin ich eines Nachts mit irgend'ner Spezialeinheit in meinem Zimmer aufgewacht. Ich weiß nicht, was die mir angehängt haben. Einer hat mal was von Erpressung und Bomben gefaselt. Aber ich bin schneller an *FCC* ausgeliefert worden, als Sie auf Sicilia II 'ne Pizza bekommen.«

Verschleppt. Mit Einverständnis der Behörden. »Das heißt, Sie standen nie wegen eines Verbrechens vor Gericht und sind nie verurteilt worden.«

»So sieht's aus.«

»Und Sie haben keine Ahnung, wo man Sie hinbringen wollte?«

»In irgendein beschissenes Labor, nehm ich an. Wo kann man sonst etwas mit Genproben anfangen? Wenn die Versuchsratte nicht freiwillig kommt, fangen wir sie eben.«

Genproben und eine Genetikerin. Es passte zusammen, auch wenn sie noch nicht wusste, wie. »Hatten Sie zufällig schon mal mit *SternenReich* zu tun?«

»Jeder in der FEC-Flotte hantiert mit *SternenReich*-Waffen, aber mit dem Konzern selbst? Nein. Warum? Läuft hier der nächste Kon-Krieg?«

Josh zuckte die Achseln. »Ich sammle nur Hinweise. Danke, Ace. Vielleicht fügt sich das alles zu einem Bild, wenn ich Zeit hatte, diese Dokumente durchzusehen.« Nachdenklich rieb sie sich das Kinn. Was sollte sie mit den echten Sträflingen machen? Wie ließ sich überhaupt feststellen, wer zu ihnen gehörte? Chavez musste Akten über die einzelnen Leute haben, in denen sich sicher auch Fotos fanden.

»Und wie geht's jetzt weiter, Captain?«, wollte Ace wissen. »Ich weiß, *Sie* haben andere Sorgen, aber mir hängt der Magen bis unter den Sitz.«

Essen, eine verlockende Vorstellung. Doch der Mann hatte recht. Sie musste sich um Dringenderes kümmern. »Bedienen Sie sich an der NaKo.« Wenn er in einer Flotte gedient hatte, wusste er, was eine Nahrungskonsole war und wie sie funktionierte. »Rodriguez, bringen Sie mir einen *A-One* und gönnen Sie sich auch etwas! Dann lösen Sie Higgins ab, damit er auch etwas zwischen die Zähne bekommt.«

Die Würzmischung des *All-in-One*-Riegels überdeckte den synthetischen Pappgeschmack nur mäßig, aber Josh nahm es kaum wahr, während sie weitere Dateien aus Chavez' Note-Pad sichtete. Unter der Rubrik *Jailhouse Rock* fand sie tatsächlich weitere Dokumente zu den Namen auf der Liste. Zu jedem Kriminellen gab es Vermerke über Straftat, psychische und physische Kondition, zu verbüßende Reststrafe und eine Empfehlung, für welche Art Zwangsarbeit der Betreffende geeignet schien. Dank der Bilddateien konnte sie rasch die beiden toten SupraSoldiers und den stämmigen Kerl ihren Namen zuordnen. Nur bei dem Allerweltsgesicht kam sie nicht weiter. Zu viele mögliche Kandidaten.

Sie verschob es auf später und suchte im Ordner *Guy Fakes* weiter. Wie geahnt, verbarg sich dahinter kein Mann namens Guy Fakes, sondern eine Reihe von Überstellungs- und Auslieferungsdokumenten. Bald schwirrte ihr von den vielen Namen, Behörden und Orten der Kopf. Die Buchstaben auf dem Display begannen vor ihren Augen zu verschwimmen. Sie brauchte dringend Schlaf.

Keine Chance, Josh. Sie musste Ace mit einer Botschaft zu den anderen Gefangenen schicken, Kurs auf diesen Planeten nehmen und … *Wellesley.* War er schon wieder wach? Fast glaubte sie, seinen Blick durch die Wand der Messe zu spüren. Er wusste entschieden zu viel über sie.

Ita sah aus wie der wandelnde Tod. Sie war bleich wie ein Laken, ihre Wangen waren eingefallen, und die Haare standen wirr um den Kopf. Durch die dunklen Ringe unter den Augen wirkte es, als ob sie aus tiefen Höhlen blickte. Wegen der Lähmungserscheinungen hatte Josh ihr die Uniform nicht ausziehen können. Dennoch zog Itatay ihre Decke enger um sich, als sie Rodriguez in der Tür entdeckte.

»Tut mir leid, dass ich dich geweckt habe«, entschuldigte sich Josh. »Ich weiß, dass du noch viel mehr Schlaf nötig hättest, aber wir brauchen dich.« Sie reichte Ita eine *Restless* und einen Becher Wasser.

Ihre Freundin nahm ihr die Sachen ab und schüttelte den Kopf. »Albträume sind sowieso wenig erholsam.« Sie schluckte die Tablette und kippte das Wasser hinterher. Eine Andeutung von Farbe kehrte in ihr Gesicht zurück. »Ich konnte es dir nicht sagen, weil ich gelähmt war, aber …« Sie warf einen unsicheren Blick auf Rodriguez, fuhr dann aber doch fort. »… es war schrecklich. Hier zu liegen und nicht zu wissen, ob ihr zurechtkommt. Ich hatte doch gesehen wie … er ihn erschossen hat. Einfach so.« Kurz senkte sie die Lider. »Woher sollte ich wissen, ob er nicht jeden Moment in dieser Tür steht, und ich hätte nicht einmal schreien können …«, wisperte sie, dann ging plötzlich ein Ruck durch ihren Körper. Sie setzte sich auf, und es kam Josh vor, als sei Ita erst jetzt wieder bei ihnen. »Ohne Schlafmittel werde ich so schnell kein Auge mehr zumachen können. Hat Hobbs irgendwas am Sprungantrieb erreicht?«

»Nein, aber das hat Zeit. Wir werden auf J62012 landen, dann könnt ihr euch in Ruhe darum kümmern.«

Ita sah von ihr zu Rodriguez und zurück. Josh suchte nach Worten. Wie sollte sie anfangen? »Ita …«

Sofort schlich sich wieder ein furchtsamer Ton in Itatays Stimme. »Was? Von welcher Gefahr weiß ich nichts?«

»Nein, beruhig dich, es geht nur um eine Entscheidung. Aber wir müssen sie jetzt treffen, bevor wir zu diesem Planeten fliegen. Es geht um Wellesley.«

»Oh. Ich … verstehe.«

»Was die anderen angeht – Velásquez und die Gardeure –, haben wir zwei Möglichkeiten.« Auch wenn es kein angenehmes Thema war, verglichen mit Wellesleys Schicksal fühlte sich Josh auf sicherem Terrain. »Entweder packen wir sie jetzt in eine Rettungskapsel – wobei fragwürdig ist, ob sie in diesem System jemals jemand finden wird. Oder wir setzen die Kapsel erst über dem Planeten ab, sodass sie zwar möglichst Kontinente von uns entfernt landen, aber immerhin landen und weiterleben können, sofern sie es ohne Ausrüstung schaffen. Wenn sie Glück haben, wird in ein paar Jahren ein Konzern Anspruch auf J62012 erheben und sie dort finden.«

Ita nickte. »Das ist eine gute Lösung. Wir geben ihnen eine Chance. Umgekehrt hätten sie das nicht getan. Darauf kannst du Gift nehmen.«

»Sie haben uns genug Kugeln um die Ohren gejagt, um das deutlich zu machen«, stimmte Rodriguez zu.

»Gut, dann halten wir es so.« *Das war der einfache Teil.* »Bleibt die Frage nach Wellesley. Wir sind die einzigen Überlebenden seiner alten Crew, deshalb wollte ich diese Entscheidung nicht vor den anderen besprechen. Sie würden nicht verstehen, was ...« Josh sah Ita an. »... einige von uns durchgemacht haben.«

»Er ist ein Monster. Du hast seine Stimme nicht gehört, als er auf Paddy geschossen hat.« Ita schauderte sichtbar. »Selbst in diesem Augenblick musste er ihn verhöhnen. Er hat kein Herz im Leib, das die heilige Jungfrau retten könnte.«

»Du meinst, er hat keine Chance verdient zu überleben?«

In Itas Augen funkelte Hass auf. »Er hat Paddy keine Chance gegeben. Und hat es ihn interessiert, dass er *mein* Leben zerstört hat? Meine Zukunft? Andis Tod ist ihm so gleichgültig, ich könnte schreien!«

Josh nickte. »Ja. Er hat über unsere Leben verfügt, als ob sie ihm gehören würden. Hauptsache, er bekommt sein Geld. Ich empfinde es auch so. Er zeigt kein Zeichen von Reue. Er würde alles genauso wieder tun, aber kein Gericht der Welt würde ihn verurteilen, wenn wir es nicht tun. Paddy war aus seiner Sicht ein Meuterer. Darauf steht vor dem Gesetz der Tod.«

»Aber er hatte nur einen blöden *Stopper* in der Hand!«, rief Ita aus. »Willst du das Arschloch etwa davonkommen lassen?«

»Nein.« *Ich kann nicht riskieren, dass man ihn findet und er Gelegenheit zur Rache bekommt.* »Er hat den Tod verdient, aber ... Wer von uns soll ihn umbringen? Kannst du es? Kannst du dich so eiskalt hinstellen und abdrücken wie er?«

Ita biss sich auf die Unterlippe. Josh konnte förmlich sehen, wie sich ihre Freundin die Szene ausmalte. Schließlich ballte Itatay die Hände zu Fäusten, doch die Geste wirkte frustriert, nicht aggressiv.

»Und Sie, Rodriguez?«, wandte sie sich an ihn, um Ita die Antwort zu ersparen. »Würden Sie ihn erschießen, wenn es Ihre Entscheidung wäre?«

Er zuckte die Achseln, obwohl seine Züge verrieten, dass es ihm keineswegs gleichgültig war. Sein Blick wich ihr aus, kehrte zurück. »Für den Duke bin ich nur Abschaum. Der hat nie 'n Wort für mich übrig gehabt. Aber so 'ne Hinrichtung ist ... nicht dasselbe wie zurückzuballern, wenn man angegriffen wird. Ich ... würd's tun, wenn Sie's befehlen, Captain. Der Boss hätt's auch gemacht. Er hat ihn für'n lausigen Captain gehalten, und ich glaub', dass Sie's besser machen werden. Er hat genug Chancen gehabt.«

Sollte sie von ihm verlangen, einen Wehrlosen zu erschießen, nur weil sie es selbst nicht über sich brachte?

»Lassen wir Gott darüber entscheiden«, schlug Ita vor.

»Gott?« Das Konzept einer höheren Wesenheit, die das gesamte Universum überblickte und an jedem einzelnen Leben darin Anteil nahm, überstieg Joshs Vorstellungskraft. So etwas konnte es nicht geben. Ihre eigene Existenz war das Ergebnis der Entscheidungen von Menschen und nicht von irgendeinem Gott beschlossen worden. Dass Ita dennoch fest daran glaubte, wunderte sie immer wieder.

»Ja! Wir sind uns zwar einig, dass er den Tod verdient hat, aber wir müssen nicht seine letzten Richter sein. Vielleicht sind unsere Hemmungen sogar ein Zeichen, dass es anmaßend wäre. Am Ende muss die Entscheidung bei

Gott liegen. Wenn es *sein* Wille ist, kann er ein Wunder wirken und Wellesley retten.«

Was für ein Blödsinn. »Und wie hast du dir das vorgestellt? Soll ich ihn doch mit den anderen aussetzen? Früher oder später wird jemand Anspruch auf diesen Planeten erheben und sie finden. Mit Gott hat das wenig zu tun.« *Und dann werden er und KrEArtificial dafür sorgen, dass sämtliche Kopfgeldjäger der Galaxis hinter mir her sind.*

»Madre mía! Glaubst du, ich will, dass er überlebt? Ich will, dass er so verreckt, wie Andi sterben musste! Aber wenn ich einfach so die Schleuse öffne, könnte ich ebenso gut schießen.«

Josh bemühte sich vergeblich, den Gedankensprüngen zu folgen. »Und was ist dann deine Idee?«

»Wir stecken ihn in einen Raumanzug. Das gibt ihm Luft für ein paar Stunden, dann ist Schluss. Soll Gott ein Wunder wirken, wenn er meint, dass der Mistkerl das verdient.«

Obwohl sie die *Highfire* in der Hand hielt, Higgins mit der *Veloc* sicherte und selbst Ita dieses Mal eine echte Waffe anstelle des *Stoppers* bekommen hatte, waren Joshs Nerven zum Zerreißen gespannt, als Rodriguez die Tür zu der Kabine öffnete, in die sie Wellesley, Velásquez und den Gardeur gesperrt hatten. Sie rechnete fest damit, dass sich die Männer befreit und Wellesley in irgendeinem Versteck weitere Waffen gefunden hatte.

»Hinsetzen!«, fuhr Rodriguez die drei an, die bei seinem Eintreten aufstehen wollten.

Josh erhaschte einen Blick auf den Gardeur. Seine

Handgelenke wurden noch immer von Ferroplastriemen hinter seinem Rücken zusammengehalten. Er sah besorgt, fast ängstlich aus, was nicht so recht zu seinem kantigen Kinn und den künstlich forcierten Muskelbergen unter der Rüstung passen wollte. Doch er hatte allen Grund, um sein Leben zu fürchten. Genau wie Wellesley, aber als Rodriguez jenen aus der Kabine dirigierte, trat ihnen der ehemalige Captain mit derselben Haltung und unerschütterlichen Arroganz entgegen wie stets. Dass seine Handgelenke gefesselt waren, hielt ihn nicht davon ab, sich mit breiter Brust vor Josh aufzubauen – zumindest so nah, wie sie ihn kommen ließ.

»Stehen bleiben!« Sie unterstrich die Worte mit einem Heben der *Highfire*.

Hinter Wellesley verschloss Rodriguez wieder die Tür.

»Danke, Higgins. Sie können auf Ihren Posten zurückkehren«, wies Josh den Justifier an. Sie wollte ihn nicht in die offene Rechnung zwischen ihnen und Wellesley hineinziehen. Aus dem Augenwinkel warf sie einen Blick auf Ita, die wieder zivilisierter und gefasst aussah. Nicht einmal ihre Hände zitterten, auch wenn sie Wellesley mit einer Mischung aus Furcht und Hass fixierte. Vermutlich eine Wirkung des ausgefeilten Neurotransmittercocktails im *Restless*.

»Sie haben den Antrieb hochfahren lassen«, stellte Wellesley fest. Jeder von ihnen hatte im Lauf der Zeit gelernt, was das leichte Vibrieren der *Starhawk* bedeutete. »Wo fliegen wir hin?«

»Sie fliegen nirgendwohin«, erwiderte Josh und gab Rodriguez einen Wink. »Gehen wir!«

Der Latino packte Wellesley am Arm. »Vorwärts!«

Zum Glück schien Wellesley Widerstand für unter seiner Würde zu halten. Das Letzte, was Josh jetzt brauchte, war eine hässliche Szene mehr. Ob er wusste, dass sie seinen Tod beschlossen hatten? Spätestens nach ihrer Bemerkung ahnte er es sicher. Obwohl er immer noch glauben konnte, dass sie ihn mit einer Rettungskapsel aussetzen wollten.

Ita und sie ließen Rodriguez mit ihm vorangehen. Als sie sich der Schleuse näherten, entdeckte Josh die in graue Kunststoffsäcke gepackten Leichen, die dort noch immer lagen. Irgendwie hatte sie es geschafft, sie völlig zu vergessen. Wellesley würde also nicht allein auf seine letzte Reise gehen. Eine stumme Crew begleitete ihn. *Wie passend.*

»Mr. Rodriguez wird Ihnen jetzt die Fesseln abnehmen, damit Sie einen Raumanzug anziehen können«, kündigte sie an. »Ich warne Sie! Wenn Sie auch nur eine verdächtige Bewegung machen, lege ich Sie um, wie Sie es mit Paddy gemacht haben.«

»Vielleicht sollten wir ihn doch gleich erschießen«, zischte Ita und kam näher. »Ich will, dass er merkt, wie es ist, wenn einem jemand eine Waffe an die Schläfe drückt!«

»Halten Sie mir die Furie vom Leib, Miller, und ich tue, was Sie sagen«, behauptete Wellesley.

»Es wird nicht geschossen, solange Sie uns nicht dazu zwingen.« Josh nickte Rodriguez zu, der sein Vibromesser gezogen hatte. Selbst mit dieser extrem scharfen Waffe ließen sich die Ferroplastriemen nur mit sichtlichem Widerstand durchtrennen. Sobald die Klinge hindurch war, trat Rodriguez sofort zurück, die Waffe abwehrbereit vor sich.

Wellesley hob beschwichtigend die Hände. »Worum geht es Ihnen?«, wandte er sich erneut an Josh. »Rache? Für diesen irischen Clown, der sich schon wieder auf meine Seite schlagen wollte, sobald Sie ihm den Rücken zugedreht hatten?«

Hatte Paddy sie tatsächlich verraten wollen? »Wollen Sie mir das weismachen, um Ihre Weste reinzuwaschen? Der Trick zieht bei mir nicht. Sehen Sie zu, dass Sie in den Raumanzug kommen!«

Rodriguez war mittlerweile so weit zurückgewichen, dass er Ita neben Josh in der Tür der Schleuse ablösen konnte. Das Messer hatte er rasch durch eine *Prawda* ersetzt. Widerstrebend zog sich Itatay in die zweite Reihe zurück, während Wellesley zermürbend langsam den Anzug von der Wand nahm, den sie für ihn vorbereitet hatten, und den ersten Fuß hineinsteckte.

»Glauben Sie wirklich, ich hätte es nötig, Ihnen etwas vorzulügen? Sie sollten mich besser kennen – und Boyle. Der Mann hatte so viel Rückgrat wie eine Qualle.«

»Wenn er wirklich reumütig zu Ihnen zurückgekrochen wäre, wieso hätten Sie ihn dann erschießen sollen?«, konterte Josh.

Wellesley lächelte selbstgefällig und stieg mit dem zweiten Bein in die integrierten Stiefel. »Einmal Verräter, immer Verräter. Ich hätte ihm nicht eine Sekunde den Rücken zudrehen können.«

»Jésus, er verdreht die Welt schlimmer als jeder Anwalt!«, rief Ita. »Am Ende will er an nichts Schuld haben.

Du hast Andi auf dem Gewissen, *cabrón*! Dafür wirst du sterben, egal, was du sagst!«

Wellesley schien beschlossen zu haben, Ita zu ignorieren. »Worum geht es Ihnen wirklich, Miller?«, bohrte er, während er den Raumanzug über Arme und Schultern zog. »Wollen Sie Diskretion? Befürchten Sie, ich könnte Ihr kleines Geheimnis ausplaudern? Ihre Freunde wissen doch sicher ...«

Josh drückte ab. In dem kleinen Raum knallte der Schuss doppelt laut. Wellesleys Hand, die gerade noch den Anzug geschlossen hatte, tastete unkoordiniert nach Halt.

Verdammte Schlange! Selbst im Sterben musst du noch Gift spritzen. Wütend schlug Josh auf das Bedienfeld des Schotts, das sich zischend schloss, und leitete das Absenken des Drucks ein. »*Starhawk*, Code Autopilot C!«

Der Whiskey schwappte träge im Glas wie flüssiges Gold und roch malzig. Müde sank Josh in Wellesleys überraschend unbequemen Sessel. Sie hatte nicht vor, seine Kabine zu beziehen. Schon die Vorstellung war ihr zuwider, selbst wenn er noch keine Gelegenheit gehabt hatte, in diesem Bettzeug zu schlafen. Was sie hergezogen hatte, wusste sie nicht genau. Es konnte nicht nur das Bedürfnis nach einem Drink gewesen sein. Stumm hob sie das Glas und prostete Wellesleys Koffer zu – dem Einzigen, was außer Alkohol von ihm zurückgeblieben war. *Darauf, dass du mich mal gerettet hast. Aber das hat mich nicht zu deinem Besitz gemacht.*

»Oh, hier bist du.« Ita stand in der Tür und sah sich mit offensichtlichem Unbehagen um. »Findest du das nicht ...«

»Der Abschied war ohnehin schon verkorkst. Willst du auch einen?«, fragte Josh und hielt demonstrativ den Whiskey hoch.

»Nein, ich … Ach, scheiß drauf.« Itatay nahm einen Schluck direkt aus der Flasche.

»Kulturlose Banausin.«

»Dafür hat er mich sowieso immer gehalten.«

Besser, als wenn dich die Leute für ein Tier halten. Josh ließ einen Schluck durch ihre Kehle brennen und spürte, wie sich Wärme in ihrem Magen ausbreitete. *Hier sitzen bleiben, einschlafen, aus diesem bösen Traum aufwachen. Das wär's.*

»Wie … soll es jetzt weitergehen?«, wollte Ita wissen.

Ein Seufzer entrang sich Josh, bevor sie ihn aufhalten konnte.

»Tut mir leid, ich dachte nur … Du bist jetzt der Captain und so.«

Mit schweren Lidern sah Josh auf. »Wir fliegen zu diesem Planeten, und du bringst den Sprungantrieb zum Laufen?«

»Ja, na ja, das meinte ich nicht. Ich meinte danach. Wir können doch nicht mehr zu *FCC* zurück.«

»Willst du das denn?« Vielleicht konnten sie alles zurechtbiegen, bis die Schuld bei Wellesleys Deal mit *SternenReich* und einer Revolte der Sträflinge lag, die Chavez und seine Leute durch ihre große Überzahl besiegt hatten. *Nein, das ist Schwachsinn.* Dann hätten sie die Gefangenen wieder ihren Entführern ausliefern und die Betas zu Falschaussagen zwingen müssen. Ein zu hoher Preis, nur um wieder für einen Konzern zu arbeiten, der es ihnen nicht dankte – und die Menschenrechte mit Füßen trat, wenn es ihm passte.

»Nein, eigentlich nicht. Ich weiß überhaupt nicht mehr, was ich will«, gab Ita zu und genehmigte sich noch einen Schluck.

»Möglicherweise ist das besser so. Wenn wir Pech haben, liegen unsere Leben für die nächsten Jahre ohnehin auf Eis.« Josh leerte ihr Glas. »Wo wir gerade beim Thema sind: Du solltest Hobbs ablösen. Er ...«

»Captain«, meldete sich der Iltis-Beta in diesem Moment über Kom. »Im Laderaum tut sich was. Mwaka und ein Fremder kommen die Treppe rauf.«

Rasch aktivierte Josh wieder ihr Mikro. »Sind sie bewaffnet?«

»Mwaka hat sein Gewehr noch, wie's scheint. Bei dem anderen sehe ich zumindest nichts.«

»Und Ace ist nicht bei ihnen?«

»Nein.«

»Wer ist Ace?«, fragte Ita verwundert.

»Später.« Josh sprang auf. Es ging doch nichts über eine ordentliche Portion Adrenalin. »Kurt«, wandte sie sich an den Wolf-Beta, für den Rodriguez nun die Seitentür des Frachtraums im Auge behielt. »Nehmen Sie die beiden mit Higgins in Empfang!«

»Schon unterwegs, Captain«, versicherte er mit vollem Mund.

»Seien Sie bloß vorsichtig! Mit diesem Kerl ist etwas faul, dass es im ganzen Schiff stinkt«, mahnte sie und sah ihn gerade noch im Gang verschwinden, als sie in die Messe lief. Seine halb aufgegessene Mahlzeit stand auf dem Tisch, und daneben saß Dunbar vor einem leeren Teller.

»Captain, wenn ich überhaupt noch etwas ausrichten soll, muss ich endlich nach den Verletzten im ...«, begann er, doch Josh schnitt ihm das Wort ab.

»Sie werden nicht Ihr Leben riskieren, solange wir keinen Waffenstillstand oder etwas in der Art haben! Ita, geh und übernimm für Hobbs! Hier wird es vielleicht ohnehin gleich ungemütlich.«

»Du traust Chavez' Wachhund mehr als Mwaka?«

»Nenn ihn nicht Wachhund, das kann er garantiert nicht leiden, und die Antwort auf deine Frage ist Ja.« Zu spät fiel ihr ein, dass Mwaka noch immer sein Kom und vielleicht auch längst wieder auf die offene Frequenz gewechselt hatte. *Nicht mehr zu ändern.* Wenn er sie gehört hatte, sein Pech. Wer sich im Kampf kommentarlos von seiner Einheit entfernte, machte sich nun einmal verdächtig.

Ita zog kopfschüttelnd ab, und Josh folgte ihr, bis sich ihre Wege an der Abzweigung zum Maschinenraum trennten. »Hobbs, was treiben die beiden?«

»Captain Miller?«, ertönte Mwakas Stimme im Kom und ersparte dem Beta die Antwort. »Die Tür ist passwortverriegelt. Ich kann hier nicht raus.«

»Die Frage ist, warum Sie überhaupt dort drin sind und wir anderen draußen.«

»Aber Sie haben doch befohlen, den Frachtraum zu stürmen, und durch den Seiteneingang war es viel leichter.«

»Interpretieren Sie Befehle immer so frei?«

»Jedenfalls hab ich die Mission erfüllt.«

Josh war nicht sicher, ob sie unter Mission dasselbe verstanden. »Wer ist bei Ihnen?«, erkundigte sie sich und grüßte Higgins und Kurt mit einem Nicken.

»Oladele Bitangaro.«

»Scheiße!«, entfuhr es Kurt.

»Kennen Sie ihn?«, fragte Josh verblüfft.

»Äh, nein, sorry, hab mir nur gerade ... auf die Zunge gebissen. Hatte noch was zwischen den Zähnen.«

»Herr Bitangaro sagt, er soll Ihnen Grüße von Herrn Bamako ausrichten.«

Das ist ein Code. Gab es darauf eine vereinbarte Antwort? Wenn sie wissen wollte, was gespielt wurde, war es jedenfalls klüger, vorzugeben, dass sie darauf einging.

»Okay, wir lassen Sie rein, aber legen Sie sämtliche Waffen ab, sonst werden die Jungs hier nervös.«

»Das ist doch ...«

»Tu's!«, befahl eine dunkle Stimme im Hintergrund.

»Also schön.«

»Hobbs?«, hakte Josh nach.

»Ita«, korrigierte ihre Freundin. »Hab übernommen. Mwaka hat sein Gewehr und eine Pistole neben die Tür gelegt, und gerade zieht er noch ein Messer aus einem Stiefel. Er schiebt es mit dem Fuß weg.«

»Aufmachen!«, wies Josh Kurt an. »Durchsuchen Sie diesen Bitangaro«, fügte sie leise hinzu. »Higgins, Sie drücken ab, sobald er Kurt angreifen sollte.«

Der Justifier nickte und hob seine *Arclight*-Laserpistole. Kurt, an dessen Handgelenk Josh nun auch ein *JUST* auffiel, tippte den Freigabecode der Tür ein. Als sie zur Seite glitt, runzelte Mwaka bei Higgins' Anblick die Stirn.

»Gehört der jetzt zu uns?«

»Sergeant Higgins ist Mitglied meiner Crew und leistet bislang ausgezeichnete Arbeit«, erklärte Josh, bevor sie sich an den Mann neben Mwaka wandte. »Herr Bitangaro, nehme ich an. Ich bin Captain Miller. Kurt hier ...« Sie deutete auf den Wolf-Beta. »... wird Sie jetzt nach Waffen durchsuchen. Wir hatten genug Schießereien für einen Tag.«

»Da bin ich ganz Ihrer Meinung, Captain Miller«, erwiderte er und lächelte, doch bei ihm erinnerte das Entblößen der weißen Zähne eher an die Drohung eines Raubtiers. Wie sie dem Namen nach erwartet hatte, war er Schwarzafrikaner oder zumindest afrikanischer Abstammung. Man hatte ihm kürzlich den Schädel kahl rasiert, was den robusten Eindruck seiner Statur noch unterstrich. Es waren jedoch die riesigen Hände, an die sie sich erinnerte. *Der Gefangene mit dem Sack über dem Kopf.* Ein politischer Häftling, hatte Chavez gesagt, den *FullControl* für die VHR in Gewahrsam genommen hatte. Wie brisant war dieser Kerl? Dass Kurt ihn abtastete, ließ er stoisch über sich ergehen.

Stich ins Wespennest, Josh! »Wie schade, dass Ayubu Ihre Befreiung nicht mehr erleben durfte.«

»Und ich bedaure, dass Sie Herrn Bamako nicht kennen«, antwortete er grimmig.

Im nächsten Augenblick hielt Mwaka einen kleinen Metallzylinder in der Hand, aus dem feiner Nebel direkt in Higgins' Gesicht sprühte. Der Justifier musste blinzeln, seine Hundenase zuckte. Dennoch drückte er ab, doch Bitangaro war bereits zur Seite getreten und hatte aus der Drehung seine Faust in Kurts Magen gerammt. Das Aerosol breitete sich blitzschnell aus. Schon stieg Josh der Geruch in die Nase, während sie die *Highfire* aus dem Gürtel zerrte. Mwaka hatte den Zylinder fallen lassen und Higgins' Arm gepackt, um ihm die Waffe zu entwinden. Seltsam träge, fast wie in Zeitlupe biss der Dobermann-Beta nach ihm.

»Zum Glück haben wir im Frachtraum *AniControl* gefunden«, eröffnete Bitangaro lächelnd und richtete die Pistole auf sie, die er aus Kurts plötzlich schlaffer Hand gezogen hatte.

Josh bewegte die Füße, um aus der Schusslinie zu kommen. Sie wollte die *Highfire* auf Bitangaro richten, aber ihre Muskeln reagierten nicht. *AniControl?* Jetzt erinnerte sie sich an das schnell wirkende *FCC*-Betäubungsgas für Tiere – und Betas! Verwundert starrte Mwaka sie an. Sie spürte ihre Beine nicht mehr. Im Fallen traf ihr Blick Bitangaros.

Auf seinem grobknochigen, dunklen Gesicht breitete sich ein hämisches Grinsen aus. »Wer hätte das gedacht?«

10

»Mr. Rodriguez!«, rief der Kerl mit der dunklen Stimme über Kom. »Wenn Sie nicht wollen, dass ich einen Ihrer Beta-Freunde erschieße, legen Sie Ihre Waffen ab und kommen mit erhobenen Händen auf den Hauptgang!«

Damit du mich abknallen kannst. Na klar. Dieser Bitangaro konnte ihn lebend so wenig brauchen wie eine Tarantel in der Unterhose. »Die Chims sind mir scheißegal.« Das stimmte zwar nicht so ganz, aber besser sie als er. Und da sie mit *AniControl* kaltgestellt worden waren, würden sie es wahrscheinlich nie erfahren. Johnson hatte das verfluchte Zeug eingelagert, seit ihnen ein jähzorniger Nashorn-Beta ausgetickt war und den Lastgleiter zertrümmert hatte. *Schöner Mist.* Warum hatte *er* es nicht eingesteckt?

»Holen wir ihn uns«, hörte er Bitangaro leiser.

Sie mussten den Captain gefesselt oder niedergeschlagen haben, denn er hatte keinen Schuss gehört. Da sich

264

das Betäubungsmittel mit typischer *FullControl*-Gründlichkeit rasch ausbreitete und selbst in hoher Verdünnung noch wirkte, hatte es wohl auch das Tech-Stinktier und den Doc kampfunfähig gemacht. Blieben nur Navero und er. Doch wenn er in den Maschinenraum wollte, würde er seinen Gegnern direkt in die Schusslinie laufen. *Es sei denn ...*

Rodriguez deckte das Mikro seines Koms mit der Hand ab, damit sie nicht hörten, wie er den nächstgelegenen Zugang zu den Wartungstunneln öffnete. Hinter der Klappe befand sich ein Schacht, gerade breit genug, dass ein halbwegs schlanker Mann die eisernen Sprossen an der gegenüberliegenden Wand nach oben klettern konnte. So lautlos wie möglich, da er nun beide Hände brauchte, stieg er hinein und schloss die kleine Tür hinter sich. *Jésus! Denk nach, Fernando!* Er musste schließlich nur das Mikro seines Koms schließen, wenn er nicht gehört werden wollte. Bei den Ladys sah es immer ganz einfach und elegant aus, doch für seine gröberen Finger war es eine lästige Friemelei.

Bitangaro und Mwaka mussten mittlerweile die Abzweigung zum Maschinenraum erreicht haben. Da Mwaka über Kom mitgehört hatte, wussten sie vermutlich, dass er an der zweiten Frachtraumtür Wache halten sollte, und rechneten damit, beim Vorrücken von der Treppe aus beschossen zu werden, die zu dieser Tür hinabführte. Das hielt sie hoffentlich davon ab, zu schnell vorzupreschen.

Doch entweder hatten sie die Geduld verloren, oder Bitangaro scheute das Risiko nicht. Selbst ohne Kom hätte Rodriguez die Schüsse gehört. *Repeater. Veloc. Repeater.* Sie schienen sich abwechselnd Deckung zu geben, um vorzu-rücken. Fernando hangelte sich schneller nach oben. Bei dem Geballer hörten sie nicht einmal, wenn sein Gewehr gegen die Schachtwände stieß. Oben angekommen, bog er nach links in einen niedrigen Tunnel ab, in dem er nur kriechend vorankam. Hinter ihm hallten Einschüsse den Schacht herauf.

»Wo ist er?« Bitangaro klang reichlich wütend.

Gut so.

»Vielleicht in den Laderaum abgehauen«, mutmaßte Mwaka.

Genau, geht dort nachschauen!

»Geh runter und schieß den Öffnungsmechanismus lahm! Ich geb dir Deckung.«

Dass jemand die Treppe hinunterpolterte, übertrug sich durch die Streben und Röhren des Schiffs bis zu Rod-riguez hinauf. Rasch kroch er weiter. Wenn er auf den Gang zum Maschinenraum stieß, bevor Mwaka ... Doch schon erklang eine kurze Salve, dann rannte der junge Afrikaner die Treppe wieder nach oben.

Scheiße! Ihn trennten noch etliche Meter vom Ausstieg. Sie würden vor ihm bei Navero sein.

»Also schön, Sie Feigling, ist Ihnen die Frau im Maschi-nenraum auch so egal? Wenn Sie sich nicht sofort erge-ben, ist sie dran.«

Was trieb Navero eigentlich? Seit sie auf ihre Rufe nach dem Captain keine Antwort bekommen hatte, war sie still. Hatte sie die Pistole noch? Aber sie war so unerfahren mit Waffen, dass sie es mit Gegenwehr wahrscheinlich nur schlimmer machte. »Die erschießen sie nicht«, erwiderte er leise, um nicht zu verraten, wie nah er sich ihnen befand. »Sie brauchen jemanden, der Ihnen das Schiff repariert, sonst sitzen Sie hier fest. Fragen Sie Ihren Freund.«

Warum hörte er seine Stimme plötzlich auch von hinten und vorne?

»Wer hat gesagt, dass wir sie töten?«, gab Bitangaro zurück. Auch seine Worte ertönten nicht mehr nur aus dem Kom.

Navero! Sie musste ihn mit den Bordsystemen geortet und die Lautsprecheranlage zugeschaltet haben, um seinen Standort zu kaschieren.

»Ein bisschen Folter tut es doch auch«, fuhr Bitangaro fort.

»Sie können mich mal! Wenn Sie mich kriegen wollen, müssen Sie schon kommen und mich ausräuchern.«

Perdón, Navero. Du weißt, wie's gemeint ist. Wow! Er konnte sogar die Schritte der beiden auf dem Gang hören. Doch hinter ihnen aus der Luke zu feuern, konnte er nicht riskieren. Wenn die Scharniere der Klappe quietschten, war der Überraschungseffekt dahin und die dünne Tür alles andere als kugelsicher.

»Wer hat die verfluchten Lautsprecher eingeschaltet?«, beschwerte sich Bitangaro.

»Na ich«, log Rodriguez. »Ich such noch den passenden Soundtrack für Ihren Tod.«

»Du bescheuerter ...«, fuhr Mwaka auf, doch sein Anführer – der Ältere hatte eindeutig das Sagen – unterbrach ihn.

»Scheiß auf den Kerl!«, fluchte Bitangaro. »Den erwisch ich schon noch.«

Ihre Schritte entfernten sich Richtung Maschinenraum. Noch einmal rief sich Rodriguez die Baupläne der *Starhawk* ins Gedächtnis. Der Boss hatte oft genug Notfallmaßnahmen und Enterszenarien mit ihm durchgespielt, um ihm die Schleichwege einzuprägen. Gerade aus Sicherheitsgründen war der Maschinenraum eine Sektion für sich. Es gab nur einen Eingang, und nur ein Schott führte weiter in den Reaktorbereich, durch dessen abschirmende Wände er höchstens mit einem Schneidbrenner gekommen wäre – wenn überhaupt. Sämtliche Lüftungsschächte und Leitungsrohre hatten die Konstrukteure absichtlich zu eng gestaltet, um ein Eindringen Unbefugter zu verhindern.

Schüsse hallten im Gang. Rodriguez glaubte, das Bellen einer *Prawda* zu erkennen. Navero? Schon antworteten Gewehre. Reparatur hin oder her, die Kerle würden sich nicht von ihr umbringen lassen. Deckung oder nicht, er musste eingreifen. Gerade als er die Klappe aufstieß, schrie Ita auf.

»Werfen Sie die Waffe weg, Miss, dann lassen wir sie am Leben!«, rief Bitangaro.

Rodriguez glaubte, sie schluchzen zu hören. »Tun Sie's!«, zischte er, obwohl die Afrikaner mithören konnten. »Tun Sie, was die Kerle Ihnen sagen!«

»Hören Sie auf Ihren Freund, Miss! Wenn Sie schön brav sind, dürfen Sie sich weiter um Ihr Schiff kümmern und den Rest uns überlassen.«

Navero murmelte etwas. Das folgende Geräusch hätte alles sein können, doch offenbar war es die Pistole, die über den Boden schlitterte, denn Bitangaro grunzte zufrieden.

Rodriguez hörte Schritte, Rascheln, ein ängstliches Japsen von Navero. Noch immer waren seine Gegner im Vorteil. Solange sie ihre Folterdrohung nicht wahr machten, konnte er sich leisten, auf einen günstigeren Moment zu warten.

»Hinsetzen!«, blaffte Mwaka.

»Wer fliegt das Schiff?«, wollte sein Chef wissen.

»Im Moment?« Itas Stimme klang brüchig, aber sie schien sich zu fangen. »Der Autopilot. Josh ... Captain Miller ist die Einzige von uns, die es navigieren kann.«

Von Velásquez abgesehen. Doch der zählte nicht mehr, und es war geschickter, die beiden in dem Glauben zu lassen, dass der Captain für sie unverzichtbar war.

»Wie lange brauchen Sie, um den Sprungantrieb zu reparieren?«

»Das ... das weiß ich noch nicht. Wir haben den Fehler noch nicht gefunden.«

»Dann strengen Sie sich gefälligst mal an!«, brüllte Bitangaro. »Und schalten Sie die verdammten Lautsprecher ab!«

»Ja, Sir«, hauchte Ita.

»Bleib bei ihr und schau ihr auf die Finger!« Damit war wohl Mwaka gemeint. »Wenn sie versucht, uns zu verarschen, brich ihr einen.«

Demnach hatte der Mistkerl vor, woanders hinzugehen. Schnell schloss Rodriguez die Luke. Wenn sie sich trennten, konnte er sich einen nach dem anderen vornehmen.

»Wo gehen Sie hin?«, wollte Mwaka wissen.

»Glaubst du, das kündige ich über die Lautsprecher an? Sorg dafür, dass sie die Dinger abstellt! Sofort!«

»Du hast's gehört!«, herrschte Mwaka Navero an.

»Bin ja schon dabei«, behauptete sie schrill.

Rodriguez hörte Schritte auf dem Gang und schob sich ein Stück zurück für den Fall, dass dem Afrikaner einfiel, testhalber auf die Klappe zu schießen. Umgekehrt war es keine gute Idee. Von hier oben konnte er nur schwer abschätzen, in welchem Winkel er nach unten schießen musste. Vom richtigen Zeitpunkt angesichts eines beweglichen Ziels, das er nicht sah, ganz abgesehen.

Er ertappte sich dabei, dass er die Luft anhielt, bis Bitangaro vorübergegangen war. Je sicherer sich der Kerl fühlte, desto besser. Sollte er glauben, dass sich sein einziger Gegner irgendwo im Frachtraum verschanzt hatte. *Bevor ich ihn fertigmache, muss ich Navero befreien.* Wenn Ita dabei nicht draufgehen sollte, brauchte er etwas, das Mwakas Aufmerksamkeit von ihr und ihm ablenkte, ihn am besten sogar in Panik versetzte. Nur, was? *Ha! Pass auf, du verräterisches Arschloch. Was du kannst, kann ich auch.*

Die Luft. Das Zeug ist in der Luft. »Starhawk, Code Toxic«, murmelte Josh, als sie langsam zu sich kam. »Code Toxic. Code ...« *Was tue ich denn da?* Abrupt setzte sie sich auf. Hatte sie es noch aussprechen können, bevor sie ohnmächtig geworden war? Um nachzurechnen, wie viel Zeit vergangen war, hätte sie einen Blick auf die Multibox werfen müssen, doch ihre Hände waren hinter dem Rücken zusammengebunden. Das etwas stumpfe Gefühl auf ihrer Haut sprach für Ferroplastriemen.

Dieser verdammte ... Die Erinnerung raubte ihr den Atem, als sei sie mit dem Rücken gegen etwas Hartes geprallt. *Er weiß Bescheid!* Er – und Mwaka! – wussten nun, was sämtliche Beta-Tracker und Kopfgeldjäger der Galaxis an ihre Fersen heften würde. Und wenn durchsickerte, warum sie aussah wie ein Mensch, obwohl sie ein gewöhnlicher Beta hätte werden sollen, hatte sie auch alle anderen Konzerne am Hals, die auf dem Gebiet der Genetik forschten. Die beiden durften dieses Schiff nicht lebend verlassen!

Guter Witz. Fragte sich noch, wer hier wen umbringen würde. Sie saß auf einer Koje in ... Es musste Paddys und Velásquez' Kabine sein.

Auf dem anderen Bett regte sich Kurt. Auch er war gefesselt, und sie hatten ihm nicht nur die Waffen abgenommen, sondern auch sein *JUST* herausgeschnitten, was den trocknenden Blutfleck auf der Bettdecke erklärte. Josh bewegte Arme und Hände, so weit es die Riemen zuließen, und spürte nichts, wo ihre Multibox hätte sein müssen. Auch ihr Kom war fort. Bitangaro achtete offensichtlich auf Details.

Sie stand auf und trat vor die kleine Konsole, die mit dem Bordcomputer verbunden war. Das Display zeigte Uhrzeit und Datum an – neben einer blinkenden Warnung, dass die Verbindung zum Schiff unterbrochen war. Es konnte kaum mehr als eine halbe Stunde vergangen sein. Demnach hatte »Code Toxic« vermutlich gegriffen. Eine nützliche Notfallfunktion auf einem *FullControl*-Frachter, aus dessen Ladung alle möglichen Gefahrenstoffe austreten konnten, wenn etwas schiefging. Sensoren prüften die Atemluft permanent auf die gängigsten Probleme, doch unter »Code Toxic« wurde sie gezielter analysiert, gefiltert und – falls die Krankenstation ein Gegengift hergab – mit einem Antidot angereichert.

Kurt setzte sich auf und schüttelte den Kopf wie ein nasser Hund. »Scheiße«, zischte er beim Versuch, die Quelle des Blutflecks auszumachen. Josh sah, dass sich hinter ihm neues Rot ausbreitete. Blut tropfte aus der wieder aufgerissenen Wunde und wurde von der Decke aufgesogen.

»Gibt es hier irgendwas, um die Riemen durchzuschneiden?«, wollte er wissen.

»Schätze, Ihre Zähne sind das Beste, was wir haben.«

»Funktioniert nicht. Das hab ich gründlich getestet.« Seiner Kehle entstieg ein Knurren, das seinen wölfischen Ahnen sicher Ehre machte. »Warum kann mit diesem Arschloch nicht einfach mal alles nach Plan laufen?«

»Mit wem?«

»Bitangaro. Der Kerl ist die Pest!«

»Dann kennen Sie ihn also doch.«

»Ja. Tut mir leid, dass wir Sie angelogen haben. Macht jetzt wohl auch keinen Unterschied mehr, wenn Sie's wissen.«

»Wir?« Also hingen die drei Betas tatsächlich irgendwie zusammen.

»Ja, Cherokee – also Dunbar –, TechSergeant Fratt und ich sind nur seinetwegen an Bord. Wir haben sogar unser Aussehen verändert, so gut es ging, damit er uns nicht sofort erkennt.«

»Und Ihr wahrer Name ist?«

Er grinste trotz allem. »Loop. Ist Französisch oder so.«

»Ich dachte mir schon, dass Sie noch aktive Justifiers

sind. Sie arbeiten für *StellarExplorations*, nicht für *FCC* oder die VHR. Wie man Sie trotzdem in die Crew schmuggeln konnte, will ich gar nicht wissen, aber was haben Sie mit Bitangaro zu tun?«

»Der Mistkerl hat eine ganze Raumstation unseres Mutterkonzerns *Knowledge Alliance* in die Luft gejagt. Gut möglich, dass dabei alle anderen Mitglieder unseres Teams draufgegangen sind, wenn Owens nicht … Na ja, das interessiert Sie jetzt nicht. Jedenfalls sah es bei der Aktion so aus, als wären wir desertiert. Ist 'ne komplizierte Geschichte, aber wir wollen uns rehabilitieren. Jemand … der sehr einflussreich ist, hat uns versprochen, das für uns zu regeln, wenn wir dafür sorgen, dass Bitangaro am Zielort ankommt und für den Rest seines Lebens eingesperrt wird. Hat nicht besonders gut funktioniert, würde ich sagen.«

»Das … tut mir leid für Sie«, bedauerte Josh. Sie wusste, was desertierten Justifiern blühte. Verfolgung durch Tracker, die sie zurückbrachten – lieber tot als gar nicht. Aber selbst wenn es ihnen gelang, sich zu befreien und Bitangaro auszuschalten, konnte sie ihn nicht mehr irgendwelchen Behörden übergeben. Nicht, solange er ihr Geheimnis ausplaudern konnte. Ob es dem Beta nun bewusst war oder nicht, Loop musste froh sein, dass das *AniControl* bei ihm schneller gewirkt hatte als bei ihr, denn auf diese Weise hatte er wohl nichts von ihrer Ohnmacht bemerkt. »Wir werden keinen Zielort anfliegen, auf dem *FullControl* das Sagen hat. Gibt es keinen anderen Weg, wie Sie Ihr Ansehen wiederherstellen können?«

Der Wolf-Beta zuckte mit den Schultern. »Vielleicht, indem wir ihn unserem Konzern als Präsent mitbringen. So oder so müssten wir ihn dafür aber erst mal wieder einfangen.«

Dann hoffe ich, dass auch seine Leiche als Geschenk ausreicht. Josh merkte, dass sie in Schweigen verfiel, doch sie musste nachdenken. Was hatte Bitangaro mit ihnen vor? Und wie viel Zeit blieb ihnen, bis er zurückkam? Waffen würde sie in dieser Kabine nicht finden. Das Inventar war *sehr* übersichtlich. Hatte Bitangaro auch Ita und Rodriguez gefangen? Ihre Gedanken drehten sich im Kreis, kehrten immer wieder zu dem Punkt zurück, dass sie gefesselt so gut wie nichts ausrichten konnten. »Wir müssen in die Krankenstation!«

Sofort glomm in Loops Augen ein Funke auf. »Klar! Die Skalpelle!«

Josh wandte sich zur Tür und erschrak, weil jene im gleichen Moment zur Seite glitt.

Bitangaro stand davor, die Mündung von Higgins' *Arclight* auf sie gerichtet. »Wie praktisch, dass Sie schon wach sind, Captain. Gerade wollte ich Sie wecken, um Ihnen etwas zu zeigen. Sitzen bleiben!«, fuhr er Loop an, der wohl hinter ihr hatte aufstehen wollen. »Kommen Sie raus, Captain, und stellen Sie sich dort hin!« Er gestikulierte mit der Pistole. »Eine falsche Bewegung, und Ihr Beta-Freund stirbt.« Lächelte er hämisch, weil er wusste, dass sie auch ein Beta war, oder bildete sie es sich ein?

Wie gefordert verließ sie die Kabine und hielt etwas Abstand zu ihm. Als er die Tür schloss, musste er seine Aufmerksamkeit aufteilen. Kurz erwog sie, ihm die Waffe aus der Hand zu treten, doch er war stark und sicher bestens im Nahkampf geschult, während ihr die Hände auf den Rücken gebunden waren. Zu schlechte Karten für einen Angriff. Bitangaro feuerte mit dem Laser auf das Bedienfeld der geschlossenen Tür. *Natürlich! Er hat keine Codes!* Wie dumm von ihnen, nicht daran zu denken. Er hatte sie nicht einsperren können.

»So, vorwärts! Sie wissen doch sicher noch, wo Sie Ihre ehemaligen Crewmitglieder eingesperrt haben.«

Meinte er Velásquez und den Gardeur? Josh ging voran durch die Messe, zu dem Mannschaftsquartier, aus dem sie zuletzt Wellesley geholt hatten.

»Wie lautet der Code zum Entriegeln?«, erkundigte sich Bitangaro und trat vor den Türöffner.

Was wollte er von den beiden? Doch warum sollte sie ihn durch Verzögerungen unnötig wütend machen? Sie diktierte ihm die Kombination aus Ziffern und Buchstaben. Die Tür glitt auf.

»Nach Ihnen.« Wieder dirigierte er sie mit der Pistole.

Der Gardeur und Velásquez sahen ihr überrascht entgegen. Ob Hoffnung in ihnen aufkeimte? Josh verstand immer noch nicht, was diese Aktion bedeuten sollte. Im nächsten Augenblick blitzten zwei Laserschüsse durch den engen Raum. Als das konzentrierte Licht vorbeijagte, glaubte sie, seine Hitze auf der Haut zu spüren. In Velásquez' Stirn prangte ein schwarz gerändertes Loch. Der Gardeur sackte zusammen. Unwillkürlich fuhr Josh herum, als könnte sie den Schuss abwehren, der ihrem eigenen Leben galt.

Doch Bitangaro stand in der Tür und lächelte nur. »Diese Männer bedeuten Ihnen nichts. Ich verschwende keine nützlichen Geiseln. Aber Sie haben jetzt gesehen, dass ich nicht zögere, wehrlose Menschen umzubringen. Jedes Mal, wenn Sie einen Befehl verweigern oder irgendwelche Tricks versuchen, wird einer von denen dran glauben, *die* Ihnen etwas bedeuten.«

Nicht zu wissen, wo sich der verfluchte Afrikaner befand, war ein Unsicherheitsfaktor. Möglichst lautlos durch die niedrigen Gänge robben zu müssen, weil sein Gegner direkt unter ihm sein könnte, zerrte jedoch doppelt an seinen Nerven. *Geduld war noch nie meine Stärke,* gestand sich Rodriguez ein, doch bislang hatte ihn Johnson nur damit aufgezogen. Nun wurde er zum ersten Mal auf die Probe gestellt. Warum musste das Shuttle auch auf der entgegengesetzten Seite des Schiffs angedockt liegen? Doch ebenso gut hätte er fragen können, weshalb er keine Idee gehabt hatte, für die er die Ausrüstung im Shuttle nicht brauchte.

Obwohl so nah an der Außenhülle kühlere Temperaturen herrschten als im Kern des Schiffs, brachten ihn Anstrengung und Anspannung ins Schwitzen. Was trieb Bitangaro dort unten? Saß er im Cockpit? Suchte er nach ihm? Auf jeden Fall schien er noch nicht zurückgegangen zu sein, sonst hätte er sicher ein paar Worte mit Mwaka oder Navero gewechselt.

Endlich hatte Rodriguez wieder die Luke auf den Gang zum Maschinenraum erreicht. Er zog die *Prawda* aus dem Oberschenkelholster und hob die Klappe vor ihm nur einen Fingerbreit an, um nach beiden Seiten zu spähen. Niemand in Sicht. Der Ausstieg war eigentlich dafür gemacht, rückwärts die Sprossen an der Wand hinabzuklettern, doch das schien unter diesen Umständen zu riskant. Rodriguez schwang sich mit den Füßen voran über die Kante, sah sich im Fallen bereits wieder nach Gegnern um und federte die Landung mit kybernetisch verbesserten Knien ab.

Als fast im gleichen Augenblick die dunkle Stimme des Afrikaners ertönte, jagte Adrenalin seinen Puls in die Höhe. Rasch sicherte er mit der Pistole erst in die eine, dann die andere Richtung, bis sein Verstand die Reflexe wieder unter Kontrolle hatte. Bitangaro sprach nur über Kom, und offenbar nicht einmal mit ihm. »Sitzen bleiben!«, donnerte er gerade. »Kommen Sie raus, Captain, und stellen Sie sich dort hin!«

Dass das Arschloch Captain Miller in seiner Gewalt hatte, war ihm klar gewesen, aber es bestätigt zu hören, spornte ihn zu neuer Eile an.

»Eine falsche Bewegung, und Ihr Beta-Freund stirbt«, drohte Bitangaro.

Immer dasselbe Lied. Rodriguez verkniff sich einen Kommentar und schlich nah an der Wand auf den Eingang des Maschinenraums zu. Aus dem Kom drang ein Pfeifen, dicht gefolgt von einem hässlichen Knacken und Knistern. Ein Laserschuss? Von wem auf wen? Oder auf was, wenn er die Geräusche richtig interpretierte.

»So, vorwärts!«, befahl Bitangaro.

Demnach hatte er die *Arclight*, aber der Captain musste noch leben, sonst hätte sie kaum irgendwo hingehen können. »... wo Sie ihre ehemaligen Crewmitglieder eingesperrt haben.«

Er will also mit dem Captain in die Messe. Gut. Dann musste er nicht damit rechnen, jeden Moment eine Kugel in den Rücken zu bekommen, während er sich auf Mwaka konzentrierte. Vorsichtig schob sich Rodriguez näher an den Durchgang. Die Tür war offen, wie meistens, weil es sonst schnell stickig wurde. Er lugte um die Ecke, so weit er es riskieren konnte. Keine Spur seines Gegners. Mwaka war kein völliger Anfänger, der sich ausgerechnet in diesen einzigen Schusswinkel setzte, wo ein Angreifer nicht aus der Deckung kommen musste.

Rodriguez lauschte. Außer dem Summen der Triebwerke, das fast überall im Schiff zu hören war, und dem leisen Rauschen der Lüfter am Zentralrechner drang kein Laut zu ihm heraus. Umso behutsamer zog er den kleinen Metallzylinder aus seiner Hosentasche, den er aus dem Shuttle geholt hatte.

Beinahe hätte er ihn fallen lassen, als Bitangaros Stimme plötzlich wieder aus dem Kom ertönte: »Wie lautet der Code zum Entriegeln?«

Es entstand eine kleine Pause, dann hörte er Captain Miller im Hintergrund antworten. Was wollte der Afrikaner unbedingt bei Velásquez? Steckte der aufgeblasene Arsch etwa mit Bitangaro unter einer Decke?

»Nach Ihnen.«

Was auch immer sie dort taten, er sollte besser seinen Plan umsetzen, bevor sich die Lage änderte. Wieder das Pfeifen des Lasers, zweimal, direkt nacheinander.

Scheiße! Das hatte hoffentlich nicht Miller gegolten. *Nein.* Der Mistkerl sprach noch mit ihr. Doch wer konnte sagen, was ihm als Nächstes einfiel?

Rodriguez zündete die Signalfackel in seiner Hand und schleuderte sie in den Maschinenraum. Navero stieß einen Schreckenslaut aus. Mwaka fluchte auf Afrikanisch. Rodriguez sprang auf die andere Seite des Eingangs und erhaschte dabei einen Blick auf Ita, die von ihrem Sitz vor einem der Monitore aufgesprungen war. Schon quoll roter Rauch bis zu ihm auf den Gang. Heulend sprang der Feueralarm an. Rodriguez hielt mit einer Hand die *Prawda* schussbereit, mit der anderen bedeutete er Navero hektisch, herauszukommen.

Ita sah ängstlich zwischen ihm und – vermutlich – Mwaka hin und her. »Wir müssen raus!«, keuchte sie. »Die Tür schließt sich gleich ...« Hustend kämpfte sie gegen den schon fast undurchsichtigen Rauch an. »... um den Brand einzudämmen. Dann ... ersticken wir!«

An Löschpulver. Er stellte es sich lieber nicht genauer vor, konzentrierte sich stattdessen auf die Stelle, wo jeden Moment Mwaka ... *Da!* Abzudrücken und sich aus der Schussbahn zu drehen, dauerte nur einen Lidschlag. Eine Salve aus der *Repeater* antwortete und riss Löcher in die gegenüberliegende Wandverkleidung. Rodriguez unterdrückte den Impuls, sofort nachzulegen. Blindlings in den Maschinenraum zu ballern, war keine gute Idee.

Selbst ihn biss der Rauch bereits in die Augen. Endlich hörte er, dass sich auch Mwaka die Seele aus dem Leib hustete. *Verdammter Bastard, komm schon raus!* Er schielte um die Ecke. Etwas regte sich in den roten Qualmwolken. Sofort zielte er tiefer.

»Achtung, ich bin's!«, krächzte Ita. Auf allen vieren kroch sie über die Schwelle.

Rodriguez sprang geduckt vor, schnappte sie um die Taille und riss sie mit sich, als auch schon die *Repeater* knatterte. Er spürte einen Schlag gegen den Stiefel, als ob ihm jemand dagegentrat. Stolpernd ließ er Navero fallen, drehte sich, hob erneut die Pistole. Die Tür glitt zu und versiegelte sich mit einem leisen Zischen. *Wir haben's dir gesagt ...*

Grinsend wandte er sich Navero zu, die zur Wand gekrochen war, um sich mit dem Rücken anzulehnen, doch sie lächelte nicht zurück. Ihre Augen tränten und waren vom Rauch gerötet. Ein neuer Hustenanfall schüttelte sie. Okay, eine triumphale Rettung sah ein bisschen anders aus, aber sie lebte und war nicht mal verletzt. Gab es kein Drehbuch, das jetzt eine dankbare Umarmung für ihn vorsah, sodass er wenigstens einmal diese Rundungen an seinem Körper spüren durfte?

Ita rang nach Atem. »Wo ... wo ist Josh?«

Ein feuchtes Gefühl in seinem Stiefel lenkte seine Aufmerksamkeit auf das Loch im Schaft. Angeschossen war er also auch noch. Allmählich setzte auch Schmerz ein. »Ich kümmere mich darum. Kommen Sie, stehen Sie auf!« Er reichte ihr die Hand, um sie auf die Beine zu ziehen. »Sie brauchen erst einmal ein sicheres Versteck, bis ich diesen Bitadingsda erledigt habe.«

Kugeln trommelten von innen auf die Tür des Maschinenraums ein.

Keine Chance, Kumpel. Die ist nicht nur feuerfest.

Ita warf einen kurzen Blick zurück. Sicher sorgte sie sich um das Schiff. Dann folgte sie ihm den Gang entlang. »Madre mía, Rodriguez, Sie humpeln!«

Na also. Wenigstens eine besorgte Hand auf seinem Arm. »Ich kann noch laufen, dann kann's nicht so schlimm sein. Sehen Sie die Klappe da oben?« Er deutete hinauf. »Da findet Sie so schnell keiner.«

Sie rieb sich die letzten Tränen aus dem Gesicht. »Die Wartungsgänge. Und Sie sind sicher, dass ich nicht helfen soll?«

Gott bewahre! »Nein, hoch mit Ihnen! Er kann doch jeden Augenblick aufkreuzen!« Und dann würde sie ihm nur im Weg stehen.

»Schon gut.« Sie klang noch immer rau, aber es war irgendwie sexy. Ihr Hintern auf seiner Augenhöhe, als sie hinaufkletterte, hatte auch viel für sich. *Shit!* Seine Gedanken drifteten in die völlig falsche Richtung ab. Wahrscheinlich ließ das *Restless* nach. *Wach bleiben, Junge!* Er hatte immer noch einen Gegner. Und keine Ahnung, wie er ihn ausschalten sollte.

Er hat die beiden erschossen, nur um zu beweisen, dass er skrupellos ist? Sprachlos starrte Josh ihn an. Seiner Miene nach zu urteilen genoss er es, den beabsichtigten Eindruck gemacht zu haben. Er stand vor der Schwelle, die *Arclight* nun auf sie gerichtet, und Josh wünschte, die Tür würde sich aus heiterem Himmel schließen und ihm den Arm einklemmen.

Was sie tat.

Ungläubig blinzelte Josh, doch Bitangaros Aufschrei und das Klappern der Pistole, die ihm entglitten war, bildete sie sich nicht ein. Sie sprang vor, trat die Waffe zur Seite. Bitangaro zerrte an seinem Arm. Wie war das möglich? Normalerweise öffnete sich die Tür sofort wieder, wenn sie auf Widerstand traf. *Egal.* Sie musste die Gelegenheit nutzen. Vergeblich riss sie an den Ferroplastriemen, die nur tiefer in ihre Haut schnitten. Für die Zukunft brauchte sie dringend ein im Stiefel verstecktes Vibromesser.

Schon hatte Bitangaro seinen Arm freigewunden. Der Türspalt schloss sich. Josh spannte sich, um ihren Gegner mit einem Tritt ans Kinn zu empfangen, wenn sich die Tür wieder öffnete. Das Blatt glitt tatsächlich erneut zur Seite. Bitangaro stand davor, doch er sah nicht sie an, sondern hatte sich umgewandt.

»Hände hoch!«, rief eine Männerstimme, die sie nicht sofort einordnen konnte.

Widerwillig gehorchte der Afrikaner.

Josh näherte sich der Tür einen weiteren Schritt, hielt sich jedoch aus seiner Reichweite. Es fehlte gerade noch, dass er sie als Schutzschild missbrauchte.

»Mein Freund Sonny wird jetzt rüberkommen und dich fesseln, aber ich warne dich: Ich hab beschissene Laune, weil mir von der Scheißspringerei die Knochen schmerzen, also reiz mich besser nicht!«

Ace! Wenn er wirklich bei der FEC-Flotte gedient hatte, konnte er wahrscheinlich sogar mit Waffen umgehen.

»Halt dich hinter ihm, Mann! Spring mir nicht vor der Flinte rum!«, mahnte er.

Der Clark Kent-Doppelgänger tauchte in Joshs Blickfeld auf und verdrehte gerade die Augen. »Ich bin nicht blöd, Mann.« Selbst unrasiert und im Sträflingsoverall fiel sein gutes Aussehen auf. Er war ebenso groß wie Bitangaro, doch weniger grobknochig. Verglichen mit dessen Pranken hatte er die Hände eines Pianisten – und das Lächeln eines unverbesserlichen Frauenhelden.

Konzentrier dich auf deine Aufgabe, Sonnenschein!, dachte Josh und verdrehte nun selbst die Augen.

Sonny wandte sich Bitangaro zu, der ihn schweigend musterte. Als hätte jemand einen Schalter umgelegt, setzte der Häftling eine finstere Miene auf. Sein Gesicht verwandelte sich in das perfekte Abbild des rauen Söldners Zeno aus *Damn' Collie, die!*. »Hände auf den Rücken!«, fuhr er den Afrikaner an.

Bitangaro sah wieder zu Ace. Josh konnte förmlich sehen, wie er seine Möglichkeiten durchspielte.

»Denk nicht mal daran! Der Kerl war Scharfschütze bei einem FEC-Sonderkommando«, bluffte sie.

Er warf ihr einen scharfen Blick zu, den sie geradeheraus erwiderte.

»Heute noch!«, blaffte Sonny und schnappte sich die erste Hand, sobald sie weit genug unten war, um sie direkt auf den Rücken weiterzuziehen. Er musste irgendjemandem den Gürtel abgenommen haben, mit dem er Bitangaro nun fesselte.

»So, und jetzt hübsch dort stehen bleiben, bis wir entschieden haben, ob wir dir erst die Eier abschneiden und sie dann kochen oder umgekehrt!«, befahl Ace. »Captain Miller?«

Josh trat bereits über die Schwelle und beeilte sich, Abstand zu Bitangaro zu gewinnen. »Nette Überraschung, Ace. Ich hoffe, Sie haben nicht auch vor, das Schiff zu übernehmen.«

Offensichtlich hatte er sich an den Waffen bedient, die im Türbereich zum Frachtraum herumliegen mussten, denn er zielte mit einer *Allrounder* auf den Afrikaner. Dass er im Rollstuhl saß, nahm der Geste nichts von ihrer Entschlossenheit. Hinter ihm standen Ludmila und ein schmächtiger, grinsender Mann, an dem als Erstes seine zahlreichen Missbildungen auffielen. Wie ein Fremdkörper klebte das schüttere weißblonde Haar eines alten Mannes an seinem Kopf, obwohl er kaum älter als zwanzig sein konnte. Sein Gesicht wirkte verzerrt, als betrachte man ihn durch eine falsche Linse, und der linke Arm war tiefer angesetzt und kräftiger als der rechte. Im Gegensatz zu ihm hatte auch Ludmila eine Waffe in der Hand, doch sie wirkte nervös und hielt die Pistole, als wisse sie nicht recht etwas damit anzufangen.

»Ach, fliegen könnt ich die Kiste schon«, behauptete Ace, »aber als Captain bin ich 'ne Niete. Wer hört schon auf einen Krüppel?« Falls es ein Witz hatte sein sollen, war es ihm nicht gelungen, den verbitterten Ton aus seiner Stimme zu halten. »Will jetzt mal jemand den Captain befreien?«, fragte er. »Nein, du nicht, Sonny! Du lässt das Arschloch nicht aus den Augen.«

»Tut mir leid«, sagte Ludmila und trat unsicher vor. »Ich bin so was nicht gewöhnt. Ich fühle mich völlig nutzlos.«

»Schon gut.« Josh wandte ihr den Rücken zu, damit sie an ihre Fesseln kam. »Wie haben Sie das mit der Tür gemacht?«

»Dos wor isch«, nölte der entstellte Mann. Er sprach so undeutlich, dass Josh einen Moment brauchte, bis sie ihn verstand. »Isch mog Ihr Schiw.«

»Diese Riemen sind nicht verknotet, sondern irreversibel verzurrt«, stellte Ludmila fest. »Wie soll ich ... Warten Sie, ich hole mir ein Skalpell aus der Krankenstation.« Sie eilte zur anderen Seite der Messe.

»Tipo Strano ist ein Chemical«, erklärte Ace.

Josh wusste sofort, dass er sich auf seinen merkwürdigen Begleiter bezog. Chemicals waren Kinder von Chemics, biochemisch verbesserten Menschen wie den Supersoldaten, und fast alle mit körperlichen Fehlbildungen belastet. Sie war noch nie einem begegnet, denn die Chemics wurden durch die Behandlung mit genverändernden Substanzen meist unfruchtbar, sodass ihre Nachkommen modernen Fabelwesen gleichkamen. Aber sie hatte im *StellarWeb* über das Phänomen gelesen und wusste, dass viele von ihnen begabte TechPsioniker waren.

»Ohne ihn wären wir nicht mal durch die Frachtraumtür gekommen, weil der Mistkerl den Öffner zerschossen hat.« Ace warf Bitangaro einen besonders düsteren Blick zu. »Wollte uns wohl elend da drin verrecken lassen.«

»Zuzutrauen wär's ihm«, befand Josh, doch ihre Augen blieben auf den Chemical gerichtet. »Sie können das Schiff bedienen, ohne irgendetwas anzufassen?« Die Vorstellung hatte sie fasziniert, seit sie zum ersten Mal davon gehört hatte. *Josh! Hör auf zu träumen! Es gibt noch Arbeit.*

Tipo Strano schielte plötzlich, öffnete zugleich den Mund wie zu einem O und schien um Worte zu ringen. »Ihr Schi...iw brännt«, brachte er schließlich heraus. Im gleichen Augenblick hallten Schüsse aus dem Gang. Über ihren Köpfen blinkte der Feueralarm auf, dessen Sirene nun ebenfalls einsetzte.

»Ludmila, beeilen Sie sich!«, rief Josh. Noch einmal wollte sie nicht wehrlos herumstehen, falls Mwaka anrückte.

»Sie hat mich befreit und bleibt lieber in Deckung«, verkündete Dunbar, der aus der Krankenstation gelaufen kam. *Ach nein, Cherokee,* korrigierte sich Josh. Er hatte ein Laserskalpell bei sich und durchtrennte endlich die Riemen an ihren Handgelenken.

»Suchen Sie Higgins und Ihre Freunde!«, befahl sie ihm. »Ich muss Ita und Rodriguez finden.« Und vorher brauchte sie dringend eine Waffe. Ihr fiel nur die *Arclight* in der Mannschaftsunterkunft ein.

Als sie an Bitangaro vorbeihastete, wurde ihr plötzlich ein Bein weggezogen. Sie fiel, rollte sich ab, so gut es noch ging, kämpfte sich trotz der verkorksten Landung sofort auf die Füße. Bitangaro war hinter ihr hergestürzt, kroch erschreckend schnell über den Boden. Kugeln schlugen über ihm in die Wand, dann gab ihm der Türrahmen bereits Deckung. Eine seiner Pranken legte sich eisenhart um Joshs Knöchel. Sonny stürmte heran, um sich auf ihn zu werfen, während sich Josh auf die Knie fallen ließ und auf dem Boden ausstreckte. Sollte Bitangaro doch ihren zweiten Fuß packen und sie mit aller Kraft zurückziehen, ihre Finger schlossen sich schon um die *Arclight.* Sie drehte den Oberkörper, richtete die Waffe auf ihn. Die Mündung zielte direkt zwischen seine Augen. Ihr Finger krümmte sich von selbst. Der Laser gleißte auf. Im nächsten Moment landete Bitangaros Kopf mit einem dumpfen Knall am Boden. Ein kurzer Rauchfaden kräuselte sich von dem verkohlten Loch in seiner Stirn in die Höhe, und es stank nach versengtem Fleisch. Übelkeit würgte Joshs Kehle. Angewidert strampelte sie ihre Beine aus seinem erschlaffenden Griff frei.

Sonny stand schon wieder auf den Füßen, aber mit der Hand vor dem Mund sah auch er aus, als würde er sich jeden Moment übergeben. Er spürte ihren Blick und kämpfte um seine Beherrschung. »Sorry. Ich versuch, mich daran zu gewöhnen.«

In der Tür erschien Ace, eine Hand am Steuer des Rollstuhls, in der anderen das Gewehr. »Sind Sie verletzt?«

Josh rappelte sich auf. »Ich glaube, nicht mehr als vorher.« Doch ihre Beine zitterten. Für einen Lidschlag schien der Raum zu schwanken. Das Heulen des Feueralarms dröhnte in ihrem Kopf. *Schlafmangel und Daueradrenalin.* Sie brauchte wenigstens Wasser und Kaloriennachschub, sonst würde sie bald zusammenklappen.

»Schmeiß die Knarre weg, Krüppel, oder ich blas dir das Licht aus!«

Rodriguez! Mit dem Feingefühl eines Panzerläufers.

»Vielleicht hab ich ja seit Jahren darauf gewartet, dass mir jemand den Gnadenschuss gibt«, erwiderte Ace.

Josh hatte Zweifel, ob Rodriguez für Sarkasmus empfänglich war. »Lassen Sie ihn! Er ist auf unserer Seite«, rief sie und zwängte sich am Rollstuhl vorbei aus der Kabine.

Rodriguez senkte achselzuckend die *Prawda.* »Konnte ich ja nicht wissen.«

»Sagen Sie mir lieber, wo das Feuer ausgebrochen ist. Und wo sind Ita und Mwaka?« Angesichts seines selbstzufriedenen Grinsens spürte Josh bereits Erleichterung, bevor er etwas sagte.

»Den Alarm können Sie abstellen. Das ist nur Mwakas persönliches Fegefeuer auf dem Weg zur Hölle. Navero ist in Sicherheit.«

Nicht ganz die informative Antwort, die sie erwartet hatte, aber im Augenblick war es ihr völlig egal. Higgins und der TechSergeant kamen mit Cherokee aus dem gegenüberliegenden Mannschaftsquartier. Der Chemical betrachtete mit abwesender Miene die blinkenden Alarmlampen an der Decke, die daraufhin erloschen, und Loop würden sie auch noch aus der verschlossenen Kabine befreien. Vielleicht konnten sie jetzt endlich …

Das Heulen der Alarmsirene erstarb. In der erholsamen Stille hörte sie im ersten Moment nichts, dann passten sich ihre Ohren an. Schreie, Schüsse und lautes Poltern drangen vom Frachtraum herüber.

11

Josh stürmte dicht hinter Higgins den Gang entlang. Blut tropfte vom Handgelenk des Justifiers, wo Bitangaro ihm das *JUST* aus der Haut geschnitten hatte. Davon abgesehen schien er unverletzt, während Rodriguez längst humpelnd zurückgeblieben war. Ob Sonny, der ihr ebenfalls folgte, eine große Hilfe sein würde, musste er erst noch beweisen.

Schon bevor sie durch den Eingang fegte, hörte sie Schritte die Treppe heraufhasten. Higgins drehte sich zu dem Geräusch um und riss dabei die *Veloc* in Anschlag. Viel Platz gab es nicht. Noch immer lagen die Leichen von Chavez' und einer Gardeurin auf dem Treppenabsatz. Der Boden war schlüpfrig vom Blut. Josh schlitterte gegen das Geländer und richtete dabei schon die *Arclight* auf die Leute auf den Stufen.

»Wir haben dem Biest nichts getan!«, rief der vorderste Mann. Er riss die Hände hoch, um zu zeigen, dass er unbewaffnet war.

Welchem Biest? Da von den wenigen Gestalten auf der Treppe keine Gefahr auszugehen schien und Higgins sie im Visier hatte, sah Josh in den Frachtraum hinab. Eine zweite kleine Gruppe – darunter der Asiate mit dem gebrochenen Arm und die Frau, die ihm so ähnlich sah – hatte sich auf dem Dach eines Zellenbereichs in Sicherheit gebracht. Sie kauerten Rücken an Rücken und hielten ängstlich Ausschau. Nur die Asiatin blickte furchtlos, was damit zu tun haben mochte, dass sie als Einzige ein Gewehr besaß.

Geschrei und Schüsse ertönten nur noch aus dem Bereich zwischen Container, Gefängnis und Außenschott, den Josh nicht einsehen konnte, weil ihr der dortige Zellenblock die Sicht versperrte. Der Tumult schien sich erst zu nähern, dann wieder zu entfernen.

»Diese Idioten haben ...«, begann Higgins, als auf dem Dach des Containers ein Wesen auftauchte, wie Josh es nicht einmal aus *Starlook*-Dokus über Ahumane kannte. Sein Körper mochte an den eines Menschen erinnern, doch die Haut war milchig, fast transparent, und darunter schimmerten Lichtbahnen, auf denen in schneller Folge Blitze hin- und herjagten. Die Asiatin schwenkte ihre *Repeater*. Eine Salve knatterte, und das Wesen fiel getroffen hintenüber. Doch es rollte sich nur ab, kam erneut in geduckter Haltung auf die Füße und fixierte die neue Gegnerin. Aufschreiend warfen sich die Menschen flach auf das Zellendach. Im gleichen Moment schoss etwas Leuchtendes aus den Augen des Ahumanen, verfehlte die hingestreckte Asiatin nur knapp.

»Ach du Scheiße«, entfuhr es Sonny. »Was ist das?«

Josh wollte Higgins dieselbe Frage stellen, doch er drängelte sich bereits ein Stück die Treppe hinab und sprang über das Geländer. Noch bevor er unten aufkam, wandte sich Josh zu Sonny und Rodriguez um, der nun aufgeholt hatte. »Schaffen Sie diese Leute in die Messe, Sonny!« Ace würde hoffentlich dafür sorgen, dass sie nichts Falsches anfassten und dortblieben. »Rodriguez, Sie sichern dann diesen Ausgang!«

Das ist also Chavez' Überraschung, dachte Josh, während sie Higgins folgte, der unten an der Mauer des Gefängnisbereichs entlanggelaufen war und jetzt um die Ecke spähte. »Es ist noch auf dem Container«, rief sie ihm zu. Zumindest war es das ein, zwei Sekunden zuvor noch gewesen.

Higgins rückte in den Gang zwischen Frachtraumwand und Zellenblock vor. Die *Veloc* auf das Dach der Zellen gerichtet, hielt er sich an der Wand und näherte sich der Seitentür. Josh verließ sich darauf, dass er die schießwütige Asiatin stoppen würde, falls sie über ihnen auftauchte. Sie blieb auf der Gefängnisseite, sicherte in die Richtung des Containers, der noch hinter der nächsten Ecke verborgen war.

»*Sie* müssen schießen«, flüsterte Higgins gerade laut genug, dass sie ihn über die zwei Meter Entfernung hören konnte.

»Weshalb?« Nicht, dass sie nicht entschlossen gewesen wäre, genau das zu tun. Es irritierte sie viel mehr, dass er daran zweifelte.

»Weil es nur mit Laserwaffen aufzuhalten ist«, antwortete der Justifier, ohne die Dachkante aus den Augen zu lassen.

Und was machte Higgins dann hier? Doch sie packte nur die *Arclight* fester und schob sich nun langsamer vor.

Auch Higgins schlich nur noch, passierte die geschlossene Seitentür, vor der eine trocknende Blutlache an Ayubu und Johnson erinnerte. Was der Boss wohl gegen dieses Wesen unternommen hätte? Rasch verdrängte Josh den Gedanken. Es gab nur noch Higgins, dieses leuchtende Etwas und sie. Hätte sie nicht selbst gesehen, wie wirkungslos die Gewehrsalve geblieben war, sie hätte dem Justifier kein Wort geglaubt.

Über ihr feuerte eine *Repeater*. Die Asiatin? Higgins' *Veloc* bellte. Mit einem Mal landete etwas Helles vor ihr, wo vorher nur Luft gewesen war. Seine Augen waren noch das Menschlichste an ihm. Es hatte weder Nase noch Mund. Haut und Schädel waren fast vollkommen durchsichtig. Darunter pulsierte Licht in wirren Mustern, rasend schnell und doch – hypnotisch. Josh konnte den Blick nicht davon abwenden. Sah sie diesem Wesen direkt ins Gehirn? Für eine Sekunde schien die Zeit stillzustehen. Der Ahumane starrte sie ebenso an wie sie ihn. Panik sprach aus den geweiteten Augen, durch deren Pupillen die Lichtspiele dahinter nur gedämpft schimmerten.

Dann knallte erneut die *Veloc*. Die Kugel war so schnell, dass Josh nur sah, wie der Kopf des fremden Wesens abrupt zur Seite gestoßen wurde. Jeder andere Schädel wäre in Einzelteile zersprungen. Im Knochen des Ahumanen steckte die Kugel einfach nur fest. Durch die transparente Haut konnte Josh es sehen, als hätte sie ein Röntgenbild. Im Innern des Schädels blitzte ein noch wilderes Feuerwerk. Benommen hob das Wesen den Kopf wieder, die Augen wandten sich Higgins zu.

Plötzlich fielen Josh der Laserschuss aus diesen Augen und die Waffe in ihrer Hand wieder ein. Sie drückte ab.

Der Schuss traf ihn mitten in die Brust. Licht gleißte auf. Josh blinzelte dagegen an, doch sie sah nur zahllose grelle Explosionen irrwitzig schnell durch seinen Körper flackern, bevor er stumm zusammenbrach.

»Ich weiß nicht, wie lange die Wirkung anhält.« Higgins' Stimme drang wie von einem fernen Planeten zu ihr. »Behalten Sie ihn gut im Auge! Ich hole mir die *Arclight* meines Ex-Kollegen.«

Josh spürte sich nicken, doch ihr Blick blieb auf das fremdartige Wesen gerichtet. Tot war es nicht, dessen war sie sicher. Das Licht pulsierte nur eher in ruhigen Wellen durch seinen Körper. Waren diese Bahnen seine Adern? Oder Nervenstränge? Auf jeden Fall schien der Laser eine Art Kurzschluss verursacht zu haben. Vielleicht so etwas wie einen Overload an Energie.

Mit halbem Ohr hörte sie Higgins davoneilen. Er hatte gewusst, welchen Effekt die *Arclight* haben würde. Nicht auszudenken, was geschehen wäre, wenn jemand den Justifier bei der Meuterei erschossen und ihre Crew nichts ahnend den Container geöffnet hätte. Wie lange würde das Monster bewusstlos bleiben? Sie schüttelte den Kopf. Wie eine reißende Bestie sah der Ahumane eigentlich nicht aus. Als sie ihm in die Augen gesehen hatte, war nichts Bedrohliches von ihm ausgegangen. Sie hatte Panik gesehen, Todesangst. Das war kein Wunder. Man hatte auf ihn geschossen. Wachsam, um nicht von ihm überrascht zu werden, falls er sich nur noch ohnmächtig stellte, trat sie zur Seite, um das Einschussloch der *Veloc* zu betrachten.

Das gibt's überhaupt nicht! Sie ging in die Hocke, sah genauer hin. Millimeter für Millimeter schob sich das Projektil wieder aus der Wunde. Vom Aufprall deformiert, fiel es mit einem Klicken auf den Metallboden.

Schritte kamen näher, und aus dem Augenwinkel erkannte Josh Higgins an seiner Rüstung, ohne aufzublicken. Zu sehr faszinierte es sie, wie sich die durchscheinende Haut über dem wiederhergestellten Schädel schloss. Knochen, die Hochgeschwindigkeitskugeln standhielten, und Gewebe, das sich innerhalb von Minuten regenerierte? »Was für ein Wesen ist das?«

»Keine Ahnung, Captain. Man hat uns nur gesagt, wie wir uns verhalten sollen, falls es ihm gelingt auszubrechen.«

»Keine Spezies, kein Herkunftsplanet, nichts?«

»Alles strengste Geheimhaltungsstufe. Deshalb sollten wir wohl auch jeden erschießen, der dem Container zu nah kommen wollte.« Higgins' Ohren stellten sich lauschend auf. »Wir bekommen Besuch.« Er richtete seine Laserpistole auf die Ecke, hinter der er eben selbst noch hervorgekommen war.

Einen Moment später lugte dort kurz ein sonnenverbranntes, faltiges Gesicht hervor, das Josh vage bekannt vorkam. »Scheiße, die Secs«, raunte jemand.

»Die *FCC*-Sec gibt es jetzt auf diesem Schiff nicht mehr«, rief Josh. Ihr wurde bewusst, dass sie in der Hocke eine wenig respektheischende Figur machte, und erhob sich.

»Ich bin der neue Captain, und wenn Sie Ihre Waffen ablegen, betrachten wir Sie nicht mehr als Sträflinge, sondern als Passagiere.«

»Das kann jeder behaupten«, antwortete eine raue Stimme. »Wer garantiert uns, dass Sie uns nicht wieder einsperren?«

»Im Leben gibt es keine Garantien, Sir. Aber Sie können mein Wort darauf haben, solange Sie sich auf meinem Schiff zivilisiert benehmen.«

»Schwören Sie es im Namen des Herrn, der unser aller Vater ist«, forderte ein anderer Mann in salbungsvollem Ton.

»Das würde Ihnen wenig helfen, denn ich glaube nicht an Götter«, meinte Josh gereizt. Die Erschöpfung raubte ihr die Geduld. »Entscheiden Sie sich! Dieser Ahumane kann jeden Augenblick wieder aufwachen.«

»Okay, okay«, murrte der Erste.

Sie merkte, wie sich Higgins spannte. *Natürlich!* Angebliche Zustimmung war der älteste Trick der Welt. Doch niemand schoss plötzlich um die Ecke. Nur ein Gewehr schlitterte über den Boden in Sicht, und mehrere Pistolen folgten, die den Gardeuren gehört haben mussten.

»Gilt das auch für uns?«, rief eine Frauenstimme vom Dach der Zellen.

»Es gilt für alle an Bord.«

»Wir sind dabei«, kam es sofort zurück.

»Der Herr sei gepriesen, dass er dem Morden und Schlagen ein Ende bereitet hat!«, verkündete der erste Mann, der um die Ecke kam. Auch ihn erkannte Josh wieder, da ein Cyberoo-Kreuz auf seiner Stirn prangte, das mal schlicht und dann wieder von einem Strahlenkranz umgeben war, bevor es als Ende des Zyklus einen leidenden Gekreuzigten zeigte und wieder von vorne begann. »Und ich danke ihm auf Knien ...« Bei diesen Worten fiel der Typ tatsächlich auf die Knie. »... dass er uns den Sieg über diese Ausgeburt der Hölle geschenkt hat.« Womit er offensichtlich den Ahumanen meinte, den er mit Abscheu betrachtete.

Josh war nicht in der Stimmung, mit Fanatikern über die Realität zu diskutieren. »Haben Sie den Container geöffnet?«, wollte sie stattdessen wissen.

»Nein, das war Zwei-Finger-Joe«, behauptete der Häftling mit der ledrigen Haut, der sich nun ebenfalls wieder zeigte. »War seinerzeit wohl 'n verdammt guter Hacker, aber dieses Mal hat's ihm kein Glück gebracht.«

»Ist er tot?«

»Und ob! Das Vieh hat ihm 'ne volle Ladung ins Hirn gebrannt.«

Der Prediger neben ihm bekreuzigte sich, faltete die Hände und senkte das Haupt. »Möge er in Frieden ruhen.«

»Sie haben also nicht zuerst geschossen?«

Hinter den beiden tauchte eine drahtige, unnatürlich muskulöse Frau auf, die Josh wegen des kürzlich geschorenen Schädels erst recht fast für einen Mann gehalten hätte. Biochemische Kampfmaschinencocktails hatten ihre Züge hart und kantig gemacht. Zweifellos noch ein Chemic, eine SupraSoldier wie aus dem Bilderbuch – dem für schwer beeindruckbare Kinder. Im Ärmel ihres Overalls klaffte ein schwarz gerändertes Loch. »Haben wir nicht«, erwiderte sie ungehalten. »Wir wussten ja nicht, dass in dem Scheißkühlschrank was Lebendiges drin ist.«

»Kühlschrank?« Josh sah Higgins an, der nur die Achseln zuckte.

»Ich war nie drin.«

Man hatte den Ahumanen also für den Transport auf Eis gepackt. Eine gute Idee, um einen Gefangenen ruhigzustellen, dessen Augen Laserblitze verschießen konnten. Dass sich das Wesen freiwillig an Bord befand, glaubte sie keine Sekunde. Sie sah wieder auf den transparenten Schädel hinab, der nun völlig wiederhergestellt war. Die ruhigen Lichtwellen darin hatten an Geschwindigkeit und Komplexität gewonnen. Ein Anzeichen, dass es bald aufwachen würde? Was sollte sie mit ihm anstellen? Wieder in Winterschlaf schicken und auf J62012 aussetzen? Das hatte es eigentlich nicht verdient.

»Nun ja, versetzen wir uns in seine Lage«, versuchte sie, den Zorn der Sträflinge zu besänftigen. »Hätte nicht jeder von Ihnen genauso reagiert, wenn er von Ahumanen verschleppt worden wäre? Es ist doch kein Wunder, dass er auf den erstbesten Menschen losgegangen ist. Er muss uns alle für seine Entführer halten.«

»Das würde ich auch so einschätzen«, meldete sich eine Frau auf dem Dach zu Wort. »Ich bin Xenobiologin und verstehe ein bisschen was von ahumanen Lebensformen.«

Josh schloss mit sich selbst eine Wette ab, dass auch diese Frau keine verurteilte Kriminelle war. »Dann könnten wir vielleicht Ihre Hilfe brauchen. Und Sie«, wandte sie sich wieder an die anderen, »möchte ich bitten, ihn in eine Zelle zu tragen. Sergeant Higgins und ich können ihn jederzeit wieder betäuben, falls es notwendig wird. Es besteht also wenig Gefahr.« Die Frage war nur, wie sie verhindern konnten, dass er durch die Gitterstäbe einer Zelle um sich schoss.

»Ich fass das Vieh nicht an«, erklärte die Chemic. »Hat mir schon genug Haut versengt.«

»Der Doc kann sich um Ihre Verletzung kümmern. Rodriguez?«, rief Josh, da sie noch keine Zeit gefunden hatte, wieder ein Kom anzulegen. »Hier kommt noch eine Verletzte. Nimm sie mit in die Krankenstation und lass dich auch gleich versorgen!« Sie wies der einstigen Soldatin die Richtung. »Gehen Sie die Treppe rauf!«

Der Prediger – Josh erinnerte sich, dass er von anderen so genannt worden war – hatte sich erhoben und bekreuzigte sich erneut. »Liebet Eure Feinde, sagt der Herr, und tut an ihnen, wie Euch getan werden soll. Also los, Farmer, pack mit an!«

Der andere Sträfling brummte nur und ließ sich nicht lange bitten. Als die beiden den Ahumanen anhoben, entdeckte Josh ein kurzes Kabel, das unter seinem Kopf hing.

»Was ist das?« Sie ging erneut in die Hocke, um nachzusehen, woher das Kabel kam. Es entsprang einem auf den kahlen Schädel geklebten Patch. »Sieht aus wie ein Sensor oder eine Elektrode, die Hirnströme misst.« In einem Labor konnte man so etwas erwarten, aber auf einem Transport? War es Teil des Überwachungssystems der Lebenserhaltungsfunktionen? Was dieses Wesen anging, tappte sie zu viel im Dunkeln. »Higgins, begleiten Sie die Männer! Ich muss nachsehen, ob ich im Container mehr Informationen über den Ahumanen finde.«

In ihrem Kopf stapelten sich mehr Fragen, als ihrem übernächtigten Gehirn guttat. War es nur ein Zufall, dass sie dieses Wesen transportierten, oder hatte es mit den entführten Menschen zu tun? Die Anwesenheit einer Xenobiologin sprach für einen Zusammenhang. Aber warum griff *FullControl* nicht auf eigenes Personal zurück? Ace hatte erzählt, dass sie vergeblich versucht hatten, ihn für ihr Projekt anzuwerben. Vielleicht war es mit den anderen ähnlich abgelaufen, und *FC* brauchte deren Spezialkenntnisse unbedingt. Was kein rechtmäßiger Grund für eine Entführung war, aber zumindest eine Erklärung.

Gene eines behinderten Ex-Soldaten, eine Genetikerin, eine Xenobiologin, ein Ahumaner, ein Chemical, der Tech-Psioniker ist ... Eine Menge Puzzleteile, die sich ein wenig anordnen ließen. Den Chemical und Ace verband, dass sie Piloten waren oder zumindest mit Raumschiffen zu tun hatten. Aber wie passte die fremde Lebensform dazu?

Vor dem Container lag die Leiche eines weiteren Sträflings. *Zwei-Finger-Joe.* Josh schüttelte den Kopf. Sie hatte den Namen für eine launige Erfindung von Ace gehalten. Aus dem Innern drangen ein mechanisches Summen und ein flappendes Geräusch, auf das sie sich keinen Reim machen konnte. Vorsichtshalber hob sie die *Arclight* und bog um die Ecke des offenen Containers. Innen stand der Reinigungsbot, dessen Wischmoppwalze eine bläuliche Gelpfütze auf dem Boden bearbeitete. Diese Lache musste doch noch ganz frisch sein. »Zellenblock reinigen!«, befahl Josh. »Da gibt es bestimmt eine Menge Dringenderes für dich zu tun.«

Umständlich manövrierte sich der Bot über die Schwelle. Erst dann konnte Josh den Container betreten, denn viel Platz gab es nicht. Im hinteren Bereich stapelten sich

Kisten, auf denen Symbole und Hinweise warnten, dass es sich um zerbrechliches und empfindliches Laborgerät handelte. Entsprechend hatte man selbst die Wände noch einmal gepolstert. Es roch stickig und chemisch nach Kühlmittel. Im vorderen Abschnitt fand sie sich vor einem Gerät wieder, das man gleichermaßen als Sarg oder Tiefkühltruhe interpretieren konnte. Der Deckel stand offen und gab den Blick auf eine mit dem bläulichen Gel ausgekleidete Liege frei. *Das Winterschlafbett des Ahumanen.* Eine Anschlussmöglichkeit für das Kabel an seinem Kopf konnte sie jedoch nicht entdecken. Je länger sie davorstand, desto bedrohlicher empfand sie diesen gähnenden Sarg, der nur darauf wartete, sie zu verschlingen. *Erschöpfungshalluzination.* Trotzdem schloss sie den Deckel und spürte Erleichterung. Etliche Dioden, Anzeigen und Bedienfelder waren darauf eingelassen. Das Wesen war vom Computer gründlich überwacht worden. Josh wurde bewusst, welchen Wert es für den Konzern darstellen musste. Eine neue Spezies mit unglaublichen Eigenschaften – und *FullControl* hielt die Sache unter Verschluss, bis sie sich den maximalen Vorteil daraus verschafft hatten.

An der Wand gegenüber der Kühlkammer befand sich eine Art mobile Forschungsstation mit festgeschraubtem Sitz, Computerkonsole, Arbeitstisch, verschiedenen Wandfächern und eingebauten Mess- und sonstigen Geräten, die Josh nicht kannte. Vielleicht hatte sich diese Station zuvor in einem Justifier-Shuttle oder auf dem Expeditionsschiff befunden, das den Ahumanen mitgebracht hatte. Daneben hing ein schwerer, spiegelnder

Schutzanzug samt Helm auf einem Gestell. Ob er wirklich zuverlässig vor den Laseraugen des Ahumanen schützte?

Der Rechner der Station ließ sich einschalten, doch ohne Passwort gab das System keinen weiteren Zugriff frei. *Mist!* Sie würde wieder die Hilfe des Iltis-Betas brauchen, um an die Daten zu kommen. Frustriert öffnete sie nur der Vollständigkeit halber die Schubladen und Fächer, so weit sie nicht abgeschlossen waren. Zwei waren leer, eine dritte enthielt zwei Päckchen. Das eine enthielt eine in Schaumstoff gepolsterte Laserpistole, deren Batterie nicht stark genug aussah, um tödliche Schüsse abzugeben. Sie erinnerte eher an die Modelle für medizinische Anwendungen. Auf dem anderen stand handgeschrieben *Traductor*. Das Wort klang technisch, aber Josh konnte nichts damit anfangen. In der Schachtel lag ein kleines, rechteckiges Gerät mit einem Band zum Umhängen. Es wirkte provisorisch, als hätte es jemand notdürftig zusammengebastelt. Josh untersuchte es genauer und fand neben dem simplen Bedienfeld etwas, das wie ein kleiner Lautsprecher aussah. Unter der Abdeckung hätte jedoch auch ein Mikro sitzen können. Vielleicht ein Aufzeichnungs- und Abspielgerät, dem der untersuchende Wissenschaftler seine Erkenntnisse diktieren konnte? Aber für solche Zwecke gab es doch fertige Multiboxen, Datensticks und Ähnliches.

Seufzend legte sie das Gerät auf den Tisch. Sie war einfach zu müde, um komplizierte Schlüsse zu ziehen. Sollte sich doch die Xenobiologin darüber den Kopf zerbrechen.

»Captain?«, rief Higgins. »Sieht aus, als ob er aufwacht!«

War ja nur eine Frage der Zeit. Hoffentlich konnte er keinen Dauerlaserstrahl erzeugen und damit das Gitter aufschweißen.

»Behalten Sie ihn im Auge! Alle anderen sollen sich aus der Gefahrenzone zurückziehen.« *Wenn die Leute einen Funken Verstand haben, tun sie das ohnehin.* Josh warf sich den schweren Schutzanzug über die Schulter, steckte sich den kleinen Laser in den Gürtel und nahm den *Traductor* mit.

Das leise Trillern schwoll allmählich an. Noch einmal versuchte Josh, es auszublenden, doch die Frequenz fraß sich erbarmungslos in ihr schläfriges Gehirn. Einige Sekunden lang verspürte sie das Bedürfnis, mit einem Messer auf die Multibox einzustechen, bis die Weckfunktion ihren Geist aufgab. Dann fügte sie sich doch in ihr Schicksal, hob den Kopf vom Kissen und schaltete das schreckliche Geräusch gewaltlos ab. *Drei Stunden Schlaf.* Unter den gegebenen Umständen immerhin besser als nichts. Und offenbar war in der Zwischenzeit alles glattgelaufen, sonst hätten Higgins oder Ace sie sicher selbst von den Toten auferweckt.

Ace hatte sie die Brückenwache zugeteilt, damit jemand den Autopiloten im Auge behielt und im Notfall manuell eingreifen konnte. Ob ihm die Ernennung zum Crewmitglied gefallen hatte, war schwer zu sagen. Er hatte eine seiner sarkastischen Antworten gegeben und war ins Cockpit gerollt. Dicht gefolgt von Tipo Strano, dem Chemical, der ihm hoffentlich keinen Ärger machte. Wie sie erfahren hatte, war es Tipo gewesen, der die Zellentüren mit seinen psionischen Kräften geöffnet hatte. Weil er nicht richtig sprechen konnte, hatten ihn Chavez' Leute für einfältig gehalten und unterschätzt. Als die Wirkung der Droge nachgelassen hatte, die seine Fähigkeiten unterdrücken sollte, hatte er weiterhin »stoned« getan. Im Chaos der Sprünge und der Meuterei war seine nächste Dosis daher vergessen worden, und er hatte nur auf den richtigen Moment gewartet, um alle zu befreien. Joshs Frage, ob auch er nie zuvor eine Gefängniszelle von innen gesehen hatte, war im Grunde überflüssig gewesen. Er hatte für *STPD Engineering* gearbeitet, die einen wertvollen, da seltenen Mitarbeiter wie ihn auf Händen trugen. Den verschwiegen an ihn herangetragenen Angeboten der *FullControl Corporation* hatte er kaum Beachtung geschenkt.

In der Koje über ihr rührte sich nichts. War Ita so erschöpft, dass sie nicht einmal den Wecker gehört hatte? Josh schwang sich aus dem Bett und warf einen Blick auf ihre Freundin. Der Ohrstöpsel, der zwischen Itatays Haarsträhnen hervorlugte, erklärte, weshalb sie noch tief und fest schlief. *Glück für sie,* dachte Josh und zog sich an. Es war nicht nötig, Ita zu wecken, solange sie sich noch auf dem Weg nach J62012 befanden.

Josh lockerte das Armband der Multibox, die Ludmila auf dem Gang hinter der Frachtraumtür gefunden und ihr zurückgegeben hatte. Hoffentlich war nicht noch mehr Leuten die Narbe an ihrem Handgelenk aufgefallen. Für ihren Geschmack hatte sie in den letzten Tagen auf Jahrzehnte hinaus genug Mitwisser gehabt. Endlich war wieder so etwas wie Frieden auf dem Schiff einge-kehrt. Die Waffen hatten sie weitgehend eingesammelt und wieder im gut gesicherten Schrank verstaut. Nur Rodriguez, Loop und Higgins durften ihre weiterhin tra-gen, denn so ganz traute Josh den Sträflingen nicht. Sie selbst hatte sich ein Oberschenkelholster für die *Arclight* aus den herrenlosen Beständen genommen, um im Not-fall den Ahumanen aufhalten zu können. Die *Highfire* war dagegen wieder in ihrem Versteck hinter der Wand-verkleidung verschwunden. Dass auch Wellesley eine Waffe in seiner Kabine gehabt hatte, rückte ihn unange-nehm in ihre Nähe.

Wellesley ist tot. Josh schob die Laserpistole ins Holster und vergewisserte sich, dass ihr neues Kom aktiviert war. Anstatt sich dämliche Gedanken über den Ex-Captain zu machen, sollte sie lieber die nötigen Aufgaben verteilen, bevor sie ohne spezielle Ausrüstung auf einem unbekann-ten Planeten landeten. Bislang hatten sich die verbliebe-nen Passagiere kooperativ gezeigt und mitgeholfen, das Chaos auf dem Schiff wieder in den Griff zu bekommen. Angeführt von Sonny waren einige dabei, die Leichen nach Möglichkeit zu identifizieren, während sich eine zweite Gruppe unter der Leitung des Predigers darum kümmern wollte, die Toten halbwegs würdevoll dem Va-kuum zu übergeben. Nur Paddy durften sie nicht anrüh-ren – und Bitangaro, den Loop, Fratt und Cherokee als ei-ne Art Beweismittel für ihre Ehrenrettung beanspruchen. Der Mistkerl hatte sogar den verletzten Gardeur auf dem OP-Tisch erschossen. Wenn Josh nur daran dachte, knirschte sie mit den Zähnen.

Erfreulicher war, dass Ludmila dem Doc eine Ruhepause verschafft hatte, indem sie auf der Krankenstation Dienst schob. Und der Maschinenraum sollte mittlerweile auch wieder sauber sein, wenn der Reinigungsbot nicht gegen ihre Anweisung wieder fragwürdige Prioritäten gesetzt hatte.

»Ace, alles klar auf der Brücke?«, erkundigte sie sich über Kom, während sie ihre Kabine verließ.

»Wir sind auf Kurs und haben keine Asteroiden eingesammelt, wenn Sie das meinen, Captain. Aber es ist verflucht unmöglich, einem Chemical begreiflich zu machen, dass ein Cockpit kein Spielplatz ist.«

»Isch tuu gor nischts«, maulte Tipo.

Josh erlaubte sich ein Grinsen, da sie es nicht sehen konnten. »Halten Sie noch eine Weile durch, Ace. Ich glaube, ich hätte da bald eine Aufgabe, die Ihnen gefallen könnte, Tipo. Haben Sie schon mal ein Atmosphären-Shuttle geflogen?«

»Bei EschTiPiDieh dorf isch olles fliegen.«

Sie konnte das stolze Lächeln in seiner Stimme hören. Selbst wenn er ein bisschen übertrieb, war er sicher ein guter Pilot, und Ace konnte sie für das Vorauskommando nicht einteilen, da er mit seinem Rollstuhl nicht in unwegsamer Wildnis herumfahren konnte. Schon im Cockpit des Shuttles wäre es für ihn eng geworden. »Gut, Sie haben den Job.«

»Yippieh!«

»Na fabelhaft, jetzt lässt er die Beleuchtung Samba tanzen«, brummte Ace.

»Das wirkt aber nicht sehr professionell, Tipo«, mahnte

Josh und schlug den Weg zur Messe ein. In etwa einer Stunde würden sie J62012 erreichen. »Rodriguez, sind Sie wach?«

»Sí, Capitán«, meldete er sich, konnte ein Gähnen jedoch nicht ganz unterdrücken. »Sagen wir, ich arbeite mit Synthkaffee daran.«

Als Josh in die Messe kam, fand sie ihn mit einem dampfenden Becher am Tisch sitzend. »Mit Ihrem Bein sind Sie am Boden nicht einsatzfähig, aber versuchen Sie an Gerät aufzutreiben, was unsere Ausrüstung hergibt, um einen Landeplatz notdürftig zu roden und einzuebnen. Beile, Stemmeisen, Vibrosägen ... Lassen Sie sich von Loop und diesem Farmer helfen, die will ich ohnehin runterschicken.«

»Wird erledigt, Captain.«

»Trinken Sie erst Ihren Kaffee aus. So viel Zeit haben wir noch.« Sie ging zur Nako, um sich selbst einen Becher zu holen. Die meisten Leute schienen sich zum Schlafen in die Mannschaftsquartiere zurückgezogen zu haben. Andere hatten dort keinen Platz mehr gefunden und lagen in Notdecken gewickelt auf dem Boden der Messe, wo immer sie einigermaßen aus dem Weg waren – nur möglichst weit weg von den Gefängniszellen.

TechSergeant Fratt hatte die Stellung gehalten, damit Loop schlafen konnte, und zeigte nun gähnend seine spitzen Zähne. »Brauchen Sie mich?«

»Nein, wecken Sie Loop und legen Sie sich hin. Für die Landung wird Ita im Maschinenraum auch mal allein auskommen. Mir ist wichtiger, dass Sie hellwach sind, wenn es darangeht, die Probleme ...«

»Captain?«, meldete sich eine unsichere Frauenstimme über Kom. »Hier ist Eliza Pacek.«

Ah, die Xenobiologin. »Ja, was haben Sie herausgefunden?«

»Dass ... ähm ... Sie jemand hier gern sprechen will.«

Der Ahumane? War das eine Falle? Die Frau hatte etwas seltsam geklungen. »Werden Sie gerade bedroht?« Es war nicht anzunehmen, dass sich das Wesen ein Kom organisiert hatte.

Eliza lachte. »Nein, äh, ich glaube es jedenfalls nicht. Die Mimik einer fremden Spezies ist schwierig zu deuten, wissen Sie? Man interpretiert alles Mögliche falsch, weil man versucht, Bekanntes wiederzuerkennen.«

»Okay, ich bin gleich bei Ihnen.« Wie war es der Frau so schnell gelungen, mit dem Ahumanen zu kommunizieren? *Das Wesen hat ja nicht mal einen Mund,* erinnerte sich Josh auf dem Weg in den Frachtraum. Aller Wahrscheinlichkeit nach beherrschte es kein TerraStandard, und so schnell hatte Eliza sicher keine fremde Sprache entschlüsselt.

Die Xenobiologin trug den Schutzanzug aus dem Container, doch sie hatte das getönte Visier des Helms aufgeklappt. Aus einer Tasche des Anzugs ragte der Griff des Betäubungslasers, den sie noch in der Hand gehalten hatte, als Josh weggegangen war. Offenbar wähnte sie sich nicht mehr in unmittelbarer Gefahr. Der Ahumane saß in einer Zelle auf der Pritsche und erhob sich, als Josh näher kam. Seine Haut war transparenter denn je. Pfeilschnell jagten Lichtimpulse in vielen Lagen darunter entlang, schossen kreuz und quer und bildeten vor allem in seinem

Kopf ein für das menschliche Auge nicht entwirrbares Stakkato aus Blitzen und Blinken. Um seinen Hals hing das kleine Gerät, der *Traductor*. Nun überraschte es Josh nicht mehr so sehr, als daraus eine künstlich erzeugte, männlich eingefärbte Stimme erklang.

»Ich grüße Sie im Licht, Anführerin der Wesen, die ihre Gedanken verdunkeln.«

Was auch immer das bedeuten mag. Josh kramte tief in den wenigen grundlegenden Lektionen über Erstkontakte mit fremden Intelligenzen, die man bereits während ihrer Aufzucht im Natus-Tank in ihrem Gehirn verankert hatte. »Mein Name ist Captain Josuanna Miller, und ich bin sehr froh, dass es mir nun möglich ist, Sie auf meinem Schiff willkommen zu heißen.«

»Mein Name ist Lichtstrahl, der durch die Wolken fällt. Ich bedaure, dass ich das Licht eines Ihrer Mitwesen ausgelöscht habe. Es war ein Irrtum, weil ihr eure Gedanken nicht frei teilt.«

»Wie meinen Sie das mit den Gedanken?«

»Ich glaube, das kann ich erklären«, sagte Eliza eifrig. Ihr sommersprossiges Gesicht war gerötet vor Aufregung. Sie hatte wohl noch nie Gelegenheit gehabt, mit einer Spezies Kontakt aufzunehmen, von deren Existenz der Rest der Menschheit nichts ahnte. »Sie sehen doch, dass sein ... nennen wir es Gehirn, obwohl wir noch nicht sicher sein können, ob es biologisch betrachtet ... Okay, das interessiert Sie nicht. Also das Erstaunliche an diesen Ahumanen ist, dass sie sich gegenseitig direkt in die Gedanken sehen können. Sie strahlen sie sogar aktiv als Lichtimpulse ab, anstatt zu reden. Verstehen Sie, was das für diese Spezies bedeutet? Sie sind nicht in der Lage, sich gegenseitig etwas vorzumachen oder sich zu belügen. Jeder weiß, was der andere denkt oder vorhat. So kann es auch keine Missverständnisse geben.«

Und keine Privatsphäre. Doch Josh hatte jetzt keine Muße, über die Konsequenzen eines Lebens ohne Geheimnisse nachzudenken. »Und dieses Gerät kann seine Gedanken übersetzen?«

»Genau genommen liest der Sensor an seinem Kopf wohl die Lichtimpulse ab und leitet sie an den *Traductor* weiter. Unsere Glasfasertechnologie funktioniert offenbar ähnlich wie seine ... Nerven, wenn Sie so wollen. Ich nehme an, dass die Wissenschaftler, die das Gerät entwickelt haben, nicht viel mehr als gewöhnliche Dechiffrier- und Sprachanalyse-Tools gebraucht haben, um den Code zu knacken. Dann braucht man nur noch ein handelsübliches Universalübersetzer-Programm und eine Sprachausgabe.«

»Wer steuert, was übersetzt wird und was nicht? Er denkt doch zweifellos die ganze Zeit.«

»Das macht er. Offenbar gibt es verschiedene Ebenen, und wenn das Gerät alle erfassen wollte, wäre die Sprachausgabe ein einziges Rauschen. Aber der Sensor erfasst nur eine Art oberste Schicht, die Ray – entschuldigen Sie, ich nenne ihn Ray, um den Namen abzukürzen – also die er gezielt an jemanden richtet. Er hat versucht, es mir zu erklären, aber viel Zeit hatten wir noch nicht, und ich habe noch nie eine Lebensform wie diese gesehen.«

»Das geht uns wohl allen so.« Josh lächelte schief. Der Ahumane musste dasselbe über sie denken, obwohl sie sich äußerlich nicht so stark unterschieden wie manche anderen Spezies. »Aber verglichen mit ... zum Beispiel den vierbeinigen Tiranoi wirkt er erstaunlich menschlich.«

»Das kann evolutionärer Zufall sein«, behauptete die Xenobiologin. »Vor allem, weil diese lichtleitenden Nerven eine Verwandtschaft unwahrscheinlicher machen. Trotzdem könnte es eine geben. Ich bin keine Expertin für Ahumane, aber in den meisten Fällen gehen sie auf Kolonien der *Ancients* zurück und damit auch auf denselben Genpool. Möglicherweise künstlich vermischt mit indigenen Lebensformen. Die Ancientsforschung steckt im Grunde immer noch in den Kinderschuhen.«

»Verstehe.« Die Details taten im Augenblick nichts zur Sache. Sie hatten einen Ahumanen an Bord, den man als bewaffnet einstufen musste, und mit ihm reden zu können, stellte einen enormen Fortschritt dar. »Ich möchte betonen«, wandte sie sich wieder an ihn, »dass wir unsere Gedanken nicht absichtlich ver...dunkeln. Unsere Spezies muss sie aussprechen, damit andere wissen, was in uns vorgeht. Es ist aber nicht üblich, ständig ungefragt zu sagen, was man gerade denkt. Deshalb müssen Sie immer fragen, wenn Sie jemanden beurteilen wollen. Worauf ich hinauswill: erst fragen, dann Lichter auslöschen. Es sei denn, jemand schießt auf Sie. Dann dürfen Sie sich natürlich verteidigen.« *Obwohl ich nicht den Eindruck habe, dass wir sein Leben mit unseren Waffen bedrohen können.* Was musste man tun, um ihn zu töten? Enthaupten wie in der alten schottischen Sage von den Unsterblichen?

Zum Glück konnte er ihre Gedanken nicht lesen, aber sie errötete ertappt. Und nicht einmal das würde er unter ihrer dunklen Hautfarbe deutlich erkennen können.

»Ist es unter Ihren Mitwesen üblich, dass sich Gefangene so friedfertig verhalten?«

»Äh ...« *Wenn er die Meuterei miterlebt hätte, würde er die Frage nicht stellen.* »Nein. Aber ich bitte Sie, sich nicht als Gefangener, sondern als Gast zu fühlen. Bis man Sie zufällig befreit hat, wusste ich nicht einmal, dass sich ein lebendes Wesen in diesem Container befand. Meine Crew und ich haben mit den Leuten gebrochen, die Sie eingesperrt haben. Von mir aus dürfen Sie gehen, wo immer Sie hinwollen, sobald wir einen Raumhafen anfliegen können.«

»Aber Sie haben mich eingesperrt«, widersprach er mit einer Geste zu den Gitterwänden.

»Wenn Sie versprechen, meine Anweisungen zu befolgen, dürfen Sie die Zelle verlassen wie jeder andere an Bord.« Er konnte sie ja angeblich nicht vorsätzlich hintergehen. »Und Sie müssen stets in der Nähe von Frau Pacek bleiben, damit Sie helfen kann, falls es Schwierigkeiten mit ... meinen Mitwesen gibt.«

»Damit bin ich einverstanden. Ihr Wunsch ist mein Wunsch. Das ist die Sitte bei meinem Volk.«

»Wunderbar, dann noch einmal Willkommen auf der *Starhawk* und ...« Fast hätte sie gefragt, ob er Hunger oder Durst hatte, doch ohne Mund konnte er schlecht die übliche Nahrung aufnehmen. »Falls Sie ...«

»Captain, ich unterbreche Sie nur ungern«, entschuldigte sich Ace wenig überzeugend per Kom, »aber Sie wollten informiert werden, sobald der Computer eine erste Auswertung der Daten von der Planetenoberfläche vorgenommen hat.«

»Ja, danke, ich seh's mir gleich an.« Sie war gespannt, was sie auf J62012 erwartete, und für einen Moment streifte sie der Gedanke, ob ihre Koordinaten wirklich Zufall waren. Hatte es der Ahumane doch faustdick hinter den länglichen, flach anliegenden Ohren, und sie landeten in seiner Heimat?

12

»Ich glaube, Sie wissen bereits, wie wichtig diese Aufgabe ist.« Josh sah in die Runde des versammelten Vorauskommandos, um sich zu vergewissern, dass alle konzentriert bei der Sache waren. Ihre Sorge schien grundlos. Selbst dem Chemical, der zu einem Dauergrinsen neigte, gelang eine ernste Miene – obwohl es gelegentlich darin zuckte.

»Eine Landung auf einem unerforschten Planeten stellt immer ein Risiko dar, aber wir haben keine andere Wahl. Sergeant Higgins und Sergeant Loop ...« Sie deutete auf die beiden Betas. »... sind erfahrene Justifiers, die solche Missionen bereits erfolgreich absolviert haben. Melden Sie den beiden daher alles, was Ihnen auch nur im Geringsten gefährlich oder bedenklich erscheint! Ihr Leben könnte davon abhängen! Aus demselben Grund haben Sie auch die Befehle der beiden unbedingt zu befolgen, wobei Sergeant Higgins der Leiter dieses Teams sein wird.« Ein Umstand, der Loop womöglich nicht besonders schmeck-

313

te, doch sie betraten einen fremden Planeten, und Loop betrachtete sich weniger als Mitglied ihrer Crew denn als Justifier von *StellarExplorations*. Wo im Zweifelsfall seine Loyalität lag, war daher zumindest fragwürdig. Wenn er und seine Freunde J62012 für ihren Konzern in Besitz nahmen, hatten sie ihren Buyback locker erreicht.

»Kann ich mich darauf verlassen?«, hakte sie nach und musterte erneut jeden.

Falls sich Loop übergangen fühlte, ließ er es sich nicht anmerken. Tipo nickte, nun doch wieder grinsend, während die Chemic-Soldatin ihre Vergangenheit nicht leugnen konnte und salutierte. »Verstanden, Captain.«

Auch Farmer und Mark Stefansson nickten, wenn auch stumm. Sie hatte die beiden Sträflinge ausgewählt, weil sie robust und für körperliche Arbeit geeignet wirkten, und sie hatten sich nicht lange bitten lassen.

»Gut, dann kommen wir zu den Details. Die Atmosphäre dieses Planeten bewegt sich nach den bisherigen Messwerten im problemlos atembaren Bereich. Ob den Sensoren etwas entgangen ist, können erst Analysen innerhalb der Atmosphäre zeigen, aber für den unwahrscheinlichen Notfall befinden sich Respiratoren in Ihrer Ausrüstung. Wie Sie hier auf dem Holodisplay sehen können, hat der Planet großflächige Polkappen, auf denen eine Landung nicht infrage kommt.« Um unter arktischen Bedingungen das Schiff zu reparieren, hätten sie polartaugliche Kleidung und große Mengen Enteiser gebraucht.

»Insgesamt ist das Klima kühl – und sehr feucht, wie die vielen Wolken beweisen. Unsere Sensoren verzeichnen starke vulkanische Aktivitäten. Das Grüne, das Sie zwischen den Wolken erkennen können, sind keine fruchtbaren Landmassen, sondern Ozeane. Die Wolken entstehen durch das aufgeheizte Wasser und behindern unsere Scanner, sodass wir von hier oben noch nicht alle Landschaftsdetails erkennen können.« Wobei sie gegenüber den erprobten Justifiern nicht darauf hinweisen musste, dass die Systeme eines Frachters nicht dafür ausgelegt waren, die Oberfläche eines neuen Planeten zu kartografieren. Mit einem 3D-Laserscanner von *Hirosami* hätte sie das Vorauskommando gezielt an eine bestimmte Stelle schicken können. Ganz zu schweigen von der Nützlichkeit eines eigens ausgesetzten Satellitennetzes, wie sie bei besonders wichtigen Missionen zum Einsatz kamen. *Nun ja. Wir müssen es eben auf die altmodische Art machen.*

»Es gibt aber auf jeden Fall etliche vulkanische Inseln und zumindest auf dieser Seite des Planeten einen bewaldeten Kontinent. Die Tage sind lang, 46 Stunden. Ihnen bleiben daher 19 Stunden, um auf diesem Kontinent eine flache, ausreichend große Lichtung zu finden, die sich als Landeplatz für die *Starhawk* eignet. Welche Maßnahmen Sie dort noch ergreifen müssen, entscheidet Sergeant Higgins anhand der Gegebenheiten vor Ort. Gibt es dazu noch Fragen?«

Sie sah in nachdenkliche Mienen, aber am Ende schüttelten alle die Köpfe. »Gut. Tipo, rechnen Sie aufgrund der warmen Luftströmungen durch die Vulkane mit Turbulenzen! Außerdem erschweren Ihnen die Wolken die Sicht. Auch für die *Starhawk* wäre natürlich ein Landeplatz unter klarem Himmel am besten, aber entscheidend bleibt das Terrain.«

»Dosch krieg isch schon hin«, versicherte der Chemical.

»Was passiert, wenn wir bis zum Einbruch der Nacht nichts gefunden haben?«, wollte Loop nun doch wissen.

»Dann kommen Sie zurück, machen eine Pause und versuchen es auf der anderen Seite noch einmal, wo dann Tag sein wird. Wir haben es schließlich nicht eilig und müssen keine unnötigen Risiken eingehen.« Josh wartete weitere Sekunden, doch es kamen keine Fragen mehr. »Das wäre dann alles. Sie können loslegen. Viel Glück und viel Erfolg!«

Das Shuttle war nur noch ein roter Punkt, der sich über das grobe Bild der Planetenoberfläche bewegte. Josh hatte es auf den Hauptschirm geschaltet, damit sie es im Auge behalten konnte, während sie wieder Chavez' Dateien in ihrer Multibox durchstöberte. Immer wieder stieß sie auf ein Projekt »Gamma«, doch nirgends wurde erklärt, worum es sich dabei handelte. Entweder war auch Chavez nicht darüber informiert worden, oder die Dokumente waren noch besser gesichert, sodass es Fratt nicht gelungen war, sie zu knacken. Welche Ziele auch immer *Full-Control* bei diesem Projekt verfolgte, der Konzern brauchte dafür offenbar so dringend bestimmte wissenschaftliche Koryphäen und Versuchspersonen, dass er sie einfach entführt hatte, als sie nicht freiwillig teilnehmen wollten.

Gamma ... Bei radioaktivem Zerfall entstand Gamma-Strahlung. Ging es um eine neue Nuklearwaffe, die besonders auf das Erbgut wirkte? Bei *FCCs* Hauptgeschäftsfeld lag dieser Schluss nahe. Aber wozu brauchte man dann mehrere Piloten?

316

Neben Ace und dem Chemical hatte es unter den Verschleppten einen weiteren Raumfahrer gegeben, der laut Sonnys Bestandsaufnahme während der Meuterei von dem Tiger-Beta getötet worden war. Brauchte man Piloten mit speziellen Fähigkeiten, um diese Waffe einzusetzen? Sie konnte sich nicht vorstellen, was es über die üblichen hohen Anforderungen an Jägerpiloten hinaus noch für Ansprüche geben sollte. Und davon abgesehen erfüllte Ace seit dem Unfall, den er gehabt haben musste, nicht einmal diese.

Josh sah zu ihm hinüber. Da sie die Wache übernommen hatte, hatte er sich im Pilotensessel zurückgelehnt und schnarchte leise. *Sie wollten ihn nicht als Fliegerass. Sie sagten etwas von Genproben.* Und wenn sie ihn dafür in einem Labor brauchten, wollten sie entweder mehr als eine, oder er sollte noch für andere Versuche herhalten. Es ging also um Gene, um Piloten, um Gamma-Strahlung ... Aber wie passten der Ahumane und die entführten Experten für *Ancients* und fremdartige Lebensformen ins Bild?

Ein blinkendes Licht an der Komstation verriet, dass jemand Kontakt aufnehmen wollte. Josh holte sich das Signal auf ihr Kom.

»Shuttle ruft *Starhawk*«, ertönte Higgins' Stimme.

»Wir hören Sie, Shuttle. Haben Sie den Kontinent erreicht?«

»Ist eine ganze Menge grünes Wasser, aber jetzt sind wir da.«

Ein Blick auf den Hauptmonitor bestätigte Josh, dass der rote Punkt die Küstenlinie überquert hatte.

»Die Landschaft ist hügeliger, als man von Weitem

denkt. Außerdem sieht man überall Felsen zwischen dem Grünzeug.«

Josh wechselte von der Übersichtskarte auf die Bilder, die das Shuttle aufnahm und permanent sendete. Große, baumähnliche Gewächse bildeten einen zusammenhängenden Wald, der hier und da von schroffen Steilwänden zerrissen wurde. »Warum haben Sie auf Kurs NordNord-West geschwenkt?«

»Dort scheint es flacher zu werden. Vielleicht ein Flussdelta. Wir sehen uns das an, aber wahrscheinlich wird es zu sumpfig sein.«

»Roger, Shuttle. Melden Sie sich wieder, sobald Sie mehr herausgefunden haben!« Wenn sie es realistisch betrachtete, glaubte sie nicht, dass ihnen die Landung erspart bleiben würde, aber sie wollte die Hoffnung nicht aufgeben, solange Higgins keine geeignete Stelle gefunden hatte. Ita war mittlerweile wieder im Maschinenraum und hatte unerwartete Unterstützung durch Larry Kamimura bekommen, den Asiat mit dem gebrochenen Arm. Auch Larry gehörte zu den Entführungsopfern, was er jedoch nicht erzählt hatte. Um genau zu sein, hatte er von sich aus überhaupt nichts gesagt. Dass er für *STPD* Antriebssysteme für Shuttles und Raumschiffe programmierte, hatte Josh Chavez' Unterlagen entnommen. Aber wenn sie ihre Menschenkenntnis nicht völlig täuschte, hatte er sich geehrt gefühlt, als sie und Ita ihn um Hilfe gebeten hatten.

»Brücke an Maschinenraum. Ita, wie sieht's aus? Irgendwelche Fortschritte?«

»Na ja, eigentlich nicht. Larry kennt den *source code* besser als ich und hat ein paar Punkte gefunden, an denen

wir ansetzen können. Aber ob es uns wirklich weiter-
bringt, weiß ich noch nicht.«

»Was meinen Sie, Larry, ist das ein Schaden, der durch
Laserbeschuss entstanden ist, oder hat jemand unsere
Systeme sabotiert?«

»Ich bitte um Verzeihung, Captain, aber ich kann es
noch nicht mit Sicherheit sagen. Leutnant Navero weiß
bestimmt besser ...«

»Schluss mit der Bescheidenheit, Larry«, fiel Josh ihm
ins Wort. »Ihr Konzern hat das Ding entwickelt, also sind
Sie der Experte.«

»Ja also ... sicher bin ich trotzdem noch nicht, aber bestimmte Muster deuten auf eine gezielte Manipulation
hin.«

Na toll. Hatte also doch *SternenReich* ihren Bordcomputer gehackt? War ihnen dieser Pirat auf der *Ludendorff*
immer noch auf den Fersen? »Schätze die gute Nachricht
ist, dass in diesem Fall das Sprungtriebwerk selbst intakt
ist.« Josh wagte, wieder zu hoffen, denn ein Schaden am
Überlicht-Triebwerk stellte für jeden Raumfahrtingenieur
den *worst case* dar. Bis jetzt war es keinem Menschen gelungen, diese außerirdische Technologie vollständig zu
verstehen, sodass Reparaturen und Nachbauten nur bedingt möglich waren.

»Es sei denn ...«, begann Ita, doch Joshs Aufmerksamkeit
wurde durch ein neues, schärferes Bild der Planetenoberfläche abgelenkt. Daneben blinkte der Hinweis auf eine
Unstimmigkeit bei der Datenauswertung.

»Warte mal! Die Scanner haben irgendetwas entdeckt,
das der Computer nicht einordnen kann.« Sie rief die

Meldung auf, und auf dem Bildschirm erschien ein durch starke Vergrößerung unscharf gewordener Geländescan. *J62012 katalogisiert als unbewohnt,* stand daneben. *Einstufung fehlerhaft. Gebäudestrukturen vorhanden.* »Wie kann ... Ace, wachen Sie auf!«

»Etwas Gefährliches?«, fragte Ita besorgt.

»Vielleicht Ruinen der *Ancients,* aber vielleicht auch nicht.« Eine nicht registrierte Ansiedlung konnte alles Mögliche bedeuten, von einheimischen Ahumanen bis zu Menschen, die nicht entdeckt werden wollten. »Sieh dir die Daten an! Ace!« Sie rüttelte an seiner Schulter, woraufhin er die Augen aufriss.

»Was'nlos?«, nuschelte er und stemmte sich aufrechter in den Sitz.

»Es könnte Ärger geben. Versuchen Sie, mehr aus diesem Bild rauszuholen! Wir müssen wissen, ob diese Gebäude noch bewohnt sind.«

»Gebäude?« Er sah verwirrt zum Hauptschirm auf, und Josh überließ es den unnatürlich akkuraten Linien im Gelände, ihn ins Bild zu setzen.

»Rodriguez? Können Sie den Geschützturm bedienen?«

»Äh, sí, Capitán«, bestätigte er überrascht über Kom. »Ich kann alles bedienen, was schießt. Werden wir angegriffen?«

»Noch nicht, aber vielleicht sind wir nicht so allein, wie wir dachten. Wecken Sie den Doc und den TechSergeant, die verstehen auch was vom Kämpfen. Und dann kommen Sie auf die Brücke.«

»Schon unterwegs, Captain.«

»Darf ich fragen, ob wir auf Ahumane gestoßen sind?«,

erkundigte sich Eliza Pacek nervös. Josh hatte schon vergessen, dass auch die Xenobiologin noch ein Kom hatte.

»Wir können es zumindest noch nicht ausschließen. Wenn ja, informiere ich Sie, denn dann könnte ich Ihren Rat brauchen.« Drängender war die Frage, ob sie das Shuttle zurückrufen sollte. Schließlich hatte es weder Waffen noch einen Schutzschild. »*Starhawk* an Shuttle. Die Mission wird abgebrochen. Ich wiederhole: Brechen Sie die Mission ab!«

»Captain, wenn wir mehr wissen wollen, müssen wir näher ran«, behauptete Ace. »Die Abtastung ist aus dieser Höhe einfach nicht ausreichend.«

»Okay, gehen Sie runter, aber tasten Sie sich langsam vor!«, wies Josh ihn hastig an, denn sie hatte bereits Higgins' »Shuttle an *Starhawk*« im Ohr.

»Verstanden. Wir brechen ab.«

»Kommen Sie schnellstmöglich zurück!« Ein direkter Kurs war wegen Aschewolken und heftigen Turbulenzen rund um die aktiven Vulkane nicht ratsam. »Sie könnten angegriffen werden.«

»Wurden wir verfolgt?«

»Nein. Der Planet könnte doch bewohnt sein. Achten Sie auf mögliche Verteidigungsanlagen! Wir behalten den Luftraum im Auge.« Doch auf dem Holodisplay war außer der *Starhawk* und dem Shuttle weit und breit nichts über der Planetenoberfläche zu sehen. Vom Gang her näherte sich ein leises Surren.

»Roger, *Starhawk*.«

Josh unterbrach die Verbindung und sah sich nach dem Geräusch um. *Immer wenn man ihn am wenigsten braucht,* dachte sie beim Anblick des Reinigungsbots, der herein-rollte. »Ace? Ach, vergessen Sie's, ich mach's selbst.«

Das Bild, das die Scannerdaten hergaben, zeigte bereits mehr Struktur, aber um sicher zu sein, worum es sich handelte, mussten sie noch tiefer gehen. Die Atmosphäre begann am Schiff zu rütteln. Josh rief die Kontaktroutine der Kom-Systeme auf und sendete auf allen Frequenzen eine Standardanfrage. Hätten die Sensoren nicht irgendwelche Funkaktivitäten auffangen müssen, wenn der Planet von fortschrittlichen Wesen besiedelt oder gar von Menschen kolonisiert war?

»Captain?«, fragte Ace in seltsamem Tonfall.

»Josh?«, ertönte Ita im gleichen Moment über Kom, sodass Josh das mechanische Summen und Klacken des Bots ignorierte.

»Ich kann den Sinkflug nicht mehr bremsen«, verkündete Ace tonlos.

Ita klang deutlich schriller als der Pilot. »Der Sublicht-Antrieb zeigt jetzt auch merkwürdige Fehler an!«

»Was soll das heißen? Ziehen Sie hoch!«

»Das versuch ich doch!«

Josh wollte zum Co-Piloten-Sitz eilen, doch ein Aufblitzen ließ sie zum Reinigungsbot blicken und abrupt innehalten. Hätte sie nicht einige Teile wiedererkannt, hätte sie geglaubt, einen anderen Roboter vor sich zu haben. Die Transformation war noch nicht vollständig abgeschlossen, aber das anstelle eines Saugrohrs ausgefahrene Lasergeschütz sprach für sich. Es war auf Josh gerichtet. Ihre Kehle wurde mit einem Schlag trocken. Vorsichtshalber hob sie die Hände. Die mechanischen Augen schienen durch sie hindurchzustarren. Ein Eindruck, von dem sie sich nicht täuschen ließ. Zweifellos nahmen die seelenlosen schwarzen Sensoren das gesamte Cockpit wahr.

»Ihre Versuche sind zwecklos«, behauptete eine künstliche, verfremdete Stimme. Die Sprachausgabe war nichts als ein Loch in einem metallenen, nur angedeuteten Gesicht.

»Wer ...«

Aus dem Augenwinkel sah Josh, wie sich Ace umsah.

»Heilige Scheiße!«

»Ich habe eine Verbindung zwischen Ihren Antriebssystemen und der Basisstation hergestellt«, fuhr der Bot ungerührt fort. Vier kurze, bewegliche Beine hatten ihre endgültige Form angenommen und verliehen ihm sichereren Stand, als jedem Menschen gegeben war. »Keine Sorge, man wird Ihr Schiff sicher landen. Diese Lieferung wird schon sehnlichst erwartet.«

Hörte sie da Ironie? Seit wann konnten Roboter spöttisch sein? »Wer sind Sie? Auf wen haben Sie es abgesehen?« Gehörte er etwa auch zu *SternenReich*?

»Mein Name ist Kothar Gamma 11/38, aber das dürfte Ihnen kaum weiterhelfen.«

Schnelle Schritte näherten sich. Rodriguez! Sicher glaubte er, sie rede über Funk mit jemandem. Er konnte ja nicht ahnen ... Doch auch der Cyborg – sein Name wies ihn eindeutig als Mitglied des 2OT und damit als Menschen aus – hatte die Schritte gehört. Blitzschnell fuhr er einen Teleskoparm aus und betätigte das Notschott, das sich zischend schloss. Josh sah Rodriguez gerade noch dahinter auftauchen, bevor das Cockpit abgeriegelt war. *Verflucht!*

»Und was haben Sie mit uns vor?«, wollte Ace wissen. »Ist das 'ne neue Entführung, um mir doch noch die Implantate zu verpassen, die ich nicht will?«

»Was mit Ihnen geschehen wird, weiß ich nicht, und es interessiert mich auch nicht. Mein Auftrag lautete, den Ahumanen hierherzubringen. Wenn Sie ihn gesehen haben, wissen Sie, dass er millionenfach mehr wert ist als Sie.«

»Sie mich auch, Blechbüchse. Ich hatte ja gerade *nicht* vor, meinen Körper zu verkaufen.«

»Ita, kannst du irgendetwas gegen diese Übernahme tun?«

»Dazu müsste ich den Empfänger finden, mit dem diese Leute ihre Signale übermitteln, und die Verbindung unterbrechen. Die haben sämtliche Abwehrmauern umgangen.«

Der Cyborg stieß ein verzerrtes Lachen aus. »Viel Glück!«

Josh musste sich an der Lehne des Pilotensitzes abstützen, sonst hätten die Turbulenzen sie ins Taumeln gebracht. Schon waren sie tief genug in die Atmosphäre eingetaucht, um Wolken vor den Fenstern zu sehen. Für einen Moment erwog Josh, eine kampflose Übergabe des Ahumanen im Austausch gegen die Freiheit der Menschen an Bord anzubieten. Als Captain war es ihre Aufgabe, das Wohl ihrer Mannschaft über das eines Fremden zu stellen, dessen Schicksal ohnehin besiegelt war. Doch stattdessen straffte sie den Rücken. Entweder hatte man vor, sie gehen zu lassen, dann war es überflüssig, einen Handel vorzuschlagen. Oder der Order of Technology wollte seinen Außenposten auch weiterhin geheim halten – was sehr viel wahrscheinlicher war. Dann half Betteln auch nichts.

Auch wenn es schwerfiel, wandte sie sich von der Mündung des Lasers ab und richtete den Blick wieder auf den Hauptschirm. Das Scannerbild zeigte nun deutlich die rechteckigen Umrisse eines flachen Platzes, vermutlich ein Flugfeld. Daneben gab es eine kaum höhere Kuppel und einen klobigen, aber ebenfalls recht niedrigen Turm. *Eine unterirdische Station; aus dem Weltraum kaum zu orten.*

»Standardfrontsicht«, wies sie Ace an. Sofort wich der Monitor den Fenstern dahinter. An der Kom-Konsole blinkte ein neuer Ruf des Shuttles. Josh beugte sich vor, ohne den Cyborg anzusehen.

»Nicht anrühren!«, warnte er.

Mist! Sie musste Higgins irgendwie warnen. Dass sie nicht antworteten, würde ihn misstrauisch machen, aber nicht davon abhalten, zurückzukommen. »Soll ich meinen Leuten nicht sagen, dass ...«

»Sie sagen gar nichts! Halten Sie mich immer noch für einen dämlichen Putzbot?«

»Darf *ich* dazu etwas sagen?«, fragte Ace.

»Spielen Sie jetzt lieber nicht den Helden«, sagte Josh. »Vielleicht brauch ich Sie noch.«

»Schnauze jetzt!«, blaffte der Cyborg. »Ich darf nur Ihre Gehirne nicht beschädigen – vom Rest war keine Rede!«

Unsere Gehirne? Josh drehte sich wieder zu ihm um und fixierte ihn. War er nicht selbst nur noch ein menschliches Gehirn in einem komplett künstlichen Körper?

»Na, bei mir gibt's ja nicht mehr viel ...« Ace brach ab, als ein Zischen vom Türschott herüberdrang.

Der Cyborg drehte sich mitsamt Laser wie ein Geschützturm und feuerte in den sich öffnenden Spalt.

»Runter!«, rief Josh und brachte den Co-Piloten-Sitz zwischen sich und Kothar Gamma.

Neben ihr duckte sich Ace tiefer in den Sessel. Schon während sie hinter ihre Deckung sprang, riss sie die *Arclight* aus dem Holster. Blindlings schoss sie um den Sitz, hoffte, dass ihre Erinnerung nicht trog und hinter dem Cyborg wirklich nur der Notsitz und das MedPack in der Wand waren. Wieder blitzte das Lasergeschütz, erst in ihre Richtung, dann in die andere. Der Gestank verschmorten Kunststoffs breitete sich aus. Josh schoss auf einer Seite und beugte sich bereits zur anderen, um zur Tür zu spähen. Von draußen jagte ein Laserschuss herein. Wo hatte Rodriguez die Waffe her? Josh schoss erneut, ohne ihren Gegner zu sehen, und tauchte wieder ab. Wo eben noch ihr Kopf gewesen war, schlug etwas dumpf ins Sitzpolster. Überhitzter Schaumstoff knisterte, färbte sich von Anthrazit in Schwarz. Jenseits des Sessels blitzte es erneut in schneller Folge.

»Das nützt Ihnen alles nichts!«, schrie der Cyborg. War er getroffen?

Plötzlich knatterte eine *Repeater*. Kugeln prasselten zu Boden. Ein verzerrtes Kreischen fuhr Josh schmerzhaft ins Ohr. Rasch lehnte sie sich zur Seite, lugte um den Sitz, feuerte, bevor in ihrem Verstand angekommen war, was sie sah. Rauch stieg aus einigen Ritzen zwischen den Segmenten des Cyborgkörpers auf. Aus drei rußumrandeten Einschusslöchern im Torso, die nur von einem Laser stammen konnten, rann rötliche Flüssigkeit. Im metallenen, zuvor so leeren Gesicht prangten etliche Dellen, als sei es in schweren Hagel geraten. Wo die optischen Sensoren gesessen hatten, gähnten nur noch zwei Löcher. Auch aus ihnen troff es rot mit gelben Schlieren und lief über die Maske wie Tränen. Einige Sekunden lang blinkte eine kleine Anzeige an der Schläfe, dann regte sich nichts mehr.

Rodriguez stürmte herein, die *Repeater* noch immer im Anschlag, und trat dem Cyborg mit voller Wucht gegen den Rumpf. Für einen Augenblick kippelte der Botkörper auf zwei seiner vier Beine, bevor er doch noch umfiel. Kein Schuss, keine sichtbare Reaktion.

»Scheint tot zu sein.« Josh erhob sich und ging zu ihm hinüber, doch auch sie behielt die *Arclight* in der Hand.

»Schätze, wir haben sein Hirn zu Brei verarbeitet. Man weiß bei den Spinnern nur nie, ob sie's noch im Kopf oder im Bauch mit sich rumtragen.« Rodriguez setzte das Gewehr direkt auf die Mundöffnung der Maske und drückte noch einmal ab. »Sicher ist sicher, solange der Kerl 'ne Kanone hat«, meinte er und wiederholte den Vorgang mit einem der Löcher im Rumpf.

»Gute Arbeit«, lobte Josh, bevor sie zum Kom eilen wollte, doch Ace hatte den Kanal des Shuttles bereits freigeschaltet.

»Ihr habt hier mächtig was verpasst, Jungs, aber ärgert euch nicht. Der Scheiß fängt gerade erst an.«

»Shuttle an *Starhawk*«, meldete sich Higgins stoisch. »Geht das auch etwas präziser? Wie sollen wir andocken, wenn Sie so ein Tempo fahren?«

»Keine Zeit, Sergeant«, mischte sich Josh ein. »Ein fremdes Leitsignal hat die Kontrolle über das Schiff übernommen. Vermutlich der 2OT. Man will uns bei der Ankunft gefangen nehmen, also bringen Sie sich besser in Sicherheit!«

»Sollen wir nicht helfen, das Schiff zu verteidigen?«

Mit einem unbewaffneten Shuttle? Vermutlich meinte er eher als Verstärkung an Bord. »Negativ. Das ist deren Terrain, und sie werden uns haushoch überlegen sein. Hauen Sie ab, solange Sie noch können! Das ist ein Befehl.«

Ein bedrohliches Knurren drang aus dem Kom. »Verstanden, Captain. Wir drehen ab.«

Josh unterbrach die Verbindung. Für rührselige Abschiedsworte fehlte ihr der Sinn. Als sie sich wieder zu Rodriguez umdrehte, zuckte sie überrascht zusammen, denn Ray, der Ahumane, war lautlos neben ihn getreten.

»Der ... Mann, der die Tür geöffnet hat«, erklärte Rodriguez, hielt jedoch sichtlich etwas Abstand.

Und wohl der zweite Laserschütze. »Vielen Dank für Ihre Hilfe, Ray.«

»Wenn ich richtig verstanden habe, was Pacek gesagt hat, sind Sie nur meinetwegen in diese Lage geraten.«

Das war einerseits nicht von der Hand zu weisen, andererseits konnte er nichts dafür, dass alle Welt hinter den Geheimnissen seiner Gene her war. Doch Josh hatte keine Muße, darüber zu diskutieren. Sie nickte ihm nur zu und wandte sich wieder an Rodriguez. »Setzen Sie sich und machen Sie den Geschützturm klar! Die sollen nicht glauben, dass wir uns kampflos fangen lassen.«

Dass die 2OT-Leute nur Zugriff auf die Antriebssysteme

hatten, war offensichtlich, denn sonst hätten sie die Kom-Verbindung zum Shuttle gekappt.

Neuerliche Turbulenzen rüttelten an der *Starhawk*, als sie in den Luftraum über der zerklüfteten Küstenlinie eintraten. Wieder probierte Ace alles Mögliche, um die Kontrolle über das Schiff zurückzugewinnen, doch die manuelle Steuerung blieb abgeschaltet. Josh sah aus den Frontfenstern. Sie sausten über dichten Wald und vereinzelte, rötliche Felsen und verloren weiter an Höhe.

»Tut mir leid, Josh«, meldete sich Ita wieder. »Ich könnte nur ein völliges Reset versuchen, aber dann stürzen wir ab.«

Und kommen nie wieder von diesem Drecksplaneten weg.

»Nein, dazu sind wir schon zu tief. Versucht es auf herkömmliche Art weiter! Rodriguez, gleichen Sie die Daten der Zielerfassung mit dem Scannerbild ab, das ich Ihnen rüberschicke. Feuern Sie, sobald Sie den Turm im Visier haben. Das könnte die Luftabwehr sein.« Sie wagte nicht zu hoffen, dass es ein Tower war, von dem aus man sie steuerte.

»Das soll ein Raumhafen sein?«, fragte Rodriguez verächtlich. »Den schießen wir selbst mit unserem Baby-Geschütz zu Klump.«

»Ita, zwei Drittel Energie auf den Schutzschirm, den Rest auf die Laser!«, ordnete Josh an.

»Aye, Captain.«

»Station in Reichweite in 10, 9 ...«, begann Ace zu zählen.

»Cyber-Attacke auf die Waffensysteme abgewehrt«, rief Larry.

Tja, unsere Waffen lassen wir uns bei FC nicht so leicht abnehmen, was?

»... 3, 2, 1.«

Zwischen den Bäumen tauchte eine große Lichtung auf. Ein Teil der Fläche war sorgfältig planiert, aber zur Tarnung mit einem grünen Belag versehen. Trotzdem handelte es sich eindeutig um ein Flugfeld. Eine einzelne Jagdmaschine – diskusförmig mit überdimensionierten Antrieben und Waffensystemauslegern – stand in der Nähe der flachen Kuppel, die ebenfalls grünlich schimmerte. Zwei Laserstrahlen jagten über das Cockpit der *Starhawk* auf den niedrigen, klobigen Turm zu und fuhren in dessen dunkles, massiv wirkendes Material. Trümmer wurden durch die Luft gewirbelt.

»Treffer!«, freute sich Rodriguez.

»Weiterfeuern!«

Die *Starhawk* wurde bereits für die Landung verlangsamt. Wieder spuckte die Geschützbatterie zwei Lichtblitze aus, direkt in die bereits gerissenen Löcher. Doch dieses Mal flogen weniger Brocken, die Laser zerfaserten in alle Richtungen.

»Eine Spiegelschicht!«, rief Ace, als auch schon etwas am Grund der Einschusskrater aufglänzte.

»*Mierda!*«, entfuhr es Rodriguez.

»Den Jäger!«, befahl Josh. *Keine Gegenwehr. Sie wollen ihren kostbaren Ahumanen nicht beschädigen.* »Ita, volle Energie auf die Geschütze!«

»Aye, Captain.«

Das Schiff stand nun schon fast in der Luft. Sie schwebten langsam über den Rand des Flugfelds. In einer grellen Explosion verging der Jäger. Die Druckwelle ließ die *Starhawk* bocken, bevor die Steuerdüsen wieder griffen. Den

Knall bis ins Cockpit zu hören, war nach der Stille des Vakuums fast schon seltsam.

»Die Kuppel!« Der Befehl kam ihr nur noch halbherzig über die Lippen, denn im gleichen Moment sah sie, wie sich in der Wand des Turms eine Klappe öffnete. Dahinter wurde ein Mündungsrohr sichtbar. »Nein, der Turm!«, schrie sie, doch Rodriguez feuerte bereits. Nutzlos glitten die Laserstrahlen an der schimmernden Kuppel ab. In der Öffnung des Turms ruckte das Geschütz.

»EMP!«, schrie Ace.

»Parallelflug zum Mutterschiff!«, befahl Higgins dem Chemical. »Ich will nur so weit weg, dass wir sie gerade noch sehen.«

»Ouw Sischt oder ouw Monitor?«

»Sicht.«

»Aber der Captain sagte, dass wir uns in Sicherheit bringen sollen«, wandte Loop ein. Er saß direkt hinter dem Piloten und neben der SupraSoldier, die konzentriert wie ein Fallschirmspringer vor dem Absprung aussah. »Wenn wir sie sehen können, entdecken die uns auch.«

»Wie sicher werden wir sein, wenn wir den Kontakt zum Mutterschiff verlieren, Flight Sergeant? Ohne die *Starhawk* sitzen wir hier fest«, gab Higgins unbeeindruckt zurück.

Loop setzte sein bestes Wolfslächeln auf. Eigentlich hätte er den Hunde-Beta hassen müssen. Der Kerl hatte ihn gerade um das Kommando dieses Trupps gebracht und gehörte der Security eines feindlichen Konzerns an. Doch Higgins schien beschlossen zu haben, dass die

Meuterer nun sein Team waren. Irgendwie machte ihn das sympathisch. Und er spielte nicht nur genau die richtige Mischung aus Gelassenheit und Dominanz, wie es viele Menschen vergeblich versuchten, sondern er roch auch danach.

»Ich finde, Sergeant Higgins hat recht«, ließ sich der jüngere der beiden Männer auf den hinteren Sitzen vernehmen. In seinem Schweiß war die Angstnote nicht zu überriechen. *Keine Kampferfahrung,* vermutete Loop.

»Bevor ein falscher Eindruck entsteht: Das hier ist keine demokratische Veranstaltung«, verkündete Higgins. »Durchdachte Vorschläge, ja. Meinungen, nein.« Er richtete den Blick wieder aus dem Seitenfenster neben ihm, durch das auch Loop die *Starhawk* in der Ferne fliegen sehen konnte, wenn er sich ein wenig verbog.

Von dem jungen Mann wehte nun ein Hauch Aggression herüber, aber er blieb stumm. Loop fragte sich, was der 2OT von ihnen wollte. Reine Routine, weil sie auf einen nicht registrierten, also womöglich geheimen Außenposten gestoßen waren, oder steckte mehr dahinter?

»Swei weindlische Jöger ouw wier Uhr!«, rief Tipo.

»Scheiße!«, entfuhr es der ehemaligen Soldatin.

»Was tun wir denn jetzt? Wir haben keine Waffen!« In Stimme und Geruch des jungen Mannes fehlte nicht viel zur Panik. Angesichts der Gewehre und Pistolen, die sie mitgenommen hatten, stimmte die Aussage nicht ganz, aber auch Loop hätte seinen umgefärbten Pelz jetzt liebend gern für eine MG-Batterie am Heck gegeben.

»Halt den Rand, Junge, und lass die Chims ihre Arbeit machen!«, fuhr der Ältere das Greenhorn an.

Vielen Dank!, dachte Loop ironisch, aber Hilfe musste man wohl auch annehmen, wenn sie beleidigend daherkam.

Der Chemical beschleunigte das Shuttle. Ihre Chancen standen wirklich beschissen. Landen und weglaufen war vielleicht sogar die Einzige. Doch dafür brauchten sie einen Vorsprung – oder sehr unübersichtliches Gelände, in dem man trotzdem landen konnte. Loop schielte aus Tipos Seitenfenster. Unter ihnen war nichts als Wald, auf überwiegend flachen Hügeln.

»Kurs NordWest!«, ordnete Higgins an.

Loop sah in diese Richtung. Am Horizont ragte eine Bergkette auf.

»Weschtholten!«

Bevor Loop verstanden hatte, was der Chemical meinte, kippte das Shuttle. Instinktiv stemmte er sich trotz des Anschnallgurts mit der freien Hand und den Füßen an Wand und Boden ab, während er mit der anderen die *Repeater* fester umklammerte. Laserstrahlen sengten grell vorüber, wo sie eine Sekunde zuvor noch gewesen waren. *Heilige Ahngeister, bald darf ich euch kennenlernen.*

»Können Sie wliegen, Higgins?«, erkundigte sich Tipo, während sich das Shuttle blitzschnell um die eigene Achse drehte, bis es wieder aufrecht stand. Es ging so rasch, dass die Fliehkraft Loop halbwegs in seinem Sitz hielt.

»Schon, aber nicht so!«, gab der Beta zurück.

Sie sackten so plötzlich nach unten, dass Loops Magen nicht mitkam und weiter oben stehen zu bleiben schien. Laser loderten über sie hinweg.

»Weschtholten!«

Mit einem Arm stemmte sich Loop gegen die Lehne des Piloten und wurde dennoch im Gurt nach vorn geworfen, als die Antriebe aufheulten und das Shuttle abrupt stoppte. Zwei Schatten rasten vorbei. Sie selbst flogen einen Moment rückwärts, dann jaulten die Triebwerke erneut ihren Protest heraus. Das Shuttle schoss wieder vorwärts.

»Übernehmen Sie!«

Loop sah, wie Higgins hastig nach den Kontrollen griff.

»Was tut er?«, schrillte nun auch die SupraSoldier.

Der Chemical hatte sich im Sitz zurückgelehnt und die Hände angehoben, fast als wolle er zu irgendeinem Gott beten. Von hinten konnte es Loop nur ahnen, doch er war sicher, dass der verdammte Spinner die Augen geschlossen hatte.

Vor ihnen tauchten die diskusförmigen 2OT-Jäger wieder auf und kamen nun direkt auf sie zu. Wie stabilisierende Ausleger ragten zu beiden Seiten die Waffensysteme aus den chromblitzenden Scheiben. Gleich würden sie in optimaler Schussweite sein. Loop hörte die Männer hinter ihm Stoßgebete murmeln. Dass er irgendwann im Einsatz sterben würde, hatte er gewusst, doch dass er dem Tod so direkt ins Auge sehen würde ... Der Chemical summte vor sich hin. Loop wusste nicht, ob er sauer sein oder ihn beneiden sollte. Eine Chance hatten sie von Anfang an nicht gehabt.

Plötzlich kippte Tipos Summton ebenso wie einer der beiden Jäger. Die Scheibe stellte sich beinahe senkrecht und zog scharf zur Seite, direkt in den Kurs der zweiten hinein. Higgins riss das Shuttle zur Seite, um den beiden auszuweichen, doch Loop sah noch, wie der geschnittene

Jäger ebenfalls kippte. Aber es war zu spät. Ein Ausleger der offenbar von Tipo kontrollierten Scheibe streifte ihn, löste sich und wurde davongeschleudert. Der destabilisierte Jäger kreiselte nun wirklich wie ein Diskus außer Sicht, den Bäumen entgegen. Der andere drehte sich nur einmal um die eigene Achse, dann fing er sich, bevor auch er aus Loops Sichtfeld verschwand.

Ein Schlag erschütterte das Shuttle. »Triebwerkstreffer!«, rief Higgins.

Der Antrieb fauchte, spukte, setzte aus.

»Isch übernehme«, sagte der Chemical hastig, doch das änderte nichts daran, dass sie bereits an Geschwindigkeit verloren.

»Können Sie landen, bevor der Scheißkerl hier ist?«, blaffte Higgins. Einzig die Pulsatoren hielten sie noch in der Luft. Ein perfekteres Ziel konnten sie nicht abgeben.

»Isch wersusch's. Do sind überoll Böume!«

Loop sah, wie Higgins auf das kleine Holodisplay starrte, das ihm den verbliebenen Jäger zeigte.

»Do worne wielleischt.« Tipo deutete aus dem Fenster in das verflucht einheitliche Grün.

»Zu spät! Schleudersitz!«, brüllte Higgins.

Loop atmete tief ein und drückte den Auslöser. Über ihnen öffnete sich das Dach. Es gab einen Knall, dann presste ihn die Beschleunigung so fest in den Sitz, dass er glaubte, ihm würden die Organe herausgequetscht.

13

02. Juni 3042 (Erdzeit)
System: Cor Caroli
Planet: J62012/Victory

»EMP!«

»Systeme runter ...« Der elektromagnetische Impuls traf sie, bevor Josh den Befehl ausgesprochen hatte. Ein beängstigendes Knistern umgab sie plötzlich von allen Seiten. Winzige Blitze tanzten über sämtliche Oberflächen, während die Anzeigen und Monitore erloschen. Alle.

Josh war, als werde es Nacht, obwohl draußen helllichter Tag herrschte. Ein Ruck warf sie in die Luft. Stahl knirschte und kreischte. Erneut griff sie hastig nach der Lehne des Pilotensitzes, um nicht zu stürzen.

»Was war das?«, fragte Rodriguez alarmiert.

»Bruchlandung.« Josh hoffte nur, dass keine der hydraulischen Stützen abgebrochen war. »Der EMP hat die Pulsatoren lahmgelegt.« Zum Glück waren sie nur noch wenige Meter über dem Boden gewesen. »Ita?« Auch das Kom war tot.

»Und da kommt das Begrüßungsorchester«, meinte Ace.

Josh trat näher ans Fenster. Rodriguez erhob sich aus dem Co-Pilotensitz, um mehr zu sehen. Nur Ray zog sich weiter zurück. Neben dem zerstörten Gleiter hatte sich eine riesige, zuvor unsichtbare Klappe im Boden geöffnet. Eine Hebebühne war heraufgefahren, auf der ein tarnfarbenes gepanzertes ATV stand. Um das Fahrzeug hatte ein Dutzend Kampfroboter Aufstellung genommen. Oder waren es ebenfalls Cyborgs? Wenig Menschliches haftete ihren klobigen Körpern an. Aus ihrem zweiten Paar Arme ragten doppelläufige Gewehre, die optischen Sensoren waren hinter verspiegelten Visieren verborgen.

Rodriguez schlug mit der Faust auf die Steuerkonsole vor ihm. »Verdammt! Mit dem Laser würde ich euch zu Schrott schmelzen.«

»Vielleicht kann ich Ihre Systeme schneller wieder hochfahren«, sagte Rays leise *Traductor*-Stimme.

Josh wirbelte zu ihm herum. »Wie?« Wenn es ihm wirklich gelang, konnten sie die Außenschotts sperren, die sich in ihrem jetzigen Zustand auf jeden beliebigen Impuls öffnen würden.

Der Ahumane war vor dem Navigationspult in die Knie gegangen und starrte das Computerinterface an. Ein feiner Lichtstrahl baute sich zwischen einem seiner Augen und dem Interface auf.

»So hat er das mit der Tür auch gemacht«, flüsterte Rodriguez.

Der Strahl wurde heller. *Natürlich!* Daten wurden mit Licht übertragen. Konnte Ray in Maschinensprache mit dem System sprechen? Doch Josh hörte auch aufgeregte Stimmen durch den Gang hallen. Schon näherten sich

Schritte. Die Leute wollten wissen, was los war, und sie konnte nicht einmal über Lautsprecher vor der kybernetischen Entermannschaft da draußen warnen.

»Nur, dass der Rechner etwas komplizierter ist als ein Türöffner«, merkte Ray an, ohne den Blick zu heben.

TechSergeant Fratt eilte herein, dicht gefolgt von der Asiatin, deren Namen Josh noch nicht kannte. Beinahe hätte er den Ahumanen umgerannt, der direkt hinter dem Eingang hockte. »Wow, was ... was treibt er da?«

»Ist er schuld, dass der Strom ausgefallen ist?«, wollte die Asiatin scharf wissen und sah aus, als ob sie sich nach einer Waffe umblickte.

»Nein, er versucht, das Schiff wieder in Gang zu bringen. Wir wurden von einem EMP getroffen«, erklärte Josh ebenso schneidend.

»Hab ich doch gleich gesagt«, behauptete der Iltis-Beta, doch seine Augen waren fasziniert auf Ray gerichtet.

»EMP? Wir wurden angegriffen?«, regte sich die Fremde auf. »Haben Sie nicht gesagt, der Planet sei unbe...«

»Achtung, das Begrüßungskommando kommt!«, rief Ace. »Marschiert auf direktem Weg zum Hintereingang, würde ich sagen.«

»Machen Sie weiter!«, rief Josh Ray zu. »Rodriguez, kommen Sie! Wir müssen vor allen anderen am Frachtschott sein, falls er nicht schnell genug ist.«

»Was für ein Begrüßungskommando?«, wunderte sich Fratt und ging zum Fenster hinüber.

Josh gab keine Antwort mehr. Sie rannte bereits aus dem Cockpit und den Gang in die Messe entlang. Kurz bevor sie dort ankam, verlangsamte sie ihre Schritte,

zwang sich, aufrecht und souverän zu gehen, wie Wellesley es getan hätte. Der Captain hatte die Lage im Griff –
zumindest mussten Crew und Passagiere bis zum letzten
Moment daran glauben.

In der Messe herrschte Dämmerlicht, da es keine Fenster gab. Nur die äußerste Notbeleuchtung funktionierte –
Lampen, die mithilfe von Bakterien ohne Strom phospho-
reszierten.

»Vorsicht!«, rief Rodriguez in das Gedränge der be-
sorgten Menschen. »Lassen Sie den Captain und mich
durch!«

»Das ist nur ein Stromausfall«, verkündete Josh und
schlängelte sich zwischen Sonny und einem Mann hindurch, den sie nicht kannte. »Da wir schon gelandet sind,
muss Sie das nicht beunruhigen. Wir kümmern uns bereits darum.«

»Ja, aber ...«

»Was ist denn mit ...«

»Wo bekommen wir jetzt ...«

Freundlich lächelnd ignorierte Josh das Stimmengewirr
und verließ die Messe in Richtung Frachtraum. War es
fair, den Leuten nicht zu sagen, dass jeden Augenblick
gepanzerte Kampfroboter ihre Waffen auf sie richten würden? Ein warmer und doch ungewohnt frischer Luftzug
wehte ihr entgegen. *Zu spät, Ray. Das Schott ist offen.*

Loop öffnete die Augen. Heftiger Wind fuhr hinein, doch
bevor Tränen und Blinzeln ihm wieder die Sicht raubten,
erhaschte er einen letzten Blick auf das Shuttle. Eine ganze Salve traf, zerfetzte die Verkleidung. Schon zerbarst es

zu einem feurigen Ball, von dem Loop nur noch gleißende Schlieren sah.

Ein heftiger Ruck ließ seine Eingeweide hüpfen. Sein Fall verlangsamte sich. Der Fallschirm musste sich geöffnet haben. Hastig wischte er sich über die Augen und sah nach oben. *Verdammt!* Warum war die Synthseide nicht tarnfarben? Stattdessen leuchtete der Schirm in Signalorange. Beim Shuttle eines Frachters ging man eben davon aus, dass abgestürzte Insassen gefunden werden *wollten*. Wenigstens hatte sich das Ding einwandfrei geöffnet. Hoffentlich hatten die anderen ebenso viel Glück.

Er sah sich um, soweit es der Gurt zuließ. Zwei, nein, drei andere rote Zielscheiben, und der verbliebene Jäger flog bereits eine Kurve. Die anderen konnten sich hinter ihm befinden, an der Front bestand Hoffnung, doch der verfluchte 2OT-Diskus konnte alle ihre Schirme in rote Netzstrümpfe verwandeln.

Unter ihm kamen die Bäume – oder was auch immer es für Gewächse sein mochten – bedrohlich näher, aber angesichts des tödlicheren Jägers nicht schnell genug. Loop legte mit der *Repeater* auf ihn an und wusste selbst, wie vergeblich diese Geste war. Sein Gegner brauchte nur einen Treffer. Er selbst hatte sogar mit einem ganzen Magazin kaum eine Chance.

Das Rattern eines großen MGs erfüllte die Luft. Geschreddertes Laub und Zweige wirbelten auf, zeigten die Spur der Projektile, die sich auf einen der Fallschirme zufraß. Die SupraSoldier? Loop glaubte, sie zu erkennen, doch er hatte keine Zeit, sich mit einem Blick durchs Zielfernrohr zu vergewissern. Er nahm die verchromte Jagdmaschine mit dem dicken Hintern ins Visier. Akzente in schwarzem Lack überzogen die Seiten der spiegelnden Scheibe. Wo war die Schwachstelle? Auf Anhieb fand er keine, drückte einfach ab.

Ins Knattern des Gewehrs mischte sich plötzlich Rauschen. Eine Wolke herber, krautiger Gerüche stieg von den zerrissenen Blättern und berstenden Zweigen auf, als er hineinfiel. Instinktiv zog er den Kopf ein, legte die Arme schützend um sich und die Waffe, die er um keinen Preis verlieren wollte. Der Sitz hielt das Schlimmste von seinem Rücken ab, doch beim ersten Widerstand kippte das Ding. Seitlich krachte Loop durch das Geäst, wurde wieder aufrecht gerissen, kippte erneut, während Schläge und Peitschenhiebe auf ihn einprasselten. Mit geschlossenen Augen wartete er nur darauf, dass es endlich vorbei sein würde – egal wie.

Wieder gab es einen Ruck, dann spürte er sich in den Gurt geworfen und sacht hin- und herbaumeln. Seinen Körper fühlte er nur noch, wo der Gurt einschnitt, doch das war vielleicht besser so. Er hob den Kopf und sah direkt in zwei schwarze Augen. Unwillkürlich zuckte er zurück, was ihn heftiger schaukeln ließ. Loops Blick weitete sich. Eine ganze Phalanx Augenpaare starrte ihn an. Schon schwang er darauf zu, erinnerte sich an das Gewehr in seinen Armen. Die fremden Augen zitterten wie unter einem Windhauch. Loop riss Waffe und Füße abwehrend vor. Im gleichen Moment, da seine Stiefel mitten hinein zu treten schienen, schlossen sich die Augen, und Loop atmete erleichtert auf. *Es sind nur Blätter! Heiliger Isegrimm, habt ihr mir einen Schreck eingejagt.*

Der gesamte Busch reagierte auf die Berührung damit, sein Laub einzufalten, das paarweise angeordnet war und deshalb durch sein Muster den Eindruck von Augen erweckte. Eine so schreckhafte Pflanze stellte wohl keine Gefahr dar. Loop sah nach unten und stellte fest, dass er keine zwei Meter über dem Boden hing. Der Untergrund war erstaunlich felsig. Angesichts des dichten Walds hatte er mehr Humus und Bewuchs erwartet. Stattdessen schien das Gestein nur von einer dünnen, ein wenig schmierig wirkenden Schicht bedeckt.

Wachsam blickte er sich um, sog prüfend die Luft ein und ließ die Ohren spielen, um in alle Richtungen zu lauschen. Der Ast, an dem er baumelte, knarrte unter dem Gewicht. Ein leichter Wind rauschte in den Baumkronen, durch die nur wenig Licht nach unten drang. Darüber heulten in einiger Entfernung die Triebwerke des Jägers, der jede Sekunde zurückkommen konnte. Außer fedrigem Laub in allen Schattierungen von dunklen, bläulichen Tönen bis zu leuchtendem Neongrün bewegte sich nichts. Aus der Ferne drangen seltsam hohl klingende Rufe, die er in einem Exotarium ebenso gut fremdartigen Vögeln wie Affen zugeordnet hätte, nur um dann wahrscheinlich von einer völlig anderen Spezies überrascht zu werden. Die Flut neuer Gerüche, die ihn überschwemmte, enthielt Spuren von Verwesung und Moder, unzählige Varianten von Gerbstoffen in den Pflanzen und die klare, kalte Note feuchten Gesteins. Für alles Weitere hätte er zu gern sein *JUST* zurückgehabt, doch Bitangaro hatte es wohl in den Recyclingschacht geworfen, denn es war nicht wiederaufgetaucht.

Etliche Missionen als Justifier hatten ihn gelehrt, sich nicht in Sicherheit zu wiegen, nur weil er gerade nichts Verdächtiges wahrnahm. Aber als Erstes musste er endlich von seiner Absturzstelle weg. Der zerrissene Fallschirm leuchtete zu auffällig im Geäst. Er wechselte das Gewehr in die linke Hand und zog mit der rechten sein *SuyKnife*, um sich damit nach den Schnüren zu recken, an denen er hing. Einmal richtig angesetzt glitt die Klinge des Survivalmessers fast von selbst durch die *Duralon*-Stricke, aber das war nicht so einfach, denn je mehr Schnüre er durchtrennte, desto wilder schaukelte und kippte er. Als er schließlich fiel, hing er so schräg, dass er den Aufprall nicht kontrollieren konnte. In dem Sekundenbruchteil, der ihm blieb, konnte er sich nur zusammenkrümmen.

Im nächsten Moment fand er sich am Boden wieder. Zu den ausgerissenen Fellbüscheln, die oben in der Baumkrone hängen mussten, und den bisherigen Prellungen war noch ein angeschlagenes Knie hinzugekommen. Knurrend und ächzend schälte er sich aus dem Sicherheitsgurt und rappelte sich auf. Die MGs des Jägers ratterten, doch es klang zu weit weg, um ihm zu gelten. *Höchste Zeit, davonzuhumpeln.*

Im Grunde war es dämlich, genau in die Richtung der Schüsse zu laufen, doch wenn er seine Kameraden wiederfinden wollte, blieb ihm nichts anderes übrig. Dies hier war keine gut vorbereitete Landung hinter feindlichen Linien, bei der man sich zum vereinbarten Treffpunkt durchschlug. Er hatte keine Navigationsinstrumente, keine Karte, und was an Ausrüstung vorhanden gewesen war, hatte sich nun als verkohlte Trümmer über die Gegend verteilt. Ohne das Shuttle war selbst sein Kom völlig nutzlos, da es ohne Relaisstation nicht mit den anderen Koms in Verbindung treten konnte.

Das Heulen des Jägers kam näher. Eine neue MG-Salve pflügte durch das Laub auf ihn zu. Loop warf sich hinter einen Baum und betete, dass der Stamm breit genug war.

Das gepanzerte ATV verschwand gerade im Wald, als Josh die *Starhawk* über die Rampe verließ.

»Dort entlang!« Die Stimme des Kampfroboters klang so übertrieben verzerrt und blechern, als habe man ihn absichtlich noch weiter entmenschlichen wollen. Mit einem seiner Greifarme deutete er auf die Hebebühne, während seine Waffen weiter auf Josh gerichtet blieben. Ihre eigenen Pistolen hatte sie kampflos übergeben. Diese Maschinen – *Oder sind es doch Cyborgs? Woran kann man es erkennen?* – hätten am Ende doch gewonnen und ihr nur das Schiff schrottreif geschossen – die einzige Hoffnung auf Flucht. Vermutlich musste sie es als Erfolg verbuchen, dass alle brav ihrem Vorbild gefolgt waren. Niemand war ausgerastet und Amok gelaufen. Doch es war kein Erfolg nach ihrem Geschmack.

Ein halbes Dutzend Roboter gleicher Bauart bildete ein Spalier zu der Hebebühne. An den Mündungen ihrer Gewehrarme vorbeizulaufen, verursachte Josh ein flaues Gefühl im Magen. *Verdammte Bastarde!* Diesen ganzen elenden Mist hatte sie also dem 2OT zu verdanken. Das Verhalten des Reinigungsbots war ihr von Anfang an seltsam vorgekommen, doch wer dachte schon daran, dass sich hinter einem unförmigen, Wischmopp und Ultraschalldesinfektor schwingenden Kasten auf Rädern ein Saboteur verbergen könnte?

Es nützte nichts. Im Augenblick konnte sie nichts anderes tun, als die Kampfmaschinen hasserfüllt anzustarren, die in Schwarz auf Chrom in der Sonne glänzten. Auf den verspiegelten Visieren sah sie nichts als ihre eigene verzerrte Gestalt. Entweder hatten sie keine Emotionen, weil sie tatsächlich Roboter waren, oder sie wollten sie verleugnen und lieber Maschinen sein.

Josh versuchte es mit einem triumphierenden Lächeln, um sie zu ärgern. Wenigstens den Jäger hatten sie zerstört. Eine Art Bulldozer-Bot mit Frontschaufel schob die Trümmer bereits zusammen.

Sie betrat die Plattform, die so dick war, dass sie unter ihren Schritten nicht einmal hohl klang. Damit ließen sich noch ganz andere Dinge heben als ein Panzerfahrzeug. Was verbarg sich noch alles unter diesem grünen Tarnbelag? Eine Forschungsstation? Eine geheime Fertigungsstätte? Ein Außenposten an der Grenze zum Hoheitsgebiet von Rays Spezies?

Sie stellte sich in die Mitte, da sie keine andere Anweisung bekommen hatte, und drehte sich zu ihrer Crew und den Passagieren um, die in einer erstaunlich langen Schlange aus dem Schiff kamen. Nur zwei fehlten: der Ahumane, mit dem der Order of Technology wohl anderes vorhatte als mit ihnen, und TechSergeant Fratt.

Josh warf Doc Cherokee einen fragenden Blick zu, doch der bewegte nur beinahe unmerklich den Schnabel nach links und rechts. Was hatte der Iltis-Beta vor? Oder wollte der Doc nur andeuten, dass er keine Ahnung hatte, wo sein Freund steckte? *Du bist nur ein Technik-Experte, Junge. Bau bloß keinen Mist!*

Schweigend, obwohl ihre Gegner es nicht befohlen hatten, versammelten sich die Leute auf der Hebebühne. Offenbar wollte niemand testen, wie diese fast drei Meter hohen Gestalten aus Metall, Karbon und Elektronik reagieren würden. Viele mieden Joshs Blick. Sicher machten ihr einige insgeheim Vorwürfe.

»Vom Asteroidenregen in den Plasmasturm«, meinte Ace, der als Letzter auf die Plattform rollte. »Wenn mir nicht noch ein paar mehr Nettigkeiten einfallen würden, wie Schwarze Löcher oder eine Supernovae, würde ich sagen: Ich bin verflucht.«

»Kann ja alles noch kommen«, erwiderte Josh.

Ace lächelte fröhlich – zum ersten Mal, seit sie ihm begegnet war.

Etwa die Hälfte der Kampfmaschinen stapfte mit ihnen auf die Hebebühne, während sich der Rest verteilt hatte, sodass niemand davonlaufen konnte, ohne niedergemäht zu werden. Mit einem mechanischen Aufjaulen setzte sich die Plattform in Bewegung, dann war nur noch ein tiefer Summton zu hören, den Josh von den Pulsatoren der *Starhawk* kannte. Langsam senkte sich die Bühne einen Schacht hinab. Über ihnen schloss sich die gewaltige Klappe wie ein überdimensionierter Sargdeckel und löschte das Sonnenlicht aus.

Sofort spürte Josh, wie die Stimmung unter den Menschen von Sorge in Angst umschlug. Manchmal wusste sie nicht, ob sich bei ihr doch Eigenschaften tierischer Ahnen ausgeprägt hatten oder ob jeder über so viel Instinkt verfügte. Aber welche Rolle spielte das schon? Sobald jemand erfuhr, dass sie als Beta-Humanoide gezeugt worden war, würde derjenige sie wie ein Monster ansehen – oder wie einen Transvestiten, mit dem er nichts ahnend im Bett gelandet war.

Ita rückte im fahlen künstlichen Licht, das von Leuchtfeldern in einer der Seitenwände ausging, näher zu ihr, wagte jedoch immer noch nicht zu sprechen. Rodriguez schob sich abschirmend zwischen sie und den nächststehenden Gegner, als ob er irgendetwas verhindern könnte. Doch die Kampf-Bots rührten sich nicht, hielten nur Waffen und Visiere auf sie gerichtet.

Allmählich keimte in Josh der Verdacht, dass die Plattform eher ein Lastenaufzug als eine simple Hebebühne war. Sie sah sich nach allen Seiten um, und nach etwa zehn Metern erschien eine große schwarze *01* an der Wand mit den Lichtfeldern, während auf drei Seiten engmaschige Metallgitter sichtbar wurden. Dahinter herrschte Dunkelheit, doch die veränderten Geräusche deuteten einen großen Raum an. Ein unterirdischer Hangar?

Vier weitere Stockwerke ging es nach unten. Die Luft wurde stickiger. Bei *05* kam die Plattform zum Stillstand. Ein breites Rolltor aus demselben Gitter, das sie bereits auf den anderen Ebenen gesehen hatten, öffnete sich mit dem hellen Surren eines Elektromotors. Jenseits der Schwelle glomm an der mindestens fünf Meter hohen Decke eine Reihe bläulicher Lichtfelder auf, die bei Weitem nicht genügten, um die Halle auszuleuchten.

»Rein da!«, schnarrte eine der nicht unterscheidbaren

Bot-Stimmen, und der Besitzer ruckte mit dem Waffen-arm. Josh war nun fast sicher, dass sie Cyborgs waren. Was brachte einen Menschen dazu, zu einem widerli-chen Tech-Anbeter zu mutieren? *Die müssen alle ein paar Schrauben locker haben.* Unwillkürlich schnaubte sie. So etwas Altmodisches wie Schrauben verwendete der 2OT vermutlich nicht einmal.

»Schneller! Da gibt es nichts nachzudenken!«, trieb der Cyborg neben dem Tor die zögerlichen Menschen an.

Josh reihte sich ein und betrat den riesigen Raum, den die Planer wohl tatsächlich als Hangar für Jäger oder als Parkdeck für große Fahrzeuge konzipiert hatten. Seit dem Bau schien die Ebene jedoch nicht mehr oft betreten wor-den zu sein. Staub bedeckte den grauen Boden, sammelte sich mit anderem Dreck entlang der Wände und in den Ecken, wie um die gähnende Leere zu unterstreichen.

Wieder summte der Motor. Das Tor schloss sich, ohne dass die kybernetisch verpackten Freaks noch ein Wort an sie gerichtet hätten.

»Hey!«, schrie Sonny. »Was passiert jetzt mit uns?« Er erhielt keine Antwort. Stattdessen setzte sich die Platt-form wieder nach oben in Bewegung.

»Die Frage war überflüssig«, befand Josh, während die Leute um sie herum entweder fassungslos zusahen, wie der Aufzug verschwand, oder begannen, ihrem Unmut mehr oder weniger laut Luft zu machen. »Wenn sie es uns hätten sagen wollen, hätten sie's getan. Wir sollten uns lieber umsehen und herausfinden, ob es andere Ausgänge gibt.« Ob die Fremden ihr alle zugehört hatten, war ihr gleich. Wenn Menschen aufgebracht waren, wartete man besser, bis sie sich wieder beruhigt hatten. Vorher waren sie ohnehin keinem vernünftigen Argument zugänglich.

Josh marschierte einfach los, und Ita, Rodriguez, Sonny und Ace schlossen sich an, ohne Worte darüber zu verlieren.

Die Halle war so groß, dass sich im Dämmerlicht nicht mit Sicherheit sagen ließ, was sich am anderen Ende befand. Ihre Schritte hallten von Decke und Wänden wider, die feuchte Kühle ausstrahlten, aber es war nicht frostig. Allmählich gewöhnten sich Joshs Augen an die schwache Beleuchtung. Über ihnen gab es sehr viel mehr Lichtfelder – schließlich mussten in einem Hangar auch Wartungsarbeiten möglich sein –, doch die Cyborgs hatten sie nicht eingeschaltet.

»Ein tolles Gefängnis«, murrte Sonny. »Keine Pritschen, keine Toiletten, Schummerlicht. Darf ich in meine Zelle auf dem Schiff zurück, wenn ich nett frage?«

»Kannst es ja probieren, falls jemals wieder jemand auftaucht und sie uns nicht einfach hier unten vergessen«, unkte Ace.

»Wasseranschlüsse gibt es.« Ita deutete auf Rohrleitungen, die entlang der Wände in weiten, aber regelmäßigen Abständen aus der Decke kamen, um im Boden wieder zu verschwinden. Vorgesehene Anschlüsse für Schläuche verrieten, dass es sich nicht um Kabelschächte handeln konnte.

Testhalber drehte Josh eine der Leitungen auf. Nach kurzem Gurgeln spritzte ein ungleichmäßiger Strahl heraus, der rasch an Stärke gewann. »Verdursten müssen wir schon mal nicht.« Rasch drehte sie wieder zu, denn schon breitete sich eine beträchtliche Pfütze auf dem Boden aus. »Und was ist das hier?« Sie trat zu einer der Kunststoffklappen, die in etwa einem Meter Höhe ebenfalls in exakt gleichem Abstand angebracht waren – möglichst weit weg von den Wasserleitungen, wie es schien. »Irgendwo müssen sie ...« Neugierig öffnete sie die Tür, die bis in ihre Kopfhöhe hinaufreichte. »... Arbeitsstationen vorgesehen haben.«

Dahinter kam ein Computerterminal zum Vorschein, auf dem noch eine Schutzfolie klebte. Eine Komstation und diverse Anschlüsse für Werkzeuge und Bots vervollständigten die Ausstattung. Ita probierte ein paar Bedienfelder und Schalter aus, doch die Anlage zeigte keine Reaktion. »Vermutlich haben sie die Stromzufuhr gekappt. Oder sie war noch nie in Betrieb.« Sie zog einen silberfarbenen Stift aus der Innentasche ihrer Uniform und steckte ihn prüfend in einige der Interfaces. »Alles tot.«

»Können Sie denn da gar nichts machen?«, fragte Sonny, der laut seiner Akte wegen Mordes verurteilt worden war. Wenn Josh an den Zwischenfall bei der Führung in Australien zurückdachte, kam es ihr nicht mehr unvorstellbar vor, aber er hatte behauptet, es sei Notwehr gewesen. »Sie sind doch Ingenieurin. Im Film bekommen die immer alles hin, wenn man ihnen einen Kaustreifen und ein Stück Kabel gibt.«

»Haben Sie denn ein Kabel oder einen Kaustreifen für mich?«, erkundigte sich Ita mit einem lächelnden Augenaufschlag. Wenn es nicht so dunkel gewesen wäre, hätte Josh geschworen, dass sich die Wangen ihrer Freundin gerötet hatten.

Ja, der Kerl sieht verdammt gut aus, gestand sie sich ein. Aber er sah auch nach verdammt viel Ärger aus. *Wenn du Ita das Herz brichst, brech ich dir die perfekte Nase!*

»Ich fürchte, ich muss passen«, gab Sonny zu. »Ace, hast du nicht jede Menge Kabel im Innenleben dieses Dings?« Er deutete auf den Rollstuhl.

»Nein, das war doch nur ein Witz!«, wehrte Ita ab. »Wenn kein Strom oder Licht auf den Leitungen ist, kann ich gar nichts machen.«

»Irgendwie erleichtert mich das«, meinte Ace mit einem der üblichen düsteren Seitenblicke zu Sonny.

»Was ist mit den Leuchtplatten?« Josh deutete nach oben. »Können wir deren Leitung anzapfen?«

Ita schüttelte den Kopf. »Das sind *BLB*-Leuchten, die brauchen nur einen kurzen Batterieimpuls, um die Aktivität der Bakterien anzustoßen. Wir sollten lieber vorne beim Tor suchen. Hier hinten scheint es nichts als Dreck zu geben.«

Josh sah sich noch einmal um. An der Rückwand deutete nichts auf eine weitere Tür oder irgendetwas hin, das sie noch nicht gesehen hatten. Nur ein weiteres schwarzes *05* prangte auf dem Beton. *Das ist typisch 2OT. Keine Notausgänge.* Dieser Orden degradierte Menschen zu austauschbaren Maschinen.

Mit einem knappen Nicken machte sie sich auf den Rückweg. Immerhin erstreckte sich die Halle auch auf der anderen Seite des Aufzugs noch ein Stück weit, und in dieser Richtung musste sich die Kuppel befinden. Missmutige Blicke empfingen sie von einem Teil der Leute, und wieder zog es Josh vor, sie zu ignorieren.

Cherokee sprach gerade mit Ludmila, aber als er Josh entdeckte, kam er auf sie zu. »Haben Sie irgendetwas Hilfreiches gefunden?«

»Bis jetzt nur Wasser, was aus medizinischer Sicht ein Fortschritt sein dürfte.«

»Ja, ich habe es gesehen.« Er nickte mit strengem Raubvogelblick. »Obwohl es wahrscheinlich nicht aufbereitet ist. Das könnte neue Probleme bringen.«

»Die Alten reichen mir vorerst völlig. Wo steckt TechSergeant Fratt?«

»Chrr.« Der Laut hätte alles bedeuten können. »Genau weiß ich es nicht. Er lief an mir vorbei, als ich noch in der Messe war, und flüsterte nur, dass er sich verstecken wolle. Ich ... war ehrlich gesagt zu überrascht, um ihn aufzuhalten. Ich hatte ja noch keine Ahnung, was ...«

»Madre mía! Das ist Irrsinn!«, schimpfte Ita. »Die müssen das Schiff doch nur nach Lebewesen abscannen, und schon haben sie ihn.«

Josh schüttelte den Kopf. »Das sollte ihm ebenso klar sein wie uns.« *Ich hoffe, du hattest eine verdammt gute Idee, Fratt.*

In einer gekühlten Leichenschublade zu liegen, obwohl er nicht tot war, entpuppte sich als harte Geduldsprobe. Die Krankenstation verfügte nur über zwei davon, weshalb er Bitangaros bereits erstarrten Leichnam auf den OP-Tisch hatte umsiedeln müssen. Was wiederum den Med-Bot auf den Plan gerufen hatte, der glaubte, es stehe eine Obduktion an. Fratt war nicht sicher, ob das Ding nun an dem Afrikaner herumschnippelte oder nicht, denn ihm hatte die Akkreditierung als Bordarzt oder Leitender Offizier gefehlt, um dem Bot Befehle zu erteilen. *Was soll's? Toter wird er nicht mehr.*

Das konnte höchstens ihm passieren, aber wenigstens die Scanner sollten ihn in dieser gut isolierten, kalten Umgebung nicht als lebendig einstufen.

Eine Weile fand er es witzig, Leiche zu spielen, und streckte sich so gemütlich aus, wie es die Lade hergab. Sein Fell hielt ihn noch warm, und für den Fall, dass ihm die Luft ausging, hatte er ein Sauerstoffspray aus dem MedPack unter seine Uniform geschoben. Gut eingeteilt, konnte er damit ein, zwei Stunden länger aushalten.

Im ersten Moment ahnte er sie nur, dann spürte er die rhythmischen Erschütterungen stärker. Sie kamen näher. Die Kampfroboter mussten die Krankenstation betreten haben.

Er spitzte die Ohren, doch es war nichts zu hören. Die Isolation war wohl zu dick. *Blöd, dass ich sie jetzt gar nicht aus der Nähe sehen kann.* Das war wohl der Preis der Cleverness.

Schwere Schritte hielten direkt vor ihm. Nun drangen doch Stimmen herein, übel verzerrt, wie aus einem KI-Museum. »Was sollen wir mit den Leichen machen?«

»Ich frag bei der Basis.« Es entstand eine kleine Pause. Klar. Roboter verständigten sich nicht über umständliche Koms. Hm, aber warum sprachen sie dann untereinander? Es mussten Cyborgs sein. Mit solchen Stimmen? *Na ja.* Wer ging schon zum 2OT? Diese Deckard-Jünger hatten alle einen *bug* im Hirn.

»Wir sollen sie fürs Aufräumkommando liegen lassen.«

Als dennoch die Schublade über ihm aufgerissen wurde, zuckte Fratt zusammen. Etwas Licht fiel zu ihm herab, und er merkte erst jetzt, wie stickig die Luft bereits gewesen war. *Verlasst euch gefälligst auf euer Equipment! Wozu habt ihr das denn?* Er versuchte, möglichst schlaff dazuliegen, ließ den Kopf zur Seite fallen, schloss die Augen und öffnete die Schnauze gerade so weit, dass seine Zunge zwischen den Zähnen heraushing.

»Meine Sensoren zeigen an, dass der Untere noch warm ist.« Der Cyborg schlug die obere Klappe wieder zu und öffnete Fratts. Als er schwungvoll die Lade herauszog, hätte sich der Iltis-Beta fast auf die Zunge gebissen.

»Ein Chim«, stellte eine der identischen Stimmen fest. »Sieht ziemlich tot aus.«

»Muss noch frisch sein.«

»Was für eine Verirrung, den menschlichen Körper ausgerechnet mit Tiergenen verbessern zu wollen.«

Der Cyborg stieß die Lade mit Wucht zurück in den Schrank. Fratt wurde ein paar Zentimeter in die Luft geworfen, als sie hinten anstieß. Seine scharfen Zähne klemmten schmerzhaft die Zunge ein. Um ihn herum war es schlagartig wieder dunkel. Er schmeckte Blut. *Dämliche Dampframme! Selbst mein JUST war intelligenter als du.*

Stampfende Schritte entfernten sich. Wann würde dieses Aufräumkommando kommen? Sollte er sich jetzt hinter den Kampfklopsen her aus dem Schiff schleichen? Aber wenn sie ihn bemerkten, hatte er seine Chance vertan. Er beschloss zu warten. Mit Reinigungsbots würde er schon fertigwerden.

Es dauerte nicht lange, bis sich erneut Vibrationen bis zu

ihm übertrugen. Dieses gleichmäßige, leichte Zittern kannte er. *Die Pulsatoren!* Ein leichtes Wanken folgte. Die *Starhawk* hob wieder ab. Gebannt lauschte er darauf, ob der Sublicht-Antrieb hochgefahren wurde, doch es blieb still.

Heiliger Blutrausch, ist das bescheiden, wenn man nichts sehen kann. Scheiß drauf! Er drückte auf die Notentriegelung, die die Klappe automatisch öffnete. Menschen waren manchmal paranoid. Bestimmt hatte seit Jahrhunderten niemand mehr scheintot in der Schublade gesteckt, aber sie drehten immer noch Horrorfilme darüber. Die Lade im Liegen von innen nach außen zu schieben, war unerwartet anstrengend, aber schließlich hatte er es weit genug geschafft, um sich aus dem engen Fach zu schlängeln. Außer dem Brummen der Pulsatoren hörte er immer noch nichts. Wieder schwankte das Schiff ganz leicht. Sie befanden sich also in der Luft. Wurde es weiterhin ferngesteuert, oder saß jetzt ein Cyborg auf dem Pilotensitz? *Hm.* Wenn er Bitangaro offen herumliegen ließ, würde diese Pest auch noch anfangen zu stinken. Also wuchtete er den schweren Leichnam zurück in den Kühlschrank.

Noch immer kein Antrieb zugeschaltet. Zum Spaß ließen sie das Schiff sicher nicht schweben. Blieben nur so kleine Manöver, dass die Steuerdüsen reichten, um sie auszuführen. Wie beim Einparken in einen Hangar. Aber die Abtastung hatte doch gar keinen Hangar gezeigt.

Neugierig ging er zur Tür und verbarg sich daneben hinter der Wand, bis sie offen war. Witternd reckte er die Nase, doch die Cyborgs hatten überall ihren Platinen- und Plastikduft hinterlassen. Er konzentrierte sich stärker auf sein Gehör. *Nichts Verräterisches.*

Als er um die Ecke spähte, war die Messe leer. Nach der ewigen Enge an Bord und dem Gedränge der letzten Stunden hatte die Stille schon fast etwas Gespenstisches. Fratt schlug den Weg zum Frachtraum ein. Als Erstes brauchte er eine vernünftige Waffe. Er ging schnell, aber nicht so hastig, dass seine Schritte auf den Bodenplatten poltern konnten.

Im Waffenschrank gab es die volle Auswahl. Die Blechnasen hatten wirklich alles für die Putzkolonne zurückgelassen. Sogar die Rüstungen, die sie den Gardeuren ausgezogen hatten, bevor ihre Leichen ins All geschleudert worden waren, hingen noch dort. Erfreut zwängte sich Fratt mitsamt seinem widerspenstigen Schweif in Chavez' teure *Aries One Hoplit Alpha*, die keinen Kratzer abbekommen hatte, weil sie sie in seiner Kabine gefunden hatten. Aber gegen Higgins' Kopfschuss hätte sie ihm auch nichts genützt. Bei der Erinnerung schmeckte Fratt wieder Blut und Hirnmasse auf der Zunge. *Der Typ ist 'n echt guter Schütze.*

Er schnappte sich ein paar Waffen und lief zurück. Dieses Mal war es ihm egal, ob ihn jemand hörte. Mit der *Repeater* im Anschlag würde er es selbst mit einer der Kampfmaschinen aufnehmen – und vielleicht sogar gewinnen. Doch niemand lauerte ihm auf oder stellte sich ihm entgegen. Als er ins Cockpit stürmte, war es ebenso leer wie die Messe. *Was zum ...* Vor dem Fenster sah er nur eine graue, angeschmutzte Wand, und offenbar sank die *Starhawk* daran hinab. Rasch holte er sich die Daten der Umgebungsscanner auf einen der kleineren Monitore. Das Schiff schwebte in einem Schacht nach unten. Fast schon Millimeterarbeit. Gute zwanzig Meter hatte es schon in die Tiefe zurückgelegt. Vor den Fenstern kam eine breite, hohe Öffnung in Sicht, das Tor zu diesem unterirdischen Hangar. Langsam bewegte sich die *Starhawk* hindurch, in eine hell erleuchtete Halle. Seitlich standen eine Art Bulldozer und ein Lastgleiter, weiter hinten ein großes, weltalltaugliches Shuttle ohne Sprungantrieb. Wartungsbots rollten und schwebten heran, um die *Starhawk* in Empfang zu nehmen. *Wenigstens werden sie sie also gut für uns pflegen.*

Fratt zog sich vom Fenster zurück. Im Normalfall besaßen Reparaturdroiden zwar keine Funktionen, um Freund und Feind zu unterscheiden, aber falls jemand die Landung mit Überwachungskameras beobachtete, musste er nicht in die Sensoren winken. Wie konnte er unbemerkt aus dem Schiff und dem Hangar kommen? Wenn er die anderen finden und befreien wollte, musste er ins Innere der Station. Ohne individuellen Zugangscode, der an den Außentüren automatisch gelesen wurde, würde er nicht weit kommen. Sein Blick fiel auf den toten Transformer-Cyborg, den seine Kumpane ebenfalls als Müll liegen gelassen hatten. Irgendwo an oder in diesem kybernetischen Körper saß der Erkennungschip, aber an welcher Stelle?

Mit einem leichten Ruck setzte die *Starhawk* auf. Das Vibrieren der Pulsatoren erstarb.

Ich hab's! Fratt eilte zurück in den Frachtraum und holte sich den *Carter*, eine Art einhändig zu führende, schwebende Schubkarre. Dessen Antigrav-Ladefläche reichte gerade aus, um den Cyborg so daraufzulegen, dass er nicht sofort wieder herunterfiel. Die *Repeater* schob Fratt unter den Rumpf. Die Pistolen ließ er zurück, denn Cyborgs trugen keine Waffen in Holstern herum. Zumindest nicht jene, die bereits bis zum Kopf umgewandelt waren, und genau das musste er vorgeben. Auf dem Weg zum Frachtschott machte er einen Abstecher zur Schleuse, um sich einen Helm aufzusetzen, der eigentlich zu einem Raumanzug gehörte. Die Visiere waren getönt genug, dass seine Schnauze nicht mehr sofort auffallen würde. Er versuchte, sich vorzustellen, wie er in Rüstung und Helm nun aussah. Vielleicht keine perfekte Verkleidung, aber etwas Besseres hatte er nun einmal nicht. Jetzt musste er sich nur noch wie ein Cyborg bewegen. In der für Fell und Schwanz zu engen *Hoplit Alpha* kam er sich ohnehin schon steif vor.

Frechheit siegt, sagte er sich und schob den Carter vor sich her zum Schott. *Macht Platz für Fratt Beta 5/01 vom Aufräumkommando!*

14

02. Juni 3042 (Erdzeit)
System: Cor Caroli
Planet: J62012

Sonny steckte die Finger in das Gittergeflecht des Rolltors, griff zu und versuchte mit vor Anstrengung verzerrtem Gesicht, es anzuheben. Rodriguez schüttelte nur den Kopf.

»Junge, das ist mindestens aus Stahl, und du bist *nicht* Superman«, stellte Ace fest.

Der Hellste ist er wirklich nicht, dachte Josh schmunzelnd. Selbst wenn am Boden keine Verriegelung eingerastet hätte, war das Gewicht eines so breiten, hohen Gitters selbst für mehrere kräftige Männer zu hoch. Der Motor, mit dem das Tor betrieben wurde, musste entsprechend groß und leistungsstark sein, doch sehen konnten sie ihn nicht. Vermutlich steckte er in der Decke oder in der Wand.

»Fragt sich, ob es uns überhaupt weiterhilft, durch dieses Gitter zu kommen.« Sie trat so nah wie möglich an das Tor und spähte nach unten. Der durch die Leuchtfelder spärlich erhellte Schacht führte weiter hinab und verlor sich in Tiefen, die sie aus diesem Blickwinkel nicht sehen konnte. Nach oben wurde er gerade durch die Plattform abgeschlossen, an deren Unterseite die Pulsatoren glommen. Auf drei Seiten verhinderten Gitter, dass jemand in den Schacht stürzte oder versehentlich hineinfuhr. Die vierte Seite bestand aus glatter Wand, und auch die Flächen jenseits der Gitter boten keinen Halt zum Klettern.

»Vielleicht sollten wir dem Lift-Bot klingeln«, schlug Ace spöttisch vor.

Josh lächelte gequält. So einfach war es sicher nicht. »Was glaubst du, wie der Aufzug angefordert wird?«, wandte sie sich an Ita.

»Wahrscheinlich könnte man es von jeder der Arbeitsstationen aus machen – wenn sie denn online wären.«

Was für eine Scheiße! Sie sprach es nicht aus und bemühte sich um eine gefasste Miene, aber allmählich gingen ihr die Ideen aus, die auch ihr selbst Hoffnung geben sollten. Gab es denn wirklich keinen anderen Zugang? Geradezu trotzig umrundete sie den durch Betonpfeiler und die Gitter abgesperrten Schacht.

»Da ist eine Tür!«, rief Ita im gleichen Moment, als auch Josh sie entdeckte.

Der Anblick setzte neue Energie frei. *Ich wusste es!*

Alle, die den Ausruf verstanden hatten, strömten herbei, doch Josh, Ita, Rodriguez, Sonny und Ace erreichten sie als Erste. Eine elektronisch gesicherte, massiv gearbeitete Brandschutztür, die selbst für Stemmeisen keine Angriffsfläche geboten hätte – wäre irgendwelches Werkzeug zur Hand gewesen. Daneben war eine kleine Computerkonsole in der Wand eingelassen, kaum mehr als die üblichen Türöffner, doch es leuchteten keine Bedienfelder.

Ita, die zuvorderst stand, tippte dennoch darauf. Nichts rührte sich. »Kein Interface, kein Strom. *Qué mierda*!«, fluchte sie und trat gegen die Wand. »Gebt mir irgendwas, womit ich arbeiten kann!«

Intranet! Sie müssen irgendein Netz hier haben. Die Koms hatten sie abnehmen müssen, obwohl unwahrscheinlich war, dass sie damit Higgins und seine Truppe erreicht hätten. Doch die Multibox hatten die Cyborgs nicht beachtet. Josh nahm sie ab und hielt sie Ita vor die Nase. »Vielleicht kannst du dich in ihr System hacken?«

Fratt schob den Carter über die Rampe und schielte im Schutz seines Helms zu den Wartungsbots hinüber, die sich vor allem im Heckbereich, wo der Shipsucker gewütet hatte, an der *Starhawk* zu schaffen machten. Wie erwartet, schenkten sie ihm keine Beachtung. Im Gegensatz zu den Cyborgs waren sie reine Maschinen, programmiert für einen bestimmten Zweck und mit dem Horizont eines Schraubenschlüssels. Zufrieden steuerte Fratt ein Computerterminal an, das durch den Bulldozer ein wenig vor neugierigen Sensoren abgeschirmt war. Wenn er den Schamanen und die anderen befreien wollte, musste er sie erst einmal finden.

Rasch orientierte er sich auf dem Bildschirm, doch außer den üblichen Funktionen einer Flugfeldkonsole – Kontakt zum Tower, zur Sicherheitsmannschaft, zur Lagerhaltung und so fort – fand er wenig. *Leute, ich will in euer System.*

Er schloss die Benutzeroberfläche und fand darunter monitorfüllend das 2OT-Logo: eine mechanische Hand und das Motto »Befreie den Verstand«. *Sollte vermutlich »Befreie mich vom Verstand« heißen.*

Als er auf die Hand tippte, verschwand sie. Stattdessen erschien das Wort »Victory« in nüchterner Schrift auf düsterem Grau und darunter die Aufforderung, den Zugangscode einzugeben. *Zeit für den* Triple A. Er zog das kleine, flache Tool aus einer Tasche am Gürtel der Rüstung und schob es in einen der Anschlüsse des Terminals. Von gelegentlichen Nachfragen und Statusmeldungen abgesehen, durfte er den Rest getrost der bewährten Software überlassen, was ihm Gelegenheit gab, sich vorsichtig umzusehen, ob er beobachtet wurde. Doch außer dem Gewusel um die *Starhawk* passierte in diesem Hangar nicht viel. Er war allein mit den Bots und ihren KI-losen Maschinen. Sicher gab es Überwachungssensoren, die ihn erfassten. Vielleicht starrte er gerade direkt hinein. Aber solange es keinen Grund für Misstrauen gab, saß vermutlich niemand am anderen Ende der Leitung und sah den Bots beim Arbeiten zu.

Mit einem kurzen Blinken meldete der *Triple A* Erfolg. Das Intranet der Station hatte sich geöffnet. Hastig suchte Fratt nach einem Lageplan. Die Putzkolonne konnte jeden Moment auftauchen und sich wundern, dass der Cyborg aus dem Cockpit verschwunden war. Wenn sie nicht sogar die Anzahl der Leichen übermittelt bekommen hatte.

»Orientierung für Neuankömmlinge.« Das ist meine Rubrik. Erfreut ließ er sich den dazugehörigen Aufriss der Station anzeigen. Sie entpuppte sich als riesiger Komplex,

zu dem zehn Hangardecks gehörten. Allein die als militärisches Areal bezeichnete Zone, über die keine weiteren Informationen ersichtlich waren, nahm ein Drittel der Station ein. Fratt registrierte, dass es auch einen großen Laborbereich gab. Nicht ungewöhnlich auf einem neu in Besitz genommenen Planeten, dessen Ressourcen es gründlich auf profitversprechende Entdeckungen abzuklopfen galt. Aber wo würde die 2OT-Sec Gefangene einsperren? Im Militärsektor oder eher in der Nähe der Sicherheitszentrale?

»Warum Sie sich in Victory sicher fühlen können.« Wie *nett.* Auch Cyborgs machten sich also Sorgen, wenn sie auf einem abgelegenen Außenposten im Nirgendwo abgesetzt wurden. Er überflog die Erklärungen zur Notwendigkeit der Geheimhaltung, die nichts verrieten, außer dass aus diesem Grund nur eingeschränkt Kontakt zur Außenwelt aufgenommen werden durfte. Der gesamte Nachrichtenverkehr lief über die Security, die nur einmal pro Monat weitersendete. Warum machten sie ein solches Gewese darum, nicht gefunden zu werden? Neue Planeten wurden ständig entdeckt. Die Inbesitznahme registrieren zu lassen, gehörte zu den besten Absicherungen gegen feindliche Übernahmen. *Na ja, sie müssen's wissen.*

Er übersprang die Absätze zu Versorgungseinrichtungen und Evakuierungsvorkehrungen und blieb erst wieder bei der militärischen Sicherheit hängen. Aber auch hier halfen ihm die schwammigen Informationen nicht weiter. Er merkte, dass seine Tasthaare bereits nervös zuckten. Die Zeit lief ihm davon.

Eilig prägte er sich den Weg zur Sicherheitszentrale ein,

so gut es ging, zog den *Triple A* ab und schloss das Intranet. Hinter dem Aufzugschacht gab es laut Lageplan eine Tür, die zu weiteren, für Personen und kleinere Lasten gedachten Fahrstühlen führte. Zielstrebig hielt er mit dem Carter darauf zu. Wenn er die Anlage richtig einschätzte, würden die Sensoren die Kennung des Cyborgs erfassen und ihm die Tür öffnen.

Tatsächlich glitt sie bereits auf, als er sich einige Meter davon entfernt befand. *Weitergehen!*, sagte er sich angesichts der Gestalten, die darin auftauchten. *Einfach weitergehen.* Mehrere, eindeutig als Reinigungsbots erkennbare Maschinen rollten ihm entgegen, doch ihnen voran gingen zwei Cyborgs, die längst noch nicht alle Teile ihrer Körper durch Kybernetik hatten ersetzen lassen. Der eine – ein fetter Kerl mit Roboterarmen – starrte sofort auf die tote Hülle, die quer über den Carter hing. Der andere, dessen weiblicher Rumpf auf einer Art elegantem, aber wenig kurventauglichem Fahrgestell saß, hatte den Blick auf ein Note-Pad in seiner Hand gerichtet.

»Wer sind Sie, und wo wollen Sie mit ihm hin?«, blaffte der Dicke und stellte sich ihm in den Weg.

Fratt sah sich gezwungen, doch stehen zu bleiben. »Militärische Entwicklungsabteilung. Wir müssen analysieren, welche Schwachstellen an diesem Modell zu seiner Niederlage geführt haben.«

Die Cyborgfrau sah ihn nun auch an und furchte die ohnehin faltige Stirn. »Das ist doch eine *Aries One* Rüstung! Sie sind niemals ...«

»Den kauf ich mir!«, rief Robo-Arm.

Fratt wartete nicht, bis der Kerl seine Massen in Bewegung gesetzt hatte, sondern riss den Carter herum und floh. Noch bevor er den Aufzugschacht umrundet hatte, flackerten Warnlampen an und aus. *Die Blechkuh hat Alarm ausgelöst!* Scheppernd fiel der tote Cyborg von seinem Gefährt und mit ihm die *Repeater*, die Fratt im Vorüberlaufen aufklaubte. Einen zweiten Ausgang gab es ohnehin nicht, also wohin? Hinter sich hörte er trotz des Helms die Schritte seines Verfolgers. Blieb nur der Schacht.

Fratt rannte um den Pfeiler, schob den Carter über die Kante und sprang über den Griff auf die Ladefläche. Wie ein Surfer balancierte er darauf, während das Vehikel in gedämpftem Fall, aber immer noch verdammt schnell in die Tiefe fiel. Der Pulsator war für solche Höhen nicht ausgelegt. Fluchend, aber machtlos beugte sich Robo-Arm über den Rand. Fratt winkte ihm fröhlich, während er an einer schwarzen *03* vorbeisauste. Dann nahm ihm der Helm endgültig die Sicht nach oben.

Josh saß auf dem staubigen Hangarboden, den Rücken an die kühle Wand gelehnt und die nutzlose Tür im Blick, doch ihre Gedanken waren bei Higgins und Loop. Hatten sie mit dem Shuttle entkommen können? Und wenn sie dem 2OT entgangen waren – was taten sie jetzt? Wenigstens *hatten* sie dann Möglichkeiten zur Auswahl, während sie zur Untätigkeit verdammt hier herumsitzen musste.

Nicht weit von ihr hockte Ita und tippte schon seit einer gefühlten Ewigkeit auf der Multibox herum. Itas eigene hatte Bitangaro ihr abgenommen, und seitdem war das Gerät nicht mehr aufgetaucht. Manchmal setzte Itatay ihren silbrigen Stift an das Interface, vermutlich um irgendwelche Daten oder Programme zu übertragen, dann murmelte sie wieder spanische Flüche vor sich hin. Die meisten hatten es mittlerweile aufgegeben, herumzustehen, denn seit Stunden war nichts Spannenderes passiert, als dass gelegentlich von oben Geräusche den Schacht heruntergehallt waren. Mechanisches Summen, Klappern, hydraulisches Schnaufen ... Alles Laute, die man in einem Hangar erwarten konnte. Ludmila war mit dem Kopf auf Eliza Paceks Oberschenkel sogar eingeschlafen, und Rodriguez sackte das Kinn bereits verdächtig oft auf die Brust, bevor er sich jedes Mal rasch wieder aufrichtete.

»Es wird nicht schaden, wenn Sie etwas Schlaf nachholen. Ich wecke Sie, sobald sich etwas tut«, bot sie ihm an.

»Ach, ich bin gar nicht müde«, wehrte er ab, wich ihrem Blick jedoch aus.

Sie wollte schon ansetzen, ihm zu widersprechen, als Ita aufstand und zu ihr kam.

»Es klappt nicht.« Mit frustrierter Miene reichte sie ihr die Multibox. »Ich komme nicht rein. Egal, was ich versucht habe, immer nur *Access denied*. Ich bräuchte Hobbs' ... Fratts *Triple A*, um da durchzukommen.«

Josh biss sich auf die Lippe. *Wieder eine Hoffnung dahin.* »Ist schon gut. Du bist eben kein Cyberjunkie. Kennt sich Larry mit so etwas aus?«

»Ich hab ihn schon gefragt. Zum Hacker ist er auch nicht geboren. Wenn Fratt nichts einfällt, wie er uns hier rausholt, weiß ich nicht, was aus uns werden soll.«

»Scht! Red nicht so viel von ihm!«, mahnte Josh leise, während sie die Multibox wieder anlegte. Um das Dämmerlicht war sie nun froh gewesen, denn im Halbdunkel fiel die Narbe an ihrem Handgelenk nicht so auf. »Je weniger von uns wissen, dass er fehlt, desto weniger können etwas verraten, wenn wir verhört werden sollten.«

»Du meinst ...« Itas Augen wurden groß.

»Wir müssen mit *allem* rechnen.«

»Ich fürchte, Sie haben ihr Angst gemacht«, meinte Ace, als sich Ita ein paar Schritte entfernte und schweigend ebenfalls an die Mauer setzte. In seinem Rollstuhl überragte er sie so weit, dass Josh ihn fast vergessen hatte.

»Sie ist Offizierin und muss schwierige Situationen aushalten. Ich kann sie nicht behandeln, als wäre sie nur Gast. Und das würde sie auch nicht wollen.«

Er erwiderte nichts, und Josh fragte sich, ob sie ihn ungewollt beleidigt hatte, weil er sich zu den »Gästen« gehörig fühlen konnte, obwohl sie ihn trotz des Overalls bereits als ihren neuen Piloten wahrnahm. Hatte er bei der Schießerei mit Dingsbums Gamma 11 eigentlich etwas abbekommen? Bei ihm war sie nicht sicher, ob er es erwähnt hätte, solange er nicht gerade verblutete.

Gamma ... Hatte der Cyborg etwa mit Projekt »Gamma« zu tun? Drehte sich von Anfang an alles um ihn? Nein, das war zu abwegig. Wenn *FullControl* den ganzen Aufwand für ihn betrieben hätte, wäre er wohl kaum getarnt als Reinigungsbot an Bord gerollt, um heimlich den Kurs zu ändern. Abgesehen davon verfügte der 2OT über genug eigene Ressourcen, um sich eine Truppe unwilliger Menschen zusammenzuentführen, wenn ihm der Sinn danach stand. Ein Konzern wie *FCC* wäre dabei nur ein gefährlicher Mitwisser.

»Diese Cyborgs beim 2OT heißen alle Gamma oder Beta Irgendwas, oder?«, fragte sie Ace. In den kaum mehr als zwei Jahren, seit sie aus den Laboren von *KrEArticial* auf dem mittlerweile durch die Collectors verwüsteten Planeten Betterday geflohen war, hatten sich ihr noch nicht viele Anhänger des Ordens vorgestellt.

»Ein Cousin von mir ist zu diesen Bekloppten übergelaufen. Er nennt sich jetzt Automaton Beta 08/15 oder so. Drei Monate hat mir der Idiot in den Ohren gelegen, dass ich auch beitreten und mir einen Rollstuhl an den Hintern operieren lassen soll.«

Josh war ziemlich sicher, dass das Angebot ein wenig anders ausgesehen hatte.

»Jedenfalls weiß ich seitdem, dass sie sich nach dem Planeten nennen, auf dem ihre Weihe erfolgt ist. Bei ihm Automaton Prime. Und keine Ahnung, warum alle Welt ausgerechnet das griechische Alphabet so galaktisch findet, aber beim 2OT bezeichnen sie damit die Schublade, in die sie gehören. Alphas sind die Krieger. Wie im Leben.« Er lächelte säuerlich. »Betas die anderen, und Gammas können irgendwie beides, aber nichts richtig, wie unser Freund bewiesen hat. Das mit den Nummern hab ich vergessen. Hatte aber auch was mit ihrer Taufe zu tun. Vielleicht die Bestellnummer des Schmieröls, mit dem ihr Blechschädel gesalbt wurde oder so.«

»Ace, versuchen Sie, mich zum Lachen zu bringen?«

»Hat geklappt, oder?«

Vergeblich versuchte Josh, das Grinsen aus ihrem Gesicht zu verbannen. »Ja, aber was glauben Sie, was das für einen Eindruck macht? Ich muss aussehen, als ob ich mir den Kopf darüber zerbreche, wie wir hier wegkommen.«

»Ach, das tun Sie doch die ...«

Wie von selbst hob Josh die Hand, und er verstummte. Auf ihrer Multibox blinkte das Symbol für eine neue Nachricht.

Der Pulsator gab ein überlastetes Heulen von sich, als die *04* in Sicht kam. Mit bedenklicher Geschwindigkeit fiel Fratt der Plattform des Aufzugs entgegen. Das Antigrav-Feld dämpfte den Aufprall, doch der Carter bockte dennoch so heftig, dass Fratt in die Luft geschleudert wurde. Mit der Geschicklichkeit des Marders drehte er sich im Flug und rollte sich bei der Landung ab, wobei der sperrige Helm ihm fast das Genick brach.

Blöder Pisspott! Er zerrte sich das Ding vom Kopf und sah sich um. Auf drei Seiten Gitter, dahinter Dunkelheit. Ein leichter Ruck unter seinen Füßen warnte ihn, dass sich der Aufzug in Bewegung setzte. Was nun? Die Plattform bewegte sich zwar nur langsam, aber trotzdem zu schnell, um so rasch durch das stabil aussehende Gitter zu kommen. *Blockieren!* Der Griff des Carters passte gerade so zwischen Aufzug und Wand. Fratt schob die Stange in den Spalt. Das Gerät verkeilte sich, wurde mit Funkenregen und metallischem Kreischen immer langsamer weitergeschoben. Aber wie kam er durch dieses verfluchte Tor? Draufballern? Mit dem Vibro-Messer, das er in seinen Stiefel geschoben hatte, kam er durch Stahl auch nicht weit, bevor die Batterie den Geist ... *Das ist es!*

Mit fliegenden Fingern baute er die Brennstoffzelle aus

dem Carter und schnallte sie mit seinem Gürtel am Gitter fest. Auf Deck 04 glommen Leuchtplatten auf. Er würde bald Besuch bekommen.

Hastig stülpte er sich den Helm doch wieder über den Schädel samt sperriger Schnauze. Wenigstens stieß er nicht wie Loop mit der Nase ans Visier. Zwei Schüsse, dann explodierte die Energiezelle bereits. Die Druckwelle traf Fratt wie ein Kinnhaken. Er spürte sich in die Luft gehoben und rückwärts fliegen. Der Knall zerriss ihm schier die Trommelfelle. Hitze loderte über ihn hinweg, doch die Rüstung schirmte ihn ab. Dieses Mal prallte er ungebremst gegen Wand und Boden, aber die *Hoplit Alpha* steckte auch davon das meiste ein.

Benommen rappelte er sich auf. Adrenalin klärte seinen Blick rascher als jedes Aufputschmittel. Der Boden war mit Metallstücken übersät, und im Gitter klaffte ein Loch. An den Rändern schlug Fratt mit dem Gewehrkolben so viel sprödes Geflecht weg, wie sich auf die Schnelle löste. Der Griff des Carters zerbrach knirschend unter dem Druck des Aufzugs.

Halt noch ein bisschen aus! Fratt warf die *Repeater* voraus und versuchte einen Hechtsprung durch das Loch, aber es gelang ihm nicht richtig. Nur die Rüstung verhinderte, dass ihm die scharfen Kanten und Spitzen die Haut aufrissen. Nicht einmal *Aries One* hätte den zerfetzten Anzug jetzt noch auf Garantie zurückgenommen.

Wieder auf den Beinen riss er sich erneut den Helm vom Kopf, denn das von der Explosion geschwärzte Visier raubte ihm mehr die Sicht denn je. Der Hangar war zwar breit und hoch, erstreckte sich aber nicht annähernd so weit wie auf Ebene 2. Er endete mit einer solide aussehenden Wand, in der sich die Umrisse eines großen Tors abzeichneten. Immer mehr Leuchtplatten spendeten Licht, auf das Fratt gern verzichtet hätte. Außer drei teuren Antigrav-Containern, die über eigene Pulsatoren verfügten, sodass man keine Kräne und Lastgleiter brauchte, um sie zu bewegen, konnte er auf den ersten Blick nichts in der Halle entdecken.

Fratt lief los, um möglichst viel Abstand zwischen sich und den Aufzugschacht zu bringen. Wenn der 2OT ihm die Kampfklopse auf den Hals schickte, hatte er keine Chance, sich den Weg freizuschießen – aber vielleicht würde er in diesen Containern mehr explosives, brennbares oder auf andere Art hilfreiches Material finden. Groß und grau standen sie nebeneinander wie geparkte Trucks. Von ein paar Zahlen abgesehen waren sie weder beschriftet noch mit Symbolen oder Firmenlogos markiert. Sie erinnerten ihn an militärische Transporte, aber selbst Armeen versahen ihr Material für gewöhnlich mit ihren Emblemen. *Seltsam.* Lagerten hier auch Waffen? *Das wär der Glückstreffer des Jahrtausends.*

Rasch näherte er sich dem hintersten Container, wo man ihn zuletzt suchen würde, und inspizierte die Verriegelung. Man konnte die gesamte Schmalseite wie ein Tor öffnen, doch in einen der Torflügel war eine kleinere Tür eingelassen. Hoffentlich hatte der *Triple A* nicht zu sehr gelitten. Er steckte das Gerät ins Interface des elektronischen Schlosses und wählte das passende Programm aus.

Aus der Nähe glaubte er, ein leises Brummen wie von einem Motor aus dem Innern wahrzunehmen. Da er durch die Rüstung keine Vibrationen spürte, näherte er sich dem Container mit der Schnauze, bis seine Tasthaare den Eindruck bestätigten. *Irgendetwas arbeitet da drin.*

Mit einem leisen Zischen entriegelte sich der mannshohe Zugang. *Sogar hermetisch verschlossen?* Dann musste der Inhalt empfindlich gegenüber Feuchtigkeit oder leicht verderblich sein oder ... *Egal.*

Er öffnete die altmodisch an Angeln befestigte Tür gerade so weit, dass er sich durch den Spalt zwängen konnte, und schloss sie wieder. Dahinter umfing ihn rötliches Dämmerlicht. Die Luft war feucht-warm wie in einem Tropenhaus. Neben dem Eingang hing die Steuerkonsole einer Klimaanlage an der Wand. Daher also die Vibrationen. Zu beiden Seiten und entlang einer nachträglich eingezogenen Trennwand in der Mitte türmten sich schwarze Schrankwände auf wie Schließfächer an einem Raumhafen. Neben jedem Fach leuchtete ein Display, auf dem diverse Werte angezeigt wurden. Einer davon war zweifelsfrei die Temperatur. Der Rest kam ihm eher wie biologische oder chemische Daten vor, ähnlich wie an den Terrarien in Nikolajs Exotarium. Wurden hier etwa auch irgendwelche fremdartigen Wesen am Leben erhalten? Interessante Spezies, die man auf diesem Planeten gefunden hatte und auf eine der Hauptwelten des 2OT weiterschicken wollte? Er ließ den Blick über die vielen Fächer schweifen, versuchte, im Halbdunkel die Zahl zu schätzen. Allein in diesem Container mussten es Hunderte sein. Was es auch war, es würde ihm bestimmt nicht gleich ins Gesicht springen und ihn fressen, wenn er einen Blick darauf warf.

Neugierig tippte er den Öffner des erstbesten Fachs an. Die kleine Tür sprang nur einen fingerbreiten Spalt auf. Als er sie mit der Hand aufklappen wollte, ging plötzlich ein Ruck durch den Container. Pulsatoren brummten. *Ach du Scheiße ...* Mit einem leichten Schwanken setzte sich der Container in Bewegung. Wusste jemand, dass er sich hier versteckt hatte? Sollte er abspringen oder abwarten? Wenn noch niemand ahnte, dass er sich in diesem Container befand, würden sie ihn vielleicht an einem günstigeren Platz absetzen. *Klar, und ein Tablett gebratenes Kunstfleisch servieren sie mir dazu.* Es war besser, vorsichtig durch die Tür zu spähen und auszusteigen, wo er es für sinnvoll hielt.

Er pirschte sich wieder zum Eingang zurück, hielt mit einer Hand die *Repeater* bereit und langte mit der anderen nach dem Türgriff. *Schrott!* Die Mechanik blockierte. Das Schloss war wieder verriegelt, und auf dieser Seite gab es kein Interface. Eine automatische Funktion, wenn die Pulsatoren aktiviert wurden? Oder wussten die 2OTs doch, wo er sich befand? Was nun? Vielleicht gab es wider Erwarten eine Dachluke, eine Lüftungsöffnung, die er erweitern konnte, irgendetwas. Er war noch keine drei Schritte von der Tür entfernt, als sich das Brummen der Pulsatoren kurz intensivierte, bevor es erstarb und der Container mit einem erneuten Stoß aufsetzte.

Fratt sprang hinter die Trennwand und richtete sein Gewehr auf die Tür. Von allen Seiten ertönte mit einem Mal das Surren kleiner Motoren und hydraulisches Zischen. Er wirbelte herum, blickte hinter sich, in die Ecken, nach oben. Der Container öffnete sich wie eine Faltschachtel. Die Schränke mit den Fächern blieben stehen, doch Dach und Wände klappten sich ein, gaben die Sicht auf eine riesige, hell erleuchtete Halle frei. Hochregale ragten bis zur hohen Decke hinauf. Dicke Schläuche mit verschiedenfarbigen Flüssigkeiten rankten sich daran empor. Wie Bienen in ihrem Stock schwirrten pulsatorgetriebene Bots umher, andere fuhren auf Rädern an den Regalen entlang, ohne Fratt zu beachten. Er starrte zu den unzähligen Behältern hinauf, in denen hinter transparenten rötlichen Wänden gefurchte, grauweiße Klumpen schwammen. Sein Fell sträubte sich, seine Nase zuckte und blieb doch blind für die Gerüche dieses Albtraums. Summen und Brodeln erfüllte die schwüle Luft, aber es hätte ebensogut totenstill sein können.

Gehirne. Tausende. Zehntausende. Seine Gedanken überschlugen sich. Wo kamen sie her? Was stellte der 2OT mit ihnen an? Gab es so viele Freiwillige, die Cyborg werden wollten, dass man mit dem Einbau nicht nachkam? Aber warum sollten sich die Leute dann schon von ihrem Körper trennen, der sie doch wesentlich sicherer am Leben erhielt – und vor allem daran teilnehmen ließ. Und warum transportierte man sie ausgerechnet hierher? Weit von allen Fertigungsstätten und Klinikkomplexen entfernt. *So unglaublich viele ...*

Ein Geräusch drang zu ihm durch und riss ihn aus seinem Entsetzen. Er drehte sich um. Sein Gesicht spiegelte sich in einem nachtdunklen Visier. Vor ihm ragte eine gepanzerte, weit über mannshohe Gestalt auf. An ihrem Gürtel hingen zwei Schwerter, die über Kabel mit der Rüstung verbunden waren. Fratt konnte es nicht fassen. *Ein*

Collector! In den Händen hielt er eine langläufige Schuss-waffe. Die Mündung war bereits auf Fratt gerichtet, bevor er die *Repeater* auch nur anhob. Er hörte keinen Schuss, nahm nur das Eintrommeln der Projektile auf die Rüstung wahr, das ihn rückwärtstaumeln ließ und nach oben wan-derte. Das Letzte, was er sah, war ein Adler-Beta, der mit gekreuzten Beinen auf dem Boden saß. *Schamane?* Trauer stand in den strengen Augen. *Wie machst du das?*

Wen wolltest du verflucht noch mal damit erreichen, Fratt? Zum x-ten Mal starrte Josh auf das Display ihrer Multibox. Die Nachricht war auf der interstellaren Notfrequenz ein-gegangen, auf der Schiffe, Raumstationen oder ganze Pla-neten SOS funkten und die deshalb auf jedem Empfangs-gerät vom Phonestick bis zum Bordkom aktiviert war. Ohne *SVR* bewegte sich eine solche Nachricht jedoch wie alle Funkwellen nur mit Lichtgeschwindigkeit durchs All und brauchte etliche Jahre von einem System zum nächs-ten. Ausgerechnet Fratt musste das nur zu gut wissen. Und was sollte dieser sinnlose Text? *FCC Starhawk* stand auf dem Display und dahinter eine scheinbar willkürlich zusammengewürfelte Reihe von Ziffern und Buchstaben. Einen Hilferuf zu verschlüsseln, half nicht gerade, mehr potenzielle Retter zu erreichen.

»Irgendetwas muss er sich dabei gedacht haben«, be-harrte Ace. »Darf ich die Nachricht noch mal sehen?«

»Sicher.« Josh nahm die Multibox ab und überließ sie ihm. Sie hörte Ita lachen und sah zu ihr hinüber. Sonny hatte sich neben ihre Freundin gesetzt, während Rod-riguez doch noch eingenickt war.

»Hat Ihnen eigentlich schon mal jemand gesagt, dass Sie aussehen wie ...«, begann Ita.

»Ich *bin* Clark Kent«, behauptete Sonny. »Aber im Knast ist es nicht die beste Idee, das jedem auf die Nase zu binden.«

»Sonny Vice steht aber auch in Ihren Haftunterlagen«, mischte sich Josh ein. Nach allem, was sie durchgemacht hatte, musste Ita jetzt nicht noch auf einen Hochstapler reinfallen.

»Natürlich.« Das sonnige Lächeln wankte keine Sekunde. »Steht ja auch in meinem Pass. Clark Kent ist nur mein Künstlername, weil mein Agent meinte, dass ich damit seriösere Rollen bekäme.«

Wie Söldner in einer Actionserie? Schmunzelnd gab sich Josh geschlagen. *Eingesperrt mit Clark Kent. Milliarden Teenager würden uns beneiden, und alles, woran ich denke, ist Flucht.*

»Ja, aber ...« Ita schien dagegen angemessen beeindruckt. »Sie sind ein Star! Wie konnten Sie ins Gefängnis kommen?«

Sonnys Miene verfinsterte sich. »Das ist alles Finns Schuld!«

»Der Typ in Australien, den Sie gewürgt haben?«

Wow, das hat sie sich gut gemerkt.

»Genau der. Wenn mich das Arschloch nicht aus der Serie geschrieben hätte, wär ich nie mit den Zahlungen in Rückstand geraten und ... Ach, was soll's? Sagen wir einfach, dass ich in letzter Zeit ein paar Schwierigkeiten hatte, und dann kam dieser Schläger, der das Geld für seinen Boss eintreiben sollte. Er ist auf mich losgegangen. Hat wohl nicht erwartet, dass ich eine *Pacifier3000* bei mir zu Hause herumliegen habe. Ich hab abgedrückt, er war tot, aber sein Boss hatte den besseren Anwalt. Schätze, eine schönere Rache konnte er sich kaum vorstellen, als mich in den Knast wandern zu sehen.«

»Ich bin gerührt, Sonny«, spottete Ace. »Ich hätt's nicht schöner erzählen können.«

»Ja, du mich auch«, brummte Sonny, sah aber nicht besonders wütend aus.

»Aus *dem* hier werd' ich allerdings auch nicht schlau.« Ace gab Josh die Multibox zurück.

Josh nickte, aber im Grunde fand sie es müßig, noch länger zu grübeln, was Fratt mit der Nachricht bezweckt hatte. Vielleicht hatten er und Loop einen Code, mit dem ... *Cherokee!* Sie sprang so plötzlich auf, dass alle sie anstarrten. »Doc!«

Der Adler-Beta saß mit gekreuzten Beinen etwas abseits, als ob er meditierte. Josh ignorierte die fragenden Blicke und lief zu ihm. »Doc ...« Gerade noch rechtzeitig fiel ihr ein, die Stimme zu senken, sodass niemand außer ihm ihre Worte verstehen würde. »Gibt es zwischen den *KA*-Justifiers einen Geheimcode, mit dem Fratt versuchen könnte, verschlüsselt Kontakt aufzunehmen?«

Cherokee reckte auf eine Art den Hals, die Josh sehr vogelhaft vorkam. »Natürlich gibt es verschlüsselte Kanäle für uns, aber ... dazu bräuchten wir unsere *JUSTs*.«

»Mist! Dann können Sie damit auch nichts anfangen?« Sie hielt ihm die Multibox so vor den Schnabel, dass er das Display sehen konnte.

»Sie glauben, es sei von Fratt?« Sein Raubvogelblick verweilte nur kurz darauf, bevor er sich ernster denn je auf sie richtete. »Dann sollten Sie es als sein Testament betrachten, denn ich fürchte, er ist tot.«

»Tot?«, entfuhr es ihr, doch sie besaß die Geistesgegenwart, es leise auszurufen. »Woher wollen Sie das wissen?« Ein Schwarzseher, der Pessimismus verbreitete, hatte ihr gerade noch gefehlt.

Er öffnete den Schnabel und schloss ihn wieder, ohne etwas zu sagen, während sein Blick dabei in die Ferne schweifte.

Als sie schon glaubte, er werde nicht mehr antworten, entrang sich seiner Kehle ein weiteres »Chrrr«. »Ich weiß es. Ich habe den Schrei seines Herzes gehört.«

Okaaayy ... Jetzt wurde er ihr etwas unheimlich. »Ich ... ich hoffe, Sie irren sich«, brachte sie heraus und ging lieber zu Ace und Ita zurück, die ihr erwartungsvoll entgegensahen.

»Und? Konnte er die Nachricht lesen?«, erkundigte sich Itatay. Offenbar hatte sie sich von Ace bereits erzählen lassen, was los war.

»Nein.« Josh beschloss, seine düsteren Ahnungen für sich zu behalten. »Leider nicht. Nach was sieht das für dich aus?«

Ita versenkte sich erneut in den Anblick des Displays, was womöglich wieder Stunden dauern würde, weshalb sich Josh wieder setzte. Doch schon nach kaum mehr als einer Minute sah Ita sie aufgeregt an. »Das ist kein Code. Jedenfalls kein richtiger. Lies mal nur die Buchstaben, rückwärts!«

Josh riss ihr die Multibox förmlich aus der Hand. *Soni-*

yaneedhelpyou. »Soni, du brauchst Hilfe, du? Was soll das sein? Ein Hilfsangebot für Sonny von einem Fan?«

»Mir schreibt ein Fan? Hier?« Sonny wollte ihr das Gerät abnehmen, doch sie gab es nicht aus der Hand. Selbst wenn er mit gerunzelter Stirn ein Display ablas, sah er umwerfend aus. »Ich weiß nicht. Bei einem Werbespot gab es mal eine Regieassistentin, die Soniya hieß. Könnte auch also auch ein Name sein.« Damit war sein Interesse auch bereits weitgehend versiegt.

»Dann wäre es eher ein Hilferuf«, stellte Ace fest. »Hat ja genau die Richtigen erreicht.«

Josh stand wieder auf, um sich in eine Ecke zurückzuziehen, wo nicht jeder mithören konnte. Vielleicht stellten die Zahlen ja einen Zugangscode ins Intranet, eine Telefonnummer oder eine Funkfrequenz dar. »Ich werde versuchen zu antworten.«

15

02. Juni 3042 (Erdzeit)
System: Cor Caroli
Planet: J62012/Victory

Loop lauschte in das Rauschen der Bäume. Von Zeit zu Zeit knackten Zweige im Gebüsch, doch es war nur ein kleines, grün bepelztes Tier, das an eine Kreuzung aus Raupe und Faultier erinnerte und mit derselben Gemächlichkeit Blätter in sich hineinstopfte. Ansonsten bewegten sich nur winzige, insektenartige Wesen über den etwas schmierigen Felsboden und die von derselben feuchten Schicht überzogene Baumrinde.

Wie lange sollte er noch warten? War er der einzige Überlebende, oder hatten die anderen seine simple Botschaft nicht verstanden? *Na ja, einmal noch, dann breche ich allein auf.* Die Idee, nach dem Rest seines Teams zu suchen, hatte er verworfen, als er gemerkt hatte, dass er dabei drohte, die Orientierung zu verlieren. Er mochte ausgebildeter Kundschafter sein, doch er durfte sich nicht darauf verlassen, dass der Kompass in seinem *SuyKnife* auf diesem Planeten zuverlässig funktionierte. Auf ein

380

instabiles Magnetfeld war er auf einer anderen Mission schon einmal übel reingefallen. Und um die Richtung anhand von Naturmerkmalen zu bestimmen, musste man die Windverhältnisse, Flora und Fauna, Klimafaktoren, Sternenhimmel und so fort erst einmal genauer analysieren.

Auf die Ahnen! Er legte den Kopf in den Nacken und stieß ein lang gezogenes Heulen aus. Beim ersten Versuch war er sich albern vorgekommen, doch allmählich fand er Spaß daran. Der Jäger, der am Himmel immer noch seine Kreise zog, besaß keine akustischen Ortungssensoren. Wenn er durch die Baumkronen jemanden finden wollte, musste er sich auf Wärmebilder verlassen, die angesichts der vielen Felsspalten, aus denen heiße Dämpfe aufstiegen, wohl wenig effizient arbeiteten.

Als über ihm Laub raschelte, schlug Loop die Augen auf und richtete gleichzeitig bereits das Gewehr nach oben. Im Blätterdach huschte irgendetwas, das eindeutig größer und agiler war als das Raupenfaultier. Plötzlich wackelte ein ganzer Ast. Ein grüner Schemen segelte über Loops Kopf auf den nächsten Baum zu.

»Nicht der richtige Zeitpunkt zum Tontaubenschießen.«

Loop zuckte zusammen, bevor er Higgins' Stimme erkannte. Der Kerl musste sich gegen die Windrichtung angeschlichen haben. »Ich glaube, es war eher eine Art Flugechse mit ein paar Federn. Aber trotzdem nichts, was eine Kugel lohnt«, gab Loop zu. *Noch nicht.* Wenn sie erst einmal Hunger bekamen, würde die Sache anders aussehen.

»Gute Idee mit dem Wolfsgeheul«, lobte Higgins. Über

seiner Schulter hingen gleich zwei Gewehre. »Aber eine Antwort war nicht drin. Hätte die Menschen nur verwirrt, in welche Richtung sie laufen müssen.«

Loop entspannte die Lefzen zu einem Lächeln. »Wenn sie's denn überhaupt begriffen haben.«

»Mit Tipo müssen wir jedenfalls nicht rechnen.«

»Warum?«

»Er hat den Schleudersitz nicht ausgelöst. Oder zu spät. Genauer konnte ich's nicht mehr sehen. Jedenfalls waren nur fünf Fallschirme am Himmel, mich eingerechnet.«

Vielleicht dachte er, er kann das Shuttle noch landen oder den Jäger vom Kurs abbringen oder ... »Scheiße. Ich kann's nicht leiden, wenn einer vom Team draufgeht.«

Higgins zuckte die Achseln. »Er hat den Befehl nicht ausgeführt. Aber die Chemic wird auch nicht auftauchen. Hab sie unterwegs in einem Baum hängen ges...« Er brach ab, und auch Loop hatte bereits die Ohren gespitzt. Irgendetwas brach in einiger Entfernung durch das spärliche Unterholz. Auf anderen Planeten war Loop oft genug von fremdartigen Fleischfressern angefallen worden, um sofort wieder mit der *Repeater* anzulegen. Witternd reckte er die Nase in den Wind. Die leichte Brise trug den Muff des Raupenfaultiers und die herben Düfte der zerbissenen Blätter heran. Loops feiner Geruchssinn zerlegte das Aroma des Waldes in ein Kaleidoskop kaum unterscheidbarer Bestandteile, doch eine Note stach mit jedem Moment stärker heraus. »Mit dieser Schweißwolke können wir froh sein, wenn wir weiterhin nur vom 2OT verfolgt werden.«

Higgins schnaubte. »Lass es sie nicht hören, sonst machen sie Witze über nasse Hunde.«

Es dauerte nicht lange, bis die beiden Männer zwischen den Bäumen in Sicht kamen. Der Ältere hielt sein Gewehr schussbereit, ohne nervös zu wirken. Vom Absturz schien er nur Dreck und blutige Kratzer auf der ungeschützten Menschenhaut zurückbehalten zu haben, aber das konnte täuschen, denn der Farmer hatte von Anfang an einen zähen Eindruck gemacht.

Dem Jüngeren – Loop erinnerte sich, dass der Captain ihn Mark genannt hatte – rann dagegen nicht nur literweise Schweiß von der Stirn, er hatte offenbar auch seine Waffe verloren, und in seinem Overall klafften etliche Risse. Seinem holprigen Gang nach zu urteilen, bewegte er sich nicht oft in unwegsamem Gelände, aber wenigstens schien es ihm nicht die Laune zu verhageln. Während Farmer die Bäume anfunkelte, als hätten sie sich gegen ihn verschworen, kam Mark mit einem breiten Grinsen auf sie zu.

»Wölfe heulen, um ihr Rudel zusammenzuhalten«, verkündete er, als habe er die Entdeckung des Jahrzehnts gemacht. »Hat einen Moment gedauert, bis ich's kapiert habe, aber ... ach so, Meinungen sind ja nicht erwünscht.« Sein Grinsen schnurrte zu einem säuerlichen Lächeln zusammen.

»Exakt«, bestätigte Higgins. »Wo ist Ihr Gewehr, Soldat?«

Marks Miene verdüsterte sich noch weiter. »Ich bin kein verdammter Soldat, und wenn dieses ballernde Arschloch da oben nicht wäre, würde ich die entgegengesetzte Richtung von dir einschlagen, Sergeant Bello.«

Wow, Rangkämpfe im Rudel, bevor wir aus der Gefahrenzone sind. Loop musste unwillkürlich hecheln.

Higgins zuckte nicht mit der Wimper. Er starrte den jungen Mann schweigend an, bis sich Mark vor Unbehagen wand. »Hier haben Sie eine Waffe«, sagte er schließlich ernst und drückte dem Menschen eine *Allrounder* in die Hand. »Gehen Sie damit, wohin Sie wollen, aber wenn Sie in meine Richtung gehen, werden Sie mich Sergeant Higgins nennen, oder ich erschieße Sie.«

Damit wandte er sich ab, nahm die *Veloc* von der Schulter und stapfte davon. »Abmarsch, bevor uns die Wärmesensoren des Jägers zu nahe kommen! Loop, Nachhut.«

Loop nickte, obwohl Higgins es nicht sehen konnte, und bedeutete den beiden Sträflingen, vorauszugehen. »Nach euch.«

»Kriecher!«, zischte Mark.

»In einem Team muss immer jemand das Kommando haben, sonst läuft's nicht. Und einem Greenhorn wie dir würd ich es bestimmt nicht überlassen.«

»Werd Farmer, Junge«, riet der Ältere. »Nur auf deinem eigenen Stück Land bist du dein eigener Herr.«

»Geh mir nicht auf die Nerven! Du hast doch nie was anderes gemacht, als für die *Jailhouse Company* zu schuften.«

»Und ich war sehr zufrieden damit!«, brauste Farmer auf. »Das war *mein* Land. *Ich* hab's fruchtbar gemacht, und ich hab mich mit Händen und Füßen dagegen gewehrt, dass sie mich weggebracht haben.«

»Interessiert hat's trotzdem keinen«, gab Mark zurück.

»Ruhe jetzt!«, schnappte Loop. »Bei eurem Lärm könnte sich ja eine ganze Horde Brüllaffen anschleichen.«

Der jüngere Mann brummte missmutig, hielt jedoch den Mund und ging endlich schneller.

»Wenn das Land nicht so beschissen wär, würd ich mich absetzen«, murrte Farmer und trat gegen einen Stein. »Wie soll man aus so 'm Boden 'n Acker machen? Drecksfelsen!« Irgendwie schaffte der Mann es, immer weiter leise vor sich hinzuschimpfen und trotzdem flott hinter den anderen beiden herzumarschieren.

Loop beschloss, ihn zu ignorieren, solange er nicht lauter wurde. Stattdessen konzentrierte er sich darauf, die Umgebung im Auge, im Ohr und vor allem in der Nase zu behalten. Die Lebensformen in dieser Gegend schienen sich gern mit grüner Haut oder Fell im Laub zu tarnen, weshalb er eine Annäherung wahrscheinlich früher riechen als sehen würde. Pirschte sich der Gegner allerdings gegen den Wind an, wurde es gefährlich. Loop sah zu den Zweigen auf, um die Windrichtung festzustellen, und richtete seine Aufmerksamkeit verstärkt auf die davon abgewandte Seite.

Das Geräusch der Triebwerke des Jägers schwoll noch immer an und ab, während er seine Kreise am Himmel zog, doch es wurde leiser, je mehr Abstand sie zur Absturzstelle gewannen. Mit der Zeit verfiel Loop in einen gleichmäßigen Trott, obwohl die schmierige grüne Schicht den Untergrund vor allem an abschüssigen Stellen tückisch machte. Es ging ständig leicht auf und wieder ab, doch es gab auch unvermittelt tiefe Spalten im Fels. Aus einigen stiegen heiße Gase auf, die einen widerlichen Gestank verbreiteten und selbst Pflanzen und Tiere damit auf Distanz hielten. Aus anderen quoll einfach nur Wasserdampf, und wieder andere schienen verstopft oder erloschen. In ihnen sammelten sich altes Laub und morsches Holz, das keinen sicheren Untergrund versprach, sodass sie auch diese Spalten lieber umgingen.

Die schwüle Luft machte Durst, aber die Tümpel, an denen sie vorüberkamen, sahen zu veralgt aus, um Vertrauen zu erwecken. Würmer und Larven, die darin schwammen, verbesserten den Eindruck nicht. Anstatt aus Quellen gespeist zu werden, schienen es eher Überreste vergangener Regenfälle zu sein. Loop war froh, dass sie zumindest einen kleinen Wasservorrat in Gürtelflaschen dabeihatten – und Desinfektionstabletten aus der Krankenstation.

Nach einer Weile merkte Loop, dass seine Aufmerksamkeit nachließ. Sie mussten schon einige Kilometer zurückgelegt haben – nicht immer schnurgerade in die Richtung, in der die *Starhawk* verschwunden war, denn das ließ das Gelände nicht zu, und es wäre auch nicht klug gewesen, weil sie dann zu leicht aufzustöbern waren. Er hatte sich allmählich an die typischen Gerüche und Geräusche dieser Landschaft gewöhnt, sah nicht mehr in jedem seltsam geformten Blatt ein getarntes Monster, auf das man vorsichtshalber die Waffe richtete. Das sich stets verändernde und doch eintönige Rauschen des Windes in den Baumkronen lullte ihn ein wie das Schnurren der Lebenserhaltungssysteme eines Natus-Tanks. Loop glaubte, es noch zu hören, obwohl er keine bewusste Erinnerung an seine Aufzucht im Tank besaß. Ein tiefes, gleichmäßiges Brummen, ähnlich dem eines … *Pulsators!*

»Deckung!«, rief er und hastete hinter den nächsten dicken Baumstamm, wo er beinahe mit Mark zusammengestoßen wäre. Farmer schlitterte über ein rutschiges Stück

Fels, um fluchend bäuchlings unter einem der Augen-Büsche zu landen. Jenseits des Strauchs duckte sich Higgins hinter ein Bündel dünnerer Stämme, die entfernt Bambusstangen ähnelten. Der Dobermann-Beta legte mit der *Veloc* in die Richtung an, aus der sich das Geräusch langsam näherte. Loop und Mark folgten seinem Vorbild, zielten jeder auf seiner Seite hinter ihrer Deckung hervor, während sich Farmer auf die Ellbogen aufstützte, um es ihnen nachmachen zu können.

Das Brummen wurde lauter. Hier und da leuchtete das Glimmen eines Pulsators im Laub auf. Was auch immer es war, flog im unteren Bereich der Baumkronen, konnte also nicht sehr groß sein. Aber es hielt direkt auf sie zu.

Ein dunkler, vage keilförmiger Rumpf schälte sich aus den Schatten. Die schmale Vorderseite schnitt durch die Zweige wie der Bug eines Schiffs durch Wasser. Hinter Schutzblenden ragten niedrige Antennen und Sensoren auf. *Eine Suchdrohne.* Hatte sie sie bereits erfasst und hielt deshalb auf sie zu? Wenn nicht, würde ihre lächerliche Deckung sie spätestens dann nicht mehr verbergen, wenn das Ding über ihnen schwebte.

Die *Veloc* bellte, einmal, zweimal, dann stimmte Loop mit der knatternden *Repeater* ein, die *Allrounder* folgten. Querschläger flogen umher, prallten vom felsigen Boden gleich noch einmal ab oder gruben sich in Holz. Loop zielte auf die Unterseite, hoffte, den Antrieb oder die Energiezelle des Pulsators zu treffen. Ewigkeiten schien die Drohne zu widerstehen. Kostbare Zeit, um diese Attacke an ihre Basis zu melden. Doch in Wahrheit vergingen nur wenige Sekunden, bis eine Explosion dem Brummen ein jähes Ende setzte. Der Pulsator erlosch, die Drohne krachte scheppernd zu Boden, dass Loop die Erschütterung unter seinen Füßen spürte. Rauch quoll aus aufgeplatzten Nähten der Konstruktion. Letzte kleine Dioden im Innern schwärzten sich, während Loop noch misstrauisch aus seiner Deckung hinüberspähte. Doch sie mussten sichergehen, dass das Ding nicht mehr sendete.

Higgins ging bereits hinüber, beugte sich über das Wrack und gab noch einmal einen Schuss darauf ab. »Hast du so ein Modell schon mal gesehen?«, fragte er, als Loop ihm folgte.

»Eindeutig kein klassisches 2OT-Design«, stellte Loop fest. Für gewöhnlich waren auch die Sonden und Drohnen des Order of Technologie eher diskusförmig wie die Jäger, und wessen Schiff schon einmal in einer der vielen 2OT-Werften repariert worden war, erkannte auch das übergeordnete Designschema, das sich in vielen Einzelbauteilen wiederfand. »Aber diese Beilform ist für den Einsatz im Wald vielleicht besser geeignet.«

Es überzeugte ihn selbst nicht richtig. Beide Designs hatten Vorzüge, und beide konnten im Geäst hängen bleiben, wofür die ihm bekannten Drohnen über Laserwerkzeug verfügten, mit dem sie sich freischneiden konnten. Bei diesem Modell erkannte er zwar grundlegende Teile wie die Pulsatoreinheit und einige Sensoren an Lage und Form, doch die Verarbeitung entsprach nicht den üblichen Standards, wirkte robuster, gröber, fast schon archaisch, obwohl die vom Beschuss kaum beschädigten Blenden bewiesen, dass es sich um HighTech-Material handelte.

»Mich erinnert das Ding an die Collector-Schiffe, die sie

auf *Starlook* gezeigt haben«, mischte sich Mark ein. »Wie eine Axt, aber nicht wie hier mit der Schneide nach vorn, sondern nach unten.«

»Ich hab auch schon Äxte benutzt. Bin ich deshalb ein Collie?«, knurrte Farmer.

Loop hatte sein *SuyKnife* gezogen und hebelte damit einen der vorhandenen Risse weiter auf, um das Innenleben des Wracks genauer zu untersuchen. Dieses Gefasel über die Collectors nutzte niemandem. Ihre Angreifer waren eindeutig vom 2OT.

»Dafür haben wir jetzt keine Zeit«, mahnte Higgins und setzte sich bereits wieder in Bewegung. »Wenn das Ding ein Notsignal abgegeben hat, kann hier jeden Moment ein Suchtrupp auftauchen.«

Damit hatte er zweifellos recht, doch Loop zögerte. Auch die Technik im Innern der Drohne sah einerseits vertraut, andererseits aber fremdartig angeordnet aus. Es fehlte die übliche Farbgebung, die den Anschluss von Ersatzteilen vereinfachte, und die Beschriftung ... Er war kein Experte für alte oder extraterrestrische Schriften. Vielleicht hatte er es nur vergessen, doch er hätte schwören können, dass er diese seltsamen, verworrenen Bildzeichen noch nie gesehen hatte. *Dieser verdammte Bitangaro!* Wenn er nicht tot gewesen wäre, hätte er ihn glatt noch einmal dafür erschießen können, dass er ihm das *JUST* aus der Haut gesäbelt hatte. Mit dem *JUST* hätte er die Schrift aufnehmen und mit relevanten Daten abgleichen lassen können.

»Nanu, springst du jetzt doch nicht mehr, wenn er pfeift?«, stichelte Mark.

»Doch.« Loop riss sich los und steckte das Messer wieder ein. »Und an deiner Stelle würde ich ...«

Ein Geräusch ließ ihn herumwirbeln und in ihre Marschrichtung lauschen. Higgins bedeutete ihnen hektisch, ihm in eine andere Richtung zu folgen, bevor er im Unterholz verschwand. Ein dröhnendes Brummen, das ungleichmäßig lauter und leiser wurde, näherte sich. Äste krachten, vielleicht sogar ganze Stämme. Der Lärm scheuchte Tiere auf, die Loop zuvor nicht gesehen hatte. Irgendetwas Großes brach sich einen Weg durch den Wald.

Alpha, Beta, Gamma ... »*Ich hab keine Ahnung, warum alle Welt ausgerechnet das griechische Alphabet so galaktisch findet*«, hörte Josh Ace sagen und schmunzelte.

»*Glaub mir, ich finde es gar nicht galaktisch, nach einem griechischen Buchstaben benannt zu ... sein ...*« *Alpha, Beta, Gamma ... Das ist es!*

Josh schreckte auf und merkte, dass sie über dem vergeblichen Herumspielen an der Multibox eingeschlafen war. Das beständige Brummen der Aufzugpulsatoren mochte seinen Teil dazu beigetragen haben. Seit man sie hergebracht hatte, waren Stunden vergangen. Ihr Magen knurrte, und der trockene Mund verlangte nach Wasser. Mehr und weniger lautes, tiefes Atmen und vereinzeltes Schnarchen verrieten, dass auch die meisten anderen, die um sie herum lagen oder saßen, eingenickt waren. Rodriguez hatte offenbar schon ausgeschlafen und nickte ihr von der geschlossenen Tür her zu, neben der er saß, als müsste er dort Wache halten. Hatten sie wirklich erst gestern auf der *Starhawk* gegen Chavez und Wellesley gekämpft? Hier unten kam es ihr vor, als sei es bereits Wochen her.

Die Erinnerung an Chavez rief den elektrisierenden Gedanken zurück, über den sie aufgewacht war. *Projekt »Gamma«.* Am liebsten hätte sie Ita geweckt, doch ihre Freundin lag so friedlich in Sonnys Arm, den Kopf auf seine Brust gebettet, dass sie es nicht übers Herz brachte. Eigentlich war es so einfach. Zuerst hatten die Konzerne Alphas gezüchtet, Tiere, denen sie menschliche Intelligenz eingepflanzt hatten. Doch was nützte einem Nashorn ein scharfer Verstand, wenn es mit seinen dicken Füßen weder Computer noch Waffen bedienen konnte? Also hatte man die Beta-Humanoiden entwickelt, menschliche Gene mit denen von Tieren vermischt, bis Chimären dabei herauskamen, die das Beste beider Arten in sich vereinten – zumindest aus Konzernsicht. Dass bei ihr selbst eine unerwartete Mutation aufgetreten war, änderte nichts am System, das hinter diesen Forschungsreihen stand. Und nun war *FullControl* also entschlossen, den nächsten Schritt zu wagen: die Kreuzung aus Mensch und Ahumanen.

»Sie sehen aus, als hätten Sie gerade den Casinojackpot gewonnen«, befand Ace, reckte sich gähnend und richtete sich in seinem Rollstuhl auf.

»Das habe ich auch. *Sie* sollten *FullControls* Einsatz in diesem Spiel sein. Wenn man genauer darüber nachdenkt, ergibt alles Sinn.«

»Je länger ich über die Dinge nachdenke, desto weniger Sinn ergeben sie im Allgemeinen, aber vielleicht klären Sie mich ja auf?«

»Projekt ›Gamma‹, Ace!« Hastig dämpfte Josh ihre Stimme, um die anderen nicht zu wecken. »Nach Alphas und Betas wollen sie jetzt Gammas züchten. Aus Ihnen und Ray.«

»Niemand, der bei Trost ist, will ausgerechnet mein Erbgut. Für so was gibt's doch unsern Sonnyboy hier.«

»Lassen Sie mich raten. Sie waren jahrgangsbester Pilot an der Offiziersakademie und haben bei einem Sprung noch nie gekotzt.«

Ace sah sie misstrauisch an. »Steht das in den Dokumenten, die das Arschloch über mich hatte?«

»Nein. Die Gründe, warum Sie und die anderen für dieses Projekt ausgesucht wurden, hat man sogar vor ihm geheim gehalten. Vielleicht wollte man ihn nicht in Versuchung führen, Sie zu verkaufen, wie Wellesley es vorhatte.«

»Wo haben Sie diesen Quatsch dann her?«

Für einen Moment verunsicherte sie seine Reaktion, doch so schnell wollte sie sich nicht geschlagen geben. »Es liegt auf der Hand. Bis zu Ihrem Unfall waren Sie der gefragteste Pilot der FEC-Flotte, und worum geht es Konzernen, wenn sie neue Chimären züchten? Um Profit. Die wollen Gammas, weil Ahumane immun gegen das Interim-Syndrom sind. Die wollen den perfekten Raumpiloten!«

Aus Aces Blick sprach noch immer Skepsis, aber Josh vermerkte insgeheim, dass er ihren Vermutungen über ihn nicht mehr widersprach. »Ist das nicht genetisch etwas weit hergeholt? Lustige Aliens, die wie'n Weihnachtsbaum leuchten, mit meinem Gesicht ohne Mund?«

»So weit muss die Vermischung vielleicht gar nicht gehen, aber warum sollten einzelne Gene – womöglich noch modifiziert – nicht kompatibel sein? Eliza Pacek sagte, dass die Ancients ...«

»Ihre Multibox blinkt wieder«, stellte Ace nüchtern fest.

Überrascht hob Josh ihr Handgelenk und rief die Nachricht auf. Eine Warnung des Herstellers und verwirrende Daten liefen so schnell über das Display, dass sie kaum mit dem Lesen nachkam.

»Schlechte Neuigkeiten?«

Sie merkte, dass sie die Brauen gerunzelt hatte. »Jemand benutzt eine verschlüsselte digitale Frequenz, die dem internen Funk militärischer Waffensysteme vorbehalten ist, um mit mir Kontakt aufzunehmen.«

»Und das können Sie lesen?«

»Nein, ich werde nach dem Authentifizierungsschlüssel gefragt. Vielleicht ...« Einer Eingebung folgend gab sie die Zahlen aus der letzten Botschaft ein, mit denen sie so viel herumprobiert hatte, dass sie sie bereits auswendig kannte. »Treffer!« Ace musste nichts sagen, damit sie ihm vorlas. »Halten Sie Ihre Erinnerungen fest. Sie kommen!«

Was? Wer ...

»Da tut sich was!«, rief Rodriguez und sprang auf.

Instinktiv folgte Josh seinem Beispiel. »Ita!«

Das Panel neben der Tür leuchtete auf.

»Ita!«, wiederholte Josh lauter.

Endlich hob ihre Freundin den Kopf. Rodriguez kam zu ihnen, hielt sich jedoch zwischen ihnen und der Tür, die plötzlich zischte und zur Seite in der Wand verschwand. Spätestens jetzt sprangen alle auf die Füße. Einer der vierarmigen Kampfcyborgs stand bereits im Durchgang, die Waffen auf die Gefangenen gerichtet. Aus dem Augenwinkel sah Josh, wie so mancher zurückwich. In ihrem eigenen Rücken befand sich ohnehin schon die Wand.

Der Cyborg stampfte herein. »Keiner rührt sich!« Hinter ihm folgte ein zweiter. Sie nahmen zu beiden Seiten der Tür Aufstellung, durch die eine Frau mit ergrautem oder künstlich silbrig gefärbtem Haar hereinrollte. Beim Anblick des künstlichen Unterleibs samt elegantem, silbernem Fahrwerk noch in menschlichen Kategorien von ihr zu denken, fiel Josh schwer, doch der in eine strenge Jacke gekleidete Oberkörper ließ keinen Zweifel. In einer Hand hielt die Cyborg-Frau ein Note-Pad, mit der anderen deutete sie in einer weiten Geste auf Josh und ihre Gefährten. »Also, wie viele brauchen Sie?«

Die Worte galten einem – verglichen mit den Kampfmaschinen – erstaunlich menschlichen Cyborg, der einen weißen Kittel trug. Seine Hände waren eindeutig kybernetisch, aber natürlich geformt, ebenso seine Beine. Josh musste nur die Laborkluft sehen, um ihn zu hassen.

»Mehr als zwei schaff ich nicht pro Tag«, erklärte er. »Sehen Sie zu, dass Sie die anderen in gutem Zustand halten.«

»Was glauben Sie, wozu ich das ganze Zeug geordert habe?« Sie deutete auf einen Carter, den ein Lastenroboter hinter ihnen hereinsteuerte. Auf der Ladefläche lag ein Stapel Decken neben einigen Kisten mit Nahrungsmitteln, wie das aufgedruckte Symbol verriet.

»Gut, aber verteilen Sie es erst, wenn ich fertig bin«,

forderte der Weißkittel. »Ich brauche die Probanden nüchtern.«

Das reicht. »Wozu brauchen Sie jemanden von uns nüchtern?«, verlangte Josh zu wissen und trat einige Schritte vor.

»Das geht Sie nichts an, bis Sie dran sind«, beschied der Kerl ihr und wandte sich sofort wieder an seine Begleiterin. »Stellen Sie die weit zurück. Möglicherweise völlig unbrauchbar.«

Aus seinem Mund empfand Josh das als Kompliment – egal, was es heißen mochte.

»Ich verlange zu wissen, was Sie vorhaben«, mischte sich Cherokee ein. »Als Arzt kann ich ...«

»Halt den Schnabel, Chim!«, blaffte Weißkittel. »Es ist eine Schande, dass sich Missgeburten wie ihr überhaupt Arzt schimpfen dürfen. Ebenfalls zurückstellen. Für reine Versuchszwecke.«

Loop lag hinter einem Felsen, die *Repeater* im Anschlag, aber gegen das monströse Gefährt, das sich vor ihnen eine Schneise durch den Wald bahnte, half das beste Sturmgewehr nichts. Um die massive Panzerung zu durchbrechen, hätte selbst ein Lasergeschützturm eine Schwachstelle treffen müssen – falls es eine gab. Die gute Nachricht war, dass er auf dem ATV nur ein einziges Waffensystem erkennen konnte. Ein schwenkbares Doppel-MG, das von einer Station im Innern aus bedient wurde. Das Monstrum walzte mit einem neuartigen Kettenantrieb alles nieder, was ihm in den Weg kam, knickte Bäume wie Streichhölzer, und wenn es auf einen Urwaldriesen traf, der ihm widerstand, sengte es ihn mit einer Lasersäge in Sekundenschnelle um. Es war eindeutig auf dem Weg zur Absturzstelle. Vermutlich die Bodenunterstützung für den Jäger.

»Was für ein Biest!«, staunte Mark.

»Ja, aber ich frage mich, warum sie nicht einfach mit einem Shuttle eine Suchmannschaft absetzen, die uns etwas unauffälliger verfolgen kann«, überlegte Loop laut, ohne das ATV aus den Augen zu lassen. Mit einem solchen Lärm anzurücken, war ein Garant dafür, jedes Wild zu verschrecken, selbst wenn es bewaffnet und auf zwei Beinen unterwegs war.

»Vielleicht brauchen sie alle Mann bei der *Starhawk*. Wir wissen ja nicht, wie viele Leute sie überhaupt haben.«

»Sicher ist, dass sie einen verdammt guten Grund dafür haben müssen«, stellte Higgins fest. »Der 2OT ist nicht gerade für dilettantische Operationen bekannt.«

Loop nickte. Entweder hatte dieser Außenposten tatsächlich zu wenig Truppen oder sie waren mit einem größeren Problem beschäftigt als ein paar versprengten Gestalten im Dschungel. Dennoch kam das Monstrum erschreckend nah an ihnen vorüber. Die herb-bittere Duftwolke, die die Zerstörung der Bäume und Sträucher freisetzte, hüllte ihn ein, und einzelne Splitter wurden bis zu ihm geschleudert, wenn wieder ein Stamm brach. Es fuhr so schnell, dass Loop nicht erwartet hätte, wie abrupt es anhielt. Mit einem Ruck stand es, obwohl der Antrieb etwas gedrosselt weiterdröhnte. Loop spürte, wie sich seine Nackenhaare aufstellten und seine Lefzen unwillkürlich zuckten, um drohend seine Reißzähne aufblitzen zu lassen.

»Achtung!«, zischte Higgins, als wären Loops Muskeln nicht bereits zum Zerreißen gespannt gewesen.

»Die haben genau neben der Drohne gehalten«, wisperte Mark.

»Schnauze! Das sehen wir doch!«, knurrte Loop.

»Wir hätten auf diesem bescheuerten Planeten gar nicht erst landen sollen«, murrte Farmer. »Das ist kein Siedlerland.«

»Maul halten jetzt!«, fuhr Higgins ihn an.

Auf dem Dach des Panzerfahrzeugs öffnete sich eine Luke. Loop kniff ein Auge zusammen und spähte durchs Zielfernrohr. Ein behelmter Kopf erschien, dann breite, kastige Schultern – entweder eine Rüstung, oder er hatte einen Cyborg vor sich. Je mehr von der Gestalt sichtbar wurde, desto deutlicher erkannte Loop, dass sie nur leicht gepanzert war, um die nötige Beweglichkeit für Klettereinsätze zu erhalten. Erstaunlich behände – er tippte auf unterstützende Servomotoren an den Gelenken – schwang sich der Fremde aus der Luke und hangelte sich an Krampen die Außenwand des Fahrzeugs hinab. Aus dem linken Unterarm ragte die Mündung eines eingebauten Gewehrs. Also doch ein Cyborg.

Ein zweiter folgte, stieg ebenfalls hinab. Gemeinsam näherten sie sich der zerstörten Drohne, doch merkwürdigerweise hielten sie die Waffen darauf gerichtet und gingen langsam, geradezu zögerlich. Hatten die Dinger etwa einen Selbstzerstörungsmechanismus, der ihm jederzeit um die Ohren hätte fliegen können, als er darin herumgestochert hatte? Das ergab keinen Sinn. Dem Gegner nutzten die Daten wenig, und der 2OT musste daran interessiert sein, sie möglichst unversehrt zu bergen.

Einer der Cyborgs feuerte eine Salve aus seinem MG-Arm auf die Drohne ab. *Okay, die gehört also nicht euch. Aber wem dann?* Erst jetzt wagten es die beiden, sich über die Drohne zu beugen und sie näher zu untersuchen. Einer der beiden richtete sich wieder auf und sah sich um. Durch die Visiere war nicht zu erkennen, ob sie sprachen, aber sie konnten sich denken, dass ihr Fund nicht von selbst verbeult vom Himmel gefallen war. Wenn sie als Kundschafter etwas taugten, würden sie den Spuren folgen, die man auf dem schmierigen Fels hinterließ, egal, wie viel Mühe man sich gab. Doch stattdessen öffnete sich eine weitere Klappe in der Seitenwand des ATV, hinter der sich ein Kranarm verbarg und nun ausgefahren wurde.

»Die wollen die Drohne bergen«, flüsterte Mark und fing sich dafür einen Ellbogenknuff von Higgins ein. Kapierte der Mann nicht, dass der Rest der Welt auch Augen im Kopf hatte?

Surrend entfaltete sich der Kran, spulte einen mit Magnethalterungen versehenen Strick ab, den einer der Cyborgs zur Drohne führte, während der andere wohl nach ihnen Ausschau hielt.

Ein zweites, tieferes Summen mischte sich in das des Krans. Das MG-Zwillingsgeschütz drehte sich, zielte in ihre Richtung.

»Wir sind entdeckt!«, warnte Higgins, als die MGs auch schon ratterten. »Cyborgs ausschalten!«

Loop zielte bereits auf den Helm des rechten Gegners und feuerte. Kugeln prallten ab, spritzten in alle Richtungen, doch der Cyborg geriet auf dem schlüpfrigen Untergrund aus dem Gleichgewicht und kippte nach hinten. *Glückstag!*, jubelte Loop im Stillen, als die schlecht geschützte Stelle zwischen Kragen und Helm in sein Fadenkreuz geriet. Er musste nur den Abzug gedrückt halten. Der Cyborg schlug mit dem Rücken auf den Felsboden, ruckte nur noch ein-, zweimal mit den kybernetischen Beinen.

Das Gewehr im Waffenarm des anderen ratterte, obwohl auch er bereits ordentlich Beulen kassiert hatte. Doch er war hinter der Drohne in die Hocke gegangen, wodurch er Stabilität gewann. *Allrounder* und *Veloc* trommelten im Stakkato auf ihn ein. Seine Kugeln knallten gegen den Felsen, pfiffen ihnen um die Ohren. Instinktiv duckte sich Loop tiefer. Eine neue MG-Salve zerfetzte Laub und Zweige über ihnen. Neben Loop schrie jemand auf. Er wandte den Kopf. Farmers Miene war nur noch blutiger Brei, unter dem der Körper zusammenbrach.

»Scheiße!«, entfuhr es Loop, und er wollte umso entschlossener auf den anderen Cyborg anlegen, doch dessen Visier platzte gerade in einer makabren Spiegelung von Farmers Gesicht auf. Rote und gelbe Flüssigkeiten, mit Hirnmasse durchsetzt, schwappten über die elektronischen Teile.

»Hauen wir ab!«, brüllte Loop.

»Nein! Wir müssen das Ding loswerden!«, beharrte Higgins.

MG-Kugeln prasselten auf den Fels, hinter dem sie kauerten. Gesteinssplitter flogen, stachen Loop ins Gesicht.

»Aber wie?«, schrie Mark.

Higgins nestelte eine Handgranate von seinem Gürtel. »Ich hab nur eine.« Ihre zweite – beide aus Johnsons Beständen – hatte die SupraSoldier gehabt.

Da es kein sinnvolles Ziel mehr für ihn gab, zog sich Loop tiefer in die Deckung zurück. »Wir sind zu weit weg.« Aber die Aussicht, von diesem Monster am Boden und dem Jäger aus der Luft gehetzt zu werden, war auch nicht gerade rosig.

»Blödsinn! Ich kann jederzeit so weit werfen«, behauptete Mark.

»Aber nicht gezielt«, rief Loop über das Rattern der MGs und die Einschläge der Kugeln. Diesem Greenhorn musste man wohl alles erklären. »Das Ding ist gepanzert. Entweder bekommt man die Granate hinein ...« Das konnten sie vergessen, denn die Luke war wieder geschlossen worden. »... oder man landet einen verdammt guten Treffer unter die Ketten.«

Mark wandte sich zu Higgins um. »Das schaff ich, ich hab an der Uni Football gespielt.«

Der Dobermann-Beta fasste ihn scharf ins Auge. »Wir haben nur diese eine. Die muss direkt an der Kette detonieren, sonst reiß ich dir den Arsch auf!«

»Sag mir lieber, wie ich aus der Deckung soll, ohne dass die mich sofort abknallen.«

»Ich lenk sie ab. Du hast drei Sekunden. Platzier das Ding und lauf um dein Leben!« Higgins drückte Mark die Granate in die Hand, sprang über den toten Sträfling in die Deckung des nächsten Baums und rannte weiter. Das Geschütz schwenkte, folgte ihm.

»Zieh den Splint!«, herrschte Loop den jungen Mann an. Hektisch zerrte Mark an dem Ring. Loop konnte es kaum mit ansehen. Endlich war die Sicherung draußen. Er sah nicht länger zu, wer bei diesem Wettlauf gewinnen würde, sondern hechtete in die entgegengesetzte Richtung von Higgins. »Weg damit!«

16

Aus schierem Hunger stopfte sich Josh mit den Notrationen voll, die sie in den Kisten des 2OT gefunden hatten, doch jeder Bissen klumpte im Hals – egal, wie viel Wasser sie trank. Der Weißkittel hatte Eliza und einen Mann mitgenommen, dessen Name auf der Liste der Entführten stand, und angesichts der auf sie gerichteten Gewehrläufe hatte sie nichts, absolut nichts dagegen tun können. Vergeblich hatte sie protestiert, und die Beschimpfungen, die der Prediger über die »verblendeten Gotteslästerer« ausgegossen hatte, waren kaum hilfreicher gewesen. Sie hasste es, ohnmächtig zu sein. Und dass die beiden ausgerechnet in ein Labor verschleppt worden waren, machte sie rasend.

»Wow, Sie beißen in diese Riegel, als wären es Schlangen, denen Sie die Köpfe ...«

»Ich bin jetzt nicht in der Stimmung für Witze, Ace!«, fuhr sie ihn an und stapfte davon. Ihre Wut trieb sie fort.

Sie wollte niemanden hören oder sehen. Wenigstens symbolisch, so weit es der Hangar zuließ. Dass Kothar Gamma erwähnt hatte, er dürfe alles beschädigen außer ihren Gehirnen, beschwor schwer erträgliche Bilder herauf. Zu lange war sie auf Betterday wie ein Stück Fleisch behandelt worden, um nicht zu wissen, wozu diese Sorte Wissenschaftler fähig war.

Es muss einen Ausweg geben. Es muss! Wer auch immer ihr die nutzlose Warnung geschickt hatte, war zumindest auf ihrer Seite. Ein Strohhalm, aber sie hatte nichts anderes, woran sie sich klammern konnte. Weit weg von den anderen ließ sie sich nieder und aktivierte das Display. *»Bist du Soniya?«*, gab sie ein. *»Was geht auf dieser Station vor?«* Lief sie gerade in eine Falle, fragte sie sich, als sie das Senden-Feld antippte. Sie musste es riskieren.

Nur wenige Sekunden später kam eine Antwort: *»Sie nehmen uns alles. Bin ich Soniya? Ich glaube schon. Der Name kommt mir bekannt vor. Es gibt nicht mehr viel, das mir bekannt vorkommt.«*

»Noch ein Opfer«, flüsterte Josh. Ihr Mut sank. Wenn die Frau ein eingesperrtes Versuchsobjekt war, brauchte sie noch dringender Hilfe als sie.

Eine weitere Nachricht traf ein. *»Habt ihr die Schiffe gesehen? Alle sind in Aufregung wegen der Schiffe. Ich verstehe es nicht. Die Collectors sind doch ihre Freunde.«*

Josh spürte einen Kloß in ihrer Kehle, der nichts mit den staubigen Notrationen zu tun hatte. Die Collies sollten die Verbündeten des 2OT sein? Hatte die Frau über die Experimente den Verstand verloren? Und von welchen Schiffen sprach sie? Natürlich war die ganze Basis in Aufruhr,

403

weil die *Starhawk* und ihr Shuttle aufgetaucht waren. Aber Soniya hätte doch klar sein müssen, dass Josh mit diesem Raumschiff gekommen war. Wie konnte sie dann eine solche Frage stellen?

»Meine Crew und ich sind mit zwei Schiffen auf diesen Planeten gekommen. Wir sind keine Collectors und haben auch keine gesehen.«

Wieder dauerte es nicht lange, bis die nächste Nachricht kam. *»Sie verstecken sich. Aber sie sind hier. Alle sind verwirrt. Ich muss fort. Ich muss eine Nachricht überbringen. Nehmt ihr mich mit, wenn ihr flieht?«*

»Wir sind gefangen. Ohne Hilfe kommen wir nicht weg«, erklärte Josh.

»Ich helfe euch. Wenn ihr versprecht, mich mitzunehmen.«

Sie zögerte, aber kam es auf der *Starhawk* auf eine Irre mehr oder weniger noch an? Was hätte sie damals für eine Chance wie diese gegeben? *»Okay. Ich verspreche es.«*

»Captain?« Prediger ging neben ihr in die Hocke. Seine mitleiderfüllte Miene passte zum Sträflingslook und den Cyberoos wie Lächeln zu einem Hai. »Schwester im Herrn, ich kann sehen, dass Sie im finsteren Tal wandern und zu verzweifeln drohen. Richten Sie Ihren Blick auf Gott! Er ist das Licht, das ...«

»Prediger, Ihr Herr hat mir gerade schon einen Lichtstrahl gesandt, dem ich jetzt dringend weiter folgen muss. Würden Sie mich bitte ...«

Sirenen heulten auf. Alarmiert sah Josh zur unerreichbar hohen Decke hinauf, wo sie hinter den kleinen, vergitterten Öffnungen bislang nur Lüftungssysteme vermutet hatte. Der laute, durchdringende Ton beunruhigte sie bis in die letzte Faser ihres Körpers. Aufwachen, weglaufen, in einem Bunker verstecken. Dafür war er konzipiert worden. Das interstellare Warnsignal vor einem Luftangriff.

Der heiße Dampf setzte sich in feinen Tröpfchen auf Loops Fell, der Uniform und dem Respirator ab, machte die Felsen noch glitschiger und hüllte die Welt in Nebel. Wenigstens hielt die Atemmaske den Gestank ab. Vorsichtig tastete sich Loop auf dem schmalen Sims weiter. Das Gewehr hatte er über die Schulter gehangen, um die Hände frei zu haben.

Plötzlich stieß Mark einen überraschten Laut aus, und Loop fühlte sich am Arm gepackt und Richtung Abgrund gezogen. Hastig verlagerte er sein Gewicht nach vorne, klammerte sich notdürftig am feuchten Gestein fest. Der junge Mann fand sein Gleichgewicht zurück, presste sich enger an den Fels. Sein Gesicht war gerötet, doch darunter noch blasser als zuvor.

»Bin ausgerutscht«, keuchte er dumpf aus dem Respirator.

»Da wär ich jetzt nie drauf gekommen«, spottete Loop. »Mann, das mit der Granate hast du gut hinbekommen, aber ruh dich nicht zu sehr auf deinen Lorbeeren aus, okay?« Nach dem Gefummel mit dem Splint grenzte es aus seiner Sicht an ein Wunder, dass Mark das Ei tatsächlich exakt ins Nest geworfen hatte – und dann geistesgegenwärtig davongerannt war, anstatt das Ergebnis seines Kunststücks abzuwarten. Vielleicht konnte aus dem Kerl doch ein brauchbarer Kamerad werden, wenn er diesen Tag überlebte.

Was genau geschehen war, wusste Loop nicht, denn auch er hatte sich so schnell wie möglich aus dem Staub gemacht. Doch offenbar war die Kette ausreichend beschädigt worden, denn außer Schüssen und ein paar vergeblichen Anfahrversuchen mit aufröhrendem Antrieb hatten sie von dem Panzerfahrzeug nichts mehr gehört. Außerhalb der Reichweite der MGs hatten sie sich wieder gesammelt und waren der Schneise gefolgt, die das Monstrum durch den Urwald gewalzt hatte. *Neben* der Spur wohlgemerkt, im Schutz der Bäume, und das mit Recht, wie sich herausgestellt hatte, als der Jäger wieder über ihnen aufgetaucht war. Dass die Fahrzeug-Besatzung ihn verständigen würde, war zu erwarten gewesen. Schon als sie die Triebwerke in der Ferne hörten, waren sie von der Schneise weg, tiefer in den Dschungel gelaufen, um aus dem Radius seiner Wärmescanner zu kommen. Kaum hatte er sich entfernt, hatten sie ihren Weg fortgesetzt.

Seit guten zwei Stunden ging dieses Spiel nun, doch die Kreise des Jägers waren enger geworden. Er glaubte zu wissen, wo sie sein mussten. Und er lag blöderweise nicht falsch. Früher oder später hätten seine Sensoren sie erfasst. Doch dann war Higgins auf die Idee mit der Felsspalte gekommen.

Der aufsteigende heiße Dampf überdeckte auf den Wärmebildern ihre Körpertemperatur. Sich darin zu verstecken, war klug, aber Loop wünschte ausnahmsweise, er hätte mehr Menschengene mitbekommen, weil er dann mehr geschwitzt hätte. Wie die Dinge lagen, musste er stattdessen in den Respirator hecheln, in dem es nur noch heißer und stickiger wurde. Am liebsten hätte er sich das

Ding von der Schnauze gerissen, unbekannte Gase hin oder her. Doch Higgins, der in seiner Rüstung noch schlimmer dran sein musste, hielt durch, und als halber Wolf würde er sich nicht die Blöße geben, vor einem halben Hund Schwäche zu zeigen.

Erneut kam das Geräusch der jaulenden Triebwerke näher – näher als zuvor. Es hielt direkt auf sie zu. Loop verdrehte den Kopf, um einen Blick auf den Himmel zu erhaschen. Felsüberhänge und Baumkronen versperrten die Sicht. *Den Ahngeistern sei Dank!* Dennoch setzte unvermittelt das Knattern der MGs ein. Kugeln hagelten auf Wald und Felsen nieder, prallten ab, kullerten klirrend an ihm vorbei in die Tiefe. Etwas streifte sein Ohr und hinterließ eine brennende Spur. Mark schrie auf, krümmte sich. Dann heulte der Jäger über sie hinweg.

»Wo bist du getroffen?«, blaffte Higgins Mark an, der sich mit verzogenem Gesicht gegen die Felswand lehnte.

»Hier.« Er zeigte auf ein Loch in seinem Overall, aus dem Blut suppte. Ein Steckschuss in der Schulter. Nur ein paar Zentimeter daneben, und das Projektil hätte die Hauptader in den Arm erwischt.

»Halb so wild«, beschied Higgins. »Weiter!«

Loop ignorierte Marks verblüfftes Gesicht und lauschte auf den Jäger. *Das Arschloch hat geahnt, wo wir stecken.* Aber sicher hatte er sich nicht sein können, und so suchte er weiter, entfernte sich in die Richtung, aus der sie gekommen waren. Zeit, wieder einen Vorsprung herauszuholen. »Los, los, los!«, trieb er Mark hinter Higgins her, der bereits nach oben kletterte. »Der Schamane kann sich später darum kümmern.«

Verglichen mit der Sauna in der Spalte kam ihm die Schwüle des Waldes wie eine kühle Brise vor. Erleichtert nahm er den Respirator ab und atmete tief durch, bevor der Hechelreflex wieder einsetzte. Sie nahmen ihren Weg entlang der Spur des ATV wieder auf, die sie hoffentlich direkt zur *Starhawk* führen würde. Anfangs hielt sich Mark beim Gehen die Schulter, doch entweder ergab er sich nach einer Weile in sein Schicksal, oder es wurde ihm zu anstrengend, den Arm zu heben. Loop war es gleich. Hauptsache, der junge Mann lief weiter. Auch seine Kräfte schwanden allmählich, doch er ließ nicht einmal den Gedanken daran zu, marschierte stur weiter, schlitterte Abhänge hinab, kletterte über umgestürzte Baumstämme, sprang über schmale, dampfende Spalten. Seine durchschossene Hand pochte. Der Sprühverband hatte Risse bekommen, durch die Dreck ins Innere gelangte. Ihr Med-Pack war mit dem Shuttle explodiert, also musste sein Körper die fremden Keime abwehren, bis bessere Zeiten kamen.

Kilometer um Kilometer eilten sie weiter. Noch zweimal kam der Jäger so nah, dass sie ihn hörten und vorsichtshalber auswichen. Die Sonne stand nun merklich tiefer, aber noch hatten sie einige Stunden Tageslicht vor sich. Ein Energieriegel und ein paar Schluck Wasser hielten Loop auf den Beinen. Mark sah fertig aus. Schweiß zog helle Spuren durch den Schmutz in seinem eingefallenen Gesicht. Die Football-Karriere schien eine Weile her zu sein.

Loop bildete noch immer die Nachhut. Dass sie bislang kein Tier aufgescheucht hatten, das größer als ein Kaninchen war, wunderte und beruhigte ihn zugleich. Vielleicht hatte es nie welche gegeben, oder der 2OT hatte sie schon ausgerottet, um seine Basis mit Protein zu versorgen, aber die Chancen, dass eins von beidem zutraf, standen nicht allzu hoch. Wahrscheinlicher war, dass der Jäger und das lärmende Panzermonster alles vertrieben hatten, was schnell genug laufen konnte. Deshalb blieb er wachsam, witterte, lauschte, sah sich immer wieder um. Ein Knacken im Gebüsch lenkte ihn ab, doch dann hörte er es. Der Jäger kehrte zurück.

»Luftangriff!«, brüllte Loop und floh im rechten Winkel zu ihrer Marschrichtung. Ein alter, hohler Baum bot sich als Deckung an. Loop klemmte sich in den ausgehöhlten Stamm, als die Jagdmaschine auch schon über sie hinwegschoss. Die Triebwerke heulten unter der Belastung höchster Geschwindigkeit. Eine Sogwelle peitschte die Baumkronen, dann war alles wieder still. Verwundert stemmte sich Loop wieder aus seinem Versteck.

»Na, der hatte es aber eilig.« Mark kroch unter einem Busch hervor und wischte sich die Hände am zerrissenen, verschmierten Overall ab. Das Greenhorn war blass um die Nase, doch seine Wunde hatte längst aufgehört zu bluten. Dass winzige Tiere darauf herumkrabbelten, schien er nicht zu bemerken.

»Muss zu seinem Stützpunkt zurückgekehrt sein. Vielleicht ging ihm der Treibstoff aus.«

Higgins, der bereits wieder zurück zur Schneise marschierte, schüttelte den Kopf. »Wenn man auf dem letzten Tropfen fliegt, heizt man nicht, als wären die Collies hinter einem her.«

Auch wieder wahr. »Dann muss er dringend abgerufen worden sein.«

»Yepp. Und ich wüsste verdammt gern warum.«

»Na ja, ein Gutes hat es auf jeden Fall«, stellte Loop fest. »Wir können jetzt in den Spuren des ATV laufen, wo alles schön planiert ist.«

»Und wenn das Ding zurückkommt?«, wandte Mark ein.

Vor ihnen wurde es zwischen den Bäumen bereits heller. Umgebrochene Stämme, geschreddertes Geäst und Laub markierten den Rand der Schneise.

»Das hören wir schon von Weitem«, behauptete Loop und bahnte sich durch die Verwüstung einen Weg ins Freie. Vor ihm sprang Higgins auf den Stumpf eines abgesägten Urwaldriesen, um so angespannt in den Himmel zu starren, dass Loop wie von selbst seinem Blick folgte. Er zischte seine schlechte Imitation eines menschlichen Pfiffs durch die Zähne. *Das ist dann wohl der Grund für die plötzliche Eile.*

In der Ferne hingen zwei riesige Raumschiffe am Himmel. Wie Sternschnuppen fielen feurige Geschosse aus ihnen herab.

Josh überließ es Prediger, über dieses unerwartete Ereignis zu frohlocken, und eilte zu ihrer Crew zurück. Dass dieser Angriff wirklich zu ihrem Vorteil war, wagte sie noch nicht zu hoffen. Das Sirenengeheul ging ihr durch Mark und Bein. Wie sollte man bei diesem Lärm einen klaren Gedanken fassen?

»Was ist los?«, rief Ludmila ihr entgegen.

»Haben Sie jemanden zu unserer Rettung rufen können?«, wollte eine andere Frau wissen, deren Name Josh wieder entfallen war.

»Tut mir leid. Ich weiß genauso wenig wie Sie.« Das stimmte zwar nicht ganz, aber die wirren Andeutungen, die diese Soniya gemacht hatte, würden ganz sicher nicht zur Beruhigung der Leute beitragen.

»Haben Sie weitere Nachrichten bekommen?«, erkundigte sich Ace und folgte ihr, als sie auf Ita zuhielt, die mit Sonny erneut vor der Computerkonsole neben der Tür stand. Seit der Weißkittel und seine Begleiter gegangen waren, leuchtete die Benutzeroberfläche. Offensichtlich hatte es niemand für nötig gehalten, die einmal freigeschaltete Stromzufuhr wieder zu kappen, doch die Bedienfelder reagierten auf jede Berührung mit dem Hinweis, dass keine Zugangsberechtigung bestehe.

»Ja, wir sind wohl nicht die einzigen Gefangenen hier«, antwortete sie und musste fast brüllen, um den Alarm zu übertönen.

»Na, wie tröstlich«, brüllte Ace zurück. Im gleichen Augenblick erstarb endlich das Geheul.

»Madre de Dios!«, fluchte Ita, als Josh neben sie trat. »Ich kann diese Sicherheitsabfragen einfach nicht umgehen. Es muss in diesem Gerät irgendeinen Sensor geben, der eine Kennung abliest, die ...«

»Du bist sicher, dass dir keine Hormone das Hirn vernebeln? Vielleicht sollte Mr. Vice mal einen Spaziergang machen«, schlug Josh vor.

Sonny grinste nur, während Ita sie gereizt anfunkelte. »Blödsinn! Alles, was ich bräuchte, ist ein dämliches Stück Stahl, mit dem ich diese Verkleidung aufhebeln kann.«

»Was ändert das an den Sensoren?«

»Nichts, aber dann kann ich das Mistding einfach kurz-schließen.«

»Tut's auch ein *Swiss-MT*?«, fragte Ace und öffnete die gepolsterte Armlehne seines Rollstuhls, um ein finger-dickes, aufklappbares Multifunktionswerkzeug aus dem Fach darunter zum Vorschein zu bringen. Mit einem na-hezu hysterischen Aufschrei schnappte sich Ita das Ge-rät und machte sich an der Verkleidung des Panels zu schaffen.

»Ist ganz praktisch, so etwas dabeizuhaben, wenn man auf diesen Schleudersitz angewiesen ist«, erklärte Ace auf Joshs fragenden Blick. »Leider kann man damit keine Cyborgs in Stücke blasen.«

»Solange du mir damit nicht diese heiße spanische Braut ausgespannt hast«, begann Sonny, als der Boden plötzlich unter ihren Füßen erzitterte. Die Multibox blinkte.

Soniya? Josh rief die neue Nachricht auf, las sie vor. »Die Schiffe sind da. Sie schießen Raketen auf uns. Nie-mand versteht es. Wir müssen fort.«

»Jemand bombardiert diese Station?« Itas Hand mit dem *MT* zitterte.

»Die Collectors«, eröffnete Josh ihr. »Behauptet zumin-dest Soniya.«

Ita starrte sie mit schreckgeweiteten Augen an. Josh war, als stünde sie nicht mehr in diesem Hangar, sondern im frostigen Wind Putins.

»Die Collies?«, wunderte sich Ace. »Seit wann geben die …«

»Wen interessiert's, Mann?«, schnappte Sonny. »Das sind die Echten! Wir müssen hier raus!« Sein Blick richtete sich vorwurfsvoll auf Ita, die sich hastig umdrehte und wieder über die freigelegte Elektronik hinter dem Panel beugte.

Soniya hat gewusst, dass der Angriff kommt. Sie ist also doch nicht so irre.

»Ich hab's!«, rief Ita. Zischend glitt die Tür zur Seite. Der Oberkörper eines Kampfcyborgs drehte sich mit erhobenen Waffenarmen zu ihnen um. Josh riss Ita mit sich zur Seite, in den Schutz der Wand, da hallte auch schon das Knattern der Automatikgewehre betäubend laut durch den Hangar. Menschen schrien durcheinander, doch Josh sah nur die Löcher, die in Sonnys Overall aufplatzten, eine rote Spur über seine Brust zogen. Bluttropfen spritzten daraus hervor. Er sah überrascht aus, als könnte er nicht glauben, dass ihm dies wirklich passierte. Doch im nächsten Moment waren seine Augen erloschen, noch während sein Körper hintenüberfiel.

Ita schrie und trat um sich, versuchte, sich aus der Umklammerung zu befreien, doch Josh hielt eisern fest. Eine Kugel prallte von einem Griff des Rollstuhls ab, eine weitere schlug in das Polster der Armlehne. Ace starrte den Gegner, den Josh nicht sehen konnte, reglos an. Weitere Schüsse fielen, aber sie konnte nicht erkennen, wo sie einschlugen. Nur das Mündungsfeuer spiegelte sich flackernd im Türrahmen. Auf Aces Gesicht malte sich mit einem Mal ein spöttisches Lächeln ab.

»Bleib hier in Deckung!«, fuhr Josh Ita an und schubste sie noch einmal nachdrücklich gegen die schützende Wand, bevor sie zu Ace hinüberhuschte und sich wie ein

Feigling vorkam, sich halb hinter den Rollstuhl zu ducken. Nun konnte sie sehen, dass sich der Cyborg erneut gedreht hatte. Einer seiner Waffenarme war noch immer drohend in den Hangar gerichtet, doch nur noch der zweite schoss – in eine andere Richtung, aus der die Kampfmaschine mit einem Kugelhagel eingedeckt wurde. Deshalb also waren noch immer zwei Gewehre zu hören. Oder sogar drei? Josh war es gleich. Sie schnappte die Griffe des Rollstuhls und zerrte Ace aus dem Schussfeld. Ihm mochte egal sein, ob er starb, aber sie brauchten ihn. Ita lehnte zitternd an der Wand. Aus ihren Augen liefen Tränen, doch sie wischte sie ebenso schnell davon, wie sie kamen.

»Er *wollte*, dass du die Tür aufmachst!«, rief Josh über das Rattern der Gewehre.

Ita nickte stumm, aber beinahe eifrig.

»Toll. So seh ich nichts mehr«, beschwerte sich Ace.

Josh ignorierte ihn. Von der Tür drang Poltern, Knacken und Scheppern herüber. Mit einem Mal erstarb der Lärm. Jemand wimmerte, ansonsten herrschte für einen Augenblick gespenstische Stille. Dann hörte Josh das leise Summen kleiner Servomotoren. Ein Cyborg bewegte sich. Die Geräusche wurden lauter, schwere Schritte stampften über die Schwelle. Chromglänzend ragte das vierarmige, gepanzerte Wesen vor ihnen auf. Die Waffenläufe glühten noch. Der Kopf drehte sich, als sehe sich der Cyborg um. Seine Retro-Roboterstimme war so emotionslos wie das verspiegelte Visier. »Ich bin Soniya.«

Einen Moment lang war Josh sprachlos. Die Kampfmaschine vor ihr hatte nichts mit dem Bild der verstörten, gequälten Frau gemeinsam, das durch die Nachrichten in ihrem Kopf entstanden war. Um die Verwirrung perfekt zu machen, klang die Maschinenstimme auch noch eher männlich als weiblich.

Es war das ferne Donnern einer Detonation, das kaum spürbare Beben des Betons unter ihren Füßen, die sie aus ihrer Erstarrung rissen. »Ich bin Captain Miller«, stellte sie sich vor und näherte sich dem Cyborg. »Du hast mir Nachrichten geschickt.«

»Ich erinnere mich.« Die Stimme sprach gleichbleibend nüchtern, ohne jede emotionale Nuance. »Das ist gut.«

»Äh, ja, das ist gut.« *Oh Mann, wir haben keine Zeit, lange vertrauensbildende Gespräche zu führen!* Josh sah sich um. Eine Frau saß zusammengekrümmt auf dem Boden. Sie musste getroffen worden sein. Der Doc beugte sich bereits über sie, aber ohne MedPack würde er nicht viel ausrichten können. Und über ihren Köpfen wurde die *Starhawk* womöglich gerade zu Schrott gebombt. »Wir müssen zu unserem Raumschiff. Kannst du den Aufzug für uns anfordern, Soniya?«

»Natürlich.« Der Cyborg drehte sich zu dem Terminal um, das Ita aufgebrochen hatte. Josh befürchtete schon, es werde sich nun rächen, doch Soniya steckte einen der Greifarme in die Öffnung und schien mit einem Finger irgendeine Schnittstelle zu berühren. Alle Blicke ruhten ungläubig auf dem Cyborg und ihr.

Zeit für Entscheidungen. »Ace, ich ernenne Sie hiermit zum Ersten Offizier der *Starhawk*. Wenn der Aufzug hier ist, bringen Sie all diese Leute nach oben und suchen das Schiff. Ita und Larry werden es irgendwie anwerfen. Aktivieren Sie den Schutzschirm und machen Sie es abflugbereit! Wir können über die Multibox Kontakt halten.«

»Und wo wollen *Sie* hin?«, fragte Rodriguez verwundert.

»Ich werde mit Soniya versuchen, Eliza und Ray zu befreien.«

»Ihren Heldenmut in Ehren«, meinte Ace, »aber wenn Sie das Monster mitnehmen, kommen wir nicht weit, falls uns seine Schwestern auflauern. Wir haben keine Waffen.«

»Außerdem ist das viel zu gefährlich«, fügte Rodriguez hinzu.

Josh biss sich auf die Unterlippe. Ace hatte recht. Auch wenn die Streitkräfte der Station wohl mehr als genug mit dem Angriff zu tun hatten, konnten sie bei ihrer Flucht auf Widerstand stoßen. Aber deshalb die anderen im Stich lassen? *Ich werde niemanden gegen seinen Willen in einem Labor zurücklassen. Niemals.*

Sirrend und stampfend ging der Cyborg durch die Tür nach draußen. Alle drei folgten sie ihm mit den Blicken. Ein leises Misstrauen konnte Josh nicht leugnen. Soniya beugte sich zu ihrem niedergestreckten Gegner hinab, der ihr ähnelte wie ein Ei dem anderen, wenn man von Beulen, Rissen und austretenden Flüssigkeiten absah. Die kybernetischen Arme griffen zu, ein Fuß drückte den toten Cyborg zu Boden. Kunststoff splitterte, Metall knirschte.

Als wäre er ein gekochtes Krustentier, brach Soniya ihm die Waffenarme ab und riss die Verkleidung von den Gewehren. Munition zum Nachladen fiel aus den Stümpfen. Kurz drückte sie auf jeden der beiden Auslöser und jagte ein paar Kugeln in den Gang, aus dem sie gekommen sein musste. »Die sind intakt.«

Lautes Brummen und helleres Licht im Schacht kündigten die Ankunft des Aufzugs an. Rodriguez riss dem Cyborg eine der Waffen förmlich aus dem Greifarm. Wie aus dem Nichts tauchte die kleine, kurzhaarige Asiatin neben ihm auf und nahm das andere Gewehr an sich. Obwohl sie zu zierlich wirkte, um es zu tragen, schien sie keine Schwierigkeiten damit zu haben.

»Schön und gut«, sagte Rodriguez. »Aber *Sie* haben immer noch keine Waffe, Captain. Ich kann Sie nicht allein mit diesem ...« Er verstummte, als Josh ihm die Hand auf die Schulter legte und ihm fest in die Augen sah.

»Ich weiß Ihre Sorge zu schätzen, aber Sie ändert nichts an meinem Entschluss. Gehen Sie! Und halten Sie das Schiff für mich bereit!« Sie ließ ihn los, um auf die Plattform zu deuten, die sich schon fast auf Bodenniveau befand. Das Geräusch des Motors verriet, dass sich auf der anderen Seite des Schachts das Rolltor öffnete. In Rodriguez' Zügen stand deutlich zu lesen, wie wenig ihm die Sache schmeckte, doch Josh wandte sich ab.

»Das ist Wahnsinn!«, jammerte Ita. »Du kannst doch nicht einfach durch die halbe Station spazieren. Die ...«

Josh fiel ihr ungeduldig ins Wort. »Würdest du nicht wollen, dass ich dich da raushole, wenn du an ihrer Stelle wärst?«

»Aber du ...«

»Ich werde gehen. Ende der Diskussion! Verschwindet endlich und seht zu, dass *irgendjemand* lebend hier rauskommt!« *Ist das zu fassen?* Josh stürmte aus dem Hangar, ohne sich noch einmal umzusehen.

»Das sind Collectors-Schiffe!«, rief Mark.

»*Bigger*-Klasse«, bestätigte Higgins. Der Umriss in Form einer Axt, die mit der Schneide nach unten gehalten wurde, war unverkennbar. Und der Vergleich mit der durch die Baumkronen schneidenden Sonde drängte sich auf, auch wenn sie mit dem Blatt nach vorn flog und neben diesen Giganten wie ein Sandkorn gewirkt hätte.

»Aber was wollen die hier?«, fragte Loop. »Ich habe noch nie gehört, dass sie sich mit einem kleinen Außenposten abgegeben haben.« Und mehr konnte hier nicht sein, sonst hätten die Scanner es ihnen angezeigt.

»Hast du die Bilder von Betterday gesehen?« Higgins nahm den Blick nicht von den Raumschiffen, aus denen eine zweite Salve Raketen schoss.

Loop verstand. Auf Betterday hatten die Collectors nicht ihre übliche Obhut errichtet, sondern die Planetenoberfläche in eine atomare Wüste ohne Atmosphäre verwandelt. Alles Leben war ausgelöscht worden, und warum? Weil dort Millionen Betas aufgezogen und ausgebildet worden waren. Aus Sicht der Collectors wohl nur genetischer Abschaum, den es zu vernichten galt. Vielleicht sahen sie den 2OT ähnlich? Doch bislang hatten sie keine 2OT-Planeten angegriffen.

Wie schon die erste Salve prallte auch die zweite von einem fast unsichtbaren Schimmern in der Luft ab. Die Raketen flogen abgelenkt in alle Richtungen. Einige detonierten sofort. Andere schlugen irgendwo um das eigentliche Ziel herum auf, um dort zu explodieren. Welche Art von Ansiedlung sie auch beschossen, sie verfügte über einen starken Magnetschild. Hoffentlich befand sich die *Starhawk* irgendwo unterhalb des Schirms.

»Genug gegafft«, beschloss Higgins. »Sehen wir zu, dass wir unser Schiff finden, bevor sie es pulverisiert haben.«

»Aber dann laufen wir direkt in den Raketenhagel!«, wandte Mark ein.

»Willst du hier siedeln und alt werden? Nein? Dann vorwärts!«

In der Spur, die das Panzerfahrzeug hinterlassen hatte, kamen sie deutlich schneller voran. Sie verlief meist schnurgerade und bot ihnen auch noch ständigen Blick auf die beiden *Bigger*.

»Sie haben aufgehört zu schießen«, stellte Mark fest.

Loop setzte sein Wolfslächeln auf. »Hast du im Knast schon mal über eine zweite Karriere als Sportreporter nachgedacht? Die leben davon, anderen zu erzählen, was sie auch selbst sehen können.«

»Ja, danke, ich werd's mir überlegen«, gab der junge Mann gereizt zurück. »Schon mal was von Konversation gehört?«

»Sind wir hier auf einem Konzern-Sommerfest?«

»Ich wollte ja nur darauf hinweisen, dass wir jetzt nicht mehr riskieren, von einer Collector-Rakete zerfetzt zu werden.«

»Du wirst's nie kapieren«, seufzte Loop. Die wichtigere Frage war, was die Ahumanen stattdessen tun würden. Immer wieder sah er hinauf, obwohl Wurzeln und rutschiges Gestein die meiste Zeit seine Aufmerksamkeit forderten. Bald bekam er die Antwort. Aus den Bäuchen der großen Schiffe tauchte ein ganzes Rudel sehr viel kleinerer auf.

»Achtung!«, rief er für den unwahrscheinlichen Fall, dass Higgins sie noch nicht gesehen hatte. »Feindliche Jäger auf ein Uhr.«

»Scheiße!«, fluchte Mark. »Sollten wir nicht lieber in Deckung gehen?«

Higgins schüttelte den Kopf und marschierte weiter. »Wir warten ab, wo sie hinwollen. Ich bin auch gar nicht sicher, ob es Jäger sind. Für die *Small*-Klasse kommen sie mir etwas zu groß und bauchig vor.«

Überrascht sah Loop wieder hinauf und kniff die Augen zusammen. Ein Feldstecher von *Gauss Industries* wäre jetzt wirklich nett gewesen. »Stimmt, sieht eher wie Shuttles aus. Eine Bodenoffensive!«

»Die wollen Truppen absetzen?«, fragte Mark erschrocken.

»Hast du gedacht, die zucken mit den Achseln und fliegen weiter?« Kopfschüttelnd scheuchte Loop ihn vor sich her, um den Abstand zu Higgins nicht zu groß werden zu lassen. Es konnten nur noch wenige Kilometer bis zu der Basis sein, über der die *Bigger* im Himmel hingen. In Gedanken ging er durch, wie viel Munition sie noch hatten. Er hatte noch nie gegen Collies gekämpft, aber sie waren angeblich verdammt gut gepanzert.

In einiger Entfernung, doch für seinen Geschmack zu nah, schwebten immer mehr Truppentransporter über dem Wald, der eine Landung unmöglich machte. Er war zu weit weg, um Details zu unterscheiden, sah aber, wie die Collies traubenweise aus den Fähren sprangen und im freien Fall aufrecht stehend zwischen den Baumwipfeln verschwanden. Hatten sie eine Art Jetpack, um die Landung abzufedern? Im Licht der Pulsatoren glänzten sie immer wieder metallisch auf. *Rüstungen.*

Schwacher Laserbeschuss aus der Richtung ihres Ziels setzte ein. Noch immer konnte er kein Gebäude ausmachen. Die Laserstrahlen zerfaserten an der verspiegelten Front der Shuttles. Mehr Leistung brachte die Flak nicht? Das musste an diesem riesigen Magnetschild liegen, der eine Menge Energie fraß.

»2OT-Jäger!«, warnte Higgins im gleichen Augenblick, wie Loop das charakteristische Heulen hörte.

»Lauf!«, fuhr er Mark an und hielt auf die nächsten Bäume zu, doch wenn die 2OT-Piloten auf *sie* aus gewesen wären, hätten sie sie eiskalt erwischt. So niedrig, dass der Sog die Bäume gen Boden bog, jagten acht Maschinen über sie hinweg und eröffneten das Feuer auf die Landefähren.

»Okay, die haben Wichtigeres zu tun. Weiter!«, befahl Higgins.

Loop flankte über geknickte Baumstämme und Geäst zurück in die Fahrrinne. Stolpernd hielt sich Mark vor ihm aufrecht, obwohl dessen Beine zitterten, sobald er stehen blieb. Auf seinem Gesicht glühten Fieberflecken.

»Durchhalten, Mann! Wir haben es fast geschafft.« Um verwundete Kameraden aufzumuntern, war ihm Lügen noch nie schwergefallen. Er konnte nur hoffen, dass Mark zu fertig war, um darüber nachzudenken, was ihnen noch bevorstand. Ein Blick zu den *Bigger*-Schiffen zeigte ihm, dass die Reaktion der Collies nicht lange auf sich warten ließ. Ein Schwarm Jäger der *Smaller*-Klasse stieß auf die 2OTs herab, teilte sich, um sie getrennt zu verfolgen.

Loop zwang sich, nicht länger zuzusehen, sondern weiterzulaufen. Sie mussten die *Starhawk* vor den Collectors erreichen. Über ihnen war der Himmel erfüllt vom Heulen der Triebwerke und dem Knattern der Geschütze. Der Lärm allein genügte, um Loop schneller werden zu lassen. Laufen, laufen, auf den Untergrund konzentrieren, laufen. Er packte Mark am Arm, als der Mann strauchelte und zu stürzen drohte, riss ihn wieder hoch und vorwärts. Wenn seine Ahnen eines gekonnt hatten, dann durch den Wald hetzen, bis die Pfoten blutig waren.

»Das ist nah genug!«

Loop kam noch zum Stehen, bevor er auf Higgins prallen konnte. Neben ihm rang Mark keuchend nach Luft. Nun konnten es wirklich nur noch ein, zwei Kilometer sein. Jäger fegten jaulend über sie hinweg. Die Phalanx der 2OTs war hoffnungslos aufgespalten. Hinter jedem Diskus klebte ein Rattenschwanz *Smaller*, um ihn in die Zange zu nehmen. Aufgleißend wie die weiße Sonne Victorys explodierte einer der 2OTs hoch über ihnen.

»Wir schleichen uns besser in Deckung weiter«, verkündete Higgins. »Augen offen halten! Hier muss es bald von Collies wimmeln.«

Doch was Loop in diesem Moment hörte, war das Rumpeln des gepanzerten ATV.

Der Gang hinter der Hangartür führte nur wenige Meter nach links, wo er vor zwei Fahrstuhltüren endete.

Nach rechts erstreckte er sich dagegen, so weit das Auge reichte. Unschlüssig wartete Josh, bis Soniya über den toten Cyborg gestiegen war. »Ein Wissenschaftler hat zwei meiner Leute für seine Experimente abgeholt. Wo könnte er sie hingebracht haben?«

»Laborbereich«, antwortete Soniya mechanisch. Außer dem Visier gab es nichts, was ein Gesicht auch nur angedeutet hätte. »Folge mir!« Eilig stampfte sie nach rechts voran. Nach einigen Schritten wich der feste Boden einem Fahrsteig, der sich sofort in Bewegung setzte, als der Cyborg ihn betrat. Zu Joshs Erleichterung lief Soniya zügig weiter, anstatt sich von dem Förderband fahren zu lassen. So kamen sie in dieser endlosen Röhre noch schneller voran. Weit und breit war niemand zu sehen, doch in der Ferne zeichneten sich bereits weitere Türen und Zugänge ab.

»Wenn uns jemand begegnet, musst du so tun, als sei ich deine Gefangene. Du sollst mich auch ins Labor bringen.«

»Ins Labor bringen«, wiederholte Soniya. War sie doch ein Roboter? Sehr intelligent wirkte sie nicht.

»Bist du …« *Hoffentlich ist das jetzt keine tödliche Beleidigung.* »… ein Mensch?«

Der Cyborg stoppte so abrupt, dass Josh beinahe mit dem Kopf gegen den gepanzerten Rücken gestoßen wäre. Er wandte sich zu ihr um, wurde rückwärts weitergetragen. »Wir sind alle Menschen. Aber sie haben es vergessen.«

»Wer?«

»Der ganze Orden. Sie haben vergessen, dass euer Schicksal unser Schicksal ist. Wir sind keine Maschinen.«

Das war beim Anblick des vollständig kybernetischen Körpers allerdings schwer zu glauben – und sehr leicht zu vergessen.

»Und deshalb arbeiten sie mit den Collectors zusammen?«

»Ja.«

Wow! Wenn das auf Starlook verbreitet wird, kann der 2OT einpacken.

Dass ein Teil der Collies mit der Geschichte nicht einverstanden war, mochte für die Menschheit erfreulich sein, aber im Augenblick wünschte Josh die Ahumanen und ihre Bomben Lichtjahre weit weg. Soniya drehte sich wieder um und stampfte weiter. Josh folgte ihr. Eine stärkere Detonation ließ den Fahrsteig beben. Josh kämpfte um ihr Gleichgewicht, während die Motoren des Cyborgs surrend die Schwankung ausglichen. An einer Abzweigung endete der Fahrsteig. Soniya bog ab. Nur wenige Meter weiter begann ein neues Band, aber sie mied es, lief daneben weiter, und Josh folgte ihrem Beispiel. Mehr Türen zweigten hier ab. Ein neuer Alarmton jaulte auf, dröhnte aus unsichtbaren Lautsprechern durch den Gang. Wo waren die Leute? Auf jeder anderen Station hätten beunruhigte, wenn nicht panische Menschen die Gänge verstopft, wären ziellos hin- und hergerannt, um Verwandte zu finden oder einen Fluchtweg zu suchen. Die Cyborgs mussten entweder sehr diszipliniert sein, oder es gab hier sehr viel weniger Bewohner als gedacht.

Warnlampen tauchten den Gang abwechselnd in rotes und weißes Licht. Wieder stoppte Soniya so plötzlich, dass

Josh dieses Mal nur noch die Hände hochreißen konnte, um den Aufprall abzufangen. Hinter dem wuchtigen Cyborg konnte sie nicht erkennen, was vor ihnen lag. Kam ihnen jemand entgegen, der sie nicht sehen durfte? Doch Soniya machte kehrt, schob sie mit übermenschlicher Kraft einfach beiseite und ging an ihr vorbei.

»Hey, was ...« Irritiert sah Josh ihr nach.

»Ich habe Befehle.«

»Du hast Befehle? Was für Befehle? Wir müssen ...«

»Invasionstruppen sind gelandet. Wir müssen die Station verteidigen.«

WAS? »Ich dachte, du bist kein verdammter Roboter. Eben war dir die Station noch scheißegal!«

»Wenn wir angegriffen werden, müssen wir uns verteidigen, sonst sterben wir alle.«

Was hatten sie mit dem Gehirn dieser Frau gemacht? »Soniya, du bist keiner von ihnen, sonst würdest du dich nicht Soniya nennen.«

Der Cyborg hielt inne. »Ich bin Soniya. Sie nennen mich V21, aber ich bin Soniya.«

»Genau! Und deshalb wirst du keinem beschissenen Befehl folgen, sondern meine Freunde retten. Los, komm!«

Zögernd drehte sich der Cyborg wieder um.

»Erinnerst du dich? Du wolltest hier weg. Ich habe versprochen, dich mitzunehmen.«

»Das alles bin nicht ich«, sagte Soniya und hob demonstrativ die vier Arme. »Aber wer bin ich?«

»Du bist Soniya, und wir haben jetzt keine Zeit für philosophische Fragen. Es ist nicht wichtig, wer du warst, aber wenn du mir hilfst, wirst du eine von uns sein.« *Wer auch immer* wir *sind.* »Ein … ein Mitglied der *Starhawk*-Crew. Und definitiv ein Mensch.«

»Ich weiß so vieles nicht mehr. Es ist weg.« Sie klang, als betreffe sie das alles nicht. Wenn sie noch Gefühle hatte, war dafür kein Modus in der Sprachausgabe vorgesehen.

»Aber du weißt, wo der Labortrakt ist, also komm jetzt endlich!«

»Dort entlang.«

Erleichtert lief Josh voran. Der Boden zitterte unter dem Stampfen des rennenden Cyborgs. Ihr war nicht ganz wohl dabei, die Waffen im Rücken zu haben. Schon gar nicht nach diesem Anfall, doch was blieb ihr übrig? In der Ferne kamen Gestalten in Sicht, die sich rasch näherten. Sofort ging Josh langsamer, damit es aussah, als führe Soniya sie ab.

»Der Aufzug, links«, ordnete der Cyborg an.

Die Tür öffnete sich, noch bevor die Fremden heran waren. Rasch trat Josh in den leeren Lift und holte erst wieder Luft, als er sich schloss und in Bewegung setzte. Sie wünschte, sie hätte eine Tasche voll Justifiers-Ausrüstung, einen *ChameleonSkin*-Tarnanzug oder wenigstens ihre *Highfire*. Ein kurzes Ziehen in ihrem Magen, dann öffnete sich der Aufzug wieder. Angespannt trat Josh auf den Gang, der im Licht der Warnleuchten zu pulsieren schien. Noch immer gellte die Sirene, doch die Lautstärke war reduziert worden. Mehrere Bots und Cyborgs fuhren oder eilten an ihr vorüber, ohne sie zu beachten, was nur daran liegen konnte, dass Soniya unübersehbar hinter ihr aufragte. An den nackten Wänden wies nichts darauf hin, wo sie sich befand oder wohin sie sich wenden musste.

»Links.«

Josh zwang sich, langsam voranzugehen, obwohl sie am liebsten gerannt wäre. Wieder kamen sie an mehreren Türen vorüber, weitere Gestalten in unterschiedlichen Stadien kybernetischer Umwandlung hasteten ihnen entgegen oder überholten sie. Einige trugen weiße Kittel.

»Da vorne ist es.«

Eine Wand mit eingelassener Tür versperrte den Gang. Nur Eingeweihten verriet eine Ziffernkombination, was sich dahinter verbarg. Nicht einmal ein Computerterminal war zu sehen, nur Sensoren, die den Zugang regelten.

»Hast du die erforderliche ...« ... *Berechtigung?*, wollte Josh fragen, als Soniya bereits an ihr vorbeistampfte und die Stahlbleche eindrückte, als sei es Pappe.

»Okay, du hast keine.« *Bei Invasionsalarm macht das wohl auch keinen Unterschied mehr.* Josh eilte ihr nach durch die verbogene, halb offene Tür. Der Geruch nach Desinfektionsmitteln und Nährlösungen, den sie nur zu gut kannte, schlug ihr entgegen.

»V-Einheit außer Kontrolle!«, rief eine aufgeregte Stimme. »V-Einheit außer Kontrolle!«

Für eine Sekunde fürchtete Josh, dass jemand Soniya nun von zentraler Stelle aus lahmlegen könnte. Doch der Moment verging. Von diesem Konzept war man abgekommen, seit im zweiten Kon-Krieg eine ganze Roboter-Armee gegen ihren Besitzer gekämpft und ihn vernichtet hatte, nur weil die Hacker des Gegners in den Hauptrechner eingedrungen waren.

Soniyas Waffenarme richteten sich bereits auf einen Cyborg in weißem Kittel. Der Mann riss die Arme hoch.

»Nein, der Feind ist draußen! Du hast das falsch verstanden. Der Feind ...« Seine Worte gingen im Rattern der Gewehrsalve unter, für die Soniya nicht einmal stehen blieb. Von Treffern geschüttelt, ging der Cyborg zu Boden.

Ein Stück hinter ihm sah Josh das Orange der Sträflingsoveralls leuchten. *Nein!* Sie rannte los, überholte Soniya, beugte sich über den leblosen Mann, der am Fuß der Wand auf dem Boden lag. Auch ihn hatten mehrere Schüsse niedergestreckt, doch das Blut war bereits getrocknet. Vielleicht hatte er versucht zu fliehen.

»Er gehörte zu dir?«, fragte Soniya.

»Ja.« Josh sprang auf. »Wir müssen Eliza finden. Schnell!« Es gab so viele Türen an diesem Gang. *Denk nach, Josh! Denk nach!* Er wollte sie nüchtern haben. Wofür brauchte man Menschen mit nüchternem Magen? »Eine Operation. Sie soll operiert werden. Wo ist der OP?«

»Es gibt mehrere.«

»Der nächste von hier. Los!«

Wieder bebte der Boden unter dem Gewicht des sprintenden Cyborgs. Einige wenige Gestalten sprangen ihnen aus dem Weg, starrten Josh an oder flohen in die nächstbeste Deckung. Soniya bog ab. »Hier ist es.«

Von außen unterschied sich die Tür nicht von den anderen. Lediglich die Kennung *OP 14* gab einen Hinweis auf das, was dahinter lag. Kein Öffner, nur Sensoren, die weder auf sie noch Soniya reagierten. Ohne zu zögern, drückte der Cyborg auch diese Tür ein. Innen herrschte gedämpftes rötliches Licht, obwohl der Alarm auch hier zu hören war. Die Einrichtung war so kahl und steril, wie Josh es erwartet hatte. Glatte Wände, blankes Metall, medizinische Überwachungsgeräte, Medbots über jedem der beiden OP-Tische in der Mitte des Raums. Auf einem lag eine nackte Frau. Ein kränklich grünes OP-Tuch bedeckte Beine und Hüfte. Einschusslöcher klafften im bleichen Oberkörper. Infusionsschläuche steckten in den Armen, verkabelte Sensoren umfingen in einem dichten Netz den geschorenen Kopf. Ein Beatmungsgerät pumpte Sauerstoff. Unter all der Elektronik und der Atemmaske war es schwierig, Eliza noch zu erkennen. Gleichmäßig piepend zeigte ein Monitor den schwachen Schlag des Herzens an.

Nur die Maschinen halten sie noch am Leben. Hilflos ballte Josh die Fäuste. Wenn sie Eliza von den Geräten trennte, würde sie sterben, bevor sie auch nur den Laborsektor verlassen hatten. *Lasse ich sie hier, machen diese Schweine eine Maschine aus ihr.*

»V21. Ich hätte es wissen können«, ertönte eine Männerstimme hinter ihnen.

Josh fuhr herum und erkannte den Weißkittel, der Eliza ausgewählt hatte. In der Hand hielt er ein kleines Gerät, mit dem er auf Soniya deutete. Der Kampfcyborg erstarrte mitten in der Bewegung.

17

03. Juni 3042 (Erdzeit)
System: Cor Caroli
Planet: J62012/Victory

Die Besatzung des Panzerfahrzeugs musste es geschafft haben, die Kette auszutauschen oder zu reparieren. Außer einer geschwärzten Stelle am unteren Rumpf deutete nichts mehr darauf hin, dass die Handgranate viel bewirkt hatte. Loop spähte um den Baum, hinter dem er in Deckung gegangen war, und sah dem rasselnden, dröhnenden Monstrum nach. Verglichen mit dem rasanten Tempo, das es zuvor an den Tag gelegt hatte, obwohl der Wald im Weg gewesen war, kroch es jetzt die Schneise entlang. Die Klappe mit dem Kran war wieder geschlossen, die Dachluke ohnehin.

Wie aus dem Nichts – Loop hatte keinen Schuss gehört – schlug ein Schwarm kleiner Raketen in die Panzerung ein. Das Feuerwerk der Explosionen, als sie zündeten, hallte dagegen wie gewaltige Böller von den Bäumen wider, hinterließ eine rußige, glimmende Kraterlandschaft. Das Zwillingsgeschütz auf dem Dach hatte bereits geschwenkt und feuerte in die Richtung der Angreifer, doch der Antrieb stotterte, erstarb.

Eine neue Salve trommelte auf das ATV ein. Einige Geschosse sausten durch die vorhandenen Löcher. Das Fahrzeug wurde von den Detonationen geschüttelt, als heize es über eine Buckelpiste.

Soviel zur Besatzung. Auch das MG war nun verstummt. Aus dem Wald traten die Angreifer, anachronistisch anmutende Panzerfäuste in den gepanzerten Händen, doch die Läufe waren schlanker, und noch immer hatte Loop nicht einen Schuss gehört.

»Thors Hammer«, entfuhr es Mark leise hinter dem Baum neben ihm.

Einen Kriegsgott von Thors Format hätte Loop beim Anblick der Collectors allemal lieber an seiner Seite gehabt. An die drei Meter hoch schätzte er die Gestalten in ihren dicken tarnfarbenen Rüstungen. Leitungen oder Kabel verliefen unverständlicherweise *auf* der Panzerung, als hätte jemand die Haut abgezogen, sodass Adern und Sehnen freilagen. In den runden, nur nach vorne etwas zugespitzten Helmen deuteten geschwärzte Visiere Gesichter an, doch was wirklich darunter lag, wusste kein Mensch.

Ohne jede Eile stampften sie auf das Fahrzeug zu, aus dessen Innerem grauer und schwarzer Rauch quoll. Sonst rührte sich nichts mehr darin. Ein Geräuschbrei aus tiefen Pfiffen, dunklem Quietschen und Brummen drang an Loops Ohren. Die dissonante Sprache der Collectors.

Alle Helme drehten sich wie auf Kommando zu etwas, das sich jenseits des ATVs befinden musste. Schon knatterten wieder Schüsse. Kugeln prallten von den Rüstungen der Collies ab wie Hagelkörner. Größere Projektile ließen die Giganten wanken, explodierten beim Aufschlag. Vereinzelt spritzten blaue Flüssigkeit und Panzerteile. Collectors sackten in die Knie, fielen vornüber. Weitere traten zwischen den Bäumen hervor, andere feuerten aus der Deckung. Loop sah, dass ihre Geschosse feine weiße Streifen in der Luft hinterließen, die sich sogleich wieder auflösten.

Higgins tauchte neben ihm auf. »Die haben uns den Weg abgeschnitten. Wir müssen auf die andere Seite und versuchen, die 2OTs zu umgehen.«

Loop nickte. »Bestätigt.«

Noch immer flink auf den Beinen, zog sich Higgins auf ihrer eigenen Spur zurück. Mark schleppte sich mehr hinterher, aber wenigstens jammerte er nicht. Loop bewegte sich seitlich, um die Collies im Auge behalten zu können, doch deren Aufmerksamkeit galt ihren Angreifern, von denen er noch nichts sah. Weit rannte Higgins nicht, bevor er sie aufholen ließ und zum gemeinsamen Spurt über die Schneise rief. Loop stürmte hinter ihm und Mark her, verzichtete darauf, in Richtung der Collectors zu sichern. Die *Repeater* war gegen diese Panzerung ohnehin machtlos.

Ein Collie wandte sich um, feuerte. Loop warf sich zu Boden. Wie ein Hammerschlag grub sich das Geschoss in einen gefällten Stamm. Die Explosion löschte für einen Moment die Welt aus. Dann regneten Holzsplitter auf ihn nieder. In seinen Ohren herrschte bis auf einen hellen Ton unnatürliche Stille. Der Gestank verbrannter Haare lenkte seinen Blick auf Bereiche angesengten Fells. *Weiter, weiter!* Er sprang auf, bemerkte nur durch einen zufälligen Blick den messergroßen Splitter, der seitlich in seinem Oberschenkel steckte.

Marks Hand schloss sich darum, zog ihn heraus, ließ ihn fallen. Die Lippen des Mannes bewegten sich, doch Loop hörte keine Worte. *Keine Zeit zum Reden.* Er rannte los, hielt erst wieder an, als er sich in der Deckung eines Baums wusste. Higgins wartete dort, deutete auf das Panzerfahrzeug. Auch er öffnete und schloss die Schnauze. Loop signalisierte ihm, dass er nichts hörte. Der Dobermann-Beta nickte, wies erneut auf die Schneise.

Nun sah sie auch Loop. Kampfroboter. Fast so groß wie die Collies, ebenso massiv gepanzert, doch mit vier Armen ausgestattet. Aus zweien davon ragten MG-Läufe. Loop konnte das Mündungsfeuer sehen, das sich auf ihren verchromten Rümpfen spiegelte. Mit den anderen hielten sie schwere Waffen, die an *SternenReichs* raketenschießende *Deathmace* erinnerten. Etliche schienen sich noch zwischen den Bäumen in Deckung zu halten, während ein gutes Dutzend den Vormarsch über die freie Fläche wagte. Einige brachen unter dem Feuer der Collectors zusammen, doch auch von den Ahumanen waren bereits etliche gefallen.

Ein *Smaller* jagte über die Schneise hinweg. Laub und Splitter wurden von seiner Geschützsalve aufgepeitscht. Eine der vierarmigen Kampfmaschinen wirbelte erstaunlich schnell zur Seite, eine andere kippte unter dem Stakkato der Einschüsse wie ein gefällter Baum. So unterschiedliche Reaktionen bei baugleichen Robotern? Doch

Loop hatte keine Zeit, sich zu wundern. Higgins tippte ihn an und bedeutete ihm, dass es weiterging. Loop folgte, doch seine Schritte waren unsicher. Die Explosion musste sein Balancegefühl beeinträchtigt haben. Alle paar Meter musste er sich abstützen, wenn er zu sehr taumelte. Zum Glück rückten sie langsamer vor. Eilten von Deckung zu Deckung, verhielten hinter Büschen und Stämmen, um sich zu vergewissern, dass sie keinem 2OT vor die metallenen Füße liefen. Loop hörte das Blut in seinen Ohren rauschen, aber das war besser als nichts.

Immer wieder mussten sie warten, bis weitere Kampfroboter an ihnen vorübergezogen waren. Mehr und mehr von ihnen stampften durch den Dschungel. Wenn Loop ihnen zu nah kam, konnte er den Boden unter ihrem Gewicht zittern spüren. Es mussten Hunderte sein. Und er hörte nicht einmal rechtzeitig, wenn sie durchs Unterholz brachen, musste sich auf seine Augen und die warnende krautige Duftwolke zerfetzten Laubs verlassen. Doch allmählich war der ganze Wald davon erfüllt, vermischt mit dem Geruch erhitzten Metalls, abgebrannter Zünder und auslaufender chemischer Flüssigkeiten.

Wieder wogte vor ihnen ein Kampf, mitten im Gewirr der Bäume. Chrom und Stahl glänzten auf, Feuer flackerte. Dazwischen loderten Blitze wie von Lasern. Loop erhaschte einen Blick auf zwei Collectors, die in jeder Hand ein Lichtbogenschwert schwangen. Aufblitzend schnitten die Klingen mühelos durch Zweige und Geäst. Loop blieb unwillkürlich stehen, neben ihm gaffte Mark mit offenem Mund. Die beiden Collies kämpften *gegeneinander*. Was ging hier vor?

Der Anblick fesselte ihn so sehr, dass er im ersten Moment das Knistern nicht hörte, das direkt an seinem Ohr kratzte. Ein Knistern? Dann ein Knacken. *Ich höre wieder!*

Eine Stimme erklang, leise, wie aus sehr weiter Entfernung. Er brauchte seine ganze Konzentration, um sie zu verstehen.

»*Starhawk* an Shuttle! Hey, gibt's euch Jungs noch da draußen?«

Obwohl ihn jeden Augenblick ein 2OT entdecken konnte, war Loop so erleichtert wie selten zuvor in seinem Leben. Sie mussten so nah am Schiff sein, dass der Funk sie auch ohne Relais erreichte.

»Shuttle an *Starhawk*«, antwortete Higgins ebenso leise. Loop begriff, dass es noch immer an seinen Ohren lag und nicht an der Schwäche des Signals. Wieder bebte der Untergrund. Er duckte sich tiefer in die Deckung eines Augenstrauchs. Nur zehn, elf Meter von ihm entfernt stapfte ein Kampfroboter vorüber, hielt auf die kämpfenden Collies zu.

»Wo steckt ihr?«, wollte Higgins wissen.

»In einem unterirdischen Hangar.« Erst jetzt erkannte Loop die Stimme. Der Typ im Rollstuhl. Ace. »Wir versuchen, hier rauszukommen, aber selbst wenn wir das schaffen, haben wir ein Problem. Sobald wir den Kopf aus diesem Loch stecken, werden sie uns mit einem EMP-Schuss wieder den Saft abdrehen. Ihr müsst irgendwie diese EMP-Kanone lahmlegen.«

Loop entfuhr ein Laut zwischen Lachen und Jaulen. *Wenn's weiter nichts ist.*

Mit einem selbstzufriedenen Lächeln steckte der Cyborg das Gerät in eine Tasche seines weißen Kittels. »Sehr praktisch, wenn man das Gehirn einfach vom Körper trennen kann. Erspart uns in der Anfangsphase viel Ärger.«

»Sie sind krank«, platzte es Josh heraus. Wie musste sich Soniya fühlen? Ein Gehirn, dem man gerade den Kontakt zur Außenwelt gekappt hatte, eingesperrt im Nichts. »Machen Sie mit Freiwilligen, was Sie wollen, aber das hier geht zu weit!« Sie deutete auf die bewusstlose Eliza, der wohl dasselbe Schicksal zugedacht war.

Er hob seine linke Hand, um zuzusehen, wie sich die kybernetischen Finger transformierten. »Sie sehen das falsch. Wir befreien diese Menschen. Von belastenden Erinnerungen, Traumata, von fragwürdiger Erziehung, emotionaler Manipulation, verinnerlichten gesellschaftlichen Konventionen. Bei uns bekommen sie neue Aufgaben und müssen sich um nichts anderes mehr sorgen.« Aus seiner Hand war ein Injektor geworden.

Instinktiv wich Josh weiter zurück. Sie stieß absichtlich gegen den zweiten OP-Tisch in ihrem Rücken, tastete über die Geräte. Sollte der Irre sie ruhig für ängstlich und ungeschickt halten.

»Entspannen Sie sich«, riet er und kam einen Schritt näher. »Es führt ohnehin kein Weg daran vorbei. Ich habe ein Sec-Team angefordert. Sie haben keine Chance.«

Josh schluckte. *Verdammt.* Dann blieb ihr nicht viel Zeit. Ihre Finger fanden den Defibrillator, schalteten ihn ein. »Haben Sie nicht gesagt, dass ich nicht für Ihre Zwecke geeignet bin?«

Er kam noch näher. Auch seine rechte Hand baute sich

sirrend und klickend um. Anstelle von Fingerspitzen leuchtete ein Satz Laserskalpelle auf. »Ich schätze es nicht, wenn meine Probanden bockig sind, aber früher oder später treiben wir ihnen das schon aus.«

»Sie glauben nicht, *wie* bockig ich sein kann.«

»Und *ich* bin nicht dumm, Schätzchen. Ich weiß, dass Sie da den Defibrillator haben und warte schön auf mein Sec-Team.«

Shit. »So viel Zeit hab ich nicht«, erwiderte sie und ging direkt auf ihn zu.

Bewusst oder unbewusst nahm er sofort eine Abwehrstellung ein. Josh beobachtete ihn genau. Wenn er sie mit dem Injektor erwischte, war es vorbei. Er zielte damit auf sie, hob die Skalpellhand. Griff sie ihn an, war er im Vorteil. An ihm vorbeizukommen, wäre nicht allzu schwierig, doch dann hätte sie Eliza und Soniya im Stich gelassen. Ein grimmiges Lächeln stahl sich in ihre Züge. Alles hatte in einem Labor angefangen. Warum sollte es nicht auch in einem enden? Gerade noch außerhalb seiner Reichweite änderte sie ihre Richtung, als versuchte sie, ihn zu umgehen.

»Oh, nein, du kommst hier nicht raus«, knurrte er und schnitt ihr den Weg ab, doch in seinen Blick mischte sich Nervosität.

Blitzschnell täuschte sie einen Angriff an, rührte sich aber in Wahrheit nicht von der Stelle. Mit einem Wutschrei stürzte er sich auf sie, zog die Skalpellhand zum Hieb zurück.

Josh riss den Arm empor, blockte, ließ den Schlag an sich abgleiten. In derselben Bewegung trat sie dem Weißkittel in den Bauch, dass er davongeschleudert wurde. Die Spitze des Injektors kratzte über ihren Stiefel. Auf kybernetischen Beinen fing sich der Cyborg schneller wieder als gehofft.

Hastig setzte sie nach. Der Weißkittel ließ den Injektor vorzucken. Mit rechts wehrte sie den Stich zur Seite ab, mit der linken Handkante schlug sie gegen seinen Hals. Er keuchte, seine Augen schienen hervorzuquellen, doch die Laserskalpelle sengten sich bereits durch ihre Uniform und Haut. Aufschreiend stieß sie seinen harten Kunstarm nach oben, aber gegen die Kraft der künstlichen Gelenke kam sie kaum an. Sie tauchte gerade noch unter dem Arm hindurch, als die Injektorhand auch schon ihren Rücken streifte, wo eben noch ihre ungeschützte Seite gewesen war. Noch in der Drehung versuchte sie, ihm das Bein unter dem Körper wegzufegen, doch stattdessen blieb sie mit dem Fuß an der felsenfest stehenden, kybernetischen Gliedmaße hängen und strauchelte.

An unsichtbaren Fäden, die sich nur durch Willenskraft und Adrenalin erklären ließen, riss sie sich selbst wieder hoch und floh aus der Reichweite des sich zu ihr umdrehenden Cyborgs. Der Kerl war ein härterer Gegner als gedacht. Sie sprintete um Soniya. Irgendwie musste sie an den verfluchten Defi kommen.

Der Weißkittel schnitt ihr den Weg zu den OP-Tischen ab. Josh hielt direkt auf ihn zu, stoppte im letzten Augenblick. Triumphierend warf er sich erneut auf sie, hieb mit der Skalpellhand nach ihr. Sie wich seitlich aus, trat ihm unter dem Arm hindurch in den Magen. Aufstöhnend krümmte er sich, bot ihr den Rücken, in den sie mit aller

Kraft ihren Ellbogen rammte. Doch die verfluchten künstlichen Beine gaben nicht unter ihm nach. Mit ihrem vollen Gewicht warf sie sich auf ihn, krachte mit ihm zu Boden, fixierte hastig seine Ellbogen mit ihren Knien, bevor er nach ihr stechen konnte. In den kybernetischen Armen sirrten die Motoren auf höchster Leistung, hoben sie Millimeter für Millimeter an. Verzweifelt versuchte sie, den Kittel unter ihm hervorzuzerren, fischte mit der Hand in der Tasche, die sie zu fassen bekam. Leer. Die Laserskalpellfinger schoben sich auf ihren Fuß zu.

Josh sprang auf, schnellte zu den Ablagen um die OP-Tische, packte die Elektroden des Defis. Schon hörte sie den Weißkittel hinter sich, fuhr herum. Der Injektor schoss auf sie zu. Abwehrend riss sie die Elektroden vor sich, klemmte das künstliche Handgelenk dazwischen ein, drückte ab. Wütend brüllte der Cyborg auf, hieb mit der Skalpellhand nach ihr. Sie wich aus, doch ihr fehlte Platz. Die Laser brannten Schnitte durch ihren Ärmel bis in die Haut, bevor sie sich freigewunden hatte. Ein heller Ton des Defis warnte, dass er sich erneut auflud. Als wollte er wieder nach ihr stechen, drehte der Weißkittel den Rumpf, doch der Injektorarm stand starr. Feine Rauchfäden kräuselten sich aus dem Handgelenk.

Josh schlug die nutzlose Waffe zur Seite und rammte ihm das Knie in den Leib. Blindlings schlug er mit der Rechten nach ihr. Sie fing den Hieb mit einer Elektrode ab, riss die andere nach. »Au!« Ein Teil der Ladung fuhr in ihre Hand. Der Griff entglitt ihr. Mit dem Fuß stieß sie den Weißkittel von sich, der rückwärts gegen Elizas Herzmonitor stolperte, bevor die künstlichen Beine wieder festen

Stand fanden. Joshs Arm fühlte sich taub an, obwohl sie Blut unter ihrem Hemd hinabrinnen spürte. Es tropfte von Fingern, die nicht reagierten, als sie versuchte, sie zu krümmen.

Auf dem Gang näherten sich schnelle schwere Schritte. *Das Sec-Team.*

Manchmal hat man mehr Glück als Verstand, dachte Loop, als ein Collector das Feuer auf den Kampfroboter eröffnete, der sie gerade entdeckt hatte. Die Maschine schoss nur noch mit einem Arm auf sie, der Rest schwenkte auf den neuen, gefährlicheren Gegner. Luft genug, um zu verschwinden.

Er hörte den Lärm der Schlacht noch immer nur gedämpft, musste sich auf Mark und Higgins verlassen. Schon riss ihn der junge Mann mit sich hinter einen Baum. Ein tarnfarbener Gleiter, gerade groß genug für zwei Bewaffnete, fegte an ihnen vorüber, dass sich Büsche und Äste bogen. *Heilige Ahngeister!* Wenn das Ding ihn gerammt hätte, wären seine Knochen jetzt Brei. Dankbar drückte er Marks Arm.

Knurrend ließ Higgins das *Deathmace*-Double sinken, das er einem zerschossenen 2OT-Bot abgenommen hatte. Ohne die unterstützenden Motoren seiner Rüstung hätte er die schwere Waffe nicht einmal tragen können. »Die waren zu schnell vorbei.«

Loop nickte. Zwischen den ganzen Bäumen hatte man nur ein minimales Schussfeld. Sie eilten weiter, von Deckung zu Deckung, Felsen zu Strauch, Stamm zu Stamm. Immer wieder drängten Kampfroboter sie von der direkten Route ab, aber mittlerweile mussten sie sich bereits sehr nah am Magnetschild befinden, denn es brausten keine Jäger mehr über sie hinweg. Der Luftkampf fand über diesem Bereich nur in sehr viel größerer Höhe statt.

Ein Zittern des Bodens warnte vor dem neuen Gegner, bevor Loop ihn entdeckte. Hastig sprang er hinter einen Augenbusch und prallte mit der Schulter gegen einen Felsen, den das Gestrüpp verborgen hatte. Der 2OT stampfte vorüber, schien es noch eiliger zu haben als sie. Loop rappelte sich auf und stützte sich dabei an dem Steinblock ab, ohne ihm Beachtung zu schenken. Seine Aufmerksamkeit galt ganz der Umgebung. Doch irgendein Winkel seines Verstands registrierte doch, dass sich die Oberfläche merkwürdig glatt und gleichmäßig anfühlte. Er sah hinab. »O Scheiße!«

»Was ist?« Mark, der schon im Begriff gewesen war, Higgins zu folgen, fuhr zu ihm herum.

»Ich hab mich auf einen Scheißblindgänger geworfen!« Loop starrte auf die Rakete, die aussah, als ob sie locker das Doppelte von ihm wog.

»Isis! Los, komm weg von dem Ding!«, drängte Mark.

»Ein Blindgänger?« Mit gespitzten Ohren kam Higgins zurück, um selbst einen Blick darauf zu werfen. Er entblößte die Zähne zu einem Lächeln. »Ordentliches Kaliber. Hätte uns alle pulverisieren können. Loop, du bist Kundschafter. Schleich dich an die Station und sondier die Lage! Mark, du bleibst hier und ruhst dich aus! Wir holen dich ab.«

»Neben dem Sprengkopf?«

»Kannst ja ein paar Bäume zwischen euch bringen«, befand Higgins ungerührt.

»Und was machst du?«, erkundigte sich Loop verblüfft.

Der Dobermann-Beta grinste noch breiter. »Jagen.«

Der Weißkittel grinste triumphierend, obwohl seine Arme nun beide nutzlos erstarrt vom Körper abstanden. Josh ließ auch die zweite Elektrode des Defibrillators fallen und trat dem Cyborg gegen das Kinn. Während er benommen schwankte, zog sie rasch die kleine Fernbedienung aus seiner Brusttasche. Ein kurzer Druck auf das richtige Feld, dann sprang sie über den leeren OP-Tisch in Deckung. Keine Regung von Soniya. Hatte sie das Display etwa falsch abgelesen?

Ein gepanzerter Cyborg, deutlich kleiner als Soniya und mit nur zwei Armen, erschien im Türrahmen. Hinter ihm drängten weitere nach.

»Achtung, die V-Einheit!«, rief der Weißkittel.

Sofort eröffnete die Security das Feuer auf ihr größeres Gegenstück. Kugeln prallten an der Panzerung ab, pfiffen als Querschläger durch den Raum. Josh duckte sich tiefer hinter die Ablagen und Geräte. *Komm schon, Soniya!* Wieder und wieder drückte sie auf das Aktivieren-Feld, bis ihr unter dem OP-Tisch hindurch eine Bewegung auffiel. Weißkittel wollte sich davonschleichen.

Oh, nein, du bleibst schön hier! Sie stieß einen kleinen, rollbaren Schrank zur Seite und warf sich unter dem Tisch hindurch. Im gleichen Augenblick, da sich ihre Finger um einen der künstlichen Knöchel schlossen, ertönte endlich das dunklere Rattern aus Soniyas Waffenarmen.

Weißkittel schlug der Länge nach hin, riss im Fallen das grüne Tuch mit sich, das Elizas Unterleib bedeckt hatte. »Loslassen, verfluchte Schlampe!« Mit beiden stahlharten Füßen trat er heftig um sich, versuchte, sie abzuschütteln, traf so schmerzhaft ihren Arm, als habe jemand mit dem Hammer darauf geschlagen. Aufschreiend krallte Josh die Finger noch fester um seinen Knöchel. Er würde ihr den Arm noch brechen, doch sie brauchte ihn. Jemand musste ihr sagen, wo Ray war.

Plötzlich grunzte er und zog die Beine an den Körper. Die starken Gelenkmotoren schleiften Josh einfach mit. Rund um ein Loch in seiner Seite färbte sich der weiße Kittel rot. *Querschläger.*

Alarmiert zog sich Josh wieder tiefer unter den Tisch zurück. In dem kahlen Raum hallten noch immer die Salven der Automatikgewehre, doch es waren weniger geworden. Josh spähte zur Tür. Zwei 2OTs lagen am Boden, ein dritter kippte in diesem Moment über seine reglosen Kameraden. Der vierte zog sich gerade auf den Gang zurück. »Deaktivieren Sie sie, Doktor! Warum schalten Sie sie nicht ab?«, rief die albern blecherne Stimme aufgeregt.

»Weil ich meinen Controler nicht habe, Sie Idiot!«, brüllte Weißkittel. »Holen Sie endlich einen anderen!«

»Soniya, halt ihn auf!«, schrie Josh. Vielleicht hätte Soniya ohnehin reagiert. So oder so stapfte sie so schnell zur Tür, dass der Boden bebte. Josh krabbelte unter dem Tisch hervor und richtete sich drohend über Weißkittel auf. Sein Gesicht war bleich und mit Schweiß bedeckt. Aus der Wunde in seiner Seite sickerte noch immer Blut.

»Sie haben die Wahl«, erklärte sie ihm. »Entweder sagen Sie mir, wo der Ahumane festgehalten wird, oder ich gestalte Ihren Tod noch ein bisschen qualvoller.« Sie hob den Fuß und deutete einen Tritt in seinen Unterleib an.

»So sicher ist das nicht, dass ich sterbe«, sagte er und rang sich ein hämisches Lächeln ab. Ein guter Chirurg, der bald genug eingriff, würde ihn in der Tat wahrscheinlich noch retten können.

»Aber die Schmerzen sind sicher.« Josh trat zu.

Mit verzerrtem Gesicht stöhnte er und krümmte sich noch mehr als zuvor. Sie wandte sich ab und überließ ihn vorerst seinen Qualen. Noch immer piepte der Herzmonitor, fauchte leise das Beatmungsgerät. Sie würde Pacek nicht lebend unter diesen Monstern zurücklassen. »Es tut mir leid, Eliza«, flüsterte sie und schaltete die Maschinen ab.

»Herzstillstand! Patient stirbt!«, warnte der Med-Bot und fuhr automatisch die an der Decke verankerten Arme aus, um Notfallmaßnahmen einzuleiten.

»Behandlung einstellen!«, befahl Josh.

»Keine Autorisation«, erwiderte der Bot.

Weißkittel lachte leise. Josh fuhr herum und trat ihm in die Nieren. »Sagen Sie dem Ding, dass es aufhören soll!«

Eine Salve Schüsse pflügte über die Decke in den Bot. Soniya stand in der Tür. »Wohin gehen wir?«

Die Anzeigen des Med-Bots erloschen. Josh warf einen letzten Blick auf Eliza, doch außer einem leblosen Körper gab es nichts mehr zu sehen. Wütend versetzte sie Weißkittel einen weiteren Tritt. »Wo ist er?«

»Wer?«, wollte Soniya wissen.

»Das Arschloch weiß genau, von wem ich rede.«

Das Gesicht des Cyborgs war grau, und er hatte die Augen geschlossen. »Ich sag's Ihnen, wenn Sie ein Rettungsteam rufen«, brachte er heraus.

»Vergessen Sie's!« Josh stieg über ihn, sorgsam darauf bedacht, dem Injektor nicht zu nahe zu kommen. Wer wusste schon, ob die Schockwirkung des Defis irgendwann nachließ. Lieber wandte sie sich an Soniya. »Wo könnten sie den Ahumanen hingebracht haben, der mit mir auf der *Starhawk* war?«

»Du blinkst«, stellte Soniya fest und deutete auf die Multibox.

»*Starhawk ruft*«, meldete das Display. Rasch öffnete Josh die Funkfrequenz. »Miller an *Starhawk*. Ace, sind Sie das?«

»Halleluja! Wir dachten schon, wir hätten Sie verloren, Captain. Prediger, loben Sie den Herrn!«

»Ace, verlegen Sie den Gottesdienst auf später. Ist das Schiff startbereit?«

»Wir glauben, dass wir es wieder unter Kontrolle haben. Die Manipulation scheint über die tote Blechbüchse gelaufen zu sein. Aber die EMP-Kanone macht uns noch etwas Sorgen, selbst wenn wir mal den Aufzug aus dem Weg räumen könnten.«

»Lassen Sie sich etwas einfallen. Ich ...«

»Dein Freund ist im Laborsektor nebenan«, verkündete Soniya, die sich an einer zerschossen aussehenden Computerkonsole zu schaffen machte.

»Du kannst das aus dem Intranet abrufen?«

»Nein. Ich gehörte zur Eskorte, die ihn hineingebracht hat.«

»Captain? Alles in Ordnung bei Ihnen?«

Je länger sie hier stand, desto deutlicher spürte sie am Brennen und Stechen in ihrem Arm, dass es nicht so war. »Ja. Ich hole Ray. Sehen Sie zu, dass wir hier wegkommen, bevor die Collies alles in Schutt und Asche legen!«

Loop schob sich auf dem dicken Ast weiter nach vorn, spähte durch das Laub und ignorierte das käferartige Wesen, das über seine verletzte Hand krabbelte, um hier und da am getrockneten Blut zu nagen. Vor ihm breitete sich eine große Lichtung aus, die im Wesentlichen aus einem mit grünem Belag getarnten Flugfeld bestand. Daneben wölbte sich eine flache, glänzende Kuppel, deren Zweck ihm schleierhaft war. Der dunkle, niedrige Klotz, der von seinem Baum aus hinter der Kuppel stand, verriet seine Funktion dagegen durch die offenen Geschützluken. Mehrere Kanonen wiesen gen Himmel, doch er hatte bereits gesehen, wie gering ihre Feuerkraft war, wenn die Energie für den Schutzschirm gebraucht wurde. Um eine Luke herum konnte er einen Einschusskrater ausmachen, ansonsten sah die Panzerung des Gebäudes intakt aus. In der Abendsonne warf es einen langen Schatten über das weitgehend leere Flugfeld. Fast die komplette Station schien sich unter der Erde zu befinden, aber irgendwo musste es Zugänge geben.

Der Einzige, den er von seinem Ausguck entdecken konnte, war ein großes, rechteckiges Loch, um das einige Kampfroboter Wache standen. Weiter außen parkten vier klobige Panzerbots, in jeder Himmelsrichtung einer. Loop kannte das Modell aus Dossiers. Die robuste Außenhülle aus einer Titanlegierung war praktisch nur mit Schiffslasern oder großen Raketen zu knacken und schützte die steuernde KI, die sich ganz auf die schweren Automatikkanonen konzentrieren konnte.

In dem riesigen Schacht bewegte sich etwas. Eine Plattform fuhr herauf. Mehrere Kampfroboter standen auf ihr, und kleinere Bots oder Cyborgs wuselten hektisch um sie herum, schienen noch Teile anzubringen. *Oha, das sieht nach letztem Aufgebot aus. Sie werfen selbst die Unfertigen in die Schlacht.*

Hatten die Collies schon bald gewonnen? Dann lief auch ihnen die Zeit davon. Sein Blick schweifte zurück zu dem Geschützturm, der die EMP-Kanone beherbergen musste. Wie sollten sie dort hineinkommen? Er bezweifelte, dass es auf der Rückseite netterweise eine unbewachte Tür gab. Die Panzerung war dort mit Sicherheit ebenso solide und der Zugang unterirdisch. Immerhin kannte er jetzt die Lage und konnte Higgins berichten.

Das Dutzend neue Kampfroboter stapfte in den Wald davon. Die Plattform verschwand langsam in der Tiefe, als plötzlich eine der menschlicher anmutenden Gestalten zum Himmel wies. Etliche Köpfe drehten sich, um ebenfalls aufzublicken. Loop verfluchte das Laub, das ihm die Sicht versperrte, und hangelte so lange im Geäst herum, bis er endlich auch hinaufsehen konnte.

Jenseits der beiden *Bigger* waren zwei neue Schiffe aus dem All aufgetaucht. Helle Aufbauten glänzten in den Strahlen der untergehenden Sonne, doch die lang gestreckten Rümpfe waren schwarz. Eben noch hatten sie reglos in der Atmosphäre gehangen, jetzt teilten sie sich.

Jedes der Schiffe schien aus drei Röhren zu bestehen, von denen die untere, mittlere an Ort und Stelle blieb, während die oberen jede für sich weiterflogen. Unwillkürlich begann Loop zu hecheln. Die Röhren, von denen er aus der Berichterstattung auf *Starlook* wusste, dass es lenkbare Waffenträger waren, schickten sich an, die *Bigger* in die Zange zu nehmen. In ihrem Innern glühte etwas auf, dann schossen von allen Seiten Raketen auf die Collectors-Schiffe zu.

»Ich sollte wieder runtergehen und den Captain da raushauen«, murmelte Rodriguez.

Das hat gerade noch gefehlt!, dachte Ace. »Im Moment hab ich hier das Kommando, und ich befehle Ihnen, Ihren Arsch nicht aus diesem Schiff zu bewegen! Sie und Ihre Waffe werden hier gebraucht. Da können jede Minute wieder welche von den Sec-Automaten auftauchen.« *Und ich lass mir dieses Schiff nicht wieder unterm Hintern wegklauen.*

Der tätowierte Latino tigerte aufs Neue im Cockpit auf und ab. Ace ging jede Wette ein, dass Rodriguez diesen muskulösen Körper mit ein paar verbotenen Substanzen aufgepeppt hatte, die aber nicht unbedingt die Hirnleistung steigerten.

»Die Triebwerke sind vorgeglüht. Im Prinzip wären wir startbereit«, meldete Miss Navero über Kom. »Fehlt nur noch der Captain.«

»*Und ein Ausgang*«, wollte Ace gerade erwidern, als ihn eine Bewegung im Holodisplay ablenkte. Rasch vergewisserte er sich, dass er richtig gesehen hatte. Das Holo zeigte den Hangar, verschwommene Eindrücke weiterer großer Hohlräume darüber und darunter und vor allem den Aufzugschacht, den bislang die Plattform gedeckelt hatte. Doch nun senkte sie sich.

»Energie auf die Pulsatoren!«, rief er ins Kom. »Da tut sich was.«

Sofort verstärkte sich die Vibration des Schiffs. Ace warf einen Kontrollblick aus dem Fenster. Oben im Schacht wurde es heller. Der Aufzug kam tatsächlich nach unten. *Nutze die Chance, die du nicht hast.* Den Blick nun fest auf die Scannerwerte gerichtet, die ihn besser leiten würden als seine Augen, ließ er die *Starhawk* abheben und langsam vorwärts schweben.

»Was tun Sie da, Mann?«, fuhr Rodriguez auf. »Da oben wartet immer noch die EMP-Kanone auf uns.«

»Dieses Detail hab ich nicht vergessen. Ich bringe uns nur in eine bessere Startposition. Und jetzt halten Sie die Klappe, wenn ich den Lack nicht zerkratzen soll!«

Auf dem Gang blinkten noch immer die roten Warnlampen. Josh trug die unhandliche Automatikwaffe, die Soniya aus einem der Security-Cyborgs gebrochen hatte, und fühlte sich endlich nicht mehr so abhängig von Soniya, obwohl sie allmählich die Orientierung verlor. Diese Flure sahen alle gleich kahl aus. Tür reihte sich an Tür, Abzweigung an Abzweigung, doch ihnen begegneten nur noch ein paar eilige Servicebots, die sich nicht für sie interessierten.

»Wo sind alle hin?«

»In die Bunker. Schutzmaßnahme bei Luftangriffen.«

Trotzdem war der Zugang zur Nachbarsektion geschlossen. Soniya rammte durch die Tür wie ein Panzer. In ihrer Schulter blieb eine Beule zurück, aber das schien sie nicht zu beeindrucken. Vielleicht nahm sie es nicht einmal wahr. Josh tastete nach der Fernbedienung, die sie in die Hosentasche ihrer Uniform geschoben hatte. Wenigstens würde sie nun verhindern können, dass jemand anderes den Kampfcyborg abschaltete.

»Hier.« Soniya hielt vor einer Tür, in die ein dickes Glasfenster eingelassen war. Echtes Glas, wie Josh verwundert feststellte, als sie es beim Hindurchspähen berührte. Kein Kunststoff fühlte sich so kalt an. Hinter dem Fenster leuchtete es so grell, dass sie sich geblendet abwenden musste. Es gab einen Sensor und eine Art Türöffner-Touchscreen, was auf doppelte Sicherheitsmaßnahmen hinwies. Doch um irgendetwas damit anfangen zu können, verlangte das Eingabefeld einen Code.

»Kommst du da rein?«

Soniya warf sich gegen die Tür, die ein Stück nachgab. Sie griff in den Spalt und zerrte, bis ihre Motoren überlastet kreischten. Durch die entstandene Öffnung hätte sich Josh gerade so zwängen können, aber sie zog es vor, erst einmal vorsichtig hindurchzuspähen. Die warnende Wärme, die ihr entgegenschlug, machte sie noch misstrauischer. Geblendet blinzelte sie gegen das grelle Licht an und entdeckte das Strahlengitter, das ein Stück hinter der Tür den Durchgang versperrte. *Laser. Natürlich!* Der einzige Weg, wie sich der Ahumane aufhalten ließ. Sobald er das Gitter berührte, würde er bewusstlos umfallen. »Ray?«

Gegen die helle Beleuchtung wirkte sein Körper fast schon grau. Oder hatte sich die Farbe seiner Haut verändert? Sie schien längst nicht so transparent. Aus seinem seltsam leeren Gesicht ließ sich nur schwer ein Gefühl ablesen, doch er kam rasch näher und sah sie unverwandt an. »Sind Sie hier, um mich zu befreien, Anführerin?«, ertönte die *Traductor*-Stimme an seinem Hals.

»Wir versuchen es, aber ich weiß nicht, wie wir diese Laser ausschalten sollen.« Durch die gebündelten Strahlen konnte nicht einmal der gepanzerte Cyborg marschieren, ohne gegrillt zu werden. Ratlos sah sich Josh nach irgendeinem Schalter um, aber im Grunde wusste sie, dass die Konsole neben der Tür der Schlüssel war. »Man braucht einen Code dafür.« Die Frage, ob es auf Rays Seite ein Interface gab, erübrigte sich. So dumm waren die Automaten nicht. »Soniya, verstehst du genug von Technik, um das Ding kurzzuschließen?«

»Nein. Nicht mein Fachgebiet.«

»Verdammt.«

Soniya griff noch einmal nach der Tür, zerrte sie noch eine Handbreit weiter auf.

»Ich springe durch.«

Überrascht sah Josh wieder zu Ray, der den *Traductor* abnahm und mit Schwung über den Boden auf sie zuschob. Das Gerät schlitterte unter den Lasern hindurch. Rasch hob sie es auf. »Bist du sicher, dass du das überlebst?«, fragte sie, bevor ihr einfiel, dass sie die Antwort nicht mehr verstehen würde. Mit trockener Kehle gab sie ihm den Weg frei.

Ray nahm Anlauf und stürzte sich auf den schmalen

Spalt. Ein Gewitter aus Blitzen, Zischen und Summen flackerte auf. Staubgrau fiel der Ahumane zu Boden. Hastig griff Josh zu, zerrte ihn weiter, damit er keinesfalls mehr das Gitter berührte. Seine Haut war so undurchsichtig, dass sie kaum noch Lichtimpulse darunter erkennen konnte.

»Lebt er noch?« Soniya beugte sich zu ihnen herab und tippte Ray mit einem gepanzerten Finger an.

»Ich glaube schon. Solange es in seinem Kopf leuchtet. Bringen wir ihn zum Schiff.«

»Ich kann ihn tragen.« Bevor Josh etwas sagen konnte, warf sich der Cyborg den Ahumanen wenig sanft über die Schulter. *Zum Glück ist er ja ziemlich robust.* Wenn ihn nicht mal eine *Veloc*-Kugel im Kopf umbrachte ...

Soniya war bereits losgelaufen und hielt abrupt wieder an. »Die Verstärkung ist eingetroffen.«

Alarmiert sah sich Josh um. Der Gang war noch immer leer. »Welche Verstärkung?«

»2OT-Schiffe. Sie wurden angefordert, als sich die anderen hinter J52011 versteckt haben.«

»Haben die denn eine Chance gegen die Collies?«

»Nach den strategischen Berechnungen des Stationskommandos werden wir gewinnen.«

»Shit!« Wenn der Orden siegte, würden sie niemals entkommen. Und die Experimente mit den Gehirnen wehrloser Opfer würden einfach weitergehen. »Wir haben weniger Zeit denn je. Lauf! Captain an *Starhawk*«, rief sie in die Multibox.

»Hier *Starhawk*. Sind Sie bald hier?«, ertönte Aces Stimme. »Ist nämlich ziemlich voll geworden da draußen.«

»Ich weiß. Was ist da los, Ace? Warum verlieren die verfluchten Collies ausgerechnet, wenn wir sie brauchen?«, fragte sie und rannte hinter Soniya her.

»Warten Sie, ich glaube, ich kann Sie mit dem Experten verbinden.«

»Ace?«

»Captain? Hier Shuttle-Team, Sergeant Loop.«

»Loop! Großartig! Wo sind Sie?«

»In einem Baum mit Blick auf Ihr Gefängnis.«

»Wie ist die Lage da draußen? Warum ist hier nicht längst alles zu Schutt gebombt?«

»Die haben einen starken Magnetschirm über der Station. Ihre Bodentruppen sind ziemlich in Bedrängnis, aber gerade sind zwei Schiffe aufgetaucht, die ...«

»Ich weiß. 2OT-Verstärkung.«

»2OT? Sind Sie sicher?«

»Ja, warum?«

»Weil das die gleichen Typen sind, die die VHR-Flotte plattgemacht haben.«

Für einen Moment war Josh sprachlos. Der 2OT hatte die vereinigte Streitmacht der Menschen vernichtet? Und niemand wusste davon? Doch das spielte jetzt keine Rolle. »Also hängt alles von diesem Magnetschild ab.«

»Ja, Captain. Zumindest wenn wir nicht wegkommen, und da sehe ich ehrlich gesagt schwarz. Dieser Geschützturm mit der EMP-Kanone ...«

»Tun Sie, was Sie können, Loop!«

»Bestätigt, Captain.«

»Soniya, wie wird diese Station mit Energie versorgt?«

»Es gibt einen Reaktorbereich.«

»Wie kommen wir dort hin?«

»Das muss ich nachsehen. Ich kenne nur die Labors und den militärischen Sektor. Was wollen wir im Reaktorbereich?«

»Wir müssen die Stromversorgung lahmlegen, dann bricht der Schild zusammen *und* sie haben kein EMP mehr. Das ist unsere einzige Chance.«

18

03. Juni 3042 (Erdzeit)
System: Cor Caroli
Planet: J62012/Victory

Chemisch riechende Flüssigkeit sickerte aus einem von Soniyas Schultergelenken.

»Ist das ein Problem?«, fragte Josh besorgt. Der Cyborg sah nach dieser neuen Begegnung mit einem Security-Team aus, als wäre er an manchen Stellen mit Kieselsteinen gesandstrahlt worden. Das ausgebaute Gewehr zu benutzen, hatte Josh blaue Flecken und einen Kinnhaken beschert, doch verglichen mit dem Kugelhagel, dem Ray ausgesetzt gewesen war, kam es ihr lächerlich vor.

»Nein. In der Leitung sind Nanobots mit Reparaturfunktion«, erklärte Soniya.

»Okay.« Josh warf einen weiteren Blick auf den Ahumanen, der noch immer bewusstlos war. Die Einschüsse in seinen Körper verheilten förmlich im Zeitraffertempo. Wahrscheinlich stand es trotz allem nicht schlecht um ihn, und wenn doch, verstand sie zu wenig von seiner Physiologie, um ihn zu retten. »Heb ihn auf. Wir müssen weiter.«

Das Sec-Team hatte sie vor dem Zugang zum Reaktorbereich abgefangen. Josh stieg über die Cyborgs hinweg, die entweder tot oder zu defekt waren, um weiterzukämpfen. Auf dem Weg hierher hatte Soniya im Intranet Informationen über die Energieversorgung gesucht, doch außer dem stolzen Hinweis auf eine völlig neue, hocheffiziente Technologie hatte sie nicht viel gefunden, das ohne Passwort zugänglich war. Nun standen sie vor einer massiven Sicherheitstür, an der jeder gewaltsame Versuch einzudringen abprallen musste. Es ging zwar eher darum, zerstörerische Kräfte *im* Reaktorbereich zu halten, als sie auszusperren, doch die Sensoren würden die Tür nur öffnen, wenn ... Josh stellte die Waffe ab und machte auf dem Absatz kehrt. »Die Secs kommen überall rein, oder?«

»Ja.«

»Dann sind wir eben die Security.« Sie packte einen der gepanzerten Cyborgs am Fuß und schleifte ihn über den Boden. Soniya kam ihr zu Hilfe, hob ihn mit einem Arm an, um ihn mit der richtigen Seite vor die Sensoren zu halten. Ein gelbes Licht blinkte auf. Motoren setzten die Tür in Gang. Knirschend und scheppernd landete der Sec-Cyborg wieder am Boden, als Soniya ihn weiterschleifte. Unbehelligt durchquerten sie zwei Überwachungsräume, in denen im roten Licht der Alarmleuchten nur Wartungsbots ihrer Arbeit nachgingen, ohne die Besucher zu beachten.

Josh hielt vor einem Computerterminal an. Vielleicht ließ sich die Anlage überlasten? Doch selbst wenn sie aus den angezeigten Werten schlau geworden wäre, hätte vermutlich einer der Bots sofort korrigiert, was sie eingab. *Komplett abschalten?* Sie versuchte, das Bedienfeld zu benutzen. »*Zugriff verweigert*« erschien auf dem Monitor. Ohne Kennung funktionierte nichts auf dieser Station. Hastig lief sie weiter, bevor doch noch ein Bot aufmerksam wurde und irgendeinen Alarm auslöste.

Sie erreichten eine weitere schwere Schutztür, auf der ein Symbol vor Hochspannung warnte. Nun, der Strom würde sicher nicht frei im Raum fließen. Josh nickte Soniya zu, die den Cyborg wieder vor den Sensor hielt. Mit einem schmatzenden Geräusch löste sich eine hermetische Verriegelung. In einem Spalt wurde Licht sichtbar. Langsam glitt die Tür zur Seite und gab den Blick frei auf eine riesige, im Raum schwebende Kugel aus ... *Licht? Subatomare Teilchen? Plasma?* Josh hatte noch nie etwas Ähnliches gesehen. Die schimmernde Wolke hing zwischen zwei riesigen Metallschalen, ohne sie zu berühren.

Zögernd ging Josh darauf zu. Wie eine kleine Sonne strahlte die Kugel von innen heraus, glitzerte immer wieder kurz in allen Farben des Regenbogens auf, sodass der Eindruck unfassbar schneller Wirbel entstand, während sich auch die gesamte Wolke so rasend zu drehen schien, dass das menschliche Auge nicht folgen konnte. Die Luft im Raum kam Josh so dicht vor, dass sie sich kaum atmen ließ. Sie schien zu vibrieren, zu summen, bis in Joshs Körper hinein.

Soniya trat neben sie und setzte Ray ab. Josh war so gebannt, dass ihr sein Aufwachen erst auffiel, als er sie antippte. *Ich stehe da und glotze, als hätten wir alle Zeit der Welt!* Rasch klemmte sie die schwere Waffe unter einen Arm und kramte mit der anderen Hand den *Traductor* hervor, um ihn dem Ahumanen zu reichen, doch ihre Gedanken waren bereits dabei, wie sie diese Anlage sabotieren konnte – auch wenn sie noch so faszinierend war.

»Was ist das?«, wollte Ray wissen. Auch er schien kaum den Blick abwenden zu können. Seine Haut war wieder etwas durchsichtiger geworden, ein Feuerwerk blitzschneller Lichtimpulse schimmerte durch seinen Schädel.

»Keine Ahnung. Es erzeugt Energie.« Josh sah sich um. Alle Regler, Steuerungsmechanismen, Rechner befanden sich außerhalb dieses Raums. Hier konnten sie an nichts ansetzen als an der irisierenden Wolke selbst. »Wenn wir hier wegwollen, müssen wir es stoppen.«

»Die Apparatur ist zu massiv, um sie zu zerschießen«, stellte Soniyas nüchterne Bot-Stimme fest.

»Es ist sehr schön«, befand Ray. »Alles kreist umeinander, verbindet sich.« Offenbar konnte er mehr darin sehen als sie.

»Ja, es ist schön«, wiederholte Josh gereizt. Hatte er sie nicht verstanden? »Aber solange es die Station mit Energie versorgt ...«

Aus seinen Augen schoss ein Laserstrahl in die Kugel. Lichtfunken sprühten an der Stelle des Auftreffens, vergingen. Die Wolke schwebte unverändert an ihrem Platz.

»Probieren wir es also brachial«, meinte Josh und feuerte mit der Automatikwaffe, die vom Rückstoß drohte, ihr aus den Händen zu springen und auf ihre Rippen einhämmerte. Mit erschreckender Wucht wurden die Projektile aus der Kugel zurückgeschossen, als prallten sie darin an einem rotierenden Arm ab. Josh ließ die Waffe fallen und warf sich hinter Soniya in Deckung, bis das Prasseln verstummte.

Der Ahumane pflückte eine Kugel aus seinem Arm. »Man

muss das Kreisen aufhalten, es stören. Mein Licht reicht dazu nicht.«

Wütend sprang Josh auf. Was sich so rasend schnell drehte, musste sich doch irgendwie blockieren lassen. Erneut schnappte sie sich die Waffe, lief näher an die Wolke heran, schleuderte das Gewehr hinein, das für einen Sekundenbruchteil in die leuchtende Wolke eintauchte, nur um sofort wieder hinauskatapultiert zu werden. Instinktiv riss Josh die Arme vors Gesicht, aber das tödliche Geschoss flog in eine völlig andere Richtung und landete metallisch klappernd wieder auf dem Boden. Einige Schüsse lösten sich, die durch den Raum peitschten. »Verdammte Scheiße!«

»Was hineingehalten wird, muss fest verankert sein«, stellte Soniya fest.

»Und wie ...« Als der Cyborg vortrat und einen seiner Arme in das schillernde Wirbeln steckte, verschlug es Josh die Sprache.

Loop überließ die Luftschlacht über der Basis sich selbst und schlug sich zum Treffpunkt zurück. Immerhin hatte es ausgesehen, als hielten sich die Collies besser gegen die 2OT-Schiffe als die Zerstörer der VHR. *Verfluchte Automaten!* Wenn sie tatsächlich hinter der Zerstörung der Flotte steckten, war die Menschheit in echten Schwierigkeiten – und alle Betas mit ihr. Jeder wusste, dass der Order of Technologie nichts für Betas übrighatte. In dieser Hinsicht konnten sie sich mit den Collies die Hand reichen.

Später!, ermahnte er sich und achtete wieder stärker auf seine Umgebung. Obwohl sich die Kämpfe offenbar weiter nach Süden verlagert hatten, stapften immer noch vereinzelte 2OTs umher. Er folgte seiner eigenen Spur, sah oft nach hinten, weil er immer noch mehr Pfeiftöne als echte Geräusche hörte. Marks Witterung wehte von einem Baum zu ihm herab, etliche Meter von dem Blindgänger entfernt, der in der schwülen Luft nach warmem Stahl roch. »Bei einer Explosion wär das aber immer noch nicht sicher«, rief er nach oben.

Zweige wackelten. »Ich dachte schon, du ... Achtung!«

Loop sah sich schnell um, doch er hörte das Summen der Pulsatoren erst, als der Gleiter auch schon durch die nahen Büsche fegte. Er warf sich hin, robbte und rollte hinter den Baum, auf dem Mark saß. Hatte der Pilot ihn gesehen? Das Geräusch wurde nicht leiser, verharrte auf der anderen Seite des Stamms. Vorsichtig schob Loop die *Repeater* in eine bessere Schussposition.

»Loop? Melden zum Rapport!«, bellte Higgins.

»Ich fass es nicht!«, rief Mark. Dem Rascheln nach zu urteilen, kam er herunter, während sich Loop erhob und den Dreck aus Fell und Uniform schüttelte.

»Zur Stelle«, brummte Loop. Dass Higgins ihn erschreckt hatte, würde er ihm nicht noch unter die Nase reiben. »Toller Auftritt.«

»Wo hast du den her?«, wollte Mark wissen. Seinem Blick nach zu urteilen, wäre er inspizierend um den Gleiter herumgerannt, wenn ihn das Fieber nicht so gebeutelt hätte.

»Von zwei 2OT-Secs, die ein Collie abgelenkt hat, aber wir haben jetzt keine Zeit für Geschichten. Wie ist die Lage am Zielort?«

»Mies.« Loop fasste rasch zusammen, was er gesehen hatte, und berichtete von seinem kurzen Gespräch mit dem Captain. »Mit dem Gleiter schaffen wir es sicher an den Panzern vorbei, weil sie erst mal denken, dass wir zu ihnen gehören, aber wie wir in den Turm kommen sollen ...«

Higgins nickte und rieb sich das fliehende Kinn, dann verzog er die Lefzen zu einem Lächeln. »Mein Plan kann immer noch klappen. Los, Jungs! Laden wir die Rakete auf.«

»Den Blindgänger?«, japste Mark.

»Ich hätte es ohne Rakete probiert, aber wenn die Stellung so massiv befestigt ist, reicht so ein explodierender kleiner Gleiter nicht.«

»Du willst unter die Kamikaze-Flieger gehen?«, hakte Loop nach.

»Eigentlich hatte ich vor, rechtzeitig abzuspringen, aber natürlich weiß man nie.«

Was für eine irre Scheiße! »Der Plan könnte von Fratt sein, aber ich hab keinen besseren.«

»Ich fass dieses Ding nicht an«, verkündete Mark.

Higgins zog seine *Arclight* und richtete sie auf ihn. »Du wirst diese Rakete mit uns aufladen, oder ich stufe dich als Deserteur ein!«

»Ihr seid völlig irre!«

»Und du bist ein Waschlappen.«

»Scheiße!« Mark trat gegen den Baum. »Also schön, ich mach's. Und ich werd das Scheißding auch fliegen. Für meinen letzten Crash bin ich nämlich in den Knast gekommen. Vielleicht krieg ich für den einen Orden.«

Posthum, dachte Loop, aber er wollte die Sache nicht verkomplizieren.

»Das nenn ich doch mal einen Sinneswandel«, lobte Higgins. »Aber ich fliege. Ich will sicher sein, dass der Schuss auch sitzt. Los jetzt!«

Mark knurrte etwas, das sich verdächtig nach Bastard anhörte, doch Higgins ignorierte es. Mit mulmigem Gefühl im Bauch näherte sich Loop wieder dem Blindgänger. Mit der Bergung von Sprengsätzen hatte er keine Erfahrung, aber heikel war es auch für Experten.

»Drunterfassen!«, befahl Higgins. »Anheben auf drei. Eins, zwei, drei.«

Loop spannte die Muskeln und machte sich darauf gefasst, im nächsten Moment nicht mehr zu existieren. Die Rakete war noch schwerer, als sie aussah. Selbst zu dritt keuchten sie schon nach den wenigen Schritten zum Gleiter.

Als Mark schon dazu ansetzte, die falsche Seite zu nehmen, blaffte Higgings: »Auf den hinteren Sitz. Nicht mit der Spitze voran!«

Loop merkte, dass er schon wieder hechelte. Als ihnen die Rakete abrutschte und mit der ausgebrannten Rückseite auf den Boden des Gleiters stieß, blieb ihm fast das Herz stehen. Doch eine Sekunde später schlug es immer noch.

»Na also.« Higgins sprang auf den angedeuteten Flügel, der dem Gleiter Stabilität verlieh. »Wir treffen uns ...« Unvermittelt kippte er hintenüber, fiel.

Loop sah den dünnen Kondensstreifen der Collectors-Projektile. Sein Körper reagierte, bevor sein Verstand begriffen hatte. Er katapultierte sich förmlich auf den Gleiter, rutschte in den Sitz, gab Gas. Hinter ihm schrie Mark, doch Loop konnte ihm nicht helfen. Wenn eine Kugel die Rakete traf, war alles vorbei – inklusive ihrer beider Leben.

Kurz orientierte er sich, schlug die Richtung zur 2OT-Basis ein. In rasendem Tempo fädelte er sich zwischen den Baumstämmen hindurch, fegte durchs Unterholz, wo die Äste zu niedrig waren. Die Entfernung, für die er zu Fuß eine gefühlte Ewigkeit gebraucht hatte, schrumpfte in Sekundenschnelle zusammen. Schon schoss er auf das Flugfeld hinaus, streifte beinahe einen der Panzer. In der einsetzenden Dämmerung war der Geschützturm nur ein schwarzer Klotz. Loop steuerte direkt darauf zu.

»Nein! Bist du verrückt?«, schrie Josh, als sie die Sprache wiederfand, doch es war zu spät. Einer von Soniyas Greifarmen steckte bis über den Ellbogen in der schillernden, wirbelnden Wolke. Blitzschnell breitete sich das Schimmern über den Cyborg aus wie eine glitzernde Aura. Motoren kreischten überlastet, dann knirschten Plastik und Metall. Soniya wurde durch den Raum geschleudert, als sei sie Kinderspielzeug. Mit einem Aufschrei warf sich Josh auf den Boden und barg den Kopf in den Armen. Krachend prallte der Cyborg gegen eine Wand, dann war es mit einem Schlag still. Hastig sah sich Josh nach Soniya um, sprang auf. Das Funkeln um den Cyborg war erloschen. Der Arm war fort, abgerissen. Drähte und leckende Leitungen ragten aus dem geborstenen Gelenk hervor. Es roch chemisch und nach erhitztem Kunststoff. In Soniyas Rumpf prangte eine weitere Delle, dünner Rauch stieg von ihr auf, doch sie kam bereits wieder auf die gepanzerten Beine. Josh wandte sich der Kugel zu. Der kybernetische Arm war darin verschwunden. Kleine glitzernde Fontänen stiegen von der Oberfläche der Wolke auf wie Mikro-Sonneneruptionen.

»Das ist kein Strom«, behauptete Soniya mit ihrer altmodischen Bot-Stimme.

»Hauptsache, du lebst«, erwiderte Josh. »Los, kommt! Das hat alles keinen Sinn. Wir versuchen es eben doch über einen Computer, und wenn wir ihn dafür einschlagen müssen.« Sie griff sich die Waffe wieder und lief zur Tür zurück.

»Aber das Muster hat sich verändert«, wandte Ray ein.

»Trotzdem sieht es nicht aus, als ob …« Josh sah sich nach dem Ahumanen und Soniya um, doch ihr Blick fiel unweigerlich auf die Wolke, aus der sich kleinere Kugeln lösten, aber weiterrotierten. Das ganze Gebilde zerfiel immer schneller, Soniyas Arm landete zwischen etlichen kleinen Wolken, von denen sich jede allmählich aufblähte.

»Was passiert jetzt?«, wollte der Cyborg wissen.

Ein winziger Funke, der innerhalb weniger Sekunden auf die Größe einer Nuss angewachsen war, explodierte mit einem unerwartet lauten Knall. Andere kleine Kugeln stießen aneinander, verschmolzen, dehnten sich weiter aus.

»Keine Ahnung, aber wir sollten verschwinden.« Das letzte Wort ging bereits in einer neuen Explosion unter. Eine Druckwelle streifte heiß über Joshs Haut. »Raus hier! Nimm den Sec mit!«

Sie rannte los, stieß hektisch umherfahrende Wartungs-bots zur Seite, während an den Wänden auf allen Monito-ren Alarmsignale aufblinkten. Eine weitere kleine Wolke detonierte, dann eine größere. Der Boden erbebte. Auf spiegelnden Flächen sah Josh hinter sich etwas auflodern und vergehen. Sie lief noch schneller. Dass Soniya ihr nachstürmte, war nicht zu überhören, aber gehetzt sah sie sich nach Ray um, als er sie auch schon überholte. Eine neue Explosion erschütterte Wände, Decke, Untergrund. Hitze fauchte in Joshs Ohren, sengte ihr durch Haar und Uniform bis auf die Haut. Bots gerieten ins Trudeln, Bild-schirme flackerten. Vor ihr kam die tresordicke Schutztür in Sicht. Doch selbst diese erzitterte unter dem nächsten ohrenbetäubenden Knall. Die Druckwelle drohte, Josh von den Füßen zu reißen. Mit den Händen stützte sie sich an der Tür ab, die unter ihren Fingern so heiß wurde, dass sie rasch von ihr abließ. Soniya öffnete mit der Kennung des Sec-Cyborgs.

»Captain an *Starhawk*! Ace, melden Sie sich!«, rief Josh ins Mikro der Multibox, um die Sirenen zu übertönen, die wieder mit voller Lautstärke heulten. Sie ging jenseits der Tür hinter der Wand in Deckung und hielt sich die Sprach-ausgabe direkt ans Ohr.

»Captain? Hier *Starhawk*.«

Hastig riss sie ihr Handgelenk wieder vor die Lippen. »Wo sind Sie?« Sie drehte den Kopf, hob den Arm, kniff die Augen zusammen, als könnte sie so besser hören.

»Hangardeck 1.« Falls er noch mehr sagte, ging es im Donnern einer neuen Explosion unter. Der Boden bockte unter Joshs Füßen.

»Fliegen Sie da raus! Hier stürzt vielleicht gleich alles ein! Wir treffen uns auf dem Flugfeld.«

Loop bemerkte das Dilemma erst, als es zu spät war. Er lenkte den Gleiter haarscharf an dem Panzer vorbei, doch zwischen dessen Standort und der EMP-Kanone befand sich im Wesentlichen der Aufzugschacht. Sprang er rechtzeitig ab, würde er in dieses Loch stürzen. Sprang er dahinter, würde er nicht weit genug weg von der Explosion landen.

Er hatte nur eine Sekunde, um zu wählen, wie er sterben wollte. Er sprang. Im Fallen drehte er sich, sah den Gleiter in den Geschützturm rasen. Trümmer flogen. Mit einem gewaltigen Krachen gleißte ein Feuerball auf. Dann raubte ihm die Kante des Schachts die Sicht. Ihm ging durch den Kopf, dass diese glatte, graue Wand das Letzte war, was er sehen würde. *Trostlos,* dachte er, bevor der Aufprall jeden Gedanken löschte.

»Was war das für ein Schlag?«, wunderte sich Rodriguez auf dem Co-Pilotensitz.

»Ich habe *nichts* gerammt«, betonte Ace, ohne den Blick von den Anzeigen zu nehmen. Dieser Schacht mochte beschissen eng sein, doch er würde das Schiff ohne einen einzigen Kratzer hinausbringen. Das hatte er sich geschworen.

»Das kam von oben. Ich hab's genau gehört.« Rodriguez stand auf und beugte sich vor, um aus dem Fenster zu schielen, als plötzlich ein Ruck durch die *Starhawk* ging. Dumpf drang metallisches Kreischen durch die Hülle.

Hastig stabilisierte Ace das Schiff. »Scheiße! Das war nicht ich!«

»Werden wir beschossen?«, gellte die Stimme Kamis, der Asiatin, aus dem Kom. Ace hatte sie dafür abgestellt, mit der Waffe das Außenschott zu verteidigen, falls jemand anderes als die fehlenden Crewmitglieder an Bord wollte.

»Negativ. Wir wurden von der Druckwelle einer Explosion getroffen«, kam Miss Navero aus dem Maschinenraum Ace zuvor.

»Da oben scheint's rundzugehen«, stellte Ace fest. »Schutzschirm aktivieren! Ein Viertel Energie auf die Geschütze.«

»Aye, Sir«, bestätigte die Leitende Ingenieurin.

»Halten Sie sich bereit, Rodriguez! Bevor uns irgendjemand das Rettungsboot unterm Hintern wegschießt, pusten Sie ihn mit dem Laser ins Nirvana.«

»Wüsste nicht, was ich lieber täte.«

Ace warf einen Blick auf das Holodisplay, das nun auch die beiden *Bigger* und ihre Kontrahenten in den oberen Atmosphäreschichten zeigte. Darunter lieferten sich etliche Jäger Verfolgungsjagden. Aus dem Loch zu kommen, würde nur der Anfang sein.

»Erreichen Oberfläche in fünf, vier ...«, warnte er. Dann würde sich zeigen, ob Josh – *Captain Miller,* korrigierte er sich – tatsächlich die Station lahmgelegt hatte. »Eins.«

Die graue Wand vor dem Fenster wich einem rauchenden Trümmerfeld. Brennende Wrackteile lagen zwischen ihnen und dem niedrigen Turm, dessen Seite aufgerissen, die Panzerung um das Loch herum abgesprengt war.

Flammen schlugen aus der Öffnung. Schwarz ragten zwei Kanonen aus dem Inferno, doch Ace bezweifelte, dass sie noch eine Gefahr darstellten.

»Kampfcyborg auf fünf Uhr«, meldete Rodriguez und schoss bereits.

»Panzer auf ein, fünf, sieben und elf Uhr«, fügte Ace hinzu. »Feuern nach Belieben. Navero, was macht die Käseglocke?«

»Die was?«

Zivilisten, seufzte Ace im Stillen und pendelte das Schiff drei Meter über dem Boden ein. »Der Magnetschild.«

»Die Sensoren zeigen keine Magnetfelder außer unserem eigenen an.«

Er schaltete die Durchsage-Lautsprecher frei. »Alles anschnallen! Könnte demnächst ein wenig holprig werden.« *Spätestens, wenn die Collies gemerkt haben, was Sache ist.* Kleine Sternschnuppen erschienen auf dem Holodisplay. *Das ging flott.* »Volle Energie auf den Schild!« Wo sollte er landen, wenn jeden Moment der Bombenhagel niederging? *Kommen Sie schon, Captain!* Dass man mit Frauen aber auch nie rechtzeitig aus dem Haus kam.

Josh rannte den endlosen gewundenen Gang hinauf. In jeder anderen Basis hätte es Treppen gegeben, doch unter den 2OTs waren so viele auf Rollen unterwegs, dass selbst der Notausgang barrierefrei sein musste. So viel zur Überlegenheit über den menschlichen Körper.

Doch wenn sie ein Cyborg wie Soniya gewesen wäre, hätte nun wenigstens ihre Lunge nicht so gebrannt, ihr Herz nicht so gerast. Ein Donnerschlag erschütterte die

Station so heftig, dass Josh von den Füßen gerissen wurde. Beim Versuch, den Sturz abzufangen, entglitt ihr die Waffe und schlitterte ein Stück den Gang hinab, zwang Ray, über sie zu springen. Staub rieselte auf Josh herab. Im Beton klafften plötzlich Risse. Der Anblick ließ sie auf die Beine schnellen und weiterlaufen. Wegen des verdammten Gewehrs würde sie nicht umdrehen.

Soniyas Beine schienen keine Müdigkeit zu kennen. Joshs Abstand zu dem Cyborg hatte sich merklich vergrößert. Eine weitere Explosion ließ den Boden zittern, doch sie schien weiter entfernt zu sein. Trotzdem bröckelte mehr Dreck von der Decke. Josh rannte keuchend schneller.

Endlich hielt Soniya vor einer Tür an, stemmte sie auf. Tropisch schwüle Luft wehte ihnen entgegen. Josh stürmte hinaus, fand sich auf schmierigem Felsboden in einer Art Wald wieder. Die Hände auf die Knie gestützt, beugte sie sich vornüber und rang nach Luft.

»Wo ist das Schiff?«, fragte Rays *Traductor*-Stimme ohne ein Zeichen von Anstrengung.

Kunststück. Er atmet ja nicht mal. Und das Programm hätte ohnehin kein Keuchen nachgeahmt.

»Dort entlang.« Soniya wies mit einem ihrer Waffenarme die Richtung.

Taumelnd ging Josh voran. »*Starhawk*? Sind Sie da? Nicht schießen! Ich komme gleich mit Soniya aus dem Wald.«

»Beeilen Sie sich, capitán!«, drängte Rodriguez' Stimme.

»Wir kommen Ihnen entgegen«, versprach Ace. »Die Scanner haben Sie gerade erfasst. *Starhawk* an Shuttle«, fuhr er fort. »Gute Arbeit mit der EMP. Wo steckt ihr?«

»Auf dem Weg zu euch.« Higgins klang nüchtern wie immer, aber gepresst. »Kein Kontakt zu Sergeant Loop. *Er hat die Rakete ins Ziel gebracht.*«

Rakete? Josh stolperte über Baumwurzeln an den Rand der Lichtung und entdeckte den qualmenden, stark beschädigten Turm. Die *Starhawk* schwebte bereits mit geöffnetem Außenschott auf sie zu, die Rampe schob sich ihr einladend entgegen. »Loop, hier Captain Miller. Können Sie uns hören? Antworten Sie!«

Ein Sirren lenkte Joshs Aufmerksamkeit zum Himmel. Wie riesige dunkle Hornissen stürzten sich Raketen auf die Station hinab. Falls der Wolf-Beta antwortete, ging es im Donnern der ersten Detonation unter. Josh sprang auf die Rampe, dicht gefolgt von Ray, doch sie eilte nicht sofort weiter wie er, sondern blieb stehen und hielt nach dem Shuttle-Team Ausschau. Das Schiff wankte, von einer Druckwelle getroffen. Josh kämpfte um ihr Gleichgewicht. Endlich entdeckte sie Higgins, der gestützt auf Mark unter den Bäumen hervorhumpelte. Das war der klägliche Rest des Teams?

»Soniya, was stehst du noch da rum? Komm an Bord! Schnell!«

Der Cyborg blickte zum Bug der *Starhawk.* »Da ist jemand.«

Josh folgte seinem Blick. Auf dem Schnabel, in dem sich das Cockpit befand, kroch eine Gestalt in Uniform. »Loop! Ich brauche hier draußen sofort eine Trage, Ace. Informieren Sie den Doc!« Ihre Worte gingen in einer neuen Explosion unter – und dann nahmen die Donnerschläge kein Ende mehr. Das Schiff tanzte einen grotesken Tanz auf den Pulsatoren. Josh wurde von der auf den Boden schlagenden Rampe geschleudert und prallte hart auf die Felsen.

»Alle rein!«, brüllte sie Higgins und Soniya an, die ihr zu Hilfe eilen wollten.

Der Cyborg ignorierte es, riss sie mit seinem Greifarm vom Boden hoch und hob sie zurück auf die schwankende Rampe. Torkelnd rannte sie in den Frachtraum. Mark und Higgins stolperten vor ihr über die Schwelle. Soniya stampfte hinter ihr an der Asiatin vorüber, die grimmig die Waffe auf sie gerichtet hielt. Diese V-Einheiten sahen schließlich alle gleich aus.

»Schott schließen!«, fuhr Josh sie an. »Lassen Sie Soniya in Ruhe! Abflug, Ace!« Der Magnetschild mochte Bomben, Splitter und Metalltrümmer von ihnen abhalten, doch Gestein und Betonbrocken trommelten hörbar auf die Außenhülle ein. Josh lief über den wankenden Untergrund zur Treppe. »Halten Sie das Schiff waagerecht! Loop liegt auf dem Bug. Ich hole ihn durch die Schleuse rein.«

»Die werden auf uns schießen, wenn sie sehen, dass jemand aus der Station entkommen ist«, warnte Rodriguez.

»Wir können ihn nicht da draußen lassen«, keuchte Josh atemlos auf den Stufen. »Ich hab gesehen, dass er sich noch bewegt.«

»Ich gehe mit ihnen raus«, erklärte Cherokee, der ihr oben mit einer Antigrav-Trage entgegenkam.

»Okay, Doc.«

Gemeinsam hasteten sie zur Schleuse. Josh schaltete sie auf Atmosphärenbetrieb, sodass sie sich sofort öffnete. Heißer Wind schlug ihr entgegen, zerrte an ihrem Haar.

Über ihr standen mehrere Raumschiffe am Himmel, die beiden größten davon zwei *Bigger*. Mündungsfeuer loderte aus riesigen Geschützen. Raketen zogen silbrige Schweife hinter sich her wie Kometen, verglühten in weißlichen Feuerbällen. Aus der Seite des einen Collies-Schiffs schlugen riesige Flammen. Es kippte, neigte sich wie in Zeitlupe. Josh riss sich von dem Anblick los, kletterte zur Gänze auf die Oberseite der *Starhawk* hinaus, ignorierte die Flammenhölle am Boden und die Rauchwolken, die nun hinter ihnen lagen und weiter zurückfielen.

Sie nahm die Trage entgegen, die Cherokee vor sich herschob, und sah sich dabei bereits nach dem Wolf-Beta um. Noch immer lag er ungefähr dort, wo sie ihn entdeckt hatte, aber er rührte sich nicht mehr. *Scheiße! Halt durch!* Mit einer Hand immer an der Trage, die ihnen bei dieser Geschwindigkeit sonst davongeschwebt wäre, eilte Josh um den Geschützturm und die obere Sensorenphalanx.

»Die Collies werfen Bomben ab!«, warnte Rodriguez.

Schon hörte Josh das vielstimmige anhaltende Pfeifen der herabstürzenden Sprengsätze. *Immer noch die beste Art, unterirdische Bunker zu knacken.* Dank des Schilds ging für die *Starhawk* vorerst keine Gefahr von ihnen aus, doch auf den Druckwellen würde sie erneut tanzen wie auf einem stürmischen Ozean.

»Loop!« Cherokee ging neben dem Wolf-Beta in die Hocke, beugte sich über ihn.

Josh schaltete die Pulsatoren der Trage ab, damit sie neben der reglosen Gestalt aufsetzte. »Lebt er?«

»Ja. Vorsichtig anheben! Ich spüre mehrere Knochenbrüche.«

Hatten Adler seit Neuestem Röntgenaugen? Doch diskutieren konnten sie später. Sie packte Loop bei den Knöcheln, während der Doc seine Arme unter den Achseln hindurchschob. Loops Kopf baumelte beängstigend unkontrolliert nach hinten. Gerade als sie ihn anhoben, setzten die Explosionen ein. Doch Joshs Befürchtungen erfüllten sich nicht. Sie hatten genug Abstand gewonnen, um nur noch leicht durchgeschüttelt zu werden.

Rasch schnallten sie Loop fest, schoben die Trage auf wiederaktivierten Pulsatoren auf die Schleuse zu.

Die schwer getroffene *Bigger* stand nun senkrecht und stürzte auf die Planetenoberfläche zu. *Diese* Sprengwirkung wollte sich Josh nicht einmal ausmalen. Unwillkürlich zog sie die Trage schneller hinter sich her.

»Jäger! Auf vier Uhr!«, rief Ace. »Macht das Schussfeld für die Laser frei!«

Hastig krabbelte Josh über den Rand der Luke auf die Metallsprossen, die nach unten führten. Mit einer Hand hielt sie sich fest, mit der anderen stützte sie die Trage, auf die in diesem schrägen Winkel nicht mehr die volle Pulsatorleistung wirkte. Unten warteten bereits Ludmila und Prediger, um ihr den Patienten abzunehmen.

»Er lebt. Schnell auf die Station mit ihm!«, wies sie die beiden an. Hinter ihr drängte Cherokee nach. Über ihm blitzten die Laser auf. Sie ließ ihn vorbei und leitete das Schließen der Schleuse ein. »Ita, dreh den Lasern den Saft ab! Energie auf Sublicht-Antrieb umlenken. Geben Sie Gas, Ace! Ita, fahr den Sprungantrieb hoch!«

»Aye, Captain«, bestätigte Itatay.

»Da sind aber verdammt viele …«, setzte Ace an.

»Wir springen erst, wenn wir da durch sind«, versicherte Josh, während sie schon die Gänge entlang zur Brücke rannte.

»Die Jäger kleben uns am Heck, Captain«, informierte Rodriguez sie. »*Smaller*-Klasse.«

Und unsere Schildleistung fällt, je einsatzbereiter der Sprungantrieb wird. Es war nicht zu ändern. »Ace, halten Sie auf die 2OT-Schiffe zu, als würden wir bei ihnen Schutz suchen. Vielleicht wird es den Collies dann zu heiß.«

»2OT-Jäger auf elf Uhr!«, rief Rodriguez.

Josh stürmte ins Cockpit und wurde von Aces hastigem Ausweichmanöver gegen die Wand geworfen. Zwei chromspiegelnde Blitze schossen über sie hinweg, verschwanden am oberen Rand der Frontfenster. Dafür kam die aus dieser Entfernung noch riesiger wirkende *Bigger* in Sicht, deren Bug im nächsten Moment am Boden aufschlug. Das Schiff brach auseinander, Feuerwolken quollen aus den Rissen hervor.

»Ziehen Sie hoch!«, schrie Josh. »Volle Energie auf die Antriebe, Ita!«

In einer gewaltigen Explosion verwandelte sich das geborstene Schiff in gleißende Helligkeit. Wie eine Sonne füllte es das gesamte Fenster aus, zwang Josh, die Augen nicht nur zu schließen, sondern auch die Hände schützend emporzureißen. Die *Starhawk* wurde aus der Flugbahn geworfen, dass es Joshs Mageninhalt zurück zur Kehle drängte. Weitere Schläge wie von einem gewaltigen Hammer prasselten auf sie ein, untermalt vom Donnern der Explosionen. Das Schiff taumelte, als sei der Pilot betrunken. Ace fluchte. Im Cockpit wurde es so heiß, dass Josh Schweiß auf die Haut trat. Das Licht schwand. Sie wagte, die Augen wieder zu öffnen. Auf ihrer Netzhaut waberten helle und dunkle Flecken. Rasch ließ sie sich am Navigationspult nieder, suchte nach einem günstigen Sprungvektor, doch Schiffe, Planeten und die Sonne des Systems blockierten im Augenblick alle Routen.

Endlich gelang es Ace, die *Starhawk* wieder zu stabilisieren. »Die Scheiß-2OT-Röhre hat Raketen abgefeuert. Gegen die hilft nicht mal ein Schild!«, brüllte er.

Alarmiert sah Josh vom Navigationsschirm auf. Sie erinnerte sich noch gut genug an die Berichte über diese Geschosse. »Halbe Kraft auf die Laser! Rodriguez, schießen Sie die Dinger ab!«

»Es sind zu viele, das schafft er nie.«

»Klappe! Versuchen Sie, uns hinter den Schwarm *Smaller* zu bringen, bevor die Raketen da sind!«

»Dazu brauch ich mehr Energie.«

»10 Prozent auf die Laser!«

»Treffer!«, freute sich Rodriguez.

Eine von zwanzig, schätzte Josh. Vor ihnen hatten die Jäger bemerkt, dass sie verfolgt wurden, fächerten die Formation auf und setzten zu Wendemanövern an, um sich hinter sie zu setzen. Die umgeleitete Energie ließ die *Starhawk* mit einem Ruck beschleunigen. »Unter der *Bigger* hindurch und hochziehen!«, befahl Josh, den Blick auf das Holodisplay gerichtet, auf dem einige Jäger erloschen, die direkt in die Raketen geflogen waren. »Magnetschild aktivieren! Halbe Kraft. Feuer einstellen!« Die Collies würden sie nicht ohne Beschuss so nahe kommen lassen. Mündungsfeuerlanzen stachen aus den Geschütz-klappen hervor. Unbeabsichtigt erwischten die Automa-tikkanonen weitere Raketen. Im Frontfenster kam die riesige Breitseite der *Bigger* immer näher, unter der sie hindurchtauchen wollte. Josh wandte sich rasch wieder der Navigationsstation zu, überflog die Anzeigen und Da-ten. »Sprungsequenz einleiten! Volle Energie auf Sprung-triebwerke in 10 ...«

Es gab einen Knall, die *Starhawk* bockte, Monitore und Lichter flackerten.

»Raketentreffer!«, rief Ita.

»Sprungstatus?«, fragte Josh.

»Fertig in sieben, sechs ...«, zählte Ita. Also war das Triebwerk noch intakt.

Die *Starhawk* warf sich unter den grauen Kiel der *Bigger*. Die abstoßende Magnetwirkung des Schirms ließ sie da-ran entlanggleiten wie ein Stück Seife. Derart beschleu-nigt schoss sie auf der anderen Seite empor. Zwei *Smaller*, die die Scanner hinter dem Hindernis nicht erfasst hatten, jagten auf sie zu, doch es war zu spät, den Kurs zu ändern. Schon zog es Joshs Kopfhaut scheinbar bis in den Nacken hinab, brannte darunter wie Feuer. Vor ihren Augen wur-de es heller und heller.

»Zwei, eins.« Ihr Schädel drohte zu platzen, alles ver-schwamm zu Weiß und schließlich Grau.

19

»Hast du dem Typen auch genau auf die Finger geschaut?«
Josh sah dem Hacker nach, der mit den Kabeln aus den
Buchsen in seinem Nacken schlimmer nach Automat aus-
sah als mancher 2OT-Cyborg. Er verschwand durch die
Hintertür des Hangars, ohne sich noch einmal umzu-
drehen.

»Ja, er hatte schlanke, blasse Finger, die garantiert noch
nie die Sonne von Alkaid gesehen haben«, zog Ita sie auf.

Josh musste grinsen, obwohl sie immer noch kein gutes
Gefühl dabei hatte, diesem Fremden Zugang zum Bordcomputer gewährt zu haben. »Wirklich? Na, dann kann ja
nichts schiefgegangen sein.«

»Larry jagt noch mal alle Sicherheitsroutinen über die
Änderungen, aber ich glaube, du musst dir keine Sorgen
machen. Er hat die *FullControl*-Kennung und den Namen
aus allen Systemkomponenten gelöscht und sonst nichts.
Wir sind jetzt ein freies Schiff.«

Es tat gut, Ita endlich wieder einmal optimistisch und gut gelaunt zu sehen, deshalb behielt Josh ihre Zweifel für sich. Sie hatten den Mann nicht gerade fürstlich bezahlt und konnten nicht sicher sein, ob er sich nicht das Honorar aufbesserte, indem er irgendeine Spyware eingeschmuggelt hatte. Doch manchmal blieb einem nichts anderes übrig, als windigen Geschäftspartnern zu vertrauen.

»Wie viel ist von unserem Geld noch übrig?«, erkundigte sich Itatay. Auch wenn es auf dem örtlichen Baustoffmarkt nicht gerade der Renner gewesen war, hatten sie das provisorische Gefängnis aus dem Laderaum verkauft und in Wellesleys Kabine einen neutralen C-Stick gefunden, mit dem man anonym über die darauf gebuchte Summe verfügen konnte. Alles in allem keine Reichtümer, doch für ein paar Vorräte, Treibstofffässer und den Hacker hatte es gereicht.

»Wir kommen damit noch ein paar Tage über die Runden, aber ...« Joshs Blick fiel auf Ray, der sich in der relativen Abgeschiedenheit des Hangars die Füße vertrat. »... es wird nicht reichen, um ihn nach Hause zu bringen.« Wo immer er auftauchte, zog sein transparenter Körper mit den blitzenden und flackernden Lichtern unter der Haut alle Blicke auf sich. Blicke, die zu oft nichts Gutes verhießen. Schon nach ihrem ersten Tag auf Hope XII hatte Josh gewusst, dass sie den Ahumanen nicht sich selbst überlassen konnten. Abgesehen davon, dass er kein Geld hatte, das ihn in seine Heimat bringen würde, fehlte ihm auch ein diplomatischer Status, ein Abkommen, das Angehörige seiner Spezies auf Reisen durch die Systeme der Menschen schützte. Wissenschaftler aller möglichen Konzerne und Regierungen würden einen guten Preis für ihn bezahlen, von dubioseren Gruppierungen ganz zu schweigen.

Itas Gesicht verhärtete sich. »Er wird eben Geduld haben müssen. Seit wann bekommen wir die Erfüllung unserer Wünsche auf dem Silbertablett serviert?«

»Du wirfst ihm immer noch vor, dass wir seinetwegen nach Cor Caroli umgelenkt wurden.«

»Ist das so falsch? Sonny ist nur deshalb gestorben. Und Hobbs.«

»Fratt«, korrigierte Josh mechanisch. »Und wenn du ehrlich bist, musst du zugeben, dass du nie ein Wort mit Sonny gewechselt hättest, wenn dieser Flug verlaufen wäre wie geplant. Er war nicht Andi.«

Einen Moment lang sah Ita aus, als wolle sie widersprechen. Ihre großen dunklen Augen funkelten wütend. Doch dann holte sie tief Luft. »Vielleicht hast du recht. Es ist nicht fair. Aber du kannst mich nicht zwingen, diese wandelnde Wunderkerze zu mögen.«

»Ita, wenn du das hier alles nicht willst, kannst du immer noch in eine andere Richtung reisen. Ich brauche dich als Leitende Ingenieurin, aber ich halte dich nicht gegen deinen Willen auf diesem Schiff fest.«

»Nicht?«, ließ sich Ace vernehmen.

Josh überlegte bereits, ein Glöckchen an seinem Rollstuhl anzubringen, damit er sich nicht mehr so leise anpirschen konnte. Wenn es nicht der Lärm des Raumhafens war, der das leise Surren des Elektromotors überdeckte, gab es das Brummen der Pulsatoren oder der Triebwerke oder ... »Also ich wäre dafür, die notwendigen Crewmitglieder an Rollstühle zu fesseln. Dann muss ich mich nicht mehr so als Quotenkrüppel fühlen.«

Ita entfuhr ein Laut zwischen Lachen und Entsetzen.

Josh wandte sich Ace zu. »Damit da kein Missverständnis aufkommt, das Recht zu gehen ... äh, fahren ...«

»Ja, ja, klar, auf meine Anwesenheit legt niemand wert, aber glauben Sie, dass in meinem heruntergekommenen Ein-Zimmer-Appartement irgendetwas auf mich wartet, das ich gegen den Pilotensessel dieses Schiffs eintauschen würde? Oh, klar, meine Kakteensammlung!«

»Einen Kaktus für Ihre Kabine werden wir auch noch auftreiben«, versprach Josh schmunzelnd. Viele der anderen, die *FullControl* entführt hatte, waren bereits gegangen. Auch wenn es gefälschte Urkunden und Haftunterlagen über sie gab, hatten es die meisten vorgezogen, zu ihren Familien und Freunden zurückzukehren und um das Leben zu kämpfen, das der Konzern ihnen gestohlen hatte. David gegen Goliath. Josh wünschte ihnen Glück und die nötigen einflussreichen Verbündeten, die sie brauchen würden.

»Vielleicht sollten wir lieber einen Bonsaibaum in der Messe aufstellen, damit sich Larry und Kami heimischer fühlen«, schlug Ace vor. Die Asiaten hatten nicht nur festgestellt, dass sie beide japanischer Abstammung waren – auch wenn es Generationen zurücklag –, sondern sogar derselben weit verzweigten Familie angehörten. Obwohl sie sich nie zuvor begegnet waren, schienen sie ein Geheimnis zu teilen, denn beide hatten sich förmlich geweigert, eigene Wege zu gehen. Zu groß sei ihre Angst, wieder von *FullControl* gefangen zu werden.

»Wo wir gerade beim Thema sind: Josh, willst du wirklich Soniya mitnehmen?«, nörgelte Ita. »Und jetzt komm mir nicht wieder damit, dass ich sie ja nur nicht leiden kann, weil sie aussieht wie der Cyborg, der Sonny umgebracht hat! Ich hab kapiert, dass du ohne sie nicht weit gekommen wärst.« Von diesem Vorwurf hatte sie sich in Joshs Augen tatsächlich reingewaschen, indem sie geholfen hatte, Soniyas verbeulten kybernetischen Körper so gut wiederherzustellen, wie es ohne spezielles Werkzeug ging.

»Und deshalb kann sie uns auch so lange begleiten, wie sie will«, betonte Josh. »Mit dem 2OT werden wir schon irgendwie fertig. Die werden wohl kaum einen Zerstörer auf die Suche nach ihr schicken.«

»Dein Wort in Gottes Ohr.«

Josh musste zugeben, dass es ein Risiko war. Alle abtrünnigen Mitglieder des 2OT mussten damit rechnen, aufgespürt und ihrer künstlichen Körperteile beraubt zu werden. Für Soniya der sichere Tod. Selbst wenn sie kein wandelndes geheimes Militärprojekt gewesen wäre. Der Orden hatte sie schon zuvor als Verräterin verurteilt, weil sie der Menschheit hatte offenbaren wollen, dass der 2OT mit den Collectors gemeinsame Sache machte. Das war das Einzige, an das sich das arme Wesen noch erinnerte.

»Wo steckt sie eigentlich?«

»Quasi eingestöpselt am *Starlook*-Nachrichtenkanal«, sagte Ace. »Mittlerweile muss sie die Berichterstattung über diese Keeper schon auswendig kennen.«

»Wenigstens muss sie jetzt nicht mehr rätseln, warum die vermeintlichen Verbündeten die Station angegriffen haben.« *Bei ihrem verwirrten Verstand muss das eine große Hilfe sein.*

»Keepers. Collectors. Und nur ein dämliches Abzeichen an der Rüstung unterscheidet sie voneinander.« Ace schüttelte den Kopf. »Ich trau der Sache nicht. Das ist doch, als ob plötzlich die Vegetarier beschließen: Hey, lasst uns alle Fleischesser umbringen, um die armen Rinder zu befreien. Okay, zuzutrauen wär's einigen, aber die eine Hälfte der Menschheit bringt doch nicht für die Rechte der Viecher die andere um.«

»Also ich für meinen Teil bin sehr froh, dass jemand aufgetaucht ist, um die Collectors aufzuhalten«, befand Ita schaudernd. »Von mir aus auch ihre eigenen Brüder.«

Josh nickte. Die Berichte der letzten Tage hatten mit drastischen Bildern bewiesen, was zuvor nur eine schlimme Ahnung gewesen war. Die Obhut der Collectors bedeutete nichts anderes, als die Menschen zu Nutztieren zu degradieren, sie zu züchten, in großen Fabriken massenhaft zu schlachten und zu fressen. Vor diesem Hintergrund hatte sie auch Soniya endlich geglaubt, dass der 2OT auf Victory nicht nur mit ein paar Verrätern, sondern mit zahllosen Gehirnen Unschuldiger experimentierte, die ihm die Collies aus ihren Schlachthäusern lieferten.

»Wir müssen dankbar sein, dass diese Keeper aufgetaucht sind, bevor die Collies noch weitere Welten besetzen konnten«, stimmte sie Ita zu. Die VHR-Flotte war an dieser Aufgabe gescheitert und wäre völlig vernichtet worden, hätten die »guten« Collector-Wesen nicht in die Schlacht eingegriffen. »Und wir wären heute nicht hier, wenn es sie nicht gäbe.«

»Amen«, sagte Ace sarkastisch.

»Ich dachte, Prediger sei in der Stadt unterwegs«, ließ sich Loop vernehmen. Er und Cherokee kamen mit gepackten Taschen die Rampe herunter, wobei der Adler-Beta die Hauptlast geschultert hatte, denn mit einem gebrochenen Schlüsselbein konnte Loop nichts tragen. Immerhin hatte sich seine Schädelfraktur als unkompliziert herausgestellt, sodass der Verband um seinen Kopf nur dazu diente, ihn an vorsichtiges Verhalten zu erinnern. Übler war die Wundinfektion mit Keimen gewesen, die sich auch Mark und Higgins auf Victory eingehandelt hatten. Zwei Tage hatte der Doc um ihr Leben gerungen, bis er das richtige Medikament gefunden hatte. Josh war froh, dass Ludmila als Ärztin an Bord bleiben wollte, denn wer konnte wissen, wann sie sich hier draußen in den abgelegenen Bereichen des von Menschen besiedelten Universums den nächsten Notfall einhandelten.

»Gib's zu, du willst mir den Abschied leicht machen, indem du mich beleidigst«, konterte Ace.

»Ja, wir müssen los, sonst hauen die ohne uns ab«, bestätigte Loop. Cherokee und er hatten ein Schiff gefunden, das im Besitz der *Knowledge Alliance* stand, zu der auch ihr Konzern *Stellar Explorations* gehörte. Bitangaros Leiche war bereits dorthin überführt worden, nachdem der Captain zugestimmt hatte, die beiden gestrandeten Justifiers zurück in die Zivilisation zu bringen.

Josh reichte beiden nacheinander die Hand. »Viel Glück, Sergeants. Ich hoffe, der Konzern weiß, was er an Justifiern wie euch hat. Wenn nicht ... In meiner Crew seid ihr immer willkommen!«

Loop öffnete die Lefzen zu einem Wolfslächeln. »Wer weiß, vielleicht, wenn wir uns irgendwann freigekauft haben.«

Cherokee warf einen bedeutungsvollen Blick auf ihr Handgelenk, wo die Multibox die Narbe verdeckte. »Wir sind vom selben Blut. Passen Sie gut auf sich auf, Captain.«

»Wie hat er das gemeint?«, wollte Ita wissen, nachdem die beiden durch das Hangartor verschwunden waren. »Das mit dem Blut. Du schuldest mir ohnehin noch eine Erklärung, was Wellesley mit dem Geheimnis meinte, als ...«

»Sicher meinte er nur, dass wir aus demselben Holz geschnitzt sind. Vielleicht wollte er mich damit zu einer Art Ehren-Justifierin erklären«, behauptete Josh, doch der musternde Blick, mit dem Ace sie bedachte, gefiel ihr nicht. »Drücken wir ihnen lieber die Daumen, dass ihnen *Stellar Explorations* keinen Strick daraus dreht, wie lange sie auf eigene Faust unterwegs waren. Wenn man sie zu Deserteuren erklärt, schickt man sie auf irgendeinen Minen-Planeten.«

»Danke, ich bin selbst Deserteurin, schon vergessen? *FullControl* wird uns einfach abknallen, wenn sie uns kriegen.«

»Wir müssen eben untertauchen. Ein harmloses kleines Frachtunternehmen mit einer Kennung, die es seit fünf Jahren gibt. Dafür haben wir den Kerl schließlich bezahlt.«

»Ja, schon gut. Ich hoffe ja auch, dass es klappt. Es fliegen genug Schiffe dieses Typs herum, dass wir nicht sofort auffallen.«

Draußen näherte sich das Brummen von Pulsatoren, und im nächsten Moment steuerte Rodriguez ihren Lastgleiter durch das Hangartor. Prediger und Higgins saßen mit einigen Fässern auf der Ladefläche. Der eine hielt eine Kiste Spraydosen in den Händen, der andere seine *Veloc*. Schließlich ging es in Ripley rau zu, wie man es von einem Außenposten erwartete.

Rodriguez hielt den Gleiter vor ihnen an und grinste. »Kann losgehen. Grüne Farbe war aus, also haben wir Blau genommen.«

»Na, hoffentlich deckt das Zeug, sonst wird es grün, wenn ihr das gelbe *FCC*-Logo übertüncht«, unkte Ace.

»Der Herr ist erwiesenermaßen mit diesem Schiff, also wird er auch das Mal des Teufels von seiner Oberfläche wischen«, verkündete Prediger. »Viel wichtiger scheint mir immer noch die Wahl des richtigen Namens, auf den es nun neu getauft werden soll.«

»Also ich fand Marks *Jailhouse Rock* ziemlich cool«, sagte Rodriguez mindestens zum vierten Mal.

Ita verdrehte die Augen. »Klar, ungefähr so unauffällig wie *H.M.S. Bounty*. Warum nennen wir es nicht gleich *Mutiny – Meuterei*?«

»Ich bin immer noch für *Segen des Herrn*«, betonte Prediger. »Man wird uns überall für ein Schiff der Church of Stars halten.«

»Ein äußerst zweifelhafter Bonus«, merkte Ace an.

Josh schüttelte den Kopf. »Leute, das hatten wir doch alles schon. Die Abstimmung hat *Outcast* ergeben, und dabei bleibt es jetzt. Befehl des Captains. Basta.« *Und »Ausgestoßene« trifft es doch wirklich gut.* Sie sah zu dem

Schriftzug *FCC Starhawk* hinauf und konnte den neuen Namen bereits dort sehen. *IS Outcast.* Independent Ship. Frei und unabhängig würden sie in eine ungewisse Zukunft aufbrechen. Zum ersten Mal, seit Josh aus den Laboren auf Betterday entkommen war, fühlte sie sich auch im Herzen frei.

Epilog

01. Juni 3042 (Erdzeit)
System: Cor Caroli

Henry Talbot sah versonnen der tiefgefrorenen Leiche nach, die ein letztes Mal gegen das Cockpitfenster der *Ludendorff* stieß, bevor sie weiter durch die Weiten des Alls schwebte. *Die scheinen auf der* Starhawk *ja richtig Spaß zu haben.* Schnaubend wandte er sich vom Fenster seines neuen Zweitschiffs ab und machte sich auf den Weg zum Schleusenbereich. Die Tarnvorrichtung der *SternenReich*-Korvette war ein nettes Spielzeug. Er hätte nicht gedacht, dass man einem anderen Schiff damit tatsächlich so nah kommen konnte, ohne bemerkt zu werden. Gemessen an interstellaren Entfernungen klebten sie der *Starhawk* förmlich am Heck – auch wenn es in Wahrheit etliche Tausend Kilometer Abstand waren. Für einen guten Sublicht-Antrieb nur eine Frage von Sekunden.

Taurus' breiter Rücken versperrte die Sicht auf die Schleusentür, doch den Geräuschen nach zu urteilen schloss sich gerade das Außenschott.

»Und? Lebt er oder sie noch?«, fragte Talbot über Kom. Nur weil ein Raumanzug noch ein Notsignal funkte, war der Mensch darin schließlich nicht zwangsläufig gesund und munter.

»Tot oder bewusstlos. Ich bin nicht sicher, Sir«, antwortete Margita. »Da ist'n Einschussloch im Anzug, aber die Reparaturflüssigkeit hat's wohl rechtzeitig abgedichtet.«

Das wird ja immer interessanter. Hatte das arme Schwein fliehen wollen und war dabei angeschossen worden?

»Druckausgleich eingeleitet«, verkündete Taurus mit seiner heiseren Stimme. »Du hast gleich wieder Luft. Sollten wir unser Fundstück nicht auf die Krankenstation bringen, Boss?«

»Jetzt schauen wir erst mal, ob es sich noch lohnt.« Talbot stieg durch die Schleusentür, sobald sie sich geöffnet hatte. Margita, die einst als SupraSoldier im Dritten Kon-Krieg gekämpft hatte, nahm gerade ihren Helm ab. Selbst eine künstlich aufgepeppte Soldatin wie sie war nach einem Weltraumspaziergang wacklig auf den Beinen, doch die teure vakuumtaugliche Rüstung glich dieses Manko wieder aus. »An die könnte ich mich echt gewöhnen.«

Talbot grinste. »Ein Hoch auf *SternenReich*!« Der Konzern hatte bei der Ausstattung dieses Schiffs an nichts gespart. Dagegen war der Raumanzug, mit dem die *Full-Control Corporation* ihre Leute abspeiste, eindeutig Billigware. Ein Wunder, dass zwischen Brust und rechter Schulter tatsächlich ein glänzender bräunlicher Fleck von einem dicken Film geronnener Reparaturflüssigkeit zeugte. Talbot richtete den Blick auf das Visier des Geretteten und runzelte die Stirn. *Ist das wirklich ...* Rasch löste er die Verbindung zwischen Helm und Anzug und zerrte dem Mann den Helm vom Kopf. *Wellesley!* »Sag mir nicht, dass du schon tot bist, du verdammter Hurensohn!« Er tastete am Hals des Earls of Mornington, bis er einen schwachen Pulsschlag fand.

»Das ist doch der Captain des Schiffs, das wir verfolgen«, staunte der Stier-Beta.

»Tja, scheint, als hätten sie die Nase voll von ihm«, feixte Talbot. »Er lebt. Schafft ihn in die Messe! Ich hab ein zähes altes Huhn mit ihm zu rupfen.« Er nahm das Notfall-Med-Pack mit und ging voran. Der Zorn, der über die Jahre in ihm gegärt hatte, verwandelte sich in Hass und Schadenfreude. Während Margita und Taurus Wellesley auf einen Stuhl setzten und festbanden, sodass der Bewusstlose nicht mehr herunterrutschen konnte, fischte er ein Adrenalinpatch aus dem MedPack. *Das hat noch jeden geweckt, der nicht völlig tot war.* Er klatschte es Wellesley in den Nacken, die einzige freie Stelle, die sich anbot. »Okay, Leute, verzieht euch! Das hier geht nur das Arschloch und mich was an.«

Alle, die in der Messe herumgelungert hatten, gehorchten eilig seinem Befehl. Nur Taurus zögerte, sah zweifelnd zwischen ihm und Wellesley hin und her, bevor er sich doch noch trollte. In das Gesicht des Verwundeten kehrte etwas Farbe zurück. Plötzlich riss er die Augen auf und schnappte nach Luft, blinzelte, starrte Talbot an wie einen Geist.

»Nein, du bist noch nicht tot, falls du das glaubst. Und

ich hab vor, noch eine ganze Weile länger zu leben als du.«

»Was ...« Wellesley bewegte sich in den Fesseln, sah an sich hinab.

»Statusbericht gefällig, Captain? Offenbar hat deine Mannschaft beschlossen, dass sie ohne dich besser dran ist. Eine weise Entscheidung, wenn du mich fragst. Und dir noch eine Kugel mitzugeben, ist mir fast schon zu gnädig. Übrigens ein netter Versuch, mich abzuhängen, indem du durch dieses Wurmloch gesprungen bist. Auf meinen Karten war es nicht eingezeichnet.«

»Wurmloch?« Wellesley hob überrascht die Brauen.

»Jetzt sag mir nur noch, dass du versehentlich da reingesprungen bist. Du hast echt nachgelassen, mein Freund. Seh ich da graue Haare? Aber so verkalkt, dass du mich nicht mehr erkennst, bist du noch nicht. Ich hab's an deinem entsetzten Blick gesehen.«

»Was willst du, Talbot?«, keuchte er und wurde von einem Hustenanfall geschüttelt.

»Lass mal überlegen. Die Auswahl ist so groß. Rache. Rehabilitation. Schadenersatz für das Vermögen meiner Familie, das der Staat kassiert hat.«

»So viel Geld hab ich nicht. Dann hättest du meinen Deal mit *SternenReich* nicht platzen lassen dürfen.«

Talbots Faust krachte gegen Wellesleys Kiefer, bevor er selbst wusste, was er tat. Zähne knirschten. Wellesley spuckte Blut.

»Komm mir nicht so!«, warnte Talbot. Dieses Arschloch hatte ihn durch die Hölle gehen lassen, um seinen eigenen Hintern zu retten. Er würde sich keine Frechheiten von ihm anhören. »Geld ist mir scheißegal. Ich hab wieder mehr als genug davon, seit ich bei den Royal Raiders bin. Ich will, dass du meinen Namen reinwäschst.«

Wellesley lachte, was sofort wieder in Husten überging. »Dafür ist es doch längst zu spät. Du bist Pirat. Dein Leben ist keinen antiken Penny wert.«

»Und wem hab ich das zu verdanken?« Wieder schlug Talbot zu. Wellesleys Lippe platzte auf. »Ich will die Beweise dafür, dass die Automaten dich damals gekauft haben.«

»Das ist doch Schnee von gestern.«

»Schnee von gestern? Hast du die Berichte nicht gesehen? Irgendjemand hat die VHR-Flotte gegen die Collies sabotiert. Du weißt so gut wie ich, dass es die verfluchten Blechbüchsen waren. Wir hätten die FEC schon damals vor ihnen warnen können, aber du ...« Die Wut raubte ihm die Sprache. Wieder sah er sich in der Zelle sitzen, angeklagt als Deserteur. Als der Alarm gekommen war, war er Jägerpilot auf einem Zerstörer der FEC gewesen. Zur falschen Zeit am falschen Ort hatten sie das friedliche Aufeinandertreffen einer *Bigger* mit einem Schiff des 2OT beobachtet und waren angegriffen worden. Der Kommandant hatte sofort Verstärkung angefordert, doch bis sie eintraf, hatten sie das Gefecht verloren. Der Zerstörer war nur noch ein Haufen brennender Trümmer gewesen, während Talbot und sein Co-Pilot Wellesley der Verstärkung entgegengeflohen und mit knapper Not entkommen waren.

»Sie hatten die Logbücher manipuliert«, verteidigte sich Wellesley. »Ihres und unseres. Keine Ahnung, wie sie da rangekommen sind. Vielleicht die Wartungsbots. Unsere Aussage gegen ihre ›Beweise‹. Wir hatten keine Chance, Henry.«

»Nenn mich nicht Henry!« Talbot rammte ihm erneut die Faust ins Gesicht. Blut schoss aus Wellesleys Nase hervor, lief ihm übers Kinn in den Kragen, sprühte mit dem Atem als roter Nebel hervor. »Wenn wir beide bei der Wahrheit geblieben wären, hätten sie die Sache nicht so leicht abhaken können. Aber du hast ihr dreckiges Geld genommen und mir die ganze Schuld gegeben! Mir, deinem Freund! Wir waren zusammen auf der Militärakademie, sind zusammen geflogen!« Er hatte es nicht fassen können, als seine Anwälte es gesagt hatten. Arthur Wellesley, den er für seinen besten Freund gehalten hatte, war ihm in den Rücken gefallen, hatte behauptet, Talbot habe beschlossen, sich angesichts der Collectors aus dem Staub zu machen und er, Wellesley, habe nicht viel dagegen tun können. Das Urteil war daraufhin schnell gefällt worden. »Du hast mich in dieser Zelle sitzen lassen, obwohl du wusstest, dass Deserteure hingerichtet werden!«

»Offenbar schießen sie bei der FEC öfter daneben«, murmelte Wellesley.

»Ja, ich lebe noch. Aber das ist nicht dein Verdienst. Es waren andere, die mir zur Flucht verholfen haben.« *Und zu einer Karriere als Gesetzloser.* »Du wirst nicht so viel Glück haben. Sag mir, wo ich die Beweise finde.«

»Damit du mich danach umbringen kannst? So dumm bin ich nicht. Hol mir die *Starhawk* zurück, dann geb ich sie dir.«

»Das ist alles, was du willst? Diese lahme Ente von einem

Frachter?« Eine leise Stimme warnte Talbot, dass Wellesley erneut darauf aus war, ihn zu hintergehen. Er sah ihm fest in die Augen.

»Die Beweise befinden sich auf meinem Note-Pad an Bord.«

Er sieht zu unschuldig aus, zu gelassen. Talbot kannte Wellesley lange genug, um zu wissen, wann er log. »Taurus, Margita, schmeißt das Arschloch wieder raus!«, befahl er über Kom. Er lehnte sich gegen den Tisch und sah zu, wie sie ihn hinaustrugen, sah den Unglauben und das Entsetzen auf seinem Gesicht, blendete aus, was er an Worten und Blut spuckte. Wahrscheinlich existierten schon seit Jahren keine Beweise mehr, hatte Wellesley alles gelöscht, alle Spuren verwischt, die ihm hätten gefährlich werden können. Diese Jagd hatte zu lange gedauert. Nun war sie vorbei.

Ein Reinigungsbot rollte näher und begann, die Blutflecken aufzuwischen.

DIE JUSTIFIERS KEHREN
ZURÜCK IN:

THOMAS PLISCHKE
AUTOPILOT

MARKUS HEITZ

SUBOPTIMAL VI

3. März 3041 a.D.
System: 61 Cygni
Planet: Relax (im Besitz der United Industries)
3. Kontinent (vermietet an StarLook)
Stadt: Objective

»Schick hier.« Phileas Kalimeropoulus hatte die Geschichte nicht vergessen, die ihm der Reporter Salvador M. Ransom über die wahren Hintergründe der Morde an Remigius Dalljin und Lisbetta Engers berichtet hatte. Jetzt stand er in den Kulissen von »*The Beauty & the Beta*« und machte zusammen mit zwei weiteren Ermittlern die Studiotour mit. Heimlich, ohne sich als Konzerngesetzeshüter zu erkennen zu geben.

Ebenso wenig hatte er den Kampf gegen den Killer vergessen, der hinter der Tochter des Ermordeten her gewesen war. Seine zahlreichen Schusswunden waren noch nicht ganz verheilt, doch dank der Mittel, die er genommen hatte, schmerzten sie nicht. Ballistik- und DNA-Vergleiche hatten ergeben, dass der Justifier ohne Abzeichen auch der Scharfrichter von Remigius und Lisbetta gewesen war. Damit hatte Kalimeropoulus den Schuldigen gefunden und gleich exekutiert, wie das seine Art war. Deswegen nannte man ihn als Sonderermittler von *United Industries* auch gerne Getter.

Für die Akten von *UI* war Xian Dalljin unschuldig an den Morden auf dem konzerneigenen Planeten, und somit hatte er keinen weiteren Grund, die junge Frau zu verfolgen. Dass sie den Chip aus dem Labor von *KrEArtificial* gestohlen und an einen Mittelsmann übergeben hatte, interessierte ihn nicht. Falscher Konzern.

»Finde ich auch«, sagte einer der Touristen und schoss Fotos mit seiner CamBrille, wie man an dem leisen Klicken erkannte. Es wurde elektronisch erzeugt, damit die Umgebung wusste, dass digitale Aufnahmen gemacht wurden. Sehr moderne Gläser hatten sogar genug Kapazität, um Filme zu drehen. »Ist wie im Film.«

Kalimeropoulus fuhr sich über die Mundwinkel und verbarg so das Grinsen. Dass er die Tour machte, verdankten die Studios dem Umstand, dass Xian Dalljin gesagt hatte, der Mittelsmann habe bei der Chip-Übergabe eine Collectors-Rüstungsattrappe getragen. Die gab es natürlich auch in einem Filmstudio.

Es war zwar nicht mehr sein Fall, aber es interessierte Kalimeropoulus, wie es der Mittelsmann oder Erpresser geschafft hatte, sich Zugang zu verschaffen: sowohl zum niedlichen kleinen ferngesteuerten Roboter, der als Führer diente, als auch zur Rüstung. Von langen Verhören hielt er nicht viel. Er ging seinen eigenen Weg.

Kalimeropoulus folgte dem Pulk von Touristen, die eben durch den Ausgang zum Souvenirshop geschickt wurden, damit sie dort nochmals richtig viel Geld ließen.

»Und heute ist Ice McCool, der berühmte Beta und Darsteller aus der gleichnamigen Serie, eine Stunde lang für Sie da. Das Foto mit ihm kostet 15 Tois, ein Autogramm ebenfalls 15«, sagte die verzerrte Stimme aus dem Lautsprecher des Bots.

Die Männer, Frauen und Kinder folgten der Aufforderung artig. Kalimeropoulous dagegen bog nach links ab und verschwand in einem Seitengang. »Sehen wir mal, wohin uns das Ding führt.« Er setzte sich mit seinen beiden Begleitern in Bewegung.

Nur wenige Menschen wussten, dass er ein Hybrid war, eine Mischung aus Beta und Mensch.

Seine kräftigen Zähne, die durchaus an ein Raubtiergebiss erinnerten, hätten den Verdacht schnell aufkommen lassen können, weswegen er darauf verzichtete, laut und ausgiebig zu lachen, was wiederum für das Image als *UI*-Sonderermittler nicht schlecht war. Darüber hinaus gab es an seinem Körper Stellen, die den Panther in ihm verrieten: schwarz eingefärbte Haut und Jaguarfellmuster.

Geerbt hatte er außerdem einen stark verbesserten Geruchssinn, und dieser sagte ihm, dass Dalljin hier entlang gegangen war.

Vor einem Schott kam der Bot zum Halten. Die Öffnung schwang auf, und ein junger Techniker kam heraus, eine Tasche mit Werkzeugen umgehängt. Er kniete sich neben den Bot, zog das Ladekabel heraus und verband ihn mit einer Steckdose. Dann öffnete er zwei Wartungsklappen, um den Bot zu checken.

Kalimeropoulus trat aus seiner Deckung. »Hallo«, grüßte er.

Der Techniker zuckte nicht zusammen, sondern blickte ihn über den ein Meter großen Bot hinweg an. »Sie waren vorhin bei der Führung dabei. Sie sollten doch bei der Gruppe bleiben.« Mit der abgebauten Ladeklappe wies er den Gang hinunter. »Diese Richtung, bitte. Sie haben hier nichts zu suchen.«

»Sagen Sie, könnten Sie mir und meinen Freunden vielleicht eine kleine Sonderführung geben?« Kalimeropoulus zog seine Brieftasche und nahm einen Hundert-Toi-Chip heraus.

»Pro Person«, sagte der junge Mann sofort und richtete sich auf. »Aber nichts anfassen und nichts mitnehmen, sonst hole ich den Sicherheitsdienst und tue so, als hätte ich Sie überrascht. Klar?«

Kalimeropoulus nickte. »Klar.« Damit war schon mal der Beweis erbracht, dass der Techniker bestechlich war. »Wie heißen Sie?«

»Für Sie? Rundführer.« Der Techniker schob den Bot bis an die Wand. »Irgendeinen speziellen Wunsch, was Sie sehen wollen?«

»Nö ... doch! Haben Sie eine Collectorrüstung hier?«

»Ein Dutzend. Also, zumindest sehen sie von außen aus wie die echten.« Er ging durch das Schott und sammelte die 300 Tois ein. »Mir nach. Fotos sind gratis, aber nur nicht mich dabei erwischen.«

Kalimeropoulus und sein kleines Team folgten ihm. Dem Geruch nach war Dalljin nicht hindurchgegangen, genau wie sie es gesagt hatte. Nach kurzem Fußmarsch gelangten sie in die Kammer, wo die Collectorrüstungen nebeneinander aufgereiht standen.

Der Techniker ließ sie rein. »Bitte sehr.«

»Kann man die mal aufmachen?«

»Einen, okay.«

Kalimeropoulus sah ihm in die Augen. »Nein. Alle. Für 300 Tois ...«

Der Mann zuckte mit den Schultern und zeigte ihnen einmal, wie die Verschlüsse funktionierten.

Es reichte Kalimeropoulus schon, dass sie den Helm abnehmen konnten. Er hielt die Nase über jede Öffnung und sog den austretenden Geruch tief ein, verglich die Düfte und bemerkte abgesehen vom gleichbleibenden Odeur von Schweiß in verschiedenen Varianten in der viertletzten Rüstung eine Besonderheit: Sonnenöl mit dem Hauch von Bolohanf und Kusmibeeren – sehr teures Zeug, das in erster Linie von Frauen benutzt wurde.

»Darf ich reinsteigen?«, fragte er.

»Nein, bestimmt nicht«, wehrte der Techniker ab. »Kommen Sie, ich zeige Ihnen noch ...«

»Von wo steuern Sie den Bot? Ist da so eine richtig große Schaltzentrale?«, fiel ihm Kalimeropoulus ins Wort.

»Äh, nein. Nur ein kleines Kabuff.«

»Das möchte ich mir mal anschauen.«

Der Techniker sah auf die Uhr. »Dann ist aber Schluss. Ich muss noch Wartungsarbeiten machen. Und zurück gibt es auch nichts, verstanden?«

»Aber sicher.« Kalimeropoulus lief wieder hinter ihrem Führer her und gab seinen beiden Leuten das Zeichen, wachsam zu sein.

Bolohanf und Kusmibeeren schwebten bereits sachte in der Luft, als sie um die Ecke in den Hauptgang bogen, und die Spur führte in das Kabuff, das dem Techniker gehörte. Kalimeropoulus senkte den Kopf und unterdrückte das Grollen.

Sie betraten den kleinen Raum, und das Sonnenöl lag vermutlich sogar für Menschen deutlich in der Luft. Jedenfalls wunderte er sich immer, dass die Menschen so wenig rochen.

Kalimeropoulus ging herum, schaute auf die Werkbank, die elektronischen Diagnosegeräte, die vielen verschiedenen Werkzeuge. Die Fernsteuereinrichtung für den Bot sah er auch. Er roch gründlich daran, ohne sie anzufassen oder aufzuheben.

»Was ... machen Sie denn da?« Verwundert schaute ihm der Techniker zu.

»Ich? Ich habe bemerkt, dass der viertletzte Collector innen nach Sonnenöl roch, mit Spuren von Bolohanf und Kusmibeere.« Kalimeropoulus zeigte auf die Fernsteuereinheit. »Der gleiche Geruch, das gleiche Öl, das ich weder an Ihnen noch an irgendeinem anderen Werkzeug in diesem Raum feststellen kann. Das bedeutet, dass Sie es nicht benutzen, aber sich eine Person mit diesem Sonnenöl daran zu schaffen gemacht hat.« Er lächelte schwach, um sein Gebiss nicht zu zeigen.

Der Techniker sah zu den beiden Männern, die sich neben dem Ausgang postiert hatten, und begriff, dass es aus diesem Raum kein Entkommen geben würde. »Wer seid ihr?«

»Wahrheitsfinder, mein Kleiner. Und du bist ein Teil davon.« Kalimeropoulus zog seinen Sonderermittlerausweis aus der Jacke. »Wie viele Frauen waren hier, die dieses

Sonnenöl benutzen? Und deinen Namen hätte ich jetzt auch gern.«

Der Techniker wurde blass. »Hermann Obberg. Ich ...« Er nahm die 300 Tois und legte sie auf die Werkbank. »Oh, Mann, Scheiße. Ehrlich, ich mache das nie wieder! Konnte doch nicht ahnen, dass die Studios gleich einen Sonderermittler ...«

Kalimeropoulus setzte sich. »Hermann, denk nach, wen du hereingelassen hast.«

»Niemanden. Ich schwöre!« Er hob die Finger.

»Hatte jemand die Gelegenheit, die Zutrittskarten nachzumachen?«

»Für meinen Bereich gibt es keine Karten. Da reichen einfache elektronische Schlüssel.« Er griff in die Tasche und zog ihn heraus. »Das ist er.«

Auch daran hatte Kalimeropoulus das Öl bemerkt. »Ich glaube, dass du zwar einerseits die Wahrheit sagst, andererseits aber noch ein bisschen was verschweigst.« Er betrachtete Obbergs Gesicht, und je länger er seine Augen darauf gerichtet ließ, desto stärker roch der Mann nach Schweiß. »War sie gut im Bett, Hermann?« Sofort veränderte sich sein Duft. Ertappt. »Also schön. Du hast mit einer Frau schlafen dürfen. Die besondere Studiorundtour, ja?«

»Ja«, sagte er.

»Beschreib sie mir.«

»Warum?« Jetzt wunderte er sich. »Was ist an ihr denn ...«

»Beschreib sie einfach, Hermann!«, grollte Kalimeropoulus.

»So groß wie ich, Spitzenfigur, jung, um die Mitte zwan-

503

zig, langes schwarzes Haar, und dem Akzent nach kam sie von einem Planeten, der den Russen gehört.«

»Ihr Name?«

»Olga. So hat sie sich jedenfalls genannt. Aber ich glaube nicht, dass es ihr echter Name war. Ich habe sie einmal damit angesprochen, und sie hat nicht reagiert.« Hermann sah zu den beiden anderen Ermittlern. »Bekomme ich Schwierigkeiten?«

»Nur, wenn du kein Sterilgel und kein Sprühkondom benutzt hast. Sie hat hässliche Geschlechtskrankheiten«, sagte Frederik todernst, und Hermann wurde noch weißer im Gesicht.

»Eine Komnummer hast du auch nicht für mich?«

»Nein. Ein Bild leider auch nicht. Sie hat mich gezwungen, das Bild, das ich beim ... öhm ... Sex gemacht habe, zu löschen.«

Kalimeropoulus nickte dem Team zu. »Lasst sie euch beschreiben und fertigt eine Phantomzeichnung an. Wenn wir die Frau finden, sind wir ein gutes Stück weiter.« An Hermann gewandt sagte er: »Keine Extratouren mehr, oder du bist deinen Job los. Wir schweigen und verzichten auf eine Anzeige.«

»Ja. Danke.« Hermann schwitzte jetzt stark.

Kalimeropoulus erhob sich, strich mit dem kleinen Finger über die Fernsteuerung und hielt sich den Geruch des Sonnenöls unmittelbar unter die Nase. Es wäre ihm ein Leichtes, den Duft aufzunehmen. Er brauchte nur einen ungefähren Anhaltspunkt, wo sich die Unbekannte auf Relax aufhielt. Er nahm an, dass sie in Pool residierte, brauchte aber das Phantombild, um es mit den Aufzeichnungen der Ü-Kameras abzugleichen. »Ich bin im Hauptquartier im Hotel. Mir ist da eine Idee gekommen.«

Kalimeropoulus verließ den Raum, wo ein eingeschüchtert-dankbarer Hermann Obberg versuchte, sich an die Einzelheiten der Frau zu erinnern, die oberhalb ihrer Brüste gelegen hatten.

3. März 3041 a.D.
System: 61 Cygni
Planet: Relax (im Besitz der United Industries)
4. Kontinent (vermietet an Freepress Moviesection)
Stadt: Pool

Kaum im Hauptquartier angekommen, ließ sich Phileas Kalimeropoulus vom Computer mithilfe der Beamerfunktion alle Menschen anzeigen, die im unmittelbaren Umfeld von Remigius Dalljin gearbeitet hatten, soweit er Zugriff auf die Daten bekommen konnte. Da es sich bei *KrEArtificial* nicht unbedingt um einen befreundeten Konzern handelte, wurde es schwierig, alle Wissenschaftler ausfindig zu machen.

Also wählte er einen anderen Weg. Auch wenn Konzerne auf ihren eigenen Planeten strengste Kontrollen installiert hatten, gelegentlich durften die Wissenschaftler auf Symposien oder folgten den Einladungen von Forschungsinstituten oder Staaten.

Das StellarWeb mit seinem riesigen Gehirn und den vielen kleinen unkontrollierbaren Satelliten hatte ein enormes Gedächtnis, das er anzuzapfen gedachte. Kali-

meropoulus gab den Namen des Professors als Such-
begriff ein.

Es kamen etliche Bilder mit Remigius Dalljin, meistens
im Zusammenhang mit Doktoranden und Diplomanden
oder Kollegen, denen er auf Kongressen ihre Auszeich-
nungen überreichte.

Kalimeropoulus betrachtete die Bilder ganz genau,
prägte sich die Gesichter ein. Eine Stunde verging, und er
machte nichts anderes als Leute betrachten.

Sein Kom meldete via Kurznachricht, dass ihm sein Team
das Phantombild geschickt hatte, angefertigt nach den
Anweisungen von Obberg.

Rasch lud Kalimeropoulus es in den Hauptrechner, aktivierte die ID-Software, die bestimmte biometrische Daten
herausfilterte und extrapolierte. Danach loggte er sich in
die Sicherheitszentrale ein und jagte die Daten durch den
Kontrollrechner.

Kameras auf dem ganzen Planeten sowie Satelliten
sorgten für eine lückenlose Überwachung in den Groß-
städten oder an sicherheitsrelevanten Punkten. Die elektronische Gesichtserkennung machte sich auf die Suche,
prüfte Tausende Menschen und sortierte nach möglicher
Übereinstimmung mit dem Phantombild, geordnet nach
Wahrscheinlichkeiten, ohne dass die Gescannten etwas
bemerkten. Gleichzeitig ließ er auch die Massen- sowie
Einzelbilder von Remigius Dalljin durch die Software
prüfen.

Kalimeropoulus machte sich einen Koffy und wartete.
Das hatte er in seinem Job gelernt.

Die Software meldete eine ganze Reihe Treffer, was

natürlich an der unbekannten Komponente des Phantombilds lag. Aber als es auch zwei Treffer bei den Aufzeichnungen mit dem Professor gab, grenzte sich die Liste der Interessenten rapide ein.

Kalimeropoulus legte die Bilder einer blonden und einer rothaarigen Frau übereinander und kam zu einer Übereinstimmung von 99 %. Der Computer rechnete die störenden Elemente weg, etwa Reflexionen und die Sonnenbrille, erfasste Haaransatz und weitere Punkte. Beide wiesen mit dem Phantom jeweils eine Ähnlichkeit von 71 % auf.

Kalimeropoulus brach die Suche ab, trank seinen Koffy aus und machte sich auf den Weg zum Sieben-Sterne-Hotel *Russia*, wo die Rothaarige unter dem Namen Carmina Duzmaninov abgestiegen war. Das Team ließ er zurückkehren und das Büro abbauen. Sein Job als Sonderermittler war bereits beendet.

Kalimeropoulus arbeitete zu lange in seinem Beruf, um sich von Prunk beeindrucken zu lassen. Das *Russia* protzte als Nachbildung des historischen Kreml und bot in der Empfangshalle eine Armada von Angestellten auf, damit auch wirklich jeder Gast sofort volle, zuvorkommende Aufmerksamkeit erhielt.

Allerdings bewegten sich zwei breit gebaute Männer in russischen Trachten auf ihn zu, und sie sahen nicht aus, als wollten sie ihm imaginäres Gepäck abnehmen.

»Ruhig, Freunde.« Kalimeropoulus zog seinen Dienstausweis. »Einer von Ihnen bringt mich bitte zum Hotelmanager, damit ich mit ihm etwas klären kann.«

Der Rechte von ihnen führte ihn ohne Fragen durch die Lobby und durch eine Personaltür in ein Büro, wo kunstvoll *Amanda Jackson* auf die Tür gemalt worden war. »Miss Jackson, Besuch für Sie. Sonderermittler ...«

»... Kalypso!« Sie erhob sich und präsentierte ihr knitterfreies Delano-Kostüm, das eine geschickte Kombination aus durchsichtigem und normalem Stoff war. »Es ist mir eine Ehre, Sie persönlich kennenzulernen.« Sie entließ den Sicherheitsmann mit einem Wink. »Sie waren wegen des Doppelmords bei uns, wenn ich das richtig verfolgt habe.«

»Das ist richtig, Miss Jackson.« Er blieb stehen, darauf bedacht, hier nicht viel Zeit zu verbringen.

»Den Killer haben Sie erledigt, und diese andere Frau ist verschwunden. Ich will gar nicht wissen, welchen Dreck sie am Stecken hat.« Sie tippte auf den Schreibtisch, und in der Wand öffnete sich eine Klappe, in der zwei Gläser standen. »Etwas zu trinken, Mister Kalypso?«

»Nein, danke.«

Abschätzend sah sie ihn an. »Ich frage mich ... haben wir Miss Dalljin etwa bei uns beherbergt, ohne es zu wissen?«

»Miss Dalljin ist meines Erachtens an den Morden unschuldig, also interessiert sie mich nicht mehr. Ich möchte einer anderen Sache auf den Grund gehen.« Er nahm sein Kom-Gerät heraus und richtete die Infrarotschnittstelle auf die im Tisch. »Ich möchte alles über Carmina Duzmaninov wissen.«

»Einen Moment.« Jackson wischte auf der Multifunktionsarbeitsplatte herum, die vom Kom bis zum Computer alles beherrschte. Sie rief die Buchungen auf. »Luxussuite deluxe, Ankunft am 10. Februar, gebucht bis morgen noch. Sie hatte verschiedene Beauty- und Wellnesspakete, war in der Spielbank und hat etwa 40.000 Tois verzockt.«

»Wie bezahlt?«

»Bar.« Jackson klang nicht verwundert. »Sie zahlt alles bar. Das machen viele unserer Gäste.«

»Zeigen Sie mir bitte die Schließzeiten ihrer Tür.«

Jackson tippte auf den Schreibtisch, eine Liste erschien. »Was hat sie sich zuschulden kommen lassen?«

»Nichts, was Ihrem Haus Probleme bereiten wird. Im Gegenteil. Danach könnte es sein, dass Sie einen Zulauf von hohen *SternenReich*-Anzugträgern bekommen.« Er sah sofort, dass Duzmaninov am 12. bis zum 14. Februar nicht im Zimmer gewesen war. Abgesehen vom House-keeping hatte niemand ihre Unterkunft betreten. »Hatte sie einen Flirt, den man als intensiv bezeichnen kann?«

»Sie meinen, ob sie die Nächte in einem anderen Zimmer verbracht hat?« Jackson suchte nach anderen Dateien. »Sie hat in den Tagen keinerlei Buchungen auf ihr Zimmer vorgenommen, weder an der Bar noch im Casino. Ich denke, sie hat einen Ausflug gemacht. Irgendwo auf Relax. Es gibt viele andere schöne Fleckchen.«

Kalimeropoulus sah, dass Duzmaninov in ihrem Zimmer war. »Danke, Miss Jackson. Sie haben mir sehr geholfen. Kann ich eine Masterkarte für die Öffnung bekommen?«

Sie öffnete eine Schublade und nahm ein kleines Märkchen heraus. »Damit sollte es gehen. Brauchen Sie Unterstützung durch die Security?«

»Es wird so gehen.« Er nickte ihr zu und schritt zum

Ausgang. »Ich werde behutsam vorgehen. Niemand wird etwas bemerken, ich verspreche es.«

»Danke, Mister Kalypso.«

Kalimeropoulus verließ das Büro und marschierte durch die Lobby zu den Antigrav-Fahrstühlen. Es ging hinauf in den achten Stock, wo er die Suitenummer schnell fand. Ohne zu klopfen oder auf sich aufmerksam zu machen, öffnete er mit der Karte und trat ein; die Tür warf er absichtlich ins Schloss.

»Ah, nicht jetzt. Ich bin im Bad«, rief eine Frauenstimme. »Kommen Sie später noch mal, um aufzuräumen, Dimitri.«

Kalimeropoulus roch das Sonnenöl, das so besonders war und das er sowohl in der Collie-Rüstung als auch an der Bot-Fernbedienung wahrgenommen hatte. Das stimmte also schon mal.

In aller Ruhe öffnete er die Schränke und betrachtete ihre Garderobe. Dass er dabei Perücken fand, eine schwarze und eine rote, wunderte ihn nicht. Er hatte Carmina Duzmaninov ebenso gefunden wie die ominöse Olga und die eigentliche Hauptverdächtige. Die mit den blonden Haaren.

»Dimitri? Hatte ich nicht gesagt, dass Sie später kommen sollen?« Duzmaninov klang genervt.

Er überbrückte den elektronischen Safemechanismus mit einem Gerät aus dem Fundus seiner Spezialausstattung und öffnete ihn. Darin stapelten sich die dicken 1000er Toi-Chips, und da sie im Casino nicht gewonnen hatte … Er überschlug die Summe und kam auf lockere zwei Millionen. Vermutlich hatte sie noch mehr Geld im Zimmer versteckt.

Kalimeropoulus nahm einen Chip heraus und ließ ihn aus großer Höhe auf den Glastisch fallen.

»Scheiße, was ...« Sie kam aus dem Badezimmer, einen Mantel umgeworfen und den Gürtel rasch festzurrend. Die Haare hatte sie unter einem Handtuch verborgen. Als sie Kalimeropoulus sah, blieb sie stehen; ihre Augen richteten sich für eine Sekunde auf den offenen Safe, dann auf den einsamen Chip und wieder auf ihn. »Sind Sie verrückt? Ich rufe die Security ...«

»Sie können das Handtuch abnehmen. Ich weiß, dass Sie Estifania Esterhazy sind. Sie arbeiten bei *KrEArtificial,* in der gleichen Abteilung wie Remigius Dalljin. Weil Sie verstanden haben, dass man mit den Daten viel Geld verdienen kann und Sie gehofft haben, dass man Dalljin verdächtigt, erpressten Sie seine Tochter. Sie verlangten, dass sie Ihnen die Daten bei einer guten Gelegenheit besorgt. Der Clou: einen Sack voll Geld und vielleicht der Posten von Remigius Dalljin.« Er lächelte zurückhaltend. »Sie haben Obberg mit Sex gefügig gemacht, um die Übergabe im Filmpark über die Bühne zu bringen. Alles in allem recht clever. Vermutlich hat Ihnen der Fremdkonzern dabei geholfen. Zumindest ein bisschen.« Er schwieg und wartete ab. Was er sah, gefiel ihm. Die Doktorin hatte Sexappeal. Das Animalische in ihm erwachte schlagartig. Er LIEBTE blondes Haar!

»Wer sind Sie?« Sie zog das Handtuch tatsächlich ab. Lange blonde Haare fielen auf den weißen Kragen.

An ihren Bewegungen sah er, dass sie an einem Ersatzplan arbeitete, der ihm sehr gut gefallen könnte. »Spielt das eine Rolle?«

»Kopfgeldjäger?«

Kalimeropoulus schüttelte den Kopf. »Dann wäre Ihr Safe wohl leer.«

»Sie haben mich aufgespürt. Okay.« Sie sah ihn an, und der Blick wurde verführerisch. Damit hatte er gerechnet. »Wie geht es weiter?«

»Was hätten Sie im Angebot?«

Sie zeigte auf den Safe, die Rechte stemmte sie in die Hüfte. »Wie wäre es mit einer halben Million?«

»Wie wäre es mit … Sex?« Er grollte, die Finger krümmten sich. Ihr Haar und der Duft von reiner Haut machten ihn an. »Das, was Obberg bekommen hat. Und ein bisschen mehr. Ich führe.«

Sie legte den Kopf leicht schief. »Sex? Mehr nicht?«

»Sagen wir noch 250.000 Tois obendrauf.«

Estifania löste den Gürtel, der Bademantel klaffte einen Spalt auf und enthüllte ihre weiße, weiche Haut. Sie war eine echte Blondine, wie er erkennen konnte. »Abgemacht.« Sie kam auf ihn zu. »Sprühkondom dabei?«

Er lächelte. »Wem haben Sie den Chip übergeben?« Knurrend packte er sie mit einer Hand im Nacken und zog sie hart zu sich heran.

Sie atmete laut und sah ihn erstaunt an. Erstaunt und voller Neugier. Offenbar freute sie sich auf das, was ihr bevorstand.

»Nehmen Sie das Geld und genießen Sie den Sex.« Estifania küsste ihn leidenschaftlich auf den Mund. »Der Rest bleibt mein Geheimnis.«

Kalimeropoulus leckte sich über die Lippen und genoss ihren Geschmack. Er musste sich zurückhalten, um sie nicht sofort zu nehmen. Sein animalisches Erbe schlug wieder zu. »Das werden wir gleich sehen.«

Estifania wusste es nicht, aber gleich würde er auf die Toilette huschen und seine Fingernägel mit einer besonderen Flüssigkeit behandeln. Seine Nägel würden ihre Haut leicht kratzen, Schrammen zufügen und die Substanz in ihre Blutbahn bringen. Ein Wahrheitsserum. Und beim Höhepunkt würde sie alles herausschreien. Alles, was er wissen wollte.

Kalimeropoulus riss ihr den Bademantel herunter und betrachtete sie. »Sehr schön, Frau Doktor. Ich bin gleich wieder da.«

3. März 3041 a.D.
System: 61 Cygni
Planet: Relax (im Besitz der United Industries)
4. Kontinent (vermietet an Freepress Moviesection)
Stadt: Pool

Phileas Kalimeropoulus stieg in seinen Wagen und schnurrte leise vor sich hin.

Der Sex mit Estifania Esterhazy hatte sehr viel Spaß gemacht, und wenn er ihre Lustschreie und das Beben ihres Körper richtig interpretierte, ihr auch. Mit seinen spitzen Fingernägeln hatte er über ihre Haut gekratzt und ihr das Wahrheitsserum eingebracht. Nun wusste er, wie der Überfall abgelaufen war und wohin sie den Chip gebracht hatte. Es gab keine Geheimnisse mehr.

Sein Weg führte ihn zu einem anderen Hotel, dem *Star-*

gate, einer vergleichsweise einfachen Absteige. Dort hatte Esterhazy ein Zimmer auf *Meyer* reserviert und den Chip versteckt. Wann und wer dort aufkreuzte, um ihn abzuholen, wusste sie nicht. Möglicherweise war der Chip schon weg, vielleicht aber auch noch da.

Kalimeropoulus fuhr durch Pool, in dem das Nachtleben begann. Der Touristenkontinent hatte alles auf Lager, was man brauchte, um auszuspannen, und davon machten viele Leute, die im System lebten, Gebrauch.

Das *Stargate* war gebaut wie ein großes Rad, mit Fenstern in Hieroglyphenform, die wohl Ancient-Sprache imitieren sollten. In der freien Mitte verlief der Fahrstuhl, und im Zentrum des Kreises wiederum hing eine an Streben befestigte Kugel, in der sich vermutlich die Konferenz-, Wellness- und Frühstücksräume befanden. Für ein Mittelklassehotel war die ausgefallene Architektur große Raumfahrt.

Kalimeropoulus parkte den Wagen in der Tiefgarage und nahm den Fahrstuhl, der an der Innenseite des Rads verlief. Die Kabine war drehbar angebracht, sodass man im Innern immer senkrecht stand. Auf der passenden Ebene stieg er aus, nahm die Karte für Zimmernummer 1147 und betrat die Unterkunft; seine Waffe hatte er dabei halb gezogen, falls jemand da sein sollte, der auf ein Feuergefecht aus war.

Doch der Raum war leer. Es roch klinisch, leicht nach Standardlufterfrischer und einem Hauch Sonnenöl.

Kalimeropoulus ging ins Badezimmer, demontierte die Deckenverkleidung, klappte eine Luftschachtabdeckung in die Höhe und ergriff – den Chip. Er grinste breit. Damit könnte er Mitarbeiter des Monats werden, entweder bei *SternenReich* oder bei *United Industries*. 250.000 Tois von Esterhazy hatte er in der Tasche, und wenn er richtig verhandelte, könnte er sich das Zehnfache mit dem Chip dazuverdienen ...

»Ich bin nicht lebensmüde.« Er sprang auf den Boden, setzte sich ins Wohnzimmer in den Sessel, das Gesicht zur Tür und die Pistole in der Rechten.

Mit dem Zimmerkommunikationssystem ließ er eine Verbindung zur nächsten Niederlassung von *SternenReich* aufbauen.

Zuerst erschien das Logo, ein senkrechtes Schwert mit einem Feuerkranz drumrum; im Hintergrund schwebten Sterne. Dann flog der Slogan heran: »nihil obstat – nichts widersteht.«

Das Bild sprang um, und eine Frau in einer adretten Vierfarbbluse und einem grünen Gesichtsschal, der ihre Züge undeutlich machte, schaute ihn an. »Willkommen bei *SternenReich*. Was kann ich für Sie tun, mein Herr?«

»Mein Name ist Phileas Kalimeropoulus, ich bin Sonderermittler von *United Industries* und habe den Tod von Remigius Dalljin sowie Lisbetta Engers untersucht. Ich habe den Chip, der auf Betterday entwendet wurde, ausfindig machen können. Vermutlich hätte Ihr Konzern den gern zurück?«

»Einen Moment, mein Herr!« Die Dame verschwand, das Logo glühte wieder auf. Dieses Mal dauerte es lange, mindestens fünf Minuten, bevor ein Mann erschien. Kalimeropoulus nahm an, dass sie eine Satellitenverbindung zu einem entfernteren System geschaltet hatten.

»Ich bin Philip Schuster, zuständig für die Spionageabwehr bei *SternenReich*«, stellte sich der grauhaarige Mann vor. »Sie sind eine Legende, Herr Kalypso. Und dazu auch noch überaus generös, wenn Sie den Chip einfach so zurückgeben möchten. Ohne Ihre Vorgesetzten zu informieren?«

»*UI* hat kein Interesse an dieser Art Forschung. Und ich habe kein Interesse daran, mir Ärger mit Ihnen einzuhandeln. Es werden mehr als eine Justifiers-Einheit danach auf der Suche sein, schätze ich. Und jetzt hören Sie gut zu, Herr Schuster. Ich sage Ihnen, wie die Sache auf Betterday gelaufen ist.« Rasch fasste er seine Erkenntnisse zusammen: der Ablenkungsüberfall, das Hinausschmuggeln des Datenträgers durch Xian Dalljin aufgrund der Erpressung, die Fädenzieherin Esterhazy, und natürlich der Konzern *TTMS*, mit dem Esterhazy verhandelt hatte. Diese Wahrheit hatte er ebenfalls dem Serum zu verdanken. »Ich sitze im Hotel *Stargate*, wie Sie festgestellt haben. Sie sollten Ihren Ermittlern, die sich noch auf Relax aufhalten, Bescheid geben, damit sie kommen und ich Ihnen den Chip in der Lobby geben kann. Sie sollen alle rote Rosen am Revers tragen. Wie ich aussehe, wissen die Herrschaften, schätze ich.«

»Danke, Herr Kalimeropoulus.« Schuster nickte. »Ich sorge dafür, dass Sie einen Finderlohn erhalten, sobald unsere Experten die Dateien geprüft haben.«

»Es gibt keine Kopien. Esterhazy hat sich nicht getraut. Ich habe auch keine angefertigt.« Er blieb vollkommen entspannt. »Sorgen Sie dafür, dass Xian Dalljin rehabilitiert wird oder zumindest ihre Strafe nicht zu hart ausfällt. Sie hat genug verloren.«

Schusters Gesicht regte sich nicht. »Wir werden sehen. Sie hätte sich wenigstens mit meiner Abteilung in Verbindung setzen müssen, aber nun ja. Damit müssen Sie sich nicht belasten.« Er sah an der Kamera vorbei. »Ich habe gerade signalisiert bekommen, dass unser Team in einer Stunde bei Ihnen sein kann.«

»Gut. Sie finden mich in der Lobby. Schönen Tag, Herr Schuster.«

»Ihnen auch, Herr Kalimeropoulus.« Die Verbindung wurde unterbrochen.

Er ging hinaus, fuhr mit dem Lift zurück in die Eingangshalle und ließ sich von einem Bot einen Eistee bringen. Dann flegelte er sich auf eines der großen Sofas. Raubkatzenerbe. Dabei behielt er den Eingang immer im Blick.

Nach zwei weiteren Eistee und einer knappen Stunde betraten vier Frauen und drei Männer die Lobby. Die Bodyguards waren leicht an der Haltung und der Statur zu erkennen, trotz der unauffälligen Kleidung. Eine Frau und ein Mann trugen Aktenkoffer bei sich.

Kalimeropoulus hob das Glas, und einer der Leibwächter wurde auf ihn aufmerksam. Die Gruppe kam zu ihm, setzte sich um ihn herum und tat so, als sei man miteinander bekannt. »So, da sind ja die Repomen.« Er schnurrte kurz, weil es ihm gefiel, dass alles reibungslos verlief. Sie trugen sogar die Rosen.

»Nochmals vielen Dank, Herr Kalimeropoulus«, sagte die Frau. »Namen müssen wir nicht nennen.« Auf ihren Wink hin wurde ihm ein Koffer hingeschoben. »Zwei Millionen Tois. Als Dankeschön von *SternenReich* für die Wiederbeschaffung.«

Kalimeropoulus nahm den Koffer entgegen und legte dafür den fingernagelgroßen Chip auf den Tisch. »Danke sehr. Ich investiere es in meinen BuyBack.«

»Wir alle haben einen BuyBack, auf die eine oder andere Weise.« Sie hob den zweiten Aktenkoffer und öffnete ihn, nahm einen Subnotebook heraus und legte den Chip in den Leseschlitz. Der Bildschirm erwachte zum Leben, wie er am Aufleuchten sah, und die Augen der Frau hefteten sich auf die Anzeigen. »Sieht gut aus. Für uns alle«, murmelte sie. »Die Dateien sind im Original vorhanden, keine Anzeichen von Kopierversuchen oder Dechiffrierung.« Sie klappte das Laptop zu, legte es in den Koffer und schloss ihn. Mit einer unauffälligen, hautfarbenen Stahlplastmanschette befestigte sie den Koffer an ihrem Handgelenk. »Welches Zimmer, sagten Sie, hatte Esterhazy reserviert?«

Kalimeropoulus nahm die Karte aus der Tasche. 1147.

Die Frau reichte sie an einen ihrer Bodyguards weiter, und vier von ihnen marschierten los. »Nochmals danke sehr, im Namen von *SternenReich*. Wir hoffen, dass Sie die Angelegenheit ebenso diskret behandeln wie wir.«

»Ich habe das alles mehr oder weniger privat gemacht. Es gehörte nicht zu den offiziellen Ermittlungen, also muss ich keinen Bericht dazu verfassen.« Kalimeropoulus lächelte verkniffen – wegen der Reißzähne. »Ich möchte aber keine Schießereien im *Stargate*, sonst muss ich doch als Sonderermittler auftauchen.«

»Diskret. Versprochen.« Sie stand auf, reichte ihm die Hand und verließ mit ihrer verkleinerten Entourage die Lobby.

Er sah, wie sie in einen sechsrädrigen, schweren Wagen einstieg, ein umgebautes Sicherheitsfahrzeug mit zentimeterdicker Panzerung. Aus dem fahrbaren Safe würde man den Chip so schnell nicht bekommen.

Der Wagen rollte an und verschwand.

Kalimeropoulus legte die Beine hoch, auf den Koffer mit dem Geld, und bestellte noch einen Eistee. Er liebte das Zeug.

Für ihn war der Fall durch. Die Schuldigen wurden bestraft, für Xian Dalljin drückte er die Daumen, und jetzt wartete er, was sich bald in Zimmer 1147 abspielte. Auch wenn er seinen Job als Sonderermittler liebte, freute er sich auf den Tag, an dem er *UI* den BuyBack zurückbezahlt hatte. Mit dem Ränkespiel der Konzerne hatte er nichts am Hut.

18. April 3041 a.D.
System: 61 Cygni
Planet: Betterday (im Besitz der FEC,
derzeit vermietet an: Konzern SternenReich)
Distrikt: Vierzehn
Stadt: Moreau

Akkaran atmete ein, aus, ein und nochmals lange aus – dann schlug er zu.

Die Faust krachte durch das millimeterstarke Blech, als sei es ein Blatt Papier.

Zufrieden betrachtete der eindrucksvoll große Mann das Resultat des Hiebs und zog den Arm zurück. Die scharfen Ränder ritzten die Haut und schnitten an anderen Stellen tief ein, doch es quoll kein Blut hervor. »Einwandfrei, Doktor Street«, sagte er zufrieden, und der Mann neben ihm im Kittel lächelte wissend.

Ein Assistent eilte herbei und bestrich die verletzten Stellen mit einer klaren Flüssigkeit, die in die Rillen lief und aushärtete. Wenige Sekunden danach war von den Rissen nichts mehr zu sehen.

»Das dachte ich mir, Major«, sagte Street. »Die Voraussetzungen waren perfekt.«

»Ich bin kein Major mehr.« Akkaran krempelte den Ärmel runter und zog die Ringe wieder an die Finger.

»Sie sind es immer noch. In ihrem Herzen. Und Ihr dunkelblauer Anzug erinnert sehr an Ihre alte Uniform.« Street schnalzte mit der Zunge. Er wies den Assistenten an, die Geräte im Zimmer abzubauen und zu verstauen: Diagnoseeinheiten, Scanner und weitere elektronische Prüfinstrumente; auf allen prangte das Emblem des Order of Technology, des 2OT.

Akkaran lachte leise. »Danke, Professor. Und nochmals danke dafür, dass Sie zu mir gekommen sind.«

»Ich bitte Sie, Major. Für einen derart prominenten Kunden ist das keine Frage. Es waren zudem keine großen Eingriffe, sondern lediglich Routinekontrollen. Sie sehen ja, dass wir nicht viel gebraucht haben.« Er packte selbst mit an. Unter dem Kittel kamen vier weitere Hände zutage und wirbelten.

Als einer im Orden mit höheren Weihen besaß sein Körper bereits mehrere Umbauten. Soweit Akkaran verstanden hatte, besaß Street keinen rechten menschlichen Leib mehr, doch die Technik des Maschinenordens war derart ausgefeilt, dass es nicht auffiel – bis der Doktor seine Modifikationen offen zeigte.

Akkaran sah fasziniert zu, dass keine der vier Arme und Hände fehlgingen. Wie genau die Steuerung funktionierte, konnte er sich nicht vorstellen. Zusatzeinbauten im Hirn? Danach strebte er nicht. Ihm reichte kybernetische Modifizierung. »Wir sehen uns dann wann wieder?«

»In einem Jahr zum Routinecheck. Aber es sollte nichts daran zu finden sein. 2OT Technology gewährt nicht umsonst vierzig Jahre Garantie. Bis denn, Major.«

»Bis denn, Doktor.« Er streckte ihm die Hand hin – und wusste nicht, welche von den vieren er ergreifen sollte.

»Sie haben die Auswahl, Major.« Street lächelte. »Verzeihen Sie, ich wollte Sie nicht in Verlegenheit bringen.« Ein Arm schob sich weiter nach vorn, Akkaran ergriff ihn. Nach einem herzlichen Schütteln verließ er den Besprechungsraum und machte sich auf den Weg zur Konferenz, die abgehalten werden sollte. Es ging um neueste Forschungsergebnisse der F-Beta-Serie und wie man mit der Causa Dalljin/Dalljin umgehen sollte.

Mit einem leisen Ton machte sich sein Kom bemerkbar.

Akkaran hob den offensichtlichen Kybernetikarm, in den das Gerät eingebaut war. »Ja?«

»Hier ist Vorwerk, Kontrollstation G, Frachtsektor des Raumhafens. Wir haben jemanden aufgegriffen, der Sie sprechen möchte. Er war an Bord des Versorgungsschiffs und hat sich einschmuggeln wollen.«

Akkaran glaubte es nicht, dass man ihn damit behelligte. »Schmeißen Sie das Arschloch ins Testgebiet der Hunt-Claw.«

»Sein Name ist Uwe Neuburg. Er war mal Sergeant bei uns, sagt er. Er müsse dringend mit Ihnen sprechen.«

Akkaran blieb stehen. Gedanken zuckten durch seinen Kopf. »Neuburg? Totgesagte leben länger.«

»Sir?«

»Bringen Sie den Mann in einen Verhörraum, lassen Sie ihn bewachen. Ich bin gleich bei Ihnen.« Er sah auf die Uhr. »Ich muss zur Konferenz.« Nun eilte er durch die Korridore, vorbei an ihn grüßenden Männern und Frauen, Betas salutierten bei seinem Anblick.

Gerade noch rechtzeitig betrat er den abgedunkelten Raum, wo sich ein Dutzend Abteilungsleiter versammelt hatte; vierzig weitere, die an anderen Orten auf Betterday saßen, waren per 3DCube zugeschaltet.

Kaum saß Akkaran, erwachte der übergroße Monitor zum Leben. Das Gesicht von Graf Erwin Claus zu Erimon erschien. Der stellvertretende Vorstandsvorsitzende von *SternenReich* nickte grüßend. »Einen schönen Tag, Herrschaften. Wir haben eine lange Liste vor uns, also lassen Sie uns direkt anfangen. Mehr als eine Stunde Ihrer Zeit möchte ich nicht vergeuden, denn damit könnten Sie Forschung betreiben, und genau DAS möchten wir als Mutterkonzern von *KrEArtificial*.«

Akkaran tat, als würde er zuhören, aber seine Gedanken drifteten ab. Er sah Neuburg vor sich, von dem er geglaubt hatte, er sei tot.

Wie der ehemalige Sergeant den Anschlag hatte überleben können, würde Akkaran in Erfahrung bringen. Und was noch viel wichtiger war: Warum ging er das Risiko ein und kehrte als blinder Passagier nach Betterday zurück?

Erpressung? Am liebsten wäre er gleich zu dem Mann gegangen und hätte seine Absichten herausgeprügelt, aber als Vorstandsvorsitzender des Unternehmens musste er bleiben, sonst stand seine Abberufung zu *SternenReich* auf Füßen aus dünnen Keramikscheiben.

»... haben wir Estifania Esterhazy als Schuldige ausmachen können. Sie hat die Erpressung mithilfe von *TTMS* vorbereitet. Sie gehört schon bald der Geschichte an«, hörte er den Grafen sagen. »Die Frage ist natürlich: Wie gehen wir mit Xian Dalljin um?«

Akkaran dachte an den Justifier, den er nach Pool gesandt und der das Massaker angerichtet hatte. Er bedauerte, dass es die Tochter nicht ebenso erwischt hatte. Das hätte einen Schlussstrich unter alles gezogen.

»Rehabilitierung«, kam es von Doktor Isni. »Sie ist auf dem besten Weg, eine ebenso exzellente Wissenschaftlerin zu werden wie ihr Vater. Werfen wir sie raus, verlieren wir eine angehende Kapazität.«

»Ich bin dagegen«, sagte Akkaran sofort. »Sie hat bewiesen, dass sie angreifbar ist und auf Erpressung eingeht, statt sich der Spionageabwehr oder der Sicherheit zu offenbaren. Wir verdanken es großem Glück, dass wir den Chip wiederhaben. Ohne diesen *UI*-Sonderermittler würde sich *TTMS* bedanken.«

»Wie sollte man Dalljin denn noch erpressen können? Ihr Vater ist bereits tot, andere Familie gibt es nicht.« Isni wirkte überlegen, und das, obwohl er sich gegen ein Vorstandsmitglied stellte. »Nein, wir müssen ihr eine zweite Gelegenheit geben. Ich denke, dass sie sehr dankbar sein wird. Wohin sollte sie sonst auch? Die Motivation, die

Arbeit ihres Vaters fortzuführen, dürfen wir nicht einfach so abtun.«

Akkaran sah sich um. Isni erntete vielfaches Nicken und zustimmendes Gemurmel, leider auch unter den Vorstandskollegen von *KrEArtificial*. Sich dagegen zu stemmen, würde nichts fruchten. Er machte böse Miene zum guten Spiel. »Von mir aus«, grummelte er. »Aber sie wird Auflagen erfüllen müssen. Wegen der Sicherheit.« Seine grün-braunen Augen blitzten wütend.

»Sehr gut. Dann machen wir das so.« Erimon sah aus, als hätte er die gleiche Entscheidung bereits lange vorher getroffen und wollte sich die Bestätigung dafür einholen. »Sobald Miss Dalljin aufgetaucht ist, wird ihr der Vorschlag unterbreitet. Die Kopfgelder sind bereits zurückgezogen worden, auch das private von Engers. Damit sollte einer Wiederaufnahme von Xian Dalljin nichts entgegenstehen.« Er sah in die Runde. »Noch Anmerkungen dazu oder zu einem anderen Thema?« Als sich niemand meldete, grüßte der Graf noch einmal und stieg aus der Leitung.

Akkaran sprang aus dem Sitz und stürmte hinaus. Niemand konnte ihn dazu bringen, auf ein paar Worte stehen zu bleiben. Er musste Neuburg sprechen, und danach würde er ihn zu den HuntClaws schicken. So oft würde er dem Tod nicht entrinnen können.

Er verließ das Gebäude, nahm sich einen der Geländewagen und fuhr in halsbrecherischem Tempo zum Raumhafen. Auf dem Landefeld erhoben sich drei große Schiffe, Frachtmaschinen, die Nachschub brachten. Schweber und Stapler umkreisten sie, luden aus oder bestückten sie mit auslieferungsreifen Betas.

Der Frachtsektor von Kontrollstation G lag nördlich, am Ende der Hallen, die sich dicht an dicht drängten. Es roch nach Zoo, wie Akkaran es gern nannte. Sein Konzern lebte von den Beta-Rassen, aber er mochte sie nicht. Sein Ziel war es, zu *SternenReich* zu kommen, weg von den Chimären.

Akkaran hielt den Wagen an, stieg aus und eilte auf den Eingang zu. Kontrollstation G war für das Sichten der Lebensmittel zuständig, die aus dem System nach Betterday gebracht wurden. Sollten sich trotz aller Vorkehrungen Schädlinge auf den Planeten verirren, wäre das unter Umständen fatal, und das musste verhindert werden.

Vorwerk, ein Gardeur in dicker Panzerung und mit Waffen bestückt, als wollte er allein gegen ein Rudel Hunt-Claws in den Krieg ziehen, erwartete ihn am Durchgang zu den Arrestzellen. Sie waren weniger für blinde Passagiere als für randalierende Betas gebaut worden. »Sir.« Er salutierte. »Kommen Sie.«

Akkaran lief dem Gardeur hinterher, und bald stand er vor der Zelle, in dem er die bekannte Gestalt seines alten Sergeants erkannte. Das Gesicht war eine einzige verheilte Brandwundennarbe, doch die Züge waren noch immer da. Seine ganze Statur hatte sich durch die Wucht der Bombe verändert; bewacht wurde er von einem Panther- und einem Fledermaus-Beta. »Vorwerk, gehen Sie raus und nehmen Sie die beiden mit. Ich möchte mit dem Gefangenen allein sprechen.«

Der Gardeur beorderte die Wachen zu sich und verschwand, das Schott schloss sich mit lautem Klicken hinter ihnen.

»Neuburg.« Akkaran öffnete die Zelle. »Wieso leben Sie noch?«

»Die Bombe war schlecht gebaut. Sie müssen sich schon was Besseres einfallen lassen.« Seine Augen lagen voller Hass auf ihm.

»So ist sie, die Konzernpolitik. Ich musste eine Quelle zum Schweigen bringen.«

»Wie Dalljin, ja?«

»Ja. Wie Dalljin. Der Justifier hat ihn erledigt. Es war Pech, dass seine Tochter den Chip gestohlen hatte und nicht er.« Akkaran schmunzelte. »Das nennt man Sippenhaft. Aber zurück zu Ihnen: Was treibt Sie dazu, von den Toten aufzuerstehen und nach Betterday zu kommen?«

»Geschäfte.«

»Geschäfte, ja? Mit wem?« Akkaran lachte.

»Mit Ihnen. Ich weiß, dass Dalljin versuchen wird, auf den Planeten zu gelangen. Um Sie umzubringen. Aus Rache.«

Jetzt stutzte er. »Woher weiß sie, dass ich dahinterstecke?«

Neuburg zuckte mit den Schultern. »Das hat sie mir nicht gesagt. Ich habe sie auf Relax getroffen, wir haben für die gleichen Leute gearbeitet. Sie glaubt, ich helfe ihr dabei, an Sie heranzukommen.« Er streckte die verbrannte Hand aus. »Rache bringt mir nichts. Ich will leben. Gut leben, und dazu brauche ich ...«

»... Terracoins. Ich verstehe.« Akkaran überlegte fieberhaft. »Hat sie einen Plan?«

»Sie will sich einschleichen. Mit einer gefälschten IC,

aber mehr verrate ich nicht. Nicht ohne einen Vertrag mit Ihnen, Akkaran.«

»Aber ich weiß doch schon das Wichtigste.« Er feixte. »Ich fürchte, aus dem Geschäft wird nichts, Neuburg.«

»Wieso wird es nichts? Wenn ich Ihnen sage, wie sie gerade heißt und beschreibe, wie Sie aussieht ...«

Akkaran winkte ab. »Geschenkt. *SternenReich* hat sie begnadigt. Sie wird wieder bei uns anfangen können, und das wird man sie wissen lassen. Egal, wo sie ist. Also kommt Xian Dalljin zur Tür hereinspaziert, denkt, sie könnte mich überraschen und – wumm!« Die kybernetische Hand krachte neben Neuburgs Kopf gegen die Stahlwand und hinterließ eine Delle. »Ein Treffer, und die kleine Xian ist hinüber.« Er holte aus. »Wie Sie, Neuburg.«

»Und wenn Dalljin aber an ihrem alten Plan festhält?«, rief er panisch und versuchte, sich zusammenzuducken. »Sie hat sich eine Maskenbildnerin kommen lassen. Sie werden die Kleine nicht erkennen, wenn sie vor Ihnen steht.«

Akkaran ließ die Hand erhoben. »Wie viel Geld möchten Sie?«

»Zwei Millionen Credits.«

»Abgelehnt.«

»Sollte Ihnen das Ihr Leben nicht wert sein?« Neuburg faltete sich langsam auseinander. »Sie hat ein Gift gebraut. Es ist derart tödlich, dass ein Tropfen in Ihrem Organismus ausreicht, um Sie verrecken zu lassen. Sie bluten aus, in Takt des Herzschlags. Ein Pfeil, ein Ratzer, Sie merken es vielleicht gar nicht – bis es zu spät ist.« Er lächelte.

Akkarans Vernunft befahl ihm, den Arm zu senken und

den einstigen Sergeant nicht zu erschlagen, wie er es nur zu gern getan hätte.

»Außerdem bringt mich ein Raumschiff von hier weg«, legte Neuburg behutsam nach.

»Von mir aus. Aber einen Vertrag bekommen Sie nicht.«

»Ich möchte etwas Schriftliches, von mir aus vom Konzern«, beharrte er und stand auf. »Gehen wir in Ihr Büro.«

»Nach Ihnen. Ich habe Arschlöcher nicht gern in meinem Rücken.« Akkaran machte einen Schritt zurück und ließ ihn an sich vorbeigehen. Die Wut schwelte noch in ihm. Einen harmlosen Schlag würde Neuburg überstehen, und die Schmerzen würden ihn weniger überheblich machen.

Da zuckte Neuburgs Arm nach vorn, es zischte, und ein Hochdruckinjektor entlud eine Kammer in Akkarans Arm.

Akkaran schlug sofort zu und traf den überraschten Sergeant gegen die Schulter, sodass er abhob und bis zum anderen Zellenende flog. Benommen rutschte er an der Wand hinab. Der Position des Schlüsselbeins und der Armhaltung nach war es gebrochen. »Was wolltest du mir injizieren?«, brüllte er und rannte auf den Sergeant zu. »War das ihr Gift?«

Der Mann versuchte aufzustehen, aber er schrie vor Schmerzen auf und blieb sitzen. Die Stimme klang anders. Höher als vorhin.

»Du konntest nicht wissen, dass ich mir den anderen Arm habe auch noch ersetzen lassen.« Akkaran hatte den Sergeant erreicht, packte ihn mit dem kybernetischen Arm und hielt ihn ausgestreckt vor sich. »Das Gift ist harmlos in Fleischimitat gesprüht.« Mit der anderen packte er die Hand, die den Injektor hielt, und entriss ihm das Gerät. »Bist du dagegen immun? Schauen wir, ob es sein kann!«

Neuburg gab röchelnde Geräusche von sich und trat zu. Die Schuhspitze rammte Akkarans Bauch, und dieses Mal spürte er den Stich.

Nochmals aufschreiend schmetterte er Neuburg zu Boden und wollte ihm den Kopf zerstampfen – als sein Kreislauf von einer Sekunde auf die nächste wegsackte.

Die Kraft verließ ihn, die Beine knickten ein, und er fiel. Metallischer Geschmack schwappte über seine Zunge, und er erbrach Blut, während er mit gelähmten Muskeln am Boden lag. Die Kybernetikarme schlenkerten unkontrolliert herum, weil die Synapsen ihnen wirre Befehle sandten. Lidschlag um Lidschlag wurde es dunkler, bis er nichts mehr sah und das Gefühl hatte einzuschlafen ...

Xian ächzte und unterdrückte den Schrei, während sie sich mit dem gebrochenen Schlüsselbein bewegte.

So musste es sich anfühlen, wenn man von einem Hochhaus sprang und am Boden aufschlug. Akkaran hatte ihr die Nase gebrochen, mehrere Zähne waren lose oder gesplittert, und aus ihrem Mund und Platzwunden im Gesicht strömte Blut. Vermutlich war ihr Kiefer ebenso geborsten.

Neben ihr scharrten die falschen Arme des Mörders ihres Vaters über die Stahlplatten, während Akkaran Blut kotzte und es ihm aus allen Körperöffnungen und Poren strömte. Er blutete aus, wie sie es ihm versprochen hatte.

Die Maskerade als Neuburg war wesentlich sinnvoller

gewesen und hatte sie direkt zum Ziel geführt. Dass er zwei künstliche Arme besaß, hatte sie nicht wissen können, und das hätte um ein Haar ihren eigenen Tod bedeutet. Es war eine gute Idee von Neuburg gewesen, vergiftete Nadeln auch an den Schuhen anzubringen.

Die Tür öffnete sich. Keokuk und Osceola kamen herein, rannten zu ihr und kümmerten sich um sie. Vorwerk war von ihnen überwältigt worden.

Xian konnte nicht sprechen, aber das machte nichts. Der Plan sah vor, dass die Betas, Neuburgs beste Kontakte auf Betterday, mit ihr zusammen im Raumschiff verschwanden. In einer Kiste. Alles war vorbereitet. Osceola und Keokuk wollten nicht länger für *KrEArtificial* arbeiten.

Im Schutz eines automatischen Staplers liefen sie über das Rollfeld, die Ladeluke hinauf.

»Hier.« Der Fledermaus-Beta setzte ihr eine Injektion gegen die Schmerzen. »Ich schaue mir deine Wunden an, wenn wir in unserer Kiste sind.«

Xian sagte etwas, das »ja« heißen sollte, aber nicht so klang. Also hob sie zur Bestätigung den Arm. Unvermittelt hatte sie einen *neuen* Plan, für die Zeit nach ihrer Genesung. Möglich wurde er durch ihre unverhoffte Rehabilitierung.

Nach der Rache für den Tod ihres Vaters wollte sie auch den Konzern bestrafen. Xian schwor sich, wieder bei *KrEArtificial* anzufangen und eine gute Wissenschaftlerin zu werden. In den nächsten Jahren wollte sie auf der Karriereleiter ganz nach oben, bis sie an die geheimsten Daten und Aufzeichnungen gelangte – um dann zu *TTMS* überzulaufen.

Der Gedanke gefiel ihr.

Die drei zwängten sich in die Kiste, die Osceola vorbereitet hatte: Nahrung, Getränke, Sauerstoffmasken und mehr.

Xian grübelte weiter. Wenn ihr dieser Aufstieg innerhalb der nächsten fünf Jahre verwehrt wurde, würde sie aus dem Gift, von dem sie noch viele Dosen besaß, ein Gas machen und es bei einer Vorstandssitzung ausprobieren. Am besten bei einer gemeinsamen Sitzung von *Sternen-Reich* und *KrEArtificial*. Dass sie dabei mit draufging, störte sie nicht. Sie hatte nichts mehr zu verlieren.

Osceola schloss die Kiste von innen, ein Knicklicht spendete rötliche Helligkeit. Keokuk betrachtete ihre Wunden und hatte bemerkt, dass sie lächelte. »Wow. Ist das Zeug, das ich dir gesetzt habe, so gut?«

Xian hob den ausgestreckten Daumen.

TO BE CONTINUED ...

GLOSSAR

AHUMANE — Bezeichnung für nichtmenschliche Rassen; früher »Außerirdische«

ALLROUNDER — Leichtes Gewehr

ALPHA — Tier mit menschlicher Intelligenz

ANCIENTS (auch: Uralte) — Nicht mehr existente Hochkultur, die lange vor den Menschen Raumfahrt betrieb und deren Relikte heiß begehrt sind

ANDROID/GYNOID — Bezeichnung für äußerlich menschengleiche männliche bzw. weibliche Roboter

ANTIGRAVITATIONSPULSATOR — Modul, das ähnlich einer Düse ein begrenztes Feld von geringer bis null Schwerkraft unter sich schafft

ANTI-KON — Terrororganisation gegen die Allmacht der Konzerne

ARCLIGHT — Laserpistole

ARIES LIGHTBRINGER — Lasergeschütz des Konzerns *Aries One*

AROMATA-SPENDER — Kleines Gerät mit Pillen, die den Geschmack eines Essens/Getränks verändern

ARSTAC — Tochterunternehmen von *KA* und *Hikma*, das sich auf Planetenerschließung und -ausbeutung spezialisiert hat

ARTCO INC. — Konzern, der interstellare Kunstausstellungen organisiert

AT-LANTIS — Exklusives Luxusresort im ehemaligen Atlantik

AUGIE (eigentl. *augmented human*) — Individuen, die eine Genverbesserung an sich haben vornehmen lassen

BETA/BETAS (auch: Beta-Humanoide) — Tier-Mensch-Chimären ohne Rechte; werden speziell für Justifier-Einsätze gezüchtet

B'HAZARD MINING — Konzern, der sich auf Hochschwerkraft-Bergbau spezialisiert hat

BIOKOLUBRINE — Bolzenwaffe aus menschlichem Gewebe

BIOKOS — Tiersendung von *Everywhere Broadcasting*

BIOSCANNER — Einrichtung zum Aufspüren von Lebenssignalen

BLB-Lampe — Leuchtet durch biolumineszierende Bakterien

BOT — Kürzel für Roboter/Robot

BUYBACK — Summe, die ein Justifier seinem Konzern einbringen muss, um seine Freiheit zu erkaufen

C — Credit; Kunstwährung der *TTMS*, die härteste Währung in der Galaxie

CEO — Chief Executive Officer (Generaldirektor)

CHAMELEONSKIN — Hightech-Tarnanzug, der den Träger nahezu unsichtbar macht

CHEMICAL — Meist missgebildete Personen mit starken psionischen Fähigkeiten; oft geht die Missbildung auf den Missbrauch von genverändernden Medikamenten der Eltern während der Schwangerschaft/Zeugung zurück

CHIM — Abfälliger Begriff für Beta

CHOCFROG — Schokoriegel in Froschform

CHURCH OF STARS (CoS) — Zusammenschluss christlicher Konfessionen zur interstellaren Mission

CODECRACKER — Hightech-Gerät zum Datenhacken

COLLECTOR — Bedrohliche und technologisch weit überlegene Fremdrasse, die seit einigen Jahrzehnten Planeten der Menschheit an sich reißt, unter »Obhut« stellt und komplett von der Außenwelt abriegelt

COLLIE/COLLIES — Kürzel für Collector

CRYOGENKAMMER — Kabine, um Lebewesen tiefgekühlt aufzubewahren

CYBEROOS — Cyber-Tattoos, bei denen sich langsam verändernde Muster auf der Haut abgebildet werden

DAMN COLLIE, DIE! — Populäre Actionserie von *Everywhere Broadcasting*

DECKARD — Genialer Professor und Gründer des 2OT

DIPSTICK — *STPD Engineering*-Hubschrauber-Typ

DRIVER/CO-DRIVER — Geistwesen, die eine Symbiose mit höher entwickelten Lebewesen eingehen können; Menschen, die derart »besessen« sind, nennt man Co-Driver

EASTERN STARS — Indien, Pakistan, vereintes Korea, Japan, Taiwan und die Emirate

ELEKTROCLOTHS — Kleidungsstücke mit elektronischen Extras

ELEKTROSYNC-PAPIER — Dauerhaftes beschreib- und bedruckbares Kunststoffpapier mit elektrosynthetischen Funktionen

EMP — Elektromagnetischer (Im-)Puls

ENCLAVE LIMITED — Hersteller von Material für den Siedlungs- und Wohnungsbau

ENDOKRINER KRISTALL — Geheimnisvolles Material der *Ancients*

EPA — Abk. für Einmannpackung, militärische Feldration

EVAPORATOR — Blasterwaffe

EVERYWHERE BROADCASTING — Familienunterneh-
men, das Unterhaltungs- und Dokufilme produziert
(darunter *Damn Collie, die!* und *Desperate Housewives in
Space*)

EXEC — Abk. für Executive Officer, hochrangiger Konzern-
mitarbeiter in leitender Funktion, bspw. als Gouverneur

EXO — Bezeichnung für Ahumane, Nichtmenschliche

FEC — Feudal European Coalition, bestehend aus Deutschland, Polen, Russland und England

FERROPLASTRIEMEN — Fesseln aus extrem hartem Plastik

FLAMMIFER — Flammenwerfer

FREEPRESS — Großer Nachrichtenkonzern

FULLCONTROL CORPORATION (FCC/FC) — Konzern, der
auf Atom- und Biowaffen spezialisiert ist

GARDEURE — Bewaffnete Konzern-Truppen

GAUSS INDUSTRIES — Europäischer Forschungskonzern

GARDNER PHARMACEUTICAL — Pharmazeutik-Konzern

GeRuCa INSTITUTE — Konsortium staatlicher Wissenschafts-
standorte aus Deutschland, Russland und Kanada

GORGONENBAUM — Große fleischfressende Exoart von At-
las II

GUSA — Greater United States of America

GWA — Galaxy Workers Alliance, Gewerkschaft

HAHO — High altitude, high opening, militärisches Fall-
schirmsprungverfahren aus großer Höhe

HALO — Energieschirm zur Abwehr von Raketen und anderen Projektilwaffen

HARDBALL — Körperbetontes Spiel, Mischung aus Fußball,
Rugby, Lacrosse und Catchen

HEAVIE — Menschen von Hochschwerkraftplaneten mit gedrungenem Wuchs und kräftiger Körpermuskulatur

HIKMA CORPORATION — Konzern im Besitz der IJAS; einstiger Vorreiter in Sachen Androiden, Kybernetik und Robotik sowie Profi in Sachen Ancient-Artefaktsuche

HIROSAMI TECH — Unabhängiger Kybernetik-Kon, der an Künstlicher Intelligenz und Robotik forscht

HOLE — Überschwere *United Industries*-Pistole

HOLO-KUBUS/3DCUBE/CUBE — Würfel, in dessen Inneres Filme und Bildaufzeichnungen in 3D projiziert werden. Es gibt verschieden große Modelle

IC — Identity Card, engl. für »Ausweis«, enthält allgemeine Angaben und biometrische Daten

IJAS — Indian Japanese Arabian Syndicate, ein Forschungskonsortium

INTERIM — mysteriöse und von ätzendem Schleim erfüllte Sphäre, die Schiffe mit Sprungtriebwerken überlichtschnell durchqueren können

INTERIM-SYNDROM — Krankheit nach zu vielen Interim-Sprüngen; viele Betroffene werden wahnsinnig

INTERRUN LTD — Privatunternehmen im Besitz eines misstrauischen Russen, das sprungunfähige Schiffe in ferne Sternensysteme befördert; verfügt höchstens über zwei oder drei gut bewaffnete Lotsenschiffe

JETPACK — Tragbare Antriebseinheit, mit der sich eine Person frei im Weltall bewegen kann

JUMP — Gesellschaftlich ausgegrenzter Nachkomme von Elternteilen mit Interim-Syndrom; Kennzeichen: granitfarbene Augäpfel; gelten als latente Psioniker

JUST — Justifier Universal Standard Device, implantiertes Kommunikationsgerät für Justifiers

KAWAII — (Jap.) Süß, liebenswert

KINGDOM OF ZULU (KoZ) — Rückständiges Reich, das sich komplett über Mittel- und Südafrika erstreckt und nach seinem Herrscher benannt wurde: einem Albino und Psioniker

KNOWLEDGE ALLIANCE (KA) — Großer und wenig spezialisierter Konzern, der ursprünglich von den Eastern Stars gegründet wurde, inzwischen unabhängig

KON-KRIEG — Krieg der Konzerne; mit Militär durchgeführt

KSP — Kurzstreckensprung

K-SPRAY — Wund- und Schmerzmittel

LES MAITRES — Exklusiver Parfumeur, Tochter von Romanow Inc.

LIGHTSPEAR — Lasergewehr

LSP — Langstreckensprung

LWA (Last Wildlife Animal) — Die letzten in freier Wildbahn geschossenen Tieren der Erde; Sammelobjekte

MACGUFFIN — Handlungsauslösendes Plot-Element ohne eigene Bedeutung, bevorzugt beim Film

MEDICS — Bezeichnung für Sanitäter

MIRRORGEN SOLUTIONS — Kleiner Kon mit dem Schwerpunkt auf Cryo-Technologie, Altersforschung und Genmanipulation

MOSC — Military Occupational Specialty Code, dient der detaillierten Beschreibung des Spezialgebiets eines Soldaten, ist bei den meisten Konzernen 9-stellig und endet mit dem Kürzel des Konzerns

MOWER — Schwere Maschinenpistole

MOZAMBIQUE DRILL — Bezeichnung für ein spezielles Pistolenkampfmanöver, das einen Aggressor stoppen soll

MULTIBRILLE — Multifunktionsbrille

MULTIBOX — Multifunktionsgerät aus Kom, Uhr, Speichermedium, Kalender, Telefonbuch etc. Wird üblicherweise wie eine Armbanduhr am Handgelenk getragen

NADLER — Schusswaffe, die Pfeile oder nadelförmige Projektile verschießt; gut geeignet gegen engmaschige Körperpanzerungen

NITRAZIT — Markenname eines starken Hypnotikums (Schlafmittels) aus der Gruppe der Benzodiazepine

NOE — Nap of the earth, Tiefflug noch unterhalb des Konturenflug-Niveaus

NONCOM — Non-commissioned officer, Unteroffizier

NOTE-PAD — Kleincomputer, ungefähr DIN-A6 groß

ORDER OF TECHNOLOGY (2OT) — Orden mit dem Ziel der Abschaffung des anfälligen menschlichen Körpers

PACIFIER — Auch *United Industries Pacifier3000*, moderne Schwere Pistole

PATRIOT — *United Industries*-Maschinenkanone

PHONESTICK — Moderne Form eines Mobiltelefons

PLAYCUBE — Spielekonsole

PILOTPET — Starre Laserkanone, die meist bei Raumjägern Verwendung finden

PRAWDA — Schwere Pistole, die gemäß der russischen Waffentradition nahezu unzerstörbar ist

PSIONIKER — Menschen, die über Geisteskräfte verfügen, auch Hexer genannt

PULSATOR — Modul, das ein Feld ohne Schwerkraft erzeugt

R&D — Research and Development, engl. für Forschung und Entwicklung

RACER — Antriebssystem (*STPD-Racer*: hoffnungslos veraltet, aber noch immer weit verbreitet)

REPEATER — Sturmgewehr

REPULSOR-KANONE — modernes Geschütz, das seine Projektile mittels Grav-Generatoren beschleunigt

RESPIRATOR — Atemmaske

RESTLESS — »Mildes« Aufputschmittel in Tablettenform

RETINA-SCAN — Biometrische Technik, die darauf beruht, dass die Struktur der Netzhaut eines jeden Menschen einzigartig ist

ROBIN — Kleiner Orbitalgleiter von *United Industries*

ROMANOW INC. — Ein Luxus-Kon, der sich auf Metallveredlung, Kunstdiamanten und Lasertechnologie spezialisiert hat

ROYAL RAIDERS — Weltraumpiraten aus europäischen Adelshäusern

SAMARITER — Abfällige Bezeichnung für Collector

SCHMIERAFFE, SCHRAUBENDREHER — (Ugs.) Mechaniker

SIGNUM VZ2 — Mittelschwere *United Industries*-Pistole

SILVERMAN & SONS — Privatbank

SMAG — Billiges Speichermedien-Abspielgerät von *United Industries*

SONS OF ANCIENTS (SoA) — Nordafrikanischer Staatenbund, bestehend aus Tunesien, Algerien, Marokko, Libyen, Mauretanien und dem Königreich Ägypten

SPEED-AIR-RENNEN — Moderne Form der Formel Eins

SPOTLIGHT — Äquivalent einer Super-Maglite

S-STAR — *United Industries*-Granatwerfer

STARBEAM — *United Industries*-Laserpistole

STARLOOK — Nachrichtensender

STELLAR EXPLORATION (SE) — Tochterunternehmen der *KA*; Konzern, der auf Planetenerkundung und -verkauf spezialisiert ist

STELLARWEB — Das interstellare Internet

STELLAR VOICE RADIO (SVR) — Ermöglicht Kommunikation quasi ohne Lightlag; benötigt riesige Sende- und Empfangsstationen

STERNENREICH (SR) — Großer Konzern der FEC

STERNENSTAHL — Metalllegierung aus Titan, die zunehmend Ultrastahl ablöst

STPO ENGINEERING — Einer der großen Verlierer in den Konzernkriegen; spezialisiert auf Antriebs- und Navigationssysteme

STPO-Racer — Veraltetes, aber immer noch verbreitetes Antriebssystem

STRONTIUM 90 — Hochreaktives Flüssigmetalloid, das als Antriebsmittel bei Sprungtriebwerken Verwendung findet

STYLICOUS — Modemagazin im StellarWeb

SUPERSOLDIER/SUPRAKRIEGER — Genetisch oder medikamentös verbesserte Soldaten, meistens Gardeure; heute sind die dafür verwendeten Medikamente illegal

SVEEPER — Leichte Maschinenpistole

SVR — Stellar Voice Radio, sehr seltene und sehr teure Kommunikationsanlage, die Direktkontakt über weite Strecken ermöglichen kann

SWIPECARD — Plastikkarte mit Chip, z.B. als Schlüssel für Hotelzimmer etc.

SYNTHGIPS — Moderne Form der Gipskartonwand

TAB-SHEET — Millimeterdünne Folie, die wie Papier beschrieben und auf der Dokumente gespeichert werden können

TAU CETI PRIME — Ältester unabhängiger Konzern und größter Produzent von Nahrungsmitteln

TECHPSIONIKER — Mensch, der Technik mit Psi-Kraft steuern kann

TERRACOIN (kurz: TOIS) — Interstellare Währung

TERRA TRANSMATT SPECIALITIES (TTMS) — Ein gewaltiger Konzern mit TransMatt-Monopol

TETHYS — Kleinste Korvetten-Klasse

TOI — Währung

TOUCHPAD — Moderner Computer mit Holo-Display, Folienbildschirm

TRIPLE A — Ein Hackertool der *Knowledge Alliance;* der Name ist abgeleitet von »Access All Areas«

T-STAR — *United Industries*-Unterlauf-Granatwerfer

ULTRALEICHT — Leicht transportables Einmann-Fluggerät

ULTRASTAHL — Speziallegierung für Raumschiffe; das Minimum, mit dem man den Gefahren des Alls entgegentreten sollte

UNIEX3 — *United Industries*-Multitool

UNITED INDUSTRIES (UI) — Junger Konzern, der an Waffentechnologien und Körperpanzerungen forscht

VELOC — Schweres Gewehr

VERSATILE XP — Altmodische schwere Pistole ohne elektronischen Schnickschnack

VERSUCCI — Nobel-Marke

VHR — Vereinte Humane Raumfahrtnationen, eine Art UNO-Ersatz fürs Weltall

WENG-HO-CLAN — Aus China stammender Verbrecherclan

WONGAWONGA! — Mysteriöse Bank, die sich unterschicht- und betafreundlich gibt

XENAN — Katalysator für den Treibstoff Xerosin

XEROSIN — Gängiger Raumschiff-Kraftstoff, ausgelegt für Negativtemperaturen

XTREME — Aufputschmittel, das auch als Droge kursiert